されど罪人は竜と踊る 22

去りゆきし君との帝国

Dances with the Dragons

浅井ラボ
［イラスト］
ざいん

ギギナ

ウーディース
イチェード

ワーリャスフ

ガユス

されど罪人は竜と踊る 22

Dances with the Dragons

去りゆきし君との帝国

浅井ラボ
［イラスト］
ざいん

登場人物

ガユス――――不運不幸が実体化したような、攻性呪式士《こうせいじゅしきし》
ギギナ――――生きて動く刃のような、ドラッケン族の剣舞士《けんまいし》
ジヴーニャ――――ガユスの妻、半アルリアン人
メッケンクラート――呪式士事務所の代表
ドルトン――――機工士
デリューヒン――――元軍人
テセオン――――識剣士
ピリカヤ――――智天士《ヒエルビン》
リコリオ――――整備士兼狙撃手
ニャルン――――ヤニャ人の勇士
ラルゴンキン――――ランドック人の重機槍士
ヤークトー――――ラルゴンキンの副官、千眼士
ジャベイラ――――エリダナ七門の一角、光幻士
イーギー――――エリダナ七門の一角、アルリアン人の華剣士
ベモリクス――――呪式士最高諮問法院、上級法務官、ナイアート派
シビエッリ――――法院アブソリエル支部、法務官、ナイアート派
ソダン――――法院アブソリエル支部、中級査問官、ナイアート派
カチュカ――――ゴーズ人の少女
イチェード――――後アブソリエル公国、八十四代公王
イェドニス――――イチェードの弟、王太子
ペヴァルア――――イチェードの妻
ベイアドト――――イチェードの親友
イェルシニアス四世―後アブソリエル公国、八十三代公王
アッテンビーヤ――六大天の一人、輝剣士、アブソリル伝統派
ロマロト――――六大天の一人、召竜士、反戦争・反帝国派
ドルスコリィ――――六大天の一人、結界士、アブソリエル派
カリュガス――――六大天の一人、剛斧士、公王派
ヴィヌラサ――――六大天の一人、ツェベルン出身、中立派
サンサース――――六大天の一人、パンハイマの親族、財界派
ワーリャスフ――――〈踊る夜〉の一人、調律者
ウーディース――――〈踊る夜〉の一人、氷炎の男
アザルリ――――元十二翼将、元〈踊る夜〉の怪人
オクトルプス――――序列一九九位の〈大禍つ式〉で〈混沌派〉の大僧正
グラッシケル――――序列一九八位の〈大禍つ式〉で〈秩序派〉の公爵
ゲ・ウヌラクノギア――〈黒竜派〉が崇拝する黒淄龍

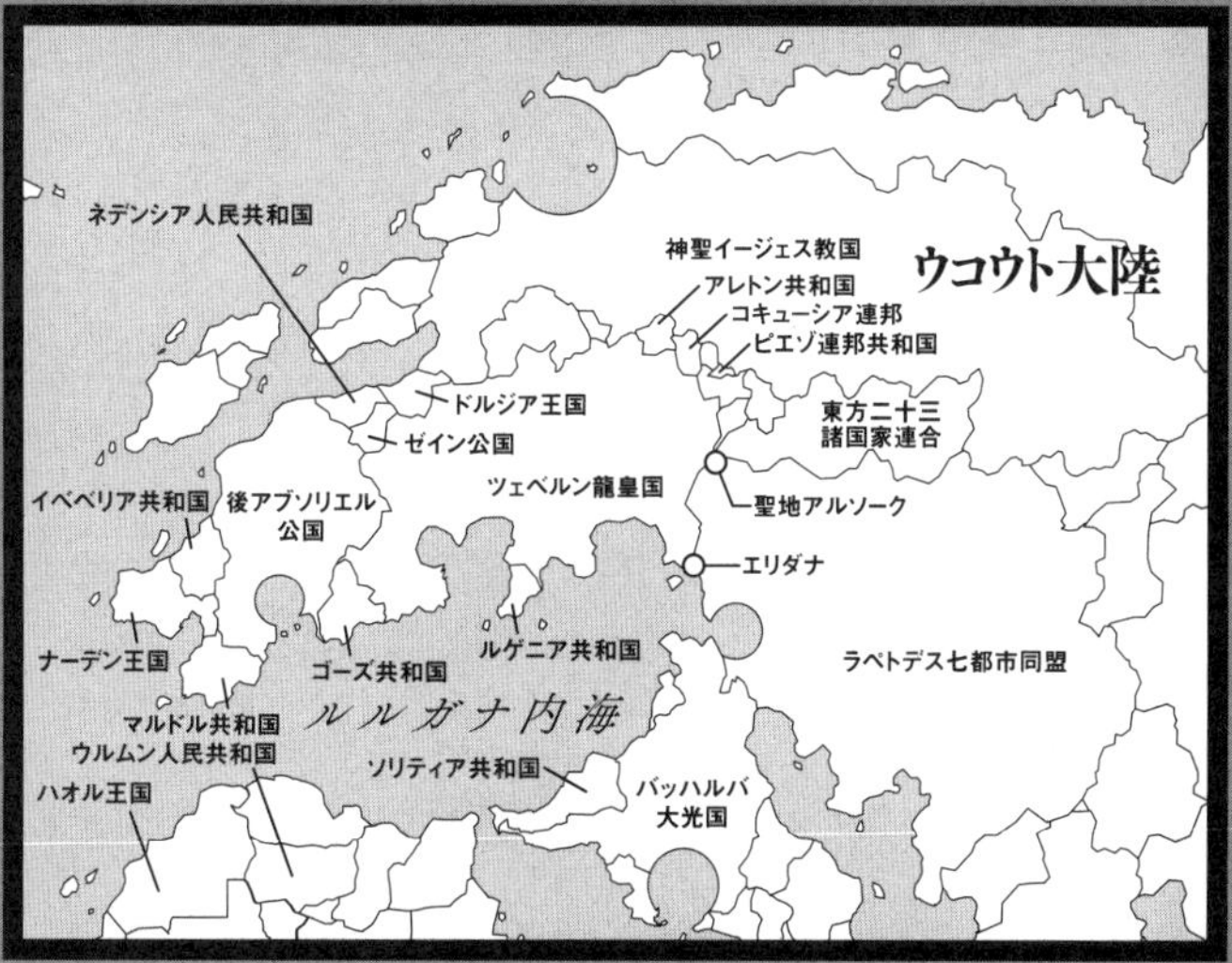
ウコウト大陸
ネデンシア人民共和国
神聖イージェス教国
アレトン共和国
コキューシア連邦
ピエゾ連邦共和国
ドルジア王国
ゼイン公国
東方二十三
諸国家連合
ツェベルン龍皇国
聖地アルソーク
イベベリア共和国
後アブソリエル
公国
エリダナ
ナーデン王国
ゴーズ共和国
ルゲニア共和国
ラペトデス七都市同盟
マルドル共和国
ルルガナ内海
ウルムン人民共和国
ソリティア共和国
バッハルバ
大光国
ハオル王国

ジェストホテル
パンハイマ
綜合警備保障
ツザン診療所
BAR青い煉獄
エリダナ市庁舎
オリエラル
大橋
プロウス軽飯店
アシュレイ・ブフ&ソレル
咒式事務所
ラルゴンキン咒式事務所
エリダナ中央病院
パルディナ川
銀鱗亭
海鳥亭
ロルカ屋
オルテナ橋
ガーソン造船所
ラズリー造船所
テンペリオンビル
ゴーゼス経済特区

目次

〇・一章　我ら暁光となりて

爆裂咒式《じゅしき》が炸裂《さくれつ》し、大地を吹き飛ばす。

舞いあがった土砂が重力で反転し、地上に降りそそぐ。爆煙と土煙の間から、大地を踏みしめる重い足音。金属が擦《こす》れる音、荒い息づかい。

白煙を貫き、人影が現れる。鈍色《にびいろ》の甲冑《かっちゅう》姿で、魔杖槍《まじょうそう》と盾《たて》を掲げた兵士だった。兜《かぶと》の下にある防護面頬の穴からは、殺意を宿す目が覗《のぞ》く。荒い呼気が漏《も》れる。

左右からは、同じく全身装甲《そうこう》された兵士が出てくる。爆煙を抜け、次々と兵士たちが現れる。爆煙や戦塵《せんじん》の間を、百数十人ほどの兵士たちが歩む。全員が軍用魔杖槍と魔杖剣を掲げ、盾に体を隠して歩む。兜の下では、乱れた金髪や茶色い髪の房、そして戦意と恐怖に染めあげられた青や茶色の瞳《ひとみ》が並ぶ。

兵士たちの装甲された肩や腕には、青地に竜の紋章。後《ご》アブソリエル公国《こうこく》軍の進軍だった。咒式による身体強化と積層《せきそう》甲冑による動力補助が高速進軍をさせていた。

先頭のアブソリエル兵が、緩やかな上り坂へと到着。飛来音。咒式砲弾が着弾し、盾ごと兵士が吹き飛ぶ。続いて左右に爆裂呪式《じゅしき》。後続の兵士たちが、盾《たて》で爆風を防ぎながら坂を登っていく。盾の脇《わき》から魔杖槍《まじょうそう》が突きだされ、投槍や爆裂呪式を坂上へと応射する。

アブソリエル兵から放たれた呪式は斜め上へと飛翔《ひしょう》。丘に点在する呪式による壁や盾に着弾。いくつかを破砕していく。

丘の上にある防壁と盾の間に、鈍色《にびいろ》の鎧《よろい》と魔杖剣が見えた。高地に陣取る軍からは、さらなる呪式の火砲《かほう》が下へと連射される。丘の中腹のアブソリエル兵が爆裂で吹き飛ぶ。雷撃で感電し、目や鼻や口から黒煙を吐いて兵士が倒れる。火炎呪式に包まれた若者が絶叫し、坂を転げ落ちる。

優位な上からの呪式の猛射により、坂の途中でアブソリエル兵の進軍が止まる。各地で盾や防壁を構築して耐える。

丘からの射撃を続ける兵たちの背後、頂上では盾を並べた本陣があった。陣地から、空に向けてイベベリア公国の黄色地に赤い飛竜の国旗がたなびく。

坂の下で砲火に耐える後公国《ごこうこく》兵たちは、イベベリアの飛竜の国旗を怒りの目で見上げる。両国ともに、分裂したアブソリエル帝国の正統後継者を主張しているだけに譲れない。

再び苛烈《かれつ》な砲撃が来て、アブソリエルの兵士たちは顔を防壁の陰へと戻す。盾の表面で爆裂。砲弾を盾で受けてしまった兵士は、金属混じりの血と挽肉《ひきにく》となり、坂を転げ落ちていく。同胞の死を越えて、左右の兵士たちは盾を掲げてその場を堅守する。

後アブソリエル公国とイベベリア公国の国境にある、ディモディナスの地で、いつもの紛争が起きていた。

紛争の端緒はいつも同じだった。険悪な両国の国境警備隊が、恒例行事である国境での示威行動を繰り返していると、相互に被弾して被害者が出る。同胞を救おうと出てきた分隊同士が、当然のように出会って小競り合いを起こす。

いつものように、後アブソリエル公国の国境警備隊の後続が侵攻。両国のどちらの領有かが決まっていない、ディモディナスの丘を奪取。イベベリア公国側も奇襲をかけて丘を奪還。陣地を構築し、占拠する。いつものように始まった結果、八十二回目の紛争となっていた。

双方が国境警備の小隊規模のため、咒式化戦車や甲殻《こうかく》咒兵といった現代咒式戦争の主力兵器や、軍用火竜《かりゅう》などの〈異貌《いぼう》のものども〉も投入されていない。他の拠点から国境警備兵たちが駆けつけるが、携帯火器だけが激突する戦場であった。

丘の下から後アブソリエル公国軍が火砲咒式を斉射。イベベリア側の盾や防壁が砕け、咒式減殺結界が青い火花を散らす。砲火で頭を抑えたことで、アブソリエルの重装兵が大盾を掲げて進軍。上から降ってくる砲弾を受け止めながら、丘を征服していく。

「帝国の後継者を僭称《せんしょう》する、イベベリアを叩《たた》きつぶせ！」

指揮官の雄叫《おたけ》びとともに、アブソリエル軍が傾斜を駆けあがっていく。魔杖槍から咒式が連打される。爆裂咒式によって坂の上に並ぶ防壁が崩壊。砲弾咒式によって盾が砕ける。

「アブソリエルこそ僭称《せんしょう》国家だろうが！」

叫びとともに、イベベリア軍の盾《たて》の列が上げられる。盾と魔杖槍《まじょうそう》を携《たずさ》え、迎撃のために坂を下る。呼応してアブソリエル側も登攀《とうはん》速度を上げる。傾斜の中腹で両軍が接触。盾ごとの体当たりで、兵士たちが吹き飛び、血が舞う。双方が押しあい、穂先や刃《やいば》が交わされる。魔杖槍や魔杖剣から放たれた爆裂に火炎、雷撃に投槍が吹き荒れる。

火炎に巻きこまれて兵士が大地を転げ回る。魔杖剣が振られ、兵士の顎《あご》が切り裂かれ、歯が飛ぶ。盾で殴りつけられた兜《かぶと》が頭部ごと陥没《かんぼつ》し、兵士が倒れる。

強酸咒式《じゅしき》で顔を焼かれた若い兵士が、溶けた舌で絶叫する。悲鳴は横薙《よこな》ぎの刃によって切断され、輪切りとなった頭部が飛んでいく。倒れた死体を双方が踏み越えて、さらなる戦いを続ける。

咒式時代の陰惨な戦闘が丘の各地で繰りひろげられる。高低差で一時だけ拮抗《きっこう》したが、地力で勝るアブソリエル軍が各地点を撃破。徐々に丘を登っていく。

咒式砲火が集中し、イベベリア本陣の左翼にある防壁が吹き飛ぶ。魔杖剣を振りきって、アブソリエル兵たちが抜ける。

駈けあがる兵たちの中央で閃光《せんこう》と爆音。猛烈な爆風と破片を撒《ま》き散らす。盾や甲冑《かっちゅう》ごと兵士たちが引き裂かれる。上へ吹き飛ばされた兵士は受け身も取れずに落下し、絶命していく。

シクロトリメチレントリニトロアミン爆薬を炸裂《さくれつ》させる〈曝轟蹂躙舞《アミ・イー》〉の咒式は、暴虐となって吹き荒れた。再びアブソリエル兵たちの間で大爆発。

「敵に高位攻性《こうせい》咒式士が混じっている！」

降りしきる土砂の下で、小隊長の叫び声が放たれる。敵本陣を見上げると、長大な魔杖槍が突きだされていた。柄《え》を握る敵指揮官が、険しい目で丘を見下ろしていた。

「アブソリエルの犬どもめ！」

イベベリアの指揮官が掲げる槍《やり》の穂先には、青い咒印組成式が灯《とも》る。

「おまえらに、ディモディナスの丘は渡さぬ！」

死を覚悟したアブソリエル兵士たちの間で、閃光が生まれて再び大爆発。吹きあがった土砂が落下。丘の中腹に穿《うが》たれた大穴は、円形ではなく半円。兵士の死体は見あたらない。

穴の背後にたなびく爆煙を、長方形の金属板が抜ける。現れた大盾の表面には青い量子散乱。量子結界咒式が丘に大穴を穿つほどの咒式を逸《そ》らし、破壊力を大盾で遮断したのだ。

大盾の背後に倒れていた兵士は、両手で抱えた頭を上げる。自分が助かったことが信じられないといった兵士の目の先では、大盾を左手で掲げた人影が立つ。

積層《せきそう》甲冑は美々しい銀色で装飾が施《ほどこ》されている。右手が握るのは大業物《おおわざもの》級の魔杖剣。戦場には珍しい、特殊な高級装備だった。兜の庇《ひさし》の下には、黄金の髪に青い目。高い鼻梁《びりょう》と頑丈な顎。アブソリエル人の見本のような容貌《ようぼう》の青年だった。

援軍の青年に対し、魔杖槍を構えたイベベリア兵たちが突撃してくる。近くのアブソリエル兵たちが迫る三人を倒すが、二人が抜ける。青年へと、呪印《じゆいん》を宿した槍《やり》が突きだされる。

青年は大盾《おおだて》で槍の列を受ける。穂先から爆裂呪式が連打される。戦士は盾と表面に展開した阻害呪式、全身甲冑《かっちゅう》とで衝撃に耐える。爆煙の間から返礼の魔杖剣《まじょうけん》を繰りだす。数法呪式による数列の刃《やいば》が伸びて、左の兵士の眉間《みけん》を貫通。刃が翻《ひるがえ》って右の兵士の首を刎《は》ねる。

血の間を、雄々《おお》しき青年が進む。右肩の装甲《そうこう》には、青い盾に白い竜の紋章があった。

青年の背後に、高級将校らしき若者と銀の戦士たちが続く。右肩には青年と同じ紋章が描かれている。十八人の戦士たちは、呪式を放って戦線を切り開いていく。抜けた相手を刃で切り刻み、穂先で貫く。圧倒的な強さで瞬時に戦線を押しあげた。

左右のアブソリエル兵士たちは、突如現れた援軍を見つめる。小隊長の目が見開かれた。

「な、ぜ、あなたが」

小隊長の口は震える声を紡《つむ》ぐ。

「王太子イチェード、殿下がこの場に!?」

小隊長の言葉で、周囲にいた兵士たちも理解。丘の中腹で驚愕《きょうがく》が伝染していく。

「イチェード、王太子?」「なぜここに!?」「こんな前線に王太子殿下が!」「どういうことだ!?」

兵士たちは敵からの応射を盾で防ぎながら、驚きの声を連ねる。後《ご》アブソリエル公国《こうこく》の公王《こうおう》の後継者、若き王太子が国境紛争の場に現れたことを、誰《だれ》も信じられない。

だが、事実としてイチェード・アリオテ・アブソリエル王太子が戦場に現れていた。

「近くで視察をしていたら、新たな国境紛争の勃発《ぼっぱつ》を聞いた」

静かに答えたイチェード王太子が魔杖剣を旋回。飛来してきた投槍《とうそう》の群れを刃で弾《はじ》き、量子散乱させていく。傍《かたわ》らで爆裂咒式が炸裂《さくれつ》。衝撃を盾で防いだ王太子の左右から、親衛隊《しんえいたい》たちが進撃。降りてくる敵兵を迎撃していく。

「ならば王太子として危機に駆けつけねばならぬと、部隊を率いて急行してきた」

轟音《ごうおん》の間に、イチェードの宣言が響く。兵士たちは戦場でありながらも、王太子の言葉に聞き入っていた。国家元首の後継者が最前線に立つなど、蛮勇にすぎる。

「ここで退《ひ》いてはならぬ！」

魔杖剣を振りあげて、イチェードが叫ぶ。砲撃が叫ぶ男の盾に着弾し、青い火花が散る。衝撃で体が大きく揺れるが、下がらない。

「ここで退けば、アブソリエルの国土が踏みにじられる！」

号令した王太子の姿が、閃光《せんこう》と大爆発に巻きこまれる。爆風が丘の中腹で吹き荒れた。敵指揮官による再度の〈曝轟蹂躙舞《アミ・イー》〉が炸裂したのだ。

盾と装甲で生き延びたアブソリエル兵が、体を起こす。顔には恐怖。王太子が死んだと言葉を失う。

爆煙の間から、青い光。量子干渉結界をまとった大盾が抜ける。脇《わき》からは赤い数式をまとった魔杖剣《まじょうけん》が突きでる。伸びた赤の刃《やいば》は斜めへ疾走。敵兵の盾《たて》や胸板、額《ひたい》を貫通し、数列の刃は丘へと線を描いていく。先端は長大な魔杖槍《そう》を切断。頬《ほお》を切り裂かれながらも、指揮官は後方へと引いて頭部を貫通されることを防いだ。即座に左右の兵が盾を並べて、追撃を防ぐ。

赤い光の刃が巻きもどされる。晴れていく爆煙を踏み越え、イチェード王太子が姿を現す。魔杖剣に数式の刃が戻っていた。

「我《われ》らの妻子が、両親が、兄弟姉妹が、友が、背後にいる。守るために前へ進め！」

王太子が叫ぶ。丘のあちこちで、負傷した兵士や部隊長が立ちあがる。

「栄えある後公国《ごこうこく》を裏切った、イベベリアを追い返せ！」

右翼で兵士が叫んだ。

「イベベリアだけではない！」

左翼で小隊長が叫ぶ。

「ネデンシアにナーデン、マルドルにゴーズにゼイン、ツェベルンとラペトデスと、かつての帝国や後公国の領土を不当に占拠する叛徒《はんと》どもがいる！」

小隊長の叫びに、丘の全域に散る兵士たちが同調。盾が立てなおされ、魔杖槍や魔杖剣が前へ突きだされる。

「家族と仲間と祖国のために！」

兵士たちが唱和し、前へ一歩を踏みだす。王太子イチェードもうなずいて、前へと進む。敵兵を切り裂いていた将校と親衛隊《しんえいたい》が即座に集結。王太子の両翼を固めて進む。

一団へと爆撃の雨が降りそそぐ。爆裂と火炎を青い量子散乱で散らし、イチェードの大盾が防ぐ。

「アブソリエルを取りもどすために！」

叫びながら小隊長が進む。傍《かたわ》らのイチェードの青い目に、一瞬だけ疑問が掠《かす》めた。だが、王太子の足は止まらない。前方のイベベリア本陣からの戦列が坂を下ってくる。

火砲《かほう》を応酬しながら、上下からの両者の速度が上がる。坂の中腹で両軍が激突。

雷撃を宿した魔杖剣が盾を突き刺す。盾ごと体が激突し、双方が衝撃で倒れる。魔杖槍が盾の間を抜けて、相手の頭部を串刺しにし、爆裂咒式《じゅしき》が発動。鮮血とともに手足が宙を舞い、盾と鎧《よろい》が砕け、折れた魔杖剣と魔杖槍が散る。

乱戦の間でイチェードも魔杖剣を振るい、敵兵を切り刻む。刃の切り返しの間に左の大盾を振るい、イベベリア兵の頭を殴りつけて即死させる。

右を進む国境警備隊の兵士の右肩へ、投槍咒式が着弾。苦鳴《くめい》とともにその場へと膝《ひざ》を落とす。イベベリア兵が追撃の魔杖剣を兵士へと繰りだす。

イチェードは咄嗟《とっさ》に右腕を伸ばす。装甲《そうこう》ごと右上腕が貫かれ、出血。救われた兵士は、兜《かぶと》の下にある少年の顔で驚いていた。イチェード本人も、自分の行動が信じられないと青い目を見開いていた。敵兵もまさか他人が間に腕を入れて刃を防ぐなど信じられなかった。王太子が兵士を庇《かば》うという事態に、敵味方の全員が硬直していた。

一転して、大将首が取れる好機だと気づいた顔に、イチェードの大盾《おおだて》が襲来。顔面を破砕して振りぬかれる。顔の上半分が消し飛んだイベベリア兵が倒れる。返り血を受けたイチェードは大盾を持つ左手を動かす。苦痛に耐え、右腕に刺さった刃《やいば》を抜く。刃を投げ捨て、即座に治癒咒式《ゆじゆしき》を発動させ、傷口を塞《ふさ》ぐ。

救われた兵士はまだ固まっていた。少年兵は驚きの顔を続けていた。

「え？　なぜ？」少年兵は戸惑いとともに問いを発した。「なぜ、王太子殿下が、俺なんかのため、に？」

イチェードの顔にも迷いが見えた。自分の行動をようやく理解したように、王太子の目は前を見据える。

「同じ戦地に立ったなら、我《われ》らは戦友である！」

断言したイチェードと倒れた兵士に、敵兵の新手が迫るイチェードが魔杖剣《まじようけん》を振るい、赤い光の刃が一閃《いっせん》。左肩から右脇腹《わきばら》まで切断され、イベベリア兵が倒れる。血の間でイチェードは大盾を掲げ、魔杖剣を構え、前進を続ける。救われた若い兵士は立ちあがれず、驚きの顔のままだった。

砲火が来るも、イチェードの大盾と結界が防ぐ。王太子が刃で示し、五人の親衛隊《しんえいたい》が左斜面を斜めに駈けあがっていく。咒式砲火の起点である陣地を力で破壊し、敵兵を剣と槍《やり》で分解。

続いて五人がまた右へと疾走。敵の奇襲を盾で止めて、切りむすぶ。

周囲の兵士たちも乱戦に突入。刃を振るいながら、王太子を見た。

戦地にやってくる王太子イチェードは蛮勇である。さらに、兵士のために死ぬ危険を冒すなど、軽率で感傷的にすぎた。理性での理解はそうであっても、自分たちを救い、戦友と呼んでくれた王太子に兵士たちの感情は奮起する。刃を振るい、咒式を放つ兵士たちの横顔には誇らしさがあった。

全兵士の思いはひとつ。後《ご》アブソリエル公国《こうこく》の次の公王《こうおう》は、兵士が忠誠を尽くし、命を預けるに足る英雄だ。ならば国家と彼のために、次の時代のために、戦わねばならない。

イチェードは大盾で咒式を防ぎ、魔杖剣と数式の刃を振るっていく。対するイベベリア兵の前列から中列も、報道や映像でよく見た王太子の存在に気づきはじめた。左右から中央へとイベベリア兵が殺到していく。兵士たちの顔には大将首を取る功名心が並ぶ。

イチェードへと咒式の火線が集中。掲げられた大盾に展開する量子干渉結界へと、連続して爆裂と火炎と雷撃と強酸が炸裂《さくれつ》。王太子が高位咒式士であっても減殺結界の飽和状態となり、ついに爆裂咒式が炸裂。

爆煙を噴きあげる大盾を上に掲げて、イチェードの右膝《ひざ》が大地へ落ちた。魔杖剣を大地に突きたてて耐える。大盾で防いでも、近距離での爆裂咒式は耳と肺《はい》、そして平衡感覚を損傷させる。

剛勇を誇るイチェードへと、イベベリア兵たちが殺到していく。左右の敵陣を破壊していた親衛隊《しんえいたい》が急いで戻る。イベベリア兵が上から急襲し、親衛隊の救援を阻止する。

快速のイベベリア兵が傾斜の上から勢いをつけた魔杖槍《まじょうそう》を突きだす。先端には必殺の呪印《じゅいん》組成式が宿っていた。

「殿下っ！」

横から飛びだした若い兵士が、盾《たて》で槍《やり》の穂先を受ける。魔杖槍の穂先が割りこんだ防壁を貫通。盾の裏へと抜けた穂先からプラズマの炎が伸びる。兵士は逃げずに、胸板で長い火炎を受ける。

「だからなんだぁあああっ！」

怒声《どせい》とともに、若い兵士は貫かれた盾をイベベリア兵へと叩《たた》きつける。敵兵へと倒れこみながら、魔杖剣を押しこむ。同時に、青年兵の背中から敵兵のプラズマの穂先が抜けた。

兵士が膝《ひざ》をつき、後方へと倒れる。イチェードが右腕で兵士を抱きとめた。

「い」兵士の口は体内を焦がす黒煙とともに言葉を吐いていく。「チェー、ド王、太子に栄光あ」

言い終えられずに兵士は息絶えた。兵士を抱いたまま、王太子は止まっていた。敵兵が反対側から穂先をそろえて殺到してくる。王太子の左右から、二人のアブソリエル兵士が迫る。

敵兵の魔杖槍が、兵士たちの胸板や腹部を貫通。兵士たちの槍は、敵兵の目や胸に突き刺さる。互いに串刺しとなった四人が勢い余って激突。鎧《よろい》の破片と血が散る。

胸を槍に貫かれた左のアブソリエル兵が、横を見た。右の兵士が迷いもなくうなずいた。二人の兵士が背後へと振り返った。鼻と口から血が噴出。

「イチェード王太子、後をお頼みいたします！」

誇り高い横顔で、兵士たちが微笑《ほほえ》んだ。敵を貫いた魔杖槍の先端で咒印組成式が発光。魔杖槍で貫かれた敵兵が後退しようとするも動けない。体内の穂先から、二つの爆裂と爆炎が撒《ま》き散らされる。

爆煙が散っていくと、あとには上半身を失った四つの下半身が大地に転がる。二人の兵士は、イチェードを救うために敵の刃《やいば》を受けた。自分たちが致命傷だと分かると、即座に敵と刺し違えたのだ。

口から出ようとする言葉を、イチェードの唇《くちびる》が強引に閉じられて止める。無言の咆吼《ほうこう》とともに、王太子は前進。魔杖剣と数式の刃が乱舞し、イベベリア兵を薙《な》ぎ払っていく。無慈悲な血と死が撒き散らされる。

鬼神が進軍するような姿に、イベベリア兵も息を呑《の》む。

イチェードの左右からは、十五人の親衛隊が合流。イチェードの剛勇と咒式が穿《うが》った穴を、左右に押し広げていく。

王太子と親衛隊の前進に、アブソリエルの兵士たちも奮起。刃と咒式砲火を連ねながら敵兵を倒し、陣地を乗り越えて丘を駆けあがる。

敵防壁と戦列を刃《やいば》が切り裂き、イチェードが抜けた。最後列にある本陣と指揮官が見えた。イベベリアの指揮官の顔には、目鼻が歪《ゆが》むほどの恐怖があった。

「いかん、イチェードを近づけるな」指揮官が思わず下がっていく。「やつにはアブソリエル公王《こうおう》家に伝わるあれがっ」

前方でイチェードが後方に引いた魔杖剣《まじょうけん》は、赤い咒印《じゅいん》組成式を描いていた。数法式法系第五階位〈禍渦肉濁流波《ヴァレ・フォルン》〉の咒式が発動。赤い数式の間で空に穴が穿《うが》たれる。

穴から生み出されたのは桃色や赤黒い肉の渦。間には眼球や牙《きば》が乱雑に埋めこまれている。咒式によって高次元から召喚された〈禍つ式《アルコーン》〉の群れが、イベベリア本陣に殺到。肉の波濤《はとう》へと、絶叫する兵士たちの咒式が炸裂《さくれつ》。

爆裂と砲弾を受けて肉と血が弾《はじ》ける。肉の渦は、痛みすら感じずに平然と空中を進む。数十メルトルもの肉の渦は、咒式を発動する兵士ごと呑《の》みこむ。魔杖剣と盾《たて》を投げ捨てた兵士が逃げるが、桃色と赤黒い波濤に背中から巻きこまれる。

指揮官は咒式で翼を生成。空中へと緊急避難。上昇する動きが止まる。指揮官が見下ろすと、自らの足首に触手が巻きついていた。背後には脈動する肉の渦。地上では逃げていく兵士たちも触手に捕まっていた。

触手によって指揮官は地上へと引きもどされる。無機質な目と牙と爪《つめ》が指揮官に迫る。悲鳴は咀嚼《そしゃく》音とともに肉の奥へと消えていった。

触手は四方に伸びて、兵士たちを捕獲しては戻る。本体に巻きこんで食していく。渦の先端が反転。〈禍つ式《アルコーン》〉の数十もの目が一斉に左へ動く。

瞳《ひとみ》の群れは、呼びだしたイチェードを見据える。ほぼ無限の食欲を持つ肉の渦は理性を持たないため、召喚主すら餌《えさ》と見なす。

イチェードが魔杖剣を振って咒式を解除。破壊の限りを尽くしたあとの〈禍つ式《アルコーン》〉は、青い量子散乱を起こした。恨みがましい目や牙の群れが青の粒子となり、消えた。

イチェードの咒式によって本陣は崩壊。国境警備隊が丘を駆けあがる。親衛隊《しんえいたい》も左右から残敵を挟みこみ、掃討していく。

イベベリア軍の戦列が中央突破され、指揮系統が破壊された。後《ご》アブソリエル公国《こうこく》軍は好機を逃《のが》さず、イチェードが開いた穴を咒式砲火と刃で押し広げる。同時に前線を押しあげていく。

丘の上、ディモディナスの地へとイチェードの足が到達。すぐに兵士たちが広がり、陣地を占領していく。

他での戦況を確認しようと、王太子が丘の右翼へと目を向ける。左の中腹では嵐が吹き荒れていた。全身甲冑《かっちゅう》の巨漢が大斧《おおおの》を振るって、戦線を切り刻んでいる。圧倒的な強さで押していき、義勇兵たちが続いて傷口を広げていく。

「右翼のあれは凄《すさ》まじいが、誰《だれ》なのだ？」

イチェードは近くにいた警備兵に問う。中年の警備兵は丘の左を見下ろす。

「義勇兵のカリュガスですね」警備兵が答えた。「あの年で十三階梯《かいてい》が見えている、アブソリエルの若手第一の攻性呪式士《こうせいじゅしきし》です」

「あれは将来の六大天であるな」

イチェードが言うと、警備兵もうなずく。

「六大天といえば」警備兵は丘の戦況を見回す。「ほら、やはりロマロト老が暴れておられる」

警備兵がカリュガスの後方を示し、イチェードが指先を追っていく。山麓では長大な尾が振られ、イベベリア王が吹き飛んでいた。続いて猛火が陣地を破砕し、炎上させた。

紅蓮《ぐれん》の炎の間からは巨大な前肢《まえあし》が伸びて、丘を踏みしめる。巨軀を誇る火竜《かりゅう》が口から残り火を落としていた。火竜の上には老人が座している。老人は不機嫌そうに竜を操り、残兵を掃討していく。部下らしき呪式士たちも追随していく。

「おお、六大天のロマロト老も参戦してくれたのか」

イチェードが思わず拳《こぶし》を握った。

「普段はアブソリエル帝国再興など夢だと言っているのに、よくぞ義勇兵に参加してくれたものだ」

「ロマロト老はアブソリエルを真に憂う人です」

警備兵が言うと、イチェードもうなずく。竜に騎乗するロマロトの背後には、少年兵が続いている。年が離れた子供であるロムデアが、小さな竜に乗って疾駆《しっく》していた。

戦場で「まったくおまえは頭でっかちの理論派だの」とロマロト老が言えば「でないと父上の正しさを誰《だれ》が証明するのですか」とロムデアが返していた。

親子の様子をイチェードは微笑《ほほえ》ましく見て、また少し胸の痛みを感じていた。続いて丘の左翼から歓声。警備兵の口元には微笑みが浮かぶ。

「あちらは見ないでも分かりますよ」

「だろうな」

警備兵とともにイチェードは丘の上の陣地を横断し、丘の左翼に到達する。目を向けると、山麓ではすでに勝敗がついていた。イベベリアの兵士が倒れ、陣地が崩壊していた。装備がふぞろいの義勇兵たちが陣地にアブソリエルの旗を立てていた。

「やはり新六大天、アッテンビーヤか」

イチェードが思わず顔をほころばせる。丘の中腹で陣地整理をしていた兵士の間で、指揮官らしき青年がイチェードの視線に気づく。偉丈夫は、丘上の王太子に向けて軽く手を掲げてみせた。爽《さわ》やかな戦場の礼だった。

「あれはアブソリエル侯爵《こうしゃく》の末裔《まつえい》だ。我《わ》が軍に入ってほしいのだが、民間が良いらしくてな」

イチェードが誇らしげに言った。下ではアッテンビーヤが魔杖剣《まじょうけん》を片手に、残敵の掃討へと向かっていく。義勇兵たちも続いていった。

丘と周辺全域でイベベリア軍は大混乱し、敗走しはじめている。丘から先へとイチェードが降りていく。陣地を片付けた兵士たちも続いて丘を下っていく。

「しかしイベベリアに人なしとは言われるが、対して我《われ》らがアブソリエルは人材に事欠かない。正面からやりあえば負ける理由はない」

イチェードはすでに片付いた右と、あとは押すだけの左を見ながら独白した。

「今の若手が成長すれば、黄金時代が来る」

「その黄金時代の旗手はイチェード殿下ですよ」

イチェードの左右に、長身と中肉の鎧《よろい》姿が並ぶ。二人の将校用の積層甲冑《せきそうかっちゅう》と手に握る魔《ま》杖剣《じょうけん》は鮮血の斑点《はんてん》が散っていた。右肩には親衛隊《しんえいたい》を示す竜の紋章があり、上には少佐の位階を示す星が並ぶ。

「ただ、殿下の背後を守るのは大変ですよ」

兜《かぶと》の下で、右の青年将校が微笑《ほほえ》んでみせた。頬《ほお》にも鮮血の斑点があった。

「単騎打撃による敵の中央突破なんて、古代の戦術ですよ」

左から言いはなった男も、同じく全身が血染めの姿となっていた。

「ベイアドトにサベリウはいつもうるさい」

腹心にして右腕であるベイアドトと左腕とも言えるサベリウに、王太子が微笑みを返す。

「現代咒式《じゅしき》戦闘は、圧倒的な咒式火力で押すべきなのだ」

イチェードの指摘にベイアドトとサベリウは反論しない。実際に現代咒式戦争では強力な攻《こう》性《せい》咒式士を中核とし、最大火力で打撃を与える。続いて咒式兵士や兵器で戦列を押しあげていく一手なのだ。

七英雄や十二翼将《よくしょう》などが示した戦術は、咒式世界の戦場を席巻しはじめている。後《ご》アブソリエル公国《こうこく》の王太子は最新にして最適戦術を正確に再現していた。

「それでも、君主自らが最前列を行く事例はほぼありませんよ」

ベイアドトが苦言を付け足した。

イチェードが丘の中腹まで降りると、イベベリア軍は指揮官と本陣を失っていた。統率を失った残存兵は、後方へと潰走《かいそう》していく。逃走する兵士たちの背中へと後アブソリエル公国軍の咒式が刺さり、倒れていく。

国境線の上にあるディモディナスの地は奪いやすく、守るに難しい。だからこそ延々と奪いあいが起こるのだ。

「勢いのままに進めるだけ進むぞ」

王太子は魔杖剣の弾倉を交換して丘を降りていく。傍《かたわ》らを歩むサベリウが護衛をし、ベイアドトが通信回線を開いて指揮を出す。丘と周辺で指揮官や警備隊に義勇兵たちが指令を受けて、即座に個々の戦闘を停止。隊列を整え、追撃へと移る。

王太子は丘を駆け下り、平地へと歩む。疾走しながら通信を開く。

「イチェード少将より全軍へ通達。追撃せよ、ただし全員を倒すな」イチェードが囁《ささや》く。「ある程度の数を残したまま、つかず離れず追撃せよ」

イチェードの通達に親衛隊《しんえいたい》が追撃速度を調整。警備兵や義勇兵も、王太子の命令に従順に従って前へと進む。魔《ま》杖剣《じょうけん》と魔杖槍《そう》を連ね、盾《たて》を掲げた兵士たちが敵の最後列へ襲いかかる。追撃に次ぐ追撃。同数ほどで始まった戦闘も、イベベリアの生存者はすでに数十人となっていた。

先には、左右の崖《がけ》に挟まれた峡谷《きょうこく》が見える。敗軍は峡谷に突入。追撃軍も迷わず追走。峡谷の底を進軍しながら、イチェードとアブソリエル軍の兵士たちの顔が緊張する。

「ここまでは良いのだ。いつもここまでは」

高速進軍しながらベイアドトがつぶやく。後続の兵士たちの顔にも、同じ不安が浮かんでいた。だが、今回こそはという期待があった。

谷底で敵の最後列を砕くと、イベベリア国境警備隊は完全崩壊。十数人が逃げていく。敵軍を追ってイチェードたちも進む。前方にはイベベリア兵の背中が見えるが、追撃しない。

敵兵の左右には、峡谷の岩肌がそびえる。峡谷の壁はどちらも黒く焦げていた。大地には大穴がいくつも穿《うが》たれている。

敗走するイベベリア兵たちが、崩れた峡谷の終点を抜ける。離れずにイチェードたちは追走。平原に出た敵は装備を投げ捨てて、四方へ分散。全力疾走に移る。

一瞬、アブソリエル軍はどの敗兵を追うか迷ってしまった。

「いかん、全軍停止！」

峡谷を抜けでる瞬間、イチェードの足が急停止し、大地を削る。大盾を斜めに掲げて全力で干渉結界を展開。傍《かたわ》らでベイアドトと親衛隊、兵士たちも緊急停止しながら、前方全面に防壁咒式《じゅしき》を急速展開。足元から金属の壁が立ちあがっていく。

空から峡谷へと砲声が轟《とどろ》く。イチェードが展開した結界表面に、黒い紡錘形《ぼうすいけい》が着弾。一〇〇キログラムを超える爆薬が炸裂《さくれつ》。凄《すさ》まじい閃光《せんこう》と爆裂が広がる。

軍用咒式の直撃をイチェードの咒式が量子分解しようと、青い火花が濁流となって散る。爆風を減殺結界がさらに削っていく。敵が放ってきた化学錬成系第六階位〈絨緞轟瀑楽弾《グラシラ・ボラス》〉の咒式は、軍用で広く使われる爆撃咒式。直撃すれば、イチェードと部隊が吹き飛ぶ。

イチェードの結界が防ぎきり、青い量子散乱を起こして弾頭を消す。

しかし、さらなる爆撃咒式が飛来。イチェードの結界の再展開が一瞬だけ間にあわない。

兵士の最前列で青い結界が急速展開し、遮断した。左右に逸《そ》らした烈風《れっぷう》と凄まじい爆音が、峡谷に吹き荒れる。兵士たちが身を屈《かが》めて耐える。右翼にいた青年が魔杖鎚《つい》を掲げ、結界を展開して砲弾咒式を防いでいた。

「あれは誰《だれ》だ」

イチェードが近くの警備兵に問うた。

「義勇兵のドルスコリィです」警備兵が笑って言った。「若いですが、あいつの結界だけは特別製です」

警備兵が請け負って、イチェードは息を吐く。

「アブソリエルの人材の豊富さに助けられたな」

連なる砲声。イチェードが視線を上げると、前方上空からはさらなる爆撃呪式《じゅしき》が連弾で飛来。再び高速展開したドルスコリィの量子干渉結界が直撃を受ける。青い閃光《せんこう》を散らしながらも耐えるが、大地が揺れる。

ドルスコリィを防御の中心として、イチェードや兵士の呪式がようやく発動。大地から立ちあがる〈斥盾《ジルド》〉の防壁が連なり、爆撃を塞《ふさ》ぐ。敵からの爆撃が連なり、連続する衝撃と爆音。金属の壁が歪《ゆが》み、吹き飛ぶ。

ドルスコリィが掲げた結界から火花が散る。苦悶《くもん》の横顔となるとともに、青い粒子となって結界が崩壊。

砕けた防壁の背後にさらなる防壁を立ちあげながら、イチェードと兵士たちは後退していく。爆撃が続き重なる防壁を粉砕。峡谷《きょうこく》全体が揺れる。

十数回目の爆撃が終わり、最後の防壁が粉砕された。峡谷には濛々《もうもう》と爆煙が立ちこめる。

爆煙の間には、最終防衛線の盾《たて》の列が並ぶ。防壁の背後で、後《ご》アブソリエル公国《こうこく》軍が身を縮めていた。粉塵《ふんじん》で汚れた兵士たちの顔には、恐怖と絶望の表情が並ぶ。

中央最前列で大盾を掲げたイチェードは、魔杖剣《まじょうけん》を引いて待機の姿勢。兜《かぶと》の下では唇《くちびる》を嚙《か》みしめている。

「やはりここでこうなるか」

イチェードの左で、ベイアドトの唇が苦い響きの言葉を放つ。サベリウは苦渋《くじゅう》の表情となっていた。

峡谷の出口からは平原が広がるが、大穴がいくつも穿《うが》たれている。爆撃による破壊の間に、蛇行する河がいくつも続く。イベベリア公国軍の敗残兵は、すでに数百メルトル先まで退避。今も逃げつづけている。

退却する兵士の進路には、岩山の急傾斜が現れ、細い道が続く。傾斜にはいくつもの拠点と砲台が点在する。砲身はすべて峡谷の出口へと向けられている。

五〇〇メルトルほどの岩山の半ばから上は、金属とコンクリによって強化。先ほどの爆撃咒式の組成式が連なる。光の式の背後には、十門の砲塔《ほうとう》が並ぶ。死神の青白い燐火《りんか》が並ぶような光景だった。左右の山系にも、それぞれ三門の砲塔が見えた。

天然の要害である岩山を穿ち、峡谷を埋めて作られた、ガラテウ要塞《ようさい》の威容が遠くにそびえていた。

膨大な岩山と金属とコンクリ、時代が下って近代となると咒式干渉結界が加わって、堅固さを増している。ウコウト大陸西部は、この要塞を踏破しないと大軍を展開できずに攻略ができない。イベベリアどころか、大陸西部安定の要と言われるほどの要害の地となっていた。

硝煙漂う峡谷《きょうこく》で、イチェードが前に足を進める。

「行ってはなりません」

声とともに、イチェードの装甲《そうこう》された左肩にベイアドトの右手がかかる。サベリウが盾《たて》を掲げて、イチェードの前を守る。

「峡谷から出れば、先ほどのように咒式《じゅしき》砲撃を受けます」

「分かっている、分かってはいるのだ」

イチェードは前に顔を戻し、先を見据えた。副官たちと親衛隊《しんえいたい》も前を見つめる。警備兵に義勇兵も見つめていた。平原と川の先には、アブソリエルにとって忌々しい山々が見える。

ガラテウ要塞《ようさい》の他の場所からイベベリア公国領へ進軍するにしても、要塞からの援軍で背後を襲われる。航空部隊だけでは、要塞の対空砲火と敵航空部隊の迎撃に抗せない。

唯一の戦略は、要塞への大軍による直接進軍しかない。しかしディモディナスの地からの出口は峡谷しかなく、大軍を展開できない。

少数で攻めれば、先ほどと同じように正面と左右の要塞からの集中砲火を受けて全滅する。

四七〇年ほどの間、二度の大戦、十二の戦争、九十八回の侵攻で、後《ご》アブソリエル公国《こうこく》や諸外国の進軍を阻んできた、イベベリア最大の要衝《ようしょう》だった。

イチェード王太子もまた歴史を繰り返していた。

「我《われ》らにできるのは、国境、またはディモディナスからイベベリア軍を押し返すことまで」ベイアドトの顔には苦渋《くじゅう》があった。「現時点では、ガラテウ要塞を落とす方法がどこにもありません」

イチェードも息を吐いた。本気で進軍を考えたわけではないが、ベイアドトは真面目《まじめ》に答えてきたのだ。サベリウは両者の和解を見守り、盾を引く。

イベベリア公国は外交問題が起こるたびに後アブソリエル国境、とくに因縁の地であるディモディナスの地を侵犯してくる。敗北しても、国境付近にあるガラテウ要塞に戻って体勢を立てなおす。その繰り返しであった。

「だが、いつかはガラテウ要塞を越えねばなりません」

ベイアドトが語った。イチェードが左へ視線を動かす。青年将校の横顔は真剣だった。横に並ぶ親衛隊、指揮官や兵士たちも同様の表情をしていた。

咒式発祥の国である後アブソリエル公国は、現在でも咒式技術先進国であり、七大国の一角である。軍の装備も優れ、兵士は精強。

ガラテウ要塞さえ攻略できれば峡谷を抜けて、イベベリア公国は簡単に攻略できる。後アブソリエル公国がアブソリエル帝国へ戻ろうとするなら、唯一の進路だった。

後アブソリエルの歴代公王《こうおう》がかつての帝国領土を奪還しようとしたが、国家の分離独立も起こって遅々として進まない。もしイベベリアが取れたなら、横殴りにナーデンを取ることができる。ナーデンが落ちればマルドルに、ゴーズと切り取り放題となる。反対側にあるネデンシアも取れる。

だが、最初の一手をガラテウ要塞《ようさい》が延々と阻んでいた。

「今はどうにもならない」

最前列で、王太子イチェードが語った。

「だがいつか」

ベイアドトが続ける熱を帯びた言葉に、兵士たちもうなずく。今は現公王《こうおう》の時代で動かない。だが、王太子イチェードの代なら、と全員が確信したのだ。

「なにを萎《しお》れることがあろう」

イチェードの声が背後へと投げられた。兵士たちが再び王太子を見る。剛勇にして冷静なイチェード王太子が振り返る。爽《さわ》やかな微笑《ほほえ》みがあった。

「またもディモディナスの地を取りかえしたのだ。胸を張って勝利の帰還をしようではないか」

王太子の剛毅《ごうき》な微笑みに、兵士たちは虚を突かれた。

「アブソリエル万歳！」

若手のカリュガスが次の瞬間、拳《こぶし》を振りあげ、歓呼の声をあげる。兵士たちが続く。

「王太子万歳！」「イチェード殿下万歳！」「アブソリエル帝国はあなたの手によってのみ復活します！」「アブソリエルの第二次黄金時代だ！」「神よ、ご覧あれ！」

峡谷《きょうこく》に兵士たちの勝利の凱歌《がいか》があがると、イチェードは戸惑う。

だが、やがて軽く右手を掲げて応える。兵士たちの興奮はさらに高まり、怒号《どごう》となる。兵士たちがイチェードを担ぎ上げようとするが、王太子は柔らかく拒否した。謙虚さに兵士たちは熱狂する。ロマロト老はやれやれといって肩を竦《すく》める。アッテンビーヤは薄く微笑む。無口なドルスコリィは無言でうなずいていた。

歓声の大合唱のなかで、副官のベイアドトも満足そうだった。主君であるイチェード王太子は指揮官としてはまだまだだろうが、攻性呪式士《こうせいじゅしきし》として高位の腕前を持ち、先陣に立てる。勇気ゆえに、他の国家の元首には不可能な爆発的な士気を起こせる。

歓呼の渦のなかで、ベイアドトは密かに右拳を握りこむ。兵士たちと同じく、親友にして副官である彼も確信する。

イチェードが公王となる未来は、アブソリエルが躍進すると誰《だれ》もが信じていた。

青空には雲が流れ、太陽が日射しを投げかける。

燦々《さんさん》と照る太陽に、小さな黒点があった。太陽を背負う逆光となって、なにかが高空を飛《ひ》翔《しょう》していた。

黒点は小さな扇《おうぎ》のような尾を後方へとうねらせ、左右には両翼が広げられて羽根だけが小さくはためく。翼と尾の揚力だけで滑空していく。

空を行く影は、尾が大きな鳥だった。青い鳥の上には塊が二つ見える。甲羅の四方から短い手足が出ていた。頭部が二つある奇怪な亀だった。もう一体は青黒い猫だった。猫はうずくまって退屈そうに寝ており、尾が緩く揺れた。

奇怪な鳥と亀と猫が空を行く。

滑空していく鳥の頭部が下へ向けられる。飛翔《ひしょう》速度を緩め、観察するように首を向けたまま固定。逆光で影となった全身で、琥珀《こはく》色の目だけが光る。

地上には、草原や点在する林が広がる。間を貫く街道の上に、土煙があがっていた。

土煙の中には、車が見えた。一台ではなく数十台もの群れとなっていた。装甲《そうこう》車や兵員輸送車が街道を進んでいく。

車の運転席や兵員輸送車の座席に見えるのは、積層甲冑《せきそうかっちゅう》に盾《たて》に魔杖剣《まじょうけん》や魔杖槍《そう》を握った人々だった。先ほどの紛争を制して帰還する、後《ご》アブソリエル公国《こうこく》軍の軍勢だった。車に乗って、数百名もの兵士がイベベリア国境からディモディナスの丘を越え、祖国へと戻っていく。

鳥は車輌《しゃりょう》の群れが進む街道を目で追っていく。街道は先へと延々と伸びていた。遠景で延々と続く街と山と森の繰り返しの先には、後アブソリエル公国の首都がある。

確信したかのように鳥は翼をはためかせる。扇《おう》状《ぎ》の尾を振って、上空から車の群れを追っていく。

青空へと、赤子のような鳥の鳴き声が響いた。

一章　冬の嵐に向かって

弱いものに愛はない。
弱いと愛を続けられず、すぐに消える。
そして誰《だれ》一人として強くはなれない。

ジグムント・ヴァーレンハイト「鋼《はがね》の薔薇《ばら》」皇暦《こうれき》四九七年

市民の歓喜と歓呼の声が背後から聞こえる。イチェードの後方で、左右から扉が閉じられていく。

扉が閉じられると、声はほとんど聞こえなくなる。

閉じられた扉から先へ、イチェード王太子と副官のベイアドト、それを補佐するサベリウにバウラフ、十八人の親衛隊《しんえいたい》が歩む。続いて二百八十二人の国境警備兵と九十三人の義勇兵たちが敷地を進む。生き残った全員の兜《かぶと》や甲冑《かっちゅう》は煤《すす》に汚れ、血の斑点《はんてん》が散っている。

一団は、国境紛争から帰った直後に公王宮《こうおう》別館に呼びだされていた。祝いの言葉があるだろうと、兵たちの足どりも軽い。対して親衛隊《しんえいたい》は慎重に歩む。先頭のイチェードの顔には緊張感があった。

イチェードたちは敷地を進み、いくつもの門を抜ける。人々の声も後方に遠くになっていき、ついに消えた。

通路の左右には、赤い制服に黒帽子の儀仗兵《ぎじょうへい》たちが並ぶ。白手袋で握った喇叭《らっぱ》を口に当て、吹き鳴らす。儀仗兵の間には、終点として壮麗な白い門がそびえ立つ。白い竜が象眼された大きな扉があった。

白い竜の体が割れ、巨大な扉が左右に開かれていく。扉の間を一軍が進み、公王宮別館の中庭に足を踏み入れる。

緑の芝生が広がり、木々が並ぶ。伸びていく通路の途中には、噴水が設置されていた。通路の左右にはアブソリエル帝国時代の様式の、女性や神獣の彫刻が点在している。

典雅な中庭を、イチェード王太子と親衛隊が進む。怖々と辺境警備隊の一団も続いていく。義勇兵であるロマロト老とアッテンビーヤの六大天は、名士なので慣れた様子だった。無口なドルスコリィは戦場でも公王宮だろうと変わらない。アブソリエルに忠義を抱くカリュガスは、大きく緊張していた。

背後で白竜の大扉が閉じられていくと、儀仗兵たちの曲も小さくなっていく。完全に閉じられると、音も遠くになる。

王太子と勇士たちは、芝生の間、白砂が敷き詰められた道を進む。終点にある広場でイチェードが足を止める。後続の兵士たちも停止した。

木々の間に、公王宮別館の白い建造物が姿を現す。典雅で細密な彫刻が施《ほどこ》された飾り柱が壁に並ぶ。屋根飾りにも白い竜の彫像が鎮座していた。

純白の建物の前には、青い制服に白帽子の公王近衛兵《このえへい》たちが並ぶ。手にした魔杖槍《まじょうそう》は、穂先を天へと向けて林立する。精鋭中の精鋭、アブソリエルのために命を懸ける彼らだが、頰《ほお》には緊張の硬さがあった。目線は動かさないが、近衛兵たちは一点に注意を払っていた。

青い制服による隊列の中央には、簡易玉座が設置されていた。傍《かたわ》らには緑のドレス姿の女性が立っている。銀の略冠をいただく薄い金髪に緑玉の瞳《ひとみ》。ナーデン王国からアブソリエルへと嫁いできた、ペヴァルア王太子妃《ひ》だった。

アルリアンの血を引き、西方の宝玉と言われた美姫《びき》。

横には乳母が立つ。裾《すそ》を小さな右手で摑《つか》むのは幼児。イチェードから年が離れた弟である、イェドニスだった。幼児は自分がなぜここにいるのか分からず、乳母の陰に隠れる。

イチェードは微笑《ほほえ》む。愛《いと》しい妃《きさき》と弟がいることに満足していた。王太子は目線を動かしながら表情を変え、武人の顔に戻す。

左にある玉座にこそ、この場の中心人物が座していた。

「よくぞ戻ってきた」

巨大な椅子《いす》に座すのは、一人の男だった。青い豪奢《ごうしゃ》な服は金糸で複雑な縫《ぬ》いとりをされている。襟《えり》や袖《そで》には豪奢な毛皮の飾りがついていた。色褪《いろあ》せた波打つ金髪の上に、公王《こうおう》の銀冠をいただく。下には青い宝玉のような瞳《ひとみ》があった。

男が右手に握る酒杯を見て、イチェードの顔には一瞬だけ嫌悪感が掠《かす》め、即座に消した。

「公王陛下、わざわざの歓迎をいただき、幸甚《こうじん》の至りです」

王太子たるイチェードが右膝《ひざ》をついて左膝を立てる。目上どころか至上の相手への拝謁《はいえつ》姿勢を取る。背後に控えるベイアドトとサベリウも優雅に倣《なら》う。王太子親衛隊《しんえいたい》も、慣れたように拝謁姿勢となる。アッテンビーヤとロマロト老も完璧《かんぺき》な仕草で倣う。

国境警備兵の小隊長に四人の分隊長たちは、急いで膝を折る。兵士たちも、教本で見ただけの拝謁の姿勢を取る。ドルスコリィも周囲の真似《まね》をし、カリュガスは恐縮しすぎて地に両手をついて平伏していた。

眼前に座すのは、長く続いたアブソリエル帝国から、さらに五百年近く続く、後《ご》アブソリエル公国《こうこく》の指導者。八十三代公王、イェルシニアス四世であった。歴史に比べて多すぎる代は、帝国の五十八代もの皇帝から数えて継承国家であると示す意味がある。

世に龍皇に光帝、教皇に法王と多くの権威はあるが、かつてのアブソリエル帝国皇帝こそが、地上最高権威であった。帝国崩壊時、皇帝の傍系《ぼうけい》たる王族の一人、アブソリエ公爵《こうしゃく》が脱出。

アブソリ侯爵《こうしゃく》にも支えられ、帝国の西方領土をまとめて公国を建国し、公王となった。

公王が教皇と法王と皇帝に次ぐ権威とされるのは、帝国の後継者であることに由来する。同等となれないのは、帝国の大版図を継承できず、西方だけを得た王に留《とど》まると自他が認めているからである。

人々の思惑を一身に受け、イェルシニアスは軽く息を吐く。

「汝《なんじ》らの奮戦の報告を受け、公王である私からも感謝の意を伝えたい」

イェルシニアス四世の声は酒焼けし、言葉は儀礼そのものだった。

「国境警備隊には公王勲章を授与する。それぞれに褒美も授けよう」

公王は計算しながら伝えていき、国境警備隊員たちの頭がさらに下がる。

「ロマロト老とアッテンビーヤの六大天、カリュガスとドルスコリィには、後公国銀十字勲章と褒賞を授ける。その部下の義勇兵たちにも青銅十字勲章と褒賞を授ける」

ロマロトとアッテンビーヤは礼とともに頭を下げる。ドルスコリィは無言で拝命を受ける。カリュガスは感激のあまり地に伏し、敷地に額《ひたい》を打ちつける。義勇兵たちも喜びの顔で自分たちの指揮官に倣う。

「王太子と親衛隊には」

イェルシニアスが長男と背後に控える者たちに目を向ける。

「私と親衛隊は勝手に援軍に出ただけです」

拝謁《はいえつ》の姿勢でイチェードが答えた。イェルシニアスはとくに不愉快さを見せないが、疑問の目を息子へと向けた。イチェードも反抗の表情ではない。

「ですが、軍全体と国民の士気にも関わりますゆえ、親衛隊《しんえいたい》の死者にだけは二階級特進。士官と兵士の彼らには特別賞与を下賜《かし》されますよう、お願い申しあげます」

各方面へ配慮した過不足ないイチェードの答えに、公王《こうおう》はうなずく。

国境警備兵や義勇兵たちは拝謁の姿勢で喜びを必死に抑える。公王と王太子によって、戦友たちの死は報《むく》われ、自分たちの奮闘は意味を与えられたのだ。

玉座に座すイェルシニアス四世がまたも息を吐く。杯《はい》を横の机に置いて、右手を挙げる。手が軽く振られる。謁見《えつけん》の場は終わったという合図だった。

拝謁姿勢からイチェードは膝《ひざ》を伸ばして立ちあがる。ベイアドトとサベリウとバウラフ、親衛隊が立ちあがり、後退していく。国境警備兵や義勇兵たちも退去していく。

全員の退去のあと、最後にイチェードが一礼して去ろうとすると、イェルシニアス公王が手招きした。王太子は怪訝《けげん》な顔となる。

残ったベイアドトと親衛隊も緊張の顔となる。士官と兵士たちも立ち止まり、公王と王太子を見つめる。親子である両者には妙な間があった。アブソリエルの政治と経済を司《つかさど》る公王と、軍事を率いはじめている王太子に軋轢《あつれき》があるのかと周囲が緊張する。

イチェードは王太子の横顔で前に進む。

　玉座の前でイチェードは立ち止まる。公王は肘掛《ひじか》けに手をついて立ちあがる。両手を広げて、息子たる王太子を歓迎する。イチェードは前に出る。

「よく戦った」

　イェルシニアス四世は、息子たる王太子を両手で抱擁《ほうよう》する。抱きしめられたイチェードは、父なりの激励に熱い感慨で胸を焦がす。

　しかし公王の抱擁は長い。イチェードが戸惑うほどに長い。ようやく父王の顔が王太子の右耳へと向かう。

「アブソリエルのためによく戦った」

　小声とともに吐かれた公王の息は、酒精が混じったものだった。今日だけは凱旋《がいせん》祝いだろうと、イチェードも自分を納得させる。

「だが、あの戦いは無意味だ。次は控えよ」

　公王の言葉に、イチェードは硬直する。思わず顔を引いて、父の顔を見る。イェルシニアス四世は真面目《まじめ》な顔だった。

　ディモディナスの丘は、アブソリエルとイベベリアの因縁の地。奪還する戦いが無意味だと言われても理解できない。一瞬後にイチェードは気づく。

「分かっております」父王の意図を理解したと答える。「ガラテウ要塞《ようさい》を取れねば意味はありませんね」

イチェードは小さく答えた。イェルシニアス四世の青い目には悲嘆が掠《かす》めたが、すぐに消失した。

王太子は自分の答えが違っていたと理解した。なにが違うのかと問おうとした瞬間、公王《こうおう》は反転。玉座の傍《かたわ》らを進んでいく。白帽子に青服の近衛兵《このえへい》たちが槍《やり》を掲げ、下ろす。公王を送る音楽が遠くから奏《かな》でられる。

謁見《えっけん》の場は終了したのだ。イチェードはその場に立ちつくし、公王の背中を見送ることしかできなかった。王太子弟イェドニスは、乳母の背後から顔を出し、兄の姿を見つめていた。

楽隊の音楽の間に、赤子のような叫び声が混じる。公王宮別館にある尖塔《せんとう》の上、円錐《えんすい》の上屋根に影が見えた。

青い羽毛に長い尾。尾羽を広げずに留《とど》まる孔雀《くじゃく》だった。横には黒い塊。甲羅を背負う亀が手足を縮めていた。青黒い猫は二本の尾を揺らす。

孔雀は再び首を掲げた。嘴《くちばし》が上下に開き、赤子のような声を放つ。

遠い遠い呼び声のようだった。

瞼《まぶた》が開き、青い瞳《ひとみ》が現れる。茫洋《ぼうよう》としていた瞳孔《どうこう》の焦点が合っていく。

男は士官服に似た典礼服で椅子《いす》に座っていた。肘掛《ひじか》けに右肘をついて、右手で顎《あご》を支える姿勢で意識が飛んでいたのだ。

「七回目だったな」

男は心から退屈そうに言った。

「そうか」驚きすらない述懐が出ていた。「ついにこうなったか」

男の目が動く。右には机があった。上には書類の塊が小さな山脈となって連なる。間には書類が広げられ、折り重なっていた。各種の硬筆や印章や朱肉が散らばっている。膨大な書類の確認と、許認可の署名捺印《なついん》の途中で小休止をしていて、記憶の迷宮に迷いこんでいた。

執務室の壁の三方には本棚が並ぶ。窓はあっても、紗幕《カーテン》が外の光を遮断していて日光は入らない。天井からの橙《だいだい》色の淡い光だけが降りている。

男は息を吐く。白髪が混じりはじめた黄金の髪には、公王の略冠があった。男の右手が掲げられ、傾いた冠を整える。

「陛下」

室内に声が響く。

「イチェード陛下」

低い男の声だった。椅子で頬杖《ほおづえ》をついたままで、イチェードが声のほうへと顔を向ける。

青い目の先には執務室の片隅が見えた。本棚の角の陰に、暗灰色の影がわだかまっていた。

背外套《マント》から頭巾《ずきん》を被《かぶ》り、膝《ひざ》をついて頭を下げているため、顔や特徴が判別できない。全体の輪郭は煙のように揺らめき、正確には分からない。立体光学映像による幻影だが、建物全体を覆《おお》う干渉結界に阻害され、不鮮明となっていた。

「イチェード陛下、準備は整っております。そろそろ号令を」

跪《ひざまず》いた影の声は、部屋の床を這《は》うように響いた。

「もう一人はどうした」

「こちらに向かっていますが、少し時間がかかるようです」

頬杖《ほおづえ》のままのイチェードの問いに、影が答えた。公王《こうおう》はなんの感慨もなく、左手から顎《あご》を離す。左手の皺《しわ》が浮いた中指に、指輪が塡《はま》っていた。螺鈿《らでん》細工の輪には白い宝玉が爪《つめ》に抱かれていた。

椅子《いす》に座り直してイチェードは息を吐く。若いころから激戦に死闘を潜《くぐ》りぬけた彼であっても、緊張する瞬間だった。世界を変えるともなれば、誰《だれ》でも彼のように緊張するだろう。

「見ているがいい、ペヴァルアにベイアドトよ」

祈りのように名前をつぶやき、イチェードは左手を前に差しだす。部屋の空中に差し伸べられた指で、指輪の宝玉が輝く。

「始めよ」

白い宝玉からの光は眩《まばゆ》い閃光《せんこう》となった。

俺の足は廊下を踏みしめる。右手に魔杖剣《まじょうけん》と魔杖短剣をつなげた革帯《ベルト》を抱えていて、歩くたびに音を立てる。装備に資料と、忘れ物はないかと再点検していく。

足取りは軽くならない。楽しい予定ではないが、もう決まったことだ。あとは出発前に最愛の者たちに会っておきたい。

居間に足を踏み入れる。先では、お腹の大きなジヴが籠《かご》を運んでいた。

「ガユス、準備は終わった？」

「妊婦さんが家事をしないでくれ」

慌てて駆けより、俺はジヴの手から荷物を奪う。籠を見ると、乾燥しおわった俺の上着が見えた。長外套《コート》を手に取って、籠を棚に置く。

「ガユスに朝食を作ってもらって悪いし、動いたほうが体にもいいのに」

ジヴが微笑《ほほえ》んでみせた。俺は少し寂《さび》しい表情を浮かべているだろう。

「分かるけど、気になってしまう。すまない」

「心配性〜」

「慎重と言ってくれ。そのお陰で生き残ってこられた」

ジヴが笑ってくれたので、俺もふざけられた。勧めると、ジヴが応接椅子《ソファ》に座った。俺は応接椅子《ソファ》の背もたれの端《はし》に長外套《コート》をかけ、横に武具を立てかけて、最愛の人の前に跪《ひざまず》く。

ジヴーニャの腹部は大きくなってきている。俺は右手で腹部を撫《な》でていく。

「双子《ふたご》だけど、性別は調べないのか」

撫でながら問うてみる。

「調べない。出てきたときの、お楽しみくじ引きだと思って」

大きなお腹の先で、ジヴが笑ってみせた。

「当たりしか出ないとは、豪気なくじ引きだな」

思わず俺も微笑む。

「だけど、名前には困るな」俺は贅沢な悩みを述べてみせる。「男女四人分を考えておかないとならない。一応は偉い人に候補を出してもらうことにしているけど」

「私も考えるし、候補を出してもらうから、半分で済むよ」ジヴは花がほころぶように優しく笑った。「今のところの候補は？」

「いくつかあるけど」

「こちらも参考にしたいので教えて」

「ア」

言った瞬間、俺は口を閉じた。下から見ると、ジヴは寂しく微笑む。

「その子の名前は使わないほうがいい」

優しいジヴの声で、俺はうなずいてみせる。ジヴはアナピヤのことを言っているのだろう。俺も一度は連想したが、同時に別の名前も浮かんでいた。口に出さないことでジヴに悟られたくはない。

「そうだな、やはり知識がある人に出してもらおう。そこから二人で決めていって」

新たな疑問が浮かぶ。俺はジヴを見上げた。

「それぞれが名前を出しあって、どうやって決定しよう」

「そこは話しあいでいいんじゃない。良い名前を選べばいいんだし」

ジヴが微笑《ほほえ》んだ。俺も先のことを考えすぎていたので、少し反省しておく。何事も二人で決めていけばいい。上手《うま》くいかないこともあるだろうが、短気を起こすこともないのだ。

「ガユス、少し変わったよね」

ジヴは、腹部を撫《な》でる俺を緑の目で見つめていた。

「そうなのか」

「前はもっと、なんというか」

ジヴが言葉を区切った。緑の目には優しい色があった。

「どこか怖かった」

「それはすまない」俺にも分かっていたことだ。「だけど少しは変わったとは思うので、許してほしい」

「許すとかではなく、良かったってことだよ」

俺が言うと、ジヴはうなずいてくれた。指摘されたように、俺の意識も変わってきていた。街で妊婦を見れば、自分に手助けできることはないかと考える。小さな子供たちが騒いでいるのを見ると、道路に飛び出さないか、変質者はいないかと周囲を警戒する。家族ができ、また生まれてくることで、他人もまた同じ思いだとより強く思うようになっている。

街の底辺を這《は》いずる野良犬がギギナに摑《つか》まれ、ジオルグの指導によってなんとか攻性咒式士《こうせいじゅしきし》となり、死闘を超えてエリダナの七門のひとつに数えられる事務所を作れた。そして家族を持つまでになれた。

支払った犠牲は大きい。大きすぎる。それでも今ここがある。良い変化かどうかは分からない。だけど、過去に戻れる選択肢があっても、俺は選ばない。

「撫でるの長っ」

ジヴに言われて、俺の手が止まる。考えに没頭して、ひたすら腹部を撫でるなど変に決まっている。ならば、余計に撫でていく。ジヴが笑いだしたので、慌てて止める。子供に影響があってはいけないのだ。たしかに俺は変わった。

こんな幸せなことは世に多くはない。そして俺にとっては生涯一度かもしれない。

「ほら、そろそろ言っていた時間」

ジヴが右手を振って、映像の時計が空中に表示された。

現場での前準備もあると、予定よりかなり早めを設定していたのだが、仕方ない。俺は引き剝《は》がされる思いで、立ちあがる。椅子《いす》に立てかけてあった武具ごと革帯《ベルト》を手に取る。身につけていき、金具で固定。最後に上着を手に取って、袖《そで》に腕を通していく。

前の釦《ボタン》を留《とど》め、そこで止まった。

「本当は行きたくない」俺の唇《くちびる》は内心を吐露していた。「ここにいて、ジヴと生まれてくる子供たちを守っていたい」

「それは違うんじゃないかな」

ジヴが目で部屋の端《はし》を示した。立体光学映像での報道が映っている。

映像では、後《ご》アブソリエル公国《こうこく》軍がかつての帝国の領土である、西方諸国へと進軍している。神聖イージェス教国も南下して、北方諸国を侵食。ツェベルン龍皇国《りゅうおうこく》とラペトデス七都《ななと》市《し》同盟の北辺を脅かしている。大陸国際会議が両国に非難声明を出すが、進軍が止まる気配はない。

ジヴーニャが応接椅子《ソファ》から立ちあがった。手を伸ばして、俺の襟元《えりもと》を整える。

「聞いていた話だと、ガユスにできることもあるはず」

「できるとは思えないんだけどな」

俺は息を吐く。

「小国家の浮沈に多少は関わったこともあるが、多少だ。今度は大国に戦争だ。あきらかに俺の手に余る」

「大丈夫」ジヴーニャの声には真剣さがあった。「私はガユスを」

そこでジヴーニャの口が迷った。

「うーん、人としては信じてはいないけど、攻性咒式士《こうせいじゅしきし》としても信じられないけど」ジヴーニャは自分で言っていて混乱してきている。「どこか信じている」

「うわーい、まったく分からない」

俺は小さく両手を掲げておく。分からないこともない。ジヴーニャの手が俺から離れた。そして俺の頭へと伸びた。引きよせられると、熱。

唇が重ねられる。

顔が離れた。俺の正面で、ジヴは少し照れていた。俺は軽く驚いていた。

「ジヴからするなんて珍しい」

「前にも言ったけど、私から求めることもあるの」

かわいい。おまえは新妻か、新妻だった。ジヴの緑の瞳《ひとみ》が俺を見上げてきた。

「なんにしろ元気出た?」

「うーん、大人なのでもうちょっと性的刺激が欲し」

「はいはい」

俺が両手でジヴを抱きしめようとすると、両手を胸板に立てて止められた。

「いってらっしゃい」

俺の胸には、言いがたい感情が去来する。進路には大きな危険があり、死ぬかもしれないが、それでもやらねばならないことがある、とジヴは送りだすのだ。俺なら行くなと止めてしまうかもしれない。だが、善人は善性ゆえに、苦しい決断をしてしまうのだ。

俺は廊下へと歩む。ジヴもついてくる。玄関に立つ。最終確認で忘れ物はなし。前に出ようとした瞬間、背後へと引っ張られて動きが止まる。

振り返ると、ジヴが俺の上着の裾《すそ》を両手で摑《つか》んでいた。

「うー、やっぱり怖いし嫌だ。ガユスを行かせたくない」

俺を見ないジヴの双眸《そうぼう》には、決壊寸前の涙が溜《た》まっていた。善人ゆえの決意と愛情が拮抗《きっこう》どころか激突し、今また揺れているのだ。

「大丈夫」

俺は左手で彼女を抱きよせる。素直に身を任せるジヴを落ちつかせるように、背中を撫《な》でる。

「大丈夫。生きて帰る」

自分にも言い聞かせるような言葉が口から出た。腕のなかで、ジヴもうなずいている。

俺はジヴの顎《あご》に右手を添えて、口づけをする。うーん、泣きそうなジヴはかわいい。もう一度口づけ。急速に腹の底から欲情がやってきた。唇《くちびる》を離して、俺は問う。

「ええと、行く前に」

「今はちょっとしたくないかな」

ジヴが唇《くちびる》の前に人差し指を入れてきた。手の背後でジヴーニャは優しく微笑《ほほえ》む。

「そろそろ子供に影響があるかもしれないし」ジヴは俺を傷つけないように語る。「ガユスは好きだけど、今はやらしーことはしたくない気分なので、ね？」

一瞬、俺の内部に不快感が出てきてしまうが、これは良くない感情だ。

「そ、うだな、子供は大事だ」

残念そうな声にならないように、微笑みとともに返答を紡《つむ》ぐ。俺から求めることが多いが、ジヴから求めることもある。だが、都合よく両者の願望が一致する訳でもないのだ。

俺も以前なら欲望に突き動かされ、強引に迫る場面もあった。だけど、夫だけでなく父にもなるなら、自分を抑えないとならない。子供に影響が、という言い訳は、俺も引きやすいようにという彼女の配慮ゆえの言葉だ。ジヴは俺を少し変わったとしたが、ジヴも変わってきている。

「すまない」

「なにが？」

ジヴは疑問を含んで微笑む。俺の内心に、気づかない演技をしてくれていた。上手《うま》く配慮されている時点で、俺は男として夫として父として、人間としてまだまだなのだ。なにがエリダナ七門だ。たまたま咒式《じゅしき》で強くなっただけの小僧にすぎない。ジヴにふさわしい人間になるには、さらに深い思慮と研鑽《けんさん》が必要だ。

俺の両頰《ほほ》に熱。ジヴの両手が俺の頰を包んでいた。彼女は直線で俺を見つめていた。

「だから、ガユスが続きをしたいなら、そして私もしたいので、生きて」ジヴの緑の目には、願いの色があった。「帰ってきて」

真摯《しんし》な問いに、俺も止まってしまう。だが、断言しなければならない。

「生きて帰る」

真面目《まじめ》な答えと、先ほど配慮された自分のことで二重に恥ずかしい。

「もう一回、いや何度でもジヴを抱きたいし」

俺がふざけると、ジヴの笑みが深まる。俺の頰を包む彼女の手が頭の後ろに回された。

二人は素直に口づけを交わす。

イベベリア国境にあるガラテウ城塞《じょうさい》から街道が国内へと伸びる。街道に沿って草原や林を抜けると、フォイナンの街が見えてくる。

近代国家のどこにでもあるような、高低のビルが林立する街並み。建物の屋上や壁面では、立体光学映像の美女が、笑顔で冬の珈琲《コーヒー》杯を掲げて宣伝していた。ビルの足元に色とりどりの商店が軒を連ね、さまざまな商品を並べていた。道路には魚群のように車が行き交う。歩道を厚着した人々が歩いていく。老若男女の誰《だれ》もが忙しそうに進む。新年からの興奮も冷めて、街は平常となっていた。

歩道の雑踏のなかで、若い男女が並んで歩んでいた。女は退屈そうに携帯端末を見て、手袋に包まれた指で立体光学映像を操作し、文書を書く。

最後に指が跳ねて終了。電子の海に公開されたのは、先ほど食べたルゲニア料理の写真だった。感動だのおいしいだのという感想を添えた女の顔は、退屈そのものに見える。

「あーあ、なんかおもしろいこと起こらないかな」

疲労の息とともに女が言うと、横を行く男の顔には少しの不満があった。男としても、食事を奢《おご》っていっしょにいて退屈と言われると、立場がない。表明すると女が不機嫌になるため、黙って進む。

恋人といっても、男女は互いにそれほど愛しあっているわけではない。自分ならこの程度の相手だろうと、とりあえずの妥協で共にいるだけだ。世界中にいるような二人だった。

大きな音。

若い男女が振り返ると、車やビルの先、遠い北の空が黒く曇っている。雲ではなく、なんらかの爆煙のように見えた。周囲の人々も立ち止まり、空を見ている。

「なんだあれ」「火山の噴火?」「火山なんか近くにないだろう」「ガラテウ要塞《ようさい》?」「要塞からどれだけ離れていると思っているんだ」「報道ではなんもないな」

それぞれに憶測を述べあっているが、誰《だれ》にも結論は出せない。

「ええと」

男が問おうとすると、女が顔を車道側へ向ける。宣伝や広告の音が流れる、地方都市の日常があった。騒然とする人々の先で車の警笛が連なる。車の列が詰まって信号が変わっても車が動けず、人々の苛立《いらだ》ちとして鳴り響いていた。

「どうなってんの？　事故？」

「さっきの爆発かなんかで驚いた車で、交通渋滞《じゅうたい》が起こっているのだろう」

女の問いに、不機嫌そうに男が返した。女は再び北の空を見つめる。青空の下を染める黒い雲は、フォイナンの街へと近づいているように見える。

「だからぁ、結果ではなくて、さっきの大きな音とあの黒い煙はなにって聞いているの」

「知らねーよ」

男が投げだすと、女の顔には不満の色。男は女の心配性がめんどくさくなってきていたのだ。

「だからさー、次は」

「黙って」

女に言われて、男は口を閉じる。怒りを込めて口を開く。

「おい、黙ってって、なんだその口の」

安い怒りが滲《にじ》む男の語尾に、再び大きな音が重なる。街に流れる宣伝の音や音楽の間を、重低音が貫く。思わず女が腰を落として低い姿勢となる。男も驚いて、どこからの音かを目を必死に動かして探す。

遠くから人の叫び声があがる。続いて爆音。連なる音の方向へと男女が顔を向ける。大通りの先、北から悲鳴が届いてきた。

先にある道路から人々が逃げてくる。一心不乱に走ってくるそれぞれの顔には、恐怖一色。服に血がついた男が走る。額《ひたい》を手で押さえながら女も逃げてくる。手の間からは出血。商店の店先の商品を蹴《け》散らして、若い男が走ってくる。肩の布地が破れ、血が零《こぼ》れる。

「え、え、なになになになに」

女が戸惑っているうちに、逃げてくる人々の渦に巻きこまれる。群衆は女を無視して左右を逃げ去っていく。理由は分からないが、女も逃げる人々と同じ方向へ走りだす。男も追って走りはじめる。

逃げる人々は口々に「戦争だ！」「アブソリエルが攻めてきた!?」と叫んで逃げていく。若い女と男は、逃げまどう人々の流れの最後尾となって走る。

「どういうことだ、ガラテウに国境警備隊がいるのに！」

走りながらも男は叫ぶ。

「なにより、あのガラテウ要塞《ようさい》が落ちるわけないだろうがっ！」

男の問いに、左右や前を逃げる誰《だれ》も答えてはくれない。全員が必死に逃げていた。

背後からの音は地鳴りとなっていた。走りながら、男は後方へと振り返る。連れの女の先、街の間には逃げてくる人々が見えた。背後には建物の間を埋めつくす黒い煙。

黒い大波のように迫る煙が、渋滞《じゅうたい》する車列に激突。黒煙によって乗用車や輸送車が噴きあげられていく。質量が次々と落下。火花をあげて落下し火炎をあげる。炎すら黒煙に呑《の》みこまれていく。逃げてくる人々も巻きこまれた。絶叫も黒波のなかで絶えた。

理解不能な恐怖の光景だった。

「ガラテウ要塞や国境警備隊はなにやってたんだ！」

男は前へと顔を戻す。女もとにかく走って逃げていく。

フォイナンの街はガラテウ要塞にもっとも近い街で、イベベリア公国どころか大陸西部でもかなり安全な街だったはずだ。それがなぜ攻められているのか、二人には分からない。

背後からは爆音と轟音《ごうおん》が響く。後方からの人々の悲鳴は絶叫となって、唐突に消えることを繰り返していた。

背後からの破壊と死の足音は、男女に近づいている。二人ともに恐ろしくて振り向けない。悲鳴という音と車や道路が砕ける振動は事実を克明に伝えてくる。

「待って」

全力疾走で女の息がすぐにあがってきた。男の逃げ足は止まらない。ついに女の足がもつれる。転倒。歩道で右膝《ひざ》を打って、痛みで動けない。

涙を零しながら、女は顔を上げる。

男は他の人々とともに走って逃げていく。女を振り返りもせず、全力で逃げていった。

嘆《なげ》いた女が、歩道に両手をつく。打った右膝《ひざ》から脛《すね》の激痛で立ちあがれない。痛すぎて、骨折しているのかどうかも分からない。

「なんで」

逃げる男と人々は、背後に目もくれずに遠ざかっていく。

女は歩道に這《は》った姿勢で前に手を伸ばす。右手が歩道のコンクリを摑《つか》む。引っかかるものもなく、指先の爪《つめ》が剝《は》がれた。痛くてそれ以上動けない。死ぬかもしれないのに頑張れない。いつもそうだった。

女は、小中高、大人になってからも努力ができず、定職につかず、仕事をやってはすぐに辞めていた。だから人生のすべてに失敗している。自分を助けてくれない男を選んでしまったのは、最大の失敗だった。

なぜ自分はこんなにはずればかり引くのだろう。いつも最初は良いものに見えるが、すぐに表面が綺麗《きれい》なだけのまがい物を摑まされたと気づかされる。

理由は明白だ。自分のような女も、男にとってはずれに決まっている。はずれ同士がくっついて、そしてはずれの末路を迎えるのだ。

地を這う女の背後で爆発音。車が転がる金属音が続く。人体が転がる音に、大量の液体が流れる音。次に重低音が響いた。

連なる地響きは、倒れた女に近づいてきている。倒れた自分の背後に巨大質量が落下し、大地が揺れる。

女は、自分がもうすぐ死ぬことを理解してしまった。どうせ死ぬなら、その死を見てやろう。女は覚悟して振り向く。

自分が想像した死は、まだ甘いものだった。

現実という、より悲惨で恐ろしい苦しみが待っていた。

まだ慣れない制服の襟《えり》を指先で整え、進む。

白地に袖《そで》や襟に青を差し色にした長外套《コート》だ。アシュレイ・ブフ&ソレル咒式士《じゅしきし》事務所の制服として作ったのだが、ちょいと格好よすぎる。

廊下を進みながら、知覚眼鏡《クルークブリレ》で時間を表示。余裕を持っていたはずだが、開始直前となっていた。

ラルゴンキン・バスカーク咒式士事務所の廊下を進む。目的地を見つけ、出入り口の前で止まる。扉の先からは大勢の声が聞こえる。

扉を開けると、音が押しよせる。すでに室内には百人近い人間が集まり、行き交っていた。

部屋の前方にいたドルトンが、俺へとやってきた。

「ガユスさん」青年が立ち止まって小声で話しかけてきた。「時間は迫っていますが、あれから事態が動いています」

「今ある情報を頼む」

俺が言うと、長身のドルトンが機器を取りだす。俺も携帯を取りだして、情報を受ける。家からここに来るまででも、事態は変化している。計画の変更点をドルトンに伝える。

俺は室内の前へと向かっていき、止まる。会議まではあと数分だ。

横目で右を確認。室内前方の壁際には、エリダナ四大咒式士《じゅしきし》の一角、ラルゴンキンが座っている。ランドック人でも抜きんでた巨体に太い腕を組み、黙して語らず。歴戦の将軍の風格がある。

ラルゴンキンの背後で、知覚仮面を被《かぶ》った僧服姿の老人が控えている。千眼士《せんがんし》ヤークトーは、携帯端末から出した小さな立体光学映像を展開。凄《すさ》まじい速度で情報を整理している。

ラルゴンキンの左に続く席には、亜麻色の髪の女とアルリアンの青年が並んで座る。光幻士《こうげんし》ジャベイラと華剣士イーギーが互いに話しあっていた。二人と一派は、俺たちと同時期にエリダナ七門に就任している実力派だ。両者ともに十三階梯《かいてい》。ジャベイラはいまだに底知れないし、イーギーは末恐ろしい成長速度を見せている。

歴戦の副官、ロチナムとゲインの二人が背後に立つ。二人は携帯端末からの情報を上司たちに提示している。あちらも情報から方針を考えているのだ。

イーギーの横からは女性が出てきて、お茶を足していく。たしかリャノンとかいう女攻性咒《こうせい》式士だが、目線には熱意があった。イーギーはリャノンに礼を言って、すぐにジャベイラと副官たちとの議論に戻る。相手にされていないリャノンが重い息を吐く。うーん、イーギーの春は遠い。

彼らの背後には大きな窓が広がる。外には冬のエリダナの街並みが見えた。昼だが曇天《どんてん》で薄暗い。光の加減以上に灰色の景色に見えるのは、昨今の異常による社会情勢と心理の悪化からだろう。

前列の先には、メッケンクラートにデリューヒンが並んで座る。背後にはテセオンが立って、護衛となっていた。

アシュレイ・ブフ&ソレル咒式士事務所の全員が、俺と同じような白と青の外套《がいとう》か長外套《コート》を着ている。去年の段階で準備していた制服が、ようやく全員に行きわたったのだ。それぞれの着方にはなっているが、一応は統一感がある。

正面に目を戻す。大会議室には、多くの人々が集っていた。ツエベルンやラペトデス、アブソリエルにイージェス、その他各国出身の人間だ。同時にアルリアン人にランドック人、ノルグム人にドラッケン族、ヤニャ人までそろっている。すでに何十人もの攻性咒式士たちが座って、それぞれに会話していた。

前列の女性は熱い眼差《まなざ》しを一点に向けていた。事務所の各派閥首脳部の後方には、美しい人影。壁にはギギナが背を預けている。社交性が低い相棒は、みんなと仲良く着席とはいかないのだ。支給された制服も独自に着崩し、いつもの民族衣装のようになっている。

大事な会議だが、女性たちはどうしてもギギナが気になるらしい。人格さえ除去すれば、ギギナは美貌《びぼう》の男で済むのだ。内面は野蛮人であるが。

室内の男性たちの注意を引くのは、デリューヒンの横の人物だった。背広姿で白髪白髯《しらひげ》の老人が座る。複雑な刺繡《ししゅう》がされた肩掛けを両肩からかけている。今はまだ老人の正体を伏せておく。

席の最前列、真正面には、少女二人。リコリオとピリカヤが座っていて俺を見つめている。白と青の制服がかわいらしい。しかし、ピリカヤは遊撃隊の部隊長である。メッケンクラートたちの背後にいるべきだが、席を俺の正面に取っていやがる。

目線が合ったピリカヤが両手を胸の前に掲げる。なにかと思ったら、両手で心臓の形を作って愛していると示す。うーん、めんどくさい。

「おまえはまたそういうことを」

横から呆《あき》れたリコリオの手が伸びて、ピリカヤの手を下ろさせる。ピリカヤが抵抗。二人が争う。あ、机の下に、黒猫のエルヴィンが二人の戦いを迷惑そうにしながら寝そべっている。警備は厳重なので、ピリカヤあたりが連れてきたのだろう。かわいいからよし。

最前列の争いの他にも、室内にはざわめき。室内にいる人間は百人を超えている。増やした席でも足りず、壁際に鈴なりとなって立っているものも多い。

全員が、攻性呪式士《こうせいじゅしきし》に事務員に技術者に関係者。アシュレイ・ブフ&ソレル呪式士事務所、ラルゴンキン呪式士事務所、ジャベイラ&イーギー呪式士事務所という、三事務所による合同会議だ。他には前に約束を取りつけたエイゲネルスにマルチリオといった、実力派呪式士が事務所の代表本人だけとはいえ、来てくれていた。

通常業務を維持する最低限以外の、すべての人員がそろっていた。各自が未曾有《みぞう》の事態に対し、推測し、議論し、そして希望と不安を語りあっている。

ついでに後方の席には、顧問弁護士のイアンゴ、エリダナ警察のベイリック警部補、女性警察官のイザーレナがいた。さらには報道記者のアーゼルに、闇《やみ》医者ツザンの顔まで見える。アーゼルが俺に手を振ってきた。無視してやるのもかわいそうなので、軽くうなずいておく。ロルカは東方の珠算機を持って、なにやら計算をしていた。呪式具の売りこみが来るな。

奥の扉が開き、小柄な影が入ってくる。書類を抱えたヤニャ人は、直立歩行する猫のように見える。愛らしい姿のニャルンが混雑する人々の間を抜けてくる。俺の元まで来て、携帯端末を掲げる。俺は勇士から最新の資料を受けとる。

ヤニャ人の勇士は赤の三角帽子を取って一礼した。

「似合っているよ」

「であろう?」

俺が言うと、ニャルンが両手を広げて赤い衣装を見せてきた。戦力強化としてリコリオには狙撃銃、ピリカヤには右手を覆《おお》う籠手《こて》を送ったが、ニャルンは流儀が完成されているので必要もない。遅れたが、本人の希望によって三角帽子と中世風の衣装、魔杖《まじょう》刺突剣《しとつけん》の飾りを送ることになった。事務所の制服からは外れるが、ますます童話の登場人物に見える。

ニャルンは最前列の席の横の通路へと戻っていく。あ、椅子《いす》を背負っている。ニャルンは背中から小さな椅子を下ろして、半回転。最初からそこにいたように座る。重鎮のような動作が相変わらずだ。

俺はニャルンからの資料を読む。同時に情報素子を端末で小さく展開。映像を見ていくと、自分の眉《まゆ》が跳ねあがるのが分かった。事態はまた悪いほうに変わっている。この場で考えられる対策を考え、資料から目を上げる。

そろそろ時間なので始めたいが、室内は騒然としている。俺が言ってもいいが、適任ではない。大会議室の前列右にいるラルゴンキンへと目線で合図する。巨漢が鬚《ひげ》に覆われた顎《あご》を引いて、重々しくうなずく。

「時間だ」

ラルゴンキンの声が響きわたると、室内のざわめきが一瞬で静まっていく。全員が口を閉じて、前へと向く。

エリダナの、その他の攻性咒式士《こうせいじゅしきし》や関係者であっても、ラルゴンキンの威厳に従わないものなどいない。俺にはそういった威厳はまだない。

「ガユスよ、始めてくれ」

演技とともに、ラルゴンキンがうながしてきた。俺は携帯咒信機を起動しておく。ドルトンが資料と連動させて準備をする。

「自己紹介は必要ないだろう。まずは」

俺は全員に向かって言った。

「現状を整理しよう」

手を振って、立体光学映像を展開させる。背後の壁一面に今年の報道映像が並んでいく。

「先の皇暦《こうれき》四九八年一月五日、後《ご》アブソリエル公国《こうこく》は、イベベリア公国へ宣戦布告をし、即時侵攻した」

映像は宣戦布告や遠くから映されたアブソリエル軍や、イベベリア軍を見せる。

「後アブソリエル公国による宣戦布告の内容は、イベベリア公国は後公国の混乱期に分離、独立した僭称《せんしょう》国家であり、アブソリエル帰還を望む多くの住民の保護のためのもの、だそうだ」

俺どころか世界の多くと、そして後公国も信じていない理由だった。

「だが、わずか一日で、五百年近くも破られなかった要衝《ようしょう》中の要衝であるガラテウ要塞《ようさい》が陥落。国境警備軍も壊滅した。現在、イベベリアは後公国に攻めこまれつづけている」

「アブソリエルはどうやってガラテウ城塞《じょうさい》を落としたんだ？」

攻性呪式士《こうせいじゅしきし》や事務員、技術者の間で当然の疑問が飛ぶ。この場の全員と、そしてウコウト大陸全土で多くの人間が、戦争開始からずっと考えていることだ。

「各国が調査していて、なお分からない」

俺は大陸諸国の疑問をそのままに伝えた。手を振って、かつてのガラテウ要塞《ようさい》を映像で展開する。峡谷《きょうこく》を埋め尽くす要塞の映像を見て、全員がやはり理解できないという顔となる。

アブソリエル側が唯一の侵入口たる峡谷から出たら、遮蔽物《しゃへい》のない平原を越え、いくつもの川を渡河《とか》しなければならない。進軍している間に、三方のガラテウ要塞から呪式砲撃を喰《く》らう。要塞は分厚い岩盤と装甲《そうこう》によって強化。二万の兵が駐留している。

ガラテウ要塞は、鉄壁どころか金剛石《ダイアモンド》の城塞《じょうさい》となって、五百年近くそびえていた。

俺は手を動かし、報道資料から軍事評論家の意見を引きだしてみせた。

「後《ご》アブソリエル公国《こうこく》がガラテウ城塞を奪取するには、数十万の大軍で攻めて、数万から十数万人を死なせねば奪取できない。地形を見れば子供でも分かる事実です」

立体映像で、中年の評論家が語る。

「アブソリエル軍が城塞を奪取しても、被害が多すぎてイベベリアを攻略できない、というのが軍事評論家たちの共通見解でした」評論家の表情は暗い。「何度かの大敗があってから、小競り合いはあっても、ガラテウ城塞を本気で奪取しようとしたことはないのですが、今回はなぜか半日で陥落。軍事常識からすれば理解不能です」

評論家の神経質な顔には迷いがあった。

俺は左手を振り、前の情報を呼びだす。

被害皆無の後アブソリエル公国軍はそのままイベベリア内へと進軍。要塞を不落としていたイベベリア軍は大混乱。迎撃のために集結する前に、各個撃破された。以降の侵略者たちは最速で進軍している。

俺は迷ったが、やはり事実を示すことにした。映像では、瓦礫《がれき》の街が見えた。建物や道路や車からは火炎。魔杖槍《まじょうそう》や魔杖剣を掲げ、積層甲冑《せきそうかっちゅう》を着込んだ歩む歩兵。砲塔《ほうとう》を回転させる咒式化戦車。二足歩行する巨人のような兵器、甲殻《こうかく》咒兵が歩む。追い払われる住民たちが見えた。

室内には怒りと悲嘆。呻《うめ》き声があがる。先ほど確認した俺も、唇《くちびる》を噛《か》みしめる。

映像の街には死体。そして死体。兵士たちが死体を動かし、道路の隅に積みあげる。恐怖の顔のままで死んだ女。顔が吹き飛んだ男。背広の中年男は下半身を消失。主婦らしき女性は腹から内臓を零《こぼ》している。学生服の男女。黒く焦げた塊は子供の焼死体。

近代戦争は総力戦であり、戦士対戦士の戦いはすでに消えた。敵国の市民を殺害し、施設を破壊し、軍隊の補給や支持を削《そ》ぐ。国民がもう戦えないとなれば勝利となるのだ。しかし死者は記号ではない。それぞれに人生がある、それぞれの人間だったのだ。

映像の兵士が抱えていた死体を投げ捨てる。魔杖剣を抜いて、反転。手前に向ける。狙撃咒式が発動し、映像が停止。

砂嵐。

撮影していた戦場記者が狙撃されて死亡したのだ。転送された映像だけが残り、ニャルンから先ほど届けられていた。俺は手を振って映像を消す。

事務所員でも、アブソリエル人であるデッピオとアルカーバが肩身を狭そうにしている。俺は責めないし、誰《だれ》も責めない。

奥の席では、アーゼルが目を見開いている。戦場記者の死は、ウルムン共和国やルゲニア共和国に行っていた記者であるアーゼルに起こってもおかしくなかったのだ。

「あとはみなも知ってのとおり、数日でイベベリア軍は半壊。半月でアブソリエルは首都手前まで攻略した。イベベリアは最後の防衛線で抵抗しているが」

言いよどんで、俺は先ほどニャルンから届けられた映像の二つめを展開。

川の先、高い城壁に砲門が並ぶ。上空には数々の量子干渉結界が展開。城壁前では塹壕《ざんごう》に陣地が作られている。間には戦車と自走砲。兜《かぶと》を被《かぶ》った兵士たちが軍用魔《ま》杖《じょうそう》槍や魔杖剣を抱いて、防壁の陰に伏せている。ナリヨラは前に川、背後に山を背負う、要害の地。背後にある首都と連携することで、強固な陣地となる。

城塞《じょうさい》都市ナリヨラ市と首都ナブーシアが、イベベリア公国の最終防衛線となっていた。

対する後《ご》アブソリエル公国《こうこく》側は、川の手前で要害のナリヨラ市を遠巻きに包囲していた。

映像を見ていたラルゴンキンが口を開く。

「後アブソリエル公国は領土奪還とイベベリア内にいる親アブソリエル系住民の保護のために、として侵攻した。そういった住民がいるかもしれないが、少数派だ。保護は言い訳で、単に勝利が確実だからと動いたのだろう」

元軍人が予測を述べる。ラルゴンキンは、後公国軍の進路を呼びだした。ガラテウ峡谷《きょうこく》から侵攻した後アブソリエル公国軍の矢印は、首都へと一直線には向かっていない。峡谷から十数方向へと分かれ、全土へ広がっている。矢印は途中でイベベリアの軍隊と出会うが、一撃で撃破し、先へと進軍している。

「後公国軍の大半は、すでにイベベリア公国全土の大都市や生産拠点、港や鉱山を抑えに動いている。国力を下げずに、無傷で占領することを優先している。民間人の抵抗もあったが、散発的なものでしかなかった」

侵略者の戦略は、明白だった。

「イベベリア公国各地の要所を制圧してしまえば、後アブソリエル公国軍は最終防衛線であるナリヨラを攻略に向かう。ナリヨラを落とせば、あとは首都陥落と全土掌握《しょうあく》を止めるものがない」

「イベベリア公国の陥落は、もう時間の問題だ」

同じく元軍隊経験があるギギナが語った。

「ガラテウ要塞《ようさい》と周辺軍の連携で世界を敵にしても守れると豪語していたが、呪式《じゅしき》技術後進国で軍も弱兵で少数、士気も低い」ギギナによるイベベリア王国と軍隊の分析が続く。「指揮官に名将勇将はおらず、国家元首であるイベベリア公王《こうおう》は凡庸《ぼんよう》どころか暗君との評だ」

見えている結果の重さに、ギギナは息を吐いた。

「ガラテウ要塞《ようさい》が落ちた時点で、イベベリア公国の消滅と併合は時間の問題だ」

ギギナの指摘は冷徹だが事実となるだろう。ガラテウ要塞に頼りきっていたイベベリアは、国家として弱体化しすぎていたのだ。

各国からの報道も、遠景から撮影するだけでナリヨラ市や首都ナブーシアといった戦闘地域に近寄れない。ナリヨラと首都の市民によって電子上に情報が出るが、同じく遠景からのみだった。イベベリア内からの情報も、アブソリエルの支配地域の広がりとともに通信遮断が起こっている。

「後《ご》アブソリエル公国《こうこく》による戦争開始以来、半月でイベベリア公国が陥落寸前。ナーデン王国も浸食されている。そして、先ほど、ネデンシア共和国にも侵攻した」

ニャルンの情報を俺から伝えると、室内の攻性呪式士《こうせいじゅしきし》たちが喉《のど》の奥で唸《うな》る。

「三正面作戦なんて、ありえない」「そんなバカな軍略が」「どんな軍隊だ」

元軍人だった攻性呪式士たちは、そろって疑問の声を発する。戦力を集中して敵を打破することが、戦争と戦闘の常道だ。弱国と中規模国家、さらには破綻《はたん》国家といえども、三カ国を同時に攻略などありえない。愚策にしか思えない。

俺はウコウト大陸西部地図を呼びだす。後アブソリエル公国の領土は国旗の青として表示。俺が映像に右手を触れると、矢印が浮かびあがる。青から下へと俺の指先が矢印を引っ張っていく。

「長年、後アブソリエル公国の野望に頑健な蓋《ふた》をしていた、ガラテウ城塞《じょうさい》を無傷で突破したなら」俺は下のイベベリアの緑へと青を広げる。「イベベリア公国を手に入れ、一気に大陸西方統一への道が開けた」

そこでギギナが手を上げ、映像の操作権を引きよせる。大理石のように白い指で立体映像に触れた。指先が地図上のアブソリエルの青から矢印を引いていく。

「現在の後アブソリエル公国は、同じくアブソリエル帝国の後継者を自称するナーデン王国と反目しあっている。今回の戦争は対ナーデンの前哨戦《ぜんしょうせん》のひとつだ」

ギギナがナーデンとは反対方向へと矢印を引いていく。

「そして、先ほど〈踊る夜〉のゴゴールによってネデンシア人民共和国軍が粉砕。イルソミナスによって、同国の総統が暗殺された」

ギギナの手は地図上のネデンシアを示すと、国土から指揮系統が消え、軍閥が割拠しだす。軽く説明しているが、小国とはいえ一国の軍を撃破し、指導者を軽々と暗殺する〈踊る夜〉は訳が分からない強さを持つ。そしてそのゴゴールを倒し、イルソミナスを退けたミルメオンは、どういう存在なのか。

俺の内心を無視して、ギギナは地図のネデンシアにアブソリエル軍の進軍経路を示していく。

「ネデンシアは、イベベリアと同じく元は後《ご》アブソリエル公国《こうこく》の一部だ。イベベリアでは少ないだろうが、独裁政治に苦しめられたネデンシア国民の大半は、早く後公国に併合してほしいとなるだろう」

ギギナの手に導かれるように、地図上の後公国軍がネデンシアに広がっていく。

「後公国軍は、ネデンシアの主要な軍閥をすでに撃破している」ギギナは国の死を告げていった。「首都にたいした戦力は残っておらず、すぐにこうなる」

ギギナの指は首都に到達し、最後に地図を軽く叩《たた》く。ネデンシア人民共和国の全土がアブソリエルの青に染まる。ギギナの予想は数日中に実現するだろう。

次にギギナの指が横へと動く。

「その後で、ナーデンを片付けるだろう」

ギギナの手によって、ナーデン王国もアブソリエルの青へと染まる。

「初手《しょて》でガラテウを無傷で突破してイベベリアを制圧し、後方の憂いであるネデンシアが片付いたなら、あとは正面のナーデン方面に全力をそそげる。見事な戦略だ」

室内には動揺が広がる。後アブソリエル公国による大作戦だが、あと少しで成立する予想の地図だ。

「三国併合が後アブソリエル公国の狙いか」

室内から驚きの声があがる。

「ここで終わるわけがない」

冷静にギギナは切って捨てた。地図に向けて、右手が置かれる。

「三国の順次攻略には、後アブソリエル公国軍の半分ほどが展開しているだけだ。現在は予備役招集や徴兵もなされ、兵数はさらに膨《ふく》れあがっているはずだ」

地図上に置かれたギギナの右手の指が開かれた。親指、人差し指中指が三方向を示す。

「ナーデンさえ破れば、あとは敵になりえない。周辺の元アブソリエル帝国系国家、マルドル、ゴーズ、ゼインを取れば、ウコウト大陸西方諸国家のすべてが、後アブソリエル公国の領土となる」

二大超大国であるツェベルン龍皇国《りゅうおうこく》とラペトデス七都市《ななとし》同盟の西に、後アブソリエル公国圏という超大国が幻視される。元々がアブソリエル帝国圏、そして後アブソリエル公国から分離独立した国家が再統合されただけかもしれないが、強大にすぎる。

「後アブソリエル公国は、本当にそこまでやるつもりなのか」

テセオンが呆然《ぼうぜん》とした声を出した。誰《だれ》にも予想できなかった、大戦争の予想図なのだ。

室内の誰も答えられない。地図に幻視される、もうすぐ姿を現すであろう超大国を見つめているしかない。

俺もなにも言えない。貿易によって結びついた近代国家にとって、戦争は損でしかないため起こらない、と言ったのは誰《だれ》だったか。前提は後《ご》アブソリエル公国《こうこく》と神聖イージェス教国によって崩され、参照項にならなくなっていた。

「各国はどうするつもりだ？　これだけ時間が経《た》っているのに動きがないようだが」

再びテセオンが問うた。俺は現実に戻る。

「動けないといったほうが正確だろう」

俺は各国の動きを説明する。

「現代において、大陸会議に加盟する各国が共同していくべきだが、できない。主導する超大国であるラペトデス七都市《ななとし》同盟が、非難声明を出すだけで諸国と同じように動かない。ならば他の国も動けない」

「理由は明白だな」

ギギナが言った。俺はまた別の情報を指で引っ張ってくる。

現れたのは、七都市同盟首都であるファステアスの映像だ。街角のすべての軒先に、黒い弔旗《ちょうき》が掲げられている。連なる弔旗は首都に数十万もはためく。

首都の大聖堂では、盛大な葬儀が執り行《とりおこな》われていた。数千人が列席して頭を垂れている。大聖堂の外の広場には、数万もの人々が詰めかけている。嘆《なげ》きの声をあげる人々は四方の街路にまで溢《あふ》れている。見えるだけで、数十万という老若男女が泣き悲しんでいた。

同盟では、先ほど聖地アルソークで戦死した当代同盟七英雄の一人、白騎士ファスト・ファステアの国葬が行われているのだ。

「世界最強の一人とされた男でも死ぬのだな」

ギギナの言葉は質量となって室内の人々に降りかかる。

今さらながら、白騎士の死は大きすぎた。報道や情報屋を総動員し、ようやく聖地で起こったことの断片が伝わってくる。総合すると白騎士ファストは〈黒竜派〉方面軍を軽く一蹴《いっしゅう》。しかし〈長命竜《アルター》〉の犠牲によって〈龍〉が部分召喚される。奇襲の一撃から人々を、セガルカを守るためにファストは戦死したのだ。誇り高すぎる死だった。

同じ場にいた、モルディーン十二翼将《よくしょう》筆頭のオキツグも〈龍〉を追い返すために、穴へと飛びこんで行方《ゆくえ》不明となった。不愉快だが、事実としては翼将たちが奮戦し、ミルメオンが最後の一押しをして、ようやく〈龍〉を押し返せたらしい。

オキツグを極点として目指していたギギナは、一報以来、ずっと迷っているようにも見える。

俺としては先の情報を提示していく。

「ラペトデス七都市同盟の議長にすら意見でき、国政を左右していた魔術師セガルカはまだ重体らしく、一切姿を見せない」

「ラペトデス七都市同盟は、後アブソリエル公国の暴挙に対応できる事態ではないな」

元軍人の女傑であるデリューヒンが息を吐いた。

「残る龍皇国《りゅうおうこく》はどうなっている？」

「今日になって動きがあった」

俺は手を振って情報を呼びだす。

「ツェベルン龍皇国《りゅうおうこく》では、同じく聖地アルソークの大破壊から、モルディーン枢機卿長《すうきけいちょう》が行方《ゆくえ》不明。北方諸国へのイージェス教国の侵略に、龍皇国も対応。国境付近に進軍の気配を見せる敵軍に対し、龍皇国軍と五つの選皇王軍が戦線を展開している」北方戦線の映像はまだなく、情報だけとなる。「今はまだ小競り合いだが、そのうち本格戦闘になる」

俺はさらに伝える。

「そして龍皇ツェリアルノスの病状は悪化。おそらく死去が近い」

俺は言いたくもない言葉を続ける。

「龍皇国も龍皇の事情と神聖イージェス教国の南下により、後《ご》アブソリエル公国《こうこく》に対応できる余裕がない」

室内を重い沈黙が支配していた。英雄たちが死んで消えても、世界は動く。そして確実に良くない方向へと動いているのだ。

「両超大国の主力の消失と神聖イージェス教国の南下。後アブソリエル公国にとって、あまりにも都合が良すぎる展開であるな」

最前列脇《わき》から、ニャルンの意見が放たれた。全員が思っていることを代弁した勇士は、右手で髭《ひげ》を撫《な》でていた。

「ああ、都合が良すぎる」

俺は答えて、室内を見回す。

「ここにいるものたちは分かっていると思うが、予想をしておきたい」

俺は言葉を連ねる。

「七都市《ななとし》同盟の動きを止めた、聖地アルソークの悲劇は〈黒竜派〉と」そこで俺はまた出てきた怯《おび》えを強引に抑える。「〈龍〉によるものだ。おそらくすべては示し合わされて起こったことだ」

室内には奇妙な沈黙。分かっているが分からないことにしたかった事実を、俺は推測してみせたのだ。

「後アブソリエル公国が神聖イージェス教国、そして〈黒竜派〉と組んでいるのですか」

座席からリプキンの疑問が来た。

「予想となるが」俺なりの推測を入れる。「戦争は一朝一夕には始められない。確実に後アブソリエル公国と神聖イージェスは組んでいて、同時期に戦争を開始した」

俺の推測でここまでは分かる。

「だが〈黒竜派〉と後アブソリエル公国が素直に手を組むとは思えない。だから両者とさらに神聖イージェス教国の間に、広大な図面を描いた仲介者がいたと予想できる」

そこで全員の顔に理解の色が広がっていく。

「〈踊る夜〉どもか」

ギギナが鋼《はがね》の声で指摘した。俺はうなずいてみせる。クエロの情報から〈踊る夜〉と〈黒竜派〉と〈大禍つ式《アイオーン》〉の二派と〈古き巨人《エノルム》〉の鉄王一派が組んだとは予測されていたのだ。

統合されているとは思えないが、人である〈踊る夜〉が各派の思惑を上手《うま》く制御して、国家への布石を開始させたとしか思えない。おそらく長い長い計画だったはずだ。

室内には動揺が広がる。ウコウト大陸に住む人間として戦争を憂えていたが、ようやく自分たちに関わる標的が見えてきた。それが最悪の賞金首のなかでも、結束した〈踊る夜〉たちと〈異貌《いぼう》のものども〉の最強者たちだ。

「戦争について、俺たちにできることはなにもない」

現実の自分たちへと話を戻すべきだ。

「俺たちにも関わる問題で最大のものは、聖地アルソークに現れた、黒淄《こくし》龍」

続けて名前を出すのをためらう。言わねば不便だ。合理的ではないと俺は口を開く。

「ゲ・ウヌラクノギアだ」

名を出した瞬間、周囲の攻性咒式士《こうせいじゅしきし》たちの顔に緊張が走る。言った俺も背中に怖気《おぞけ》が走る。

攻性咒式士の間では、強大な〈異貌のものども〉の名前を軽々しく出すことは不吉とされる。

さらに〈龍〉の名前を口にすると、死が近づくとまでされて避けられている。

暗い夜のような空の下には、暗灰色の荒れ地が広がる。

大地には巨体が並ぶ。鱗《うろこ》に覆《おお》われた体。長い尾。四足で踏みつけた大地には亀裂《きれつ》が刻まれる。長い首の先には、鰐《わに》と蜥蜴《とかげ》を合わせたような頭部。それぞれに目が二つから六つで、角の数も違っていた。赤に青、黒に緑と様々な体色の竜たちだった。すべての鱗は鈍色《にびいろ》の輝きを帯びていた。

全頭が一千年を越えて生きる〈長命竜《アルター》〉であった。一頭で一軍にも匹敵するとされる強大な〈長命竜〉が、十三頭もそろっていた。

竜たちの最前列には、一際巨大な〈長命竜〉が鎮座していた。漆黒の鱗が全身を覆い、背には放射板のような背鰭《せびれ》が並ぶ。長い首の先にある頭部に王冠のような角が並ぶ。左右の側面にある、合計八つの青黒い目。巨体からすると二千歳超級。人類の神楽暦《かぐられき》より前から生きている、竜のなかの竜。

竜は〈七夜竜《やりゆう》サイデルベス〉だった。名前の由来はアブソリエル帝国に七日間の夜をもたらしたことからついている、恐怖の代名詞。竜族最強硬派である〈黒竜派〉の総指揮官であった。

人類や〈異貌のものども〉ですら恐れる、現時点での地上最古の竜の一角であった。匹敵する存在は〈大禍つ式〉の公爵《こうしやく》級や〈古き巨人〉の各属の将くらいしかいない。そのサイデルベスが、長い首の先にある頭部を垂れていた。なにかに怯《おび》えるかのような姿であった。

すべての〈長命竜《アルター》〉とサイデルベスが恐れているのは、空であった。竜たちが並ぶ荒れ地の上で、暗い空が軋《きし》む。強烈な音に竜たちは怯《おび》えの声すら発しない。ただただ平伏し、耐えている。暗い空が歪《ゆが》み、流れる暗雲が不自然に途切れる。

暗い空の底に亀裂《きれつ》が入った。水平に線が疾走し、長く長く続いて、止まる。

空に描かれた線から上下に開いていく。

暗い空に無明の深淵《しんえん》が現れた。左右に瞬膜が轢《ひ》かれていき、赤光が零《こぼ》れる。空の穴に赤い満月が現れる。中央には、縦長の線が描かれている。

巨大にすぎて分からないが、爬虫《はちゅう》類にも似た竜の瞳《ひとみ》であった。

瞳からすると、全長はキロメルトル単位に達すると推定できてしまう。一万年を生きる〈龍〉にしかありえない超巨体であった。この星を支えるとされる五匹の〈龍〉の直系子孫。人類史に大きく関わり、大昔に異空へと封印された最大最強の存在。

膜の方向からすると、ゲ・ウヌラクノギアの右目が空に現れていた。

地上の竜たちは、頭部を大地につけて〈龍〉へと服従を示す。敬意以前に、圧倒的な重圧が強大な竜たちの頭を下げさせていたのだ。〈黒竜派〉の長《おさ》にして最強の竜とされるサイデルベスも、頭を下げた拝謁《はいえつ》の姿勢となっている。〈異貌《いぼう》のものども〉の王とされる竜に君臨する、神話の存在の前には誰《だれ》もが平伏する。

空の穴から〈龍〉の瞳が周囲を睥睨《へいげい》する。地の果てまでをも見渡す、赤い月の眼差《まなざ》しであった。

現存する最大の竜に、サイデルベスの口がようやく開かれる。

「それでは王よ、始めましょう」

牙《きば》の間から、竜の苦しげな問いが放たれた。

「是」

答えは一言、遠雷となって響いた。

王たる〈龍〉の宣告に、竜たちがさらに頭を低くする。

言ってから、俺の背筋を悪寒《おかん》が貫いていた。

〈龍〉の名前を口に出すと、ほぼこうなる。他の人間も同じ症状になることが多い。もちろんお伽噺《とぎばなし》に対する恐れではない。世界各地にある小は直径数センチメルトルの穴、大きくは世界地図に記されるほど巨大な〈龍〉の痕跡を見れば、誰でも恐ろしい。

不思議なのは〈龍〉を知らない、または正気を失った人間でも症状が現れることである。理由は確定していないが、遺伝子に恐怖が刻まれている説がある。死に対する生物的な恐れのように、伝説の〈龍〉の名前とその概念を口にするだけで、体に拒否反応が出るという俗説だ。

さらに恐ろしい俗説は、いつどこであっても名前を口にすると〈龍〉が気づき、名を呼んだものを遠くから見るという怪談だ。信じたくはないが、それほど人々は徹底的に名を出さない。

「で、ガユスよ」

静まりかえった会議室で、最前列の席にいたテセオンが声をあげた。俺と室内の全員が現実に戻る。「ゲ・ウヌラクノギアって〈龍〉だそうだけど、どうなってんだ」

テセオンが言った瞬間、室内の全員の顔に嫌悪と恐怖感が浮かびあがる。

「あれ、なんだ？　背中が気持ち悪い？」

テセオンも他と同じく悪寒《おかん》に襲われたのか、右手を背中に回す。横にいるリコリオが呆《あき》れ顔となる。

「なんで〈龍〉のことを知らないの!?」

「だって、俺、学校に行かずに実力で攻性呪式士《こうせいじゅしきし》になったし」

テセオンが軽く言うと、リコリオは怨《うら》みがましい目となる。

リコリオは整備士として入ったが、攻性呪式士に憧《あこが》れてきたゆえに、よく調べてきている。対するテセオンは、街角の不良あがりゆえに、一般常識が大きく欠けている。

テセオンは街の犯罪者相手が多く〈異貌《いぼう》のものども〉への知識は趣味の領域となる。逆に辺境で〈異貌のものども〉が専門の攻性呪式士は、犯罪者情報を知ることも少ない。各自の知識の偏りを是正しておくべきだろう。

「呪式生物学の権威、ヴォイド博士の推論だが」

〈龍〉の出現時に出た、博士の推論を呼びだす。大雑把な数字が並ぶ。

「人類が個々でやりあっても、ほぼ確実に〈龍〉には勝てない。現在は片腕、どころか手と指の先が一振りされただけで、あの被害だ」

俺が語ると、全員の脳裏に報道で見た聖地アルソークの破壊の光景が蘇《よみがえ》る。そして人類最強ファストの死とオキツグの消失。ミルメオンですら、二人の超戦士と大賢者の補助があって、ようやく〈龍〉を押しもどすことができただけだった。

「ファストの〈宙界の瞳《ちゅうかいひとみ》〉を奪取し、黒淄龍《こくし》の封印はさらに解放される」言いたくないが、言わなければならない。「黒淄龍が完全解放されたなら、人類全体への脅威となる」

「〈宙界の瞳〉ですでに〈龍〉が完全解放されている可能性は?」

傍《かたわ》らから、ドルトンからの問いが来た。

「我《われ》らはここで呑気《のんき》な会議などできていない」

遠くからギギナが答えた。

「完全顕現《けんげん》したゲ・ウヌラクノギアによって、街ごと吹き飛んでいるか、戦って死んでいるか、逃げて殺されるかを待っている時間だ」

竜狩りの屠竜士、ドラッケン族の血を引くギギナこそが身近な竜の専門家だった。言っている本人も左眉《まゆ》を跳ねあげ、不快感に耐えている。言うなよ。

部屋の攻性咒式士たちは沈黙。この世に生きるものすべてが〈龍〉の恐ろしさを、最初はお伽噺《とぎばなし》として、そしてすぐに地形から知ることになる。

「つまり〈宙界《ちゅうかい》の瞳《ひとみ》〉のひとつは奪取されたが、完全解放にはいたらない、と断定していい」

俺の状況分析に、室内にはひとまずの安堵《あんど》が広がる。

「今なら分かることがある。事件の前に地図士ヤコービーの元へ知りあいから、アレトン共和国における映像が届いていた」

俺は室内の席の奥を見る。奥の壁際にいたヤコービーがうなずく。俺がうながすと、地図士が口を開く。

「知りあいの決死の情報は〈長命竜《アルター》〉の群れの映像でした。そこでは竜のほとんどが死んでいました」ヤコービーが滑らかに述べていく。「今考えれば竜のなかでも強大なものと〈長命竜〉たちの命を使って〈龍〉の部分的解放をさせる咒式《じゅしき》を展開していたのでしょう」

ヤコービーの分析を、俺は顎《あご》を引いて肯定する。

「おそらく〈龍〉は封印から片腕を出すだけで、数少ない竜の強者と〈長命竜〉数十頭の命を必要とする。となると実験での一回目がアレトンで、二回か三回目でアルソークへの奇襲をなした」

俺なりに相手の手筋を読んでいく。

「〈龍〉を解放しつづけると、率いるべき同胞の竜たちが消えてしまうので、多用はできない。竜たちが絶滅したら、もう〈龍〉はこの世界に戻ることすらできなくなるだろう」

おそらく、だろうと俺はあいまいな単語を連発しているが、少ない思考材料からできる推測はある。

ギギナも理解の表情を浮かべる。

「〈宙界の瞳〉を〈黒竜派〉が求めていたのは〈龍〉の解放のためだろうな」

ギギナの推測に、俺はうなずいて同意してみせる。

「ただ、ひとつの〈宙界の瞳〉だけを手に入れても〈龍〉が腕というか手を自在に出せる、というわけでもない」俺は問うてみせる。「腕が一本だけでも常時開放されているなら、先ほどギギナが言ったように〈黒竜派〉の大侵攻が開始されているはずだ」

竜たちが大戦争を起こさないことで、常時開放ではないと予測できるのだ。それでも不自然なほどに竜たちは静かだった。

「〈宙界の瞳〉が一個だと、絶望的な事態にはならない。だとすると二つで反対側の腕が出てくるということか？」

テセオンの問いはバカっぽいようで示唆に富んでいる。

「分からない。〈宙界の瞳〉が二つで腕まで、三つで両腕、四つで頭、五つで胴体、六つと七つで両足、八つで尾、くらいの猶予《ゆうよ》があればいいが」

俺が冗談めかして言ってみても、室内の誰《だれ》も笑わない。今のところ〈黒竜派〉は俺の手に赤の〈宙界の瞳〉がある情報を摑《つか》んでいない。この一個を守るだけでいいと思いたいが、俺は常に最悪を想定しておきたい。

次の〈宙界の瞳《ちゆうかいひとみ》〉ひとつで、ゲ・ウヌラクノギアが全解放となる可能性もある。そうなれば国家のいくつか、いや、人類全体と竜との大戦争となる。

「可能ならば〈龍〉と、先に奪取された紫の〈宙界の瞳〉との分断が必要だ」受けない笑いより、具体的な計画だ。「しかし、それは俺たちには荷が重すぎるし、不可能だろう」

俺は断言する。

「アルソークを一撃で破壊する神のような存在に、街の攻性呪式士《こうせいじゆしきし》事務所ではなにもできない。する必要もない。大問題は消息不明のモルディーンや国家に任せる」

俺の発言にギギナが苦笑していた。弱気なことを断言するなと言いたいのだろうが、無理なことは無理なのだ。そして二人ともモルディーンが死んだとは思っていない。あいつは絶対に生きている。俺とギギナにとって不倶戴天《ふぐたいてん》の敵でも、人類の守護者として責任を果たす前に死ぬ訳がない。

なんだか信仰みたいで、俺は内心で否定する。全員へと向きなおる。

「だが、それ以外のことなら俺たちにもできる、かもしれない」

俺は控えめに対抗策を提示する。断言できない俺に、室内からは苦笑。それでも世界というか人類の破滅に対してできることがあるなら、やるしかない。

俺は右手を掲げてみせる。

「〈龍〉と〈黒竜派〉による他の〈宙界の瞳〉のさらなる奪取を防ぐ。これで〈龍〉を一時の部分的解放に留《とど》められる。あとは自分が偉いと思っているやつらに任せよう。それくらいの責任はあるはずだ」

全員の視線が俺の右手を見つめる。正確には中指に嵌《はま》る、赤い〈宙界の瞳〉を注視していた。

「不利なことばかりではありません」

そこまで黙っていたヤークトーが口を開く。知覚仮面で六つの人工眼が赤く明滅する。

「先のルゲニア共和国で聖ハウラン派からガユス氏たちが拝借した、イーゴン異録がありま す」ヤークトーが希望の言葉を連ねる。「あの本から分かったことと、これからの解析結果が、少しは我《われ》らの優位となるでしょう」

ヤークトーが手を振って立体光学映像を展開。イーゴンが竜や〈異貌《いぼう》のものども〉から聞いたことを記した書物の映像が映される。大昔の言葉を使ったイーゴンの独自暗号だが、少しずつ解読されている。

メッケンクラートが俺へと心配の視線を投げかけてきた。俺は目線で、もちろん重要と思われる箇所と未解読部分は映していないと伝える。

俺は前へと目を戻す。

「今、俺たちの手元には、他のどの勢力も手に入れていないであろう、後《ご》アブソリエル公国《こうこく》首都に白、神聖イージェス教国首都に黒の〈宙界の瞳〉があるという情報がある。そこで先手を取るしかない」

俺なりの方針を発表する。室内の全員が決意の表情となっていた。リコリオとピリカヤ、メッケンクラートにドルトンにデリューヒンが俺を見ていた。ラルゴンキンやヤークトーも同じだ。

不安は分かる。室内の誰《だれ》か、とくに俺のアシュレイ・ブフ&ソレル咒式士《じゅしきし》事務所に〈虎目《とらめ》〉が潜んでいる可能性が高いと知っているものは、どうしても懸念を抱く。だが、ミルメオンは少なくとも人類の敵ではない。俺たちの情報が伝わってミルメオンが上手《うま》く動いてくれるなら、それが最善だ。

「そこで手持ちの戦力をどこへ分担していくのか、だが」

俺は右へと視線を向ける。イーゴン異録の映像を、千眼士《せんがんし》が閉じていくところだった。

「引きつづき、我々《われわれ》は学者たちとともにイーゴン異録の解析と〈宙界《ちゅうかい》の瞳《ひとみ》〉の調査を続けていきます」ヤークトーが言って、映像を畳んでいく。「解読のためにもレメディウス・バーディオス演算装置の修復も進めます」

ヤークトーが言い終えて、映像が終了する。ハイパルキュを演算能力で倒した巨大球体を思い出す。あの演算装置はどこかで役に立つだろう。

俺は横へと顔を動かす。テセオンが考えていたが、無視。俺はまず条件を提示していきたい。

「そして神聖イージェス教国には強力な分隊を派遣したいが」

「俺たちが適任、ってことだろ？」

座っていたイーギーが当然のように言った。イーギーはイージェス出身ゆえに土地勘がある。俺としては改めて頼む必要がある。

「わざわざ言わなかったが、受けてもらえると誠にありがたい」

「長っ。略せよ。やれって言えば、俺らはそれで行くよ」

イーギーが笑ってみせた。

「俺らはもう合同事務所なんだからさ」

アルリアン人は神聖イージェス教国に長年迫害されて怨《うら》みがあるため、頼みづらかった。だが、イーギーはさらっと受けてみせた。恐怖に負けない青年の態度は助かる。イーギーと俺たちは反目しあった時期もあるが、いつの間にか良い笑みを浮かべる青年になった。

次に俺は左へと顔を向ける。相棒を見たが、ギギナはうなずきもしない。

「俺とギギナで部隊を率いて、後《ご》アブソリエル公国《こうこく》へ侵入。双方がそれぞれの地で〈宙界の瞳〉の情報を集め、可能ならば奪取する」

俺が言うと、リコリオやピリカヤ、事務所員たちが応と答える。ギギナは返事すらしない。激戦地はギギナの望むところなのだ。

「ラルゴンキンとメッケンクラートがエリダナで防衛と全体指揮。ヤークトーや学者や技術者たちを防衛し、パンハイマとフロズヴェルの動向にも注意してもらえるとありがたい」

俺が言うと、ラルゴンキンとメッケンクラートがそれぞれに顎《あご》を引いて同意した。二つの矛《ほこ》で攻めるが、足下であるエリダナも安泰ではない。ラルゴンキンとメッケンクラートという、俺たちの指揮官は動かすべきではないのだ。

攻性咒式士《こうせいじゅしきし》たちは、自分たちはどちらの国に行くか、エリダナ防衛組となるかを話しあいはじめた。事務員はすでに装備と補給をどうするかを相談しあう。整備士と技術者たちはどの装備が必要かを討論しだした。

熱狂の渦のなかで、俺は口を閉じて立っていた。方針は言えたが、実行は簡単ではない。先のルゲニア共和国の騒動は政権転覆からの革命騒ぎがあったとはいえ、内乱程度だ。堂々と国境で旅券を提示して入れた。

今回は、戦争を起こしている当事国への潜入。戦時ゆえ、普段の治安は期待できず、犯罪者に襲われる危険が出てくる。軍人によって敵の間諜《かんちょう》だと見なされれば殺される危険性も高い。それでもやるしかない。理解していても、この場にいるものたちは誰《だれ》も反対しなかった。

右に挙手が見えた。ジャベイラが机の上で手を掲げていた。

「大義ある戦いはいいのだけどさ」ジャベイラが言った。「お金はどうなるわけ？　ただ働きはできない。そして咒式具や咒弾も必要になるはずだけど？」

二児の母の現実的な言葉に、俺はうなずく。やはりジャベイラは冷静だ。室内のものたちの何人かも同じ意見らしく、俺たちへと問いかけの眼差《まなざ》しを向けていた。

目線を走らせると、部屋の前に座る老人も同意の目線を返す。全員の注目を受けて、前へと向きなおる。

「私は咒式士最高諮問《しもん》法院、上級法務官のベモリクスだ」

老人が言うと、部屋の喧噪が静まる。ジャベイラはどういうことだと俺を見る。攻性咒式士の何人かは怯《おび》え、逃げ腰の体勢になっている。

攻性咒式士とその関係者にとって、咒式士最高諮問法院は恐怖の対象だ。咒式法違反をしたものを裁く権限と、軍隊のような実働部隊を持つ。抵抗すれば即時処刑すら可能とする。正直、警察よりも怖い。

原因である老人は薄く笑う。

「そう怖がらないでもらいたい。この件に関しては、少し前からガユス君と私は協力関係にある」

ベモリクスの言葉を、室内の攻性咒式士たちのほとんどが理解できない。

「え、法院と俺たちが、協力？」

席から腰を浮かせていた攻性咒式士たちが驚く。

「ええと、あたしたちに前もって伝えない理由は？」

疑いの目でジャベイラが聞いてきた。横のイーギーも不満顔となっている。

「二人に伝えなかったのは、単に驚く顔が見たかったから」

俺が言うと、ジャベイラが溜息《ためいき》を吐《つ》く。

「だけど、ラルゴンキンとヤークトーも同罪だからな」

俺が言うと、ジャベイラとイーギーの顔が同時に横へ動く。二人のかつての上司で、イーギーにとっては義父でジャベイラにとっては恩人であるラルゴンキンは顔を逸《そ》らした。

「ですから言うべきだとしたのに」

巨漢の背後のヤークトーは平然と言いはなつ。ラルゴンキンは堪《こら》えきれず、笑っている。二人の驚き顔が楽しかったのだろう。

「話を戻してもよろしいかな」

ベモリクスの声が室内に響き、全員が注意を戻す。

「法院でも主流派は六老。名誉顧問である三老を入れて九老とすることもあるが、その三老の一人が我《われ》らナイアート派だ」ベモリクスが語った。「非主流派であるがゆえに非公式だが、我らナイアート派は君たちに情報や補給や便宜などで協力する。もちろん賞与も存分に払う」

老人が言うと、室内に驚きの表情が広がる。攻性咒式士《こうせいじゅしきし》や事務員、整備士や技術者や関係者は歓声をあげる。メッケンクラートやドルトン、デリューヒンたちがうなずく。

報酬は大事だ。正義の救世主ではなく、あくまで仕事人としての戦いにしておく必要があるのだ。

俺はベモリクスを見る。しかし、非主流派のナイアート派ですら高給取りの攻性咒式士を含む百人規模に報酬、さらには特別賞与を出せるのか。法院の階梯《かいてい》や咒式、咒式具認可の権限に各種特許、咒式具販売は儲《もう》かりすぎだろう。

よく考えたら、法院は全世界に支部と制圧部隊を持つわけで、小国の国家予算どころか、八大財閥に匹敵する資金力があって当然なのだ。

「方針は定まったな」

言ったラルゴンキンが席を立つ。筋肉の壁が立つような姿だった。茶色の目が、室内を睥睨《へいげい》する。戦士たちの顔は号令を待っている。

「では、それぞれすぐに動いていこう」

ラルゴンキンの号令で、鎖《くさり》から解きはなたれた猟犬のように攻性咒式士たちが動きだす。室内は騒然とする。外に向かい、車を用意しにいくもの、自分たちの指揮官へと向かうものと、大移動と混雑が開始する。

指示を受けたものから外へと向かう。事務員が携帯を取りだし、調整と連絡を開始。整備士たちはすぐに装備の検討をしだした。または〈宙界《ちゅうかい》の瞳《ひとみ》〉の解析に立候補するものもいる。

騒然とした室内で、俺は携帯を停止させる。映像を閉じ、参照資料を片付けていく。隣ではメッケンクラートやドルトン、デリューヒンの元へと、部下たちが集まっていく。それぞれ分担指示を受けはじめる。テセオンは特攻部隊を集めて気合いを入れている。

「そういえば、ジヴーニャさんを入れないのか？」

テセオンが聞いてきた。

「もちろん妊婦さんだとは分かっているけどさ。事務能力があって一度はまとめ役をやったこともあるわけで。後方支援の手が足りなすぎるってドルトンも言っているし」

「テセオン、それは」

横のドルトンが止めた。俺は手を振っておく。

「あれはジヴーニャが必死になり、知りあいの咒式士《じゅしきし》事務所をつなげることを思いついただけで、まとめ役でも指揮官でもない」俺は断言しておく。「これ以上は関わらせないことが、俺が彼女にできる最善だ」

俺の発言で、テセオンがうなずく。ドルトンもテセオンを手で引っ張っていく。もちろんテセオンが言いたいことは別で、ハイパルキュ戦の戦略で離婚した俺とジヴーニャの間を近づけようとしてくれているのだ。

一般人が人々や俺を助けるために必死だったとはいえ、交渉してまとめ役となったことに反感を持つ狭量な攻性《こうせい》咒式士や、嫉妬《しっと》心を抱く事務員もいる。これ以上は刺激しないほうがいい。もちろん俺自身もその対象となっている。自分でも過ぎた立場になっていることは自覚している。路地裏で俺に唾《つば》を吐いてみせた男を忘れてはならない。

俺たちは内部にも、デリューヒンに新入所員、各派閥に「なんであいつが」といった怨念《おんねん》や嫉妬が出てくる。完全に制御することは誰《だれ》にもできないが、適度に圧力を逃がすことは必要だ。

一息ついた俺の元には、直属のリコリオとピリカヤが集まってくる。騒々しい室内で、俺は笑った。

「え、なんでそこで笑うんですか？」

ピリカヤが聞いてきた。

「いや、笑えてくるだろう」

俺は歩きだす。行き交う人々や席の間を抜けて、前の出入り口へと向かう。ピリカヤとリコリオもついてきた。

「少し前までは、師と仲間を失って俺とギギナの二人だけになり、エリダナ攻性咒式士業界の底辺にいた。浮気調査やこそ泥の賞金首を追っていた二人が、今や〈龍〉をどうするか、国家や世界がどーたら言っている」

外に出て、廊下を進む。右ではギギナが歩んでいた。剣舞士《けんまいし》の唇《くちびる》には微笑《ほほえ》みがあった。常に最前線にいた男も同じように感じているのだろうか。どちらかというと強敵の山盛りへの期待なのだろう。

歩む俺とギギナを見て、ピリカヤは訳が分からないといった顔をしていた。リコリオも疑問顔となって進んでいく。一行で自動昇降機《エレベーター》に乗って、一階へと降りていく。

「説明されても分かりません」箱のなかで、リコリオが俺へと問いかける。「どこが笑えますか？」

「そういうことを言える立場になっていることが笑える」

歩みながら俺が言うと、ピリカヤも小さく笑った。迷っていたが、リコリオも笑顔を作った。ギギナも不敵に笑った。背後に続く他のものたちも同じように笑っていた。

「世界に戦争が起こり、敵は〈踊る夜〉に〈龍〉と〈黒竜派〉に〈大禍つ式《アイオーン》〉の二派に〈古き《エノ》巨人《ルム》〉の鉄王派。そんな事態に、俺たちごときが立ち向かっている事実に笑えてくる」

「その笑いには、死が付随するがな」

ギギナの言葉が重い。すでに仲間が何人も死んでいるのだ。胸を張って正しいことをしていると言いたいが、やはり影が付属する。

「次はそうならない」

決意として俺は述べておく。

「あとギギナ、おまえは基本的に繊細《せんさい》さが足りない。俺のなかでは『オデ、トモダチニ、ナリタカッタダケナノニ』と蝶《ちょう》を握りつぶす怪物扱いだからな」

「その蝶にしてやろう」

ギギナが拳《こぶし》を振るう。俺は頭を下げて回避。狭い室内で壁や他人に当てないギギナと、器用に回避する俺に、事務所員が呆《あき》れる。そういうものだとしていると、自動昇降機《エレベーター》が一階に到着。扉から出て、一階を進む。俺たちの前で、左右に自動扉が開いていく。一団が出て、玄関を抜けていく。

頬《ほお》に触れる空気は冷たく、外は曇天《どんてん》。空からはまた雪が降りはじめていた。敷地にある通路から駐車場には乗用車から高級車、戦闘車輌《しゃりょう》に装甲車《そうこう》までが並んでいる。

攻性呪式士《こうせいじゅしきし》たちは戦闘車輌や装甲車に乗りこむ。次々と発車していくと、またやってきた車が停《と》まり、乗員を詰めこむと発車していく。先にはバルコムＭＫⅥの冴《さ》えない車体が停車していた。前にはダルガッツが立っていた。俺たちを見つけると、男が不敵な笑みとともに後部座席の扉を開く。

「ガユスの旦那《だんな》、どこへ行きやす？」

角刈りの男は執事のような顔で言った。

「装備を調《ととの》えたら、すぐに後《ご》アブソリエル公国《こうこく》だ」

運命の案内人のようなダルガッツに、俺は返答する。横をギギナが進み、後部座席に乗りこんでいく。動きが止まった。銀の目は車の先を見据えていた。

「これまでで一番危険な道行きとなるだろうな」

ギギナの言葉が、不吉な預言となって放たれた。俺は少し考え、急いで言うことにした。

「ホートンかよ」

俺は突っこんでおいた。ギギナは一瞬だけ驚き、やがて苦笑した。苦難と死闘が待っているにしても、真面目《まじめ》に受け止めてはならない。おふざけお笑い時空に巻きこんでいくのが俺たちの流儀だ。ギギナも事態の大きさに惑わされた自分を笑ったのだ。二人で車に乗りこみ、ダルガッツも運転席に収まる。俺は行き先は変えないが進路は変えることにした。

「ダルガッツ、事務所に寄る前に大通りに出てくれ」

俺が言うと、ダルガッツは車を発進させる。俺はエリダナを出る前に、ホートンの店でポロック揚げを買っていくことにしたのだ。

死地に向かうとしても、普段のように、普段のごとく。

二章　戦乱の断片

戦場に勇者は一人もいない。かつていたこともない。
ただただ、邪悪があるだけだった。

コンデウス・イナ・ラグガド「従軍記」皇暦《こうれき》二三年

公王宮《こうおう》の廊下に、青い絨毯《じゅうたん》が伸びる。ゴブラル織りの最高級の絨毯こそ、歴史あるアブソリエル帝国の末裔《まつえい》にふさわしいとされていた。

青を踏みしめるのは軍靴《ぐんか》。足どりも行進のように力強い。青い軍服の長い裾《すそ》を翻《ひるがえ》し、イチェード王太子が歩む。青い軍服は白と金の縁取《ふちど》りが施《ほどこ》され、美々しい姿となっている。逞《たくま》しい両肩には、後《ご》アブソリエル公国《こうこく》の大将を示す星四つの徽章《きしょう》が示されていた。

王太子イチェードは公務期間中を青い軍服で通している。軍と国民の支持を受けるため、武断派を演じる印象戦略であった。

青い目は前だけを見据えている。足は一瞬も止まらず、青絨緞の上を進軍していく。

廊下を進む侍女たちが気づき、横に退《ど》いて王太子へと頭を垂れる。伏せられた目には、そろって敬意の色があった。

侍女たちにもイチェードは反応せず、前へと進む。廊下では役人や官僚、給仕や配達員たちとすれ違う。それぞれが脇《わき》へと退いて、それぞれの立場に応じた挨拶《あいさつ》を王太子へと向ける。

イチェードは先ほどと同じく、反応せずに廊下を歩みつづける。王太子は廷臣たちに挨拶をしてはならない。一度挨拶を返せば、一日に出会う数百から時には数千人に挨拶をしなくてはならなくなる。王族とは孤独な立場だった。慣れていてもイチェードは疑問を抱く。

公王《こうおう》宮を歩む数分だけで数十人に挨拶を受けながら、イチェードが歩む。奥に行くほど、廊下を行き交う人々は減っていった。

「イチェード王太子殿下」

背後から声がかかる。イチェードが振り返ると、青い服に勲章をつけた男が立つ。王太子は親友にして戦友を眺める。最後に軽くうなずく。

「なるほど、ベイアドトには将官の衣装が似合わぬな」

「ひどい評価ですな」

ベイアドトが笑って、鼻の下の髭《ひげ》をいじる。

「これでも最年少で准将になった出世頭なのですが」

「冗談だ」

イチェードが笑って、手の甲をベイアドトの右肩に当てる。肩にある徽章《きしょう》には栄えある一つ星。准将の階級章があった。

「国境紛争から局地戦争において、おまえこそがアブソリエル随一の若手指揮官だ」左手を戻しながら、イチェードが言った。「もう王太子の親衛隊《しんえいたい》の隊長だったから出世したなどとは、誰《だれ》にも言わせない」

「これも王太子殿下についていったお蔭ですよ」

ベイアドトが語る。

「無茶、いや勇猛果敢《ゆうもうかかん》で、猪突猛進《ちょとつもうしん》、いや果断な殿下について、戦場で最後まで立っていられたなら、誰でも戦果の山となります」

ベイアドト准将が肩を竦《すく》めてみせる。

「前半は気になるが、冗談と取っておこう」

イチェードが鼻先で笑う。ベイアドトは真面目《まじめ》な顔となっていた。

「かつての親衛隊も、だいたいが中佐に少佐ですよ。それぞれが部隊の指揮官となっています」

「私についてこられる頑丈さが、特筆すべきことなのだ」

王太子が懐かしそうに語った。

「あの時、ガラテウ要塞《ようさい》に迫ったロマロト老は相変わらず。そしてアッテンビーヤは六大天の指導者格となっている。カリュガスとドルスコリィも六大天に実力で就任した」

ベイアドトと同じく、戦友たちもアブソリエルの重鎮となっていた。そこでイチェードの目に翳《かげ》りが射す。

「だが、親衛隊と国境警備隊の勇士たちは、すでに三分の二がいなくなっている」

イチェードの声は哀調を帯びていた。目線が外され、廊下の窓を見る。公王宮《こうおう》の建物と尖塔《せんとう》と城壁、そしてアブソリエルの街並みが広がる。

公王宮からは遥《はる》かに遠い、イベベリア公国のガラテウ要塞に迫ったことが、思い出される。あそこがイチェードの壮絶な戦歴の始まりであった。激戦は続き、国土防衛と奪還のために戦友たちは死んでいった。

ベイアドトも王太子と同じ方向を見ていた。

「ですが、そういうものなのでしょう」ベイアドトの横顔には過去を懐かしむ色があった。「彼らも覚悟を持って戦い、死んだ。私もまたいつか死ぬでしょう」

ベイアドトの横顔には覚悟があった。

「できるなら、王太子が公王になられたアブソリエルのために死にたいですな」

イチェードはベイアドトを見た。武人らしい勇ましい言いぐさで、普段は好ましい。

だが、と王太子は口を開く。しかし、わざわざ士気と忠誠を下げることはないと、イチェードは続く言葉を飲みこんで封じる。

笑顔を作って王太子は歩きだす。ベイアドトも主君の背に続く。

廊下の角を曲がると、扉が見えた。扉の左右には魔杖槍《まじょうそう》を垂直に立てた儀仗兵《ぎじょうへい》が立つ。王太子と准将を見た瞬間、儀仗兵たちは空いているほうの手で最敬礼を示す。

ベイアドトがイチェードに成り代わり、礼儀は良いと軽く手を振る。左右の兵士たちの手は下りない。儀仗兵の目には輝く忠誠が見えた。

イチェードが苦笑し、横ではベイアドトも微笑《ほほえ》む。儀仗兵によって扉が丁重に開けられていく。二人は扉の間を抜け、先の廊下へと進む。ここから先は儀仗兵や近衛兵《このえへい》でも立ち入りできない、公王家《こうおう》と招かれたものだけの領域である。

歩むベイアドトは背後を振り返る。儀仗兵たちはまだイチェードを憧憬《どうけい》の眼差《まなざ》しで見ていた。

「殿下は人気者ですな」

ベイアドトは前へと顔を戻し、王太子を追う。早足で主君に並ぶ。イチェードは自嘲《じちょう》の笑みを浮かべていた。

「私を嫌うものもいるだろう。ただ、態度を見せるものがいないだけだ」

「イチェード王太子は、単なる次代の継承者ではありません」

王太子と連れだって進みながら、ベイアドトが言った。目は先を見据えていた。

「国境紛争以来、兵士の先に立って戦場を往来し、輝かしい武勲を重ねる勇将で、兵士たちの人気は絶大。イチェード公王の御代《みよ》に、新しいアブソリエルの時代を夢見るものも多いのです」

ベイアドトがイチェードを見た。

「かくいう私もその一人ですがね」

「かもしれないな」

イチェードは否定しなかった。ベイアドトは主君の剛毅《ごうき》さに微笑む。王たるもの、かくあるべしなのだ。

二人の歩みは公王宮の奥、私室に到達した。前にある扉をイチェードが押し開く。

部屋に入る。窓辺にあるアブソリエル様式の椅子《いす》には、美しい人影が座る。薄い金色の髪は長く流れる。緑の瞳《ひとみ》がイチェードを見た。

王太子妃《ひ》ペヴァルアが微笑む。夫であるイチェードはうなずいてみせる。駆けよりたいが、イチェードは耐えた。たとえ夫妻であっても、他人の目がある場所であるなら、王族は威厳をもって接しなければならないのだ。王族とはなんと不自然なものかと、イチェードは腹立たしく思う。

ペヴァルアの前の床、青絨緞の上には王太子の弟であるイェドニスが腰を下ろしていた。小さな子供は、床に本を広げていた。広げられた頁《ページ》からすると、子供が読む絵が多い本ではない文字の列。上に掲げられた小さな手からすると、義姉《あね》であるペヴァルアに内容を説明していたらしい。

扉が開いたことで、イェドニスの顔が横へと動く。イチェードを見たイェドニスの顔には喜びが広がる。

「あにうえ〜」

小さなイェドニスが本を投げだし、跳ねあがるように立つ。小さな足で部屋を駆けだす。青絨緞で少年が転びそうになる。前に出たイチェードが両手を差し伸べ、弟の両脇《わき》に差し入れて支える。そのまま肩の高さまで持ちあげてみせる。イェドニスは兄に高く掲げられて笑う。

「イェドニスはまた大きくなったな」

「大きくなったよ」

弟の返答にイチェードが笑う。空中のイェドニスは、ベイアドトを見つめる。

「あー、ベイアドトおじさんもいる」イェドニスは兄に掲げられたまま、両手を体の前でそろえて、頭を下げる。「こんにちは」

「殿下は律儀でいらっしゃる」

ベイアドトが苦笑してみせる。空中のイェドニスは兄へと目を戻す。

「ぼくも兄上のように大きくなれるかな」

「なれるさ。私よりも、我《われ》らの父よりも大きくなる」

「ほんとー?」

「ああ。体だけではなく、人としてもそうあってほしい」

兄が答えると、掲げられた弟は笑う。

イチェードは年の離れた弟を、息子のように思えていた。どこか考えの分からない父より、よほど好ましい。そして傍系《ぼうけい》を除けば、信用できる唯一の親族である。

王太子はイェドニス公子を反転させ、逞《たくま》しい右肩に載せていく。

「なんの本を読んでいたのだ」

「ジグムントの『来ない未来』という本です」

答えた弟を、イチェードが見上げる。青い目には驚きがあった。

「あの者の本か」王太子の瞳《ひとみ》は著者への軽い嫌悪と、同時に弟への敬意を表した。「著者は気に入らないが、事実を記した本だ。それを読みこなせたなら、そなたは常になく賢いな」

兄に褒《ほ》められると、肩の公子は恥ずかしそうになる。王太子イチェード自身は素質と対外的印象のために武断派を演じているが、本来の気質は学者肌である。自分と同じ傾向の弟が誇らしかったのだ。

「本はおもしろかったか？」

「うん」イェドニスは顔全体でうなずいてみせた。続いて、威儀《いぎ》を正した。「ではなくて、はい、です。でね、著者は後《ご》アブソリエル公国《こうこく》についても語っていました。それで」

弟の言葉を、イチェードは快く耳を傾けている。聡《さと》い子だが、素直で愛らしい様子にイチェードも満足そうに口元を綻《ほころ》ばせる。

弟のイェドニスがどのような人物になるかはまだ分からない。だが、自分の子が順当に生まれて次の次の王となるなら、賢明で温和なイェドニスが年長の宰相として支え、良き時代になるだろうと確信していた。

弟を肩から下ろしながら、イチェード王太子が目を先へ向ける。王太子妃《ひ》ペヴァルアが椅子《いす》に座って微笑《ほほえ》んでいた。

緑の目は言葉もなく微笑んでいた。

ベイアドトには、王族といえども幸せな家族の光景にしか見えなかった。イチェード王太子も同じように思っていた。

一面の黒。

闇《やみ》には、発動機の音と車輪が線路を噛《か》む音が響く。音に合わせて俺の体が間断なく揺れている。

進路を、貨車を引っ張る牽引車の前方照明が照らす。前には錆《さ》びた線路が伸びていく。左右には岩壁が延々と続き、貨車の進行とともに闇に去っていく。

貨車にも設置された照明は、先頭から連なる貨車の列を浮かびあがらせる。席に座っている、俺の腰や尻が痛くなってきた。腰を浮かして位置を変え、戻す。痛い。先の席に座るギギナの横顔が見えた。相棒は屠竜刀《とりゅうとう》を抱えて、傍《かたわ》らを過ぎていく闇を見ている。激しい振動を受けていても、表情は変わらない。ドラッケン族の尻は鋼鉄製なのだろうか。

俺の左右には整備士で見習い狙撃手のリコリオと、遊撃隊長のピリカヤが並んでいる。うーん狭い。ギギナの横にはドルトンが座る。無言のギギナにはどうにも居心地が悪そうだが、耐えられるのが人当たりのいいドルトンしかいないので許せ。

席の先には、デリューヒンとリューヒンの元軍人姉弟、リプキンにリドリの重量級が座る。先には特攻隊長のテセオンと特攻に偵察のニャルン、さらには呪式医師《じゅしきいし》のトゥクローロ、情報の専門家のモレディナが並んでいる。全員がたまに動いて、振動しつづける貨車に耐えている。

尻の痛みに耐えながら、俺は背後を見る。後方車輌《しゃりょう》には新入所員たちが十数人ほど座っている。続く四両目五両目は貨物車で、四台の車が積んである。六人から八人が乗れる車の内部と屋根には、装備と機器が詰めこまれている。最低限の量だが、ロルカ屋が集めた最高の装備だ。あの強欲かつ品質にうるさいノルグム人に法院が予算をほぼ無制限として用意させたので、最高に頼りになる咒式具となるだろう。

俺たちを乗せて連なる貨車が進むのは、騒音と暗闇だけの世界。揺れる貨車の上で、全員が緊張している。

前に目を戻すと、先頭の牽引車輌でダルガッツが運転している。貨車ですら運転したことがあるとのことで任せている。最初は不器用な斧《おの》使いと思っていたが、忠実無比で各種の運転ができ、器用な男だと分かってきた。人は外見によらない。

運転席の背後には、後《ご》アブソリエル公国《こうこく》人である、錬成士《れんせいし》のデッピオと咒式《じゅしき》剣士であるアルカーバが座る。祖国に戻ることでデッピオは喜んでいるが、アルカーバは陰鬱《いんうつ》な表情となっている。

「ツェベルン龍皇国《りゅうおうこく》からゴーズ共和国に入るだけで二日」

前からテセオンが言葉を割りこませてきたので、顔を戻す。

「そこからまた山道を進み、さらに坑道の貨車で四時間かかるときた」

言ったテセオンも、腰と尻への痛みに耐えている顔となっていた。

「でよ、この道は本当に後アブソリエル公国に続いているのか?」

テセオンが前の運転席へと声をかけた。

「続いていますよ」

牽引車からデッピオが明るく言い返してきた。

「ここは昔の坑道で、採掘した石炭をアブソリエルへと運んでいたんです」

デッピオは貨車の旅路をまったく苦にしていない一人だった。

「といってもすでに五十年前に閉鎖。十年ほど前に密輸業者が再発見して利用していましたが、その組織も潰《つぶ》れてしまって、誰《だれ》も知らない抜け道になっています」

デッピオの言葉にテセオンが納得の顔となる。体を席に戻す。次の瞬間、また体を捩《よじ》って前を見る。

「なんでおまえがそんなことを知っているんだ?」

テセオンの問いに周囲は呆《あき》れる。

「デッピオがその業者だったことくらい分かるでしょ」

リコリオに冷たく指摘され、テセオンが体を縮める。うーん、女の子は残酷。俺はデッピオへと目を向ける。

「しかし、それでよくメッケンクラートの厳しい入所試験と審査を潜《くぐ》りぬけたな。前歴があるものはまず排除されたはずだ」

俺は笑って問うてみる。

「正直、攻性《こうせい》咒式士としての実技は下のほうです」デッピオが返答してきた。「だけど、俺は前科なんてないですよ。入っていた組織は、辺境での酒と煙草《たばこ》の密輸業者でしたからね。そして俺の偽造書類を見破れたやつは今まで一人もいませんよ」

デッピオが謎《なぞ》の自慢をしてきた。前に座るギギナも薄く笑うのみだ。メッケンクラートの検査を潜りぬけるような書類偽造ができるなら、もう一種の天才といっていいだろう。凶悪犯と性犯罪者以外で技能があるなら大目に見ている。なにしろ法律的には俺は山盛り、そしてギギナは大山脈を形成するほどの咒式法違反をしている。

前のルゲニア共和国では旅の果ての調査だったため、同国出身のガレスピーを連れていけない不都合があったが、今回は地元組がどうしても必要となる。

いまだ戦端を開いていないが、アブソリエル系人種であるツェベルン人主体の俺たちなら、入国即逮捕されないのではないか、といった程度の綱渡りになる。

総勢二十八人。アシュレイ・ブフ&ソレル事務所の主力のほとんどと、アブソリエルやツェベルン系新人による部隊だ。これだけそろえば、ちょっとした軍事力になる。

貨車の俺たちの間での言葉が絶えた。テセオンが言ったように、すでに二時間も貨車に揺られている。ただただ闇《やみ》と騒音が続く、不愉快な道のりだ。

光が照らす線路の先は左右に分かれている。

「右ですね」とデッピオがダルガッツへと指示を出し、貨車は右の線路へと進む。沈黙の間に、後方の貨車の緊張が高まる。新人たちにとっては沈黙が重いのだ。

うーん、話題話題。ギギナはこの手の気遣いにまったく役立たずだ。俺が話すしかない。

「そういえば、メッケンクラートはどういう求人広告を出して、攻性咒式士《こうせいじゅしきし》を集めたのだ?」

俺なりの疑問を投げかけてみる。「明るく楽しい家庭的な職場です、とでもあったのか?」

前を見ながらデッピオは首を傾《かし》げる。

「いや、広告には、暗くて苦しい戦場が職場です、とありました」

「誰《だれ》が書いたんだそれ」

俺は呆《あき》れ声で問うた。

「ああ、あれ。あたしが書いた」

デリューヒンは薄く笑っていた。メッケンクラートについて入ったテセオン、今は亡きレンデンから後を継いだドルトン、リプキンとリドリたちの顔には疑問の表情が並ぶ。

俺は目線を後方車輛《しゃりょう》へと向ける。第四期の新人たちの横顔には、納得の表情がある。俺にはようやく理由が分かった。

「そういうことになるか」

前へと目を戻すと、デッピオの横顔が見えた。真面目《まじめ》な表情となっていた。

「他の職業はともかく、明るく楽しく堅実な攻性咒式士事務所に、好機なんてないですよ」

デッピオが真面目に答えた。「街のいざこざを解決して、しょーもない犯罪者を追って〈異貌《いぼう》のものども〉を狩って、いつか死んで終わりです」

デッピオが語っていく。

「俺たちみたいなものが底辺を抜けだしたいなら、激しい戦場にこそ賭《か》けるしかないんですよ」

デッピオが言うと、横のアルカーバが重々しい同意のうなずきを見せる。後方車輛を見ると、新人たちもうなずいていた。デリューヒンも薄く笑っていた。

「俺としては、そのしょーもない犯罪者と〈異貌のものども〉を追うほうが身の程に合っていたと思うがな」

俺の正直な感想だ。しかし、去年からの激闘によって、アシュレイ・ブフ&ソレル事務所はすでにエリダナ七門の一角を占めている。ちょっとした名士扱いになり、収入も増えている。若い攻性呪式士《こうせいじゆしきし》にとっては数少ない好機の場所となっている。

「賭《か》けに勝てばいいが、そういうのはたいてい負けるからな」俺は言っておく。「負けそうで死にそうなときは、もう全力全開で逃げる。覚悟しておけ」

「そういう不景気なことを言うから、ガユスは人気がないのだ」

先からギギナが言いやがった。

「冷静と言え」

「臆病《おくびよう》者は本当に死ぬまで何百何千回と死ぬ。死は一回だけだ。恐れずに進むものこそ生を拾う」

「勇気のつもりで進んだ無謀《むぼう》からの死体が、人類史に山積みだろうが」

「死闘を繰り返しても、私は死んでいない」

「ギギナが異常に頑丈で腕が立つからだろうが。心構えは関係ない」

「私といれば死なないということだ。ガユス以外は」

反論を続けようとし、止める。ギギナも飽きたのか、目を閉じて腕組みの体勢に戻る。

新入所員たちが、俺とギギナを見ていたことに気づいたからだ。呆《あき》れているかと思ったが、熱意の眼差《まなざ》しだ。俺とギギナには、彼らの期待がかけられている。

今になって、ハオルと王家を背負ったアラヤとデナーリオの苦しみの一端が分かる。責任を背負ったからには引けない。かといって、責任だからと進退の判断を誤ってはならない。誤ってばかりだが、多くの人命がかかっている。

「で、これいつまで続くんだ。予定だと四時間ちょいと聞いたが」

うんざりした声でテセオンが前へ問いかけた。

「もうすぐですよ」

前方のデッピオがまたも明るく返答してきた。隣で、同国人であるアルカーバはうかない顔をしていた。そういえばアルカーバはずっと黙っている。首都に住んでいたアルカーバの土地勘をもっとも頼りにしているので、問題があると困る。

「アルカーバ、大丈夫か?」

俺が呼びかけると、アルカーバが顔をあげる。青年は口を開く。同時に俺は頬《ほお》に風を感じた。

「ほら、あそこが出口です」

デッピオの言葉と同時に、進路の先には赤い光の点。わずかな隙間《すきま》から外の光と風が漏《も》れているのだ。ダルガッツが貨車を減速させていく。車輪と線路が噛《か》みあう悲鳴があがり、長く続く。

「ええと、前は板で封鎖されています。自分は不得意なので、どなたか前に〈爆炸吼《アイニ》〉をひとつ」

騒音と振動の間で、デッピオの声が届く。先頭近くにいる俺が適任だろう。魔杖剣《まじょうけん》を抜いて進路へ向ける。光の点があるから距離も計りやすい。切っ先に化学錬成系第三階位〈爆炸吼《アイニ》〉の咒式《じゅしき》が描かれ、発動。爆裂が光と進路を塞《ふさ》ぐ壁を破砕した。

破片と白煙のなかを貨車が抜けていく。煙を貫き、赤光が射しこんでくる。

坑道から光の世界へと貨車の列が出ていく。新鮮な風を鼻から吸いこむ。知覚眼鏡《クルークブリレ》が自動で明順応を起こす。左右には広葉樹の木々。濃密な森の間に線路が続いていく。

森の梢《こずえ》を貫いて、夕陽が落ちてくる様子が見えた。木々の間を進む貨車が速度を落としていく。長い悲鳴のような音を立てて貨車は減速。先頭の牽引車の左右から、小さく火花が散っている。

俺やギギナ、左右のリコリオやピリカヤの体がわずかに前へと倒れ、戻る。貨車の列が停止した。

線路は先へと続いて、森の手前で切れていた。坑道から外の交通機関とつながっているわけではないらしい。

「到着です」

牽引車からデッピオが降りる。ダルガッツやアルカーバも降りていく。後続の貨車から俺や仲間たちも降りていった。

全員の顔には疲労の色が浮かぶ。俺も腰と尻が痛い。背伸びをしている所員たちも多くいる。ニャルンにいたっては大地に手をついて、尻を掲げて尾を震わせ、伸びをしている。かわいいが、人間に換算するとニャルンはいい年の男だ。

俺は来た道を振り返る。背後には錆《さ》びた線路があった。先には壁を破砕された坑道の出口が見えた。上には巨大な岩壁、そして山がそびえる。左右には山が連なっていき、果ては見えない。ここを抜けてきたなら、アブソリエルで気づくものはいないだろう。

すでに所員たちは動いている。貨車の四両目と五両目に金属の板を咒式で生成し、坂道を造る。後部貨車に積んでいた四台の車を下ろしていく。車体には、これもデッピオが手配したアブソリエル式の偽造番号を取りつけてある。

所員たちが車の扉を開く。内部に積んでいた装備の一部を、屋根へと移動させる作業が始まる。積みあげおわると、縄で固定していく。武装しすぎると誰《だれ》かに見つかったときに言い訳がしにくい。商隊に見せるための個々の着替えも始まる。

ギギナはいつもの姿で荷物を固定していく。ドラッケン族の剣舞士《けんまいし》に変装させても無意味だ。商隊の護衛とするしかない。

他が準備している間に、俺とヤコービーでやることがある。

「それで、どの進路が安全となる？」

俺はヤコービーに問いかける。地図士は手を振って、立体光学映像を起動。

「今現在、我々《われわれ》がいるのはここです。実はまだ後《ご》アブソリエル公国《こうこく》へ入っていません」

ヤコービーの手が、複数国に跨《また》がるラーデリッテ山系でも、ゴーズ共和国の北端にある森林地帯を示す。

「西進して後《ご》アブソリエル公国《こうこく》に入り、法院の迎えと合流するか？」

「近頃のゴーズの人々の一部は、国境線付近に住んで問題となっているようです。見つかると厄介です」

「こんな森になにか資源でも出たのか？」

「半年前ですが、遭難者が国境付近に銀鉱脈を発見したそうです」ヤコービーが答えた。「そこから国家や企業が乗りだす前に、一攫千金《いっかくせんきん》を目指したものたちが不法に国境沿いの鉱脈を占拠し、一族で採掘を始めているらしいです。その人たち目当ての闇《やみ》業者まで来て、村落になっているとのことですね」

「たしかに厄介だな。こちらを見られると、情報が漏《も》れる可能性がある」

俺としては、可能なかぎり静かに密やかに入国したい。ヤコービーが手を振って、新たな進路を地図上に示していく。

「さらに言うと、直進すると三頭銀竜の住処《すみか》に近いのです」

「よりにもよって、ウングイユか」

横からギギナが言葉を挟んできた。俺も名前だけは知っている。目を上げて、先を見る。森の連なりに遮《さえぎ》られて見えないが、深い闇が見える。

「アブソリエルの東端に〈長命竜《アルター》〉ウングイユが住んでいるとは聞いていたが、この先にいるのか」

俺の口には最悪の地が近いことへの懸念が滲《にじ》んでいた。

「ウングイユは神楽暦《かぐられき》九世紀から、暴虐を尽くした記録がある」ギギナが言って、顎《あご》に右手を当てる。「千三百歳を超え〈長命竜《アルター》〉でも名を馳《は》せている。三つ首を持って、一万五千人を殺害した。歴代アブソリエル皇帝や公王《こうおう》が何度も討伐軍を起こして、なお倒せなかった邪竜《じゃりゅう》だ」

多頭竜は知能が低いものが多い。本体に脳があり、多くの首は触手でしかないと判明している。一説によると、再生能力に咒力《じゅりょく》のほとんどを使ってしまって余裕がないゆえではないか、と言われている。

だが、一部の多頭竜はすべての頭部に知性を持ち、それぞれの息吹《いぶき》と咒式を展開する。三頭銀竜のウングイユにいたっては、単純に同年齢同格の竜の三倍の強さを持つとされ、アブソリエルでの災厄となっていた。〈長命竜〉のなかでもまず出会いたくない一頭だ。

「公王イチェードの何度かの討伐を受けても生き延びたはずだが、昨年からは動きがな」

言っていて、俺は気づいた。

「もしかして〈黒竜派〉に参戦したのか」

「それはない」ギギナが笑って否定した。「記録にあるかぎりウングイユは気位が高いし、素行が悪いといっても〈賢龍派《ヴァイゼン》〉の白銀竜の子孫だ。〈黒竜派〉と手を組むわけがない」

ギギナの道理が正しい。だとすると、最近の沈黙の理由が分からなくなる。

「出ました」

ヤコービーの声で俺は思考から現実へ戻る。端末の地図には新しい道が示されていた。

「地図士の地図読みに従おう」

俺が言うと、青年がほほ笑んだ。地図読みの専門家であるヤコービーがいて良かった。ウングイユは棲処《すみか》を遠く避けさえすれば、遭遇することもない。考えから排除しておく。

「国境から少し入ったエイソイの町で法院の迎えと合流し、アブソリエルの首都へ侵入。休養して装備を補充。調査は明日からになるか」

イーゴン異録によると〈宙界《ちゅうかい》の瞳《ひとみ》〉があるとされるのは、ラズソンの丘。今の地図ではラディームの丘となっている場所は、アブソリエル首都近郊にある。国有地であるが、不法侵入の必要はない。すでに発掘された〈宙界の瞳〉の現在の所在はどこで、所有者は誰《だれ》かを探ることが最大目的だ。

「準備完了です」

ダルガッツの声が飛んできた。荷物の積み替えも終わり、四台の車が起動していた。大きめのヴァンだが、二十八人の攻性呪式士《こうせいじゅしきし》と装備が乗るには狭い。

俺は先頭のダルガッツが運転する車に向かう。荷物を退《ど》けて、後部座席に座る。向かい側にはギギナが座っていた。

剣舞士《けんまいし》からはとくに言葉はない。

俺が扉を閉めると、車が発進する。森の間へ入ると、悪路でかなり揺れる。倒木が道を塞《ふさ》ぐため、すぐに迂回《うかい》していく。

厄介な旅が始まる。

夕闇《ゆうやみ》迫る空の足元で、山々が黒くうずくまる。山の間を縫《ぬ》うように蛇行した街道が続く。後《ご》アブソリエル公国《こうこく》の首都へと続く公道十二号線。山の間のため照明はなく、蛍光や蓄光板が設置されているだけの道が伸びている。

山の裾《すそ》からは、夜闇を切り裂く前方照明が現れる。眩《まばゆ》い光を放ちながら、五台の車が街道を曲がってくる。直線に出て、黒塗りの高級車が流れるように疾駆《しっく》していく。

一台目の車内には、背広や積層甲冑《せきそうかっちゅう》姿の男たちが乗っている。車内でも腰には魔杖剣《まじょうけん》や魔杖短剣を帯びている。筋肉質の体に鋭い目つき。全員が腕利きの攻性咒式士たちだった。後続車の内部にも、同じく武装した男たちの姿が見える。

四台目の車は長い車体で特別使用となっていた。車内の後部座席には向かいあわせの席が並ぶ。それぞれ黒や紺の背広や積層甲冑という五人の男たちが座る。携帯端末で情報を整理し、忙《せわ》しく働いていた。

車内の奥には、背広の青年が座る。炎のように赤い髪が長く背後へと流れる。知覚眼鏡《クルークブリレ》の奥には青い目が収まり、手元の携帯端末を眺めている。右手が動き、各方面へと文書で指示を出していく。

「カムリエル支部からの報告です」

右側の席に座る男が声をあげた。他の九人の男たちの作業が止まる。全員が発言者である側近を見た。アイビス極光社の各支部でも、カムリエル支部は彼らが憂慮していた場所で、やはり問題が出たかという顔だった。男たちの顔が動き、奥へと向けられた。

「グリムヒ、構わない。続けろ」

奥に座す指揮官は資料から顔をあげず、右手で続けろと指示。側近のグリムヒが口を開く。

「向こうは良くない兆候が出ています。駐留している、イティンとスラアスがこちらからの要請に反応しなくなりました」

グリムヒの顔には、憂慮を越えた危険信号が灯《とも》っていた。

「前から懸念されていたように、両者に反乱の疑いがあります。最悪の場合は、ガナトトと連携して三者が反抗する可能性があるかもしれません」

グリムヒの報告で、車内のものたちの顔にも失望と怒りの表情が並ぶ。予想を超えた最悪の事態。三者が組めばかなり厄介なことになる。

「ガナトトには、イティンとスラアスと別個に親交を深めろと指示を出し、監視させていた」

青年の声は鋼《はがね》の響きを帯びていた。

「ガナトトがスラアスとイティンのそれぞれへと誤情報を流し、仲違《なかたが》いを起こさせる。あとはどちらかが倒れ、傷ついて残ったほうをガナトトに片付けさせる手筈《てはず》となっている」指揮官に動揺はない。「同じことをスラアスとイティンにも言ってある。三者が協力できないように仕掛けてある」

指揮官の言葉に、部下たちは驚き、そして安堵《あんど》の顔となる。

「前もっての対策がなされておられたとは失礼しました。ユ」

グリムヒは続く言葉を止めた。ウーディースの目は咎《とが》めない。

「ウーディース殿」

グリムヒも言いなおした。顔には失策ゆえの緊張があった。この場には側近しかいないが、最古参に近い自分が軽々しく言ってはならないのだ。

グリムヒは青年を見たが、指導者であるウーディースは気にしていない様子だった。部下たちも安堵とともに、想定された事態への対応策に動く。

指揮官の両手が止まる。別件でやっていた多方面への対処を終え、長い息が漏《も》れた。立体光学映像と携帯端末を横へと追いやる。指揮官は自分たちよりも多くのことを考えているのだと、側近たちにも分かる。

疲弊を労わるように、横に座る男が酒杯を差しだす。青年は受けとり、口をつける。男たちの間にいるグリムヒは、自分たちの指揮官を見つめていた。

「私があなたについて、四年です」

グリムヒの言葉が発せられると、青年は薄く笑った。右手で酒杯を回してみせる。

「そんなになるか」

ウーディースの感慨の言葉に、側近はうなずく。

「私は最古参ではなく、アイビス極光社の若手幹部として、あなたにつきました。あなたが乗っ取ってから、アイビス極光社は単なる犯罪結社から巨大組織へと変貌しました」

グリムヒが過去を回顧する表情となる。

「あなたの指揮に従い、アイビス極光社は各国の裏で動き、大きな利益と各種の力を得ました。ついていった我々《われわれ》も引きあげていただき、感謝しております」

グリムヒが軽く頭を下げた。車内の男たちの手や口が止まった。全員の顔にはそれぞれの感慨が浮かんでいた。感謝に敬意、希望に友情の表情だった。

元のアイビス極光社からついてきたもの、ウーディースによって見いだされたもの、敗れて軍門に下ったものなど、出身は様々だ。それでも彼らはウーディースによって率いられ、その手足となった。結果として世界の裏を駆けあがった。

グリムヒは下げていた顔を上げる。息を吸い、両手で膝《ひざ》を摑《つか》む。顔には決意の色があった。

「ですが、あなたは〈踊る夜〉たちと協力することとなった」

グリムヒの目には懸念の色が浮かんでいた。

「あれらはあなたと我々のために、組むべき者たちでしょうか」

グリムヒが問いを終えた。車内の部下たちも互いに顔を見合わせる。グリムヒの問いは、何度かウーディースに問おうとして、誰《だれ》も言い出せなかったことだったのだ。全員の目がウーディースに向けられる。

「懸念は分かる」

ウーディースが答えた。

「先に倒れたとはいえ、ハイパルキュは大陸を電子的に滅ぼしかけ、ゴゴールはアブソリエル法の復活を目論《もくろ》む狂信者だった。さらに是空《ぜくう》にイルソミナス、アズーリンにソトレリツォも理解の外の存在だ」

ウーディースが〈踊る夜〉の名簿を連ねていく。

「ワーリャスフにいたっては、神楽暦《かぐられき》の前から生きている。聖典の御子《みこ》に従う聖使徒でもあったが狂気に呑《の》まれた、人類史上の怪物だ」

ウーディースが挙げていった名前に、車内の部下たちも緊張する。全員が高位攻性咒式士《こうせいじゆしきし》であっても〈踊る夜〉の名前は重すぎた。

最重要指名手配犯である〈世界の敵の三十人〉に数えられた彼らによる〈踊る夜〉に、自分たちの指導者が参加している。協力者であるはずだが、部下たちには畏怖《いふ》が出てくる。

「そう怯《おび》えるな」

ウーディースは微笑《ほほえ》みを見せた。

「あれらは生きて動く核弾頭だが、何人かはまだ話が通じる。しかし、ほとんどが組織や資金について無頓着だ。私が用意してなんとか連帯が成立している。そうそう敵対は起こらない」

〈踊る夜〉の実態は、ワーリャスフが一応の代表として知識と技術、ウーディースが資金や手足を用意し、他がようやく連帯している程度であった。

〈踊る夜〉は各自が生きて動く核弾頭である、とウーディースはよく評する。一回でも制御に失敗すれば一国が吹き飛ぶのだ。実際にいくつもの国が吹き飛んでいる。

部下たちには、国家ですら危ういのに、アイビス極光社に、そしてウーディースに〈踊る夜〉たちを制御できるのかという恐怖が常につきまとう。

「〈踊る夜〉の面々だけでも厄介だが、我《われ》らは〈大禍つ式《アイオーン》〉の二派に〈古き巨人《エノルム》〉の鉄王とも組むこととなった」

ウーディースの言葉に、部下たちは息を呑《の》む。人類の敵である〈大禍つ式〉に、領土奪還を目論《もくろ》む〈古き巨人〉と組むなど、今現在になっても信じられないのだ。

「そして、よりにもよって〈黒竜派〉と、そしてあのゲ・ウヌラクノギアとも共同歩調となっている」

ウーディースが言った瞬間、車内に前以上の緊張が満ちる。空気は重々しくなる。

車内にいる歴戦の攻性呪式士《こうせいじゆしきし》、黒社会の暗殺者、過酷な戦場から戻った元軍人たちが沈黙していた。彼らであっても〈龍〉の名前を口にすることすら恐ろしいのだ。〈異貌《いぼう》のものども〉への拭《ぬぐ》いがたい恐怖の象徴であった。

人類が怯《おび》える〈龍〉と〈踊る夜〉が手を結んだという事実は、誰《だれ》にも理解不能だった。ウーディースの率いるアイビス極光社の人間にも、理解しがたい事態だったのだ。

「ウーディース殿と我々《われわれ》は〈龍〉の復活に手を貸す、ということでしょうか」

グリムヒが問いを発した。

「全員の目的が違っている。そして私とも違っている」

側近の問いには直接答えず、ウーディースが右手を掲げる。全員の目が一点に集中する。指導者の中指には紫色の指輪が嵌《はま》る。照明の加減によって色が変わり、時折虹《にじ》色を帯びる。

「だが、あれらと組まねば目的が達成されないなら、いくらでも手を取ってみせよう」

指導者の言葉は重々しかった。車内の男たちは沈黙。彼らはウーディースのために、傷つき苦しみ、血と涙を流し、そして多くの仲間を失ってきた。だが、長い長い疑問が彼らの間に横たわっていた。

誰もが言いだせない。だが、自分がやるしかないとグリムヒが口を開く。

「ウーディース殿の目的とはなんでしょうか？」

車内には緊張。ウーディースは息を吐く。

「言わねば信じられないか？」

指揮官は静かに微笑《ほほえ》み、右手を下ろす。一言でグリムヒや部下たちは納得する。ウーディースの目的がなんであろうと、彼らはすでに命を預けている。戦えと言われたなら戦い、死ねと言われたなら死ぬだけなのだ。

覚悟の攻性呪式士《こうせいじゅしきし》たちを積んで、車の列は街道の曲がりに沿って進んでいく。

曲がり角の終点で金属音。四台目に乗るウーディースと側近たちの目が、前へと向けられる。

窓の先、先頭車輛《しゃりょう》の屋根に五条の白い線が刺さる。次の瞬間、車が破裂。輪切りとなって六分割された金属、車輪、座席が後方へと流れる。街道に転がる破片を、後続の四台が左右に回避していく。

ウーディースが乗る車の前面窓に飛沫《しぶき》。切断された内臓と血の赤が視界を塞《ふさ》ぐ。運転手は必死に運転環《ハンドル》を回転させ、事故を回避しようと車体を滑らせる。緊急停車しようと急ぐ。

「止まるな、進め」

流れていく車内で、ウーディースが指示を出す。車の装置が動き、前面窓から血が拭《ぬぐ》われる。運転手は必死に運転して、破片を避けて車を走らせていく。

曲がり角を抜けた四台の車の先に、十数本の白い線が斜めに降る。白い刃《やいば》が街路に突きたって、疾走を開始。アスファルトが裂かれ、破片が散る。

白い線の鮫《さめ》たちを避けきれず、二台目の車が激突。線によって車体がいくつにも分割されていく。破片の間から血と肉。装甲《そうこう》された攻性呪式士たちが両断され、転がる。

三台目とウーディースを乗せた車と後続車が、死の分割線の脇《わき》を迂回《うかい》していく。曲がり角を先行車が滑っていき、山壁に激突。ウーディースを乗せた長い車は、車体を振って激突を回避。白い線が車体の角に触れて車輪を斜めに切断。車体が落下。アスファルトの上に火花を散らしながら滑っていき、先行車の先で止まる。後続車も滑っていき、ウーディースの車を守るように停止。

即座に三台の車の扉が開かれ、攻性咒式士たちが外に飛びでる。同時に盾《たて》と防壁が並び、魔杖剣《まじょうけん》が突きだされる。それぞれの目と探知咒式が周囲を瞬時に調査。中心のウーディースを守ろうと鉄壁の防御と全方位警戒。

停車させられた車の前方照明が、三方向へと街道を照らす。分割された二台の車からの炎が広がる。

アイビス極光社の目と刃が一斉に動く。夕方の先、街道の上空を見上げる。

赤黒い空には白の水平線。左右の山から白い線が街道へと伸びていく。線は白い包帯だった。左右からの包帯が、街道の中央上空で結ばれていく。結び目は複雑に絡まり、繭《まゆ》のようになる。吊《つ》り下げられた繭が降りてくる。アスファルトに着地すると同時に、包帯が散る。

内部からは、また包帯に包まれた右足が現れ、道路を踏みしめる。続いて左足が降ろされる。上には包帯に覆《おお》われた足に腰に胴体、腕と人型が現れる。

顔を覆う包帯の間から、赤い目が見えた。

「じゃじゃーん、みんなの人気者こと俺様ちゃんだ」

相手が言った瞬間、攻性呪式士《こうせいじゅしきし》たちの魔杖剣《まじょうけん》は呪式を発動。爆裂に雷撃、投槍《とうそう》に熱線呪式が集中。山の間にある街道で大破壊が起こる。轟音《ごうおん》が鳴り響き、爆煙と火炎が渦巻く。

アイビス極光社による呪式射撃は終わらない。連射につぐ連射。空薬莢《からやっきょう》が路上に散っていく。他の誰《だれ》かが撃っている間に、弾倉を交換。さらなる火炎に強酸、砲弾にプラズマ呪式が紡《つむ》がれ、対象ごと道路の大破壊を行《おこな》っていく。

「あれ相手には無意味だ。止《や》めよ」

ウーディースの声によって、瞬時に攻性呪式士たちによる呪式の猛射が停止。男たちの顔には恐怖と緊張があったが、指揮官の命令は絶対だった。

「そーそー、呪弾も無料ではない」

硝煙に煙るウーディースたちの前方、夕闇《ゆうやみ》迫る街道には、爆煙が渦巻く。アスファルトにはいくつもの大穴が穿《うが》たれている。左右の山にも弾痕が刻まれていた。点在する火炎が冬の夕暮れを照らす。

呪式の集中砲火は、一点を避けていた。正確には射撃軌道を歪《ゆが》められていた。瑠璃《るり》色の壺《つぼ》が空中に浮遊していた。周囲の爆煙や火炎が侵入すると、正確に反射角から吐きだしていった。

瑠璃色の壺は、表をたどっていくと裏になる自己交差となっていて、理解不能となる。見ているのに三次元の脳では分からない、五次元の光景であった。

「悪名高き超定理系〈瑠璃変転喰陰乃壺《バアル・モート》〉の咒式による、五次元咒式」ウーディースが確認するように言った「三次元空間における物理攻撃をすべて反射し、裏返すという、反則にすぎる咒式だな」

ウーディースが評したように、アイビス極光社の猛攻も、すべて入射角に比例する反射角で弾《はじ》かれ、左右に逸《そ》れていた。

「なかなかいい挨拶《あいさつ》をするじゃねえか」

壺に包帯に包まれた手指がかかり、横へと退《ど》かされる。路上には包帯の男が立っていた。アイビス極光社の戦士たちが、魔杖剣や魔杖槍を構える。顔には隠しきれない恐怖。

前方に立つ男は、ワーリャスフに並ぶ神楽暦《かぐられき》以前から生きる怪物。聖使徒の一人イェフダルにして、救いの御子《みこ》を裏切った人類史の黒点。〈踊る夜〉に誘われたが、それすら拒否する暴風。

アザルリを前にしては、歴戦の攻性咒式士たちであっても死が確定する。それでも全員がウーディースの左右を固めて動かない。

「さっすがウーディースの部下か。死ぬと分かっていても引かないなんて、根性ある～」

包帯の間に、鮫《さめ》のような牙《きば》が見える。歯の間からは白い蒸気のような息が漏《も》れる。アザルリの獰悪な笑みだった。それだけでアイビス極光社の面々に重圧がかかり、膝《ひざ》が曲がる。

だが、男たちは魔杖剣の先に再び咒印組成式を灯《とも》していく。

「俺様ちゃんと違って、ウーディースちゃんは仲良しこよしの人望があるのか」

笑いながらアザルリは右手を掲げる。瞬時にアイビス極光社の面々が左右に広がっていく。五次元咒式《じゅしき》は防御不能。広く展開して犠牲を前提とした特攻しか活路がない。

「そのアザルリが私になんの用だ」

戦列の間で、ウーディースが静かに問うた。男たちの展開も止まる。

「〈踊る夜〉も嫌いな俺様ちゃんがなんの用かって、そりゃおまえらへの敵対行為だ」

包帯の間にあるアザルリの赤い右目が、前に差しだした自らの右手を見据える。中指には緑の宝玉を抱く指輪が嵌《はま》る。眼差《まなざ》しは指輪の先、道路に立つウーディースを見据える。

注視されているのは、ウーディースの右手だった。アザルリと同じ形で違う紫色の宝玉を冠した指輪だった。

「おまえの手にある指輪は、どうも〈宙界《ちゅうかい》の瞳《ひとみ》〉のひとつに見える」

緑の指輪の先、アザルリの目は疑問の色を帯びていた。

アザルリへと武具を向けるアイビス極光社の咒式士たちも、指揮官の指輪を見た。〈異貌《いぼう》のものども〉と一部の人間が、凄惨《せいさん》な死闘を繰り広げてまで求めている指輪だった。

アザルリにあっては咒力の増幅。ルゲニア共和国にあった聖ハウラン派の研究では高次元への扉。〈龍〉に対しては封印の段階解放。それぞれがそれぞれの利用法をしているが、本来の用途と正体は不明であった。

「だが、てめえの持つ紫色の宝玉は、かつてセガルカが所有していたが、先の襲撃で〈龍〉に渡ったものと色が被《かぶ》る。どういうことだ？」

アザルリの口から蒸気とともに問いが放たれた。周囲は破壊の光景。燃え尽きぬ炎が熾火《おきび》となって揺らめいている。

「宝玉の色ごときに、暴凶のアザルリが大仰なことだ」

対するウーディィースの声は冬の夜よりも冷たく、硬質の響きを帯びていた。

「もっとも奪取が困難とされた、セガルカの指輪の色と合わせただけだ」

言いつつウーディースが右腕を振り、止める。右手に嵌る指輪の紫の宝玉は赤く染まる。手を掲げていくと緑に青となる。

手は前へと掲げられて停止した。〈宙界の瞳〉は様々な色が入り混じる虹《にじ》色の輝きを放っていた。

「実際、ゲ・ウヌラクノギアの一撃から、母で姉で師であるセガルカを守るために白騎士が命を捨てることがなければ、地上の誰《だれ》も奪取できなかっただろう」

ウーディィースの声には勇者への敬意の色が滲《にじ》んでいた。大陸最強国家であるラペトデス七都《ななと》市《し》同盟と、魔術師セガルカより授けられた指輪を、白騎士ファストから奪うなど、地上の誰にもできない。あの場所、あの瞬間の〈龍〉にしかできなかったのだ。

「だからこそ、おまえの謎《なぞ》が露呈したと言える」

アザルリが初めてウーディースの顔を正面から見る。赤い瞳《ひとみ》は輝きを増す。

「その指輪はなんだ。そしておまえは誰《だれ》で何者だ？」

問うたアザルリの目が真紅《しんく》となり、瞳孔《どうこう》が蛇《へび》のように細くなる。眼差《まなざ》しは凝視となっていた。

「その顔は見たことがある」アザルリはウーディースの顔を凝視する。「髪型や眼鏡《めがね》、服装に体格が違うから分からなかったが、少し年を取ったような。どういうことだ？」

アザルリの真紅の目には揺らぎ。魔人が心からの疑問を放っていた。

「そしておまえら〈踊る夜〉は、後《ご》アブソリエル公国《こうこく》でなにをしようとしている？」アザルリが問いを連ねる。「いや、おまえはなにをしている？」

「教えてやる理由はない」

ウーディースは両手を体の前で交差。右手で左腰から魔杖《まじょう》剣《けん》を、左手で右腰の後ろから魔杖短剣を引きぬき、横へ掲げていく。

「いいぜ、力ずくで聞くってのが俺様ちゃんの流儀だ」

アザルリは両手を体の前で回転。軌跡には瑠璃《るり》色の壺《つぼ》が連なっていく。十の五次元反射咒式《じゅしき》が展開し、魔人の周囲に浮遊する。

左右に広がっていたアイビス極光社の攻性《こうせい》咒式士たちは、整然と後退していく。残ろうとするグリムヒを、他のものたちが肩に手をかけて強引に後退させていく。

ウーディースとアザルリの対決に彼らはついていけない。高位咒式士であっても、両者の激突に巻きこまれれば即死するしかないのだ。

「よいしょっと」

路上のアザルリが両手を前へと振りおろす。十個の壺が射出。複雑に絡みあう瑠璃色の軌道を描いて飛翔《ひしょう》。軌道にある車の金属や樹脂、アスファルトや死者の手足、冬の大気や炎すら裏返される。

対するウーディースが握る双剣から空薬莢《からやっきょう》が排出。背中から光の噴出。光の刃《やいば》が翼となり、残り火すら駆逐する輝きが五次元咒式を迎撃。

街道で瑠璃と白の光が激突。熱と衝撃波が四方へ放射。安全圏まで下がっていたはずのアイビス極光社の咒式士たちが、吹き飛ばされていく。

山間の道に光の柱が突きたち、冬の夕空を照らす。

包帯に包まれた左腕が宙を舞い、血染めの眼鏡がアスファルトの上を転がっていく。

四台の車が木々の間を進む。夜に近いため、森は危険な道行となっている。前方照明で切り取られた木々の間を、ダルガッツの運転が縫《ぬ》うように進む。示した進路を後続車が追いかける。

悪路で跳ねる車体とともに、後部座席は激しく揺れる。俺の隣ではヤコービーが地図を見て、運転席のダルガッツへと指示を出す。ダルガッツが進路を修正し、悪路を安全に進む。

俺たちはゴーズ共和国の国境を無断で突破し、さらに後《ご》アブソリエル公国《こうこく》への不法入国をしている。どちらの国にも見つかりたくない。二十八人の高位攻性呪式士《こうせいじゅしきし》の集団は、通常軍隊の小隊くらいには勝てるが、それだけだ。それ以上の軍隊に包囲されたら、人数と火力に押されて終わる。

「静かに車を停《と》めろ」

車内でギギナの声が響いた。ダルガッツが車を減速し、停める。

ギギナは窓を開いて、左を見ている。後方を見ると、ニャルンの乗った車も停車していた。窓から猫のような顔が出て、帽子から出た三角耳が動いている。他の二台も停車して鋭敏な感覚を持つ二人の探知結果を待っている。

「国境警備隊か？　それとも〈異貌《いぼう》のものども〉か？」

俺が問うと、ギギナは腰の柄《つか》を抜いて、肩越しの刃《やいば》に連結していく。

「硝煙と血の臭気がする。前者は確実、後者が関わるかは不明だ」

ギギナの分析で、俺は車内から外を見据える。木々の幹や葉の間は、闇《やみ》に沈んでいて判別しがたい。俺には臭気がまったく分からない。知覚眼鏡《クルークプリレ》の暗視装置を起動させる。

続いて、森の梢《こずえ》を抜けて、かすかに咒式による爆音。そして怒号《どごう》が聞こえてくる。光は見えない。

「今は問題を避けたほうがいい」

俺は車内から動かない。現地点は後アブソリエル公国とゴーズ共和国の国境上である。双方の国境警備兵が激突するにしても、夜に起こる可能性は低い。〈異貌のものども〉との衝突かもしれない。

「危険だが反対側に行こう。森から出て進」

言った瞬間、甲高い悲鳴が俺の耳に飛びこむ。俺は扉を開いて外に飛びだす。木々の間を全力疾走。右では、屠竜刀《とりゅうとう》を右肩に担いでギギナが併走する。

「避けるのではなかったのか、とは聞かないのか」

「余計なことだ」

俺が問うと、ギギナは反論しない。当然のように前の闇へと走っていく。先ほど聞こえたのは子供の悲鳴だ。ならば進まなくてはならない。ギギナは戦いの場を求めているだけだろうが。左では、リコリオとピリカヤが進む。二人ともなぜだか悔しそうな顔をしている。俺とギギナが言葉すら交わさずに動き、自分たちが遅れたことによる表情だろう。

背後には様々な足音が連なる。見なくても分かる。テセオンにドルトンにデリューヒン、所員たちが続いている。車を守る最低限を残して、なにも言わずとも部隊が展開。人々の危機を救おうと進軍する。

メッケンクラートが選び、俺とギギナが鍛え、戦いをともにしてきたのは、そういう仲間たちだ。

木々の間にある闇《やみ》を抜け、倒木を乗り越え、下生えを踏みしめ、岩を飛び越え、アシュレイ・ブフ&ソレル咒式士《じゅしきし》事務所は静かに速やかに進んでいく。

前方に赤い光が見えた。爆音と悲鳴が大きくなる。ここまで来れば、俺にもおなじみの硝煙に血臭、人体が燃える臭いが分かる。

林の先に、炎に包まれる家屋が見えた。全員が足音をさらに抑えて無音の進軍。森の出口で、木の幹で遮蔽《しゃへい》を取って俺は止まる。横でギギナも停止。腰を落として屠竜刀《とりゅうとう》を構えての待機姿勢となる。左右の木々に後続も隠れていく。

前を見て、リコリオが息を呑《の》む。森の先、前方は急造の村落だった。簡易な作りの家が炎に包まれていた。銀の採掘装置や精錬工場らしき建物も、煙突や窓から火炎を噴きあげている。間には炎の逆光で黒い影が見えた。ふぞろいの積層甲冑《せきそうかっちゅう》に軍用魔杖剣《まじょうけん》。右肩の装甲《そうこう》には青地に白い竜の紋章。後《ご》アブソリエル公国《こうこく》の国旗だ。国旗の下には長い蛇《へび》の紋章がある。ギギナによる手信号によると、後アブソリエル公国の国境警備隊の紋章だそうだ。

「国境侵犯してきたゴーズの糞《くそ》どもを殺せ！」

後アブソリエル公国軍の指揮官が叫ぶと、兵士たちが咒式で建物を破壊していく。

どうやら不法採掘者たちは、自国を越え、後アブソリエル公国との国境線を越えて採掘拠点を作ったらしい。だが、森をわずかに越えた程度のことで、通常なら殺されることはない。

おそらくだが、後アブソリエル公国軍は、国境侵犯した不法採掘者たちを殺すことで、ゴーズ共和国を挑発しようとしているのだ。ゴーズが国境警備隊を出せば、戦争の大義名分の第一歩とする、という命令が下っているのだろう。

俺は前に出ようとして止まる。隣ではリコリオやピリカヤが戸惑っていた。相手は寄せ集めの国境警備隊とはいえ、正式なアブソリエル軍だ。止めに入れば、国家と敵対して引き返せない。

悲鳴。俺が迷っている間にも、アブソリエル軍は村落を破壊し、焼いていく。先からは咒式の砲火音。

音の方向を見ると、建物の前で、男たちがいた。車や咒式による壁で即席の陣地が作られていた。間からは、男たちが魔杖剣や魔杖短剣で咒式を放って抵抗していた。

兵士たちは盾《たて》を連ねて前進。相手の低火力の咒式を盾で防ぎ、爆裂や投槍《とうそう》咒式を連打。車が吹き飛び、防壁が破砕される。背後にいた男たちの頭や手足が血とともに吹き飛ぶ。悲鳴と絶叫があがる。

兵士たちはあっさりと陣地に到達。魔杖剣が振られ、魔杖槍が突きだされる。中年男の胸板を刃《やいば》が貫く。雷をまとった槍《やり》が老人の目から後頭部へ抜ける。

不法採掘をする鉱夫は荒くれ者だろうが、徴兵で数か月だけとはいえ軍隊の戦闘訓練を受けて装備を持たされた兵士には勝てない。無惨な死が吹き荒れ、すぐに終わった。

陣地を破砕し、兵士たちが散開。倒れた若者の後頭部に、刃が下ろされる。両手を失って喚《わめ》く男を、火炎で焼き払う。

先では、残る鉱夫たち六人が武器を捨てていった。口の動きからすると、勝てぬと見て降伏するらしい。

手前にいる兵士二人が顔を見合わせる。互いに笑った。嫌な笑みだ。二人は顔と魔杖剣《まじょうけん》を前に向ける。〈緋竜七咆《ハボリュム》〉が二重展開。大火炎が六人の鉱夫を呑《の》みこむ。

火炎に焼かれて即死したものはいい。死ねなかったものは、絶叫をあげて大地で転がる。火炎に包まれた男は、自らの魔杖剣を顎《あご》の下に当てる。投槍咒式《とうそうじゅしき》が顎から脳を貫き、後頭部に噴出。苦しすぎて自決したのだ。死者を見て、兵士たちは大笑いをしだした。

先では逃げる女を兵士が追いかける。森へと入る寸前、背中に〈矛槍射《ベリン》〉の槍《やり》が突き立っていく。女は口から血を吐きながら倒れた。兵士は舌打ちして、他の獲物を探しにいく。

国境の村落は一方的な虐殺となっていた。小さくてもこれが戦争だ。茂みから出ていこうとするリコリオを、俺は目線で制する。

怒りはあるが、俺は暴虐を楽しむアブソリエル兵を数える。分隊規模なら連絡すらさせずに倒せる。なにより採掘者たちの生き残りはいるのか。生者のためなら戦う意味もあるが、見知らぬ死者のために仲間や部下の命をかけられない。

悲鳴。

声の方向へと顔と魔杖剣を向ける。崩れた家屋から、若い兵士が出てくる。左手は、小さな人影を抱えていた。

「こいつが残っていました」

兵士が笑って指揮官に言った。抱えられた子供は十二、三歳くらいだった。金髪に青い目。アブソリエル系人の典型的な容姿だが、当然だ。ゴーズ人もアブソリエル系人種で国が違うだけなのだ。服はゴーズ系の粗末なものだが、少女だった。

「なんだ子供か」指揮官はつまらなさそうに言った。「殺すまではしなくていいだろう。ゴーズは子供まで国境侵犯をする、と送り返してやれば、見せしめになる」

「そりゃないすよ分隊長〜」

まだ青年である兵士がふざけたように言った。兵士に抱えられた子供が身を捩《よじ》るが、男の力に抗しきれない。

「俺らは農村や漁村や町の貧民街から、貧しいか仕事がないんで仕方なく徴兵されたんだ。戦争で英雄になれるかと思ったら、適性検査でなんにもない対ゴーズの国境警備隊行き。クソみたいな訓練と退屈な警備だけの数か月だ」

兵士は、腕のなかで暴れる少女を見つめている。青い目には抵抗を楽しむ邪悪さと、欲情があった。

「だったら、少しは俺らなりのお楽しみがあってもいいんじゃないですかね？」

「女といっても、それは子供だろうが」

分隊長は侮蔑《ぶべつ》の目で吐き捨てた。おそらく家族持ちのため、子供を強姦《ごうかん》しようという部下を止めたいのだ。

「子供でも女だ」

少女を抱えた若い兵士が笑って言った。男の右手が少女の服の襟元《えりもと》を摑《つか》み、破る。まだ平らな胸が外気に晒《さら》される。右手が下へと向かい、服の間に入る。手は少女の股間をまさぐる。

「穴もあるなら使える。お、この一本線は処女だな」

若い兵士が言った。殺戮《さつりく》を終えた周囲の兵士たちも、互いを見た。そろって同じような笑みを浮かべていた。邪悪な笑みだった。

「そうだよな、国防の英雄たちにもお楽しみが必要だ」

一人が同調すると、他も声をあげて賛成する。分隊長は迷ったが、制止を諦《あきら》めて下がっていく。

後《ご》アブソリエル公国《こうこく》における、他国に気づかれないための性急な徴兵制度の問題が噴出していた。志願制でもあることだが、徴兵された兵士は士気や練度や忠誠心がさらに低い。戦場で命令にない殺人や拷問《ごうもん》や強盗に、そして強姦、輪姦を楽しみにするようなものが絶対に混じる。低劣な兵士たちの強姦と輪姦を邪魔《じゃま》すれば、分隊長ですら戦場で敵にやられたと偽装されて殺される。止められないのだ。

若い兵士は子供の服の前を破り、大地へと押し倒す。悲鳴をあげる子供の手や足を、他の兵士たちが押さえる。若い兵士は股間の前を開いていく。右手で怒張した男根を突きだす。

リコリオが狙撃用魔杖槍《まじょうそう》を構える。横顔は怒りで蒼白《そうはく》となっている。狙撃手が引き金を引く前に、刃《やいば》が伸びていた。デリューヒンが魔杖薙刀《なぎなた》を伸ばし、射線を塞《ふさ》いでいた。リコリオは怒りの声を出そうとして噛《か》みしめる。なぜ止めるのかと、激怒《げきど》の目でデリューヒンに問うていた。

デリューヒンの横顔にも怒りがあったが抑えていた。

俺は目でリコリオに待てと伝える。苦いが、元軍人であるデリューヒンの判断が正しい。今、兵士たちを止めるなら、こちらにも被害が出る可能性がある。残酷だが、服を脱いで射精した後の兵士たちなら、一方的に殺戮できて仲間は死なない。

気づくと、デリューヒンやリコリオが俺を見ていた。驚きの目は俺の右手を見ている。俺の右手が震えていた。無視していたが、凄《すさ》まじい怒りが手に表れていた。噛みしめた奥歯も軋《きし》んでいる。

俺もこれだけは許せない。かつてあった惨劇を繰り返させるものか。しかし、仲間の命もかかっている。感情で動いてはいけない。分かっている。分かってはいるが。

前方では若い兵士が自らを右手で掴み、腰を落とす。少女の股間へと亀頭を押し当てる。周囲の兵士たちも囃《はや》したてる。少女は泣き叫ぶが、それが兵士たちの邪悪な欲情をかき立てる。

若い兵士が腰を前に突きだそうとした瞬間、左肩に穴。背中へと銃弾が抜ける。

横目で確認。リコリオが撃ちやがった。前に目を戻すと、狙撃された兵士は訳も分からず、悲鳴とともに背後へと倒れる。即死していない。少女の悲鳴。兵士たちは即座に魔杖剣《まじょうけん》や魔杖槍《そう》を握り、周囲へと向ける。

ギギナはすでに木々の間から突撃。近くにいた兵士二人へ刃《やいば》の一閃《いっせん》。胴体と胸板で一刀両断。二人分の血と内臓の下を剣舞士《けんまいし》が突進。俺やテセオンたちも咒式《じゅしき》を放ちながら前へと出て行く。

銃声。少女を囲んでいた兵士の左肩が、リコリオの狙撃咒式によって撃ちぬかれる。兵士は即死せずに、魔杖剣から投槍咒式を放つ。こちらの右翼のギシムの掲げた盾《たて》を破り、胸板に命中。血とともにギシムが倒れる。生死確認はしていられない。

進む俺は〈雷霆鞭《フュル・フー》〉を放つ。一〇〇万ボルトルの高電圧で大電流の雷が、ギシムを撃った兵士の顔に着弾。脳ごと感電、顔の半分が吹き飛び、兵士が倒れる。

俺は腰を屈《かが》め、前方被弾面積を減らしながらも〈斥盾《ジルド》〉を展開。地面から立ちあがる鋼《はがね》の壁が敵の投槍の応射を防ぐ。横から魔杖剣を突きだし〈矛槍射《ベリン》〉を増幅発動。十四本の投槍によって腰から胸板、頭部が貫かれ、兵士が倒れる。

リコリオが勝手に始めたが、初撃で相手が混乱しているうちに押しきる一手しかない。こちらは少女を巻きこんで殺してはいけないため、強力な咒式が使えない。精密射撃と近距離戦をしていくしかない。

俺とリコリオが狙撃で押さえている間に、右翼ではギギナが接敵。屠竜刀《とりゅうとう》は長槍《ちょうそう》状態となって、兵士の盾ごと甲冑《かっちゅう》を貫く。そのまま背後の兵士に激突。三人を串刺しにして、振られる。飛んでいった死体が、兵士の列に激突。

仲間の死体を受けて狼狽《ろうばい》する兵士たちに、ギギナが肉迫。屠竜刀が一閃。首や胴体が輪切りにされて旋回。血と内臓が四方へと散る。

続くデリューヒンが魔杖薙刀《なぎなた》を振るう。〈惨弗禍獄炎吐息《ベリアール》〉の咒式が発動し、兵士たちを結界内部に捉える。一瞬で燃焼気体が業火《ごうか》となり、兵士たちを体の内外から焦熱地獄へ叩《たた》きこむ。

左翼ではテセオンが数列の刃を横に振るい、兵士の首を飛ばす。リプキンが魔杖斧《ふ》で盾ごと両断し、リドリが魔杖鎚《つい》を振りおろして兜《かぶと》ごと頭部を粉砕。再び俺とリコリオが射撃し、爆裂と銃弾で敵中央を破砕した。

奇襲からの大量死で、徴兵されただけの兵士たちは士気が崩壊。四方へと逃げていく。だが、迂回《うかい》していたドルトンが溶岩咒式を展開。兵士たちを灼熱の熱流に飲みこみ、進路を塞《ふさ》ぐ。

別方向へと逃げる兵士たちへとニャルンが疾走。刺突剣《しとつけん》で兵士の足下から腹部を貫く。その場で後方宙返りをして、背後から来た兵士の顔を刃が縦断。倒れる死体を蹴《け》って、ニャルンが次の獲物へと向かう。

逃げる兵士たちを新所員たちが追撃。背中から刃と咒式が襲いかかっていく。

「後《ご》アブソリエル公国《こうこく》の面汚しがっ！」

アルカーバの刺突剣が兵士を切り刻み、デッピオの魔杖剣が唸《うな》る。アブソリエル人の二人は凄《すさ》まじい勢いで逃げる兵士たちを屠《ほふ》っていく。

敗兵が散って逃げていくが、元警備隊のリューヒンが指揮し、部下たちとともに確実に殲滅《せんめつ》していった。最後に森へと逃げようとした兵士の後頭部に、テセオンの数列の刃《やいば》が刺さる。刃が乱舞し、頭部が分解。死者が倒れた。

これで一人の討ち漏《も》らしもなく、援軍は来ない。

最後の敵を倒したテセオンが顎《あご》に手を当てて考えていた。横には長身のドルトンが立つ。顔には気づきの色があった。

「やはりテセオンの〈虚刃《レイジ》〉の遠い間合いと、そこからの精密切断は便利だね」

「いや」

友人の言葉にも、テセオンの陰鬱《いんうつ》は晴れない。

「前衛にしては、俺はドルトンほどの身長や火力、対応力はねえし、デリューヒンみたいな体格と装甲《そうこう》、剛力がねえ。もう一手ないと、この先は通用しねえだろう」テセオンの独白は続く。「クソっ。ちゃんと学校行っていれば、もっと考えられたはずなんだが、自己流だと長所の押しつけしかできねえ」

元不良青年の真剣な悩みに、ドルトンが息を吐く。テセオンの肩を叩《たた》き、戻らせていく。

友人の状態に気づいて、ドルトンが先手を打って気遣いを向けたが、テセオンの悩みは深い。テセオンは今でも特攻隊長として、高速かつ精密な刃を振るって充分な前衛だが、ギギナやデリューヒンに比べると突破力で劣るのは事実だ。もう一皮剝《む》ければありがたいが、結果が出るまでは俺も今の戦力として使うしかない。

俺は息を吐いて、前へと進む。兵士たちの死体の間に、動きがあり、即座に魔杖剣《まじょうけん》を向ける。

下半身裸の若い兵士が、尻をついて、足で大地を蹴《け》って背後へと下がる。輪姦を言いだした兵士だ。足の間で性器が縮みあがっている。左手で右肩の傷を庇《かば》い、右手を掲げて俺たちを止めようとする。

「なんだ、なんなんだよおまえたちっ！」

涙を流して、兵士が叫ぶ。

「兵士じゃないし、攻性咒式士《こうせいじゅしきし》!?　ゴーズの!?　アブソリエル兵にこんなことして、殺されるぞ！」

俺は魔杖剣を相手に向けたまま前進する。

「そうか」兵士の顔には理解の色が浮かぶ。「おまえたちも、あの子を犯《や》りたかったんだな!?」

青年兵士の顔には、笑いが広がる。

「そうならそうと言ってくれれば。さすがに最初は俺だけど、あとに」

青年の頭部から額《ひたい》に、銀の刃が埋まる。刃の左右から桃色の脳が零《こぼ》れる。圧力で右眼窩《がんか》から眼球が半分ほど飛びだす。

「え？」

兵士の目の焦点が左右にずれ、そして刃から抜けて倒れた。兵士は激痛に悲鳴をあげる。

上空で血と脳漿《のうしょう》に濡《ぬ》れた刃《やいば》は、長い柄《え》に続く。握るのはデリューヒンだった。

「徴兵されて苛立《いらだ》っても、それを他人に、女子供に向けるな」

女傑の顔には不快感があった。彼女の部下であった元兵士たちに、下劣なものはいなかった。アラバウにミゴースにいたっては、俺を生かすために自らの命を捨てる、本当の兵士たちだった。

デリューヒンの横には、リコリオが立っていた。狙撃用魔杖槍《まじょうそう》を構えた姿勢で固まっていた。切っ先が脳を零《こぼ》して痙攣《けいれん》する兵士へと向けられていた。刃の先には、すでに狙撃呪式《じゅしき》が紡《つむ》がれている。

発動する寸前、切っ先の前を塞《ふさ》ぐ手。今度はギギナがリコリオの暴走を阻止していた。

「なぜ止めるんですか！」

狙撃魔杖槍を突きだしたリコリオの目は、吊《つ》りあがっている。リコリオの心は初めて見る戦場と、そして強姦《ごうかん》と輪姦をしようとした兵士への怒りが支配していた。

「止めたわけではない」

手を掲げたギギナの声は静かだった。

「戦場を穢《けが》すものは、苦しんで死ぬべきだ」

ギギナの鋼《はがね》の目には、戦神の厳しさがあった。リコリオが見ていると、大地では兵士の激痛の痙攣が弱まっていく。

「なんで、なんで俺が」

嘆《なげ》きの声と痙攣が弱まっていく。そして兵士は死んだ。右肩を撃たれて、頭は割られ、下半身が丸出しの死体だ。

「このような屑《くず》を葬《ほうむ》ってやる気もない。友軍にその姿のままで発見されろ」

苦い気分ごと、俺は言い捨てる。リコリオが息を吐いた。ようやく魔杖槍を引いた。

「そうだ子供は」

リコリオの目には恐怖。

「大丈夫」

声の方向を見る。死体の間では、ピリカヤが膝《ひざ》をついている。少女を保護し、事務所の長外套《コート》を上にかけていた。反対側からは、咒式医師のトゥクローロが少女を診察していく。医師が顔を上げ、俺にうなずいてみせる。外傷などはないようだ。問題は心の傷だ。

夜闇を照らす炎の村で、所員たちも集まってきた。

「敵は殲滅《せんめつ》」魔杖長槍を携《たずさ》えて、ドルトンが報告してきた。「負傷者はギシムが軽傷のみ」

疲れきった顔のドルトンの背後では、アルカーバに抱えられてギシムが痛そうな顔をしている。すぐにトゥクローロが治療《ちりょう》に向かう。背景では、ニャルンたちが俺たちの痕跡や空薬莢《からやっきょう》などを始末している。火炎で焼きはらえば、俺たちの仕業《しわざ》だとは分からなくなるだろう。だが、これは重大な失点だ。

「アブソリエルとゴーズと両方の国境警備隊が来る。すぐに脱出するぞ」

全員を見回して、指示を出す。が、動かない。

「その子、どうするんで?」

手斧《おの》で子供を示し、ダルガッツが俺に聞いてきた。ピリカヤに抱えられた少女は目を見開いて硬直している。親や知りあいが殺され、強姦《ごうかん》と輪姦を受けそうになったのだ。今は精神が麻痺《まひ》しているが、かなりの心の傷を受けている。両親もここで死んでいるだろうが、弔っている時間はない。

「連れて脱出だ」

前提不要で決断し、俺は歩きだす。ダルガッツは快諾《かいだく》するようにうなずき、続く。他のものたちも進む。戦争状態の国へと侵入するのに、戦災孤児を連れていくなど愚行にすぎる。だが、俺には見捨てられない。

これはアナピヤとの出会いの場面に似ていたのだ。そして俺が助けられなかった、多くの子供たちがいる。

俺の傍《かたわ》らをリコリオが進む。狙撃魔杖槍《まじょうそう》を両手で抱えての早足の歩みだった。

「勝手をしてすみません」

リコリオが謝罪してくる。

「指揮官の命令を聞けない所員はいらない」俺は言っておく。「だが、今回だけはおまえの判断が正しい」

たとえ有利になると分かっていても、やってはいけないことがある。仲間の命が関わるためとはいえ、俺は慎重にすぎて待ってしまった。一度そうなれば、同じ目的のために連携できる集団ではなくなってしまう。俺たちはリコリオに救われたのだ。

俺は少女の肩を軽く叩《たた》いておく。

「それでも、あとでギシムにだけは謝っておけ」

俺が言うと、リコリオがうなずく。無言で進んでいく。俺はかつての失敗を繰り返すところだった。廃坑での過去が脳裏を掠《かす》め、強引に消す。

先のことは先だとして、俺は車の後部座席に乗りこむ。先にはギギナが座る。他のものも慌ただしく乗りこんできた。車はすぐに発車し、他の三台も続く。

炎の村落を後にして、森のなかの暗い悪路を車が進んでいく。危険度は増すが、照明なしの暗視装置での走行となる。助手席のヤコービーの指示でダルガッツが運転するなら、なんとか見つからずに逃げられるはずだ。

俺の隣の席には、少女を抱えたピリカヤが乗る。外套《がいとう》に包まれた少女は、ピリカヤの腕のなかで震えている。

「大丈夫」ピリカヤが言った。「もう大丈夫だよ」

ピリカヤの慰めにも、少女は答えない。ただただ震えている。先の席では、狙撃魔杖槍を抱えて、リコリオが座っていた。険しい目で押し黙っている。自分の先走りで、ギシムが負傷したことに後悔があるのだ。

攻性兇式士《こうせいじゅしきし》の戦いと、戦争はまったく違うと、全員が再確認しはじめていた。

俺にしても、戦争は分からない。国境に近い故郷で婚約者のシファカを失ったヘロデルとともに、戦争の一端に触れただけだ。

前に目を戻す。車は激しく揺れながらも、森の闇《やみ》を進んでいく。予定は初手《しょて》から狂ってしまった。

戦争という巨大にすぎる嵐のなかで、俺たちになにができるのだろうか。


木製の支柱の上に、大きな円盤が載り、円卓となっていた。

円卓の上には、四角い盤面が置かれている。盤上において縦横の線が格子状に交差し、升目が並ぶ。線の交差の上には、黒と白の小さな砂粒のような石が膨大に置かれ、斑模様《まだらもよう》となっていた。

盤面と石は、東方における居碁《ご》という遊戯に似ていた。ただし、居碁にしては盤面が大きすぎた。

居碁の盤は、通常は縦横十九、全部で三百六十一の升目である。この場の盤面は常識外れに巨大とはいえ、盤面は異常に細かい。結果として縦横一千九百ずつ、三千六百一万もの升目となっている。大きさは百倍だが、複雑さは乗数倍となり、人智《じんち》を超えていた。

盤面にある夥《おびただ》しい黒と白の石はそれぞれほぼ同数。局地戦を繰り返して包囲された石は取り除かれている。包囲した石もまた包囲され、と手はすでに二千九百九十八万八千五百四十三手目。気が遠くなるほどの膨大な時間がかかっている。

軽い音。黒の石が盤面の端《はし》に置かれた。石を握るのは白い指だった。指というより、吸盤が並ぶ三本の触手が、石を摘まんで盤面に置いていた。黒い石から触手が離れていき、他の二本の触手とまとまり、五本となって戻っていく。触手の腕を包むのは、襞《ひだ》がついた衣装の袖《そで》。

腕の先には、中世の貴族の衣装が続く。巨大な盤面を打つにふさわしい、三メルトル近い巨軀の持ち主が椅子《いす》に座していた。頭は白く濡《ぬ》れた肌。紡錘形《ぼうすいけい》の長い頭部の先端には、三角の鰭《ひれ》。二重丸の目は白目に青。頭部の下に、漏斗《ろうと》のような口があった。

巨大な軟体動物、烏賊《いか》が服を着て座すという異形の姿だった。

「この手はいかに？」

自分の手に自信を持つ発言で、先を見つめる。

〈大禍つ式《アイオーン》〉の公爵《こうしゃく》と盤面の反対側には、三メルトルに届きそうな巨体が座す。

掲げられた右の袖からは四本もの赤い触手が出て、指となっていた。吸盤が連なる指が撫《な》でるのは、赤い風船のような頭部。下には漏斗のような口。二重丸の中心にある黒い目が、盤面を見下ろしている。蛸《たこ》が僧服を来たような姿だった。

「オクトルプス大僧正、早く打たぬか」

対面にいる烏賊《いか》の化身が笑い声とともに言葉を放つ。頭頂部にある三角の鰭《ひれ》が嘲弄《ちょうろう》するように閃《ひらめ》く。

「グラッシケル公爵《こうしゃく》はうるさいのぅ」

オクトルプスと呼ばれた蛸の異形が答える。言葉とは裏腹に、黒い無機質な目に無機質な悩みとでもいったものがあった。

黒石を打ったのは〈禍つ式《アルコーン》〉でも〈秩序派《オルドドネン》〉を束ねる、グラッシケル公爵であった。盤面を挟んで相対するのは〈混沌派《ケイオス》〉の首魁《しゅかい》たる、オクトルプスとなる。前者は形式番号一九八、後者は一九九で人間は公爵級としている。今現在、この星に存在する最高位の〈大禍つ式《アイオーン》〉たちだった。

オクトルプスの漏斗《ろうと》の口が息を吐く。頭部から右の四本の赤い触手の指が離れる。吸盤を並べる右手が進み、机の端《はし》にある球状の箱に突っこまれる。

袖《そで》の先、三本の触手で摘まれた白い石が、空中を進む。盤面の上で赤い触手が迷う。ようやくオクトルプス大僧正の手が下ろされていく。グラッシケル公爵の青い硬玉の目が、相手を注視する。

オクトルプスは手を突如として右へと動かし、端へと着地。白い石を置いて離れる。

対するグラッシケルの二重丸の目で、青い瞳《ひとみ》が拡大。予想外の手に、高速演算が青い脳の内部で開始されているらしく、動きが止まっていた。

「早うせぬか」

相手の様子を見て、オクトルプスの二重丸の黒い目も満足そうに細められる。

オクトルプス大僧正の一手で、今度はグラッシケル公爵が長考に入る。

「なにを言うか。今の二手が常識外に早いだけである」グラッシケル公爵が言った。「前にあった汝《なんじ》の手を、我《われ》は七十一周期も待ったのだ」

「といっても、そちらの残り時間はあと七周期だ」

「オクトルプスの残り時間はあと四周期だろうが」

グラッシケルが反論すると、オクトルプスも強くは出られない。遊戯の規則として、両者に千年もの待ち時間がある。双方ともにかなりの時間を使ったが、まだ使いきっていない。

「この世界に来ている〈秩序派《オルドネン》〉と〈混沌派《ケイオス》〉の首領が同席するなど、不愉快にすぎる」オクトルプスは語った。「本来はありえないのだ」

「我らには信条が絶対。信条を違えるなら、敵対するしかない」

グラッシケルも思考を止めて、相手の言葉に同意する。オクトルプスは背を引いて、椅子《いす》に凭《もた》れる。

「だが、人が言う神楽暦《かぐられき》の前から続くこの競技だけは、続けねばならぬ」

相手に呼応するように、グラッシケルも椅子《いす》に深々と腰掛ける。盤面を挟んで座る両者の周囲には、白い光景が広がる。なにもなくただひたすら白い砂浜のような大地が続き、果てには地平線が見える。空は緑と紫が混じっていた。

異常な風景だが〈大禍つ式《アイオーン》〉たちが実体化しているように、高次元ではない。この遊戯のために作られた結界で〈禍つ式《アルコーン》〉たちの故郷を表現していたにすぎない。

グラッシケル公爵《こうしゃく》の背後には、三角錐《さんかくすい》や立方体、直方体や球体が並ぶ。各自が極彩色に輝き、幾何学模様を描く。直線や曲線の手足が上下し、回転する。紫電《しでん》や光線が立体の周囲に小さく弾《はじ》け、敵意を示していた。表面には宝石のような目や直線の口らしきものがあり、憎悪を示すように開閉している。

対するオクトルプス大僧正の背後には、毛皮に覆《おお》われた球体や赤黒い内臓のように脈動する紡錘形《ぼうすいけい》、または不定形の粘液が立っていた。口が開閉されて三重の牙《きば》を鳴らす。触手が蠢《うごめ》き粘液を散らす。翼がはためき、尾が打ち振られる。数十もの瞳《ひとみ》や複眼には敵意があった。

公爵と大僧正の背後にいる異形は、それぞれが型式番号持ちの〈大禍つ式〉たちの八体。両派閥の領袖《りょうしゅう》を守るための幹部は、お互いにお互いの派閥を倒したいという様子が見えた。

どれだけ殺意があろうと〈大禍つ式〉たちは両首領の前には出ない。

「この遊戯も絶対に守らねばならぬ」

「我《われ》らに、王が決めた規則の違反はない」

烏賊《いか》の公爵が言えば、蛸《たこ》の大僧正が答える。

グラッシケルは〈秩序派《オルドネン》〉で、オクトルプスは〈混沌派《ケイオス》〉と、この世界における両派閥の暫定的な指導者である。本来の両派閥を率いるのは〈大禍つ式〉における型式番号百までの王のうちの二王。補佐官だった二体が、不在の王たちの代わりに派閥を率いているだけなのだ。

「あの大戦以来、両派が本気で争う理由も消えている」

「あれは、王を呼びだすために人の呼びかけを利用しただけだ。果たせなかったがな」

大僧正と公爵の述懐が続いて、止まる。

彼らも関与した人間同士の勢力争いは、第二次大陸大戦と呼ばれていた。人間の思惑で呼ばれた二派の公爵と大僧正は、自分たちの王たちを呼びだすために数千万という人間の咒力《じゆりよく》を使おうとした。

結果として、失敗となった。原因はもう思い出したくもない不愉快さであるゆえ、グラッシケルとオクトルプスは口にも出さない。

「一目でよい」オクトルプス大僧正の漏斗《ろうと》の口が声を発した。「〈混沌派《ケイオス》〉の〈罪禍王ディィザスタト〉陛下の勇姿を再び見たい」

「我とて〈秩序派《オルドネン》〉の〈玲瓏王ブルゼベイ〉陛下を呼びよせられるなら、どんな犠牲でも払う」

グラッシケル公爵も内心を吐露した。双方の背後にいる〈大禍つ式〉たちもざわめきや蠢きを止める。〈禍つ式《アルコーン》〉という種族にとって、自分たちの始祖である王は親にして神であった。

絶対存在である二王を呼びよせられずに、両者は何千年、今回こそはという希望を失ってから七十年以上も苦難の歴史を歩んでいた。

「立場は違えど、同じ苦難を歩む我《われ》らは、もうそれほど争う必要はないのかもしれぬな」

グラッシケル公爵《こうしゃく》が言った。

「〈無貌の王〉による、誓約も忠誠もない〈無派《ニッヒツ》〉には、このような苦しみがないのだろうな」

オクトルプス大僧正が自らの信仰を告白した。

「〈無派〉は誓約がないなりに、〈無貌の王〉の復活のために奔走しているらしいが」グラッシケル公爵が答えた。「七十三周期前に〈夜を飛ぶ翼ケリオンヌヌ〉尚書令《しょうしょれい》がついに自我崩壊を起こした」

「ああ、あいつは演算能力が高すぎた」

オクトルプス大僧正が漏斗《ろうと》状の口から息を吐く。

「ただでさえ〈無派〉は〈無貌の王〉の発狂した意識を受けて、不安定なのだ。自我崩壊が早まるから考えすぎるな、と二千三百周期前に指摘してやったのに」

同心円の内側、黒い瞳《ひとみ》がグラッシケルを見た。

「となると、今の〈無派〉は誰《だれ》が率いているのだ？」

「序列が繰りあがった〈無為のディゴン・ディン〉司隷校尉《しれいこうい》ということになっておる」

「あの横着者が指導者とは〈無派〉も終わりであろう」

グラッシケル公爵からの情報に、オクトルプス大僧正が慨嘆する。

「七十二派のうち主要十三派である〈混沌派《ケイオス》〉と〈秩序派《オルドネン》〉と〈無派〉ですらこの有様か」

烏賊頭《いかあたま》の問いに、蛸頭《たこあたま》がうなずく。

「最大派閥である〈傲慢派《アロガンツ》〉と〈憤怒派《ツオルン》〉は成立以来の戦争をまだやっている」

「そんなことだから、全派閥で王の復活が成し遂げられぬのだ」

オクトルプスの情報に、今度はグラッシケルが呆《あき》れる。公爵が疲労した息を吐く。蛸頭が次の手をうながす。烏賊頭の白い触手が机の上の盤面の端《はし》に触れる。

「強大な〈強欲派《ハープギーア》〉は〈貪食派《フエレライ》〉と〈嫉妬派《アイフアズフト》〉と連帯しては裏切り、また連帯して、三者間の間に不信感が渦巻いての冷戦状態である」

グラッシケルが情報を返した。オクトルプスも自分たちの種族の他派の現状を嘆《なげ》く目となる。

「〈怠惰派《トレークハイト》〉は相も変わらずなにもせず。おそらく自派の王の復活すら諦《あきら》めている」

「〈虚栄派《アイテルカイト》〉は内部抗争が起こっていて、収拾がつかず」

「〈悲嘆派《クンマア》〉は嘆きに嘆いて、自滅の道を選んだと聞く」

「他の有象無象《うぞうむぞう》の五十九派閥にいたっては、生きているのか死んでいるのかすら分からぬ」

オクトルプスが語れば、グラッシケルも青い目に悲しみを宿して情報を開示し、手を重ねていく。

両者の情報を総合すれば〈禍つ式《アルコーン》〉という種族は、彼らが低次元とみなす人間よりも争っている。王が決めた規則に絶対的に従うため、他派閥との妥協や連帯ができない。七十二派は生まれたときから現在まで延々と争いつづけている。

〈秩序派《オルドネン》〉と〈混沌派《ケイオス》〉が遊戯という規則を設定したことで、なんとか共同歩調を取れることすら奇跡とされていた。

「思い出したが、今は〈享楽派《ヴォルスト》〉が大きく動いていると聞く」

「〈享楽派〉が動く理由が分からぬ。先の十三派大戦以来、静かに衰退を待つだけではなかったのか」

オクトルプス大僧正の丸い目には懸念の色が浮かぶ。情報を提供したグラッシケルは白い触手の指を振る。

「百目纏《ひやくめまと》いプファウ・ファウ侯爵《こうしやく》と狂乱のガズモス大侯爵、迷宮のトタタ・スカヤ大総裁が動いているらしい」

「あの厄介ものどもか」

オクトルプスの声は不快感と嫌悪の音色を帯びる。

「十三派大戦では、あの三体によって部下たちに多くの被害が出た」

グラッシケルが苦々しげに語る。オクトルプスの赤い触手の手も波打つ。〈大禍つ式《アイオーン》〉において形式番号の区分けは大きい。二百番代の侯爵、そして上位番号である大侯爵と三百番代の伯爵《はくしやく》階級である大総裁は、百番代の公爵《こうしやく》階級であるオクトルプスとグラッシケルにとって、本来は格下である。

しかし、三体が組んだときの〈享楽派〉に、両者の派閥が苦杯を飲まされている過去があった。グラッシケルは苦々しげに漏斗《ろうと》の口を開閉する。

「五百周期前にやつらは追跡を振りきって消えた。先ほど享楽派の下級〈禍つ式《アルコーン》〉を捕獲して情報を読みとったが、やつらは五百周期前から動いていたらしい」

「だとすれば、あやつらの目的はひとつ」

オクトルプスが予測を区切った。

「〈享楽派〉のこの世界の領袖《りょうしゅう》たるあやつ、ラブリエンヌ公爵の降臨であろうな」

オクトルプスの蛸《たこ》の無機質な顔にも、さらなる恐怖が見えた。グラッシケルも避けていた代名詞が出たことで、白い触手が揺れる。

「ラブリエンヌ公爵が降臨すれば、即座に〈凶宴の王〉を呼び起こす準備が開始される」

烏賊《いか》の公爵はそこで漏斗の口を閉じた。オクトルプスも先を続けられない。両者が沈黙。背後に控える二派の〈大禍つ式〉の猛者《もさ》たちも、沈黙していた。球体や立方体が、毛皮や粘塊《ねんかい》が静まりかえっている。

現在この天体上に存在している公爵級〈大禍つ式〉は二体。さらに三体目が現れたなら、闘争は激化する。そしてかつてラブリエンヌ公爵と〈享楽派〉の王と戦ったことがある全員が、嫌悪と畏怖《いふ》を抱いていた。その先については口にもできない。

「それだけはならぬ」公爵《こうしゃく》の声にも怒気が滲《にじ》む。「この星は〈秩序派《オルドネン》〉と〈混沌派《ケイオス》〉が譲歩しあって定めた厳格な遊戯によって勝者を決め、移住先となる場だ」

「ラブリエンヌどもが来れば、この世界が泥濘《でいねい》と化する。それは遊戯の盤面を破壊することとなる」

大僧正が憤怒の声で語る。公爵の白い触手の手が空中で拳《こぶし》を作る。雷霆《らいてい》となって机へと下ろされる。巨大な机が激震。上にある居碁《ご》の盤面が揺れて、白と黒の石がわずかに跳ね、落ちる。対面するオクトルプスも赤い八本の触手を揺らし、咒力《じゅりょく》を放射。怒りの態度があった。

「盤面を少し早めようぞ」

三章　業火の地へ

巨人エヴァリスはその背に空を担いで歩んだ。最後に疲れ果てて死んで、その身はエヴァリス山脈となった。巨竜《きよりゆう》アーズヌススは海の波を作っていた。疲れ果てて死んで、その身はアーズヌスス湖となった。悪魔シャイターヌフは法を人に教えて堕落《だらく》させた。そして人に疲れ果てて死んで、大気に満ちた。神々はもういない。

カンバーデッド「神話と人」神聖暦一四三年

華麗な水晶照明の下には、礼服に背広に民族衣装の人、人、人がいた。

紺色の背広の男が酒杯を掲げ、黒背広の男がうなずく。軍服の男は歓談の輪に向けて話していた。ドレスで着飾った女性は口に手を当てて笑っている。参列者の間を、給仕に女給が銀盆を掲げて行き交う。会場はホテルの宴会場二つの壁を取り払って解放しているが、一千人ほどの人間が集まれば大混雑となる。

ツェベルン龍皇国《りゅうおうこく》にラペトデス七都市《ななとし》同盟、後《ご》アブソリエル公国《こうこく》に東方二十二諸国家連合、ブリンストル女王国にバッハルバ大光国、といった大国の閣僚や外交官、官僚や軍人が出席していた。さらには中小の国家を合わせれば何十もの加盟国からも同様に貴賓客《きひんきゃく》が出席している。ウコウト・オルキア大陸国際会議の開始前の歓談の場は、大混雑の場となっていた。二百カ国が集まる世界会議に比べれば参加国は少ないが、盛況であった。

華やかな場に、長身の男が立っていた。後アブソリエル公国の王太子イチェードが美しい酒杯を手に握っていた。金髪碧眼《へきがん》の偉丈夫は、いつもの青の軍服姿だった。横には側近のベイアドトが立つ。前には各国の閣僚や外交官がいた。

「後アブソリエル公国も王太子殿下がいれば、次代も安心ですな」「イェルシニアス公王《こうおう》陛下はどこに?」「北方での神聖イージェス教国の動きが怖いですな」「陛下はいつものようにお酒の場所でしょう」「モルディーン枢機卿《すうきけいちょう》長も来ておられるとか」「ああ、あのツェベルン龍皇国のお人ですか。なんとも礼儀正しく無害な男でした」「教国では枢機将が処刑されたとか」「今度の白騎士はどうなるか。また凄《すさ》まじい継承選抜が始まるのか」

イチェードと十数人の人間が談笑している。王太子も笑顔を作って会話を聞いている。各国の閣僚や外交官や軍人との交流や情報はどこで役立つか分からない。孤立すれば死ぬのだ。

「殿下」

横からベイアドトが声をかける。

「公王陛下がお呼びです」

　ベイアドトの報告に、イチェードもうなずく。

「残念ながら、父上がまた私に酒の相手をさせたいようですね」イチェードが息を吐いた。「名残惜しいですが、これで失礼します」

　イチェードが微笑《ほほえ》む。周囲のものたちも、王太子の爽《さわ》やかさにうなずく。通りすがりの女性が思わず見とれてしまう、快男児の笑みであった。

　会釈をしてイチェードはその場を辞し、ベイアドトをともなって歩みだす。二人は連れだって会場の人の間を歩む。

「呼びだしの時間が五分遅い」

　人を魅了する微笑みのまま、イチェードは恨みがましい言葉を投げ捨てる。

「申し訳ありません」

　ベイアドトが頭を軽く下げて、王太子とともに進む。イチェードが相手をしていたのは、小国家の外交官たち。噂《うわさ》話程度は手に入れたが、その程度でしかない。十数分ほど話せば充分と、あらかじめイチェードがその場を辞する機会をベイアドトに指令していたのだ。

　二人は背広に軍服に制服にドレスの人々の間を抜けていく。行く先々で後アブソリエル公国の王太子は挨拶《あいさつ》を受ける。イチェードは愛想良く挨拶を返して、先へと進んで行く。横を歩むベイアドトが微笑む。

「王太子殿下は、軍人などより外交官に向いておられますな」

「冗談は止《や》めよ」

側近の冗談を、イチェードは肯定しなかった。王太子や公王《こうおう》の本分が政治家であるなら、適性を自認しているが、軟弱に見られないようにと気をつけている。

進むイチェードの耳に、笑い声が聞こえた。声がした右を見ると、人々の間の輪ができて笑声や嬌声《きょうせい》があがっている。

人の輪の間からは、老人が見えた。瞬間、イチェードの心拍が跳ねあがる。

柱にもたれて倒れているのは、後《ご》アブソリエル公国《こうこく》の公王、イェルシニアス四世。イチェードの父だった。

公王イェルシニアスは、背広の胸元から腰へと葡萄酒《ぶどう》を零《こぼ》してしまっていた。額《ひたい》にある公王の略冠も傾いている。顔は赤らみ、泥酔の一歩手前の状態。倒れた状態でも右手は酒杯を離さない。赤い葡萄酒の水面が斜めとなって、床の絨緞へと零していく。

公王は側近や他国の助けによって立ちあがっていく。公王がおどけてみせて、周囲は微笑《ほほえ》む。

イチェードは目を逸《そ》らし、先へと進む。慌ててベイアドトも後を追う。背後ではまた笑い声があがる。イェルシニアスがなにかを言って、みなが笑っているのだろう。

イチェードにとっては、後アブソリエル公国の公王ともあろうものが、なんたる醜態《しゅうたい》かという憤《いきどお》りがあった。だが、父王が王太子の意見を受け入れたことはない。

イチェードは人々の間を抜けて進む。早足にすぎて、ベイアドトが追いつけなくなっていた。王太子は気にせず先へと進む。

混雑する出入り口を抜けて、王太子は外に出る。絨毯が敷きつめられた廊下にも人々が行き交っていた。壁際にある席でも、外交官や閣僚たちが話しあいをしている。

逃《のが》れるように、イチェードは廊下を歩む。大きく並ぶ窓の外には、大陸会議のある建物の敷地があった。木々の間を、各国の護衛が警戒している。

遠景では、都市の街並みが見えた。道では人々が行き交う。乗用車に輸送車が走る。

低く高いビルが並ぶ現代の都市の風景が続く。間には、教会の尖塔《せんとう》が見えた。尖塔の円錐《えんすい》の屋根には、銀の十字印が掲げられている。

歩むイチェードが目を戻す。反対側には、部屋の出入り口が並ぶ。十数もの部屋は扉が閉められ、また解放されていた。親交があるものたちが集まるか、または内密の話をしたいものたちが集っていた。大陸会議の会場は人目があるため社交辞令に終わり、非公式の話しあいこそが本番であった。

イチェードは出入り口の並ぶ廊下を歩んでいく。

王太子の足が止まる。閉められた扉から、後アブソリエル公国という単語が聞こえたのだ。見ると、扉が閉まりきらず、隙間《すきま》がわずかに開いていた。間から内部の声が漏《も》れたのだ。

盗み聞きは王太子がすることではないと、イチェードが前を見て歩みだす。

「ああ、アブソリエルね。終わった帝国の、さらに延命国家だ」

扉の隙間《すきま》からの声で、イチェードの足が止まる。目を横に戻す。

「後公国《ごこうこく》も七大強国に数えられてはいるが、最下位。中規模国家で最大というだけだ」

扉の隙間からの声が響く。耳を澄ませば、数人の男女の声が入り混じる。

「あれも各国が気を遣って大陸会議の理事国に入れてもらっているだけだ」「非常任理事国であって、常任ではないですがね」「イベベリアとナーデンの大使は意地が悪い」「ゴーズの軍人の侮蔑《ぶべつ》には叶《かな》いませんよ。憎みきっておられる」「ネデンシアの武官殿も言うものです。が、分かります」「それを言うなら、ラペトデス七都市《ななとし》同盟の閣僚は、アブソリエルを無視しきっている。あれは見事だ」

扉の奥にいるのは、アブソリエル帝国から独立したナーデンにゼインにゴーズ、後公国から独立したイベベリアやネデンシアなどの人間だった。彼らは後アブソリエル公国が帝国の後継者を主張することを快く思っていない。

「ツェベルン龍皇国《りゅうおうこく》の大使たちも、アブソリエルの大使の名刺を笑顔で受けとりませんからね」

室内の声は続く。

「なぜ?」

「さあ？　おそらくですが、アブソリエルという国家そのものが、来年あるかどうか分からないからでしょう」

男の答えに、大きな笑い声が上がる。

部屋で交わされる言葉に、イチェードは動けない。公的な場では大使や武官級も内心を出さないだけで、後アブソリエル公国が周辺国家に嫌われていることは分かる。明らかに知ってしまうと、あまり気分が良いものではない。

「後アブソリエル公国を、どうにかすべき時期かもしれませんな」

男の声が響くと、室内には沈黙。そしてざわめきが起こる。

「ありえるかもしれませんな」「いや、今すぐにでは無理でも、対後公国同盟はありえる」「真剣に考えてみてもいいのではなかろうか」「いや、是非やるべきでしょう」

扉の奥の会話は、イチェードにとって無視できない方向になってきた。侮辱《ぶじょく》よりも、周辺国家が後アブソリエルへの敵意でまとまるようなら看過できない。右手を扉の把手《とって》へ伸ばす。

「イチェード、止《や》めよ」

遠い呼びかけに、王太子の手が止まる。

「イチェード、止めよ」

制止の声は重ねられる。

手を止めたが、イチェードには戻せない。横へと顔を向けると、通路には人影。

背広に額《ひたい》の略冠。イチェードの父である公王《こうおう》が立っていた。顔は酒に赤らんだままで、右手には酒杯を握っている。背後にはベイアドトが追いつき、公王を両手で支えていた。

酒で白目が充血した公王《こうおう》イェルシニアス四世の眼差《まなざ》しは、息子を見据えていた。

「イチェードよ、行ってはならぬ」

ベイアドト准将の手を静かに払い、イェルシニアスが一歩を踏みだした。准将も公王に払われては止められない。公王は王太子の前で立ち止まる。

「内部でなにを言われているかは分かる。だが、行ってはならぬ」

「ですが、これほどの屈辱」

イチェードは前に手を出したまま、公王へと返した。扉の内部からは大きな笑い声が続く。笑いのたびに、王太子の肩には怒りの痙攣《けいれん》が現れる。

イェルシニアス公王の充血した目には、深い叡智《えいち》の光があった。

「どの国も不在のときはいろいろと言われている。とくに斜陽の国家はそういう扱いになる」

「分かっています。ですが」

イチェード王太子は怒りを堪《こら》えて答えた。右手はまだ戻らない。

「そなたが出ていってどうする。各国の外交官や武官の非公式発言を責めても、敵意を増大させるだけだ」

公王の言葉には重みがあった。

「なによりあそこにいるのは、外交官や武官程度だ」老王は笑い声が漏《も》れてくる部屋を顎《あご》で示す。「国家の命運を左右できるような大物ではない。いわば鬱憤《うっぷん》が溜《た》まっているからこその、酒の席での戯れ言よ。なにもできはしない」

「ですが」

イチェードは食い下がる。

「父上の言うことは信じられません」

「そなたは真っ当にすぎる」イェルシニアスが言った。「私がいつも酒を飲んでいる、ように見せているのかも分からぬか」

「そ、れは」

王太子が言葉に詰まってしまった。目には疑念の色。

「演技だったのですか」

イチェードが幼少時から見ている父、イェルシニアス公王はずっと酒に浸っていた。各国の評判も似たようなもので、危険人物ではないとなっていた。

「なれど、それでは他国に侮《あなど》られるだけではないですか」

「それでいいのだ」

イェルシニアスは語る。

「先代も、先々代も先々々代もそうしてきた」

公王の言葉に、イチェードが驚く。父が内心を語ったことは初めてなのだ。酔っぱらいとして、イチェードは避けてきたが、内心は違っていたのだ。

「敵が一国ならいいが、我《わ》が国は仮想敵国に囲まれているのだ」

公王《こうおう》は淡々と語る。

「初代から八代までは、周辺国家にかつての帝国領土奪還の戦争を繰り返してきた。口さがない雀《すずめ》どもが言うように、疲弊した後《ご》アブソリエル公国《こうこく》は、七大国の最下位にまで転落した」

イェルシニアスが淡々と歴史と現状分析をしてみせた。

「だから、先々代は病弱、先代は女好き、私は酔っぱらいだと演じてきた。侮《あなど》り油断しているかぎり、あやつらの国は我が国が動かぬと見てくれ、平穏となる」

公王は言い聞かせるように言葉を連ねた。先に亡くなった祖父、そして伝聞と歴史書で知る曾祖父《そうそふ》も、同じように演技をしていたのだ。イェルシニアスにとっては、自分の認識が裏返るほどの真相だった。

「では、後アブソリエル公国はこのままでいいというのですか」

王太子の言葉に、廊下の公王は息を吐く。長い息だった。

「最善はこの世になく、現状が次善だ。準備はするが、勝てない戦いはするな」

イェルシニアスが答えた。

兵員輸送車の内部で、俺は息を吐く。

見回すと、アシュレイ・ブフ&ソレル咒式士《じゅしきし》事務所の面々が座っている。事務所の車は収容人数がぎりぎりだったが、法院が寄こした兵員輸送車は一輌で二十人は収容できる。二輌も用意されているため余裕がある。

運転席との仕切りの壁には、立体光学映像や情報機器。装備の収容棚までそろっている。座席は座り心地がよい。空調装置に加湿器すら完備。便所ですら内部に設置されている。快適すぎる。

ただ、飯は軍用携行食を温めただけで、うまくはなかった。俺の料理に慣れている所員たちには不評である。あと珈琲《コーヒー》もエリダナ警察署なみに不味《まず》い。

俺は知覚眼鏡《クルークブリレ》に時刻を表示。

「乗り換えての移動からすでに二時間か」

「そんな時間か」

向かいに座るギギナが、目を閉じたままで確認の言葉を発した。片膝《ひざ》を立てて屠竜刀《とりゅうとう》を抱えた姿だ。公道十二号線でかなりの大事故があったため、俺たちは迂回《うかい》路を進んでいる。予定より少し遅れていた。

兵員輸送車の窓は、装甲板《そうこう》が下ろされたままで外が分からない。なるべく外部に見られないようにするためだ。夜に近い時刻だが、外の変化がまったく分からない。

ギギナは食事以降まったく動かない。他のものは情報を探したり、資料を読んだりしている。たまに立って運動をして暇《ひま》を潰《つぶ》していた。通路で腕立てをしていたテセオンが立つ。青年の目は、車内の奥を見て止まった。

テセオンに倣《なら》って、俺は目線を動かす。奥の席では、国境上の紛争から救出したゴーズの少女が座っていた。リコリオとピリカヤの女性二人で挟んで、世話を焼いている。車内をテセオンが歩んでいく。

「大丈夫かい、嬢ちゃん」

少女たちの前でテセオンが止まる。

「なに、これからはいいことしかないって。俺が保証するって」

気のいい青年が和《なご》ませようとしたが、少女は怯《おび》えて丸まる。リコリオとピリカヤが左右から少女を守るように前に出る。テセオンは自分の親切が拒否されて、より前に出ようとする。

「テセオン、やめておけ」

遠くから俺は声をかける。

「だけどよ」

テセオンが振り返る。顔にはなんとかしてやりたいという、純粋な気持ちが見えた。それでも俺は険しい目で制止する。俺の言葉と目線で、青年の顔にようやく理解の色が広がる。

慌ててテセオンが車内を下がっていく。隅っこの席に、気落ちしたように座る。横のデリューヒンが「バカ」と一言。隣のドルトンがテセオンの肩を叩《たた》いて「悪気がないのは分かるけどね」と慰めていた。この世には、純粋な善意であってもどうにもならないことがある。それもかなり多く。

ピリカヤとリコリオの間で、戦災孤児となった少女はまだ喋《しゃべ》らない。俺は前へと目を戻す。車は緩い坂を登っていく。

「早速厄介な事態で、噂《うわさ》どおりですね」

声は前方、車の助手席からのソダンのものだった。法院からの迎えの中級査問官にして心理分析官ということだが、わりと口数が多い。運転環《ハンドル》を握る法院の運転手も閉口している。

「噂どおりとはどういうことですかね」

俺は軽口として返しておく。

「ガユスさんの不運は、ベモリクス法務官から聞いております」ソダンが言った。「龍皇国《りゅうおうこく》一の不運だから気をつけろと」

ソダンが言った。

「今はそれを聞きたくない」

俺が言うと、ソダンが口を閉じ、頭を下げた。いつもの俺のことなら構わない。ただ、徴兵された兵士たちの暴虐を、俺の不運で片付けるのは少し不謹慎だ。

途中で軍隊や警察の検問が五回あったが、法院関係者であることとソダンの愛想の良さで問題なく通過できた。国境付近は敵の進軍や間諜《かんちょう》に備えているが、国内全域に警戒網を張りめぐらせることは不可能なのだ。

車が傾斜を登りおわった。

「首都アーデルニアが見えてきました」

またソダンが言った。俺が目で問うと、査問官からは窓を開けても大丈夫だと返ってきた。

室内の攻性咒式士《こうせいじゅしきし》たちの一部が、窓の装甲板《そうこう》を上へと開ける。深夜のはずだが、灯《あか》りが入る。

俺も窓を開けて外へと視線を向ける。

周囲はビルが林立する大都市圏となっている。ビルの窓からの光は、昼のように街を照らす。車道には車が行き交い、前方照明の洪水となっている。歩道でも多くの人々が歩む。植木は青々と茂り、商店には品物が溢《あふ》れる。

俺は角度を変えて、兵員輸送車の前方を見る。同じように前方を見た攻性咒式士たちの口から、小さな歓声に溜息《ためいき》が出る。

坂の上から先には、超高層ビルが並ぶ摩天楼が広がる。一面硝子《ガラス》の壁面が内部からの照明を見せて、光の海となっている。

車が下っていく。首都前ではもう検問すらない。十車線もある大型道路を、車や輸送車の群れに混じって俺たちの車が進む。車はアーデルニアに入る。

夜の街を見る攻性咒式士たちの胸には、特別な感慨があるだろう。なにより後《ご》アブソリエルいわけでもない。

公国《こうこく》は人類の咒式発祥の地。同盟、龍皇国《りゅうおうこく》に並ぶ咒式先進国。俺としても感慨がまったくな

首都前ですでにエリダナを越える大都会だが、アーデルニアは規模が違う。

見上げるビルは、夜空に届けとばかりに高くそびえる。道路の上には、高架道路が連なっていた。ビルと高架道路が連結し、交差し、さながら空中都市の様相を呈《てい》していた。

膨大な物資と人が首都の血流として行き交う。なにもなくても、街は騒然としていた。

後アブソリエル公国の首都、アーデルニア。首都人口は四百万人で、世界第七位の規模。周辺都市と、通勤や通学するものも入れれば、一千万人規模の大都市圏となる。首都と周辺だけで多くの小国の総人口を上回ってしまう。

五百年の時を越えて、往事のアブソリエル帝国の人口と繁栄を越えたとされる街だ。

法院の兵員輸送車は、輝くビルの谷底を進んでいく。繁栄の街角には、ところどころに違和感があった。交差点や要所には、濃緑色の装甲車が停車している。周囲では魔杖槍《まじょうそう》を携《たずさ》えて警戒する兵士の姿があった。

ビルの壁面での立体映像での広告も、さらなる志願兵を求めるものや、軍需産業のものが多くなっている。外へと侵攻しているとはいえ、アブソリエルは戦時中なのだ。

「後アブソリエル公国が神聖イージェス教国と連動して戦争を開始したことは、誰《だれ》でも分かる」

俺が言うと、ソダンも否定しない。

「そして俺たちや関係者だけが知るように、さらに〈踊る夜〉とも組んだとも予想でき、今は圧倒している。だが、世界を相手にする戦争を起こして勝てるわけがない」

俺の問いに、ソダンは答えられない。

「後《ご》アブソリエル公国《こうこく》は大国で、ある程度の自給自足ができて、元帝国圏以外の国とは貿易も継続している。しかし、現代ですべてを一国で賄《まかな》うのは不可能だ」

俺なりの予想を連ねてみる。

「いずれ大国が動きだす。ブリンストル女王国がオーバル海を封鎖し、ツェベルン龍皇国《りゅうおうこく》とラペトデス七都市同盟《ななとし》がルルガナ内海を封鎖すれば窒息。後アブソリエル公国は終わる」

俺はソダンを見た。俺の予測に同意する目だった。

「アブソリエルでも冷静な人々は戦争が地獄であり、帝国の完全復活などないと分かっている。ならば賢明とされる公王《こうおう》や選良が集められた政府はもっと分かっているはずだ」

俺としては次から次へと疑問が溢《あふ》れてくる。

「後アブソリエル公国は、この戦争でどういう勝算があると？」

大陸中の人々が、日常生活や電脳上で問いかけている言葉だ。

「冷静に考えればそうです。ですが、国民の大多数は違うようです」

車は信号待ちで停《と》まっている。窓から外が見えた。夜の街角では市民が集まり、老若男女が騒いでいる。

人々の頭の先で、車の上に男が立っている。積層甲冑《せきそうかっちゅう》の騎士姿。腕には紋章が描かれているが、後アブソリエル公国の国旗や軍のものに似ていて、どこか違う。どこかで見たことがある気がするが思い出せない。

男が立つ車の左右には、似たような騎士姿の男たちがいた。そろって魔杖槍《まじょうそう》に長い旗をくりつけ、なびかせていた。青い旗には純血主義や断固愛国といった、気恥ずかしい文句が書き連ねられている。これも見覚えがある。

「アブソリエルの民よ、今祖国は飛躍を遂げようとしている！」

騎士の扮装をした男が夜空へと拳《こぶし》を振りあげた。

「イチェード陛下は、かつてのアブソリエル帝国を取りもどそうとしている！」

兜《かぶと》の下の顔は、希望に輝いている。

「今、ツェベルン系と言われているものは、すべてアブソリエル帝国由来だ。ならばアブソリエルはツェベルンと大同盟を組んで、かつての良き世界を取りもどすべきなのだ！」

騎士姿の周囲にいる群衆はうなずき、何人かが同調の声とともに拳を振りあげる。自分の言葉と大衆の反応に興奮して、兜の下にある騎士の顔も紅潮していた。

「我々《われわれ》も偉大なるイチェード公王と聖なる軍隊に続け！　人類と世界のためにアブソリエル人の栄光を取りもどせ！」

男の叫びに、周囲の人々が熱狂する。

「内容がないな」

車内のギギナが一言で評した。

「戦争への嫌悪や、勝算のなさも、実際に戦争で大勝していることが塗りつぶしてしまうのか。だが」

「危険な流れだな」

ギギナが先に評したが、俺も同じ感想となっている。

車が夜の街へと走りだす。周囲の車に混じって、兵員輸送車が進む。

「あの紋章を思い出した」俺はようやく記憶をたどり、流れていく背後を見る。「演説をしている男やその集団はルチフェロ騎士団だ」

「あれがか。なるほど嫌な集団だ」

ギギナも遠ざかっていく自称の騎士たちを見ている。エリダナには右派団体としてパドリエ剣士団、その上位団体のファルモア剣友会がある。さらに上位団体であるルチフェロ騎士団の本拠地が、ここアブソリエルだったと思い出せた。

アブソリエル系人種と帝国の至上団体であるルチフェロ騎士団が、戦時に高揚して人々を煽《あお》っているのだ。兵員輸送車が進み、騎士と群衆も遠ざかる。

俺は車内に目を戻す。ギギナはすでに屠竜刀《とりゅうとう》を抱える体勢に戻っていた。

「パドリエ剣士団に虐《しいた》げられていた、ゲリュオンを覚えているか?」

「忘れられるものか」

俺が言うと、ギギナの顔に翳《かげ》りが掠《かす》めた。パドリエ剣士団の事件では、差別からの惨劇という苦い思い出があるのだ。俺とギギナはゲリュオンたちを仕事として倒してしまった。

「あいつが最後に言った、氷炎の王ってなんだと思う？」放置していたことが多いため、今になって吟味する必要が出てくる。「氷炎の王からの災いが来る、とか言っていたが」

「ゲリュオンの故郷、ビスカヤ連邦の王は諸侯のまとめ役程度だ。災いをもたらすほどの力はない」

ギギナが国情を分析してみせた。ゲリュオンたちも、自分たちが捨てた国の王からなにかしてもらえるとは思っていないだろう。

「戦争を起こした公王《こうおう》イチェード、はないな。自分たちを迫害したアブソリエルの公王を救いとするわけがない」

「分からないことが多すぎる」

ギギナが言った。俺や車内の攻性咒式士《こうせいじゅしきし》たちも同じ感想となる。俺たちの現状は〈宙界《ちゅうかい》の瞳《ひとみ》〉を巡る戦いや内通者の〈虎目《とらめ》〉と、過去からの謎《なぞ》が山積みなのだ。

車内の言葉が絶え、兵員輸送車は進んでいく。後続の車も静かに夜の街を進む。

煌《きら》びやかな商業区域を過ぎ去ると、熱狂や喧噪も遠くなる。道を行く人々も背広姿が増えてきた。ビルが並ぶ区域を、二輌が連れだって進んでいく。車は坂道を登っていった。

坂の上に到達。ビルの断崖を左折すると、月光を受ける高い壁が現れる。壁に沿って車が進む。先には照明とともに大きな門が見えた。合金製の分厚い門だった。門柱にはなにも書かれていない。

門の前には侵入防止の柵。左右には、詰め所が設置。それぞれの前には積層甲冑《せきそうかっちゅう》を着込んで、魔杖槍《まじょうそう》を掲げる兵士が立つ。

呪式士《じゅしきし》最高諮問《しもん》法院、アブソリエル支部の威容だった。

エリダナ支部に入ったことがある俺でも緊張する光景だ。協力関係にある、と分かっていても、攻性《こうせい》呪式士たちの横顔には怯《おび》えと嫌悪感が見える。ギギナだけは楽しそうだった。

「法院を見て楽しそうな攻性呪式士は、おまえだけだぞ」

「ここで戦えばどれだけ倒せるかと計算してみろ。楽しくなるぞ」

ギギナが言った。助手席からソダンが顔を出して「冗談ですよね？」と表情で聞いてくるが、俺は笑っておく。笑うしかない。

「そこのドラッケン族は、モルディーン枢機卿長《すうきけいちょう》にすら斬《き》りつけた男だからな」

去年の春先の事件が思い出される。向かい側ではギギナも笑っている。ソダンは冗談だと思って、顔を前へと戻していく。冗談ならどれだけ良かったことか。

「あの時、キュラソーの邪魔《じゃま》とヨーカーンの結界がなければ、歴史が変わっていたな」

ギギナの言いぐさに、俺は笑えなくなる。

「厳密に法律を適用したら、ギギナは国家要人の暗殺未遂犯で指名手配されて当然のことをした。今考えれば、モルディーンは俺たちを無視してくれている」

「気に入らないが、あの男は我《われ》らに敵意を持っていないのだろう」ギギナが評した。「正確に言えば、最初から目にも入っていない」

「いや、入っているはずだ。指輪を預けてからも、翼将《よくしよう》その他を派遣しているからな」

残念ながら、俺は親友であるヘロデルの死を呼んだ一点で、モルディーンを敵と見なすしかない。それがどれだけ正しいことで必要な犠牲であっても、俺だけは拒否しなければならない。

「聖地アルソークの惨劇から、モルディーンはどうしているのだろう」

「生き延びて、なにか良からぬことをしているに決まっている」

二人の問いが流れているうちに、車が門に向かう。即座に衛士が左右から魔杖槍を向けてくる。

車の助手席から、ソダンが手を出す。中級査問官が一言投げると、起動音。進路を塞《ふさ》ぐ柵が自動で地面の下へと収納。門が左右に開き、門衛が退《ど》いていく。

門の間を兵員輸送車二台が進んでいく。

「寒い」

雪を被《かぶ》った茂みの間で、ジャベイラの息が吐かれる。夜のなかでは息が白く煙る様子も見えない。

「そして寒い」

再びジャベイラが放った言葉も、冷気のなかで凍りついていくようだった。白い戦闘服の上に白い毛皮を着込んだ姿。頭には白い毛編みの帽子に、さらに白い毛皮の帽子。手袋も二重にしている。それでも寒いらしく、ジャベイラの左手が振られる。

ジャベイラの周囲には、雪冠をいただく針葉樹が茂っている。片膝《ひざ》の姿勢を取る。左手で茂みを広げる。右手で双眼鏡を握り、目に当てていく。双眼鏡で前方を見据えるが、すぐに外す。目には怒り。

「なんでこんなに寒いんだにょろ」

「北方はこんなものだよ」

後方から声を発したのはイーギーだった。茂みを手で広げて、ジャベイラの横へと片膝をつく。アルリアンの青年は元々北方育ちで、同じ防寒装備でもまったく寒さを感じていない様子だった。

「神聖イージェス教国だと、今年は暖かいほうだ」イーギーが気楽そうに言った声も白く煙っていく。「ここから北上すればするほど、さらに気温が下がるよ」

「どういう寒さだ。なんでこんな所に人が住んでいるんだぴょん」

イーギーの答えに、ジャベイラは理解不能だという返答をする。青年は苦笑するだけだった。苦笑も理解できないと、ジャベイラは双眼鏡へと目を戻す。今度は集中し、咒式《じゅしき》を発動。光学的望遠が開始される。

二人の背後の闇《やみ》には、副官のロチナムとゲインが待機している。四人の背後にある木の根元には、防寒装備の一団。二人の配下である攻性咒式士《こうせい》たち、数十人が待機していた。丘の上にある森林の端《はし》で、全員が遮蔽《しゃへい》を取って隠れている。

一団が潜む雪の丘から先に、雪原が広がっている。見渡すかぎりの白い大地に、アスファルトの道路が描かれている。地平線にまで伸びていた。右から左を見ても、雪の光景。上には黒い夜空がひたすら広がる。気が滅入るような、神聖イージェス教国南端の光景だった。

「どうも良くないね」

双眼鏡を見据えながら、ジャベイラが懸念を口にした。

「神聖イージェスの軍勢は北方諸国を制圧したか制圧中だ。膨大な国境線をすべて見張ることなどできない」ジャベイラが言葉を紡《つむ》いでいく。「戦時中といっても簡単に侵入できると思ったのだけどね」

「なにか出ているのか？」

答えたイーギーも自分の双眼鏡を取りだす。目に当てて望遠。拡大された視界には、空と雪原の二色に塗り分けられていた。無慈悲な雪景色を街道が貫き、伸びていく。

一団が隠れる丘から五キロメルトルほど先の地平線に、光点。続いて人影が見えた。イーギーがさらに視界を拡大していく。

「これはルップフェットだ」

イーギーはアルリアンの呪《のろ》いの言葉を吐いた。雪原では、灯《あか》りをともなう行列があった。積《せき》層甲冑《そうかっちゅう》を着込み、魔杖騎士槍《まじょうきしそう》を携《たずさ》えた騎士たちが馬に乗って進む。周囲には同じく全身甲冑に盾《たて》を背負い、魔杖長槍を連ねた随伴歩兵が歩む。軍勢の中心には、馬上で僧衣の上に甲冑を着込んだ神聖騎士たちが進軍する。

精鋭たちの間から天にそびえるのは、黒地に黄金の十字印と光輪。国旗を掲げる、神聖イージェス教国軍の陣容だった。

周囲を膨大な人影が歩む。華々しい戦士たちとは違い、粗末な防寒戦闘服に頭巾《ずきん》。盾に武具を携えた男たちだった。

男たちの間で魔杖剣を持つものは少ない。火薬式でも骨董品の小銃や手斧《おの》が大半。さらには農具を装備しているものすらいる。手足は、手錠《てじょう》と足枷《かせ》によってつながれていた。

ほとんどの男たちは絶望の顔で進む。何割かは光輪十字印を掲げて、恍惚《こうこつ》の顔で歩む。軍勢というには異様な光景だった。

見ているジャベイラとイーギーたちの脳裏に浮かんだのは、聖典に描かれる黙示録の日の光景だった。死者たちが苦痛のなかで歩み、信仰者たちも進んでいき、最後の審判を受ける。眼前に広がる光景が、人類最後の日に向かう宗教画の再現に見えてしまったのだ。

異様な軍隊の戦列は延々と連なり、先頭は白い地平線の先に消えている。後方はまた雪原の果てに続く。

「あれが神聖イージェス教国の、悪名高き奴隷《どれい》兵か」

双眼鏡で見ながら、ジャベイラが険しい声を出した。神聖教国出身であるイーギーは唇《くちびる》を噛《か》みしめる。

「俺もあれに入れられるはずだったよ」

イーギーの唇から苦い言葉が零《こぼ》れた。横のジャベイラは小さくうなずくだけに留《とど》めておいた。昔日《せきじつ》にラルゴンキンに引き取られなければ、イーギーは奴隷兵の戦列に並んでいたのだ。ジャベイラが慰めを言わないなら、青年も過去は過去であるとして、現在を見ている。

青年は双眼鏡を動かす。騎士たちが掲げる旗を観察していく。

「光輪十字印旗に国旗に、あった」イーギーが言った。「旗印からすると、枢機将《すうきしょう》ニニョス・バグニドが率いる第十五軍団か」

イーギーの声は苦さを帯びていた。

「方向からすると、アレトン共和国戦線への増援だろうな」

イーギーが分析し、双眼鏡が動いて確認していく。

「ちょっと待て」

背後で長身を屈《かが》めていたロチナムが言った。双眼鏡を覗《のぞ》きながら発した声には、怯《おび》えがあった。

「あの列はどこまで続くんだ」

先ほどからロチナムや一団も遠い光景を見ているが、進軍の列は途切れない。増援なら数千から一万だと思ったが違った。見えているだけで数万規模の奴隷《どれい》兵が進んでいく。

「大陸七大強国で言えば、二位の龍皇国《りゅうおうこく》が百万、一位の七都市《ななとし》同盟で百五十万人の軍隊を持つんだそうな」イーギーが解説していく。「神聖イージェス教国も、通常は二百万程度の軍隊を持つとされる」

全員がイーギーによる解説を聞く。

「だが、神聖イージェス教国は、いざ戦争となれば膨大な兵を動員できる。俺の曾祖父《そうそふ》も前の大陸大戦で徴兵された戦いで死んだ」

イーギーの声には怒りが含まれていた。

「前の大戦での神聖イージェス教国は、八百八十万から一千五百万人の兵士を死なせたとされる。実に当時の人口の一割だ。それだけの血を流したことで神聖イージェス教国が勝利国に入り、今もって北の大国でございといった顔をしている」

戦死者のあまりの多さに、一団が沈黙してしまった。戦時に農奴階級を徴兵し死なせる、常識外れの消耗戦は、どのような国家も抗しえなかったのだ。膨大な人民を死なせても、神聖イージェス教国は勝利を求める恐ろしさがあった。

「現代では、呪式《じゅしき》兵器の性能と経済力が軍隊の強さだそうだ」双眼鏡を覗きながらイーギーが言った。「神聖教国は精鋭部隊で現代呪式戦争を行《おこな》い、さらに農奴と政治犯による奴隷軍を犠牲にして進軍する」

「そんな圧政がどうして成立するんだ」

ロチナムが聞いた。

「そうするしかないんだ」

前から目を離さず、イーギーが言った。

「神聖イージェス教が、国家の仕組みと生活の隅々まで行きわたっている。宗教関係者や平民はまだいい。だが、農奴の生活は地獄だ。常に飢えて虐《しいた》げられている」青年の陰鬱《いんうつ》な声が語っていく。「反乱や逃亡をすれば本人が政治犯として死ぬだけではすまない。家族も収容所に送られる。自殺をしても同じだ」

イーギーの言葉は雪の丘へと沈黙をもたらす。

「だから農奴にとっては、神と理想のために戦争で死ぬことは救いであり、また唯一の逃げ道なんだ。数千万人はいるとされる農奴から、可能なかぎりの奴隷兵が徴発されている」

「つまり」

副官のゲインが唾《つば》を飲みこんだ。いつも冷静な美髯《びぜん》の男の顔に、畏怖《いふ》が見えた。

「今見えている数万単位の部隊が、単なる増援の一部隊ですか」

「ああ」

イーギーは双眼鏡を下ろした。目には自分の同類への悲しみがあった。

「今回は神聖イージェス教国が国運を懸けている大戦争だ。教国の維持に必要な最低限を残して、おそらく前代未聞の規模で奴隷《どれい》兵の動員が開始されているはずだ」イーギーが口ごもり、続ける。「最低でも二、三百万人は動員される」

「にっ」「さっ⁉」

いつも冷静な副官二人が言葉を失う。ウコウト大陸主要国の兵力を合わせた数と同等か多い、膨大な兵数だった。

一団は再び前へと視線を戻す。遠い雪原を延々と奴隷たちが進んでいく。まだまだ列は後方へと続いていた。この光景はここだけではなく、神聖イージェス教国各地で起こっている光景なのだ。

「奴隷軍は後から後から続いてくる。ここはもうやつらの進路で、進めない」

イーギーが茂みの間から体を起こし、立ちあがる。

「他の道を探すしかないか」

答えたジャベイラも茂みから体を引く。指揮官二人が反転し、副官と一団の間を抜けていく。

「行くよ」

ジャベイラの声で、呆然《ぼうぜん》としていたロチナムとゲインも冷静な顔に戻る。部下たちも即座に立ちあがり、撤収準備を開始。反転して、指揮官二人に続いて丘の木々の間を下っていく。

ジャベイラとイーギー、率いられた一団は雪の丘を下っていく。ジャベイラの顔には険しい表情が浮かんでいた。

「これはまずいよ」

女の声には焦燥があった。

「神聖イージェス教国は大国だが、他の大国に比べて呪式《じゅしき》技術で一歩劣るゆえに、ずっと沈黙していた」

木の幹に手をついて進みながら、イーギーも答える。

「今、進軍するということは〈宙界《ちゅうかい》の瞳《ひとみ》〉による勝機を見たことになる」

ジャベイラが結論をひきとる。

「世界最大規模の軍隊に〈宙界の瞳〉によるなにかが合わさるとなると、悪い予感しかしない」

言いながらジャベイラが雪の丘で立ち止まる。イーギーも止まった。部下たちも止まる。女は顔を動かし、背後の雪の丘を見る。

「言いたくはないが、すでに第三次大陸大戦が起こりかけているのかも」

ジャベイラの言葉に、背後に続く一団も沈黙。背後を見る。

雪の林の先、丘の上に広がるのは夜の空。

一点の希望も許さない、北国の冬の空だった。

俺たちを乗せた車は、法院の敷地を徐行速度で進む。正面には、石造りの四階建ての巨大な建造物が夜空にそびえる。兵員輸送車は右に曲がり、建物に沿って進んでいく。

窓の向こうには、照明に照らされた室内が見える。多くの査問官が端末を操作し、電話を受けている。彼らはまたどこかで呪式《じゅしき》を悪用する攻性《こうせい》呪式士を捜し、追いつめるのだろう。かつては俺たちも追われたわけだが。

車の前方に巨大な倉庫が見えてきた。屋根の下では照明が皎々《こうこう》と照っている。装甲《そうこう》車や兵員輸送車が十数台ほど並んでいる。先には何列も並んでいる。全体で百台以上が収められている。車の間では、多数の整備士が点検をしていた。

一国の首都の一等地に、これほどの広さの敷地と施設、人員を確保できている。呪式士最高諮問《しもん》法院の権力と財力は、あいかわらずとんでもない。そして人員は勤勉だ。街の攻性呪式士が勝てる相手ではないと改めて思う。

俺たちが分乗する二台は、倉庫に入っていく。車の鼻先で右折。しばらく進んで左折し、右端《はし》の空白地に向かう。順次、指定された場所へと停車していった。

中級査問官のソダンが先に降りていく。俺たちも続いて降りた。リコリオとピリカヤが少女を挟んで降りてきた。少女はまだ話さない。話せるわけがないのだ。緊急保護しているが、俺たちが預かるわけにはいかず、少女の処遇も考えなくてはならない。

後続車輛《しゃりょう》からも、所員たちが降りてくる。輸送車から装備や機器を降ろし、台車へと積んでいく。最後にギシムも降りてくる。軽傷だったため、すでに治癒《ちゆ》咒式でほぼ完治している。リコリオが再び頭を下げた。ギシムは手を振って気にしていないと示した。

「では案内いたします」

ソダン査問官が歩みだす。俺たちは荷物とともに倉庫を進み、裏側に出る。

夜空の下には、また敷地が広がる。どこまで広いのか。右には兵舎らしき六階建ての建物が見えた。校舎ほどもある兵舎が、いくつも連なっている。規模からすると、ここだけで数百人ほどの武装査問官が詰めていることになる。

ギギナは楽しみだと言ったが、他の者たちには絶望の光景だ。数百人の武装査問官に襲われたなら、死以外にない。

兵舎を右に見ながらソダンが進む。警戒しながら俺たちもついていく。

兵舎の角を曲がると、夜空の下に法院の別館らしき建物が見えた。四階建ての館に近づいていく。扉の前で査問官が手を振ると、認証され電子音が響く。扉が開いた。ソダンに続いて俺たちも入る。

出入り口からは赤絨毯《じゅうたん》が続く。吹きぬけの天井にある水晶の照明が、柔らかな光を投げかけていた。

　ソダンの歩みが止まり、右へと退《ど》いた。後続の俺たちの足が止まる。正面には階段。中二階で左右への階段が伸びていく。左右から完全武装の武装査問官たちが下りてくる。

　テセオンが右手を走らせ、魔杖長刀《まじょうちょうとう》の柄《つか》に触れる。他の所員たちも同じく武具に手をやり、前方に対して警戒陣形となる。リコリオやピリカヤも少女を抱えて後退。ドルトンが閉まっていく扉に手をかけて退路を確保。

「長めの罠《わな》か」

　テセオンが腰を落として、戦闘体勢。俺は右手を振って、青年の激発を宥《なだ》める。

　階段を下りてくる武装査問官たちの間に、背広姿の男がいた。アブソリエル人らしい金髪碧《へき》眼《がん》の平凡な中年男だった。

「ようこそ、攻性呪式士《こうせいじゅしきし》たちのみなさん」

　男が言って、階段を降りてくる。武装査問官たちも続く。

「私は呪式士諮問《しもん》法院の上級査問官にして法務官、アブソリエル支部の支部長であるシビエッリといいます」階段を降りながら、男が自己紹介を連ねる。「ベモリクス上級法務官から紹介された、あなた方をお迎えいたします」

　男が一階に下りると、武装した一団も左右に並んでいった。

「武装査問官を並べる意味は？」

兵隊たちを一瞥《いちべつ》して俺は問うておく。シビエッツリが微笑《ほほえ》んでみせた。

「ご存じのように、現在のアブソリエルは治安がいいとは言えない状態でして」

査問官の笑みは、どこか緊張感を含んでいた。シビエッツリが手を振ると、武装査問官たちは左右に後退していき、壁際に並ぶ。

「彼らは、滞在中のあなた方の護衛を務めますゆえ、ご容赦を」

シビエッツリが言うと、兵士たちが軽く顎《あご》を引いて同意を示す。

「戦争状態において、咒式士最高諮問法院の立ち位置は微妙でしょうね」

俺は配慮の言葉を返しておく。咒式士最高諮問法院は各国と協定を結び、咒式の悪用や犯罪を取り締まる。しかし戦時中において、首都にいる武装勢力は周囲の警戒を呼ぶ。中立は許されず、敵か味方か旗幟《きし》鮮明にせよと、政府からも圧力が来ているだろう。

「では、滞在中はこちらを宿舎としてお使いください」

シビエッツリが手で階段の右脇《わき》、奥へ続く廊下を示す。俺の傍《かたわ》らにいたソダンが歩みだす。

俺は背後へと振り返り、安全だと示す。ドルトンが閉まっていく扉から手を離す。退路の確保はいつもしておくべきなのだ。前へと向きなおり、俺たちは進むシビエッツリに続く。武装査問官たちの前を通るときはさすがに緊張したが、なにもない。

俺とギギナが先頭を進み、シビエッツリとソダンに並ぶ。

「シビエッツリ法務官はどこまで聞いていますか？」

「長いので単にシビエッツリで結構です」歩きながらも男は簡潔に答えた。「ベモリクス上級法務官から連絡を受け、我々《われわれ》も準備しておりました」

シビエッツリは俺を見もせずに言った。

「〈宙界《ちゅうかい》の瞳《ひとみ》〉がアブソリエルの首都にあるのではないか、という話も聞いています」

情報漏洩《ろうえい》を恐れて、ラディームの丘という詳細は伝えていない。言う必要がないことは伏せておきたい。

「〈宙界の瞳〉は、すでになんらかの問題を引き起こしています」シビエッツリが言葉を連ねていく。「〈踊る夜〉たちの目的がなにかは分かりませんが、止めなければならない」

「ナイアート派とは協力関係ですが、いやに熱心ですね」

シビエッツリの熱意が籠《こも》った言葉に、俺も戸惑う。俺とギギナを見て、シビエッツリが微笑《ほほえ》む。

「これでも、我々はあなた方の戦歴に敬意を表しているのですよ」

シビエッツリが語る。

「戦歴は我々のほうが多いし長い。ですが、去年からの激戦は驚嘆の一言です」

シビエッツリの目に心からの敬意の色があった。俺は謙遜《けんそん》として軽く頭を下げておく。我ながら去年から続く激戦は、街の攻性呪式士《こうせいじゅしきし》の範囲を超えている。攻性呪式士なら、誰《だれ》でも死闘を生き延びたものに敬意を払うのだ。

「さらには、アブソリエルでの呪式災害の可能性があります。同国人としても、二児の親としても、防げるならなんでも協力を惜しみません」

　歩みながらシビエッツリが言った。意外に熱い、しかも父親らしい。懸案事項がひとつある。迷ったが、アブソリエルの国家や福祉に頼ることはできない。

「ならばもうひとつ頼みたいことがあります」

　歩きながら、俺は手で小さく背後を示す。シビエッツリが視線だけ動かして確認する。先には、リコリオとピリカヤに挟まれた少女がいる。

「ゴーズ共和国との国境でアブソリエルの示威行為に巻きこまれ、親族を失った子供を拾いました。法院でなんとかしてもらえないでしょうか」

　俺が言うと、シビエッツリの顔には悲痛さが溢《あふ》れる。彼がやったわけではないが、アブソリエルの行為によって悲惨が引き起こされていた。

「了解しました」シビエッツリが断言した。「すぐに保護を手配します。ゴーズ共和国とは不穏な状況ですから、大急ぎで故国へ帰れるように尽力しましょう」

　シビエッツリの発言で、ソダンが後方へと動く。リコリオとピリカヤが少女を保護したまま、ソダンの案内で道を戻っていく。少女の小さな背中が遠ざかっていく。

　俺にできることはこれくらいだ。

　前に向きなおり、シビエッツリについて俺たちは廊下を進む。自動昇降機《エレベーター》があるが、荷物を運ぶ組に譲る。階段を折り返して上り、四階に到着。

廊下は左右に伸び、扉の列が並ぶ。シビエッリによると、四階が丸ごと俺たちへの宿泊施設だ。攻性呪式士《こうせいじゅしきし》たちそれぞれに個室が用意されているそうだ。

所員たちが歓声をあげる。荷物を抱えて引きずり、左右に散ってそれぞれの部屋へと向かっていく。

廊下の中央で俺とギギナは立ち止まる。自然とデリューヒンにドルトンにテセオンと指揮官級が集まる。まず、法院のシビエッリと連絡先を交換。後はソダンと護衛官にと連絡回線を確保しておく。

シビエッリからは、法院の臨時調査員とする全員分の身分証を提示された。不法滞在を確認されにくい法院の許可証なら万全である。受け取ったドルトンが全員に配りにいく。

正面の一室では、通信機器が設置されていく。通信連絡網を構築し、携帯を調整している。立体光学装置を展開し、アブソリエルの報道を受信しはじめる。あそこが指令本部となる。同じ部屋で、トゥクローロ医師が医療機器を広げる。簡易医療本部も併設していく。

廊下で荷物を運んでいくデッピオは多少元気がない。同じくアルカーバは廊下の椅子《いす》に座りこんで、報道を見ている。地元出身の二人は、祖国の現状が気になるのだ。

残った指揮官たちで、追加装備や給与、食事の確認などの相談と確認が続く。ギギナは途中で説明に飽きて、空いている部屋へと歩む。ギギナが不在でも問題はないと、俺はシビエッリとの確認を続ける。

「今日はこれから調査を？」

シビエッツリの問いが来た。俺は開けられた扉から所員たちの様子を見る。荷物を広げ、装備の確認を始めている。廊下に座りこむものもいる。

「今日は止《や》めておいたほうがいいでしょう」俺は息を吐く。「ずっと移動していて、戦闘もしています。今夜は本部の構築と、周辺地理を頭に入れることだけにとどめるべきでしょう」

部下たちも多少は疲労している。俺やドルトンといった指揮官にも疲れがあり、判断を誤る危険性がある。シビエッツリがうなずき、確認会議が終わった。

「ガユスさんに言うものもなんですが、幸運を」

一礼してシビエッツリが反転し、来た廊下を去っていく。俺の不運は有名になりすぎた。ドルトンとデリユーヒンが臨時指令本部へと向かう。俺は自分の部屋を確保しに、廊下を歩む。横にはダルガッツがいつの間にかいた。俺の荷物を運んでくれている。恥ずかしいが、任せよう。

荷台で荷物を運ぶ所員たちとすれちがう。左右に扉が並び、各自が宿泊準備をしている。扉は軽合金、警報装置つきだ。ならば夜も安心だ。

司令室の近くがいいと思ったが、現状の部屋取りは早い者勝ちとなっている。気づいた所員が俺へと部屋を譲ろうとしたが、いいよとしておく。

一室を通りかかると、ニャルンがすでに寝台《ベッド》の上で丸まっていた。ヤニャ人の戦士は、やることがないなら即休養に入るのだ。かわいい姿だけど。

廊下を進み、空き部屋を見つけた。二人で入室する。ダルガッツが寝台《ベッド》横に荷物を置いてくれたので、礼を言う。ダルガッツが去り、自分の部屋を確保しにいった。

俺は携帯で登録番号を呼びだす。立体光学映像が展開。白金の髪の女性が映る。

「ジヴか、無事にアブソリエルに到着したよ」

「ガユス、こちらも妊娠は順調だよ」

ジヴは緑の瞳《ひとみ》で柔らかく笑ってみせた。

「アブソリエルについたけど、もう帰りたいよ」俺の口からは軽口が出る。「もうジヴの隣にずっといて、生まれる子供と楽しく過ごしたい」

「前に言ったように、大事な仕事、というかやるべきことなんでしょう?」

映像のジヴが言った。

「それはそうなんだけどね」

俺は息を吐く。我《われ》ながら弱音が早すぎる。

「でも、危なくなったら帰っちゃえばいい」

「ああ、死にそうだと思ったらそうするよ」自分でも正直な気持ちだ。「だけど今できることを放棄したくない」

「ほら、やっぱり」

ジヴから笑みを含んだ言葉が投げかけられる。

「私なんかが励まさなくても、ガユスは進めるよ」

ジヴに言われて、俺の胸のつかえが降りたような気がする。なんだか分からない〈宙界《ちゅうかい》の瞳〉を探して〈踊る夜〉や〈異貌《いぼう》のものども〉をなんとかする、などという漠然とした目的が、俺なりに不安だったのかもしれない。

自分の立ち位置が分かったなら、あとは進むしかない。いくつか連絡事項を話して、向こうの状況を聞いておく。とくに変わりなし。

「愛しているよ」

「私も愛しています」

ジヴが微笑《ほほえ》んでくれた。別れの挨拶《あいさつ》を告げて、通話を切る。携帯を下ろすと、廊下にはドルトンが立っていた。俺へとなにかを報告しにきたのだ。扉を開けっ放しにしていて大失敗。

「ごゆるりと」

ドルトンが微笑み、下がっていった。恥ずかしい場面を見られて、俺は寝台《ベッド》で布団《ふとん》を被《かぶ》りたくなった。が、できない。指揮官の一人としてできない。ぐう辛《つら》い。

一息吐いて意識を切り替え、俺は奥へと進む。一面の窓を開いて、外の廊下に出る。頬《ほお》に当たる外気が寒い。完全に夜が降りていた。自分の息も白く曇りはじめた。

見ると、室外の廊下は左右の部屋につながっていた。ルゲニアでも見た形式だ。左にはギギナが手摺《てすり》に寄りかかっていた。また相棒が隣の部屋らしい。初っ端から運が悪い。

ギギナが前を見ているので、俺も倣《なら》って同じ方向を見る。

高台の宿舎の四階からは、夜のアーデルニアの街が見渡せる。

眼前には、燎原《りょうげん》の火のように膨大な街の灯が広がっていた。龍皇国《りゅうおうこく》の首都リューネルグに進学していたことがあるから分かるが、ほぼ近い規模の大都市だ。ここでは多くの人々が笑って泣いて、食事をして排泄《はいせつ》をし、働き学び、生きて死んでいくのだ。

来る前に地図で確認していた場所を探す。正面にはなく、ギギナのほうへと向く。相棒は先に遠くを見ていた。

街の灯《あか》りの連なりの先に、坂が続き、夜に沈む丘が見える。高い壁の上にだけ一直線で照明が灯《とも》されていた。知覚眼鏡《クルークブリレ》の倍率を上げる。壁の足下には装甲車《そうこう》や甲冑《かっちゅう》姿の兵士たちが並んでいる。戦争中であるため、周辺はすでに厳戒態勢なのだ。

高い壁の先には、照明に照らされた膨大な楼閣《ろうかく》と尖塔《せんとう》が連なる。ここから見れば小さな玩具《おもちゃ》のようだが、実際にはとんでもなく巨大な王宮だ。

「あれが後《ご》アブソリエル公国《こうこく》の中枢、公王《こうおう》宮アブソルスか」

夜に向けて、ギギナが言った。

「公王宮の別名は仮宮だそうだ」公王宮を遠くに眺めながら、俺は観光案内にあった説明をしておく。「いつか帝国に戻るから、仮の宮殿ということらしい」

「あそこで八十四代、新公王イチェードが、イベベリアとネデンシアに戦争を仕掛けているわけか」

「公王イチェードはなにを考えているのか」

アブソリエルに来る前、そして道中で何度も出ていた問いが再び出ている。大陸中の人間が問うていることだ。

俺たちが今やるべきことと無関係、とは言えない。神聖イージェス教国と共同歩調を取る、ように見える後公国が、その指導者がなにを考えているのか。

「〈宙界《ちゅうかい》の瞳《ひとみ》〉がアーデルニアにある以上、いつか〈踊る夜〉たちが関わってくる」俺の口から決意が出てくる。「イーゴン異録という優位があるうちに、先手を取らなければならない」

俺の言葉に、ギギナが顎《あご》を引いて肯定した。俺たちは負けつづけ、直近のルゲニアでも〈踊る夜〉に負けて、イーゴン異録の入手でようやく延長戦。聖地アルソークでは、モルディーンが人類最強の三枚札をそろえて最低限の被害にしてなお〈龍〉に判定負け。人類側は負けがこんでいる。この先、一敗でもすればそこで詰みとなる盤面だ。

俺とギギナは、無言で夜に沈むアーデルニアと公王宮アブソルスを眺めていた。

「ガユスせんぱーい、近くでおいしー御飯屋さんがあるそうですー」

「だからピリカヤはなぜそう気安いんだ。ガユスさんに対してもっとこう」

背後からピリカヤとリコリオの声が来る。

振り返ると、部屋の出入り口で二人の少女がお互いに入ろうと、また相手を入らせまいと絡みあっている。戦災孤児の少女を預けおわって、即俺の部屋へ来たのだろう。

「吾輩《わがはい》、魚が食べたいのである」

二人の足元にはニャルンが割りこんできた。

「俺はアブソリエル料理を食いたい」

上にはテセオンがやってきて、出入り口が詰まっている。

俺は息を吐く。いろいろと悩んでいる俺を、彼女らや彼らなりに元気づけているのだろう。

外の廊下からはギギナも部屋に来た。

「明日からは激務だ。まず、代金は法院持ちで晩飯と行こうか」

俺が言うと、出入り口で詰まったものたちから歓声があがる。廊下からも聞こえてきた。どうやら全員で一度に入れる店を探さないとならないらしい。

浮かれる所員たちが廊下へと出ていく。ニャルンにいたっては、前に歌手のルルや奏者のソナリオンと競演したごはんの歌を暗唱しながら踊っている。

遅れて俺が歩きだすと、横にギギナが並ぶ。

「どうした臆病眼鏡《おくびょうめがね》、普段も良くない顔だが、今はより悪い」

「明日からは、これまでで一番大きな戦いだと思うとな」

俺が答えると、ギギナがうなずいた。

剣舞士《けんまいし》も気づいていたようだ。本当に昔からギギナは不必要なところだけ鋭い。

廊下に出ると、先では所員たちが俺たちを待っていた。今は暗い顔をしていられない。明るく元気な表情を作って前進するしかない。

四章　駆動する暴威

勝敗は、それを決める場にいたる準備で決定している。勝てる準備ができないとき、人は奇策や賭《か》けに頼り、敗れる。人はずっとそうして敗れつづけている。

ナハト・シャダイ「諸侯録」皇暦《こうれき》八三年

長い机の前で、王太子イチェードが止まる。

傍《かたわ》らには弟のイェドニスがやってきて、止まる。兄の横に並んで同じく机を眺める。イェドニスはまだ子供であるが、イチェードの教えを受けていた。

机を挟んだ反対側にはベイアドトが立つ。王太子親衛隊《しんえいたい》の隊長もイチェードの研究とイェドニスの教育の場に参加することが多かった。

イチェードが手を振ると、机の上に立体光学映像が立ちあがる。膨大な記録から地図を探していく。待っている間、イェドニスが微笑《ほほえ》んでいた。

「兄上、嬉《うれ》しそうですね」

イェドニスが問うと、イチェードも自分が鼻歌を歌いながら地図を探していたことに気づく。

「ああ、ここに来る前に良いことがあったのだ」弟の鋭い指摘に微笑《ほほえ》みながら、イチェードが答えた。「それはあとで言おう」

「え、良いこととはなんですか？」

兄の嬉しそうな様子に、イェドニスも思わず問いを重ねてしまう。

「あとで、だ」イチェードは笑って、弟の追及を躱《かわ》す。「まずはこちらからだ」

イチェードが再び手をかざすと、手前から大きな机の上に光によって緑と茶色が描画されていく。平地の茶色や緑地の緑の先、紡《つむ》がれた小さな山には高さが生まれていた。線で描かれた大河は蕩々《とうとう》と流れていった。点在する数々の街も描画されていった。街を拡大すれば建物まで記述されているだろう。伸びていく地図は、反対側のベイアドトの手前の机まで全面に広がった。

立体光学映像によって、ウコウト大陸西部にある、後《ご》アブソリエル公国《こうこく》の地図が示されていた。上空には雲の流れまでが再現されていたが、イチェードが手を振ると、気象情報が消えた。

「現状を解説していこう」

イチェードが呼びかけると、弟のイェドニスがうなずく。イチェードは右手を振って、地図の情報を呼びだす。地図の上に人口や国民総生産、軍事力などの情報と数字が重なっていく。

「現状はイェドニスも分かっているように、このようなものだ」

イチェードが語った。

「現在の前提となる歴史からたどっていこう。ウコウト大陸の昔はこうなっていた」

イチェードの手が再び地図の上で振られる。時間が一瞬で飛び、ウコウト大陸の上に神楽暦《かぐられき》以前の国々が色分けして表示される。

今と違っていくつかの大国と数十もの小国が点在していた。イチェードの手によって時代が下る。いくつもの国が興り、滅びた。そして最大国家であるマズカリー王朝によって旺州と西部が定義された。マズカリー王朝も時代とともに衰退し、滅亡した。

「マズカリー王朝が崩壊したあと、戦乱の時代が訪れた。ネデンシア、イベベリア、ナーデン、ゴーズなどはそれぞれの地方だった」

地図には多くの国が色分けされて表示される。現在の国境線とは違うが、ある程度の民族や文化によって固まっていることが分かる。地図上では多くの国や勢力が争う。

「大陸の大半は、アブソリエル帝によって統一され、アブソリエル帝国ができた」

地図に大きな青い帝国が表示される。中近世に跨《また》がる大帝国だった。

「最初は多民族多文化の集まりだったが、長い歴史を重ねるうちに文化と民族的混淆《こんこう》が進み、俗にアブソリエル系と言われるまとまりとなった」

イチェード自身がもっともアブソリエルらしいとされる外見、金髪碧眼《へきがん》に白い肌という容姿を持っていた。横にいるイェドニスも似たような姿であった。

「長く続いたアブソリエル帝国は大繁栄をしたが、内外から浸食されていった」

イチェードが語ると、青い帝国は内外から焦げ目のように穴が空いていく。

「その果てに、今から五百年ほど前に広大な帝国は崩壊した」

青い帝国の内外からの穴がつながり、版図は砕けた。周辺国家も多くが倒れ、地図に空白が増える。

「空白となった領土を巡っての大乱が起こり、帝国の残党である諸侯たちや勃興《ぼっこう》する軍閥、諸外国が争った」

イチェードが語りながら指を振るう。時代とともに地図に赤や緑や黄や橙《だいだい》と何十もの勢力が生まれ、またすぐに消えていった。

「戦国諸侯のうち、辺境にいたツェベルン一世が帝国の大部分を含む龍皇国《りゅうおうこく》を作った」

ウコウト大陸西部中央に黒が広がる。中央集権国家の近世が完成し、何度かの市民革命によって近代が起こる。

「四百年後に龍皇国で起こった革命で、ラペトデス七都市《ななとし》同盟が独立を果たした。それは我《われ》らが感知するところではない」

龍皇国の領土が大きく削られ、赤と青と白の巨大国家が勃興する。同時に民族独立の動きで国家独立が広がっていく。龍皇国も君主制から立憲君主制にと姿を変えていった。

「話を帝国崩壊時点に戻そう」イチェードが手を振ると、ラペトデスが消えて五百年前に戻っていく。「ツェベルンによる新帝国ができても、元帝国の中枢であった西方では戦乱が続いていた」

西方ではまだ十数の勢力が激しく争っていた。龍皇国も建国したばかりで、西方を統一する余力がなく、進軍を諦《あきら》めた。

「西方の軍閥と諸侯を制したのは、アブソリエル皇帝の遠縁で公爵《こうしゃく》だった始祖、イェプラスである」西方の辺境に青い点が灯《とも》る。「始祖は帝国の後継者として後《ご》アブソリエル公国《こうこく》を作った。輝かしい建国であった」

イチェードが語ると、青い点は西方へと広がっていき、後公国が定まった。先行する龍皇国に比べると領土は小さいが、帝国の文化の中心と開発しやすい平原、資源に溢《あふ》れた地を占めている大国であった。

「だが、アブソリエル公王《こうおう》に従う盟約だったナーデン公爵が、戦乱に乗じてナーデン王国を建国した。後公国も龍皇国と対峙《たいじ》しており、全面戦争を起こす余裕がなく、今に続いている」

後アブソリエル公国の領土になるはずの空白地に、ナーデン王国の濃紺の領土が現れた。アブソリエル帝国と後公国を継ぐものとしては許しがたい歴史の一幕であったが、イチェードの声は淡々としていた。

「後アブソリエル公国はその後に何度も危機を迎えたが、乗り越えてきた。しかし、百年前の七都市《ななとし》同盟の市民革命の動きに連動してイベベリア、七十年前の大陸戦争の大混乱に乗じてゴーズとマルドル、四十年前にネデンシアが独立を果たした」

アブソリエルの痛恨事をイチェードが語っていくにつれ、地図上の後公国《ごこうこく》の領土はさらに削られていった。

イチェードは傍《かたわ》らにいる弟のイェドニスを見た。

「僕も事情を聞き、また調べていますが、本当に複雑怪奇な歴史ですね」

兄からの無言の問いに、イェドニスが感慨を述べた。地図と歴史の概略を見るだけでも、大陸西方には怨恨《えんこん》が渦巻いている。さらに経済や移民問題、二度の大陸大戦に何百回もの相互の国境侵犯という問題が横たわっている。龍皇国《りゅうおうこく》と七都市同盟が何度も衝突しながら融和路線となっていることに比べ、西方の火種は悪化しつづけている。

イェドニスはイチェードを見上げた。

「帝国の崩壊とその後の各国の分離からの独立は、アブソリエルの人々にとってはやはり残念、なのでしょうか」

「帝国の復活は無意味だろうな」

イチェードはあっさり答えた。聞いていたベイアドトが思わず目を見開いた。

不愉快な音。目覚ましが鳴っていた。見知らぬ天井。

後アブソリエル公国に来ていたことを思い出した。

俺は起きていた。騒音のなかで手を伸ばして、寝台《ベッド》の上を探る。備えつけの時計を手で止める。

宿舎の目覚ましは、もう少し心地よい音にしてもいいのではなかろうか。もちろん、それでは意味がないと自己解決して、完全に目覚める。

蒲団を押しあげて、寝台《ベッド》から足を下ろす。知覚眼鏡《クルークブリレ》をかける。窓に向かって歩き、外を見る。

窓を開けて一歩を踏みだす。息が白く曇る。寒い。

外の回廊の手摺《てすり》を摑《つか》む。四階の窓からは、朝の後アブソリエル公国首都、アーデルニアの光景が見える。法院を囲む高い壁の先には、灰色のビルの大森林がまどろんでいた。建物の間から覗《のぞ》く朝日も、優しく丸みを帯びている。街には車が走っていく。朝から走る人に、犬の散歩をしている人も見えた。

戦時中の国家だが、平和な光景だった。余力があるからこそ大戦争に打って出られたのだ。

今日からが後アブソリエル公国での本番だと、窓を閉める。

部屋に戻って歯磨きをして、顔を洗う。鏡に映る自分は、うん、いつもの不幸顔だ、と納得してどうする。着替えて装備を調《ととの》え、部屋を横切る。扉の把手《とって》を握り、開く。

廊下に出ると、すでに何人かは起きだしていた。

「ガユスさん、おはようございます」「おはようございます、これからどうします?」「前衛組はすでに起きているようです」「まずは食事ですかね」「朝食うまいといいですね」「昨日の今日でまだ眠いです」「今日からアブソリエルですね」「おはようございます」

所員たちから挨拶《あいさつ》の速射砲が来た。

「はいはい、おはようさん」

一人一人に挨拶をしておく。また何人かに会って、挨拶を返しながら、廊下を進む。他の攻《こう》性咒式士《せいじゆしきし》たちとともに階段の手前に到達した。横の窓から怒声《どせい》が響き、俺や咒式士たちの足が止まる。

見ると、法院の敷地が見下ろせる。

植木の間で、事務所の攻性咒式士たちが剣技と体術の訓練をしていた。前に立つデリューヒンとリューヒンの姉弟が、軍隊仕込みの集団戦術を指導している。

少し離れた場所で、テセオンは魔杖《まじょうちょうとう》長刀を振るっての型稽古《かたげいこ》をしていた。前にはニャルンが寝そべって、たまに手を挙げて指示を出す。さらにテセオンが長刀を振るう。街の不良あがりが、ニャルンを師匠に正統剣術を学びはじめて少し経過している。さらに強くなるだろう。

朝から騒々しいが、咒式を使わないだけ周囲に気を遣っているのだろう。

気持ち早足となって、俺は階段を降りていく。後続も早足で降りてくることになる。一行は四階から一階に到達。窓を右に見ながら進む。法院の宿泊所には食堂があるので、経費節約でお世話になる予定だ。七時から開いているらしいが、遠征での数少ない楽しみだ。

右から声が聞こえる。

見ると、一階の窓の先、法院の敷地で人影。手が握るのは長刀形態の屠竜刀《とりゅうとう》。白刃が振りおろされ、突き、跳ねあがる。刃《やいば》は旋回し、長柄《ちょうえ》の反対側の石突きが繰りだされ、横薙《よこな》ぎとなって返される。再び旋回。

銀の刃の回転速度が上昇していく。屠竜刀はすでにギギナの左右上下で光の円盤にしか見えない。

俺は立ち止まって見ていた。横に並ぶ事務所の攻性咒式士たちも、ただ眺めていた。前衛職にいたっては、見とれているのだろう。

ギギナの訓練が極まり、一種の剣舞となっていたのだ。実戦でも舞うような刃で敵を斬《き》り伏せることを、俺は何百回と見てきた。ドラッケン族における生体強化系の咒式剣士でも、一部しか認定されない剣舞士《けんまいし》の意味が分かる光景だ。

ギギナによって屠竜刀が引かれ、一瞬の静寂。次の瞬間、気合いの声とともに裂帛《れっぱく》の一閃《いっせん》が放たれる。

音速を超えた刃で破裂音から超高音が響き、窓が振動した。俺の足が半歩下がる。

窓の先のギギナによって、長柄の屠竜刀が引かれていく。複雑な旋回と反転を重ねて、長大な刃《やいば》が右脇《わき》で止まる。完全静止。

刃を抱えたギギナの白い首筋や隆起する両肩、逞《たくま》しい上腕筋からは湯気があがる。乱れた銀の髪が額《ひたい》に下りて貼《は》りついている。

ギギナは早朝から鍛錬を繰り返していたらしい。俺は窓の開いている場所へと寄っていく。

「毎朝毎朝、早朝から、エリダナでもルゲニアでも、アブソリエルに来ても、ご苦労なことだ」

窓枠越しに俺が声をかけたが、ギギナはこちらを見ない。銀の眼差《まなざ》しは早朝の空を見上げていた。

「人類の頂点と、人類の外の頂点まで見えたからな」

剣舞士《けんまいし》の唇《くちびる》が寂《さび》しげな言葉を紡《つむ》いだ。所員たちは不思議そうな横顔を並べている。ギギナの刃の眼差しは東の空へ向けられていた。

俺はようやく気づいた。ギギナが見ているのは、聖地アルソークがあった方向だ。

アルソークこそは、人類の最高傑作である白騎士ファストが戦死し、最強戦士であるオキツグが消えた場所だ。ギギナが目指したオキツグの生死は不明だが、おそらく。

「死んではおるまい」

ギギナの発言で、俺は驚く。内心を見透かされたのだ。

「聞くかぎりの情報では、ファストの力は常識外だ。たとえ〈龍〉が相手でも、奇襲の一撃、そして師で母で姉であるセガルカと人類を守るためでなければ、戦えただろう」

　ギギナは静かに述べた。俺も同意する。所員たちも同意の眼差しとなるか深くうなずいていた。白騎士が犠牲を気にせず戦っていれば、と大陸中の攻性咒式士《こうせいじゅしきし》が思っていたことだ。そして白騎士の犠牲のお陰で、人類側に抵抗手段と時間の猶予《ゆうよ》ができていた。

「そのファストと同格のオキツグは〈龍〉を封じるために、ともに異空間に去っただけに見える」

　ギギナが微笑《ほほえ》む。戦士の笑みだった。

「ならばあの〈侍《さむらい》〉は生きている」剣舞士が断言した。「生きていればまた戦え、私の手で倒せる日が来る」

　ギギナの唇は不敵な笑みを浮かべていた。眼差しには遠い理想郷を見るような光があった。船の迷宮で、ギギナはオキツグと対峙《たいじ》した。俺にもギギナによる何千もの幻影の手筋が予想できたが、何千の展開のすべてで一刀両断されていた。あれほどの咒式剣士は他にいない。そして〈龍〉であろうと、オキツグを殺せるとは限らない。

　俺は息を吐く。

「強敵の生存を望むが、また戦い、倒すことを望む。俺にはさっぱり分からない戦士の論理だな」

「貴様のような臆病《おくびょう》眼鏡《めがね》が理解する必要もない」

　ギギナがいつものように言い捨てて、いつもの銀の目に戻った。

「悪口が毎回同じで頭が鈍《にぶ》〜い人に、親切な俺が教えてやると、朝食と朝の会議だ」

俺が言うと、ギギナは屠竜刀《とりゅうとう》を分離。刃《やいば》を背後へ、長柄《ちょうえ》を畳んで腰へと収納。こちらへと歩きだす。俺は所員たちとともに歩む。敷地から廊下へとギギナが入ってきた。

布で顔の汗を拭《ふ》きながらのギギナが俺に並び、進んでいく。所員たちも歩みつづける。

「おはようございます」

廊下の先ではドルトンが立っていた。

「はい、おはようさん」挨拶《あいさつ》しながら、俺はドルトンが握る資料を見る。「早朝からか」

「早朝から申し訳ないのですが、事態がまた動いているようなので」

ドルトンが微笑《ほほえ》み、法院から出た資料を手渡してくる。確認していくと、青年が言うように、また厄介な新情報が出てきていた。朝食即会議で、方針転換と部隊の再配置が必要となる。

「会議、会議だな」

「攻性咒式士《こうせいじゅしきし》はそういうもの、と教えてくれたのはガユスさんですよ」

ドルトンの返答に俺は苦笑するしかない。青年と別れて、資料を見ながら進む。

首都アーデルニアの官公庁から少し離れた北部は、なだらかな傾斜に街並みが並ぶ。間にある道を進んでいくと、丘が見えてくる。さらに道を上がっていくと、すぐに丘の上にある平地に到達する。丘の上全体に鉄柵《てっさく》の壁が場違いなほど長く続く。

各入り口には、アブソリエル公室を守る近衛兵《このえへい》が詰めている。現在では近衛兵の他に首都防衛軍が装甲車《そうこう》と兵隊を配置し、厳重な警備となっていた。

鉄柵の先にある敷地には公王《こうおう》庁舎や議場、音楽堂に舞踏会場、美術館や図書館が並ぶ。近衛や親衛隊《しんえいたい》宿舎、侍従や使用人宿舎なども配置される。必然的に公王室が指定した商店や食堂も内部に多く存在する。農場や牧場まである。公王室関係者として数万人が住んでいるとされるが、詳細はあきらかにされていない。

敷地を進んでいくと、再び壁が現れる。正門の左右には近衛詰め所が設置。近衛兵たちが待機していた。壁にある門を抜けると、ようやく公王宮アブソロスが見えてくる。

公王宮は外郭の城郭が連なり、複雑な構成となる。屋根の上には尖塔《せんとう》が並んでいた。巨大な公王宮を進んでいくと、突如として緑の庭園が出現する。芝生と木々の間に、噴水が設置されている。

中央にある公王宮は、白い壁と屋根、典雅な装飾がなされている華麗な建物だった。公王と一族が居住し、後公国《ごこうこく》の最高決断が下される場所だった。

中央宮の青い屋根の上には、冬の空へと旗がたなびく。旗は四分割された布地に、左上に後アブソリエル公国の国章、右上にアブソリエル帝国の公王家の紋章、そして左下に公王家紋章、右下に公王イチェードの個人旗が示されている。

四分割された王室旗が掲げられているということは、公王宮《こうおう》に主人がいる表明である。旗の下、中央宮の中心にある公王謁見室《えっけん》は、広大な部屋となっている。天井からの照明が調整され、扉から中央の道を照らすようになっている。

外壁の白とは違い、磨きあげられた黒い玄昌石の床に青い絨毯《じゅうたん》が伸びていく。四方には黒い壁と白い飾り柱が並ぶ。部屋の奥には段が連なる。上に安置されるのは黄金の玉座。アブソリエル帝国でも公王に与えられた玉座が、今でも使われている。

玉座には中年の男が座る。軍服に背外套《マント》。白髪が混じりはじめた黄金の髪には略冠。冷たい青い目。典型的なアブソリエル人の容貌《ようぼう》をしていた。アブソリエル第八十四世公王、イチェードその人だった。

公王イチェードの青い目は広間を見据えている。公王の前に伸びる青絨緞の左右には、列となった数十人もの男女が並ぶ。

右の前列には首相に副首相、八人の閣僚たちが並ぶ。背後には各省の事務次官が控える。後列には宗教指導者である大司教たちが並ぶ。さらに財界の大物たちが集って列をなしている。

左の前列には陸海空軍の三元帥や統合参謀本部議長、方面軍を率いる将軍たちが立つ。背後には軍を支える幕僚たちが控える。後列では各分野の呪式《じゅしき》科学者や技術責任者などが、直立不動となっている。アブソリエルを主導する八十八人がそろっていた。

彼らを掌握《しょうあく》することによって、イチェードは王太子時代からアブソリエル公国を主導していた。先王の死去によって第八十四代公王となっても、長らくお飾りとなっていた先王が消えただけだ。即位はなんら混乱を引き起こさなかった。

　重鎮たちが見つめるのは、青絨緞の中央。紺色の背広を着た男だった。外交官は後ろへ撫《な》でつけた髪の下で、青い目が緊張しきっていた。重鎮たちと公王の視線を受けて、死にそうな表情となっている。

「続けよ」

　右から首相が先をうながした。外交官は書類を両手で握る。中断した言葉を続けようと口を開く。

「というように、大陸会議からは我《わ》が国の多重侵攻に対して非難声明が出ています」外交官は迷うように続ける。「即時侵犯を停止し、軍を引くべきであると」

「世界会議ではなく、大陸会議で止まっているなら問題はない」

　玉座から公王が返答する。

「これまでと同じだ。イベベリア公国とナーデン王国からのアブソリエルへの重大な被害に対し、防衛をしているだけである」イチェードは退屈そうに告げた。「ネデンシア共和国にいたっては総統による簒奪《さんだつ》政権が崩壊し、我が国以外にどこも動いていないため、仕方なく治安維持のために進軍した」

　公王の言葉に、外交官が息を呑《の》む。戦争に対して防衛であるとするのは常套《じょうとう》手段だが、強引すぎる言いぐさだった。

「とてもしておけばいい。龍皇国《りゅうおうこく》と七都市《ななとし》同盟が支柱を失い、神聖教国の南下に大混乱している状態では声明を出すことしかできない。前と同じ返答で時間を稼ぐだけで充分であろう」

公王《こうおう》の素っ気ない言葉に、外交官が青い顔となっていた。居並ぶアブソリエルの軍事の重鎮たちは、そろって覚悟の顔となっている。首相と副首相など文官たちはまだ迷いの表情を並べる。

両超大国が動けないことを計算に入れての公王の戦略は、あまりに壮大。成功すれば、帝国の始祖アブソリエル帝に並ぶほどの偉業であった。

「事態はもう動いている。是非もなし」

飽きたように公王が左手を振ると、報告した外交官は頭を下げる。一外交官の身では公王の指図に逆らうことはできない。男は反転し、慌てて退出していく。外にいる儀仗兵《ぎじょうへい》が左右から扉を開き、外交官が去っていく。

扉がまた左右から閉められる。広間には静寂。玉座に頰杖《ほおづえ》をついたイチェードが息を吐く。

「今度の戦で、後《ご》アブソリエル公国《こうこく》、四九七年の歴史が変わる」

イチェードの声が広間に響く。

「夢は必ず叶《かな》いましょう」

公王の間で右の列にいる男が声を出した。イージェス教の教父服に似た軍服。首から銀鎖で下がる光輪十字印が揺れる。灰色の髪に黒い瞳《ひとみ》。鷲《わし》鼻が目立つ中年男だった。

「我《わ》が神聖イージェス教国も、アブソリエルの偉業を支持いたします」

断言してみせた男は、神聖イージェス教国の十六枢機将《すうきしょう》の一人、ウィグラクフ・ゾゾヌフ。枢機将での序列は十位。

「かつてのアブソリエル帝国のうち、すぐにイベベリアとネデンシアを吸収できましょう。続いてナーデンも落ちるでしょう」ウィグラクフは語る。「そこまで進めば、ゴーズにゼイン、マルドルも順次併呑《へいどん》。アブソリエル帝国の西部復興がなりますでしょう」

ウィグラクフが壮大な版図を示しても、公王の青い目の凍土は変わらない。

「神聖イージェス教国の南下は順調であるのか」

公王の問いは、アブソリエルの重鎮たちの懸念材料でもあった。

「全軍と十六枢機将が来ております。時間は多少かかりますが、押し切れるでしょう」

「その枢機将が、先ほど三人も処刑されたようだが」

イチェードは感情を込めず、再確認するように問うた。

「ご存知のように今回の南下に反対した不信心者、ツィランド、アバーリン、バイチェッカフが処刑されただけです」

平然とウィグラクフが返答する。

「彼らのような背教者が消えたことで、我が神聖イージェス教国はより強力になりました。偉大なる神の栄光をこの地上へと広めることでしょう」

聖句を唱えるかのように、ウィグラクフが蕩々《とうとう》と述べた。公王《こうおう》の表情はとくに変わらない。

「同盟ではなく、共同歩調である。神聖イージェス教国に北の辺地までは譲ろう。ただし、アブソリエル帝国だった地は遠慮してもらおう」

「理解しております」

ウィグラクフが胸の前で右手による十字を切って、光輪を描いてみせる。神聖イージェス教の正式な祈りと誓いの印だが、公王にとってはなんの意味も持たない。

ウィグラクフは気にせず、両手を広げてみせる。前には立体映像が展開。ウコウト大陸西方の地図が広がる。

「イージェスは北の諸国家と聖地アルソーク、ツェベルンとラペトデスの北部を取れば充分です」ウィグラフの言葉とともに、地図が赤く染まっていく。「アブソリエルは帝国領土だったツェベルンの西方から中央。ラペトデス西方までをお取りください」

枢機将《すうきしょう》の言葉で、大陸の南はほぼアブソリエルの青に染められる。かつてのアブソリエル帝国の領土が、五百年の時を越えて再現されていた。

輝かしい予想地図に、先ほどとは違って首相や副首相や文官たちが目を輝かせる。三元帥や統合参謀本部議長たちも息を呑《の》む。順調で壮大な計画だが、どこかで損耗と兵站が限界に達する。ある程度の勝利をもって、各国と和平を結んで、領土を確定する時期が来る。その時期と範囲を公王イチェードは明らかにしていない。

玉座のイチェードは再び左手を軽く振る。立体映像の地図が消え、ウィグラクフが胸に手を当てて頭を下げる。先ほどの外交官と同じように退出していく。

扉が閉まり、広間には静寂。

「神聖イージェス教国は信用できるか」

公王の問いが広間に放たれる。

「できぬでしょうな」

左の列から、統合参謀本部議長である老将が答えた。軍の責任者の言葉に、首相もうなずいてみせた。

「なにより教皇の腹心、枢機将長ツゲーツェフを寄こしていない時点で、彼らは信用なりません。やつらは不凍港が欲しいはずです」

首相が補足した。

「それこそ狂信と狂信を装った野心を持って南下し、聖地アルソークを奪取し、下のエリダナあたりまで進軍し、ルルガナ内海に達することが悲願のはず。それがかつてのアブソリエル帝国領土と重なることを、彼らは言及しませんでした」

首相の予測に副首相や文官たちがうなずく。

「では、イージェスと組んだ手をいずれ放さねばなりませんな」

陸軍元帥が老獪《ろうかい》な策を述べた。

「いずれは今ではない」

海軍元帥が髭《ひげ》を撫《な》でながら言った。

「せめて神聖イージェス教国に、龍皇国《りゅうおうこく》と七都市《ななとし》同盟の二大強国を叩《たた》いてもらってからだ」

「そのとおり、三国が嚙《か》みあって苦しみぬいたあと、共同歩調を取っていた、ように見えた我《われ》らが横合いから殴りつけてやればいい」

空軍元帥がうなずいてみせた。

「なにより我らには、あの力があります」

首相が言った。玉座に頰杖《ほおづえ》をついた公王《こうおう》が、退屈そうにうなずく。

アブソリエル帝国復活が見えたことに、政治家たちが目を輝かせていた。軍の損耗と落としどころを気にする軍人たちも、ありえる戦果に期待を膨《ふく》らませていた。

「計画を進めよ」

静かな公王の声が響くと、十一人のアブソリエルの重鎮たちが落雷に打たれたように背を伸ばす。続いて頭を下げる。他のものたちもそろって頭を下げていった。

イチェードの手が振られると、一斉に反転。速足となって進む各自の顔には、熱があった。すでに悲願であったイベベリア公国の陥落は眼前なのだ。イベベリアを落とせば、政権が崩壊したネデンシア共和国もすぐに陥落する。帝国復活は目の前だった。

扉が開かれ、首脳陣が退出して閉められる。

広間にはまたも静寂が満ちる。

階段の上、玉座には公王イチェードが座す。右手で頬杖をついて、顎《あご》を支えた姿勢から変わらない。

「事態は動きだしたが、汝《なんじ》はどうする」

青い目が玉座の右へと向けられる。広間の柱に背を預ける人影があった。

蛇腹を首に巻いたような襞襟《ひだえり》。金糸銀糸の渦巻き模様で埋めつくされた赤い服。左右から後部で渦巻く白い髪。まるで中世の貴族のような姿の老人だった。灰色の目は公王を見上げていく。

「以前と変わらず、我々《われわれ》は後《ご》アブソリエル公国《こうこく》とともに進みます」

右足を引いて、右手を水平に伸ばし、左手を胸に添えて老人は一礼をしてみせた。

〈踊る夜〉の指導者、ワーリャスフが微笑《ほほえ》んでみせた。


先には食堂の出入り口が見えた。すでに何人かが入っていくところだった。

俺やギギナや後発組も食堂へと入っていく。食堂では先に入った所員や武装査問官がいる。

二百人が食事に会話をすると、騒然としている。右では厨房の前に数人の列ができていた。俺やギギナも列の最後尾に向かう。

汗を拭き終わったギギナの前にささっと入っておく、俺の才覚よ。ギギナが不愉快そうな顔となるが、咎《とが》めると自分の小ささを示すので言いだせない。いえーい。

俺は長机の手前に置かれた長方形の金属皿を取る。長机の先には、パンや米、魚や肉を焼いたり煮たりしたアブソリエル料理、野菜の盛りあわせ、スープなどが入った鍋が並ぶ。好きなものを取っていく形式だ。

俺もパンと魚、野菜を盆に取っていく。果物も足しておく。紅茶と珈琲《コーヒー》もあった。珈琲を選んで、角砂糖を入れておく。

列から外れて、部屋へと向きなおる。すでに攻性咒式士《こうせいじゅしきし》や法院の武装査問官が着席して食事をしている。パンと米と肉と魚と野菜に向かって、各自の肉叉《フォーク》と匙《さじ》と箸《はし》と杯《はい》が動く。それぞれが猛烈な勢いで食事をし、会話が交わされる。

攻性咒式士と法院の武装査問官は天敵ゆえ、協力関係となっても食卓は離れがちだ。だが、とくに問題も起こしていない。今はそれでいい。

皿を抱えて、俺は席の間を抜けていく。横を見ると、机を挟んでギギナも進むところだった。両手に大皿を持ち、山盛りの肉と野菜と米とパンと麵《めん》が載っていた。

ギギナを見た、法院の武装査問官たちの目が見開かれ、手が止まっていた。攻性咒式士でも前衛系は体が資本なので大食漢が多く、朝は三人から五人前くらいは食べる。だが、ギギナは朝から十人前は持って移動していて、驚くに決まっている。

会議もあるため、俺は前のほうの席に腰を下ろす。いつもならピリカヤとリコリオが左右の席を争うところだが、姿が見えない。

机の向かい側にはギギナが座る。とくに二人で話すこともない。一口食べる。輸送車での非常食はまずかったが、法院の料理は美味《うま》い。法院は福利厚生もしっかりしていやがる。つまり資金力があって士気も高く、強いに決まっている。

俺の右の席に、ドルトンが腰を下ろす。机の上の盆には少量の食事。毎回思うが、二メルトル超の長身が、よくそれだけの食事で成立するものだ。

「先ほどの資料から、さてどうしましょうか」

食事の合間にドルトンが問いかけてきた。

「事態は悪くなるばかりだな」

俺も魚を呑《の》みこんで答えた。ドルトンがうなずいてみせた。

「後《ご》アブソリエル公国《こうこく》によるイベベリア公国への侵攻は拡大しています。最善を尽くしても、あと半月が抵抗限界でしょう」

「俺たちとしては、後アブソリエル公国の治安が保たれているうちに〈宙界《ちゅうかい》の瞳《ひとみ》〉を見つけ、脱出することが最善だな」

俺はパンを囓《かじ》る。食堂の攻性咒式士たちも、大急ぎで食事をしはじめた。俺も詰めこむように食事をしていく。

前のギギナは肉叉《フォーク》で麺《めん》を巻いていく。蹴球《しゅうきゅう》の球ほどにもなった麺の球体を、上から啜《すす》っては噛《か》んで飲みこみ、また繰り返す。一度も下ろすこともなく完食。肉叉が下ろされ、ギギナは涼しい顔を見せた。

周囲の攻性咒式士《こうせいじゅしきし》たちも、驚きの目で見ている。慌てて、自分たちの食事をしだす。ギギナは他などどうでもいいようで、別の鶏肉《とりにく》を囓《かじ》っていく。

俺も食べていく。ギギナの横のテセオンのさらに横に、アルカーバを見つけた。肉叉と匙《さじ》が止まっている。食事はほとんど進んでいない。表情も暗い。来たときからアルカーバの調子が悪いように見える。

俺は席を左へとずらす。

「大丈夫か」

俺はアルカーバへ問うておく。青年は顔を上げて微笑《ほほえ》む。

「大丈夫です」

「はい、これは大丈夫ではない返事〜。聞いておかないとあとでなにか問題が起こるやつ〜」

冗談めかして言ったが、きちんと問うておく必要がある。

「ここアブソリエル、特に首都アーデルニアはおまえが育った場所で、所内では一番詳しいと聞いている。問題は山積しているが、問題と確定しているものは解決しておきたい」

俺は語りを真面目《まじめ》なものに戻す。眼差《まなざ》しも真剣になる。

「本当に大丈夫なのか、正直に言ってほしい」

「それは」アルカーバは口ごもる。再び口を開く。「あまり大丈夫ではないです」

「というと?」

俺は問いを重ねる。不器用なやり方だが、待っている時間はないのだ。アルカーバも重い口を動かす。

「仕事だから来ましたが、故郷に良い思い出がなくて」アルカーバが語る。「父が今の公王《こうおう》が王太子だった時代の戦争に従軍し、それによって殺されたようなものでして。私は嫌気がさしてアブソリエルの外に出たのです」

「そうだったのか、これは立ち入ったことを聞いて申し訳なかった」

「すみません」

俺が論を下げると、アルカーバが頭を下げてきた。

「気にしないでくれ。そんな事情があれば誰《だれ》だって気が乗らない」

俺の返答に、アルカーバが重ねて頭を下げる。入所時にギギナに突っかかったくらい剛毅《ごうき》な男だが、嫌気が差した国に戻ったなら気も滅入る。

「となると、道案内は法院の案内と」

俺が言うと、横のドルトンがうなずく。

「法院の案内と、アブソリエル東部出身のデッピオを主軸に使い、補助に地図士のヤコービーを使っていくしかないですね」

俺はうなずく。地元の法院はいざというときに言えないことや、任せられない決断もあるはずなのだ。

思惑を出さないように、俺は最後の珈琲《コーヒー》を飲む。ドルトンが席を立つ。俺も立ちあがって、食卓の間を抜けていく。攻性呪式士《こうせいじゅしきし》たちが、今から会議が始まるのだと必死に食事を呑《の》みこんでいく。

食堂の列の先で俺と青年が立ち止まり、反転。俺とドルトンの左には法務官のシビエッツリ、中級査問官のソダンが立つ。食堂の面々も急いで食事を終えるもの、肉叉《フォーク》や匙《さじ》を置くものと慌ただしくなる。

長身の青年が息を吐く。

「では、だいたいの食事が終わったとして、会議を始めさせていただきます」

ドルトンの宣言で、全員が俺を見る。俺に指揮官は向いていないが、他にできるものがいないなら、やるしかない。

「説明はもうされたと聞いているが」なにを言うべきかと考え、口を開く。「今回はアシュレイ・ブフ&ソレル事務所と、咒式士最高諮問《しもん》法院アブソリエル首都支部、ナイアート派の合同作戦となる。なんとか仲良くやってくれ」

俺が言うと、法院の武装査問官たちは真面目《まじめ》にうなずく。一方で我《わ》が事務所の所員たちは苦笑する。

全体の雰囲気が悪くないと見て、ドルトンが手を振る。携帯端末から立体光学映像を展開。後《ご》アブソリエル公国《こうこく》の全体地図が立体的に表示されていく。

さらにドルトンが指を捻《ひね》り、一部が拡大。首都アーデルニアの地図が重ねられる。咒式士最高諮問法院、アブソリエル支部が赤い矢印で示される。俺たちは現在首都の東部にいるらしい。

俺は手を振って、地図から目的地を呼びだす。

「白い〈宙界《ちゅうかい》の瞳《ひとみ》〉が収まるとされる、ラディームの丘という遺跡がここだ」

アーデルニアの北東にラディームの丘が表示された。攻性咒式士や法院の武装査問官たちが緊張する。

ラディームの丘はかつて首都の外だったが、市街地の拡大でアーデルニアに入っている。現在の映像を提示。環境保護指定区となり、木々が茂る大きな森となっている。木々の梢《こずえ》に埋もれるように丘が見えた。

正面の木々の根が取りはらわれ、垂直の岩の壁が見えている。壁に二〇メルトルほどの正方形の亀裂《きれつ》が描かれていた。〈古き巨人《エノルム》〉の大きさに合わせた戸口だ。正直、エリウス郡にもよくある〈古き巨人〉の遺跡のひとつにしか見えない。

亀裂の上には、人の手によって封印がされている。画面を引いていくと、丘の周囲には金網が張り巡らされていた。表面には、侵入は国家によって禁止されていると書かれた札が並んでいる。すでに発掘されて、国家の管理を受けているのだ。

「エリダナの時点で分かっていたように、ラディームの丘は、ここ数年で調査発掘がされたのではない」

俺は確認をしていく。

「二百年前、咒式《じゅしき》発見から少し経過してアブソリエル大学院による発掘が行《おこな》われた。そこで〈古き巨人《エノルム》〉の遺跡が見つかったとだけ発表された」

俺の解説に食堂内部にいるものたちがうなずく。見えているのは遺跡への入り口なのだ。

「公開された内部調査の内容は、世界各地によくある〈古き巨人〉が建造したよく分からない施設で、とくになにもない、といったものだ」

当時の写真を展開。内部は平面の天井に壁に床。他にはなにもない。

「これは当時の調査団による、虚偽の映像と内容だろう」

俺は結論づける。別のどこかの遺跡の適当な写真を使って、なにもなかったとしたのだ。イーゴン異録による竜エニンギィルドゥの証言が見つからなければ、考古学上のよくある発掘という偽装で終わっていた。

「遺跡に〈宙界《ちゅうかい》の瞳《ひとみ》〉はもうない、と見たほうがいいか」

食堂の端《はし》からデリューヒンが言った。

「ルゲニアでは、二重の洞窟《どうくつ》などで再発見があったと聞くけど」

モレディナの問いが来た。

「〈宙界の瞳〉を発見し、虚偽の映像と内容にした人物を特定した」俺は事態を再確認していく。

「当時のアブソリエル大学調査団の指揮者は、ファルウェア・イズ・ナガラン。咒式の発見者の一人である、エルキゼクの従弟だ」

前提は長いが、どこまで知っているかを法院と情報共有するためだと続ける。

「ファルウェア博士は発掘後に、アブソリエル大学院の教授から、後公国《ごこうこく》に新設された歴史資料編纂《へんさん》室の室長に就任。以降、歴史の表舞台からは消えた。エリダナで分かったことは、ここまでだ」

俺は言葉を終える。部屋には沈黙。

「歴史資料編纂室って、どうも窓際社員の部署に聞こえる。どういうものだ？」

テセオンが言った。

「一般人や情報屋でも探せないことは、法務官のほうから」

俺がうながすと、傍《かたわ》らで待っていたシビエッツリ法務官が口を開く。

「閑職に聞こえる名称ですが、当時から現代まで後アブソリエル公国歴史資料編纂室は存続しています」

シビエッツリが言うと、横にいたソダン中級査問官が映像を展開。後アブソリエル公国の国家機構が表示される。一部を拡大して組織図が出た。

「歴史資料編纂《へんさん》室は、当時から現在までの公王《こうおう》や王太子の直轄組織です。他の命令系統はなく、議会や軍からも完全独立しています」

図では、後《ご》アブソリエル公国《こうこく》の公王室の直系だけが命令できるようになっている。いくらヴィネルやナテッロでも、後公国が秘匿するほどの部署の情報は分からない。諸国家に広がり、絶大な権威と資金と人員を抱える、法院のアブソリエル支部でしか調べようがないのだ。

ソダンが指を動かし、組織図にある歴史資料編纂室の部分を広げる。年代ごとの推定人員や資金が表示されていく。

「歴史資料編纂室はここ三代にわたって縮小されていましたが、人員は縮小時でも数百人、莫大な予算がついていた大きめの部署です」

食堂には驚きの声があがっていく。表示される予算は四代前、第二次大陸大戦時までずっと増えていき、三代前に突如として縮小し、数十億程度の予算で動いていた。ここ二十年で急速に予想予算が増大し、ついに先年度は年間二千億アブソル、皇国でいえば四千億イェンほどになると予想されている。これは一大部門だ。

ソダンの指が翻《ひるがえ》り、組織図を元に戻す。俺の内部にある人員と予算の増大への疑問は一端保留し、ソダンの次の言葉を待つ。

「我々《われわれ》の調査によると、歴史資料編纂室は下部組織を持っています。先端咒式《じゅしき》学研究所、歴史資料編纂室調査隊の二つです」

　ソダンが指を振って、組織図を呼びだす。

「歴史資料編纂室調査隊は、表向きはアブソリエル帝国と後公国の歴史に関する調査を行《おこな》うとされていますが、調査実績はありません。当時の公王親衛隊《しんえいたい》のミキシスが責任者となっていました」

　ソダンが示す。

「設立当時で三百人ほど、拡大された現在の人員数は千人くらいだと推定されます。おそらくは歴史資料編纂室の武力行使部隊。真相を探るものを消すのでしょう」

　ソダンの推定は物騒だが事実だろう。指が翻り、もうひとつを表示させる。

「先端咒式学研究所のほうは、ここ数十年は先端素粒子《そりゅうし》学を研究されていると言われていますが、結果は一度も出たことがありません」

「普通なら二百年で業績がひとつも出ていない部署など、とっくに消えているのだがな」

　ギギナが俺を見て寸評した。一瞬経過して気づいた。

「俺への皮肉のつもりなのかよ。雑だな」

　俺の返答にギギナが不愉快そうになる。双方が睨《にら》みあう。ドルトンが苦笑いをして、目線でソダンに先をうながす。

「研究所の所在地も不明です。ただ、歴史資料編纂室関連の莫大な資金の大半は、先端咒式学研究所に投入されています。人員は不明ですが、予算規模からするとかなりの数の人間が関与していると思われます」

ソダンが言った。

「歴史資料編纂《へんさん》室関連の資金は議会を通しておらず、公王《こうおう》家の財産から出ています」

「私財って」

テセオンの呆《あき》れた声が出る。アブソリエルが大国で公王家に莫大な資産があっても、二百年、そしてここ二十年の年間数千億イェンは膨大な出費にすぎる。

「つまり歴代公王は、もっとも信頼する親衛隊《しんえいたい》でも、一部を歴史資料編纂室として裏で動かしている。莫大な資金を投入する、最重要課題としているということになるな」

俺の言葉にソダンがうなずく。俺としても感心するしかない。

「秘匿部署の命令系統と人数と資金の出所」俺はシビエッリとソダンを見た。「これだけでも調査するには、膨大な時間と手間がかかるはずだ。俺たちがエリダナで指摘してからでは間に合わない」

「我々《われわれ》も後アブソリエル公王室が国際咒式《じゆしき》法に違反しているのではないかと調査していましてね。二百年前からとは言いませんが、ここ二十年で調査しているのです」

シビエッリと、横に立つソダンの目には、自信の光があった。

アブソリエル支部が調査を重ねていたところへ、ベモリクス上級法務官から俺たちとの協力依頼が来た。そこで本腰を入れての調査を開始し、情報を集めたのだろう。イーゴン異録と法院の調査が重なったことで、歴史資料編纂室の全貌《ぜんぼう》ではないが一部が見えた。

「はっきりとなにかが見えないかぎり、国家が有能な人員と莫大な予算を投じることなどない。しかも二百年をかけてな」

ギギナに指摘されるほど腹が立つこともないが、仕方ない。

「しかしどこに〈踊る夜〉が関与してくるのでしょう」

ドルトンが問うてきた。

「事態の推移からすると、どこかで〈踊る夜〉が参加しているのは確実だが、時期と箇所は分からない」俺としても、推論に推論を重ねていくしかない。「もしかしたら、最初の発掘を〈踊る夜〉が誘導したのかもしれない。つまり所有者は〈踊る夜〉の誰《だれ》かで公王に貸与している可能性もある」

俺の予測に、それぞれが考えこんでいく。発掘が二百年前だとすると、年齢からすればワーリャスフや是空《ぜくう》が現在の所有者であるのかもしれない。

「どちらにしろ、先ほどの後《ご》アブソリエル公国《こうこく》による侵略戦争は、おそらく〈宙界《ちゅうかい》の瞳《ひとみ》〉のなにがしかの力が原因だ。戦争に勝てると確信したから動いた」

俺の長い話が示すことを、所員たちも理解しはじめた。〈宙界の瞳〉は単純な咒力増幅装置の用途もあるため、咒式時代の初期に発掘されたとしても異常さが分かる。国家が見つけたら、秘匿技術としたいはずだ。

「〈宙界《ちゅうかい》の瞳《ひとみ》〉の所有者が誰《だれ》かは不明だが、なんらかの力を引きだして戦場に投入した。常識外れの侵略の原動力を奪うなら、後《ご》アブソリエル公国《こうこく》を敵に回すことになる」

俺の指摘で、食堂が静まりかえる。デリューヒンは唇《くちびる》を噛《か》みしめている。弟のリューヒンもなにも言えない。テセオンは肉叉《フォーク》を握ったまま固まっている。剛毅《ごうき》なニャルンですら、鬚《ひげ》を撫《な》でる手を止めている。新所員たちは驚きのあまり、石化した彫像のようになっていた。法院の武装査問官たちも言葉を失っている。

当たり前だが、国家への敵対など攻性呪式士《こうせいじゅしきし》のほとんどが考慮すらしたこともない。モルディーンを相手に俺がなんとか強がり、ギギナが不敵に拒絶したこととは意味が違う。

国家は行政、立法、司法を司《つかさど》り、億単位の人民を抱え、警察や軍隊を持つのだ。

その国家から奪取を目指す〈宙界の瞳〉は、歴史と関係人員と予算からして、後アブソリエル公国という国家の最高秘匿技術。奪取したなら、警察や軍隊も敵となる。さらに後アブソリエル公国に愛国心を抱く攻性呪式士たちも追ってくる。刑務所行きで済むことすら望めず、即時死刑の可能性が高い。

後公国が〈宙界の瞳〉を所有する傍証もある。かつて魔女ニドヴォルクがルゲニアの〈宙界の瞳〉の奪取に動いた。だが、後公国の〈宙界の瞳〉には向かわなかった。

つまり、後公国の誰かが所有するため、魔女であっても奪取は不可能だと見ていた可能性が高い。

食堂に沈黙が満ちる。あまりに強大な敵だと再確認できると、どうしたらいいのか分からないのだ。

「やりましょう！」

椅子《いす》から立ちあがりながらのデッピオの声は大きかった。それでいい。

「国家、しかも後アブソリエル公国が相手なら、敵に不足なしでしょう！」

デッピオが右腕を掲げ、上腕の力瘤《ちからこぶ》を左手で叩《たた》いてみせた。彼も分かっていてやってくれたが、アブソリエル人のデッピオが大声で言いださないと、どうにもならない場面なのだ。

「祖国がおかしくなっている原因がもし〈宙界の瞳〉なら、やるしかありません！」

「俺も賛成する」

アルカーバが同意して、挙手してみせた。同じアブソリエル人である自分が同意を示すことが必要だと、アルカーバも即座に判断してくれたのだ。祖国への苦い思い出があるが、あえてやってくれた。

自らの祖国に叛《そむ》いても、やらねばならないことだと二人が示した。場は一気に作戦続行へと傾く。デリューヒンが反対意見を出す前に、俺は口を開く。

「国家と敵対するとは決まっていない」

俺は小さな希望を押しだす。

「〈宙界の瞳《ちゆうかいひとみ》〉を奪取することでアブソリエルの進軍が停止するなら、生き残れる可能性がある。各国がアブソリエルを押し返してきたなら、俺たちに構う余裕など消し飛ぶ」

「ひとつひとつが高難易度で、重なると超難易度の戦いだな」

ギギナが笑って言った。言った本人である俺も、無謀《むぼう》な計画であることには同意する。アブソリエルの国内、しかも首都で〈踊る夜〉も関わる〈宙界の瞳〉を奪取。後公国《ごこうこく》軍を各国が押し返すまでの間に、安全圏まで脱出しなければならない。どの段階でも死の危険が高い。

「退路はない」

俺は場を主導する。

「ここで引けば、後公国と〈踊る夜〉のなんらかの計画が進行する。阻止のための計画は、他の誰《だれ》かがやっているかもしれない。だが、他の誰かとは誰だ?」

食堂にいる所員たちと武装査問官たちを見回し、俺は問うておく。

「誰かはいないかもしれない。では、家族や友や知人、そして見知らぬ人たちのためにできることをやらないなら、我々《われわれ》はなんのために攻性咒式士《こうせいじゆしきし》となったのだ」

「そして安全な戦いではなく、未曾有《みぞう》の危機であるからこそ、地位と名誉、財貨を得る栄達《えいたつ》の最高の機会だよね」

デリューヒンが現実的な利益を示した。それぞれの動機で攻性咒式士たちがうなずき、納得していく。場の決意は再びまとまってきた。勢いの決意ではなく、静かなる確認であることに俺も満足する。

「臆病者《おくびょう》は赤毛眼鏡《めがね》だけで充分ということだな。どこから手をつける？」

ギギナが言って会議がようやく再開する。俺は考えていたことを提案する。

「まずやるべきことは〈宙界の瞳〉の所有者と、現在位置の特定だ」

そして俺は、顔を右へ向ける。シビエッリ法務官とソダン中級査問官を見る。

「公王《こうおう》と〈踊る夜〉のどちらが所有者にしても、公王は指輪を首都から動かすことは許さないし〈踊る夜〉を信用しない。絶対に首都か近郊に研究所と指輪がある」

シビエッリが答えた。

「では法院には歴史資料編纂《へんさん》室でも、研究所の調査を頼みたい。そこに〈宙界の瞳〉がある可能性が高い」

「了解した」

シビエッリがうなずく。俺たちの進路も決まっている。

「俺たちは〈踊る夜〉の動向、そしてアブソリエル歴史資料編纂室でも、初代室長ファルウェア博士、そして調査隊初代隊長であるミキシスの足跡をたどる」

テセオンが船島で言ったように、指揮官はただ命令すべきなのだ。俺は息を吸って吐く。ならば責務を果たそう。

「では、始めるぞ！」

いつもより乱暴な言葉を俺が発する。即座に食堂の所員に法院関係者からの「応！」という号令が返る。体育会系は嫌いだが、勢いは大事だ。勢いがなければ始められないほどの難事なのだ。

法院のシビエッリとソダンは、食堂を歩みだす。武装査問官たちも立ちあがって、整然と指揮官たちに続く。

朝食の皿が厨房へと投げこまれ、それぞれが廊下へと走りだす。先頭はもう階段に足をかけていた。四階へと装備と準備に向かう競争となっていた。

俺とドルトンも歩みだし、食器を厨房に戻す。横にはギギナとテセオン、そしてソダンが並ぶ。ついでにニャルンもいた。一団で食堂を出て廊下を進む。俺たちはどう隊を分けていくかを話しあいながら歩んでいく。

ギギナはすでに退屈そうである。推測はまだしも、調査に興味がないのだ。

左の窓からは声が聞こえてくる。

見ると、敷地にリコリオとピリカヤが歩いていた。もう一人、背広の女性がいた。見知らぬ顔からすると、法院の女性職員だろう。

三人の間には少女が歩む。昨日、アブソリエル国境警備隊という名の略奪者に襲われた、ゴーズ共和国の少女だ。

少女の襟《えり》をリコリオが整えてやり、ピリカヤが両手を動かしてなにかを話している。耳を澄ますと、服や朝食がどうなのかとかを話しているらしい。ピリカヤの発言にリコリオが怒り、騒々しい一行となっていた。

少女の顔は暗い。目が俺に気づく。リコリオとピリカヤも気づいた。

敷地でピリカヤが走りだす。一瞬後、廊下にある扉が開かれ、ピリカヤが出現。目は獲物を見つけた野獣の眼差《まなざ》し。

「ガユス先輩、朝の挨拶《あいさつ》ですっ！」

宣言とともに、ピリカヤが俺へと突進を開始する。まるで廊下を進む弾丸だ。ピリカヤが低空体当たりで来たので、俺は右手で相手の頭を押さえようとする。小さな体が右手をかいくぐり、左手の追撃も回避し、床から跳ねる。

俺は体を引くが、間にあわない。ピリカヤは俺の右肩を踏んで、俺の後方上空で回転。背後から両手で俺の首に抱きつきにくる。俺は瞬間的に屈《かが》む。ピリカヤの両手が空振り、姿勢制御して背後から前転して俺の上を越えていく。ピリカヤは手足をついて着地。廊下の先で反転し、俺へと振り向く。

「もうガユス先輩は、なぜに後輩のかわゆーい挨拶を拒否する」

「抱擁《ほうよう》を挨拶とする文化圏に育っていないのでね」

俺は言っておく。ギギナは興味なさそうにし、ドルトンは苦笑。ソダンは驚いている。事務所のいつもの行事なのだと説明しておく。

「ガユスはもう少し気をつけろ」

ギギナの言葉に、俺はうなずいておく。ピリカヤの体術は、回避の達人を自負する俺をたまに捉える。簡単に背後を取られるなど、実戦では絶対の危機だ。一流の体術を持つピリカヤに対応できなければ、アザルリやシザリオスといった超々一流には瞬殺される。気をつけていこう。

「で、あの少女はどうなっている？」

俺は扉から外を見る。敷地にはリコリオと職員と少女がいた。リコリオがなにごとかを説明している様子だった。

「うーん、ちょっと難しいです」

ピリカヤが立ちあがり、俺の横に並ぶ。二人の視線に気づいて、少女の顔には怯《おび》え。一歩退《ひ》いて、リコリオと女性職員の背後に隠れる。リコリオは大丈夫だよ、救ってくれた人たちだよ、と言っているが、少女はまだ怯えの表情を変えない。

「法院が探しているけど、少女の親族は見つからないようです」

ピリカヤの声にも心配の色が滲《にじ》む。

「ゴーズ共和国の施設に預けようにも、後《ご》アブソリエル公国《こうこく》と開戦間近の状況です。保護施設がどうこうという前に、政府が受け入れに難色を示しているそうです」

「俺が予想したなかでも、悪いほうの事態となっているな」

ゴーズとしても自国の国民を救助したいはずだ。だが、国境侵犯した採掘者と子供の保護を、アブソリエルが開戦理由にする可能性があると考えている。同時に子供を間諜《かんちょう》とした、アブソリエルの諜報活動ではないかという疑いもあるのだろう。時期と場所が悪すぎた。

ピリカヤが息を吐いた。

「で、あの子はしばらく法院で預かることになるようです。もちろん法院の職員の他、あたしとリコリオでできるだけのことはしますけど」

「助かる」俺は礼を言っておく。「ピリカヤは優しい子だな」

ピリカヤが驚いて俺を見たが、礼を言うべきときだ。こういうとき男性だけの事務所では対応できない。女性所員がいて、少女の怯えを引きださないことは本当に助かる。

「ガユス先輩は、感謝の気持ちを体で」

ピリカヤが両手を伸ばしてくるが、俺は右手で額《ひたい》を押さえて停止させる。今回は上手《うま》くいった。ピリカヤは不満顔から反転、目を閉じる。

「これはガユス先輩に額を撫《な》でてもらっている、これはガユス先輩に額を撫でてもらっている！　もらっているっていったらもらっている！」

「いや、暗示をかけても事実は違うからな」俺はあえて言っておく。「というかおまえの妄想力、凄《すご》いな」

「えへへ」

俺の右手の下で、ピリカヤが照れ笑いをしてみせた。俺にできる処置なし。

「これからアブソリエルに出る。リコリオとピリカヤも必要となるから準備をしろ」

俺が真面目《まじめ》な顔で言うと、ピリカヤもおふざけ顔から臨戦態勢の表情となった。

「分っかりました」

ピリカヤが頭と体を引いて、俺も手を下ろす。敷地でも動きがあった。リコリオが少女に言いふくめる様子が見えた。女性職員がうなずき、リコリオはその場を去る。敷地を進み、扉を抜けて俺たちの元へと来た。

リコリオからの言葉はない。俺も言わない。

ギギナが歩みだし、俺と攻性咒式士《こうせいじゅしきし》たちは廊下を進む。階段を登っていく。途中で俺は振り返る。窓の先で、職員に連れられて少女が歩んでいる。

戦争はすでに、というか最初から、華麗な戦術や勇者が武技を競う場ではない。弱者が踏みにじられる悲惨な場でしかないのだ。

俺は前へ向きなおり、階段を上っていく。少女の保護と今後は、法院と国際情勢次第だ。息を吐いて感情を切り替える。

もうジオルグやクエロに頼る時代は遠い。俺が全員に頼られる時代となっている。傍《かたわ》らにはギギナが歩む。二人でなら進める。

玉座の公王《こうおう》はワーリャスフを見下ろす。

ワーリャスフは数々の歴史的事件の背後で暗躍した、超々級の咒式士。〈世界の敵の三十人〉に指定され世界中から追われ、なお〈踊る夜〉を主導し、世界の表舞台へと姿を現した。

ワーリャスフの正体を知るものは地上でも少ないが、神楽歴の前から生きて、救いの御子《みこ》の十二、または十三使徒の一人マルブディアだという。

しかし、聖典に記されたマルブディアの言動からはあまりに違いすぎている。御子の死と復活以降の二千年で狂気に蝕《むしば》まれているという見解に、公王も同意していた。

ワーリャスフの灰色の目が、段上のイチェードを見上げる。公王の青い目が老人を見下ろす。両者は仇敵《きゅうてき》であるかのように、斜めで交錯する目線を外さない。

「先の〈踊る夜〉の一角、ゴゴールは帝国法の復活のために尽力してくれた」内心の疑念を隠して、公王は問うた。「だからこそ今回のそちら〈踊る夜〉の計画に乗った。だが、汝《なんじ》らの、そしてワーリャスフ本人の望みはどこにある」

公王の問いは広間の老人に向けられ、抜けていった。ワーリャスフは微笑《ほほえ》む。

「もちろん後《ご》アブソリエル公国《こうこく》による帝国復興」

老人が言葉を区切った。玉座の公王の青い目には、不機嫌の雷が掠《かす》める。

「と言っても、信じてはもらえないでしょうな」

ワーリャスフも素直に戯《たわむ》れを引いてみせた。

「〈踊る夜〉の面々にも目的があり、儂《わし》にもあります」

中世の舞台俳優のように、老人は芝居がかった言葉を連ねる。

「ですが、後《ご》アブソリエル公国《こうこく》にとって都合が良いものであるうちは、儂や儂らがなにもので、どのような目的であってもよろしいのではないでしょうか」

「竜や〈禍つ式《アルコーン》〉や〈古き巨人《エノルム》〉たちなら、その言葉でも良かろう」

イチェードの詰問《きつもん》が重ねられる。

「だが、人間である余は満足できぬ。裏切りの可能性を看過していては、あとあとの禍根《かこん》となる」

〈異貌《いぼう》のものども〉は眼前の危機が大きすぎて、ワーリャスフが差しだした猛毒を含む盟約を受けた。だが、公王《こうおう》イチェードは危うさと不確実性を許さなかった。

「できぬと言ったなら、この手を振りはらいますかな？」

ワーリャスフが右手を前へと掲げる。老人は二千年を生きる怪物だった。一度握った手を離せば、現在の後《ご》アブソリエル帝国《ていこく》の快進撃が消えるのだ。脅しの言葉に近いが、公王は微笑《ほほえ》む。

「夢が叶《かな》うまでは手を握ろう。だが、裏切りは許さぬ」

「重々承知しております」

ワーリャスフが右手を引き、白髪頭を下げてみせる。双方が双方をまったく信じないが、同盟未満の奇妙な協調関係は続くこととなった。

　ワーリャスフが頭を上げたまま、背後へと下がっていく。斜め後方への歩みが広間の柱に到達。柱の手前で老人が手を振る。中世風衣装の袖《そで》が翻《ひるがえ》り、渦巻き模様が閃《ひらめ》き、そして消えた。老兕式士《じゅしきし》の姿も消えていた。手品のような退出だった。

　公王の間にはまたも静けさが訪れる。

　ただ一人、公王イチェードは広間の玉座に座っていた。天井からの絞《しぼ》られた照明が、公王と玉座、段と先の青絨緞を照らしていた。あと数分もすれば、別の閣僚たちが戦争について聞きにくる。今は長い長い激務の間にだけ存在する、貴重な一人の時間だ。

　イチェードは頬杖《ほおづえ》をつき、青い目は広間を見つめている。大陸中の人間が公王の頭にある考えを知りたがっている。だが、誰《だれ》にもイチェードの内心は覗《のぞ》けない。

　広間の青絨緞の上に、小さな影があった。天鵞絨《ビロード》のような目の覚める青い羽毛。長い尾羽。長い首の先の頭部には、黒い目に鋭い嘴《くちばし》。頭頂部には王冠のように並ぶ鶏冠《とさか》があった。

　公王がいつからか飼いはじめた孔雀《くじゃく》が広間にいた。傍《かたわ》らには甲羅を背負った亀がいた。二つの首が掲げられる。不吉な二つの姿だが、公王が飼うとしたなら誰も咎《とが》められない。

　孔雀の長い首が掲げられ、嘴を開く。赤子のような鳴き声が放たれる。

　催促したかのような鳴き声に、玉座の公王がうなずく。

「分かっている」

公王《こうおう》の青い目は氷河の冷たさとなっていた。

「次の一手となる」

宿舎の廊下を歩く。外食から先に帰った面々がそれぞれの部屋に戻っていく。まだ食べているものも多いが、そちらはギギナとデリューヒンに任せる。

俺は自室に行く前に、ひとつの部屋の前で立ち止まる。扉を叩《たた》く。

「いいか」

「え、あ、はい、ガユスさん!?」部屋のなかから返事が来た。「いや、ちょっと待ってください、今片付けますのでっ！」

部屋のなかで物音が響く。一分くらい待つと、内部から扉が開く。リコリオが出てきた。

「はい、なんでしょうか」

少女が俺を見上げる。こんな時間に何のようか疑問なのだろう。

「実は」

「ほぎゃああああ、ガユス先輩がリコリオへの夜這《ば》い、やだぁああああっ！」

叫びとともに、ピリカヤが左から突撃してくる。こうなるから先に食事から抜けたのだけど、通用しなかった。

「せめてあたしも混ぜてえええっ！」

ピリカヤが低空体当たりをしてくるので、上へと飛んで回避。着地と同時に反転してくるピリカヤの再突撃は空中に浮いた。

「指揮官からの大事な話だろうから、邪魔《じゃま》すんな」

テセオンが背後からピリカヤを持ち上げていた。ピリカヤが大暴れするが、テセオンは長身であるため、地に足がつかない。廊下の先からはドルトン青年もやってきていた。ピリカヤが本気で暴れると、精神操作咒式《じゅしき》もあって止めるには二人がかりになる。

「どうあっても、やらしーことは起こらない」

俺は言っておく。

「不能なの？　え、でもお子さんが二人できているし？」

テセオンに吊《つ》り下げられたピリカヤが首を傾《かし》げる。俺は笑ってみせたいが、少し無理だった。

「事情があって、十代の女の子はちょっと怖いんだ」

言っただけで、俺の胸に棘《とげ》が刺さる。ピリカヤの顔には、瞬時に気づき。

「ごめんなさい」

テセオンに吊られたピリカヤが手足を垂らし、うなだれる。おそらくアナピヤのことだと思ったのだろうが、俺は誤解を訂正しない。ぐんにゃりしたピリカヤが口を開く。

「やらしーことしないなら、二人っきりにさせても我慢する」

「よーし良い子だ。では俺とドルトンの昔話を聞かせてやろう」

テセオンがピリカヤを肩に担いで、朗らかに言った。

「うげー、興味ねー。不良と真面目《まじめ》の昔話なんて、死ぬほど退屈だから興味ねー」

担がれたピリカヤはうんざりした顔となっていた。ピリカヤが手を振って別れを惜しんでいるが、どうせ明日も会うので無視。テセオンは「昔々ある所に～」と言いだしていた。

前へ向き直ると、戸口にピリカヤを見送るリコリオの呆《あき》れた顔があった。怖。

「少し話がある。室内でいいか？」

「はい」

リコリオが室内へと下がっていく。俺は扉を後ろ手に閉めて、室内へと進む。

窓辺に机と椅子《いす》。中央には低い机と椅子。右に寝台《ベッド》、と俺の部屋と似たような作りだ。机の上には狙撃魔杖槍《まじょうそう》と整備用品があったが、大慌てで片付けられた様子が見えた。寝台《ベッド》の上には旅行鞄《かばん》があり、間からは衣装の端《はし》が出ている。少女のために目を向けず、気にしないようにしておく。

「えっと、改まってなんでしょうか」

リコリオは手近にあった椅子を手で勧める。俺が座ると、少女咒式士《じゅしきし》は窓辺の机に備え付けの椅子に座る。改まった話でリコリオは緊張している。両膝《ひざ》の上にある両手で、指が動いて内心の動揺を示す。

俺としても言いにくいことだが、言っておかないとならない。なにより危険だ。

「リコリオ、おまえは人を殺せないな」

俺の指摘でリコリオの手の動きが止まる。目を俺から逸《そ》らし、自分の膝を見ている。

「前のことで分かった。あれほどの怒りがありながら、おまえは相手を即死させない射撃をした」

「でも、僕は普通に狩猟で動物を撃っていました。なにより前にハイパルキュの頭部を狙撃しましたよ」

リコリオが消え入りそうな声で言ってきた。

「動物は撃てる。〈踊る夜〉のハイパルキュは、無限複製できる一種の情報生命体で、人ではない。それが分かっていたから撃てただけだろう?」

俺の指摘でリコリオが顔を上げて口を開く。反論しようとして止めた。

「すみません。そうです」悲しそうな顔となっていた。「僕は人を殺すと決めて撃てません」

俺は軽く息を吐く。リコリオが前に上半身を乗りだす。目には恐怖があった。

「あの、人を殺せないから解雇という話でしょうか」

「ああ、違う違う」

俺は右手を軽く振ってみせた。

「最初から人を殺せる攻性《こうせい》咒式士だとは思っていない」俺は少し真面目な顔にしておく。「人を殺せとも命じない。殺したあとに咒式士《じゅしきし》とはそういうものだと言うつもりもない。おまえが撃てないことで仲間が死ぬ、とも言わない」

俺はなるべく静かに語る。

「ただ、人を殺せない狙撃手だとして運用する。動物や〈異貌《いぼう》のものども〉が撃てるなら問題はないし、人相手には足止めや負傷者を増やすという役目がある」

俺の説明で、リコリオは少し安堵《あんど》したようだった。そして再び不安が目に浮かぶ。

「でもそれだと、僕は決戦の地には呼ばれないのでは？」

「言ったように、足止めと負傷も立派な攻撃だ。そうであるならそういう風に使うので、前もって言っておこうと思ってな」

強制していないようで強制していることにならないよう、俺は慎重に言葉を選ぶ。

「分かり、ました」

リコリオは考えこむ。

「それだけだ。ではおやすみ」

俺は椅子《いす》から立って、部屋を出ていく。扉を閉めるときにリコリオが見えた。少女はまだ考えていた。俺は扉を閉めて、廊下を歩く。

俺が最初に人を殺した時期を思い出す。遠い過去のように思える。最初は分からず、あとから恐怖した。リコリオがどの道を選ぶかは分からない。俺とは違った道を進んでほしいが、それもまた強制となってしまう。

そして俺が最初に死なせてしまった人間を思い出す。いや、思い出してはならない。

過去を振りきるように、俺は廊下を歩む。


上下左右のすべてが赤、橙《だいだい》、黄、緑、青、藍《あい》、紫と七色に見える。

色に境目はないため、人間が便宜的に分けた波長である。光り輝く虹《にじ》ではなく、七色の闇《やみ》とでもいった奇妙な世界だった。

空間には重力もないらしく、岩石や瓦礫《がれき》が浮遊している。

各所で灼熱の大気と極寒の風が吹き荒れ、激突。対流していく。酸素や二酸化炭素、窒素といった物質が多少あるが、通常生物の呼吸には適さない。通常なら一瞬、運がよくても窒息によって数分で死ぬ世界だった。

空間では量子干渉の青い火花が散る。紺色の装甲《そうこう》の異邦の戦士の姿が浮遊していた。左右の腰、背中から肩口にと二振りずつ、八つの鞘《さや》が装備されていた。左腰の空の鞘を除く七つの魔《ま》杖刀《じょうとう》から、咒印組成式が展開していた。人体に有害な周囲の影響を、多重咒式で遮断。酸素や水を生みだして耐えていた。

獅嚙《しがみ》の兜《かぶと》の眉庇《まびさし》の下には、老爺《ろうや》の面頰《めんぼお》。すでに再生しおわった右手が顎《あご》に添えられる。

籠手《こて》も自動修復していた。面頰《めんぼお》から見える口元には小枝が揺れる。

「最高の小枝がなければ死んでいたな」

異邦の戦士はまったく無根拠なことを独白し、小枝を強く嚙《か》む。男は火花の間でただ浮遊し、緩やかに流れていくだけだった。

「しかし、入ったはいいが、出口が分からない。それがしと愛刀たちであっても、いつまでも耐えられるものではない」

男の言葉とともに、周囲の火花が増す。一瞬でも気を緩めて咒式《じゆしき》が止まれば、ほぼ即死の世界ゆえに、常時の咒式多重展開を続けるしかない。目は左腰の空の鞘《さや》へと向かう。

「せめて冥法村正《めいほうむらまさ》を落とさなければ良かったのだが」

男は独白した。眼差《まなざ》しは、全方位の青い火花の先を見据えていた。黒い瞳《ひとみ》がなにかを見つける。

虹《にじ》色の闇《やみ》の奥に、巨大ななにかがあった。

視界一面に、黒い鱗《うろこ》が連なっていく。黒の波濤《はとう》はどこまでも水平に続き、果てが見えない。かなり遠くにあるはずだが、全容が見えないほどの巨大質量。

黒い鱗の表面を鎖《くさり》が縦横に覆《おお》っていた。巨船をつなぐ鎖よりも巨大な鎖が連なり、巨大質量を縛っていた。

巨体がわずかに動く。空間の大気が振動する。鎖が鱗と擦《こす》れて耳障《みみざわ》りな音を周囲に響かせ、青い火花を散らす。常識外れの拘束咒式が巨体を捉えていた。火花が不愉快らしく、巨体が動きを止める。

異邦の武者は姿勢を制御して、巨大質量から離れていく。浮遊しながらも、顎《あご》に左手を当てて考える。

「あれはどうしようもない」

流れていく独白とともに、口元の小枝が揺れる。

「ヨーカーンがなんとかしろと言いたいが、いまいち信頼できぬ」

サナダ・オキツグは目を閉じて、腕を組んだ。

侍《さむらい》は青い火花を散らしながら、ただただ虹色の世界を浮遊していく。

五章　この星の終わりを告げるもの

この星の最初から人がいたわけではない。この星の終わりに人が立てているのだろうか。

これが賭博《とばく》なら、私は別の種族が立っているほうに賭《か》ける。

ラバーン卿《きょう》「テレッセント言行録」神楽暦《かぐられき》一八八九年

室内には驚愕《きょうがく》が渦巻いていた。ベイアドトは動揺し、口を開く。

「殿下、アブソリエル帝国の復活が無意味とは、それは」

「事実だ」

右手を掲げて、イチェードは親友の言葉を制止した。かつての武断的な男は温和さと賢明さを備えはじめていた。

「他と同じく、国家にも寿命がある。いろいろな原因はあるが、アブソリエル帝国は滅ぶべくして滅びた」手を下ろして、イチェードは淡々と語る。「そして他の人々がそうであるように、私自身も生まれていない時代の遺恨《いこん》を鮮明に感じることはできない」

言われてベイアドトは考える。本人としても、親衛隊《しんえいたい》として愛国教育を受けてきて国家間の遺恨について思うところはある。だが、自分が受けていない遺恨について真剣に思えるかというと無理がある。

まだ子供であるイェドニスも似たようなものであった。五百年前からの怨恨《えんこん》での敵国だと言われても恨みが実感できない。

二人の内心を理解しながら、イチェードが手を振る。机上の地図の時間を進める。

「誰《だれ》でも分かるように現状は良くない。五百年前、そして数十年前からの各国との遺恨が問題を起こし、破裂寸前となっている」

青地のアブソリエル公国が削られ、雑多な国が現れる。

「元はアブソリエル帝国や後公国《ごこうこく》だった国家が争っている。私自身も外交の場などで隠された敵意をよく知る」

地図上の元アブソリエル帝国圏であった西部諸国に、問題の矢印が表示される。ナーデン王国は、建国時からアブソリエルの後継者であると自称している。公王《こうおう》国から独立したネデンシア人民共和国は、総統によって圧政国家となっていた。同じくイベベリア公国はガラテウ城《じょう》塞《さい》による万全の守りによって、失敗国家となった。ゴーズとゼインの両連邦共和国は国境問題で紛争を起こしている。マルドル共和国はアブソリエル公国にいる、マルドル系住民の独立を画策している。

「だから一度、元のアブソリエルに戻そう、統一しようというのが、代々提唱されてきた大アブソリエル圏という構想だ」

淡々とイチェードが語る。地図の上空に青い枠が生まれて西方を包んでいく。

イェドニスは壮大な考えに圧力すら感じた。西方六カ国が再統一されるなら、無意味な紛争のほとんどは消える。ベイアドトも深くうなずく。

だが、少年の顔に懸念が浮かぶ。傍《かたわ》らの兄を見上げる。

「多民族と文化を統合していた帝国と、そこから分かれてできた国家の諸問題を元に戻して解決しよう、という思想は是非はともかく理解はできます。ですが承服する現代人はどれくらいいるのでしょうか」

「良い問いだ」

イェドニスの疑問に、イチェードがうなずく。

「大アブソリエル圏には理由がない」

イチェードが答えた。ベイアドトが再び息を呑《の》む。王太子の言葉はベイアドトや後アブソリエル公国民にとって、看過できない言葉なのだ。

「独立から数百年、数十年も経過すれば、別の国となっている」イチェードが地図の各国を見ていく。「大アブソリエル圏の構想はあってもよいが、国家として再統一する必然性はあまりない」

イチェードは淡々と述べる。

「それぞれの国家のまま、経済や政治で連帯すればよい。外に向かっては団結して対抗し、枠内の各国は緩い連帯を持つ、という大アブソリエル圏での連帯体制で良い」

イチェードが手を振る。地図にある西方各国はアブソリエルの青に染まらず、大きな枠に囲まれるだけとなった。

兄の構想を聞くイェドニスの顔にも晴れやかなものがあった。戦争をしなくても良い未来を、イチェードが考えていたのだ。

ベイアドトは衝撃を受けていた。他の誰《だれ》でもなく後《ご》アブソリエル公国《こうこく》の後継者が、大アブソリエル圏、大統一に対して懐疑的な考えを抱いている事実が見えてしまった。

「ちょっと待ってください」

思わずベイアドトが手を掲げ、机の上の地図を止める。

「王太子、それは前とは考えが違いすぎます」ベイアドトが必死の声を出した。「もしそれが成立するなら、死んでいった戦友たちになんと言えば」

「私なりに考えた結果だ」

イチェードはやはり来たかという表情で、言葉を選んでいく。

「戦友たちの死に意味はない。ただし、生き残った我《われ》らに死を減らすべきだという考えを与えてくれた」

　イチェードは苦痛を堪《こら》えるように言った。指先を回して地図にある国々の情報を拡大表示させる。

「ゴーズとゼインとマルドルは行儀が悪いが、いわばそれゆえに普通の国だ。ゴーズとゼインは国境問題、マルドルは民族問題でちょっかいをかけてきているが、どこも後公国と正面から戦う力はない」

　イチェードが二国を分析してみせた。

「ナーデンは我こそがアブソリエル帝国の後継国家だと自認している。しかし、ナーデン以外の全世界が後アブソリエル公国こそ帝国の後継者だと分かっている。相手が主張するなら、こちらも主張して、それで終わる」

　地図上のナーデンが何回か震えて国境侵犯や小競り合いを起こすが、それだけだった。勝利しきれない大戦争を起こしてまで、後継者を主張する気はないのだ。

「元アブソリエル系国家が連帯して、後公国に大戦争を仕掛けてくる可能性もない。ナーデンとマルドル、ゼインとゴーズまでは連帯できるが、ネデンシアとイベベリアは他の三国と連帯できる要素がない」

　後公国から出たネデンシアとイベベリアは、地図上で他国との交流のなさを示した。イチェードは冷静に国際状況を分析しおえた。

「過去の帝国や民族の再統一を目指すのもいいだろうが、あくまで理念上での話だ。現代で戦争を起こしてまでやる必要はない」

イチェードが結論づけた。机の先に立つベイアドトは、掲げた右手の五指で拳《こぶし》を握る。

「ですが、同じアブソリエルの民がネデンシアの独裁やイベベリアの失政で苦しみ、殺されているのに見捨てろというのですか？」

ベイアドトは前のめりになって問うた。机の反対側に立つイチェードは変わらない。

「よく言われる問いだ。だが、大アブソリエル圏の理想が先にあって、アブソリエルを統一したいから、住民を心配している、という順番ではないか」

イチェードが指摘していく。

「ネデンシアとイベベリアの人民を救うために軍を派遣し、アブソリエルの兵士を死なせてもよいと本気で思うなら、軍人を辞めるべきだ」

イチェードの冷徹な指摘が放たれた。ベイアドトは前のめりになったまま、硬直していた。

右手が机の上に落ち、立体光学映像の地図を揺らし、止まる。

「では、殿下は大アブソリエル圏構想を諦《あきら》めるというのですか」

ベイアドトは地図へと言葉を吐く。

「諦める訳ではない」

イチェードは静かに語った。

「かつてのアブソリエル系国家群が各国のままで、経済的に軍事的に緩く連帯する。いわば大アブソリエル連帯圏のほうが現実的だ」イチェードは諭すように語った。「参加国から投票によって全体議長を置き、意思を代表させる。そういった仕組みなら合意のみで進められ、誰《だれ》も死なずにすむ」

机の上の地図に両手をつき、うつむいたベイアドトは動かない。イェドニスは兄とその親友を交互に見る。両者の間にある亀裂《きれつ》が子供には恐ろしかったのだ。

「分かってくれベイアドト。この新しい構想にはおまえの力が必要なのだ」

イチェードは友へと語りかけた。

長い沈黙があった。

「分かり、ました」

ベイアドトがようやく返答した。

「殿下のために、私も方針を転換、しようとは努力いたします」

ベイアドトが顔を上げた。イチェードの友は微笑《ほほえ》んでみせた。内心がどうあろうと、王太子の前で出す訳にはいかない。それが親衛隊《しんえいたい》の態度だ。だが、親友としてはどうなのだろうか。

ベイアドトを心配するイチェードは優しい目となった。

「そうだ、最初に良いことがあると言っただろう」イチェードが吉報を忘れないようにと付け加えた。「実はペヴァルアに子供ができてな」

イチェードが言った。

「良い未来を子供に託したいと考えると、戦争路線は良くない。禍根《かこん》を残す訳にはいかない」

イチェードが言うと、隣のイェドニスが驚きの顔となる。ベイアドトも困惑から驚きの表情となった。

一瞬後、二人は喜びを爆発させた。

「おめでとうございます、兄上っ！」

イェドニスは拳《こぶし》を握って上下させ、顔を上気させる。

「なんと、ご懐妊とは気づかず。祝福いたします！」

二人の喜びの顔に、イチェードも微笑《ほほえ》む。政治的な問題があり、それぞれの思想と信条が違おうと、個人としての喜びは共有できるのだ。

イチェードも、今はベイアドトも納得できないと分かっている。イェドニスもどれだけ賢明であっても、幼さゆえに事態をよく分かっていない。だが時間をかけて話しあっていけば、いつか良い道が開けるのだと信じていた。


車窓の外には、アーデルニアの光景が流れていく。

並ぶビルは美しく、建造物もアブソリエル形式を入れて洒落《しゃれ》ている。人々の表情も明るく、全体が繁栄していた。

街角に装甲《そうこう》車と兵士がいる光景で、ようやく戦時中だと思いださせるくらいだ。俺たちが〈宙界《ちゅうかい》の瞳《ひとみ》〉を奪取しても、脱出が遅れれば全アブソリエル兵が敵となる。

車内に目を戻す。俺が腰を預ける後部座席の座面は快適だ。法院に借りた車の外側は大きめの普通車だが、内部は最新装置で固められている。

馬力は同型車より一回り上で、足回りもいじっている。車体は防弾耐咒装甲仕様で、車輪も破裂しない特別製だそうだ。戦闘時にはそのまま装甲車、または即席の盾《たて》や拠点として使える。

後続のモレディナたちが乗る車も同じものだ。

俺は車内を見まわす。ギギナにピリカヤ、そして法院の中級査問官のソダンが、それぞれに電話や端末で情報を収集していた。リコリオはまだ考えていた。

「ガユス、どうなっている」

窓から外を見るギギナが問いを投げた。俺は息を吐く。

「情報屋のヴィネルとナテッロに歴史資料編纂《へんさん》室を探らせたが、実態は不明。初代室長であるファルウェア博士も調べさせたが、これも電子上での記録がほとんどない。係累なし」

車内にいるものたちは、予想どおりといった表情を並べる。

「ファルウェアどころか、調査隊の初代隊長のミキシスにいたっては、死亡時期すら不明。両者ともに、誰《だれ》の興味も引かないように、二百年も偽装され隠蔽《いんぺい》されている」

公王室《こうおう》の隠蔽は俺たちでは突破できない。

「ミキシスの線は放棄したほうがいいだろう。あとは電子記録になっていない、当時のファルウェア博士とラディームの丘にある遺跡の記録書類から探るしかない」

俺が言うと、反対側の席に座るソダンが見える。

「当時の関係者や、周辺にいた誰かの記録などから探る線はどうなっている？」

俺が問うと、ソダンが手元の資料を広げていく。全員が空中の立体光学映像を見つめる。

「遺跡発見について、公式発表以外の情報は少ない、というか少なすぎます」

ソダンが手を振って、当時の写真を呼びだす。

「これが我々《われわれ》に入手できた、当時唯一の写真です」

映像では私服の男女が並ぶ。手には鎚《つち》を握り、背嚢《リュック》を背負っている。おそらく大学の学生たちだろう。

他には、武装した男たちが多い。暗視装置などをつけた兜《かぶと》。胸と腹だけを覆《おお》う部分甲冑《かっちゅう》や、動力を仕込んだ動甲冑。配線が剝《む》きだしとなり、巨大な宝珠《ほうじゅ》を無理矢理塡《は》めこんだ、不格好な魔杖剣《まじょうけん》を腰に提げている。黎明《れいめい》期以前の、魔法使いと呼ばれた攻性呪式士《こうせいじゅしきし》たちだった。

数十人の男たちの中央に立つのは、長身に黒背広に山高帽という老人。山羊鬚《やぎひげ》に片眼鏡《めがね》の老人がファルウェア博士らしい。

写真に〈踊る夜〉の面々がいないかと探したが、いない。政府の関与を示す役人も映っていない。撮影を避けるに決まっている。

「最近になって、当時、遺跡周辺にいた郷土史家が記録をまとめていることが分かりまして、そちらの事務所のデリューヒンさんに向かってもらっています」

ソダンの報告で、俺とギギナは目線を交わす。人狼《じんろう》事件でのホラレムという郷土史家が悲劇を呼んだ記憶があるのだ。それでも今は少しでも情報が必要だ。

「となると、本命は当時のファルウェア博士と調査団が在籍していた、アブソリエル大学院の調査だな」

俺は続けるべき言葉がない。ギギナも黙っている。

周囲のものは不思議そうな顔をしていた。すぐにリコリオやピリカヤといっためざといものは気づいて、俺へと目を向ける。

全員が、ハイパルキュ事件で協力してくれたガーヒンナ教授の死闘と遺言を思い出していた。いろいろなことに、俺が関わった死の記憶がついてまわる。

「アブソリエル大学院は、公国や公王に忠実なのか距離を置いているのかが問題だ」俺はソダンへと問うておく。「前者だと大学への調査がそのまま公王側に伝わる。歴史資料編纂《へんさん》室の調査隊が派遣され、俺たちは死ぬこととなる」

「アブソリエル大学院は国立大学ですが、代々の学長と学校全体が独立不羈《どくりつふき》の精神です」

ソダンが答えた。

「だからこそファルウェア博士は大学を出て、歴史資料編纂《へんさん》室へと移籍しないと〈宙界《ちゅうかい》の瞳《ひとみ》〉の研究ができなかったのだと思われます」

ソダンの答えに、俺は少しだけ安堵《あんど》する。大学敷地内でいきなりの戦闘はないのだ。

「では調査と、なにより〈異貌《いぼう》のものども〉と〈龍〉について専門家の意見を聞いておこう」

「ここに答えが?」

ドルトンが聞いてきた。

「専門家がいる」

俺たちを乗せた車が進んでいく。車窓からは、歩道を行く人々も見える。三弦琴《ベーシ》が入った箱を背負った青年が、白い息を吐きながら歩む。若い女たちはなにがおもしろいのか、大声で笑いあいながら進む。

学生街に特有の風景だった。

「そろそろです」

言ったダルガッツが運転環《ハンドル》を回す。車がビルの角を曲がっていく。

途端に、空が開ける。四車線の道路の先には、広大な敷地が広がっていた。煉瓦《れんが》の壁が左右に続く。多くの若い男女が出入りするのは、開け放たれた正面口だった。

門柱には「後アブソリエル大学院」という表示があった。俺なりに感慨が出てくる。

ダルガッツが車を徐行させ、門を抜ける。大学の敷地に入ると、学生たちが敷地の車道や歩道を歩く。

　窓からは、議論をしている青年たちの声も聞こえてくる。単語を拾うと、後《ご》アブソリエル公《こう》国《こく》の現在の戦争について、やはり気になるらしい。

　学生の間では、中高年の姿も目立つ。さすがに魔杖剣《まじょうけん》などの武装はしてないが、攻性咒式《こうせいじゅしき》士《し》らしき男たちだった。知覚眼鏡《クルークブリレ》をかけた中高年の男女は、どこかの企業の咒式師だろう。大学は部外者が商売や研究、学食目当てで出入りすることも多い。だが、ここアブソリエル大学院においては、学生と同じくらい咒式士や咒式師がいることが当たり前となる。

　街角で見えた兵士の姿も、大学内には一人も存在しない。国立アブソリエル大学院は現在でも公王《こうおう》の介入を許していないらしい。

　行き交う学生や部外者たちの顔に、戦争の暗さはない。圧倒的な戦局もあるだろうが、大学ではとくに無関係だと思えるのだろう。アブソリエル国民にとっての今回の戦争は、国がやっている外でのことになってしまう。

　一方で、すでに最前線の一端を見てしまった俺たちは、大学の平穏状態がいつまでも続くものとは思えない。だからこそ今だ。

　来客駐車場に入り、車が停車する。戦争について俺が考えることは後だ。

　俺たちは車の外に出て、後続車輌《しゃりょう》から降りてきたモレディナたちと合流。駐車場から出て、さんざめく学生たちの間を通って敷地を歩む。

大学の正面に戻って、俺は顔を上げていく。眼前に花崗岩《かこうがん》の階段が伸びていき、人々が上り下りをする。終点には、白い石柱と壁が繰り返される、アブソリエル帝国様式の巨大な建造物が立つ。

「これが、あの後アブソリエル大学院ですか」

見上げるリコリオが感嘆の声を発する。ピリカヤですら感慨を受けた横顔となっている。ギギナも皮肉を言わない。俺も言えない。

後アブソリエル大学院は、改名を何度かしたが、アブソリエル帝国時代から続く歴史ある名門中の名門大学だ。首都の本校の他に、各地に校舎と敷地が分散されている。

来る途中で見た大学案内の数字を見ると、大学職員数は四六二九人。世界中からの留学も盛んに受け入れていて、学生数二万一〇〇〇人。学部生数六五〇〇人。大学院生数一四〇〇〇人ほど。

現在でも、発見や影響力などを総合した世界の大学格付けで常に上位に位置する。

なによりここには現代咒式学《じゅしき》の祖である、エルキゼク・ギナーブ共同事象物理学研究室がある。攻性《こうせい》咒式士や各種産業に従事する咒式師たちの能力の源、咒式の発見の地なのだ。よほど無関心な咒式士でないかぎり、なんらかの感慨を抱くに決まっている。

俺とギギナが倒した黒竜エニンギィルドゥが咒式開発に手を貸したこと、そして〈異貌《いほう》のものども〉と対話したイーゴンの助力は胸に秘めておくべきだろうが。

俺は校舎を見回す。当時のエルキゼク・ギナーブ研究室は大学の奥、研究棟に保存されている。当然ここからは見えない。やるべきことはあるが、攻性咒式士として、かつての学徒として、咒式発祥の地は見ておきたいものである。

「我々《われわれ》は観光客ではない」

俺の思いを無視してギギナは先へ進み、階段を上る。情緒大絶滅男に続いて、俺たちも階段を上っていく。最上段の先で、正面玄関は左右からの扉が解放されていた。多くの学生たちが出入りしている。俺たちも人波に混じって入っていく。

玄関は吹き抜けの天井となっていた。壁には硝子《ガラス》棚が並んでいる。俺たちは棚を見ていく。六百年も続く大学ゆえに、自然科学に人文学に社会科学の巨大な業績がある。一際大きいのは、中央の棚であった。

二百年前のエルキゼク・ギナーブ両博士による、人類史を変えた大発見。ダグドフが提示した新しい地質学の人新世区分。シャロレイデが展開した華麗なアブソリエル文学。俺は気に食わないが、ジグムント・ヴァーレンハイトによる咒式時代の文学と思想。ヴォイド博士による〈異貌のものども〉の解析。ドラッケン族の経済学者であるゲイブルが提示した、経済成長率と資本収益率の不等式。ヴォドーラ教授による咒式心理学による、人の心の物質的捉え方。ルスガンとジェゼッペによる〈擬人《クンスツ》〉と人工知能理論。

訪問客と世間に向けて分かりやすく代表的なものが展示されているだけだが、膨大だ。棚の列が終わり、四方に廊下が伸びる場所に到達。交差点か駅さながらに学生たちが各方向へと歩いていく。廊下を歩みながら、俺は考える。左右にソダンとモレディナが出てきて並ぶ。

「それでは各自の調査へ」

俺が言うと、モレディナたちが移動。俺はさらに補助としてダルガッツも追わせる。リコリオは俺についていきたがるピリカヤを引きずっていく。文献調査にはとにかく人手が必要なので、図書館に重点を置く。

俺とギギナは廊下を直進していく。俺は携帯でアブソリエル大の講義予定表を開く。目当ての講義がある場所は直線で合っている。

廊下を進み、終点で外に出る。外は敷地の芝生。出た箇所から、屋根が伸びていく。下に続くコンクリの通路を俺とギギナが歩んでいく。通路の先には、巨大な講堂が見えた。白い柱と壁が並び、上には半球状の天蓋《てんがい》がある。球場や闘技場のようにも見える。似たようなものだろう。

後アブソリエル大には講義室がある校舎の他に、二つの大講堂がある。俺たちの目的地は、先にあるギナーブ記念講堂だ。

首都アーデルニアの一角に、壁に囲まれた施設が広がる。門扉《もんぴ》の左右には、全身甲冑《かっちゅう》で魔杖槍《まじょうそう》を掲げた衛兵が立つ。門柱には護衛隊基地と記されていた。

敷地内には警備兵たちが巡回する。運動場では、分隊長の号令を受けながら、数十人の兵士が行軍訓練をしていた。駐車場には装甲車《そうこう》が十数台も鼻先を並べ、整備兵が車体を点検していた。先にある厩舎《きゅうしゃ》で騎兵用の馬の嘶《いなな》きが響き、飼育員が餌《えさ》を運ぶ。

五百名の護衛隊は平時から備えているが、現在は戦時中のためにさらなる警戒態勢となっている。

護衛隊基地から離れて、別の場所には一千五百名の直轄兵の基地がある。直轄兵は主君のために身命を捧げる覚悟を持つ精兵が集められていた。

直轄兵から忠誠心と能力で選抜されるか、幼少時から主君とともに育ったものから選出され、ようやく五百名の護衛兵の一人になれる。主君が若いために青年が多いが、次代の主君を支えたいと選抜された中高年層も指揮官層にいる。公王親衛隊《こうおうしんえいたい》と同じ仕組みでできているのが護衛隊であり、後《ご》アブソリエル公国《こうこく》の伝統であった。

訓練や警備、整備に勤しむ護衛兵たちの目は、たまに敷地の建物の四階に向けられる。五百名全員が敬愛する主君へと関心が向かうのだ。

四階の一室には、訓練の号令と行進の足音も遠い。窓からの陽光が室内に射しこむ。軍事基地でも、ここだけは品位がある絨毯《じゅうたん》や調度品でそろえられている。本人が拒否しても地位が粗末さを許さない。

窓辺の机の前の椅子《いす》に、青年が座っていた。

青年は金髪に青い目と、典型的なアブソリエル人の姿をしていた。全身を包むのは軍服。若いながらも、肩や襟《えり》の徽章《きしょう》は一軍を率いる少将の位を示す。青年の姿は、背後の壁にある公《こう》王《おう》イチェードの若き時代の肖像画によく似ていた。威厳に満ちた絵の公王の相似形だが、本人はやや線が細く見える。

基地と護衛隊の主にして、イチェード公王の年が離れた王弟、イェドニスは悩んでいた。椅子に肘《ひじ》を預け、左手で顎《あご》を支えていた。本人も若さを気にしていて鬚《ひげ》を伸ばそうとしたが、兄に似合わないと言われて止《や》めていた。

護衛隊にはまだ気づかれていないが、王弟イェドニスはずっと考えこんでいた。窓辺の机の上には、封蠟《ふうろう》が開かれた封筒。そして古風な手紙が広げられていた。文面は端正な筆致の文字が並ぶ。送り主は直接会うには危険すぎるとし、たどられる可能性がある電子文書や映像ではなく、手紙を送ってきていた。

イェドニスの眉間《みけん》には苦悩の皺《しわ》が刻まれる。手紙の主は自分たちの作戦に参加するかどうかを問うていた。手紙を読んでからイェドニスはずっと考え悩みつづけていた。

「選択肢が他にないからゆえの願いではなく、危機に対する私の内心を当ててきた。さすがの慧眼だ」イェドニスの唇《くちびる》は苦い独白を零《こぼ》した。「だが、この作戦は成功確率が高いように見えても、不可能なのだ」

イェドニスの右手が伸ばされ、机に下ろされる。手紙を握りしめる。青い目には懊悩《おうのう》があった。

「伏せられた札は鬼札なのだ。一枚ではなく、何枚もある。最大の鬼札が裏返しにされたら、すべてが破壊される」

イェドニスの五指は、苦渋《くじゅう》とともに手紙を握りつぶした。

「彼らには死んでもらうしかない」

王弟にして王太子は悲痛な決断を他者に知らせない。親友にして護衛隊副隊長であるティフォンとアデイドにもまだ知らせない。彼らに知らせるのはことが終わってからだ。

イェドニスは決断の責任は自分だけで引き受けると決め、遂行《すいこう》する。それが偉大なる兄イチェードの背中が教えてくれた、王族の責務であるからだ。


防音素材でできた扉を開けて、俺とギギナは足を踏み入れる。

ギナーブ記念講堂の玄関から左右へと湾曲した廊下が延びていく。講堂に面する壁に防音の扉が並んでいた。扉からは声が漏《も》れ聞こえている。内部ではすでに講義が始まっているらしい。

進んでいき、俺は静かに扉に手をかける。音が鳴らないように開く。俺とギギナで静かに入り、背後で扉を閉める。席の背と学生たちの後頭部が見える。そしてなぜか俺は中腰で通路を進んでしまう。学生時代の遅刻を思い出す。

隣のギギナは平然と立ったままで歩む。毎回思うが、こいつのいつでもどこでも堂々とした態度は謎《なぞ》だ。

俺の上を老人の声が渡っていく。席から顔を出して見下ろす。半円状の講堂は、擂り鉢状となって中央へ向けて下がっていく。俺とギギナは擂り鉢の最上段、円弧の外縁部に出ていた。

講堂には一千もの席が並び、九割ほどが埋まるほどの大盛況だ。若い学生だけでなく中高年も座っていた。世間の関心が強い講義ゆえに、外からの聴講生が多い。俺とギギナの二人程度が混じっても分からないだろう。

手近な最上段の空席に腰を下ろす。ギギナが隣に座る。先の席に座る女学生が不愉快そうな目でギギナを見て、次に驚きの目となる。男らしい美を見て表情も陶然となる。もう見飽きた反応だ。

最上段の席から、擂鉢状の底を見る。学生や聴講生の頭の先には、演台がある。中心には教壇が設置されていた。背景の壁一面に、立体光学映像がいくつも展開している。

映像では〈異貌《いぼう》のものども〉の骨格や内臓、脳が表示されている。横には年表と情報が添付されていた。映像の間では、小柄な老人が白髪頭を振り乱して動きまわっている。

「……というわけで、人類以前の咒式《じゆしき》の影響によって変異した生物を、通常生物とは別に〈異貌のものども〉としたわけです」

　右手の拡声器によって、老人の声が講堂に広がる。咒式による抗加齢があるとはいえ、御年百歳を越えてなお矍鑠《かくしゃく》としている老博士だ。

　老人こそがヴォイド・エタンネラ・ガラジア。事件とは別に一度その講義を聴きたいとは思っていた、咒式生物学の権威だ。それまで思いこみで語られていた〈異貌のものども〉でも、とくに〈龍〉や〈禍つ式《アルコーン》〉を実際に調査しての論で名高い。現在の世界では、ヴォイド博士の論が一般的な説となっている。

「では、質疑応答に移りましょう」

　老人が教壇の前で立つ。聴講生たちは隣同士で顔を見合わせていた。

　隣に座るギギナが俺を見た。聴講生として問いを発するかという目線での問いだ。聞きたいなら自分で聞け、引っこみ思案か。ただ、現状について聞きたいことがある。俺が挙手でもするか、と思った瞬間、すでに講堂前列あたりで数十人もの挙手があった。

「ではそこのアルリアン種、茶色い髪に栗色の目の雄」

　ヴォイド博士が左手で、講堂前列のアルリアン人の青年を示す。人種の呼び方や個体判別法が生物の分類のようである。そういう変人であるとは有名だ。

　席から青年が立ちあがり、おずおずと口を開く。

「自分は咒式歴史学科のセドナレです。よろしくお願」

「個体識別の必要はない。問いだけをしなさい」

ヴォイド博士が断じて、セドナレとかという男子生徒が黙る。なんとか口を開く。

「では、世界の話題のひとつである、その」青年が一瞬口ごもり、続ける。「〈龍〉について、あれは復活するのでしょうか。そしてどうなるのでしょうか」

青年の言葉で、講堂にどよめきの声があがる。俺としても聞いておきたかったことを、青年が聞いてくれた。

「ああ、ゲ・ウヌラクノギアですか」

ヴォイド博士はあっさりと名前を発した。講堂の聴講生の間でさらに動揺が広がる。名前を聞いただけで俺の背筋に悪寒《おかん》がする。

言ったヴォイド博士本人も、眉間《みけん》に皺《しわ》が刻まれている。他の人間と同じように悪寒がするのだ。分かっていて言えるのは剛胆か、学徒によくある浮き世離れか。おそらく両方だろう。

「失礼。〈龍〉の名を出すのは、一般には不吉を呼び、悪寒がすると嫌われていましたな」ヴォイド博士はまったく失礼だと思っていない表情で言った。「ですが、聞かれたからには、私に分かっていることを述べていきましょう」

老教授が左手を振って、立体光学映像を呼びだす。

「〈龍〉が完全解放される可能性はありますか」

「本当、ですか」

最初に質問した青年が区切って問うた。人々の動揺を無視して、ヴォイド博士がうなずく。

「ゲ・ウヌラクノギアが再活動すれば、先史時代のウボルチカ大変動とピンシナオ大災害のようなものを起こします。つまり」

不快感に襲われた顔のままで、ヴォイド博士が右手を掲げて背後を示す。よく見る、ウコウト大陸西部からオルキア大陸北部の地図が見えた。

「大陸各地にある大穴が、また新たに穿《うが》たれることとなるでしょうな」

ヴォイド博士の言葉で、全員が思い出す。

この世界に生きるものは、生まれてからいろいろ知る。そしていずれ地図が妙なことに気づく。自然の地殻変動その他ではありえない大穴が、各地に穿たれているのはなぜか、と問いかける。

地図では分かりづらいが、小さな穴は直径数センチメルトルからあり、巨大な穴になると数キロメルトルから一千キロメルトルを超える。穴はアブソリエルに、世界中にあって誰《だれ》でも見かけたことがある。エリダナにもいくつか穿たれていた。

ヴォイド博士が手を振ると、当時の世界の記録が示される。当時の予想気温、地層に残る痕跡、死んだ生物たちの骨などが表示される。

「あの〈龍〉はまず先史時代、後にウボルチカ期と命名された時代に何度か竜族を率いて現れました。他の〈大禍つ式《アイオーン》〉や〈古き巨人《エノルム》〉と大戦争を起こしたとされています」

ヴォイド博士が新たな図を呼びだす。出現したのは、ウコウト大陸とオルキア大陸が入る、お馴染《なじ》みの地図だった。博士の手が振られ、神聖イージェス教国西部にある大穴を拡大する。

「〈龍〉と他の〈異貌《いぼう》のものども〉たちの激戦は続きました。そして、最後に〈龍〉は現在の神聖イージェス教国にあるウボルチカの地に大穴を穿《うが》ち、歴史から消えました」

ヴォイド博士が資料を呼びだす。各地の口伝《くでん》に残る〈龍〉と悪魔と巨人の戦いの伝説と、地層測定などを組みあわせて、学会での主流派の見解となっている。

「ゲ・ウヌラクノギアは、ウボルチカの大穴の他にも当時のウコウト大陸におびただしい穴を穿ちました。ここアブソリエル公国の南岸、ラペトデスの西岸、バッハルバ大光国の南岸にもある大穴がそれです」

ヴォイド博士は言いながらも不快感に襲われていた。苦痛に耐えて、それぞれの大穴の映像を呼びだす。遠い昔からあるため付近の人間は自然に思っているが、なにかの意志によって起こったと考えると、背筋が寒くなる風景だ。

「中心地からウボルチカ大災害と命名された大破壊は、当然のように当時の生物に甚大な被害を及ぼすことが予想されました。穴の規模から類推される粉塵《ふんじん》の規模は日光を遮断して、この星の生物のほとんどを絶滅させるほどのもの、だったはずです」ヴォイド博士が解説していく。

「しかし現在まで小氷河期はあっても大氷河期は来ておらず、大きな矛盾となっています。これは別の問題も含みますが、一端横に置いておきましょう」

次に示されたのは、記録から類推される当時の生態系だった。

「直接的影響では、ゲ・ウヌラクノギアの闘争が〈異貌のものども〉の強者たちを放逐《ほうちく》し、かなりの数を滅ぼしました。強力な個体や種族ほど参戦したため、巻きこまれた生物の被害も大きかったようです」

ヴォイド博士は淡々と答えるが、当時の〈長命竜《アルター》〉や竜、〈古き巨人《エノルム》〉の過半数が消えている。〈大禍つ式《アイオーン》〉にいたっては、ほとんどの個体が消失し、この次元から去った。被害に巻きこまれて、多くの大型生物が減少している。

「一方で生態系の強者が退場して巨大な空白ができたため、人類が躍進できたとも言えます」

博士が指を捻《ひね》って、地図に統計と図が重ねられる。人類の推定総人口が年代とともに表示されていく。矢印は長いこと横ばいで、わずかに上昇している程度。ウボルチカ大変動で低下し、変動後しばらくしてから増加傾向に転じていた。以降は飢饉や戦争で多少の上下はあっても、全体として上昇が続いている。

人口増加の矢印が上昇を止める。神楽暦《かぐられき》の前年だった。ヴォイド博士がうなずいてみせる。

「〈龍〉は神楽暦の直前で再び姿を現します。そこでピンシナオ大災害を起こし、再び〈異貌のものども〉の上位種族と戦争を起こしました」

老博士が新たな図を呼びだす。当時の人類の絵がいくつも表示される。人々は黒い雲や火山として、ゲ・ウヌラクノギアを描いていた。あまりに大きすぎて全体像が見えなかったのだろう。拙《つたな》い絵だからこそ、当時の人類の恐怖が伝わる。

「伝説、というか十字教の聖典では、救いの御子《みこ》とされる人物と使徒たちによって〈龍〉は再び封印されたとされています」

ヴォイド博士の目は、自分の発言をあまり信じていない色となっていた。

「もちろん伝説ですので、真偽は不明です。現在の攻性呪式士《こうせいじゅしき》の源流である、魔法使いと呼ばれた人々がなにかをした、とも言われますが分かりません」

ヴォイド博士が事実だけを拾い集めていく。

「ただ、事実としてある日、ゲ・ウヌラクノギアは歴史から再び姿を消しました」

博士が語った。

老博士の言葉は淡々としているが、恐ろしい事実であった。

「あとは皆さんも知ってのとおりです」

地図が現在のものに切り替わる。

「そして現在、人類が分かるかぎりでは四度目の顕現《けんげん》をしました」

ヴォイド博士が言うと、最近の報道が呼びだされた。聖地アルソークでの大破壊、大地に刻まれた大断層の光景だった。奇跡的に死傷者は少ない。隣から音。

見ると、ギギナが手摺《てすり》を摑《つか》み、軋《きし》ませていた。人々が無事であっても、オキツグとファストの消失は、ドラッケン族の剣舞士《けんまいし》にとって痛恨の一事なのだ。

俺は前に向きなおる。講堂の人々は、なにも言えずに静まりかえっている。遠い過去の大災害が目の前に迫っていると、人々の実感が出てきたのだ。

静寂から、再び学生の間から挙手があった。

「はい、そこのアブソリエル種、金の長髪青目の青年期雌《めす》」

ヴォイド博士が左手で示すと、言われた容姿の女生徒が立ちあがる。

「ええと、歴史と地図の変遷を見ると〈龍〉の作った穴が段々と小さくなっているようです」

女生徒が問いを投げかけた。ヴォイド博士はうなずく。

「徐々に力を失っていて、注意する必要がないように思えます。いずれ封印から出られなくなるという予想もあります。博士はどうお考えでしょうか？」

女生徒はさらに問いを重ねた。ヴォイド博士は首を小さく左右に振ってみせた。

「それらは楽観論です」

ヴォイド博士は一言で否定した。

「最新の情報によれば、北方のバザーヤ山で〈長命竜《アルターー》〉の群れと、方面軍を率いる一頭の犠牲によって、ゲ・ウヌラクノギアが再臨したと見られています。聖地アルソークにおいて、火山《かざん》竜《りゅう》ゼメルギオスのさらなる犠牲で顕現を果たしました」

老博士が語る。俺は少し驚いている。ヤコービーの知り合いからの情報は俺たちと法院に留《とど》め、ヴォイド博士には届いていない。別の情報から博士は真相を割りだしているのだ。

「竜族屈指の猛者《もさ》と数十頭の〈長命竜《アルター》〉の犠牲で、短時間で手の先だけとはいえ〈龍〉の顕現《けんげん》が可能となっています。これほどの犠牲を出した目的が、単に聖地破壊だとは思えません」

ヴォイド博士は報道からも推測している。

「おそらくは完全復活の手段を見つけ、段階を踏むための一手だと推測すべきでしょう」

慎重ながらも、博士は言いはなった。

エリダナで俺とギギナたちが推測した結論に、ヴォイド博士は独力で達していた。〈宙界《ちゅうかい》の瞳《ひとみ》〉とイーゴン異録がなくても、ある程度は推測できるのだ。

質問した女生徒は、立ちつくしていた。最悪の事態が予想できてしまったのだ。

「完全復活、と言われましたが」女生徒が息を呑《の》む。「もし〈龍〉が出現すれば、現代ではどの程度の被害が出るのでしょうか?」

問いに対して、ヴォイド博士は口を引きむすんでいた。ようやく手を動かし、次の資料を呼びだす。口が開かれる。

「すでにこの星は、度重なるウヌラクノギアの行動と人類による核兵器の使用で、大気中の煤《ばい》煙《えん》などの粒子許容量は限界に近くなっています」

老博士の口調は重い。演算装置による計算が、立体光学映像で表示。この大陸と世界の予想変化が表示されていく。

「戦いによって、ありえる可能性を述べます。まず大激突で発生した粉塵《ふんじん》によって暗雲がウコウト大陸の広範囲を覆《おお》い、太陽光を遮断します」

ヴォイド博士は暗澹《あんたん》たる事実を告げる。

「太陽光の遮断は長く暗い、冬の夜を呼ぶでしょう。多くの植物を傷めつけ、農作物収穫量は激減します。家畜も多くが死ぬでしょう。人類も含めて、この大陸の生命体の三分の一から四分の一は死ぬと思われます。この大陸だけではなく、世界中にも大きな影響が出ます」

淡々とした声で分析されていく。

「新たなる過酷な環境でも生きられるのは、莫大な咒式《じゅしき》で食料をほぼ必要としない〈龍〉と竜族、他は高次元から来た〈大禍つ式《アイオーン》〉や地層に等しい〈古き巨人《エノルム》〉や一部の〈異貌《いぼう》のものども〉だけでしょう」

ヴォイド博士は冷静な声で続ける。

「ウコウト大陸は〈異貌のものども〉が跳梁《ちょうりょう》する大陸となります。他の大陸にいる人類も、大きく衰退していくでしょう」

博士が告げるのは、ウコウト大陸の終わりの光景だった。冬の夜が続く世界で〈異貌のものども〉に怯《おび》えるしかなくなった人々は、緩やかに衰退し、いずれ消えるしかないのだ。隣接するオルキア大陸はすぐに、そして他の大陸もいずれ同じ運命をたどる。

たとえそうであっても、人類が最後の一人まで死ぬには、かなりの時間がかかる。だが、確実な絶滅までの道筋が示されてしまった。

「人類が衰退して消えれば、この星は〈異貌《いぼう》のものども〉たちが争うだけの場となります。どの種族が最終的な勝者となるかといえば〈龍〉を復活させた竜族が、ほぼ確実に地上の覇者に返り咲くでしょう。その結果、なにも生まれず作られず、太陽が肥大化する数億年後、この星のすべてが高熱によって死滅します」

ヴォイド博士はさらにこの星の終わりを示した。希望もなにもない終焉《しゅうえん》だった。

問いを発した女性は席へと座りこむ。目を見開いて硬直していた。

会場は再び静まりかえっていた。全員に、暗澹《あんたん》たる未来の最初の一歩が踏みだされたことが見えているのだ。

現代咒式《じゅしき》生物学の権威であるヴォイド博士が言ったことは、そのうち世界に広がる。しかし、各国が脅威として本気にしてくれるだろうか。後アブソリエルと神聖イージェス教国という眼前の戦争を前に、学者の予想は情報の海の片隅へと消えてしまう。

「他に質問はありますかね？」

ヴォイド博士が問うた。講堂内の誰《だれ》も続きを聞けない。

俺は息を吐く。目立つのは良いことではないが、聞きたいことがあって来たのだ。挙手する。

「えー、そこの赤毛眼鏡《めがね》の成体雄。ああ、攻性《こうせい》咒式士ですね」

ヴォイド博士が言った。俺は席から立ちあがる。周囲の学生もとくに注目しない。前の話の衝撃が大きすぎるのだ。

「現在、復活中とされる、あの〈龍〉をこれまでのようにどうにかできるのでしょうか」

俺は最上段から声を投げた。舞台の上でヴォイド博士は迷うような表情となった。

「それは私の言葉選びの不統一でしたね。〈龍〉の復活という定義は正しくありません」鐘の音を気にせず、博士は過《あやま》ちを認めた。「あの〈龍〉は一度として倒されたことも死んだこともありません」

鐘の音に追われながらも、ヴォイド博士は冷静だった。

「完全開放されたゲ・ウヌラクノギアを倒すことは、ほぼ不可能です」

老博士の言葉は重い。〈異貌のものども〉たちとの大戦争でも〈龍〉は倒されなかった。詳細は不明だが、前回の〈龍〉の退去は、倒すことが不可能で封印するしかできなかったというところだろう。

ヴォイド博士の声に重なっていた、鐘の音が終わった。

しばらくは講堂内の誰もが動けない。それぞれが舞台上のヴォイド博士を見つめるか、隣同士で心配と不安の顔を見合わせるしかできない。

先の鐘の音に続くように、大学からの放送が響く。アムスン教授の講義が五限から六限になる、学費振り込み期限は明日、と流れる。

間抜けな放送で、講堂内の緊張が断ち切られた。学生たちの大部分はヴォイド博士の講義をおもしろい話だとして、立ちあがっていく。社会人聴講生も日々の仕事へと戻るために席を立っていく。

傾斜した通路を、学生や聴講生が話しあいながら上っていく。最上段にある四つの扉から、人々が退出していく。

ざわめく講堂でも、俺とギギナは席から動けない。ヴォイド博士の論はおもしろ話や雑談として受けとることはできなかった。

俺は舞台上のヴォイド博士を見る。小柄な老人は陰鬱《いんうつ》な予想を吐いて疲れたのか、教壇にもたれかかっている。やがてヴォイド博士は息を吐き、舞台の袖《そで》へと歩きだす。俺は慌てて席を立つ。坂を上る学生の間を逆行して下っていく。傍《かたわ》らをギギナが追随してくる。

舞台袖の階段からヴォイド博士が下りる。俺は小走りで博士へと近づき、止まる。ギギナも横に並ぶ。老博士は俺たちを見た。

「ああ、先ほどの攻性咒式士《こうせいじゆしきし》ですね。あれは良くはないが、誰《だれ》かが聞くべき質問でした」

ヴォイド博士は丁寧《ていねい》に失礼な言いぐさをしてきた。うーん、エリダナのガーヒンナ教授のほうがよっぽど社交性があった。同じことをヴォイド博士に期待してはならないらしい。

「〈龍〉の打倒可能性を聞いていたということは、危機感を抱いているのかね」

ヴォイド博士からの問いに、俺はうなずく。

「国家が動くべき事態だとは思いますが」

ここで後《ご》アブソリエル公国《こうこく》の戦争が障害となっている、という批判はできない。

「博士はほぼと言われましたが、ゲ・ウヌラクノギアを倒せる可能性はあるということでしょうか」

「現代になって発展した咒式技術で、予測される打倒の可能性は四つ。オキッグ氏の次元刀、白騎士ファスト氏の小宇宙創造咒式と抜かれざる聖剣の力。あとはミルメオン氏がどうにかできる可能性がある、かもしれません」

ヴォイド博士が答えた。希望のうち二つはすでに消えている。

「四つと言われましたが、あとは？」

「最後は通常軍隊を投入して足止めをし、戦略級咒式の連打です。人類全体でなら〈龍〉をなんとかできる可能性がありえます」

ヴォイド博士が言った。

「ただし、先ほど講義で言った、世界に長く暗い冬の夜を呼ぶ自殺行為と引き換えに、です」

俺は黙りこむ。ギギナも唇《くちびる》を引きむすんでいる。最後の選択肢で〈龍〉を倒せたとしたら、竜族は衰退するかもしれないが、他の〈異貌《いぼう》のものども〉の世界となる。長期的には、人類が衰退し絶滅する選択肢でしかない。

「問題は他にもありますね」

ヴォイド博士が言った。

「〈禍つ式《アルコーン》〉たちは型式番号数十番台の王を、〈古き巨人《エノルム》〉どもは十八属を主導する皇や帝《みかど》を呼びだそうとしている動きがあります。どれが復活しても〈龍〉がもたらす結末と同じになるでしょうな」

老博士が語る事実は、俺とギギナにも衝撃を与えた。俺は息を呑《の》む。

「その可能性は検討しましたが、事実ありえるのでしょうか」

「アレトンでの動きや、〈大禍つ式《アイオーン》〉の公爵《こうしやく》二体の動きを見れば、そうとしか思えないですな」

重ねてヴォイド博士が保証した。ウボルチカ大変動で〈大禍つ式〉と〈古き巨人《エノルム》〉の指導者は去った。他の〈異貌《いぼう》のものども〉の最強種族も自分たちの指導者を呼びもどそうとしているので、こちらも消滅していないことが分かる。

第二次大陸大戦で二つの国で使われた〈大禍つ式〉の公爵級は、二体だけで惨禍《さんか》を巻き起こした。王ともなれば、どれほどの被害を出すのか想像もできない。

そして北方で起きて、すぐに眠りに戻ったが〈古き巨人〉の怨帝《えんてい》は山に近い大きさだった。上位の十八の皇ともなれば、大山脈の大きさではないかと予想されている。

ゲ・ウヌラクノギアか〈大禍つ式〉の王か〈古き巨人〉の皇たちのどれかを倒しても、この大陸は人類が住める場所ではなくなる。他の二者と一族が勢力を伸ばし、人類の衰退と絶滅につながる。

「どうすればいいのでしょうか」

俺は問うてしまっていた。ヴォイド博士は俺を見た。炯々《けいけい》とした眼光を宿す瞳《ひとみ》だった。

「三者のどれか、またはすべてがこの世に現れる前に止めることですな」

ヴォイド博士がそこで笑う。

「ただし〈大禍つ式〉の王たちにいたっては、ウボルチカ大災害でこの世界から退去。〈古き巨人〉の十八皇も眠りにつきました。〈龍〉を呼びだすには、数頭しかいない高位の竜と多くの〈長命竜《アルター》〉の犠牲がともなうらしく、あと数回が限界でしょう」

博士の説明が続く。

「封印空間から完全解放するほどの呪力《じゅりょく》と演算装置と仕組みが、この世に存在しません。部分解放による悲劇はありましたが、大惨劇の可能性はほぼありません」

ヴォイド博士の予測が終わった。俺はギギナを見た。ギギナも俺を見た。

各国が動かない理由も同じで、前提として三つの脅威の完全解放はありえないのだ。しかし〈宙界《ちゅうかい》の瞳〉という異常な装置が、完全解放を可能とする力を秘めている可能性が高い。すでに白騎士の指輪の奪取という第一段階を、竜たちは〈踊る夜〉との共同戦線で手にしてしまっている。

ヴォイド博士に相談すべきかどうか。迷っている間に、ヴォイド博士が耳に手を当てた。体内通信が入っているらしく「分かった。すぐに行きます」と言って、俺たちに一礼。歩きだしていく。

俺は講堂の横手にある扉に向かう博士の背中を見る。他人の目がある場所では話せない。

迷っているうちに扉が開けられ、閉められ、ヴォイド博士の姿が消えた。

俺とギギナは言葉もなく講堂を出ていく。青い空が白々しい。

外で所員とソダンたちと合流した。昼食を取りながらの簡易会議をしようと食堂へ向かう。食堂は学生と外部聴講生たちで混雑していた。大学内に〈踊る夜〉や公王《こうおう》の密偵がいるとは思えないし、完全監視は不可能だ。それでも会議の内容を学生が聞きつけ、漏《も》れる危険性を減らしたい。迷っていると、ひとつの手を思いついた。

わざわざ車に分乗して移動することにした。攻性咒式士《こうせいじゅしきし》たちは怪訝《けげん》な顔をしたが、アブソリエルで学食もないだろうと言うと納得した。

車で街を移動していく。俺は携帯で検索し、良い店を探す。車は閑静な地域に入っていく。

「そこを右。続いて左」

店を決めた俺の指示どおりに、ダルガッツが車を進めていく。運転手も俺のこだわりに苦笑していた。

「そこの左に見えてくる店だ」

俺の発言で、ひとつの喫茶店が前方に見えてきた。青い屋根に、煉瓦《れんが》作りの壁。〈洋燈亭《ランペ》〉という平凡な名前の古風な喫茶店だ。付属の駐車場に車を停《と》める。一団で入店していく。

「良い珈琲《コーヒー》と食事を出す店らしいし、静かで個室もある」

「この事態でわざわざこだわることか」

俺が言いながら扉を抜けると、ギギナが呆《あき》れ声を投げてきた。

「食事がまずいと士気が下がる」

俺が言うとギギナも黙る。なにより食事がまずいと不機嫌になる筆頭がギギナなのだ。出てきた店員に、俺は「奥の席で、仕切りがあるといいのですが」と指定する。

店員に案内されて店を進む。昼過ぎだが、客はほとんどいない。立地が良くないのだろう。

案内されたのは、手前に仕切りがあり、半個室といった席だ。すぐにモレディナが探査し、盗聴や盗撮装置がないことを確認。音声や電波遮断咒式を展開していく。

安全が確認されてから、俺とギギナ、そしてソダンとモレディナ班の面々が座る。老給仕が献立表を持ってきたので、待たずにその場で食事を注文しておく。

「午前の調査はそれぞれどうだった？」

俺が口を開くと、ソダンがうなずいた。

ソダンからの報告は、存命中の人物がおらず証言は取れなかった。当時の記録はいくつか見つかり、複写してきているそうだ。モレディナが携帯から情報を発信し、全員が共有。法院へも転送しておく。デリューヒンからの連絡が来たが、郷土史家は記録を残しておらず、調査は打ち切りとなった。

俺はモレディィナの資料を知覚眼鏡《クルークブリレ》である程度検索して、ざっと概要を読んでいく。〈宙界《ちゅうかい》の瞳《ひとみ》〉について明確に断言している者はいないため、推測していくしかない。〈宙界の瞳〉の所在が前線なのか研究所なのか、所有者は公王《こうおう》か〈踊る夜〉が持っているのか。議論は続くが結論は出ない。

老給仕が来て、注文していた食事が配膳されていく。

「資料はここまで。食事にしよう」

俺は言いつつ食事に向かう。所員たちも情報を見ながら食事を開始する。ギギナはもう資料を放置し、食事に専念している。切り替え凄《すご》いですね。

食べながらも、俺なりに別の道を考える。

「アブソリエルで高名な攻性咒式士《こうせいじゅしきし》、六大天に会ってみるべきだと思う」

俺の提案で、食卓を囲む攻性咒式士たちの目が集まる。

「地元の有力者に協力してもらえるなら、話も進む。公王や歴史資料編纂《へんさん》室に近づける可能性がある」

後《ご》アブソリエル公国《こうこく》の政財界に影響力を持つ六大天は、全員とは言わないが、誰《だれ》かが歴史資料編纂室と〈宙界の瞳〉の動向について知っている可能性がある。

「アブソリエル六大天といえば」

ギギナは肉を嚙《か》み千切《ちぎ》り、呑《の》みこむ。

「アッテンビーヤとロマロト、カリュガスにドルスコリィ、ヴィヌラサとサンサースか」

ギギナが名前を列挙していく。

「去年行ったルゲニアで、四峰と呼ばれた攻性咒式士を思い出すな」

「四峰の結果は、一人は元独裁者について敗死、二人は革命政府三派閥の二派閥について、新新政府の樹立に貢献した」俺は先の事例を列挙しておく。「一人はいいとこどりをしようと静観し、時機を逸して飼い殺し状態となった」

四人は国家を代表するような攻性咒式士で、大破壊を起こす力と武装集団を抱えていた。だが、国家や戦争という大きな渦のなかでは小さな点なのだ。

所員たちの顔にも緊張感が足される。言葉にはしないが、ルゲニアの事例は今の俺たちにこそ当てはまるのだ。

機会を逃《のが》すだけなら、自分だけのことですむ。だが俺たちの失敗は〈踊る夜〉と〈龍〉の目的不明の計画が進むことにつながる。失敗は即〈龍〉が解放される可能性すらある。俺はソダンを見る。

「俺も六大天の名前と業績、世間に見せている使用咒式からの異名などを知っている」俺からの問いを投げる。「だが、ルゲニアのように攻性咒式士が政治的動乱に武力として関わったときにどうするか。各人の立場と傾向から、尋ねる相手を選びたい」

俺は法院の中級査問官へと問いを投げかける。ソダンがしばし迷い、口を開く。

「剛斧《ごうふ》のカリユガス氏は六大天最年少で、義勇兵時代からの親アブソリエル公王《こうおう》派です。事務所ごとカリユガス部隊となって、前線を疾駆《しっく》しています。単体では最強部隊でしょう」ソダンが一人一人を検証していく。「結界のドルスコリィ氏も義勇兵時代から公王室寄りで、前公王に見いだされてからは公王宮の守りに従事しています」

現地人かつ、攻性呪式士《こうせいじゅしきし》について調査する法院なら精度の高い情報だろう。

「閃剣《せんけん》のアッテンビーヤ氏は、どちらかというと反公王派とされています」ソダンが自問自答しながら問うていく。「といっても、彼も義勇兵時代からイチェード公王と親交があり、苦言を呈《てい》しているだけですが」

ソダンの言葉を、俺だけでなく全員が頭に入れていく。

「呼び声のロマロト氏は、最年長にして反公王派の筆頭。事務所も現在では政治団体化しています。反公王派団体との親交もあるようです」

ソダンが続けていく。

「温和なるヴィヌラサ氏は元々ツェベルン龍皇国《りゅうおうこく》から来たゆえに、アブソリエルでは注意して中立の立場を取っています。赤のサンサース氏は財界寄りで、政治には興味がないようです」

一人気になる名前があった。

「サンサースはあのパンハイマのアミラガ家と縁戚《えんせき》関係にあるため、接触対象からは除外する」

俺はソダンに補足しておく。パンハイマの名前が出ただけで、ギギナと所員たちの顔に満点の不快感を示す表情が並ぶ。あの荊棘《けいき》の魔女、紅蓮《ぐれん》の女王には何度も苦難に遭わされている。魔女の縁戚とはいえ、サンサースと関わっていいことなどない。

「今挙げたサンサース、公王派のカリュガスとドルスコリィには接近しない」

俺なりにアブソリエルの現状を分析していく。

「かといってロマロト老のように明確な公王への敵対者に近づくと、先のルゲニアのように後《ご》公国《こうこく》の動乱に巻きこまれることとなる」

「アッテンビーヤ氏への接触は考えものです」

そこまで黙っていたアルカーバが口を開いた。俺がうながすと、男が続ける。

「どちらかというと反公王派と言われましたが、アッテンビーヤ氏は身内を戦争で失っています」アルカーバの目には懸念の色が浮かんでいた。「彼は公王の戦友ですが、それゆえに今回の戦争はアブソリエルのためにならないと止めにいく可能性が高いです」

アルカーバによる重大な情報が来た。俺はうなずく。

「元々ツェベルン系であるヴィヌラサしか情報を得る選択肢がないな」ギギナが退屈そうに言った。一方で目には懸念の銀が宿る。「だが、中立はもっとも扱いづらいだろう」

ギギナが言ったように、悩ましい。ツェベルン人がアブソリエルで六大天となるなら、かなり注意して生きてきたはずだ。こちらがヴィヌラサに示した以上の利益をどこかの勢力が示せば、敵対はしないまでも情報を流す可能性がある。

考えながら、野菜を呑《の》みこむ。最後に珈琲《コーヒー》を飲む。見ていると、所員たちも肉叉《フォーク》や匙《さじ》を置く。

「それでも、まずヴィヌラサを尋ねてみよう」

食事を終えて、店員と老給仕に多めの代金を払っておく。策が成功するといいのだが。

俺たちは駐車場で車に分乗。それぞれの目的へと向かっていく。


俺たちを乗せて、車がアブソリエルの首都を進む。

座席のギギナは、屠竜刀《とりゅうとう》の刀身を胸に抱えて目を閉じている。調査に飽き飽きしているのだ。本当に戦闘以外でギギナの使い道がない。

俺の胸に振動。携帯に着信。ドルトンから着信が来ていたので、通話を解放。後部座席の中央で、気のいい青年の顔が映る。ようやくギギナも目を開き、また閉じた。うーん死ね。

「たいしたことは分かっていません」

挨拶《あいさつ》抜きのドルトンの発言には苦渋《くじゅう》が滲《にじ》む。

「〈踊る夜〉たちが公王《こうおう》に関わっていることは、状況からほぼ確定しています。ですが、それを知るものはいないようです」

「予想どおりだな」

俺なりの感想が出てくる。

「〈踊る夜〉のワーリャスフたちは、諸国家が〈世界の敵の三十人〉として指定する、国際的超重罪犯だ。後《ご》アブソリエル公国《こうこく》も公的には非難している。関与の片鱗《へんりん》すら外には出さないだろう」

歴史資料編纂室《へんさんしつ》と先端咒式《じゅしき》研究所へ公王が指令を下し、知識や技術の供与をワーリャスフたちが行《おこな》っているはずだ。両者は共同歩調を取っている可能性が高い。

「だが、ワーリャスフたちが超級の魔人妖人であっても、もう数人だけだ。計画を進めるには人員が必要だ」俺なりに探るべき道を探す。「連絡役に資金や物資の調達など六人ではできない」

「あいつらに協力者や部下がいるのか？」

いつの間にか目を開き、ギギナが鼻で笑った。

「たしかにアザルリは協調性皆無で〈踊る夜〉から離反し、翼将《よくしょう》からも離脱。ハイパルキュは母が望む音楽を作らせ、自分を産みなおすという目標のために単独行動。〈踊る夜〉の目的である〈宙界《ちゅうかい》の瞳《ひとみ》〉の奪取すら無視していた」

俺は〈踊る夜〉の内幕を推測していく。

「ルゲニアでは、ワーリャスフにアズーリンに是空《ぜくう》が〈宙界の瞳〉の所有権を巡って反目しあっていた。組織を率いているようには見えないな」

ギギナも情報を連ねる。

「少なくともウーディースは、アイビス極光社という組織を持っている」

「黒社会の組織から変貌を遂げた結社か」

俺の指摘にギギナも思い出したようだ。敵も組織だって動く人員を抱えている。

「組織の指導者はワーリャスフだろうが、支えているのはウーディースとアイビス極光社だろう。どちらかを叩《たた》けば〈踊る夜〉は瓦解《がかい》する。少なくとも計画は崩壊するだろう」

「まずそれが難しいな」

元々アイビス極光社は黒社会の巨大組織だったが、ウーディースが乗っ取ってからさらに急成長して変異した。各国の捜査機関が壊滅させようとして、返り討ちにあっている。〈踊る夜〉に参加後はさらに暗躍して、本拠地も分からない。ウーディースを叩くしかないが〈踊る夜〉と集団行動の場ではどうにもならない。個人でいるところを狙うしかない。

考えているうちに、ヴィヌラサの事務所が先に見えてきた。道路には車と歩行者が溢《あふ》れている。路駐で警察に記録が残るのはまずい。

近くにある駐車場に車を停《と》める。ダルガッツを残し、俺たちは歩きだす。

「ヴィヌラサと会うのだが、問題があるな」

俺は左を進むソダンを見る。査問官がうなずく。

「初手《しょて》は私から連絡を入れて、法院の調査ということにしています」

「法院の調査という名目で接触し、ヴィヌラサが信用できる人物かを見極めて〈踊る夜〉と公《こう》王《おう》、できれば〈宙界の瞳《ちゅうかいのひとみ》〉の情報を引きだしたい」

俺は言葉を切り、歩みをつづける。

「経歴は来る途中で聞いたが、ヴィヌラサはどういう人物だ？」

歩きながら、ソダンに聞いてみる。

「悪い人物ではないですね」ソダンが答えた。「〈異貌《いぼう》のものども〉討伐が専門で犯罪を起こしたことはなく、法院にも協力的です。生体系剣士で十三階梯《かいてい》。今改定中の測定でなら、おそらく十四階梯かと思われます」

質実剛健、実力と人望で高名になっていく正統派の攻性呪式士《こうせいじゅしきし》の経歴だ。エリダナで言えばラルゴンキンが近い。正統派ゆえに、攻性呪式士としての仕事に邁進《まいしん》し、現在の政争に巻きこまれたくないのだろう。

「事務所規模は、アブソリエルの本社だけで八十名ほどの攻性呪式士を抱えています。見習いの十数人以外は、全員が高位攻性呪式士です」

法院としてアブソリエルの咒式士に目を光らせているソダンが語る。

「支社を含めれば、全土に五百人の高位咒式士を抱えています」

さすがにアブソリエル六大天といったところで、質と数ともに強力だ。一個の武装勢力といってもいい。

「問題は、こちらから中立のヴィヌラサに差しだせる利益がないことだ」

俺が用意できる対策の手札は非常に悪い。

「そしてヴィヌラサは六大天になるほどの男だ。〈宙界《ちゅうかい》の瞳《ひとみ》〉を知らないかぎり、俺たちの調査の意味も最初は分からない。だが、いずれ気づく。そのときが厄介だ」

「交渉前から難題だな」

ギギナが他人ごとのように評した。それをどうにかするのが交渉役の俺の仕事だが、頭が痛い。ヴィヌラサが信用できるなら、初手《しょて》からある程度は打ち明けていくべきだ。一方で、ヴィヌラサが信用できる人物を演じて、俺たちが見抜けずに動けば窮地に陥る。

いつもは茶化してくるピリカヤや応援してくるリコリオも黙っている。難題に呻吟《しんぎん》する俺の思考を邪魔《じゃま》したくないのだろう。

角を曲がり、歩道を進む。前方の交差点の先に目的地が見えた。

「先にあるビルが、ヴィヌラサ咒式士《じゅしきし》事務所だ」

前方にそびえる八階建てのビルが丸ごとヴィヌラサの事務所だ。花崗岩《かこうがん》の壁面は歴史を感じさせる。正面玄関は金属と硝子《ガラス》の扉に、床は大理石。魔杖剣《まじょうけん》を腰に提げた男女が頻繁《ひんぱん》に出入りしている。

「アブソリエルに栄光を！」

声の方向を見ると、反対側の歩道に人々と青と白の旗竿があった。銀の積層甲冑《せきそうかっちゅう》に兜《かぶと》の男たちだ。肩装甲《そうこう》にはアブソリエル公国旗に似ている、青地に竜の紋章。アブソリエル至上主義と帝国復古を掲げる、ルチフェロ騎士団だ。男たちがアブソリエルについて叫んでいた。

一団の反対側には、男女が十数人。全員が魔杖剣に部分甲冑と、攻性《こうせい》呪式士らしき一団だ。場所から言って、ヴィヌラサの攻性呪式士である可能性が高い。双方が近づき、足が止まる。俺たちも足を止めて、道路の反対側を見つめる。

ルチフェロ騎士団の先陣が一歩前に出る。

「おまえら、ツェベルン人か！」

騎士が怒声《どせい》での問いを放つ。

「だからなんだ！」

相手の呪式士からも怒声の返答が放たれる。アブソリエルと、そこから建国したツェベルン人に人種的な違いはないため見分けがつきにくい。だが、なんとなく服装で分かる。かなり難しいが、ツェベルン式発音でも両者の違いが分かる。

ルチフェロ騎士の一人が拳《こぶし》を振りあげる。

「ツェベルンはアブソリエル帝国を掠《かす》め取った泥棒だ！」

「はあ？　後公国《ごこうこく》より龍皇国《りゅうおうこく》のほうが先にできただろうが！」

ツェベルン人側も反論。歩道で罵声《ばせい》が飛び交う。

「中立など許されるか！　今すぐアブソリエルかツェベルンかを選べ！」

「我々《われわれ》はあくまで民間の攻性呪式士だ！　従軍その他は自由意思だろうが！」

双方の罵声《ばせい》が強くなっていく。双方が前に進み、押しあいとなる。後方では魔杖剣《まじょうけん》に手をかけるものが出てきた。歩道では通行人も立ち止まり、騒然とする場を見る。

「そうだ、アブソリエルに忠誠を示せ！」「ヴィヌラサさんはすでにアブソリエル国籍だろうが！」「徴兵されるべきだ！」「攻性呪式士《こうせいじゅしきし》を専門から離してどうする！」「ツェベルン人など潜在的な仮想敵国だろうが！」「だからツェベルンもアブソリエルと同人種だろうがっ！」

通行人の間からは怒声《どせい》と罵声が飛び交う。ルチフェロ騎士団と攻性呪式士の押しあいが始まる。最前列で自称騎士が拳《こぶし》を放つ。肩を殴られた呪式士が後方へ下がる。

一瞬の静寂。

「てめえええええっ！」

場が爆発。攻性呪式士が騎士を殴り倒し、すぐに左右の仲間が続く。極右の自称騎士団も応戦。歩道から車道で大乱闘となる。周囲で見ていた通行人は、乱闘に参加するものや逃げるものとで大混乱となっていく。

リコリオが前に出ようとする。俺は少女の左肩を握って止める。リコリオが不満そうな目で俺を見上げてくるが、首を左右に振っておく。俺たちが出ていったら、問題が大きくなる。乱闘となっても、騎士団と呪式士たちの間で刃《やいば》は抜かれない。抜いたなら後には引けなくなるのだ。

警笛。横から警察車輛《しゃりょう》が出てくる。さらに数台が続く。車体は車道から歩道へと乗りあげ、騎士団と攻性咒式士の間に入っていく。五台の車輌からは警官が十数人出てきた。警官たちが双方を止めようとする。

ルチフェロ騎士団は国家に逆らわないが、相手へと罵声を放ちつづける。攻性咒式士たちは売られた喧嘩《けんか》を止められて納得できない。警官の列と押しあいが続く。周囲の群衆も二派に分かれて騒然としていた。

道の反対側からも、青に白の警察車輌が来る。車輌の群れは前方にあるヴィヌラサの事務所前に停止。警官隊が出てきてルチフェロ騎士団を制止しようとする。

「これはもう無理だな」

「説得以前の問題だ」

俺は反転。同じく反転したギギナとともに、後続のモレディナやリコリオの間を抜けて、来た道を戻っていく。他の所員たちも反転して俺たちに続く。言わなくても、全員が分かっている。

ルチフェロ騎士団は大アブソリエル圏にツェベルン人も入る同胞としたが、もう忘れている。極右団体の言い草などその場その場の感情次第だ。なにより、ルチフェロ騎士団との問題で、ヴィヌラサはしばらく動きが取れない。いずれ後《ご》アブソリエル公国《こうこく》への愛国心を問われて、後公国派としての態度を表明せざるをえなくなる。

駐車場に戻り、二台の車で俺たちは移動。一度法院に戻って、文献調査をするしかない。

車窓からは首都アーデルニアの風景が見える。

「あれが今の、そしてずっと続くアブソリエルですよ」

アルカーバの独白めいた述懐が車内に響く。アブソリエル出身の男を見ると、車窓に肘《ひじ》をついて、街並みを眺めている。

「五百年前の帝国崩壊から、その後の建国と同時に終わった国ですよ」

アルカーバの言葉は重みをともなっていた。

「アブソリエル帝国が崩壊し、動乱の時代が起こり、ツェベルン龍皇国《りゅうおうこく》などができて、そして皇帝縁戚《えんせき》の公王《こうおう》によって後《ご》アブソリエル公国《こうこく》が成立しました」

アルカーバの自嘲《じちょう》気味の言葉が連なる。

「呪式《じゅしき》の発見だけは偉業ですが、ツェベルン龍皇国に負け、その龍皇国はラペトデス七都市《ななとし》同盟に負け、と覇者が交代していることに気づかない国です」

「辛辣《しんらつ》だな」

俺は感想を言っておく。アルカーバは後アブソリル公国に父を殺され、亡命してきた。辛辣になるのが当然だ。

「アブソリエル人は帝国の末裔《まつえい》であることを自慢していますが、実際はそれ以外に拠《よ》り所がないんですよ」

アルカーバの言葉に、首都在住のソダンやデッピオといったアブソリエル人も反論しない。

車内から外を眺めるものたちも、今までとは違った目で街並みを見ていた。

アブソリエル帝国の後継であることが、後公国の根幹にして終点なのだ。斜陽の龍皇国よりも、さらに後公国は衰退している。夕暮れの国家のはずが、戦争を起こしてかつての領土を取りもどそうとしている。

沈黙する俺たちを乗せて、車は坂を上っていく。

俺の向かい側に座るギギナも、外を眺めていた。

「その後アブソリエル公国の主は、なにをしようとしているのか」

俺はギギナが見ている方向へと目線を動かす。アーデルニアのビルの大森林と空。そして遠くに小高い丘と逆光となった建物が見える。

ここからでは小さく見えるが、高く白い壁と楼閣《ろうかく》と尖塔《せんとう》によって、ひとつの街とも言えるほど巨大な建造物。

公王宮アブソロスの主、公王イチェードはなにを考えているのか。大陸中の人間が知りたがっていることだ。

六章　決意の相互交換

自国民と諸族を治め、王の王たるを皇帝となす。史に幾多の皇帝あれど、アブソリエル帝国皇帝に比肩《ひけん》する領土を持った皇帝はいない。

アンプランティスト「アブソリエル皇帝録」神楽暦《かぐられき》一五一一年

公王《こうおう》宮内部の廊下をイチェードが進む。堂々とした歩みであった。

横には王太子の弟、公子のイェドニスも歩む。少年は端末を眺めながら歩む。

「兄上、これはどういうことでしょうか」

弟から問われて、イチェードも端末から出ている立体光学映像を見る。

「ああそれは、アンテンド条約だ」イチェードが思い出していく。「ナーデン王国との休戦時に結ばれたもので、第十三項が今でも問題になっている」

「やっぱり、そこが問題だと思いました」

イェドニスは兄の解説で納得いったという顔になる。イチェードは微笑《ほほえ》みながら進む。イェドニスは少年であるが、すでにイチェードの公務のいくつかに同席しだしている。

二人が歩む姿は、見る人にアブソリエルの輝かしい将来を幻視させる。王太子イチェードが公王《こうおう》となり、その子供が次の次の王となり、イェドニスが支える輝かしい国が見えた。

「では兄上、こちらはどうでし」

言いかけて、イェドニスの足が止まる。続いてイチェードの足も止まった。

二人の先には開けはなたれた扉があった。部屋の奥には窓がある。窓辺には籠《かご》と毛糸の玉が置かれている。窓の前には一人の女性が椅子《いす》に座っていた。

ペヴァルア妃《ひ》は超然としていた。窓の外を眺めている訳ではなく、自分の膝《ひざ》の上にそろえられた両手を見ている。

滝のように長い金色の髪。翠玉《すいぎょく》のような緑の瞳《ひとみ》。通った鼻筋に白い頬《ほお》。誰《だれ》もが目を見張る、後《ご》アブソリエル公国《こうこく》の美しき王太子妃であった。膝の上には編み針と編み物が置かれていた。夫には襟《えり》巻き、義弟には帽子を作り、生まれてくる子供のために小さな靴下《くつした》が編みかけとなっていた。

足下には青黒い猫がうずくまっている。王太子妃が飼いはじめた猫は前足を畳んで、目を閉じていた。二つの尾がゆるく波打つ。

イチェードとイェドニスは動かない。王太子妃と猫という調和に見とれている訳ではなかった。

「兄上、その言いにくいのですが、義姉上《あね》は」

イェドニスがイチェードに声をかけて、言いよどんだ。王太子が見ると、年の離れた弟の顔にも戸惑いがあった。少年から見ても、ペヴァルア妃の最近の様子は理解しがたいものとなっている。

「分かっている。ペヴァルアは妊娠で少し神経質になっているだけだ」

イチェードは軽く笑ってみせた。弟のイェドニスを安堵《あんど》させるための言葉でしかなく、イチェード本人も信じていない。

夫であるイチェードであっても、妻のペヴァルアを理解できなくなってきていた。

ペヴァルア妃は、一時的和解のためにナーデン王国から輿入《こしい》れしてきた。それなりに愛情が見えていたが、何年経《た》ってもどこか壁があった。イチェードだけでなく、周囲のすべてに対する透明な壁があった。一度だけ、彼女の心の壁が開いたことがある。迷い猫と兄弟と妃《きさき》とベイアドトがいてみんなで笑った、あの光景がいつだったか思い出せない。

内心を見せないように、イチェードは堂々と歩いていく。戸口を抜けて室内に入る。絨毯《じゅうたん》を踏んで進み、窓辺の椅子《いす》に座るペヴァルア妃の前でイチェードは止まる。妻は反応しない。床にいる青黒い猫が目を開けてイチェードを見て、また目を閉じた。

イチェードは妻の前で片膝をつく。

「麗《うるわ》しのペヴァルアよ、ご機嫌はどうかな」

下から妻を見上げ、イチェードは童話の王子様を演じてふざけてみせた。

「大丈夫です」

心のこもっていないペヴァルアの答えは、いつものことであった。王太子妃《ひ》はうつむいており、緑の目は自分の膝《ひざ》の上にそろえた手を見つめている。

ペヴァルアがいつからこうなってしまったのか、イチェードにも思い出せない。最初は元気で、たまに落ちこんでいるくらいだった。それが会食の部屋の手前で引き返し、なんでもないことで涙ぐむ。人間には気分が上下しやすい気質もあるとし、政治に戦場にと忙《せわ》しく動く合間に声をかけていたが、気休めでは収まらない状態となってきていた。

イチェードは手を伸ばし、妃《きさき》が膝の上にそろえた両手に触れる。編みかけの靴下《くつした》が零《こぼ》れそうになるが、イチェードが反対側の手で戻す。

王太子の瞳《ひとみ》は妻を見据えていた。

「異国から政略結婚で輿入《こしい》れしてきたおまえを、私は愛している」イチェードなりに思い出を語りかけていく。「異国から来て大変だろうと気遣うも、受け入れる演技をするだけのおまえを、最初は氷のように冷たい女だと思っていた。だが」

イチェードはペヴァルアとの日々を振り返っていく。

「しかし、猫を飼ってかわいがり、趣味の乗馬や編み物などで楽しんでいる姿を見たとき、そうではないと知った」

　イチェードが語りかけていく声には、心からの熱情があった。

「私はおまえを今も心から愛している。この世のなにより、私自身の命より大事に思っている」イチェードが語った。「嘘《うそ》ではない。ジャハーの暗殺者や三頭竜ウングイユの襲来から私がおまえを命がけで守ったのは、おまえを救えるならこの命を捨てても良いと思ったからだ」

「ありがたく思っております」

　ペヴァルア妃からの答えは丁寧《ていねい》で、だが心が宿っていなかった。イチェードが愛していると何千何万回と言って、行動で証明しても、ペヴァルア妃にはどこか響いていない。王太子の英雄的な行為も献身的な気遣いも、周囲のなにも王太子妃の凍《い》てついた心には届かない。

　膝をつくイチェードは諦《あきら》めない。愛する妃を下から覗《のぞ》きこむ。

「そして今、子供ができている」

　イチェードは優しい目でペヴァルアの腹部を眺める。後公国《ごこうこく》の未来がそこにあった。王太子は手を伸ばし、腹部に触れる。布地を通して熱がイチェードの手に伝わる。

「私とおまえ、そして子供。良き未来をともに歩もう。我々《われわれ》ならできる」

　イチェードがつぶやく。ペヴァルアからの返答はなかった。王太子妃はずっと膝の上でそろえた自分の手を見ている。夫が手や腹部に触れていても反応しない。

　状態は悪化している。イチェードは心から愛し、尽くしていけばいつか治るだろうと待っていたが、限界だった。

「誤魔化《ごまか》すのはよそう」イチェードは相手への気遣いが無意味だとし、直線で問うた。「私にはおまえの悲しみはなにが原因なのか分からない。医者に診せたほうがいいのかもしれないが」

イチェードが言った瞬間、ペヴァルア妃《ひ》の手が跳ねあがる。手を払われて、膝《ひざ》をついたままの王太子の上体が下がる。足下の青黒い猫が起きて、離れていった。

ペヴァルアの緑の瞳《ひとみ》に怒りと恐怖があった。これまでも医者に診せようとしても、本人が激しく拒絶したため実現していない。自身になにかの病名がつくことを恐れているというか、絶対に許さないといった態度なのだ。

「義姉《あね》上、それはいくらなんでもっ！」

遠くにいたイェドニス少年が前へと進む。イチェードは左手を掲げて弟を制止した。少年らしい正義感と義憤はありがたいが、それでもなおイチェードは止めた。正論で諭しても意味はない。イェドニスも兄の対処が正しいとし、その場で踏みとどまる。だが、下がりはしなかった。

イチェードの目は再びペヴァルアへと戻された。

「おまえの気が晴れるなら、私にできることならなんでもする。なんでも望んでほしい」

イチェードは語った。

沈黙。ペヴァルア妃からの答えはまたもない。

　ペヴァルア妃の顔が上がっていった。緑の目がイチェードを見据えた。

「私とこの子に、後公国《ごこうこく》以上、後《ご》アブソリエル帝国《ていこく》を手渡していただけますか」

　語るペヴァルアの目には緑の炎があった。

「それはもちろんいつか」

「いつかではなりません」

　イチェードの答えをペヴァルアの冷たい声が遮《さえぎ》った。

「大アブソリエル帝国を見せつけてやりたいのです」

　ペヴァルアの緑の瞳には炎があった。積年の敵国から政略結婚をした女性の内が見えた。

　イチェードが思わず息を呑《の》む。乗り気でなかったことは分かっていたが、長くともにいてペヴァルア妃も変わったはずだ、とイチェードも周囲も思っていた。

　事実としてペヴァルア妃の内心は変わっていた。芋虫《いもむし》が蛹《さなぎ》となり、蝶《ちょう》となるように、誰《だれ》も予想もできない方向へと変貌していた。凍えた心は、氷ではなく猛毒の鉱物となっていた。

「ネデンシアもイベベリアも、ゴーズもゼインもマルドルも神聖イージェスも打ち砕いてほしい」ペヴァルア妃の口は自動機械のように動いて憎悪を滴《したた》らせた。「そして我《わ》が祖国、ナーデン王国も打ち砕いてほしい」

　ペヴァルア妃の口は猛毒の言葉を紡《つむ》いでいた。

「そうできるなら、あなたを愛します」

断言された。ペヴァルアはなにも愛していない。人や動物に愛情を向けているように見えても、食事の好みに近いものだった。何不自由ない王太子妃《ひ》という立場すら憎んでいた。アブソリエルと周辺国家、そして故郷と、自分を取り巻くすべてに不満と憎悪と殺意を持っていた。

イェドニスも硬直していた。兄の妻は誰《だれ》にも理解不能ななにかに変貌していたのだ。義姉《あね》の狂気を制止せねばと前に出ようとして、止まった。

膝《ひざ》をついたイチェードは、目を見開いて唇《くちびる》を噛《か》みしめていた。兄の顔に、イェドニスが見たこともないほどの悲しみと苦悩が刻まれていた。

長く長くイチェードは黙っていた。心中には嵐が吹き荒れていた。

「その決断はなりません」とイェドニスは止めるべきだったが、できない。今から愛するもののために一生と世界を間違えようとする男を、止められるものはいないのだ。

噛みしめられたイチェードの口が、錆《さ》びついた歯車が軋《きし》むように開かれた。言ってはならぬ言葉を言うまいと、良識が舌を鈍《にぶ》らせていた。

「分かった」

ペヴァルアの前で、イチェードは間違いを実行する言葉を吐いた。

「分かった」

イチェードは再び言葉を重ねた。愛《いと》しき蝶《ちょう》が忌《い》まわしき毒蛾《どくが》となったと分かっていても、同意した。兄の決断に、イェドニスは天を仰いでしまった。

部屋の隅では青黒い猫が目を開き、二人を見ていた。二尾が揺れていた。


円卓は対面に座るには大きい。不思議そうな顔でギギナが着席した。相棒の左に俺が座る。店の献立表を眺める。

老給仕が来ると、ギギナはすぐに注文を済ませる。俺も前と同じものといくつか別のなにかを注文しておく。

「なぜガユスは昨日と同じこの店を選ぶ」

ギギナが不満顔となる。昼の食事として、昨日と同じ喫茶店〈洋燈亭《ランペ》〉の席に、俺とギギナが座ることとなる。

ギギナの疑問を受けながら、午前の各分隊の調査報告を整理する。まったく成果なし。

大量に注文した料理が届く。肉に魚に野菜と健康的だ。疑問を抱いても、ギギナは黙々と料理を食べていく。俺も食事をしていく。待ち時間がかかるはずなので、食べられるときに食べておくべきだ。

「ツェベルン料理に近いな。同系列か」

牛の肉を嚙みちぎりながら、ギギナが言った。

「二つの国の料理の源流は、同じアブソリエル帝国料理だからな」

俺も肉を頬《ほお》張りながら答えた。喋《しゃべ》りながら食べるのもどうかと思うが、黙って食べるのも変だろう。

「アブソリエル料理の正統後継者は、やはり後公国《ごこうこく》だ。宮廷料理からさらに発展したアブソリエル料理はだいたい美味《うま》いだろう」

俺が言うと、感心なさそうにギギナが食事をしている。

「おまえが聞いたから答えたのに、興味なしとはどういうことだよ」

「由来を聞いた訳ではなく、再確認しただけだ」

俺はもうギギナは無視すべきだと確信。こちらはこちらで勝手に肉叉《フォーク》で麺《めん》とソースを絡めていく。アブソリエル帝国時代から続く麺料理だが、種類は数百もある。俺が食べていくのは、揚げ茄子に唐辛子とトマトソースを絡めた麺に、香草を添えたものだ。麺を口に入れて嚙《か》む。大蒜《にんにく》に鷹《たか》の爪《つめ》が辛めの味だが、実に美味い。

次に小麦粉を練った衣で肉と野菜を包んだものを食べる。エリダナでもよくあるタンデ巻に近いが、こちらが源流だろう。当然美味い。間に野菜の盛り合わせも食べる。鯖《さば》と芋の組み合わせなど、誰《だれ》が発見したのだというほど美味だ。全部が美味い。

「気づいたが、ソースが美味いんじゃないか」俺なりの感想が出てくる。「そういえばソースの種類の多さが文明度だという話も聞くな」

「黙って食べろ」

俺の分析をギギナが一言で切って捨てた。もちろん俺は料理があーだこーだ、事態がどうなっているかの話を続けてあげながら食べる。

「あの乳牛記者は合流しないのか」

ギギナが問うてきた。一秒後に記者のアーゼルのことだと理解する。

「俺たちと合流するところを誰かに見られると危険だ。連絡だけに留《とど》めている」俺は答えておく。「そういえばギギナはアーゼルに手を出さなかったな」

「騒がしい女はいらぬ」

ギギナが淡々と答えた。俺はちょっと手を出したので閉口する。

だいたい食べると、落ちついてきた。杯《はい》を手にとって珈琲《コーヒー》を飲む。二十三諸国家連合から、珈琲を最初に輸入したのも後アブソリエル公国だ。ギギナに説明すると無視されたが。

半分ほど飲んで、杯を机に戻す。ギギナの前に、老給仕によって追加の料理の皿が置かれた瞬間だった。ギギナもアブソリエル料理が気に入ったらしく、また猛然と食べていく。

長めの食事となっていた。仕切りの先に見える店内で食べ終えた客は出ていくが、新規の客が来ない。俺は再び珈琲を口に含む。

「そろそろか」

「ひたすら待つしかあるまい」

俺が言うと、野菜を頰張《ほお》りながらギギナが返してきた。相棒も俺の狙いが分かってきたようだった。しばらく食事をして待つ。

「そういえば、ギギナ＝〇《ゼロ》という数式のみで、存在意味がないと厳密に証明できたよ」

俺が真心を込めたギギナの新しい悪口を披露《ひろう》したところで、相棒の手が掲げられる。ギギナに続いて、自分の声が部屋に響かなくなっていることに気づいた。

「あーあーあー」

「止《や》めておけ。野生のガユスの鳴き声は、健康と自然環境に悪い」

俺がさらに確認するとギギナが皮肉を返してきたが、二人がいる区画から音が出ていかない。音に対して同じ空気振動の波長を当てて消す静音咒式《じゅしき》が、一角に発動しているのだ。

席の先、衝立《ついたて》から足が出てきた。続いて現れたのは、紺色の背広の大男だった。

「相席してもよろしいかな」

よく通る低い声で中年男が言った。アブソリエル人に典型的な青い目にくすんだ金髪は後方へと流れる。真面目《まじめ》な表情の巨漢だ。腰には魔杖剣《まじょうけん》が提げられている。どこからどう見ても攻性咒式士《こうせいじゅしき》だ。前もって知っておかなければ気圧《けお》される迫力だった。

俺は息を吐いた。わざわざ姿を現してきたなら、敵意はないだろう。今はまだ。

「どうぞ」

俺は左手で向かい側の席を示した。巨漢は椅子《いす》を引いて席に座る。仕切りの背後から大柄と長身という二人の男が現れる。同じく魔杖剣を腰に提げた攻性咒式士だ。

最初の男の背後に、二人の男が立つ。俺は座ればいいと勧めてみたが、二人は小さく手を掲げ、遠慮してみせた。

すぐに老齢の給仕が注文を取りに来た。ギギナは気にもせずに食事を続けていく。椅子に座す男が「いつものものをお願いしたい」と振り返りもせずに言った。分かっていますというように、給仕が頭を下げて去っていく。

「はじめまして、と言うべきなのだろうが」

俺は食事をしながら言っておく。

「映像で見たことがあるが、実際に見るアッテンビーヤ氏は迫力がある」

「こちらもはじめましてだが、報道でガユスにギギナの両氏は知っている」

アッテンビーヤが答えた。ギギナもうなずいて目線で挨拶《あいさつ》だけをした。

「私の訪問にも驚かないのだな」

後《ご》アブソリエル公国《こうこく》六大天の一人である、アッテンビーヤが問うてきた。

「俺たちの遠回しの会見要請に応じていただき、ありがとうございます」

食事を止めて、俺は頭を下げておく。調査によると〈洋燈亭《ランペ》〉は事態の急変前にアッテンビーヤが通っていた店だそうだ。同時にアッテンビーヤと店主とは親友である。

となれば、馴染《なじ》みの店に外国の攻性咒式士が顔を出しておけば、現状で所在不明のアッテンビーヤへと情報が流れる可能性が高いと予想していた。翌日に来るとはさすがに早すぎる対応だ。驚いているが、俺は顔に出さないようにしておく。

アッテンビーヤの背後に立つ二人は、当然のように副官のブレオムとダンガーディオ。十三階梯《かいてい》の攻性呪式士《こうせいじゅしきし》だ。人材豊富なことで。

「現状の私のことについては知っているだろう」

円卓の先からアッテンビーヤが俺へと問うてきた。静かな物腰だが圧力がある。

「栄えあるアブソリエル六大天が一人、アッテンビーヤ・リヴェ・アブソリ」

俺は記憶しておいた相手の経歴を述べていく。

「その祖先と起源は、アブソリエル帝国時代中期、ギラン戦役において窮地の帝国を救うほどの戦功をなした将軍で、国家の名前にちなむアブソリ侯爵《こうしゃく》位が授けられた」

滔々《とうとう》と述べていくと、アッテンビーヤの目が細められる。アッテンビーヤのアブソリ侯爵家は、現公王《こうおう》家よりもアブソリエルらしい一族なのだ。

俺としては、相手をどれだけ調べたかで牽制《けんせい》しておきたい。

「アッテンビーヤは由緒あるアブソリ侯爵家の末裔《まつえい》であり、また祖先の名に恥じぬ死闘と激闘を潜《くぐ》りぬけて、アブソリエルを代表する六人の攻性呪式士、六大天の一角となっている、といった教科書どおりの言葉でよろしいでしょうかね」

俺が言い終わるとアッテンビーヤが薄く笑う。背後に立つ大柄な攻性呪式士二人は表情を変えない。ギギナが肉叉《フォーク》を料理へと下ろす。

「アッテンビーヤは、帝国時代から続く、アブソリエル正統剣術の現代最高の使い手だと聞いている」

言いながらギギナが肉叉で料理の肉を切り裂いていく。銀の目はアッテンビーヤから離されない。アブソリエル最高剣士として名高い男が、どのくらいなのかとギギナが値踏みしていた。

ギギナはドラッケン族一〇八勇者にもなれたとされるユラヴィカ、十二翼将《よくしょう》では機剣士《きけんし》イェスパーと死闘を繰りひろげていた。果てには、当代最強剣士であるオキツグと対峙《たいじ》したこともある。卓越した剣士が気になるのだ。

アッテンビーヤはなにも言わず、ギギナの言葉を受けているだけだった。

「そして、後《ご》アブソリエル公国《こうこく》の侵略戦争に強く反対しているとも聞いている」

ギギナが料理から肉叉を離し、反転。小さな凶器をアッテンビーヤに向ける。

「アッテンビーヤよ、貴様はアブソリエルでなにをする気だ」

ギギナの問いは、まさに刃《やいば》だった。あまりに直裁《ちょくさい》すぎて俺としては呆《あき》れるしかないが、今だけありがたい。

「話が早いな」

アッテンビーヤは薄く笑う。

「戦争反対派である我々《われわれ》には、政府の監視がつきはじめていた。追跡を回避するために隠れていた」アッテンビーヤが語った。「相手は、おそらく歴史資料編纂《へんさん》室調査隊だろう」

肉叉《フォーク》を握る俺の手が止まる。長らく正体不明だった歴史資料編纂室《へんさん》の特殊部隊が、ここに来て尻尾《しりお》を出してきた。

「歴史資料編纂室調査隊とは、公王《こうおう》が秘密裏に動かす特殊部隊だと聞いていますが」

俺が言うと、アッテンビーヤが息を吐いた。納得してくれたようには見えないが、男は口を開く。

「親衛隊《しんえいたい》で構成される調査隊は、公王のために特殊な秘密を守り、敵を探るために動いている」アッテンビーヤが語る。「同時に公王に敵対するものたちの調査、さらには暗殺までが任務とされる」

アッテンビーヤの発言は、俺たちも摑《つか》んでいる情報だ。特殊な秘密とは〈宙界《ちゅうかい》の瞳《ひとみ》〉関係のことだろうが、わざわざこちらから手札を晒《さら》す必要はない。

「調査隊が来るということは、そちらは公王の敵となるわけですかね」

俺は話を戻しておく。アッテンビーヤの額《ひたい》には苦渋《くじゅう》の皺《しわ》、目には悲哀の青があった。

「後《ご》アブソリエル公国《こうこく》はアブソリエル帝国の後継者だ。そこに異論はない。先祖のアブソリ侯《こう》爵《しゃく》も公王の忠実なる配下となった」

アッテンビーヤが答えた。アブソリ侯爵家の歩みは、そのまま後公国を支えた道程なのだ。

「だが、現公王は現代において、再征服戦争という無謀《むぼう》な侵略戦争を開始している。これは許し難い」

「アブソリエル帝国の復権は、他国にとっては迷惑でも、アブソリエル国民の悲願となるはずでは？」

俺なりに後アブソリエル公国民の心情を推測してみる。

「真の愛国者なら拒否すべき悲願だ」

アッテンビーヤは右手を振ってみせた。

「アブソリエル帝国は寿命が来て滅びた。その伝統や文化を今に伝えることはいいし、後アブソリエル公国という新しい国として延命してもいいだろう」アッテンビーヤの言葉には強い意志が宿る。「だが、現実としての帝国の復活は、延命していたアブソリエルのすべてを滅ぼす」

アッテンビーヤの激情が語られる。

「公王はよりにもよって神聖イージェスとの密約で、なにかの確実な勝機を摑んで戦争を起こした。一端すら見えてこないが、現実に初戦で二国を陥落させようとしているほど強力なのだろう」

アッテンビーヤが指摘した。北の超大国との同時侵攻と〈宙界の瞳〉は〈踊る夜〉の暗躍によるものだと俺たちは予測している。俺たちの推測をアッテンビーヤに伝えるべきかと考え、手札公開は一旦保留しておく。

「だが、外部からの力でアブソリエル帝国を復活させてどうする。他国と貿易や技術交換ができずに、帝国などいずれ衰亡する」

アッテンビーヤは長期的な展望を予測していた。残念ながら俺も同意見だ。

いわば現代は交換の時代だ。企業や個人の自由な発想と交流から、技術発明が起こり、文化が生みだされる。今になって時代錯誤の帝国となり、広大な領土からの資源と人口という強みを得たとしても、アブソリエルを大陸全体の敵とするだけだ。

「私とロマロト老は、アブソリエルという民族と文化を滅ぼす、再征服戦争には反対するしかない」

アッテンビーヤが断言した。俺は横目でギギナを確認する。ギギナも奇妙な事態だという横顔になっていた。

「六大天でも、アッテンビーヤはアブソリエル帝国から続く武門の貴族、ロマロト老は厳格なる後《ご》アブソリエル公国《こうこく》の守護者。対してカリュガスは後公国に忠実。ドルスコリィは無言だが、前公王《こうおう》の時代から守護者として侍《はべ》っている」

ギギナが知るかぎりの情報を陳述していく。

「後公国に忠実なものたちが公王に反対し、新興のものたちが単純さや利益で公王に追随する。愛国心と利益とが、内心と立場の捩《ねじ》れを生んでいるようだな」

ギギナの指摘で、アッテンビーヤの顔にはさらなる苦悩が刻まれる。

「こちらからは、君たちの来訪こそ疑問だ」

アッテンビーヤが言って、俺も前へ視線を戻した。

「エリダナの新七門である君たちは、同じ新七門であるフロズヴェルと敵対している。すでに七門の一角、ロンレルが諍《いさか》いに見せかけて暗殺されている」アッテンビーヤは微笑《ほほえ》みとともに指摘してくる。「地元の足固めをしなくてはならない時期に、なぜ他国である後アブソリエル公国、その首都にいる？」

「最大の激震地である後公国の首都に、法院の仕事で来ているだけです」

アッテンビーヤの指摘に、俺は嘘《うそ》で即答してしまった。実際は俺たちの目的に法院が仕事として協力したので、順番が逆である。完全な嘘ではないが、俺たちの、とくにフロズヴェルとの因縁が成立させてくれない。死ね、本当に死ねと思える。

「フロズヴェルとあのパンハイマが手を組んだという情報もあるが？」

アッテンビーヤが重ねて疑念を問うてきた。

「法院と組んでいる仕事でして、内情は言えませんね」

俺はなるべく平然とした顔で最速の返答をしておく。アブソリエル六大天の情報収集力は異常にすぎる。自国の動乱にあっても、遠いエリダナの攻性呪式士《こうせいじゅしきし》業界の最新の、しかも裏の事情にも通じていやがる。あとパンハイマもやはり死ね。

床から足下へと振動。仕切りの向こうで、老給仕が立ち止まる影が見えた。

アッテンビーヤがうなずくと、老給仕が来て珈琲《コーヒー》杯を置いていく。終わるとすぐに下がっていく。双方が持ち、また隠している手札を考える時間ができた。

「そちらはそちらで事情があるのだろう」

珈琲《コーヒー》杯に口をつけ、アッテンビーヤが引いてみせた。

「では、おまえたちは、なぜ私と連絡を取ろうとした」

「あなたたちの動きを止めにきたわけではありません」

俺は前提を述べておく。

「こちらは事情によって公王《こうおう》に関係するものを探しているだけです。あなたたちの動きと同調できる面もある」俺は告げておく。「だが、分が悪すぎる動きをされては、こちらにも都合が悪いのです。一度会って確認する必要がありました」

アッテンビーヤとロマロトは呪式士《じゅしきし》としては到達者、いや、最近改定された判定では、十四階梯《かいてい》の踏破者以上になっているだろう。部下たちはアブソリエルどころか大陸でも最高峰の攻性《こうせい》呪式士が数百人規模でいる。

だが、後《ご》アブソリエル公国《こうこく》を相手にしては、あまりにも分が悪い。侵略戦争中で防衛は手薄とはいえ、首都、とくに公王宮と公王の守りは厳重となる。

「アッテンビーヤと部下のあなたたちが良き人だからこそ、俺は情報を渡しておきたい」俺は真実を告げねばならない。「後公国は、おそらく〈踊る夜〉と組んでいる」

俺の発言でも、アッテンビーヤは動じない。しかし背後の部下たちには揺らぎが見えた。

ビスカヤのフォスキン将軍を暗殺し、ウォインカ島で英雄たちを薙《な》ぎ倒した〈踊る夜〉の存在は、周知の事実となってきている。英雄に英傑に勇士、軍人に殺し屋まで清濁の英雄大集結をさせて、なお一気に殲滅《せんめつ》されたのだ。以降、大陸各国は後手に回り、協力すらできなくなっている。

「あなたの腕前が、フォスキン将軍に劣ると言っているのではありません。ですが後公国軍隊という武力と〈踊る夜〉の策略と異常性には、数百人の武装集団であっても対抗できません」

「我々《われわれ》の不可能性は君たちも同じではないかね」

アッテンビーヤの静かな言葉が俺を打ち据えた。俺たちの計画も分の悪いものだと予測しているのだ。

「だからこそ、俺は両者に手を結ぶ余地があるのではと提案したい」

ここで俺は一気に本題に入る。

「俺たちは〈踊る夜〉と後アブソリエル公国とを結びつけるものを奪取したい」

「こちらは態度がすでに決まっている。手を結べるかどうかはそちら次第となる」

アッテンビーヤは一言で切って捨てない。交渉の余地があるのだ。

「我々は、後アブソリエル公国を正すためにいずれ立ちあがる」峻厳《しゅんげん》なる男は俺とギギナを見据えた。「君たちのやろうとしていることがアブソリエル、そして後公国を救うなら、我らは喜んでその差しだされた手を取ろう」

「こちらも、そちらがどう動くかによって決まる」

「我々《われわれ》は最終手段を採ることも辞さない」

アッテンビーヤは語った。俺は即答できない。ギギナも沈黙を保つ。

俺たちには後《ご》アブソリエル公国《こうこく》人の仲間もいるが、後公国を第一とはできない。第一目標は、さらなる問題であると俺たちがしている〈宙界《ちゅうかい》の瞳《ひとみ》〉の奪取だ。

横目でギギナが俺を確認する。〈宙界の瞳〉についてアッテンビーヤに話して、共同歩調とすべきか判断に悩むところなのだ。地元でしかも世界に冠たる攻性咒式士《こうせいじゅしきし》であるアッテンビーヤとロマロト老と組めるなら、難事である〈宙界の瞳〉の調査と奪取の成功率が上がる。

一方でアッテンビーヤとロマロト老たちの言う最終手段は、おそらく公王《こうおう》暗殺か退位させることであろう。協力は国家への大逆に荷担することになる。どちらも似たような動きに思えるが、俺たちは公王本人を殺害したいわけではなく〈宙界の瞳〉の奪取だけで済むと考えている。

俺は前に目を戻し、アッテンビーヤと向き合う。

「双方の動機は違うが、一部は協力できないでしょうか」

正直に俺は言うしかなかった。対面側の席に座るアッテンビーヤは悲しい顔をしていた。

「できないと今分かった。我々は後アブソリエル公国を第一とする。そこで妥協すればどこかで決断の分岐点が来る」アッテンビーヤの声には悲哀が滲《にじ》んでいた。「それはいずれ絶対的な分岐点となる可能性が高い」

「〈踊る夜〉たちは〈異貌《いぼう》のものども〉と共同戦線を行《おこな》っている」俺は説得の言葉を紡《つむ》ぐ。「動機は違うしいずれ敵対するが、それでも奴《やつ》らは一部で共同できている。ならば俺たち人間も、その決定的な地点まではともに進めるのではないでしょうか」

苦しい説得を俺は紡ぎだしてみせた。アッテンビーヤは首を左右に振る。

「彼らと違って、我らの分岐点が近すぎる」

「話を断るなら、なぜここへ現れたのですか？」

重ねて俺は問うておく。アッテンビーヤは微笑《ほほえ》む。

「私たちが失敗したときの保険が必要だ」

アッテンビーヤとロマロト一派は、自分たちの決起の成功確率が低いことも分かっている。全滅もありえると計算しているはずだ。

俺はアッテンビーヤを見る。男の背後では、部下二人も微笑んでいた。彼らの微笑みの意味が分かった瞬間、俺の背に悪寒《おかん》。彼らの微笑みは、俺を庇《かば》って死んだアラバウとミゴースが浮かべた微笑みだ。死を前提とした戦士たちだ。

そこまで勝ち目のない戦いをする理由はひとつ。自分たちが死を賭《と》して行った行為で、戦争反対者たちが立ちあがると信じている。さらに〈宙界の瞳〉の奪取という、近い道にいる俺たちが好機に恵まれたなら、公王の行動を挫《くじ》く可能性がないとは言えない、と予想しているのだ。

「気高《けだか》いかもしれないが、嫌な手を使う」

ギギナが戦士の潔癖症を示した。

「ことが重大にすぎるのだ。どんな小さな可能性であっても使ってみたくなる。縋《すが》りつくといってもいい」

言葉の重大さとは裏腹に、軽やかにアッテンビーヤが言ってみせた。

「だから俺は愛国者が嫌いだ」苦渋《くじゅう》の決断は分かるが、俺としては迷惑にすぎる。「国を救うためなら、なにをしてもいいと思っている」

俺の忠誠心はジヴーニャと子供たち、そして仲間と部下、クエロたちジオルグ事務所の仲間と段階を踏んで広がっていくだけだ。ギギナは屠竜刀《とりゅうとう》で通す戦士の流儀が第一である。次に仲間と部下とクエロたちと家具、そして故郷とドラッケン族が並ぶだろう。

アッテンビーヤが言う、可能なかぎりの保険を、外国人の俺たちが引き受ける理由はない。

俺は息を吐いた。

「そちらの目的について協力はできないが」

俺は言っておく。

「こちらの目的に反しないかぎり、後《ご》アブソリエル公国《こうこく》にとって良い選択をする、とします」

俺の判断に、ギギナは呆《あき》れの目をしている。九〇％くらいは死ぬ任務に、さらに九％の他人の思いを乗せたのだ。ほぼ確実に死ぬ選択は、呆れられるだろう。

「気休めと分かっていても、気が楽になる」

アッテンビーヤが言った。背後に立つ攻性咒式士《こうせいじゅしきし》の目にも安堵《あんど》が見える。

「最終的な目的は分かれるが、礼には礼を返したい。こちらからの情報を提供しよう」

アッテンビーヤの言葉に、俺はうなずく。ギギナも眼差《まなざ》しに光を宿す。違う道を進むが、言葉だけでも妥協しておくと良いこともある。

男が掲げた右手を捻《ひね》ると、携帯が現れる。俺も同じく携帯を掲げた。情報が受信されていく。開いて読んでいくと、俺は小さく声が出た。隣のギギナも喉《のど》の奥で唸《うな》る。

思わず目を上げると、机の先でアッテンビーヤがうなずいてみせた。

「後アブソリエル公国の公王宮《こうおう》と敷地の見取り図だ。最新版ではなく去年のものだが、新築の建造物はない」

アッテンビーヤは軽く言ったが、驚きの情報だ。俺は再び立体光学映像の地図を眺める。公王宮の上空からの撮影は可能で、内部も公開されている。だが、詳細は国家機密だ。

アッテンビーヤからの情報には、公王宮の敷地全域にある建物と地下室、配置されている部署まで示されている。さすがに偽装されている歴史資料編纂《へんさん》室と調査部隊の居場所は示されていないが、巨大研究施設を収めるような謎《なぞ》の場所は存在しない。

なにより近衛兵《このえへい》の詰め所や宿舎や巡回路。そして公王の私室の位置まで特定されている。なにをするにしろ、地図から警備まで把握できるのは大きい。

「ありがたい」

俺は受け取っておき、仲間へと送信しておく。アッテンビーヤの顔に緊張感が戻っていた。

「おまえたちが探している白の〈宙界《ちゅうかい》の瞳《ひとみ》〉は、たしかにアブソリエルにある」

男の言葉で、俺の呼吸が止まる。ギギナは殺気を放つ。一気に席が緊張する。アッテンビーヤの背後に立つ部下二人がわずかに右手を浮かせ、腰を落とす。机を挟んで臨戦態勢となる。

「なんのことだ、とは言わない。なぜ分かった?」

俺は正直に手札を公開しておく。

「公王《こうおう》が開戦の決断を下した勝機は〈宙界の瞳〉にある、とまでは我《われ》らも調べた」アッテンビーヤが語る。「今、このアブソリエルに、エリダナ七門であるガユスとギギナが来るなら、理由は〈宙界の瞳〉しかないだろうと推測しただけだ」

アッテンビーヤが語る。

「アブソリエルの攻性呪式士《こうせいじゅしきし》でも、高位の極々一部だけが〈宙界の瞳〉についての懸念を把握している」

「なにか知っているのか」

俺は前のめりになる。アッテンビーヤが軽く息を吐く。

「長い歴史で〈異貌《いぼう》のものども〉と話した呪式士もいて、それを口伝《くでん》で知るだけだ。おそらくおまえたちが知る以上のことは知らない」

アッテンビーヤが返した。イーゴン異録が黒竜からの聞き書きならば、他からも一部は知られているのだ。アッテンビーヤたちの関心が他にあるため、新情報はない。また、口伝ではなく記録として残るイーゴン異録がもっとも詳細だろう。大事なことは他にある。

「ならばこちらも手札を隠さずにすむ。俺たちは〈踊る夜〉がもたらした〈宙界の瞳〉を後公《ごこう》国《こく》から取り除きたい」

俺は言葉を紡《つむ》ぐ。

「それによって少なくとも公王の野望は止まるはずだ。公王排除に動く必要はないのではないか？」

俺の言葉を吟味して、最後にアッテンビーヤは首を振る。

「そう上手《うま》くはいかない。すでにイベベリアとネデンシアの陥落が目前に迫っている。ナーデンも危険だ」アッテンビーヤが分析を語った。「反後公国の盟主たるナーデンが落ちれば、残る周辺国家のゴーズ、マルドル、ゼインの各国はもう抵抗できない。帝国は再建されてしまう」

「つまり」

アッテンビーヤたちに見えていた予想図が、俺にも見えてきた。

「限界線を越えれば、超兵器か〈宙界の瞳〉があろうとなかろうと、アブソリエル軍は侵攻する。そして後帝国が成立するということか」

元々〈宙界の瞳〉の奪取は困難だと見ていたが、時間制限がかなり厳しくなってきた。イベベリアとネデンシアで秒読みが始まり、ナーデンの陥落が最終期限で、あとは誰《だれ》も後公国を止められなくなる。

ナーデンはなんとか抵抗しているが、最悪の展開までの時間的猶予《ゆうよ》はどれくらいか。アッテンビーヤとロマロトたちは猶予がないと見て動いている。俺たちにも時間がない。

「ここらで良かろう」

アッテンビーヤが席を立つ。俺も席を立って礼を示す。ギギナも食事を終えて立つ。

男の目には覚悟の色があった。

「また会おう」

アブソリエルの愛国者は、もし生きていたら、という前提を言わない。握るべき手も差しださなかった。俺もギギナも差しださない。道が違うものたちが握手をすることはない。両者にできるのは、ただ互いの生存を祈るくらいだ。

アッテンビーヤは反転し、仕切りの先へと去っていく。部下たちも男の背を追っていった。

俺とギギナも先へと進む。俺たちの会計はアッテンビーヤがしてくれたようだ。

「おごってくれるやつは良いやつだ」

「餌付《えづ》けで尻尾《しりお》を振るな」

ギギナに呆《あき》れられるが、実利を寄越《よこ》さない相手など信頼できない。外に出て車に乗りこむ。

各部隊へアッテンビーヤとの接触と情報を伝え、車を街へと走らせる。

「ギギナの見立てを聞いていなかったな」運転しながら、俺は相棒に問う。「アッテンビーヤの腕前をどう見た？」

人格は信用できないが、ギギナによる腕の見立ては正確だ。外れていたら死ぬからだが。俺が待っていると、ようやくギギナの美姫《びき》の唇《くちびる》が開く。

「身のこなしからして、剣士としては間違いなく超一流。だが、それだけではない」

珍しくギギナが迷いの言葉を発した。車窓に映る美しき男の横顔には、疑問が浮かんでいた。

「噂《うわさ》の奥に、なにかとんでもない技があるということか」

俺なりにギギナの言葉を解釈する。現代咒式剣士《じゆしき》は、強靭《きようじん》な体と重装甲《そうこう》、または超速度、剣技などで単純に強い。到達者級などの一流の咒式剣士ともなれば、咒式と組みあわせた咒式剣術を使う。使用咒式によっては、想像を超える必殺技となり、初手《しよて》で殺される。

今のところアッテンビーヤと敵対する予定はないが、多少は調べておくべきかと考えて首を振る。

「今は本筋を急ごう」

俺が言うと、ギギナも剣士から思考を離した。我々《われわれ》に時間の猶予はない。一秒でも早く〈宙界《ちゆうかい》の瞳《ひとみ》〉にたどりつかないと、そのまま敗北。人類社会全体とジヴにすら影響が出てくるのだ。

冬の空の下、イベベリア公国の首都ナブーシアは、暗く静かであった。

イベベリア様式の緑の屋根瓦はくすんでいる。ビルも灰色の肌が薄汚れていた。街を行き交う車も出歩く市民もいない。何割かは逃げだし、逃げられなかったものは建物のなかで息を潜めている。

一国の首都であり百万人の人口を支える大都市であるが、静かであった。ただでさえ不景気と圧政によって暗い街並みとされている。現在は暗いどころか死の寸前の陰鬱《いんうつ》さが街全体を覆《おお》っていた。住民のほとんどは逃げ出していた。

市街地の前、北方の平原では戦車が各地に配置されていた。土を重ねた陣地の上に砲塔《ほうとう》だけを出している。防壁の背後では魔《ま》杖剣《じょうけん》を握りしめた兵士たちがいて、前方を見据えている。兵士たちの間には装甲《そうこう》車や咒式《じゅしき》化戦車、高射砲が並ぶ。背後では突撃を待つ尖角竜《せんかくりゅう》が四肢《しし》をたわめている。隣では軍用火竜《かりゅう》が首を伏せていた。傍《かたわ》らでは軍の使竜士が首を撫《な》でている。後方では飛竜たちが翼を畳み、鼻先を連ねていた。飛竜兵たちが跨《また》り、長大な魔杖槍《そう》を提げている。

兵士たちの表情は暗い。国難に際して少なくない数の兵士が脱走している。初戦の敗戦から脱走兵は増えるばかりである。国民から義勇兵が出るどころか、民兵や少なくない住民が後公《ごこう》国《こく》の制圧に協力している。後公国からの離脱時にイベベリアが差別して押しこめつづけた人々が、辺境で蜂起したのだ。破綻《はたん》しつつあるイベベリアという国家に、後公国という決定打が襲いかかっている。

イベベリア公国の首都ナブーシアから住民は逃げ去り、わざわざ守る兵士たちは、わずかに三万人。全員の顔に緊張と、そして不安があった。全員が先にある山を見つめている。

ナブーシアの前に展開した戦力は、必要最低限に満たない。首都の前にあるナリヨラ山の向こう、ナリヨラ市に、主力にして精鋭の九万人を配置していた。ナリヨラの市民はすでにほぼ全員が逃げだしていた。

後方にあるナブーシアを囲む首都防衛軍の中心には、高台があった。丘の上に、指揮本部の陣地が設置されている。

本部の緑の帷幕《いばく》の外には、軍人が立っていた。両肩には、大将を示す四つ星の肩章。胸には勲章の列。白髪頭の老軍人だった。左手は腰に下がる魔杖剣の柄《つか》を握っている。

ナリヨラとナブーシア連携防衛戦を率いる総司令官、トルデアト大将は前を見据えていた。

昨日までトルデアトは少将であった。イベベリア王が政治の他に軍事にも興味がないこともあるが、初戦から将官たちが大量死していた。国民と同様にイベベリアに殉《じゅん》じる気がない将官たちも、多くが逃げだした。残った戦歴に乏しいトルデアトが急遽《きゅうきょ》昇進し、大将として全軍を率いることとなった。すでに破綻している国家にトルデアトも愛国心を抱きにくいが、人々への責任感が戦場に残らせていた。

老将の左右と背後に、将校たちがついてくる。それぞれが体内通信や受信機で、最終防衛線であるナリヨラ市駐留軍と連絡を取っている。

丘に立つ老将の黒い瞳《ひとみ》は前方を見据えている。軍の全員が前方の平原と、その先の山を見つめていた。山の峰に隠されて、ナリヨラ市は見えない。平原と山は静かだった。

前を見据えたままでトルデアト大将は動かない。傍《かたわ》らには参謀が立つ。

「勝てますでしょうか」

参謀が問うた。トルデアト大将は薄く笑う。

「イベベリア全土はすでに後《ご》アブソリエル公国《こうこく》の手に落ちている。無理だ」

大将はあっさりと戦況の不利さを述べた。

「我々《われわれ》にできることは、要害の地であるナリヨラで相手の進軍を阻み、ナブーシア陥落を遅らせることだけだ。遅れたなら、大陸諸国家もアブソリエルを危険視し、大連合軍がやってくる」

トルデアト大将が語る。参謀も分かりきっていることを聞いてしまったと、頭を下げる。しかし、周辺国家が連合軍を結成し、展開するにしても最速で数日。列強各国にいたっては非難声明だけで、一歩も動く気配がない。大陸会議も紛糾したままである。防衛軍は絶望的な状況をなるべく長く維持し、好転を待つしかない。

トルデアトはイベベリアによくいる、平和時の軍隊を維持して順当に出世してきた老人でしかない。当然、勇将でも猛将でも知将でも、ましてや名将でもない。大戦どころか他国との戦争も初体験という急造大将だ。

イベベリアに人なし、と長らく言われている。ガラテウ要塞《ようさい》という要害の地に依存してきたこともあるが、イベベリアという国家が失政からの圧政ですでに破綻《はたん》している。咒式《じゅしき》技術も遅れて、どうしようもない国となっていた。

それでもトルデアトは総指揮官として、首都ナブーシアとナリヨラの連携による防衛線を維持するしかない。勝利の可能性もなく、友軍もいない。時間稼ぎだけが唯一の手だった。

「王宮の護衛軍から急報っ！　王がっ！」

体内通信を受けた情報将校が叫ぶ。

「王と一族が逃亡しました！」

連絡を受けて、トルデアトは崩れそうになる膝《ひざ》を摑《つか》み、屈《かが》むことを防ぐ。イベベリアはもう終わってしまったのだ。本陣の将校や士官たちにも絶望が広がっていった。もはや戦っても守るべきものがなくなっていた。

「降伏、ですか」

参謀が問うてきた。トルデアトは迷っていたが、やがて口を開く。

「いや、せめて一撃を与えねば、イベベリアという国の矜持《きょうじ》が保てない」

トルデアトはあえて言った。王と一族が逃げ、戦争に敗れたなら、戦後のイベベリア再建は不可能となる。亡命政権が再び立ちあがるためにも、一撃を与えた事実が欲しい。

「敵軍に動きあり」

体内通信を受けた情報将校が、後方から叫ぶ。トルデアトが振り返ると、帷幕《いばく》のなかにいた他の参謀や将校たちも沸騰《ふっとう》する。

「後《ご》アブソリエル公国《こうこく》軍が陣形変更！」「中央が後退、全方位攻撃に移るかと予想！」「違います、左翼右翼、どちらも迂回《うかい》せず、ただ全隊が後退！」「バロイ大隊、戦線放棄！」「攻撃に出るべきか、ウィラサク大佐が指令を求めています！」「タデン中佐が待機。同じく指令を求めています！」「コルディア中佐、戦線離脱！」「ネボ大隊、戦線放棄！」

トルデアトに向けて将校たちが伝えるのは敵軍と、戦闘前から崩壊しているイベベリア戦線だった。自軍の崩壊を見ながら、総指揮官は怪訝《けげん》な顔となる。普通なら、後アブソリエル公国軍は中央軍で押し、左右のどちらかでナリヨラを攻める。しかし敵軍は妙な動きをしている。

「違う」

全軍で最初にトルデアトが気づいた。

「最初だ。あれで気づくべきだったのだ」

指揮官は反転。先を見据える。

「通常戦術で、ガラテウ要塞《ようさい》が陥落するはずがない！」

老将が叫び、思わず前に出る。ナリヨラ市防衛軍への映像回線を開く。

立体光学映像では、包囲していたアブソリエル軍が後退していく姿が見えた。

続いて一面の黒。映像が見えなくなると同時に、トルデアトを包む大気が振動。衝撃波でも音でもない、呪力波《じゅりょくは》が大気の酸素や窒素や一酸化炭素に干渉して振動していた。

呪力波が首都ナブーシアの最終防衛軍の軍人や火竜《かりゅう》や尖角竜《せんかくりゅう》に叩《たた》きつけられた。竜たちが叫び、兵士たちが伏せて耐える。

ナリヨラ市からナリヨラ山を越えて来るほどの咒力波などありえない。戦略級の核攻撃咒式かと、トルデアトが咄嗟《とっさ》に〈反咒禍界絶陣《アーシ・モダイ》〉を展開。青光の六角形が連なり、全方位へ防御を展開。丘ごと本部を守る。

青い光の結界越しに、前方のナリヨラ山の背後から黒い霧が溢《あふ》れた。誰《だれ》もが爆裂や砲撃咒式の戦塵《せんじん》かと思ったが、山の先の空間を埋めるほど広がっている。

遠い轟音《ごうおん》。ナリヨラから山を越えた音が、平原の陣地や塹壕《ざんごう》で遮蔽《しゃへい》を取る兵士たちに叩きつけられる。鼓膜《こまく》を振動させ、肌を殴りつけていく大気の激震。後方の首都で室内に籠もる市民は音に身を伏せる。ナブーシアの王宮も震えているかのようだった。

トルデアトは結界で音の暴風に耐える。結界によって守られている参謀や将校も耐える。軋《きし》む結界の外で、風となった音が荒れ狂う。

空を切り裂く音は長く続き、そして途絶えた。参謀たちは思わず前のめりになり、足で耐えた。

指揮本部からは、ナリヨラ山の山頂や中腹を越えてくる爆煙が見えた。山から見えるほどの爆煙がたなびくなら、先にあるナリヨラ市は惨状になっている。

首都前にあるはずの戦線は無音。首都防衛軍の誰《だれ》もが、なにが起こったか分からない。火竜や尖角竜、飛竜たちですら鳴き声を発しない。完全に怯《おび》えた姿勢で、頭を低く下げている。

防御陣地や塹壕《ざんごう》にいる兵士たちは、互いを見る。相手と、相手の目のなかに映る自分自身の恐怖が見えただけだった。次に上官を見る。当然のように上官も分からない。怯《おび》えた士官たちは指揮本部を見る。

大軍の中央の丘に立つトルデアト大将が、口を開いた。

「どうなっている」老将が問うた。「映像は！　通信は!?」

指揮官からの声に、左右と後方にいる将校たちから返答はない。ようやく一人の参謀が口を動かした。

「ナリヨラ本陣、ウィラサク大佐との通信途絶！」

一人の参謀が報告すると、他も動く。

「右翼アーモア大佐からの報告なし！」「左翼バニリア大佐も通信途絶！」「航空部隊からも連絡ありません」「各斥候小隊からの連絡なし」「ナリヨラ市からの映像来ません！」

後方からは、次々と将校たちの悲鳴のような報告があがる。戦った隊も先に敵前逃亡した隊も連絡も確認もできない。トルデアト大将は信じられないという表情となっていた。

「九万の大軍とナリヨラ市各地からの通信が途絶、だと」

導かれるはひとつ。先ほどの黒い霧と轟音《ごうおん》が原因だ。理解しても指揮本部のトルデアト大将は動けない。

「ナリヨラの九万の軍勢が一瞬で全滅したのだと推測するしかないが」トルデアトは呆然《ぼうぜん》とし

た声を発していた。「そんなことがありえる、のか？」

自分で言っても、トルデアト大将には信じられない。ガラテウ要塞《ようさい》の陥落という異常事態が起こったなら、再びナリヨラで起こっているとして動くしかない。

前方のナリヨラ山の左右からは黒い霧が溢《あふ》れる。山の中腹や稜線を越えて、雪崩《なだれ》のように這《は》ってくる。山頂も黒い霧が越えてくる。

トルデアトの視線は水平から上へと向けられていく。黒い霧の影は、前線の防御陣地や塹壕、兵士や兵器、軍用火竜《かりゅう》や尖角竜《せんかくりゅう》や飛竜の群れの上に影を落とす。トルデアトや本陣まで、影が達した。

黒い霧は標高四〇〇メルトルというナリヨラ山を越えて、空にまで到達。太陽を隠して、首都ナブーシア前へと影を落としていた。

伸びていく影のなかで、トルデアト大将は空を覆《おお》う黒い霧を見上げていた。右手は自然と魔《ま》杖剣《じょうけん》を握り、空へと向けた。

「全軍、斉射準備！」

トルデアトの叫びとともに、本部から前線の兵士たちが魔杖剣や魔杖槍《そう》を構える。切っ先や穂先に呪式《じゅしき》の光点が数千も紡《つむ》がれる。対空砲や戦車の主砲も仰角を取る。

「斉射ぁああ！」

大将の悲鳴のような号令とともに、一斉に火線が上空へと放たれる。最初は音が届く近くの数千、次の瞬間には万もの砲弾に投槍《とうそう》、プラズマ弾に雷撃に熱線が放たれた。二万の将兵が放つ、呪式《じゅしき》の大噴火だった。

地上から空へと、数万もの流星が放たれたかのような壮絶な光景。膨大な火線が空に広がる黒い霧へと着弾。さらに爆裂呪式が炸裂《さくれつ》。気化燃料爆弾呪式が黒い霧ごと焼き尽くす。

攻撃を受けても、膨大な黒霧は止まることなく進んでくる。前線へと黒い霧の足下が到達。防御陣地や塹壕《ざんごう》は無意味と、一部の軍人たちが魔杖剣《まじょうけん》を掲げて突進。最前列の機剣士《きけんし》が霧へと斬《き》りつける。青い量子散乱を起こし、霧が切り裂かれる。

だが、それだけだった。周囲の霧は機剣士を呑《の》みこみ、後続の軍人たちの姿を掻《か》き消して進んだ。悲鳴も苦鳴《くめい》も聞こえない。黒霧は静かな波濤《はとう》となって押しよせていく。

黒い霧の蹂躙《じゅうりん》に、イベベリア公国軍は大混乱となった。火竜《かりゅう》は尾を振って暴れ、周囲の兵士を薙《な》ぎ倒す。尖角竜《せんかくりゅう》は黒い霧へと突進。そのまま帰ってこない。

兵士たちは呪式を放ちながら後退していく。そのうち兵の一人が魔杖剣を投げ捨てて反転。一人が逃げると、他のものたちも武器を投げ捨て、甲冑《かっちゅう》を脱ぎ捨てて逃げだす。イベベリア軍は統制を失い、潰走《かいそう》をはじめていた。逃げるものたちも、黒い霧は静かに呑みこんでいく。

無音の暴虐だった。

迫る黒霧を前に、指揮本部からは参謀や将校たちが退避していく。霧の速度からすれば無意味だが、それでも逃げるしかなかった。

「そうか、そういうことか」

丘にある指揮本部前に、トルデアト大将が立ちつくしていた。老将は、自分も咒式を放っていた魔杖剣を下げた。連射したため、刀身と機関部から蒸気があがる。足下には咒弾の空薬《からやっ》莢《きょう》が散乱している。

「これでガラテウ要塞《ようさい》とナリヨラ市が一瞬で落ちたのか」

暴風が吹き荒れるなか、トルデアトは動かない。

「閣下、死んではなりません！」「退避して再起を！」「首都が落ちてもまだ！」

副官や側近たちが退避しようと呼びかけるが、トルデアトは立ちつくして動かない。すでに副官や側近の呼びかけも、老将には聞こえていない。

防衛軍は潰滅し、首都はもうすぐ陥落する。いや、陥落では済まないだろう。しかし急造であっても、トルデアトは総指揮官。あと数秒で死ぬのなら、敵を見据えてやる。正体を摑《つか》み、伝えるのだ。自分が死んでも、その死によって他の誰《だれ》かに。

トルデアトの目は自分へと迫る黒霧を見上げていた。一面の闇《やみ》となった空に、巨大な満月が掲げられていた。

赤い月の中央には、細い細い月。トルデアトや軍人や〈異貌《いぼう》のものども〉や兵器や首都を見下ろしていた。

巨大にすぎる嘲笑《ちょうしょう》の瞳《ひとみ》のようだった。

「イベベリアは終わった」

見上げるトルデアトの灰色の目は、大きく見開かれていた。誰《だれ》かに伝えることなどできない。そのような甘いものではないのだ。

「すぐに人の世も終わる」

丘の上でトルデアトの嘆《なげ》きの声が響く。赤い月を背景にした黒い霧が大瀑布となって落下してきた。大波の先端は五つの巨大な刃《やいば》となって、トルデアトとイベベリア軍の上に落ちていく。

無音の死と消失が起こった。


ビルの谷間で車を進める。助手席にはギギナが座る。

運転しながら、俺は左手を懐に差し入れる。携帯を取りだし、各方面へとつなぐ。

立体映像が展開。デリューヒンにドルトン、テセオンと単体では情報に弱いのでつけたモレディナと、各方面の指揮官の顔が浮かびあがる。

「進展はあるか?」

俺が言うと、情報部門の統括者であるモレディナが渋い顔となる。

「ガユスさんには報告しにくいのですが、まだ〈宙界《ちゅうかい》の瞳《ひとみ》〉の場所の特定はできません」

モレディナが言うと、他の面々も口を開いていく。

「その前段階であるファルウェア博士と歴史資料編纂室《へんさん》は、まだ歴史の闇《やみ》のなかだ」「呪式研《じゅしき》究所の特定もまだです」「どうやって公王宮《こうおう》に近づくかを検討したが、ありゃ無理ですわ」

各自の報告が続いて、終わる。俺は重い息を吐く。

「こちらも、あれから進展なしだ」

俺の報告で、分隊長たちも落胆の表情を並べる。

すぐに結果が出るとは思わなかったが、まったく進んでいない。

「法院に集まって、今後の方針を考えよう」

俺が言うと、画面の全員がそれぞれに同意してみせた。俺は左手を振って携帯を停止させる。回転させて懐に戻す。

助手席ではギギナが欠伸《あくび》をしている。ドラッケン族の剣舞士《けんまいし》には、捜査とその進展のなさは退屈なのだ。ギギナは到達者級の一流も一流の咒式剣士だろうが、一方で俺がいなかったら、ジオルグの死後は傭兵《ようへい》か軍人となって戦場に立つ道を選ぶしかなかった。俺もギギナも本来いるべきではない場所にいる。誰も選べないのかもしれない。

俺は車を発進させ、左折。車の流れに入っていく。窓の外には車の列。車道には磨かれた車が往来していた。過ぎていくビルに輝く窓が並び、清潔な壁がそびえる。人々は普段どおりに行き交う。

再征服戦争が国外で続いていても、アーデルニアは平和なものである。

俺とギギナから妙案は出ないまま、街に車を走らせていく。四つ角を右へと曲がって進んでいく。運転環《ハンドル》を回しながら、俺の眉《まゆ》はわずかに動く。

進んだ先で、今度は車を左折させていく。俺の手はいつもより深めに運転環を回す。

「車に少し違和感があるな」

曲がりきると、助手席のギギナが言った。

「車輪か車軸に小さな問題が出ているのだろうが」感心するより呆《あき》れてくる。「助手席に乗っているだけでよく気づくな。繊細《せんさい》か」

「自分の馬の違和感に気づかないような戦士は、戦場に行く前によく死ぬ」

ギギナが言った。たしかにルゲニアでは、ギギナは抜群の騎乗術を見せた。馬についての扱いも万全だった。

「あれだけ馬に乗れて、なぜ車の運転は下手《へた》なのか」俺は笑っておく。「四輪は悪魔の乗り物と言うわりには、よく俺の車に乗っている」

「悪魔が運転しているから正解だろう」

「俺もよく悪魔を乗せているから正解だと思うよ」

お互いに責めておくが、事態が進展しない苛立《いらだ》ちではなく、普段の会話だ。

道路を曲がり、商業区画に入る。静かなビルの間を進んで、法院に到着。正門の門衛がすぐに扉を開き、俺たちの車が入る。法院の本部前で右折して車を進める。巨大な車庫の正面口を抜ける。

　二人を乗せた車は、装甲車《そうこう》や車の前を抜けていく。間では、法院の整備士たちが動いていた。全員が勤勉に整備をしている。大きな組織はいろいろな専門家がいる。法院相手に戦いたくはないものだ。

　俺たちに提供されている場所で車を停《と》める。俺は息を吐く。ギギナも結局最後まで名案が出ない。二人で車から降りる。

　先にいる整備員の間から、見知った顔が出てきた。前に入った元エリウス辺境警備隊員のアイデンテだ。

「なにか車に問題はありますか？」

　元軍人で車の整備が得意な男が聞いてきた。

「ああ、そういえば」俺は思い出す。「わずかだが取り回しに違和感がある」

「少し見てみましょう」

「ありがとう。任せる」

　俺が軽く頭を下げると、アイデンテが微笑《ほほえ》む。男はすぐに車に向かい、手前で屈《かが》みこむ。早速足回りを見ていく。問題箇所を前輪に発見したらしく、腰の後ろから工具を取りだし、車輪を調整していく。

　法院の整備士に任せてもいいが、武器や車だけは身内に整備してもらいたい。もし法院と敵対するときが来て罠《わな》を仕掛けられることは避けたい。もちろん車には監視と警報装置をつけている。

見ていると、アイデンテは猛烈な勢いで前輪を調整。次に後輪へと移る。周囲の整備士も、男の手際に感心の目を向けていた。たしかに手際がいい。

俺にも、そして横に立つギギナにも感慨がある。車はアイデンテ、武器はリコリオが整備している。運転はダルガッツが得意だ。他にも情報分析に探知、治療《ちりょう》や経理に経営など、戦闘以外にも得手を持つものが仲間にいる。俺とギギナだけの時代からすれば、できることが増えている。

アイデンテが作ってくれた時間を無駄にしたくない。俺とギギナは駐車場から出て、宿舎へと向かう。建物の角を曲がる。敷地には植木が並んでいた。間に人影が見えた。

「あ、ガユスさんが来た」

「ガユス先輩とドラッケン族のおまけだ」

リコリオとピリカヤが、俺へと手を振ってきた。俺もうなずき挨拶《あいさつ》を返す。が、いつも突撃してくるピリカヤが来ない。

二人の間には、少女がいた。国境で警備隊に襲撃されていて、俺たちが救出した、ゴーズの少女だった。少女は床に屈《かが》んで、寝そべるニャルンを撫《な》でている。ニャルンは猫扱いに迷惑そうだったが、拒否しない。

俺たちが近づくと、少女が立ちあがる。

「あの、ガユスさん」

リコリオが左手で少女の背に触れる。

「この子がお礼を言いたいというので」

俺が視線を向けると、少女はピリカヤの背後に隠れる。

「隠れちゃうのかい」

ピリカヤは苦笑しているが、場の空気を悪くしないための演技だ。ピリカヤの裾《すそ》を摑《つか》む少女の小さな手が、わずかに震えていたことに気づいていたのだ。

少女の様子で、俺の胸も痛む。家族を殺され、輪姦されそうになれば、男が怖くなるに決まっている。恐怖があっても、少女は救援者に礼を言うべきだとしたが、まだ勇気が出ないのだ。

「無理なら、また今度にしてもいいんだよ」

ピリカヤは背後の少女を見ながら言った。リコリオも少女を見ながらうなずいてみせた。二人が少女へ向けるのは、優しい眼差《まなざ》しだった。ピリカヤはミルメオン事務所にいた。リコリオは下手《へた》な男装をしてまで俺たちの事務所に入った。それぞれに男社会で苦労してきたためか、少女に優しく接している。いや、人として当然のことをする善意からだろう。

寝ていたニャルンが顔を上げる。

「今は今しかないのだよ」

謎《なぞ》の発言がなされた。

「……うん、言います」

ピリカヤの背後から、少女の小さな声が響いた。俺も少女の勇気に応えるべきだと、その場で待つ。ギギナもつきあってくれている。

十数秒経過し、ようやく少女が前に出る。法院が選んだ清潔で地味な服。髪も整えられていた。青い目が、下から俺を見上げた。

「あの」

俺を見て、少女の言葉が止まる。俺は子供に対する態度を思い出す。相手に近寄らず、その場で腰を曲げ、膝《ひざ》に手をつく。目線の高さを合わせて威圧的にならないようにするのだ。

「本当に今でなくていいんだよ？」

俺が問いかけると、少女が再び口を開く。

「助けてもらってっ」声が張りあげられる。「ありがとうございましたっ！」

叫ぶように少女が礼を言った。それだけで疲れたのか、少女の体が揺れる。背後にいたリコリオとピリカヤが左右から少女を支える。俺も支えたかったが、今だけはやってはならないのだ。

見ると、二人に抱えられた少女は自分の力で立っていく。満足そうに微笑《ほほえ》んでいた。

「恩を受けたら礼を言うか返さないとなりません」微笑みとともに、少女は言った。「それが両親とゴーズの教えです」

「良い教えだ」

少女の言葉に俺はうなずき、膝《ひざ》を伸ばす。

「聞いていると思うが、優しい俺はガユス。横にいるのは優しさの概念を知らないギギナだ」

左手の指で相棒を示しておく。もちろんギギナは目線の高さも合わせないし、会釈すらしない。俺なりにふざけてみせたが、少女の笑いは誘えない。隣のギギナが、俺へと一歩寄ってきた。

「ガユス、もう少し気を遣え」

「おまえ、それ、この世でギギナだけは言ってはいけない台詞《せりふ》だからな?」

俺とギギナの様子で、少女は少し微笑《ほほえ》む。いい年した男たちが、少女のご機嫌取りすらできないのが笑えたのだろう。よし。

俺は少女を見て微笑む。

「お嬢さんのお名前は?」

「あ」少女が口を開き、呼吸を整える。「あたし、カチュカです。カチュカ・アッティマーと言います」

「良いお名前だ」

俺は軽くうなずいておく。そして屈《かが》んだ姿勢から右膝を大地につき、左膝を立てる。頭を垂れる。

「そして我々《われわれ》は謝罪せねばならない」俺は苦い言葉を口にするしかなかった。「君のご家族と知りあいを守れなかった」

俺の言葉に、少女は動かない。リコリオとピリカヤも止まっていた。ニャルンは動かない。ギギナだけは俺の謝罪の意味が分かるだろう。

「これは格好つけの謝罪ごっこではない」

跪《ひざまず》いた姿勢で、俺は心からの言葉を述べる。

「我々は、いや俺は、君が一度傷ついてから助けようとした。恥ずべき態度だ」

エリダナの七門となり、妻と、そして子供を持とうとする身でありながら、俺には拭《ぬぐ》いがたい合理性と弱さが残っている。なにより俺自身に悪への敗北の記憶がある。

この場は俺なりに自分との戦いなのだ。

「でも」

カチュカは言った。

「結果としてあなたが助けてくれました」

それでも俺は顔を上げられない。

「無傷で助けるべきだとしたのはそこのリコリオだ。俺は激怒《げきど》しながらも、仲間の安全を確保してから助けようとした」

言うべきではない告白だとは分かっている。背後に立つギギナも呆《あき》れているだろう。

しかし、これを避けたら、俺はジヴーニャの前に立てなくなる。子供を抱くこともできない。

「それは、許しが欲しいのか」

俺の後頭部へと、背後に立つギギナの声が降ってくる。

「違うね。すべてを救えると考えるのは、神様気どりにすぎる」

俺は言葉に耐えた。ギギナが言うように、この世のすべてについて、俺は責任を感じていたのかもしれない。それは人の身を越えている。眼前に見えるなにかですら、俺にできることは限られている。

人の身で誰《だれ》かを両手で救うとき、別の誰かは救えないのだ。左右の手で別々に救えるのは、英雄だけだ。そして誰も英雄とはなりえない。

「それでも」

カチュユカの声が響き、俺は顔を上げる。少女は微笑《ほほえ》んでいた。自分の心を抑えての微笑みだった。それは俺を傷つけないための態度だ。

「救ってくれたことに礼を言わないなら、あたしは人でなくなります」

少女が手を伸ばした。膝《ひざ》に乗せた俺の手を取る。導かれるように俺は立ち上がる。

「ありがとう」

手を戻し、カチュユカが強引に微笑む。

「こちらこそありがとう」

俺も少女へと無理に笑ってみせる。両親とその仲間を失ったカチュカこそ傷ついている。俺の内心の罪悪感や道理など、後回しにすべきだ。

嗚咽《おえつ》の声。見ると建物の角に、ドルトンとテセオンが立っていた。

「良かったなぁ」「良かったよ」と青年二人が泣いている。わー、鬱陶《うっとう》しい。だが、俺の言動も鬱陶しかったのだ。

「問題はこれだね」

リコリオが進んできた。カチュカの横で止まったリコリオは、右手を顎《あご》に当てて考えこむ。

カチュカを上から下へと見ていく表情には不満が表出していた。

「だねー」

少女を挟んで反対側にピリカヤが並ぶ。顔にはリコリオと同じく不満の表情があった。

「法院が用意した服が致命的にだっさい。中年の趣味すぎて、少女には辛《つら》い」

ピリカヤが言うように、少女が着させられた灰色の上下は受刑者か、と思うような服である。

カチュカも急に恥ずかしそうになる。

「よし、服を買いにいこう」

リコリオが言うと、少女の目に光が宿る。

「かっわいい服を買おう」

ピリカヤも同意。少女三人は手を取りあって、どのような服がいいかを話しあいだした。こうなると、もう俺とギギナたちは外野だ。

「そうしているとまるで」

俺の舌がそこで止まる。リコリオとピリカヤ、カチュカの話題が中断し、俺を不思議そうに見ている。

「あー、まー」言ってしまったことを引き取ることが、俺には難しかった。「年長者は下のものに親切にしてやれ。服の経費は事務所から出す」

俺が言うと、少女三人が手をとりあって喜ぶ。少女の服は上下に下着だけではすまない。着替えを含めると、かなりの数とそこそこの額になる。あとで法院に請求しておこう。

俺はその場を離れて歩みだす。大股でギギナが横を進む。ニャルンも歩む。

「親切なことだな」

興味もなさそうなギギナが言った。

「戦災孤児に優しくできないなら、人として終わっている」

「そうは見えなかったな」

ギギナが言って、俺も続ける言葉に詰まる。

「妹のことと」止まっては不自然だ。「兄のことを思い出しただけだ」

俺は嘘《うそ》を言っていない。事実も言っていないが。

「思い出せるだけ良いのかもしれないな」

ニャルンが言葉を発した。先ほどから黙っていたが、突然の発言だった。なにかを問いかけようとしたが、ヤニャ人の勇士は俺たちを置いて先へと進んでいく。背中では、立てた尾が揺れていた。

胸元で携帯が鳴る。携帯を取りだすと、法院のシビエッリからの呼びだしだった。歩きながら通話をつなげる。

「俺は敷地内にいる。食堂で食事でもしながら今後のことを」

「その様子では、まだ報道を見ていませんね」シビエッリの切迫した声が先に来て、次に顔が像を結ぶ。「大急ぎで食堂に集合してください。我々《われわれ》の計画を根底から考えなおす事態です」

「どういうことだ」

俺は立ち止まる。ギギナとニャルンも止まる。俺はシビエッリの横に、携帯の別画面で報道を呼びだす。報道官はシビエッリと同じく深刻な表情となっていた。

「イベベリア公国が陥落しました」

シビエッリの声が報道官の声と重なった。

七章　肖像と道標

人類に目的や運命はないが、個々人があると思うことに問題はない。

結果が邪悪で愚かでなければ。


ヲルスカ・ブガヤ「夜王に捧げる連禱」同盟暦《どうめいれき》三八年

公王宮《こうおう》の青い廊下を軍靴《ぐんか》が踏みしめる。群青色の軍服姿の男が進む。鞄《かばん》を左脇《わき》に抱えて小走りとなっている。

男が進むと、人々は決まって廊下の端《はし》に退く。端から侍女たちはスカートの裾《すそ》を摑《つか》んで礼をし、使用人たちは立ち止まって頭を下げる。軍人たちも歩みを止めて敬礼をする。

進む軍人は軽く黙礼の挨拶《あいさつ》をして進む。男の両肩には二つ星、少将の徽章《きしょう》があった。

軍人は抜群の戦績をもって、後《ご》アブソリエル公国《こうこく》で最年少少将となったベイアドトだった。王太子の無二の親友にして王太子親衛隊《しんえいたい》の元副官。後公国でも重要視される人物になっていた。

足早に進むベイアドトの頰《ほお》が緊張していた。眉《まゆ》には焦燥感。目には警戒心と恐怖。アドレナリンが臭いそうな表情を隠そうとして果たせていない。

廊下を進むベイアドトは、扉の前で止まる。自動昇降機《エレベーター》が到着し、扉が開いた瞬間に乗る。ベイアドトだけを乗せた箱が下っていく。

公王宮《こうおう》から地下二階へと到達。扉が開くと、冷たい空気がベイアドトの鼻から頰を撫《な》でる。男の眼前には地下駐車場が広がる。天井には有機照明が冴《さ》え冴えとした光を灯《とも》していた。

コンクリ柱の間に、高級官僚の高級車や関係者の車、出入り業者の輸送車が並ぶ。車の鼻先をベイアドト少将が歩む。親衛隊《しんえいたい》は最精鋭の特殊部隊であるため、靴《くつ》音は響かせない。だが、公王宮地下で足音を消す理由がない。

「ベイアドト少将」

背後からの呼びかけに、ベイアドトは振り返る。反転と同時に右手は懐に入り、終点では魔《ま》杖《じょう》短剣《たんけん》が抜かれていた。青白い刃《やいば》の先には駐車場の通路が広がる。通路の中央に人影が立っていた。

イチェード王太子がいた。

「殿下でしたか」

ベイアドトが安堵《あんど》したように息を吐く。

「なにかと思いましたよ。そういえばお久しぶりですな」

ベイアドトが歩みだそうとした瞬間、イチェードが左手を掲げる。

「止まれ」王太子の制止の声は冷たいものだった。「公王宮内で、親衛隊以外の武装は許されていない。そして抜刀したまま王太子に近寄ることは反逆罪である」

イチェードの宣言があっても、ベイアドトは刃を下げない。王太子の左右の車の蔭から、人影たちが出てくる。四人の暗灰色の都市迷彩の野戦服。兜《かぶと》の下には防護面と遮光眼鏡《しやこうめがね》が並ぶ。

ベイアドトの背後にあるコンクリ柱や車からも、同じように六人の特殊部隊が出現する。左右の車からも隊員たちが出てくる。全員が構える黒塗りの魔杖剣の切っ先は、すべてベイアドトに向けられていた。

魔杖短剣を握ったまま、ベイアドトは動けない。

ベイアドトも所属してよく知るはずの王太子親衛隊だったが、眼前の部隊は変貌を遂げていた。

新しい親衛隊は、イチェード王太子と後任のサベリウ中佐によって改変されていた。古参の親衛隊員たちは幹部や部隊長となり、新しい兵士たちは忠誠心や各種資質を選抜され、激烈な訓練を潜《くぐ》りぬけたものだけが所属する。イチェードの意を汲んで手足となって動く、後《ご》アブソリエル公国《こうこく》最強の部隊となっていた。

親衛隊の切っ先は迷っている。ベイアドトは軍幹部となる前に親衛隊を率いており、教えを受けた隊員たちも多いのだ。

イチェードの前に壁となって立つサベリウにいたっては、かつての先輩であるベイアドトに敵対していることとなる。後輩は、遮光眼鏡《しやこうめがね》の下から苦渋《くじゆう》の目を見せていた。

現副官であるサベリウを押しのけて、イチェードが前へ一歩出る。親衛隊《しんえいたい》が左右から前に出て守ろうとするが、王太子は拒否した。

「なぜ裏切った」

イチェードの声は低く冷たく響く。周囲の親衛隊員たちも指揮官は王太子であると、惑っていた魔杖剣《まじようけん》の切っ先を定める。

「お互いに命を救い、救われたことが何度もあるはずだ」イチェードは地下駐車場で立ちつくす親友へと問いかけていた。「おまえをもっとも信頼していた。なぜ裏切る」

ベイアドトは答えない。唇《くちびる》を引き結んで耐え、左腕にある鞄《かばん》をより強く抱える。

「これは間違っています」

鞄を目で確認して、ベイアドトが言った。瞳《ひとみ》には恐怖と理解不能の色が等分に滲《にじ》んでいた。

「これは後《ご》アブソリエル公国《こうこく》と、私と、そしてあなたを滅ぼします」

「だが、おまえはそれを判断できる状態ではない。あきらかに異常な精神状態だ」

左手を掲げたままで、イチェードが返した。

「あなたこそ異常な精神状態です。こんな計画は異常で、アブソリエルを滅ぼします！」

親友にベイアドトが返す声は裏返り、必死だった。対するイチェードは冷静だった。

「ベイアドト、冷静に合理的に考えろ。できるはずだ。そして治療《ちりょう》を受けてから」

「できない」

鞄を自らへと抱きよせて、ベイアドトが返した。

「冷静に合理的に考えて話をすれば、あなたに説得されてしまう」

「説得を受けて考えを変えると分かっていて、なおそれを通す。ますます正気とは思えない」

イチェードはあくまで穏便に親友を説得しようとしていた。

「まず鞄を渡せ」

「どうあろうと、殿下のご命令であろうと、親友の頼みであろうと」

ベイアドトが言って、鞄の紐《ひも》に左手を通して背負う。戻ってきた左手はもう一振りの魔杖短剣を握っていた。完全な戦闘体勢を取るベイアドトの表情は、悲痛な決意があった。

「アブソリエルを救うため、これは通します」

双剣を掲げ、ベイアドトが左足を下げた。後退すると見て、親衛隊が退路へ塞《ふさ》ぎに動く。瞬間、ベイアドトは前に疾走。挟撃《きょうげき》された状態で勝機があるとすれば、数が少ないイチェード側しかないと見たのだ。

対するイチェードが左手で左右の親衛隊を押しとどめる。右手で腰から魔杖剣を抜きはなつ。

ベイアドトが飛翔《ひしょう》。一〇メルトルの距離を一瞬で詰めていく。

「イチェード殿下ぁあっ！」

ベイアドトは双剣を後方に引いて疾走。イチェードは咒式《じゅしき》を展開しながらも魔杖剣《まじょうけん》を構えて歩む。

王太子イチェードと親友のベイアドト少将の剣が激突。火花と金属音を散らして、双方の刃《やいば》が回転。数法咒式の数列の刃が乱舞し、柱や天井、車を切り刻む。爆裂咒式が連発され、車が吹き飛んでいく。天井の消火栓が起動し、雨を降らす。

駐車場に降りそそぐ雨の下で、イチェードが魔杖剣を振るう。ベイアドトの二つの刃と激突。再び火花と金属の絶叫。さらに互いの突き、払いと連打。アブソリエル正統剣術による互いの刃の応酬。空中では火花と金属音が機関銃のように連射されていく。

ベイアドトの右からの一撃をイチェードが受けて、左へと逸《そ》らす。相手の刃の跳ねを防ぐため、ベイアドトが左の刃で上から押さえて横へと移動。押しきられまいとイチェードも同じ方向へと進んでいく。二人は刃を重ねたまま地下駐車場を走っていく。

ベイアドトが左右の短刀を旋回。拘束から解放。左の刃をイチェードの魔杖剣が防ぐ。ベイアドトが勝機はここにしかないと一歩を踏みこみ、親友の喉《のど》へと必殺の突きを放つ。鮮血が散る。

血の間に見えた刃はイチェードの喉、の手前で左掌《てのひら》を貫通していた。王太子は左手を前に突きだしてベイアドトの刃を封じた。

ベイアドトが王太子の掌から手首を抜け、手まで達した刃の切っ先で咒式を紡《つむ》ぐ、前にイチェードが自らの左腕を切断。内部にあったベイアドトの刃も叩《たた》き落とされた。

開いた空間へと刃が戻る。天井から降りしきる水の間で、赤が跳ねる。ベイアドトの首の右から胸の中央へとイチェードの刃が切断。

首から胸の傷口より噴出する血は、ベイアドトの顔を赤く染めていく。切りつけたイチェードの顔にも赤い斑点《はんてん》を描いていく。両者の顔の赤は雨に濡《ぬ》れていく。

「あな、たはそうでした、ね」

口から血泡《ちあわ》を零《こぼ》しながら、ベイアドトが言った。

「あ、なたはそ、うやって自らを犠牲に、しても友、を救い、妻子、を救い、国を守って、き、た」

ベイアドトの目には、イチェードの姿が映っていた。現在のイチェードは左手の断面から大量出血をしながらも動かない。死にゆく友を疑問の目で見ていた。

「なぜ裏切った」

食いしばったイチェードの歯の間から、再びの問いが放たれた。

「あ、なたは、正気で正しい、ので、しょう」ベイアドトの目からは急速に命の光が去っていく。「正気で、正しい、それがなんなのだと、いうの、でしょう」

言葉が絶えて、血を吐く唇《くちびる》も止まった。全身を朱に染めたベイアドトが立ちつくす。茶色い瞳《ひとみ》から生命の光が去っていった。

イチェードが刃《やいば》と体を引く。支えを失ってベイアドトが前に倒れ、血が跳ねる。死者から流れる血液が床へと広がっていく。

決着がついたと全速力で親衛隊《しんえいたい》が駆け寄り、イチェードの左腕の止血と治療《ちりょう》を開始する。治療を受けながらも、血刀を提げたままでイチェード王太子は立っていた。天井の消火装置からの雨に打たれる、親友の死体を見下ろしていた。

親衛隊副長のサベリウと分隊長のカイギスが王太子の前に立つ。二人が目線で許可を問うていた。イチェードがうなずくと、サベリウがベイアドトの死体へ向かう。

かつての上官の死体から、サベリウが鞄《かばん》を外していく。開いて内部を確認。

「ありました」

「そうか」

イチェードはサベリウも見ずに淡々と答えた。眼差《まなざ》しは一点、ベイアドトの死体から一瞬も離れない。

「ベイアドト少将は、反公王《こうおう》派の破壊活動組織によって車に仕掛けられた咒式《じゅしき》爆弾で殺害された、と公表させよ。残された妻子には、私から」

イチェードの言葉が止まった。消火装置からの雨は王太子の髪を濡《ぬ》らし、顔を覆《おお》っていた。髪の間で王太子の口が再び動く。

「私から、親友が名誉の戦死をしたことを伝える」

サベリウは口を開き、王太子になにかを言おうとして閉じた。副官は立ちあがって、下がっていく。治療を終えた親衛隊も後退。サベリウは分隊長のバウラフへと鞄を渡し、事態を収拾するために各方面へと連絡していく。イチェードの治療をしていた隊員が下がる。隊員たちは事態を収拾して隠蔽《いんぺい》するために四方へ散る。側近たちが周囲を閉鎖する。

地下駐車場では燃え上がる車に、天井の消火装置からの雨が降りしきる。中央で雨に打たれたままでイチェードは立っていた。靴《くつ》には、床に広がるベイアドトの血が達していた。水に混じって血が消えていく。

現場を封鎖する全員の目は、王太子イチェードを見てしまった。すぐに全員が目を離す。王太子に見いだされた古参の部下も、長年ともに戦ってきた中堅も、選抜されて育成された新人も、声をかけられなかった。

イチェードとベイアドトは幼少期から学生時代にわたってともに笑って泣き、遊び、酒を酌《く》み交わし、同じ初陣を飾り、長い戦いをつづけ、走りぬけてきた。

度重なる戦場や政治の場で苦汁を舐《な》めて敗北し、多くの戦友を失ってきた。イチェードになにかを言えたのは、この世でただ一人、ベイアドトだけだった。

イチェードにかける言葉など、サベリウや古参親衛隊の誰《だれ》にも見つからない。王太子を慰めるべきベイアドトはもういない。

濡《ぬ》れた髪が覆うイチェードの顔に、どのような表情が浮かんでいるのか。誰も知らず、知ってはならなかった。


俺とギギナたちが足を踏み入れると、法院の食堂は騒然となっていた。

「ついにイベベリア公国が後《ご》アブソリエル公国《こうこく》軍に敗れた！」「やりやがった！」「だけど、この配置図でなぜ落ちる!?」「ナリヨラ市と首都ナブーシアの連携なら、数週間は持つだろうが！」「これから世界はどうなるんだ！」「〈宙界の瞳《ちゅうかいのひとみ》〉とはそれほど恐ろしい兵器なのか!?」

先ほどの後アブソリエル公国政府による発表報道を受けて、全員が混乱していた。食卓の上では、攻性咒式士《こうせいじゅしきし》たちの手や匙《さじ》や肉叉《フォーク》のほとんどが止まっている。代わりに驚きと恐怖、不安と推測の言葉が、砲弾のように飛び交っていた。

「ガユスさん、これはちょっと洒落《しゃれ》にならないですよ」

傍《かたわ》らにいたドルトンが、俺に聞いてきた。俺にしても、各自の推測を聞いているだけだ。周囲が自分を注視していることに気づく。現地指揮官である俺の判断を聞きたがっている。だが、早朝に、イベベリア首都とナリヨラで連携した最終防衛軍が撃破。すぐに首都と王宮が陥落し、直後に併合宣言というのは早すぎて頭が追いつかない。

「どういった手品でこのような早業《はやわざ》が可能なのか、俺にも分からない」

判断材料がない状態での大きな判断はしないようにしている。ただ、俺の慎重さは、周囲の所員、とくに若手は不安の目と表情となることを呼んでしまった。

自分たちが関わる事態で、あまりにも理解不能の事態が起こっている。誰《だれ》でも不安になるに決まっている。

「どんな苦難であっても良いことがひとつはある」

俺が言うと若手の顔には疑問の表情が並ぶ。

「外に後アブソリエル公国軍が大きく展開するなら、首都で暗躍する俺たちにとっては好機だろう」

俺が言うと、周囲のものたちはうなずく。軍隊が大きく展開しているなら、首都の守りも手薄になる。脱出も少しは楽になる。

「絶望のなかでも良かった捜しをしないと、ガユスは死んでいただろうからな」

言ったギギナが進み、椅子《いす》に座る。机の上には大量の食事が載った皿が下ろされる。いないと思ったら、食事を取りにいっていたのだ。

「おもしろくない皮肉を言いに俺の前に来たなら、死んで去れ」

「ドラッケン族からの速報が来た」

パンを犬歯《けんし》で嚙《か》み千切《ちぎ》りながら、ギギナが答えた。俺が席に腰を下ろすと、ギギナの目には刃《やいば》の光が宿っていた。

「イベリア公国に続き、ネデンシア人民共和国も後《ご》アブソリエル公国《こうこく》に下った」

ギギナはパンを囓《かじ》ってみせた。一瞬後、食堂に新たな動揺が広がっていく。

「ネデンシアが！」「いや、待て後アブソリエル公国軍がそこまで」「たしかに前に展開していたけど」「報道はまだされていない」「本当なんですか!?」「二国がほぼ同時に!?」

各員が衝撃を受けていた。正面から聞いた俺にも驚きがあった。

「その情報は本当なのか。どこにも報道されていないぞ」

ギギナの後方からテセオンが問うてきた。俺も同じ問いを発しようとしていたところだ。

「ドラッケン族の一部を、ネデンシア人民共和国の軍閥が傭《やと》っていた」振り返りもせずに、ギギナが説明した。「戦地からの情報がドラッケン族の里に向かい、そこから私にも伝えられただけだ」

ギギナが言うと、背後のテセオンも納得の顔となる。遅れて、俺の携帯にも着信。見ると、ギギナが言ったネデンシアの併合がようやく推測として報道されていた。他のものたちも確認し、再び驚愕《きょうがく》が広がる。

「事実だとしても、理屈が分からない」

衝撃から立ち直りながら、俺はギギナに問う。

「暗殺されたヨギョルク総統の死から、ネデンシアの支配権をめぐって、総統の後継者派と反総統派が激突していたはずだ。そこに後公国軍が進軍したとしても、わずか一日。どういう理由で可能とした」

「単純だ」

ギギナが区切った。

「国民の支持は反総統派に傾いた。それらの活動を後押ししていたのが後アブソリエル公国だったというわけだ」

ギギナが指を振って、立体光学映像を呼びだす。

報道官が緊張した顔で、事態を報告していく。現地の中継では、ネデンシアの反総統派と後アブソリエル公国軍が共同会見を行《おこな》っていた。両者は交互に、ネデンシアは総統一族の不当な支配から脱し、正統なる後アブソリエル公国に帰属すると語っていた。

報道では、ネデンシア共和国の宮殿前の映像が呼びだされる。まだ黒煙をあげている宮殿付近には、数十万もの市民や軍人が集まっていた。それぞれが後アブソリエル公国の旗を掲げ、振っている。

元々はアブソリエル帝国から後公国であった一部が、混乱時にネデンシア人民共和国として強引に独立し、さらに前総統であったヨギョルクが私物化しただけ、というのが国民感情だったらしい。

群衆の先には、死刑台が設置されていた。縄で逆さに吊されているのは何十もの赤黒い塊。映像が拡大されて、ようやく人の死体だと分かる。総統派の幹部たちは民衆の憎悪の対象で、決戦に敗れたあとは切り刻まれ、吊されたのだ。

結果としてネデンシア人民共和国は消滅し、後《ご》アブソリエル公国《こうこく》のネデンシア地方となった。

ギギナは背後へと振り返っていた。俺も相棒と同じ方向を見る。

食堂では、攻性呪式士《こうせいじゆしきし》たちや武装査問官の顔が並ぶ。動揺と不安の表情だった。

外からは声が響く。声の方向を見ると、食堂の窓があり、外の敷地が見える。声は遠くてもかなりの数の人間が発している。怒号《どごう》か叫びか、言っている言葉は分からないが、暴動ではないようだ。

建物に遮《さえぎ》られているが、先にはアブソリエル首都が広がる。声は法院の高く堅固な壁と広い敷地を越えてきている。

「もしかしたら、法院への抗議活動か？」

俺の独白で、法院の武装査問官が席から腰を浮かす。先に陥落した二国と同じく、法院への抗議が爆発した可能性もあるのだ。

法院の武装査問官たちが続々と立ちあがり、外へと向かっていく。俺も席を立って外へと向かう。食堂の外へ出ると、声はあちこちから響く。法院の敷地を小走りで進む。右にはギギナが並ぶ。左にはテセオンが警戒態勢。背後からも足音が続き、ほぼ全員が異変を確認に向かう。

大声に向けて建物の角を曲がり、正面口に出る。敷地には、法院の武装査問官の数十人が走っていた。全員が全身甲冑《かっちゅう》に魔杖槍《まじょうそう》に盾《たて》を装備しながら疾走していた。

疾走していた武装査問官たちが、正門の前のアスファルトを踵《かかと》で削って急停止。盾を路面に突き刺して並べていく。魔杖槍を突きだしての戦列を作る。緊張が並ぶ顔に兜《かぶと》の庇《ひさし》や面が下ろされていく。

最前列中央には、法務官シビエッツリが立つ。左には中級査問官であるソダンが、腰が引けた姿勢で立っていた。芝生を切り裂く車輪の音。背後から装甲車《そうこう》が到着し、建物への進路を塞《ふさ》ぐ。

武装査問官たちの兜の下にある顔には、困惑と未知への恐怖があった。法院は、攻性咒式士や〈異貌《いぼう》のものども〉の攻撃を想定して堅固に守ることはできる。だが、市民の暴動を受けたことがないはずだ。壁を越えてくる声はさらに大きくなっている。

俺たちも武装査問官たちの列の横手に並ぶ。右手で左の腰から出た魔杖剣の柄《つか》を握るが、抜かずに留《とど》まる。横からは平行四辺形の刃《やいば》が伸びる。横目で確認すると、ギギナが屠竜刀《とりゅうとう》を長槍形態として構えていた。

「なんだろうと倒せばいい」

「いや、なぜに全力殲滅《せんめつ》姿勢なんだ。市民を殺したらそこで終わるからな。人として」

俺なりにギギナへと釘を刺しておく。市民を一人でも傷つけ殺せば、国家の敵となる。法院が暴動で陥落すれば、アブソリエルでの活動が不可能となる。無力化咒式でなんとかするしかない。

大音量の声が響き、目を戻す。扉と壁の上からは爆音のように声が響く。全員が身構えるが、法院の扉が破られ、壁を乗り越えられる様子もない。

大音量のなか、俺はシビエッリを見る。法務官も俺を見た。

俺とギギナは前へと進み、シビエッリも先へと進む。ソダンが先へと進み、門の脇《わき》で装置を起動。正面の扉が左右に開いていく。

大音量が大気を震わせる。圧力で思わず左手で耳を押さえる。鋭敏な聴力を持つギギナは不愉快そうな顔となる。ニャルンは帽子ごと両手で両耳を押さえていた。

法院前の歩道と街路を、人、人、人が進んでいく。出勤途中の背広の中年、杖《つえ》をついた老夫婦、学生の男女。母に手を引かれた小さな子供。手に手に小さなアブソリエルの竜の国旗を振って、歓喜の声をあげていた。見るかぎりだけでも、数百から千はいる市民たちの行進だった。

大行列は右から左へと進んでいる。俺は門から顔を出して、左を見る。列の終点にはさらに人々が参加していく姿が見えた。

行進する人々はなにかを口々に叫んでいた。ようやく俺も音に慣れて、耳から手を離す。

「イベベリア併合！」「ネデンシア併合！」「大勝利だ！」「後公国《ごこうこく》万歳！」「公王《こうおう》万歳！」「アブソリエルに千年の栄光を！」「次なる千年帝国を！」「公王万歳！」「帝国が戻ってくる！」

凄《すさ》まじい音量だったが、段々と言っていることが理解できてきた。

「ガユスさんっ！」

背後からの大声に振り向くと、ドルトンがやってくる。手には立体光学映像を抱えている。

「大変です、報道でっ！」

俺は門から体を引いて戻る。ドルトンを囲んでギギナや攻性咒式士《こうせいじゅしきし》、武装査問官たちが集まる。

画面では、報道官が口を閉じた瞬間だった。自分の発言を信じられないといった顔をしていた。眼鏡《めがね》の奥にある目には緊張。再び口を開く。

「もう一度繰り返します。後アブソリエル公国からの公式発表がされました。イベベリア公国とネデンシア人民共和国の併合によって」

冷静なはずの報道官ですら、言葉を続けられない。

「後アブソリエル公国は、後《ご》アブソリエル帝国《ていこく》の建国を宣言いたしました」報道官の声が上ずっていく。「合わせて公王イチェードは後皇帝イチェードとなることを宣言しました！」

報道官が言い切ったが、本人が信じられないといった表情となっていた。

聞いていた俺も信じられない。横から見ていたギギナも止まっていた。

「はああああああああああっ⁉」

テセオンが叫ぶ。

「そんな、本気で」

後アブソリエル公国人であるデッピオも報道を見て、立ち尽くしていた。アルカーバはその場に膝《ひざ》をつく。敷地で報道を見た攻性咒式士たちも、大きくざわめいている。武装査問官たちも驚きの顔で、報道を食い入るように見つめている。

後《ご》アブソリエル公国《こうこく》が後継国家の多くを差し置いて、アブソリエル帝国の正統後継者を自認していることは、世界の人々が知っている。だが、本当に帝国を復活させるとは誰《だれ》一人として思っていなかったのだ。

ざわめきと動揺のなかでドルトンが俺を見た。

「ガユスさん、これって」

青年の目と声は強《こわ》ばっていた。

「アブソリエル帝国の復活を宣言するって、そういうことですよね？」

青年の顔には、疑問とそれ以上の恐怖が見える表情となっている。俺も似たような顔となっているだろう。しかし、外に出すわけにはいかない。

「帝国の復活を宣言したなら、帝国領土の奪還が国是《こくぜ》となる」

動揺を抑えて、俺も慎重に言葉を選ぶ。

「ナーデンはすでに交戦中だが、マルドル、ゴーズ、ゼインも侵略対象だと宣言したことになる」

これはとんでもないことだ。言ってみた俺自身が信じられない。ギギナにしても言葉を失っている。

半月前なら、俺、いや大陸や世界の全員が自殺行為だと一笑に付しただろう。だが、すでにイベベリアとネデンシアの両国が陥落している。

後アブソリエル公国は本気で帝国復活に向かい、すでに一部を実現させた。かつての帝国西部の奪還が続いていくだろう。

もう家族を殺され、強姦《ごうかん》されそうになったカチュカを救うためにリコリオが発砲し、俺たちがアブソリエル辺境警備隊を倒したことなど、戦争の原因にすらならない。大アブソリエル圏、後帝国という大義名分がすべてを押しつぶす。

街路を行く人々の叫びが再びやってくる。振り返って街路を見る。今見えているのは千人程度だ。だが、賛同する人々はこれだけではないだろう。

俺は前から左右へと見回す。声は眼前の街路どころか、左右の建物の間、後方からも聞こえてくる。

この付近だけで数千人の人々が、アブソリエル帝国と皇帝の復活に歓喜の声をあげ、行進を開始しているのだ。

アブソリエル公国首都アーデルニアは、興奮の坩堝《るつぼ》となっていた。家庭や学校や職場で報道を見ていた人々は、それぞれに囁《ささや》き、話し、大歓声をあげている。

その場では興奮が収まりきらず、人々は街路に出て行進している。ビルの窓からは紙吹雪を降らせるものまでいた。

数千もの人の流れに、俺とギギナ、攻性咒式士《こうせいじゅしきし》の何人かも混じっている。ギギナは顔にかかった紙吹雪を手で払い、美しい不機嫌顔となっていた。

俺やドルトンはともかく、ギギナやニャルンと、どうあろうとアブソリエル人に見えないものも多い。しかし、周囲を進む誰《だれ》も見とがめない。ドルトンが持たせてくれた、後《ご》アブソリエル公国《こうこく》の小旗を振って歩いているのが効いている。気が利く青年が一人いると助かる。

リコリオは照れながらアブソリエルの小旗を振って歩む。ニャルンは三角帽子に旗を立てていて、周囲の子供たちに囲まれている。

さすがにアブソリエル万歳とまで叫ぶのは、お調子者のテセオンだけだ。一方で、青年のお祭り体質のお陰で、俺たちは完全にアブソリエル帝国支持者だと偽装できて、行進にまぎれている。

周囲の人々は微笑《ほほえ》み、叫びながら歩む。前方に、人々の頭上を越えて伸びる竿と大きな国旗が見えた。ルチフェロ騎士団が、巨大な国旗を掲げて行進をしていた。自称騎士たちは「アブソリエル帝国万歳、万々歳！」と叫んでいる。周囲には若者や中高年の男たちが付き従い、拳《こぶし》を突きあげる。

この前までは、ルチフェロ騎士団を胡散臭《うさんくさ》いと思っていた人々も、歓呼の声をあげ、小さな国旗を振って同調する。見知らぬ人々が抱きあって、歓喜の叫びをあげていた。

街角を警備していたアブソリエル軍も、後公国が後帝国となることに平静を保てない。兵士の一部は報道を見て拳を握る。市民の歓呼の輪に囲まれて、武器を掲げてみせていた。

俺たちは、厄介ごとしか起こさないルチフェロ騎士団から離れて進む。

前を見ると、行列の先は地平線まで人、人、人の頭が続く。ルチフェロ騎士団のように、道路の左右からまた別の群衆が合流してくる。

人々は六車線の大通りを埋めつくしていた。おそらく他の大通りも同じ状況だ。四方からアーデルニアの人々が一点を目指して進んでいる。数万は集うように見える。他からも来ているだろうから、十数から数十万人が集まってくるだろう。それぞれの歓喜と歓呼の声は全方位の爆音となっていた。

群衆は傾斜を上っていく。俺たちも人々とともに上っていく。

「どこに向かっているんですかね」

人に巻きこまれながら、左からリコリオが大声を出した。大声でないと隣にいても聞こえないのだ。

「決まっている」

同じく大声で俺も返しておく。

群衆に混じる俺たちも、坂の上、高台に到着する。人の頭の先の先が見えてきた。俺より頭半分ほど背が高いギギナは、前を見据えていた。

「あれを見ておく必要がある」

ドラッケン族の剣舞士《けんまいし》が戦士の声で告げた。俺もギギナの視線を追う。

大通りを埋めつくす行進の遠くには、建物が並ぶ。間には、水平の線のように見える城壁が左右にどこまでも広がる。壁の先にある白い点が見えた。

「あれか」

俺は先を見据えた。おそらくどうしても行くことになる。

「すみません、まったく見えません」

リコリオやピリカヤ、ニャルンといった小柄な組が抗議してきた。うーん、折角《せっかく》かっこつけて最終目的地点を示す場面だったが、仕方ない。

行進しながら俺はギギナを見る。相棒も渋々ながらうなずく。俺たちは人々の列から離れて、道端にある建物へ向かう。

一団はビルに入る。自動昇降機《エレベーター》がないため、階段を上っていく。六階まで到達して先の階段を上がる。扉は閉鎖されていたが、魔杖剣《まじょうけん》で鍵《かぎ》を壊す。屋上に出ていく。

屋上の縁《ふち》に俺たちが立つ。道路を見下ろすと、大通りに脇《わき》道からの人が合流して、立錐《りっすい》の余地すらない。予想されたように、坂道へと人々が集っている。

すべての人々が向かう坂の先へ、視線を向ける。

丘の上にある、広大な敷地を囲む壁はそれほど高くはない。だが、左右を見ても果てが見えない。周囲に展開しているのは、軍隊だった。人々の殺到を制限するために公王宮《こうおう》の手前で壁となっている。

「民衆を制止するための兵員だろうが、おそらく数千人はいるな」

高空の風に銀髪をなびかせて、ギギナが言った。

壁の先には、敷地の内部に並ぶ建物が見える。さらに奥には、高い壁に囲まれた白亜の宮殿が見える。アブソリエル公王がいる公王宮だ。

壁にある門の左右には装甲車《そうこう》と兵士が駐留していた。さらに人工の巨人、甲殻咒兵《こうかく》が立っている。

公王宮の上空では小さな火花が見えた。花火が打ちあげられているわけではない。望遠で見ると、羽が散っていた。公王宮の全方向に量子干渉結界が張りめぐらされており、触れた鳥を分解したのだ。当たり前のように通常兵器は無効で、遠隔攻性咒式《こうせいじゅしき》も防ぐこととなる。

「軍隊が守る敷地は抜けられない。抜けたとしても、終点に待つのは多角形型の高い城壁と強力な咒式結界に守られた公王宮だ」

ギギナの口が軍事的分析を述べていく。

「公王宮は、外を近衛兵《このえへい》、内部を公王への絶対忠誠を持つ親衛隊《しんえいたい》が守っている。後者の過半数は歴史資料編纂《へんさん》室調査隊として外へ出ているとしても、数百はいるだろう」

俺が戦力予測をすると、ギギナがうなずく。

「正面からの攻略をするなら、軍隊に近衛兵《このえへい》に親衛隊《しんえいたい》を撃破してしか入れない。入れたとして、首都防衛軍の集結で逃げ道を塞《ふさ》がれる」ギギナが分析していく。「少なくとも数万の軍隊の動員が必要となる」

「かといって少数はもっと不可能だ」

したくはないが、俺は自分たちの可能性を潰《つぶ》していく。

「手前の敷地や各種施設には法院からの紹介で入れるかもしれないが」

俺が見ると、法院のソダンがうなずく。

「ですが、公王宮《こうおう》そのものに入れる身分や立場は作れません」

ソダンが言ったように、国家の首脳に会える機会など簡単に作れない。現在は後《ご》アブソリエル帝国《ていこく》建設でさらに入場や面会への警戒が厳しくなっているだろう。

「強行突破しかないか」

ギギナが言った。うわぁ、笑って言っているよこの人。

「その進路は全滅だ。他の方法しかない」

「どのような?」

ギギナが返答してきたが、俺に用意できる答えはない。

俺は再び目を前へと戻す。長い長い群衆の先頭は、ついに公王宮の敷地を囲む壁と門へと到達していた。

壁の内部である、公王宮アブソロスも沸騰《ふっとう》していた。

敷地の芝生や通路では、近衛兵たちが走る。全身甲冑《かっちゅう》を着込み、魔杖剣《まじょうけん》と魔杖槍《そう》、盾《たて》を抱えた完全装備であった。

近衛兵たちが壁に到達する。大きな門が開ききることが待てず、隙間《すきま》から外へと出ていく。門の外で警護している軍隊に近衛兵が合流。駐留軍は壁に沿って並んでいる。近衛兵の背後で門が閉められる。

外の声は、公王宮アブソロスの内へと届くことはなかった。

公王宮の手前にある、公王府は外と同じく騒然としていた。廊下という廊下を、部屋という部屋を官僚や役人たちが、互いに話しながら、または携帯に怒鳴りながらも行き交っている。侍女や小間使いたちも、荷物を抱えて走りまわっていた。公王宮全体が騒然としていて、外の声など聞こえない。

アブソロスの中心、謁見《えっけん》の間の扉は固く閉ざされていた。左右には衛兵二人が立って守っている。

扉の先では、首相や閣僚、軍の指揮官が席に並ぶ。反対側にはアブソリエルの宗教や文化を支える大司教や学者、経済を主導する財界人が集っていた。

大きな机を挟んだ全員が手を振り乱し、議論を交わしていた。侍従が運んできた紅茶や珈琲《コーヒー》によって、ようやく激論が鎮まる。

「まずは西方の要であるナーデン王国の攻略が肝要だ」

杯《はい》を置いて、陸軍大将が主張を繰り返す。

「公王《こうおう》、いや皇帝陛下の即位と帝国宣言が先でしょう」

首相もまた先ほどの意見を言い返す。

「イベベリアとネデンシア全土が落ちた今、ナーデンなどはすぐに陥落する！」

大司教が激怒《げきど》の言葉を飛ばす。大司教の言いぐさに財界人が机を手で叩《たた》いて反対し、また軍人が激発。あとは先ほどの激論が戻る。

「戦争は金だ、財源は持つのか！」「違う、ナーデンが問題なのではない。ナーデンがマルドルとゼインとゴーズを主導すれば連合軍ができる！」「財界としては投資に対する利益を、いつ確保できるのか問いたい」「ここを区切りとして、大陸諸国家に後《ご》アブソリエル帝国《ていこく》を認めさせて停戦すべきだ」「イージェスは北方を続々と制圧していて、龍皇国《りゅうおうこく》に七都市《ななとし》同盟は動けない！」「即位式典を正式にやれば、各国の王族や首脳を数千人は招待せねばならない。とても間にあわぬ！」「あと三年、アブソリエルは全力で戦える。だがその後は無理だ」「三年も必要ない。西方諸国にあと一撃を加えれば終わる！」「戦争が計画どおりに行くわけがない！」

政治と文化、軍事と経済の数十人が正義で正当性があると思い、または他人に正当性があると思われるであろう主張を投げつけあう。実際には自分とその派閥の利益を正当化していると は本人たちも自覚している。それでもやらずにはいられない。

激論を交わしながらも相互の意見調整が行《おこな》われる。やがて重鎮たちの激論が収まっていく。結果に各人と各派閥の不満はあっても、帝国建設という大目的で妥協できるのだ。

離れた場所にある事務用の簡素な椅子《いす》に、一人の男が座っている。全身甲冑《かっちゅう》で中肉《ちゅうにく》中背《ちゅうぜい》の目立たない男だった。魔杖戦鎚《せんつい》の長い柄《つか》を右手で握り、鎚《つち》を床に立てている。誰も無礼とは思わないし、言わない。

アブソリエル六大天の一角、結界師ドルスコリィは公王宮に結界を展開している。結界内にいるかぎり、暗殺も妨害もありえないのだ。

ありえないが、もしドルスコリィが殺意を持てば、数十人の重鎮とその数十人の護衛ですら数秒で殺害できる。軽々しく扱える者などいない。

ドルスコリィは政治と軍事に興味を示さない態度を取りつづけている。先ほどの人々の激論の間も、左手に持つ本を読んでいる。著述家としても高名なため、自然な姿だった。他の六大天のうち戦いを好むカリュガスは部下とともに領地回復戦争に最初から参加。イベベリア攻略戦で活躍し、さらにナーデンへと転戦する準備をしている。

残る六大天であるサンサースは財界寄りだが、前線よりやや後方で一軍を率いていた。六大天のうち三人がアブソリエルの攻防を分担していた。その事実こそが重鎮たちにとっても心強い。

激論からの調整も終わっていった。それぞれの秘書官たちが書類や情報を整理しはじめ、議論の場は静まる。

政治側の席にいる財務大臣が息を吐く。眼鏡《めがね》の奥にある目で席を見回す。

「そういえば陛下はまだお出ましにならないので？」

一言で、政財界に軍と文化の指導者たちが静まる。公王《こうおう》、今や後皇帝イチェードを待つ時間に、彼らなりの意見調整をしていただけなのだ。

財務大臣の目線に気づいて、全員の目が一方向へと向けられる。謁見《えつけん》の間で数十人が囲む長い長い机の先には、空白の玉座があった。公王から後皇帝にならんとするイチェードの姿はまだない。

重鎮たちがどれだけ自分たちの主張を行おうと、最後はイチェードが決定する。イチェードの数十年もの計画と異常なまでの決断力こそが、現代において不可能とされる帝国を成立させていく原動力だと誰《だれ》もが知っている。同時にイチェードが長年の研究によってもたらした超咒《じゅ》式《しき》兵器が戦略の要となっていた。

全員の顔には敬意と、そして恐怖。各自の思惑によってイチェードを敬うが、同時に恐れていた。公王から後皇帝になるイチェードは部下を処断する暴君ではない。むしろ後公国《ごこうこく》五百年の悲願を果たす名君だが、恐れられていた。

続いて人々の眼差《まなざ》しが動く。玉座の左にある席に座る青年に注目する。

王弟イェドニスは、公王イチェードの若いころに生き写しとされる姿をしていた。兄と比べて、やや線が細い。イェドニスだけがイチェードと直裁《ちょくさい》に会話ができ、代理となる場面も多い。激論にも加わらなかったイェドニスが息を吐く。口を開く。

「私にも分からない。だが、諸卿らもあとしばらく待っていただきたい」

王弟の言葉が放たれる。

「また我々《われわれ》を驚かせる策を携《たずさ》えて、陛下は現れますよ」

イェドニスが微笑《ほほえ》んでみせた。人々は安堵《あんど》の息を吐いて、それぞれに相好を崩す。王弟は人々を安堵させる温和さがあった。イチェードによって後《ご》アブソリエル帝国《ていこく》が建国されるが、直系の子供はいない。王朝は、いずれ弟であるイェドニスが引き継ぐことになる。穏健で温和なイェドニスの御代《みよ》となれば、アブソリエルは盤石《ばんじゃく》となる、と全員が確信できていた。

同時に全員がイチェード後皇帝の失われた子供に思いが及ぶ。王太子がいれば、さらに安泰だったと誰もが思わざるを得ない。だが、誰も口には出さない。知らされているのは表向きの事情でしかないが、イチェードを変えた事実を探ることは死を呼ぶと恐れていた。

全員が再び空白の玉座を眺める。離れた場所にいるドルスコリィも本から目を上げて、玉座を見た。

全員は、ただただ空白の玉座を眺めるだけだった。玉座ではなく、背後にある公王宮の奥を見つめていた。

大陸中の人々、そして首都アーデルニアから押しよせた十数万もの人々、さらには公王宮《こうおう》アブソロスの住人に、重鎮たち、王弟イェドニスですら奥にいるイチェードを待つ。

公王から後皇帝となるイチェードがなにを考え、なにをなすのか、ただ待つしかなかったのだ。


首都アーデルニアの街角の間を、法院の装甲車輛《そうこうしゃりょう》が進む。

窓から見える歩道から車道まで人が溢《あふ》れている。首都はどこもかしこも大混雑の大渋滞《じゅうたい》となっていた。俺たちが乗る車の前を、また小旗を振った人々の列が通っていく。数十メルトル進むたびに群衆に遮《さえぎ》られる。すでに首都中心部では、信号や交通規則が無意味となっていた。

後部座席に座る俺もうんざりしている。向かい側に座るギギナは、さらに閉口していた。

後《ご》アブソリエル公国《こうこく》がイベベリアとネデンシアの二国併合をもって、アブソリエル帝国の復活を自称した。首都アーデルニアだけでなく、アブソリエル全土が沸騰《ふっとう》していた。

街路には仕事を放りだした人々が歓喜している。大声をあげて小旗を振り、踊っているものまでいる。

運転手のダルガッツが運転環《ハンドル》を回して、迂回《うかい》していく。どの経路を進むにしても、公王宮から遠ざかる進路を取るしかないのだ。目的地も現状を大きく進展させるものではないのだが。

遅々として進まないなら、再び推論を続けておきたい。

「〈宙界《ちゅうかい》の瞳《ひとみ》〉の所在と所有者は不明だが、行使する〈踊る夜〉か公王、皇帝イチェードが素直に譲る訳がない」車内で俺は意見を述べる。「むしろ〈宙界の瞳〉が今回の帝国を成立させ、さらに進撃要因となるなら、交渉の余地はない」

最初から分かっていたことだが、絶望的な事態だ。車窓から俺は外の行進を見る。長い長い群衆の列の先に、先ほどまでいた丘が見えた。まだまだお祭り騒ぎは終わらないらしい。

「〈宙界の瞳〉は置いておいて」テセオンが口を開いた。「〈踊る夜〉と組んで〈宙界の瞳〉を使ったアブソリエルは、本当に帝国復活ができると思っているのか」

テセオンの問いは一部において必要な問いだ。

「アブソリエルがイベベリアとネデンシアを取った時点で、帝国の定義を満たしている。一方で実力的には、ようやく七大強国の最下位脱出、といったところだ」

俺なりの評価を下すが、実際にもそのあたりだろう。向かい側の席に座るギギナが口を開く。

「アブソリエルとの戦いが見えているナーデン王国は、先の二国の陥落で危機感を強めている。周辺国家を糾合《きゅうごう》できたなら、大反抗作戦を開始するだろう」

ギギナが軍事的な意見を返す。

「そこまではアブソリエルも勝てるかもしれない。ですが、かつての帝国の再現は龍皇国《りゅうおうこく》や七都市《ななとし》同盟が許さないでしょう」

奥の席からドルトンが語る。攻性呪式士《こうせいじゅしきし》たちがうなずく。誰《だれ》もができないとしていた戦略が実現しているのだ。

「だが、両国は神聖イージェス教国の侵攻で動けない。帝国の再建は着々と進んでいく」

いまだ、イベベリアのガラテウ城塞《じょうさい》、さらに防衛都市と首都との連携を打破した、アブソリエル軍の超咒式の姿が見えない。各国の政府と報道陣が必死に正体を突き止めようとして、判明していない。分からないがゆえに恐怖が先立ち、各国も動けなくなっていた。

〈宙界《ちゅうかい》の瞳《ひとみ》〉によるなにかだとは俺たちは予想しているが、そのなにかが分からない。

車内には答えがないゆえの沈黙。手詰まり感が強い。

「新皇帝を名乗るイチェードはどういう思惑なのでしょうか」

俺の右からリコリオが問いを放った。車内の面々も、ようやくテセオンの問いにずれた返答をしていたことに気づいた。

俺は息を吐いた。

「分からない謎《なぞ》は置いておこう」俺は顔を車内前方へと動かす。「まずは現状を主導する、イチェードのことが知りたい」

俺は前の助手席にいる、ソダンへと目と問いを向ける。全員が法院の中級査問官であるソダンを見つめる。

「そうですね」

答えを求められ、ソダンが考えこむ。

「私が子供だった時代には、すでにイチェード殿下はイベベリアのガラテウ城塞まで迫って無事に帰還した、勇武の人として有名でした」

同じくアブソリエル出身のアルカーバを見ると、うなずいていた。ソダンが再び口を開く。

「しかし、イチェード殿下はアブソリエル大学の史学科卒で、公王《こうおう》が私的に行《おこな》う事業の経営者でもあります。公王軍での昇進のあとは、国政の表舞台にも登場しました。そこでも政治に外交にと実績を重ねてきました」

ソダンが思い出していく。

「二十年ほど前から、先の公王陛下が悪癖《あくへき》、と見せかけていた深酒が祟《たた》って病で伏せがちになりました。その時期から、イチェード殿下が実際にアブソリエルを動かしていたと言えるでしょう」

アブソリエルは、もうかなり前からイチェードが実質的元首である国家だったのだ。

「その時点から後《ご》アブソリエル公国《こうこく》は、長い停滞からようやく発展の時代となりました。身分を問わずに才能ある若手が登用され、各種の規制緩和によって産業も振興。実際に国庫も潤い、国民所得や平均寿命なども延びてきています」

ソダンは単に印象ではなく、数字や社会情勢を交えてイチェードの業績を説明してくれている。

「アブソリエルの民にとっては、イチェード殿下は英雄にして英邁《えいまい》な国家元首です。今回の帝国復興で国父になったとすら言えるでしょう」

「そこまでは外から見ていても分かる」俺は問いを混ぜる。「中級査問官にして心理分析官という立場から、イチェードという人物はどうなのだ？」

「そうですね」

ソダンはさらなる記憶をたどっていく。車内の攻性咒式士《こうせいじゅしきし》たちが思わず前のめりになる。実際に会ったことがある人物の評は大いに参考となる。黙っているソダンをギギナが顎《あご》で先をうながす。助手席のソダンも深く考え、言葉を探す。

「法院支部長となったシビエッツリさんが、イチェード王太子殿下に就任報告をしにいったときに、私もついていきました。あれは七年前ですね」

ソダンが記憶をたどっていく。

「すでに国政の中心となっていたイチェード殿下から、アブソリエルの重要人物に対して祝辞を授ける場でした。多くの人に混じって、シビエッツリさんが法院を代表して祝辞をいただきました。横にいた私も、挨拶《あいさつ》の言葉と二、三の質問が来て答えました」

ソダンが慎重に詳細に過去を思い出していく。攻性咒式士たちはソダンを注視しているが、言葉は止まっていた。

「どういった問いだったんだ？」

焦《じ》れたようにテセオンが問うた。

「イチェード殿下が示したのは、社交儀礼の範囲です。法院の支部長を支えてくれたまえ、とかその程度です」

前のめりになっていたテセオンが「なんにも分からね〜」と姿勢を戻した。

「ですが」わずかに力を込めて、ソダンが言った。「たしかに私は精神科医ではなく、あくまで心理分析官です。その立場から今回のことで過去の公的行事や報道、直接会った経験を元に分析できることもあります」

テセオンの態度が挑発となって、ソダンもなんらかの分析を出そうとしている。いいぞ青年。

前置きのように、ソダンが右手を掲げる。

「精神医学の診断に用いられる四つの根拠は、症状、家族歴、病気の経過、治療《ちりょう》経験です」

ソダンの右手で、親指を除く四つの指が立てられた。お、これは説明が長くなりそうだと、俺は構える。

「まず、イチェード殿下に精神的な病歴はありませんし、見当たりません。家系にもたいした症状は出ていません。隠そうとしても公王《こうおう》家の公務は常に国民が注視しているのでできず、これはほぼ確実です」

人差し指を畳んで、ソダンが顔を下げて考えこむ。怪訝《けげん》に思った俺がギギナと目線を合わせる。前へと目を戻すと、ようやくソダンが顔を上げる。

「言いにくいのですが、どちらかというと、先代のイェルシニアス陛下、先々代のイェイム陛下、先々々代のイヴァリアス陛下のほうに心理的問題がありました」

ソダンが中指を畳む。

「それぞれ見せかけや演技でやっていたとしても、結果として飲みこまれ、女性に賭博《とばく》への蕩《とう》尽《じん》、アルコールへの耽溺《たんでき》などの難点がありました。ですが、それらは一度として大問題とまではなったことがなく、通常人にもある範囲の逸脱でした」

ソダンの目はまた迷ったが、それでも薬指が畳まれた。

「経過としても、イチェード殿下には、半生を通してなんらかの異常があったように見えません。何度かあった悲劇や惨劇に対して、抑鬱《よくうつ》的な症状が見られたこともありましたが、一時的なものです」

イチェードの人生で、多くの部下の戦死、さらには親友や妻の死があったことは俺たちも当時の新聞や報道を調べて知っている。悲劇に対して気落ちもせず、元気な人間のほうが異常だろう。

俺たちがうなずくと、ソダンはまた口を開く。

「イチェード殿下の治療《ちりょう》については持病もなく、常用している薬もなし。バルビツール系の睡眠薬を何度か処方されただけで、一般人より少ないくらいです」

　ソダンの小指も畳まれた。

「結論として、イチェード殿下は健全で正常です」

　中級査問官が結論づけて、手を下ろす。どこからどう見ても、イチェードは健全で正常なのだ。俺やギギナ、同僚の攻性呪式士《こうせいじゅしきし》たちのほうが異常者だろう。

「なにも問題ないのか」

　俺は重ねて問うた。

「心理分析官としては見当たりません」ソダンが首を捻《ひね》る。「少し変わったことと言えば、イチェード殿下は動物を飼うことが趣味です。ペヴァルア妃《ひ》の影響と言われますが、いつからか孔雀《くじゃく》と大亀と猫を飼育されていますね。以降は増えていないようですが」

「孔雀と亀と猫か」

　ソダンの答えを俺なりに吟味する。猫は普通だ。一般には孔雀と大亀は珍しいかもしれないが、王族や大富豪で獅子《しし》や虎《とら》、象や犀《さい》を飼い、動物園を作るものまでいるので、まったく珍しくない。かつて失ったものたちの精神的代替物とするなら、父や祖父や曾祖父《そうそふ》の嗜好《しこう》に比べて健全すぎるほど健全である。

「正常だとしたら、なぜかつて滅んだ帝国を再建するなんて決断をする？」

　横からテセオンが問うた。ソダンは答えない。俺は分かってきた。

「待て、ソダンは自分が分かる範囲であるイチェード殿下、つまり戴冠《たいかん》前の王太子を、七年前の印象と情報から診断した」俺はソダンの目を見つめる。「では、現在の皇帝となろうとするイチェードとしてはどうだ？」

俺の問いに、ソダンが傷ついたような顔となる。わずかに言葉に出たことを指摘され、隠せなくなったのだ。

査問官は覚悟の顔となる。

「分かりません」ソダンは首を左右に小さく振ってみせた。「情報が少なすぎることと、直接対面なしに内心への分析を下すことはできません」

おそらくは〈踊る夜〉と帝国建設の最終調整に入っていたため、イチェードは内心を隠しはじめたのだろう。

「ただ、健全な精神からの正常な思考によって、イチェード陛下は戦争の判断を下している、と思われます」

ソダンが断言した。

テセオンは納得していない。だが、俺やギギナなどは分かっている。

アザルリやアンヘリオ、犯罪者の一部などは、異常な精神だから異常な行動を取るとある意味分かりやすい。虐殺や侵略戦争を起こす独裁者のほとんども、なんらかの異常性がある。

しかし、正常で合理的な判断によっても悲劇や惨劇は起こるのだ。ニドヴォルクやレメディウスなど、いくらでも事例はある。

「つまり、アブソリエルの侵略戦争と帝国建設には合理的に勝算があるからこそ始められた」

俺が指摘すると、ソダンが苦々しくうなずいた。正常で合理的だからこそ起きた戦争なら、帝国再建戦争の勝算はかなり高いどころか、確実なのだ。

「脱線はそこまでだ」

ギギナが刃《やいば》の言葉を割りこませた。

「公王《こうおう》改めもうすぐ皇帝を名乗るイチェードか〈踊る夜〉のどちらが〈宙界《ちゆうかい》の瞳《ひとみ》〉の所有者で、どう奪取するかが問題だろう」

そこでまた議論が止まる。車中には沈黙が満ちる。これは良くない空気だ。

「ではやはり他の六大天と会ってみるか」

俺は打開策を強引に口にしてみる。

「ヴィヌラサは手詰まりとなっている。ならば、我《われ》らにはもう一度アッテンビーヤと会うか、ロマロト老と連絡を取る道もあるとして、今向かっている」

俺の提案で、ソダンがうなずく。まずはロマロト老への訪問を目指していたが、いきなりの訪問はソダンが良くないとし、それぞれの相手へと連絡をつなぎだす。

「意味があるのか？」

ギギナが問うたが、問い自体に真実が含まれていて、答えることが辛《つら》い。

「俺たちには打てる手が少ない。〈宙界の瞳〉の現在位置と所有者の調査も進んでいない」

アブソリエルの公王宮《こうおう》か〈踊る夜〉の誰《だれ》かの手の内、もしくは首都のどこかにあるはずだが、尻尾《しっぽ》を掴《つか》ませてくれない。公王が常時所持しているなら、奪取の可能性は皆無に近くなる。俺たちは問題の核心から遠巻きに回っているだけなのだ。

「え」

先からソダンの驚きの声が聞こえてきた。俺は意見を中断して、法院の査問官を見る。

「どうした」

ソダンがこちらへと振り返る。目は驚きに見開かれていた。

「法院から連絡させましたが、六大天のアッテンビーヤとロマロトの咒式士《じゅしきし》事務所は」ソダンが唾《つば》を飲みこむ。「閉鎖されているそうです」

「どういうことだ」

テセオンが問うた。ソダンも事態が分からないといった顔となっていた。

「分かりません。一部の者たちには休業と言いわたされたそうですが、所属攻性《こうせい》咒式士と事務員、技術者のほとんどが消えています」

俺はすぐに事情が分かった。ギギナもこの先に起こることを理解する表情となっていた。車内のだいたいも同じ推論に達していた。

「これは」言いたくないが言うしかない。「アッテンビーヤとロマロト老は後《ご》アブソリエル帝《てい》国《こく》と皇帝イチェードに対して、反旗を翻《ひるがえ》す気だ」

俺の発言に車内の各員が納得の表情となる。テセオンには隣のリコリオが説明している。

しかしアッテンビーヤとロマロト老は、後帝国の成立が近いとして大きく動いた。事態が急変したための反応だが、早急かつ危険にすぎる。

対応策を考えはじめた瞬間、俺の携帯が鳴る。取りだすと、別働隊のデリューヒンからだった。音声を解放。

「なにか分かったのか」

「ガユス、そんなこと言っている場合じゃないって！」

デリューヒンの声が車内に響く。俺も耳が痛くて顔を離す。

「な」

「つい先ほどだけど、帝国再建と皇帝即位の祝典の時期が発表された！」

驚いて、俺は左手を振って別画面を展開。立体映像では報道官が驚きの声を発していた。

「繰り返します。アブソリエル公王府は、後アブソリエル帝国建国と皇帝即位の祝典が、明日正午、公王宮敷地内にある公王広場にて行《おこな》われると発表しました！」

「明日っ!?」

テセオンとドルトンが驚きの声を唱和し、気まずい顔となった。俺としても理解が追いつかないほどの事態の急変に次ぐ急変だ。

「昨夜イベベリアとネデンシアを落とし、今朝に併合宣言をしたばかりなのに」

「その翌日に帝国再建と皇帝即位の式典とは、いくらなんでも早すぎるだろうが」

「なにが目的で、他国を挑発する?」

車内でも疑問の声が飛び交う。

俺の言葉で、車内のざわめきが鎮まっていく。俺も公王《こうおう》、いや、皇帝の思惑が分かってきた。

「いや、今しかない」

「この時期に後帝国《ごていこく》と後皇帝《ごこうてい》を宣言することで、前線と国の士気は最高潮に達する。元々それぞれの総統や王を嫌って、アブソリエル帝国時代への郷愁を持っていたネデンシアとイベベリアの併合も上手《うま》くいく」

イチェードが人々に見せたがっている光景が見えてきた。

「そこでは後《ご》アブソリエル公国《こうこく》の属領ではなく、アブソリエル帝国の同胞が元に戻っただけだ、とできる。そして、周辺国家にいるアブソリエル帝国時代を望む、一部の人々が同調していくだろう」

各国の現政府に不満を持ち、アブソリエル帝国への郷愁を持つ住民を煽動し、または協力者とすることができる。武力による制圧だけではなく、同時に人々の心に訴えかける一手だ。最初にネデンシアとイベベリアという、旧政権に正統性と民衆の支持がない国家を落としたことが大きい。

皇帝イチェードは戦勝の勢いを利用し、帝国再建と皇帝登極《とうきょく》の宣言を同時になし、一気にウコウト大陸西方制覇を決めてしまうつもりなのだ。西方制覇がなったなら、神聖イージェス教国とやりあっているツェベルンにラペトデス、北方諸国家に後ろから刺されるか、帝国を認めるかと取引を迫れる。どの国も妥協して追認するしかなくなるだろう。

画面の報道官に動きがあった。画面外から紙が差しだされ、報道官が読んでいく。顔が上げられた。

「さらに、祝典ではイベベリア攻略の原動力となった呪式兵器《じゆしき》の発表もされるようですっ！」

俺は言葉を発せられない。ギギナも止まっている。攻性呪式士《こうせい》たちも驚きのあまり固まっていた。

正体不明である超咒式兵器、ほぼ確実に〈宙界《ちゆうかい》の瞳《ひとみ》〉を使ったなにかを、式典で発表するのだ。通信がつながっているデリューヒンがなにかを言っているが、俺はソダンへと顔を向ける。

「法院の権限で、なんとか式典に出られないか？」

俺が呼びかけると、ソダンはすでに耳に手を当てていた。問いの前に、上司であるシビエッリに連絡をしていた。

俺は膝《ひざ》を揺すりながら、ソダンとシビエッリの答えを待つ。これは危機だが好機だ。というか、合法的に公王宮の敷地に入り、イチェードに迫れる唯一の機会だ。

だが、俺たちが失敗すれば法院も立場を失い、一気に後アブソリエル帝国と敵対するため、慎重の上にも慎重な判断となる。受けてくれるか。

「落ちつけ」

対面に座るギギナが言った。しかし落ちつくことが難しい事態にすぎる。


アレトン共和国の南端からツェベルン龍皇国《りゅうおうこく》北辺に広がるアンバレスの地では、一面の白が横たわっていた。

龍皇国との国境近くの地に、白い雪がちらちらと降り、森や平原や丘や峡谷《きょうこく》を白に染める。普段は雪兎《ゆきうさぎ》や狐《きつね》の姿が見えるだけの静かな地だった。

雪が降りていく白い原に、雷霆《らいてい》のような咒式《じゅしき》の砲撃音と爆裂音が轟《とどろ》く。熱線が水平に走っていき、雪と兵士が両断されていく。背後にある雪原にプラズマ火球が着弾し、水蒸気爆発が起こる。

熱い血が跳ねて、温度で雪に穴を穿《うが》っていく。続いて吹き飛んだ手足や千切《ちぎ》れた小腸が落ち、湯気をあげた。

雪冠を被《かぶ》る林の間から、人影が出てくる。白い軍服の背中が連なる。出てきた林に魔杖槍《まじょうそう》を向け、数十人の兵士たちが後退していく。軍人たちの左腕にある紋章には、黄金竜を神剣が貫く国旗が描かれていた。ツェベルン龍皇国軍の兵士たちだった。下にある紋章は、北方第七八師団所属の兵士であることを示していた。

白い兜《かぶと》の下、後退していく兵士たちの横顔には恐怖。下がりながらも、魔杖槍からは間断なく咒式が放たれる。林の木々が爆裂咒式で吹き飛ぶ。砲弾咒式が貫通し、大地が粉砕される。

林に恐怖するかのように兵士たちが後退していく。破壊の嵐を受けた林の間から、人影が現れる。粗末な兜に鎧《よろい》に防寒装備、魔杖槍を握った男たちが走っていく。

「神のためにいぃっ！」

叫んだ男の頭部に咒式の雷撃が着弾。頭蓋《ずがい》を沸騰《ふっとう》させる。口や蒸発した目から蒸気をあげながら、死体が前のめりに倒れる。

後方の林からは人影が続々と出てくる。先と同じく粗末な武装をした男たちだった。左右の木々の間からも、雄叫《おたけ》びとともに男たちが出てくる。怒号《どごう》が林から溢《あふ》れる。

林の全面から兵士たちが出てくる。兜や甲冑《かっちゅう》、掲げられた旗に手書きでの雑多な光輪十字印が記されていた。

「神の神のためにぃいいいいいっ！」

兵士たちが叫んで、前進してくる。北方諸国から各国に恐怖を与えてきた、悪名高き神聖イージェス教国の奴隷《どれい》兵だった。

「死ねや死ね、神のために死ねぃいいっ！」

怒号とともに、林から次から次へと奴隷兵たちが溢れてくる。人の群れが波濤《はとう》のように突撃していく。

後退しながらも、龍皇国《りゅうおうこく》の兵士たちが咒式《じゅしき》を乱射する。爆裂咒式で十数人の奴隷《どれい》兵が吹き飛ぶ。砲弾咒式が数人を貫通し、背後の林に着弾して炸裂《さくれつ》。投槍《とうそう》が額《ひたい》や胸を打ち抜き、奴隷兵たちが倒れる。空中には頭や手足が舞う。血と内臓の雨の下を、奴隷兵が吶喊《とっかん》してくる。倒れた同胞を踏みつけて前へ前へと進む。

奴隷兵たちの目には恐怖。口からは狂信の絶叫を放ちながら、雪原を突撃してくる。

龍皇国兵が咒式連射をするが、どれだけ犠牲が出ても奴隷兵たちは止まらない。ついに追いつかれる。砲弾咒式を紡《つむ》いでいた兵士が弾切れ。弾倉交換しようとした瞬間、奴隷兵の魔杖《まじょう》槍《そう》が眼窩《がんか》を貫く。続いて左右からの刃《やいば》が兵士の胸板を貫く。

後方の兵士は、遠距離咒式を捨てて、魔杖槍を振るう。高周波振動の刃は奴隷兵の粗末な兜《かぶと》ごと頭部を両断。穂先を反転させ、続く敵兵の盾《たて》と腕を切断する。龍皇国軍の兵士は一人で奴隷兵を十数人も倒していく。

仲間の血と肉片の間から、奴隷兵は前に出る。兵士は魔杖槍で冷静に相手の腹部を貫く。左右から殺到する敵に向けて槍《やり》を抜こうとして硬直。最初の兵士が刺さった槍を握っていた。死にゆく奴隷兵は恍惚《こうこつ》の顔で槍を制止していた。

龍皇国の兵士が危機を感じた瞬間、左右からの魔杖槍が胸板を貫き、魔杖剣が兜ごと頭部を断ち割る。

龍皇国兵は後退しているが、すでに十数人が数百人に殺到されて倒されていた。林から現れた奴隷兵たちは途切れることがなく、一千人を超えていく。戦線を支えきれなくなり、兵士の最後の十数人が反転。魔杖槍を投げ捨て、雪原を走る。

　逃げる兵士たちの頭部や胸板から血が弾《はじ》ける。投槍咒式が背後から頭部や胸板を貫通し、穂先が抜けていた。叫ぼうとした兵士の左目や喉《のど》、腹部に太腿《ふともも》からも槍が突きでる。雪の間に兵士たちが倒れていく。

　兵士たちを完全に呑《の》みこみ、奴隷兵たちが進軍していく。背景では雪空への膨大な対空砲火が連なり、龍皇国軍の飛竜兵が落とされる。兵団は後から延々と続く。雲霞《うんか》のごとき大量の奴隷兵が連なり、雪原を進む。左右にも同じように膨大な兵団が進軍していく。

　アンバレスの地の雪原や林や森を、山麓や街道を峡谷《きょうこく》を、神聖イージェス教国軍が埋めつくし、進軍しつづけていた。

　神聖イージェス教国は、無政府状態で軍閥が割拠していたアレトン共和国全土を下し、南下しつづけている。対抗してツェベルン龍皇国軍が北方国境へと進出。アレトン南部との境界線、アンバレスの地で防衛戦を構築して対決している。

　死闘が、南端の各地で繰り広げられていた。

　第十五枢機将《すうきしよう》ニニョスが率いる十五軍は、十数万の軍勢を展開している。人の津波はただひたすら南へ、南へと進軍していく。

外の渡り廊下に出る。寒い。俺は襟元《えりもと》を左手の指で留める。

右手に酒杯を握っていた。法院が策動する待ち時間の間、寝る前には酒を飲むくらいしかないのだ。

左手の酒瓶《びん》から杯《はい》に追加で足す。杯を上げて一口酒を飲む。アブソリエルの酒だけは本当に美味《うま》い。歴史が違う。渡り廊下にある机に酒瓶を置いて、手摺《てすり》に向かう。

手摺を左手で握って、外を見る。四階の高さからは、夜空の足元で首都アーデルニアが広がる。夜の街には煌々と灯《あか》りが広がる。街路にも人々が溢《あふ》れていた。

市民は肩を組んで国歌を唄《うた》う。アブソリエル帝国と後《ご》アブソリエル公国《こうこく》の二種類の国歌が相互に唄われるが、俺に区別はつかない。そういう風に作られているのだ。人々は野外に席を作り、酒杯を掲げている。魔杖剣《まじょうけん》の空砲を夜空へと放ち、祝砲としているものもいた。

街角には装甲《そうこう》車と兵士たちが警戒を続けている。指揮官は戦車の上から動かない。だが兵士の一部は、人々の祝杯を受け、また肩を組んでアブソリエル行軍歌を叫んでいる。

戦勝からの後《ご》アブソリエル帝国《ていこく》の建設と皇帝即位が発表され、しかも明日には祝典が急遽《きゅうきょ》開催される。人々が熱狂するに決まっている。

昨日、いや今日の午前までは、後アブソリエル公国の進軍を憂慮して反対する国民もいた。彼らは帝国と皇帝の登場とともに、街角から姿を消した。

外国人であり、そして戦争の一端を見た俺も、後アブソリエル帝国と戦争を肯定することはできない。カチュカと家族に起こったことを、仕方ない犠牲だとすることはない。

「外に出た瞬間、ガユスが横にいるとは」

見ると、左の部屋から外の回廊に出たギギナがいた。仕切りがいい加減すぎる。

「いや、不愉快なのは俺のほうだからな」

俺は前へと目を戻す。アーデルニアの夜景は美しいが、不穏を孕《はら》んでいる。

「現在はどうなっている」

ギギナの声が夜に響く。俺は酒杯を再び口につける。

「明日の式典に出席できるように、法院は可能なかぎりの手管《てくだ》を尽くしている」

酒のついでに俺は答えておく。シビエッリとソダンが公王《こうおう》宮へと連絡をし、法院にも新皇帝即位を祝わせてほしいとしている。

「咒式士《じゅしきし》最高諮問《しもん》法院の権威は高いが、皇帝側が受けるかどうかは分からぬ」

椅子《いす》のヒルルカに座りながらのギギナの感想が、夜風に流れていく。

「ほぼ確実に受けるだろう」俺は予想を述べた。「新皇帝の即位に咒式士最高諮問法院が参列する権威付けがあってもいい、くらいには思ってくれるだろう」

「式典に出席できるなら、唯一の好機だ。俺たちには、公王か〈踊る夜〉から〈宙界《ちゅうかい》の瞳《ひとみ》〉を奪取して逃走する一手しかない」

夜風の寒さではなく、畏怖《いふ》が俺の身を震わせる。公王《こうおう》、今や皇帝に対して喧嘩《けんか》を吹っかけることになる。脱出路はアブソリエルに詳しいものたちで検討しているが、いまだに答えは出ていない。

「どうなると思う？」

俺の口は疑問を語っていた。弱気にすぎる、と思ったがもう引っ込みはつかない。

「今度ばかりは、さすがに生きて帰れるとは思えぬな」

ギギナも予想をしていく。

「〈宙界《ちゅうかい》の瞳《ひとみ》〉を誰《だれ》が所持していても、公王宮は警備兵と咒式《じゅしき》と電子の監視と警報装置が山盛りだろう」

現状分析をギギナが述べていく。

「〈宙界の瞳〉を奪取して公王宮から脱出できても、首都中の国民が我々《われわれ》の敵となる」

何回も考えた危険性がギギナの口から再確認される。ギギナがいくら強かろうと、俺たちが攻性《こうせい》咒式士という武装集団であろうと、いくら準備をしようと、今回だけは死の可能性が高すぎる。

「それでも誰かがやらなければならない」

俺が言うと、横でギギナがうなずいた気配が感じられた。目的は不明だが〈宙界の瞳〉に〈踊る夜〉や〈異貌《いぼう》のものども〉が組みあわせる危険は大きすぎる。少なくとも〈長命竜《アルターエ》〉や〈古き巨人《ノルム》〉や〈大禍つ式《アイオーン》〉の手に渡れば、人類史が終わるのだ。

俺は握っていた手摺《てすり》から左手を離す。ギギナと同じく、廊下にある椅子《いす》に腰を下ろす。酒瓶《びん》が乗る机を挟んで、二人が椅子に座った。欄干の間から外の夜景を見ることとなる。夜風は寒いが、部屋に戻る気にもなれない。俺は握っていた杯《はい》に、酒を足す。

「ガユスの遺言はなにかあるか」

ギギナが失礼な質問をしてきた。

「妻ともうすぐ生まれる双子《ふたご》がいて、死ぬ気なんかあるか」

思わず俺は答えておく。ギギナは笑いもしなかった。横目で確認すると表情は真剣。つまり本気の問いなのだ。

部下の前では絶対に言葉にしないが、俺とギギナのどちらか、そしておそらくは両方、そして仲間たちの多くが、この戦いで死ぬだろう。死を前にして嘘《うそ》や強がりを言う必要もない。間に部下や仲間が多くいたため、ギギナと一対一で話すのも久しぶりだ。ふと聞いてみたくなった。杯からの酒を一口含む。

「俺に聞く前に、ギギナの遺言はなんだ？」

「椅子のヒルルカや家具は、愛好家に寄贈しろ。故郷の母と婚約者には私の死を伝えろ。そして」ギギナが即答して右手を掲げる。背負った屠竜刀《とりゅうとう》の刃《やいば》に指先が触れた。「この屠竜刀は故郷の母に、裏山にある岩に刺しておいてくれと頼んでおけ」

前のめりになって待ってみたが、ギギナの口から続く言葉がない。体を起こしながら、俺はギギナを見た。

「嘘《うそ》だろ、それだけかよ」

「それだけだ」

前の夜景を見たまま、ギギナは笑ってみせた。信じられないほど簡単な遺言だった。俺はギギナのことを古代人だ中世人だといつも笑っているが、本当に心の底から、古き時代の戦士なのだ。

寂《さび》しい男だと言う気はない。長いつきあいの今では、そういう男がいてもいいと思っている。ただ疑問がある。

「しかし屠竜刀《とりゅうとう》を故郷の岩に刺せとは、奇妙な望みだな」俺なりに考えてみる。「伝説の聖剣を作って後世を混乱させる遊びか？」

「誓いを通した証明と、借りていた名前を返すだけだ」

「まったく意味が分からない」

「母なら意味が分かる」

ギギナは素っ気なく答えた。いつものドラッケン族の奇習なのだと思うことにした。

俺は椅子《いす》に深く身を預ける。ここで言わねば、俺の言葉は誰《だれ》にも伝わらない。

「本当に絶対にどこまでも俺に死ぬ気はないが」

今回のことは、真剣に考えるべきだ。酒瓶《びん》から杯《はい》に酒をつぐ。

「俺の遺言はイアンゴに聞いて、ジヴと子供たちに遺産、は、たいしてないが遺品を届けておいてくれ、あ、あと双子《ふたご》の名前はジヴに任せるし、法院にはもうアホほど見舞金を出せ、と伝えてくれ」

一度考えると、考えるべきことが大量にある。

「それに生き残った仲間、そしてギギナが和解できたらクエロ、見つけられたらストラトスに、そして父と兄貴、のディーティアスにすまないと謝罪を伝えておいてくれ」そこで言葉が止まる。「母が死んだとは聞かないが、所在が分かったとも聞かない。母は俺たちに興味がなかったので知らせる必要もない」

「伝える相手も注文も多すぎる」

一言でギギナが切って捨てた。

「ギギナと違って、俺は知人友人が多いし、事情も多いんだよ」言っていると、残ることが思い出せてきた。「あとは」

そこで言葉に詰まった。右手の杯では、飲まれない酒の水面が揺れた。もったいないので飲んでおく。味がしない。ギギナが振ってきた話題が重すぎるのだ。

「他に伝えるべき家族でもいるのか」

ギギナの声が夜風に乗って俺に届く。

「いるが」

何度か言ったことだが、言いにくい。

「俺には他にユシスという兄がいるが、どこにいるかも分からない」

「ユシスとは、たしか貴様の次兄だったか」

俺が出した名前に、ギギナが顎《あご》に手を当てて思い出していく。俺があまり口にしない名前であるため、思い出せたことが奇跡だ。俺も息を吐いておく。

「結婚式に来ていたディーティアス兄貴が長男。で、次男がユシス。三男が俺、ガユスというわけだ。あと末の妹がいた」

妹のアレシエルの名は、いまだに軽々しく口に出せない。ギギナも知っているため追及はしてこない。

ジヴーニャにはすべて、いや、言い訳を自分にするなら、一点を除いて話してある。相棒であるギギナにもある程度以上を語ってもいい時期だろう。

「ユシスは俺にすべてを教えてくれた兄だ。しかし」過去の残像が俺の胸に去来する。「ユシスは妹のアレシエルの死因を作った、いや、俺の責任もあるから同罪なのだけど」

俺の告白は夜にまぎれた。ギギナは返答せず夜景を見ている。俺としては長年考えたことを伝えねばならない。

「だから俺が死に、ギギナが生き残ったなら、ユシスに俺の死を伝えてくれ」

間を取るように、俺は杯《はい》に口をつける。酒は味がしなくなっていた。俺としては断言すべきだと覚悟ができた。

「そしてユシスがあの日を後悔していないようなら、おまえが殺してくれ」

「ガユスが自分で殺せ」

ギギナが即答してきた。俺は思わず相棒の顔を見る。ギギナは平然とした顔をしていた。法律が公序良俗《こうじょりょうぞく》が道徳が倫理が、とギギナは問わないにしても、どういう反応なのか。

「俺の事情を深く聞かないのかよ」

「ユシスというのは妹を死なせた悪い兄で、死なせるべきなのだろう?」ギギナは淡々と答えていった。「しかし、私が殺害を保証すると、貴様の思い残しが消えてこの戦いで死ぬ確率が上がる。明日以降の戦いで、死を覚悟した後衛では私が万全に戦えない」

ギギナの返答を聞きおえ、俺は完全停止していた。

俺の唇《くちびる》には微笑《ほほえ》みが浮かぶ。ギギナはギギナの都合でしか考えていない。

だが、自分の死後に解決してしまうなら、俺は戦場において安易に命を捨ててしまう。それは俺の流儀ではない。みっともなく生存と解決の可能性を探るべきなのだ。常に次の戦いは続く。死後ですらも続くのだ。

俺は息を吐く。ギギナを相棒としたのは、ジオルグ事務所の崩壊で生き残ったもの同士、という消極的な理由だった。仕方なくで始まっていても、今は相棒なのだと実感する。

「こういうとき、普通は酒を酌《く》み交わすべきなのだが」

俺が右手で酒杯を掲げ、机の上の酒瓶《びん》を示してみせる。夜景を見るだけで、ギギナは酒に興味を示さない。

「私は酒を好かぬ」

「だよな。本当に雰囲気がないやつだ」

俺は右手で酒杯を持ち、自らの口に当てる。酒を口に含んで飲む。苦い話題で消えていた味が、ようやく戻ってきた。脳は麻痺《まひ》してくれるが、意識の底の心配は消えない。

「明日だ」

「ああ、明日だ」

俺とギギナの間では言葉も絶えた。どちらか、または両方が明日死ぬのかもしれない。

今しばらくは二人で夜景を眺めていよう。

八章　我が名を呼ぶとき、我は消える。我はなんぞ？

我《わ》が名を呼ぶとき、我《われ》は消える。我はなんぞ？

アブソリエル帝国時代から伝わるなぞなぞ

公王《こうおう》宮の一隅、王太子の私室は静謐《せいひつ》に包まれていた。

飾り窓の下にある椅子《いす》に、王太子イチェードが座っている。窓に隣接した机の上には、書類が広げられていた。

無音の部屋で、王太子の右手が伸びていく。五指は睡眠薬の上を越えて、卓上を進む。中央にある酒杯を摑《つか》む。右手が戻されて、王太子は酒を口に含む。下ろされた杯《はい》は空となっていた。左手は机の上にある酒瓶《びん》へと向かう。

「畏《おそ》れながら王太子殿下」

窓の反対側から侍従の声が響く。王太子の左手が戻る。イチェードが目線を動かす。部屋の隅から、年老いた侍従が進みでてきて止まる。侍従は白髪頭を下げる。

「最近、お酒が過ぎるようです。御自重をお願い申しあげます」

「分かっている」

答えたイチェードは、惜しそうに右手で空杯を弄《もてあそ》ぶ。

「分かってはいるのだ」

王太子の顔に自己嫌悪が浮かんだ。あれほど嫌っていた父王と同じ悪癖《あくへき》を、自分がなしていたと分かっているのだ。分かっているが、止まらなかった。

王太子は息を吐いた。迷う右手を机に戻し、酒杯を手放す。

「忠言、痛み入る」そしてイチェードは侍従へと頭を下げた。「余計な心労をかけてすまない」

「いえ、殿下のご心労はいかばかりか。出過ぎた真似《まね》をしました」

老侍従は恐縮して、さらに頭を下げ、そのままの姿勢で後退していく。外から親衛隊《しんえいたい》の手によって私室の扉が左右に開かれ、侍従が退室する。

扉が閉められる。再び私室には静寂が戻る。

私室でイチェードは一人となった。

王太子の過度の飲酒癖を咎《とが》めることが誰《だれ》にもできずに、半年が経過していた。見かねた侍従がようやく言えたのだ。半年は親友を国家のために殺してからの自問自答の日々であった。

王太子の青い目には翳《かげ》りがあった。睡眠薬や飲酒癖も内心の傷を埋めるためのもので、耽溺《たんでき》というほどではないにしても、やはり悪癖だ。老侍従が覚悟を決めて言ったなら、イチェードも悪癖を止《や》めてみせた。

イチェードの唇《くちびる》に自嘲《じちょう》の笑みが浮かぶ。忠言を聞き入れる度量があって、それがなんの意味があるのかという悲しい自覚であった。

イチェードの青い目が再び机の上に向けられた。瞳《ひとみ》には寂《さび》しさと、そして理解不能といった色が浮かんでいた。酒瓶《びん》と酒杯の間にあるのは、辞書ほどもある分厚い書類の束が三つ。先に死んだベイアドトの調査報告書だった。

書面では、三人の医師により、ベイアドトの幼少時からの親や友人、教師や同僚からの詳細かつ膨大な証言が集められ、分析されていた。イチェードはベイアドトと幼少時から過ごしていて人生や内心を知っていると思ったが、知らないことも多くあった。

当たり前なのだが、イチェードが見ていたベイアドトは全体の半分にも満たなかったと気づかされた。

調査報告書の最後に、調査と分析を行《おこな》った精神科医三人からの診断書が出ていた。死後からゆえに正式な判断はできないが、医師三人の共通見解は、ベイアドトには特筆すべき異常はないと出ていた。

ただ、付記としてナナディス症候群の疑いがあると出ていた。アブソリエルの昔話にある、あらゆるものを恐れて逃げて死んだ女から名前がつけられた精神疾患だった。幻覚幻聴がなく、単に被害妄想的な心理傾向に名前をつけた程度の分類箱だ。

報告によると、王太子はベイアドトを親友だと思っていたが、ベイアドトのほうは内心ではイチェードをかなり恐れていた。三人の医師は、それゆえナナディス症候群の症状として、遁《とん》走《そう》としての背信となったのではないかと診断を一致させていた。

分析を何回読んでも、イチェードには理解できない。親友でありもっとも頼りにする家臣であるベイアドトをイチェードが傷つける可能性は皆無だった。ベイアドトの恐れからの非業の死は、本人がわざわざ呼び寄せたとしか思えない。

イチェードには、親友であるベイアドトの背信が単なる病気だとは信じられなかった。敵国や反公王《こうおう》派組織の精神操作呪式《じゅしき》によるものではないかと、何度も調査をさせた。

専門家を全部入れ替えての三度目の調査だったが、結果は同じ。ベイアドトの凶行は、本人の決断ゆえのもので、副次的に精神的症状があったかもしれないと出るだけだった。

イチェードには理解しがたい。悲劇や悲惨によって人に多少の逸脱が出てくることは、父や今の自分の状態で分かる。病んだ人間による事件や犯罪も知っている。戦争では同様の人間が多く出ることも肌身で理解していた。

それでも、親友と国家を裏切るほどの大事が、本人の気まぐれや単なる病気が原因だと診断されても、納得できない。

イチェードは四回目の調査を依頼することにした。右手を机の上へと延ばし、内線の受話器を取る。内線の筆頭に登録してあったベイアドトにかけようとして、イチェードの顔が悲痛に歪《ゆが》められる。受話器を握る手が震えた。

外の廊下には足音。最初は一人分だったが、増えていく。騒然とした声が重なっていく。室内のイチェードは手の震えを抑え、平然とした表情へと戻す。臣下には怒りや喜び、どちらであっても感情を見せてはならないのだ。

イチェードが立ちあがると、扉が乱暴に開かれる。

「殿下っ、火急のことゆえ失礼しますっ！」

親衛隊《しんえいたい》副隊長のカイギスが叫んで入室してきた。後続には親衛隊員二人と、門衛二人、先ほどの老侍従が並ぶ。全員の顔から血の気が引いていた。

「どうした」

イチェードの右手は即座に左腰に提げる魔杖剣《まじょうけん》の柄《つか》に触れ、腰を軽く落としている。無礼などと言っていられない事態だと察したのだ。

「ペヴァルア妃《ひ》とイェドニス殿下が誘拐されましたっ！」

俺は右手を左へと滑らせる。五指で魔杖剣〈断罪者ヨルガ〉の柄を握る。左手で機関部から

空の弾倉を排出。全弾装填《そうてん》された弾倉を叩《たた》きこむ。遊底《ゆうてい》を引いて初弾を薬室に装填。すべてが滑らかで、リコリオの整備は完璧《かんぺき》だった。

魔杖剣《まじょうけん》を鞘《さや》ごと抜いて、前にいるドルトンに渡す。続いて魔杖短剣〈贖罪者《しょくざいしゃ》マグナス〉の回転弾倉に咒弾《じゅだん》を詰めて戻す。

「大事に扱ってくれよ」

「分かっていますよ」

車の開口部の前にいるドルトンが受けとる。青年は俺の愛剣を車へと積んでいく。他のものたちも武具を整備し、完了すると、ドルトンとヤコービーへと手渡していく。

後《ご》アブソリエル帝国《ていこく》と皇帝の祝典に、咒式具を持ちこむことはできない。別働隊に持たせて式場の外で待機させ、運びこんでもらうしかない。

俺は両腕を背後に引いて戻し、背広の襟元《えりもと》を整える。式典に出るには正装か、燕尾服や背広が必須なのだ。

「まさかドラッケン族の正装を否定されるとは」

俺の横へとギギナがやってきた。顔には不機嫌さがあった。

ギギナも慣れない背広を着こんでいる。長身かつ鍛えられた男が紺色の背広に赤いネクタイを締めると、堂々とした紳士となる。背広で屠竜刀《とりゅうとう》を背負い、腰には柄《つか》が下がっている。周囲の咒式士たちも見惚れてしまう。俺も久しぶりに見たが、似合っていることは認める。どうでもいい。

「残念だが、ドラッケン族の民族衣装での礼装は派手で目立ちすぎる」

俺が言うと、ギギナの額《ひたい》にある亀裂《きれつ》がより深くなる。後公国側《ごこうこく》の注文は鬱陶《うっとう》しいが、ギギナが不愉快になるなら良いことである。ギギナの銀の目が俺を見た。

「式典で護衛が許される武装の範囲は？」

「警備は万全だということで、素手で頑張れだとさ」俺は答えておく。「なんとか持ちこむ方法は探すが、正面から入るには完全非武装しかない」

俺の指摘があっても、ギギナは不機嫌さが極まる顔となる。胸に手を回し、屠竜刀の鞘《さや》を支える帯を解《ほど》いていく。ギギナの武装解除を待っている間に、俺はドルトンへと顔を向ける。

「脱出路はどうなっている？」

「アッテンビーヤさんからの地図を元に、敷地からの四つの脱出路、首都からの逃亡経路も七つほど確保しておきました」

ドルトン青年の返事は明確だ。先に並ぶアブソリエル人であるアルカーバとデッピオ、ヤコービーがうなずく。アルカーバは首都に、そしてデッピオはかつての商売から国外への抜け道に詳しい。ヤコービーの地図読みで退路は万全となっていた。

「アッテンビーヤたちは来ると思うか？」

武装解除の手を止めて、ギギナが問うてきた。

「分からない」

俺なりに確率を予想している。

「アッテンビーヤとロマロト老とその部下たちが、いくら強くて優秀で死の覚悟を持って挑んでも不可能だ。式典を抜けて皇帝の身柄を抑えて翻意させる、または暗殺することは難題だ」

不可能と難題が並ぶが、予想は違ってくる。

「だが、アッテンビーヤとロマロト老がなにもしないかというと、それもありえないように思える」

「ドルスコリィは結界で有名だけど、そもそもアッテンビーヤとロマロトはどのような咒式士《じゅしきし》なの？」

ピリカヤが聞いてきた。あまり他人に興味を持たないため、知らないのだ。

「両者とも、一部以外の手筋を公開していない」

俺は正直に答え、指を振る。前もって用意していた携帯からの情報を立体光学映像で展開。アッテンビーヤは普段は錬成系、ロマロトは数法系で戦うことが多い。

「切り札はそれぞれ爆撃咒式と〈異貌《いぼう》のものども〉の召喚か」

映像はかつての両者の激戦を映していた。アッテンビーヤは山を焼き払うほどの爆撃咒式の映像。ロマロトは〈長命竜《アルター》〉を呼びだしていた。

双方が驚異的な力を持つ。

「これらは見せてもいい切り札だろうな」

俺は許してみせた。室内の面々も首肯《しゅこう》してみせた。

高位の攻性《こうせい》咒式士たちは、必ず隠している切り札がある。ラルゴンキンの超砲撃咒式。アザルリの次元咒式の数の偽《いつわ》りと、さらなる超次元咒式。俺にしても、隠していた核融合咒式でニドヴォルクを倒した。

装備を解除し、また整えながら、それぞれが予想していく。こればかりは分からない。

「あとは我《われ》らがどうにかして〈宙界《ちゅうかい》の瞳《ひとみ》〉の所在を特定し、奪取し、敷地から出るだけだが」

言っていて嫌になるほど非現実的な目標だ。

「公王《こうおう》か〈踊る夜〉が持っているが、まずはどちらの所有かの特定から始めないとならない」

「戦いになるかもまだ分からぬか」

ギギナが息を吐き、装備解除を終えた。傍《かたわ》らのドルトンへと屠竜刀《とりゅうとう》を差しだす。

「私の命だ。頼むぞ」

ギギナは解きはなった剣帯ごと屠竜刀をドルトンへと渡す。受け取った瞬間、青年の両手が下がる。腰を落として全身で支えるドルトンは、目を丸くして驚いていた。

ギギナがいつも小枝のように振り回しているから軽く見えるが、実際の屠竜刀はドルトンが驚くほどの重量を持つこととなる。

ドルトンがギギナを見る目に畏怖《いふ》と賛嘆があった。前衛から中衛、後衛までこなす青年には、ギギナの膂力《りょりょく》と技倆《ぎりょう》が今更ながら理解できたのだ。ギギナは腰の後ろにある防御用の短刀、胸元に入れている投擲《とうてき》用短剣も外し、ヤコービーに預けていく。

不満そうにギギナは反転したが、俺の右手が進路を塞《ふさ》ぐ。

「完全非武装と言っただろうが」

俺の指摘で、ギギナは溜息《ためいき》を吐《つ》いた。重い溜息だった。

ギギナは両手で上着の前に手をかけて、開く。背広の裏側には、予備の投擲用短剣が十数本ほど連なっている。間には予備の咒弾《じゅだん》が数十発。ドラッケンの戦士はすべてを取りだし、ヤコービーに預ける。

俺は右手を下げない。

ギギナはさらに右足を掲げる。靴《くつ》の内側に隠された投擲用の小型円盤を抜いていく。さらに靴の爪先《つまさき》に仕込んである刃《やいば》を外す。右足を下ろして左の靴にあった小さな鋸《のこぎり》を引きぬく。踵《かかと》に仕込んである刃を外す。

次に右手の手袋の手首に隠してある小さな刃、左手袋の手首に巻いてある鋼線を引きぬいていった。左襟《ひだりえり》の裏にある針も取りだしていく。

大量の武器をヤコービーが両腕で受け取る。山盛りとなった武装にヤコービーは、目を丸くしていた。

「ギギナさんはまるで人間武器庫ですね」

「もっとも危険な武器で兵器は本人だよ」

ヤコービーの言葉に、俺が答えておく。誰《だれ》も笑わないのは、単に事実だからだ。

ギギナが戻ってきて、俺の前を過ぎていく。俺は相棒についていく。横に並ぶと、ギギナは不愉快そうな横顔だ。いつものことなので気にしない。敷地を二人で歩んでいく。

「背中と腰、全身が軽くなりすぎて、裸で歩いている気分だ」

ギギナが語った。

「自宅では全裸だと聞くし、外でも半裸みたいなものだろうが」

「人を露出狂のように言うな」

ギギナがさも心外だという言葉を返してくるが、俺の発言のどこにも間違いはない。

二人で歩む先には、長い黒の車体が横たわっていた。法院が用意した式典に向かうための高級車だ。後部座席に十人は乗れそうだった。

車の前には、高級そうな仕立ての背広を着た男たちが立つ。シビエッツリ法務官とソダン中級査問官の顔には緊張があった。

横には情報戦の要であるモレディナが立つ。ニャルンは車の前の芝生で寝そべっていて、尾が緩く揺れている。一応背広姿の猫だが、三角帽子はいつものままだ。

ピリカヤが俺に気づき、走ってくる。即座にデリューヒンが襟首《えりくび》を摑《つか》んで止めた。

運転席にはダルガッツが座って、運転環《ハンドル》を握っている。横顔には緊張感があった。ダルガッツを入れることで少しでも戦力を増やせる。外からの武器搬入のためには、壁や床へと自在に穴を開けられるドルトンは必須だ。

これが式典に出られる限界数だ。

「行くぞ」

俺が言うと、全員が無言で動きだす。車の扉を開き、次々と乗りこんでいく。

全員が乗って扉が閉まる。シビエッリが合図をすると、車は静かに走りだす。続いて会場付近で待機予定である、テセオンたちの車の群れもついてくる。

車が悠然《ゆうぜん》と敷地を進んでいく。武装査問官たちが、作業の間に車を見送っていた。法院の武力は出せない。いざというときは、俺たちを切り捨ててもらう必要があるからだ。

前に目を戻すと、門衛二人が門を左右に開いていく。門柱の間を俺たちの車が抜けていく。

車が外に出る。背後を見ると、テセオンたちの車が離れて別の道を行く。会場付近で待機して脱出と援護に備える役目だ。

さすがに高級車で座席は革張りだった。衝撃緩衝《かんしょう》装置その他も最高で、乗り心地が良い。

飲料水の瓶《びん》が座席横の穴へと挿されているが、水面に揺れがない。

俺の隣でギギナが口を開く。

「これは」

「座席の感想はいらないからな」

俺が言うと、ギギナの言葉が止まった。車内では所員たちが笑っている。法院のシビエッリとソダンはどういう笑いか分からないという顔を並べていた。

俺は目を車窓へと戻す。法院の送迎用の車が街を進む。通りに人はほぼおらず、車もほとんど走っていない。窓を通して遠い歓声が聞こえる。車はビルが建ち並ぶ一角を抜ける。暗がりから大通りに出ていく。

陽光が射しこんできた瞬間、車外の街の景色が見える。同時に窓へと音が叩《たた》きつけられた。建物という建物に、青と白のアブソリエル公国の国旗が掲げられている。窓からは人々が身を乗りだしていた。手からは書類や手近な紙を千切《ちぎ》った紙吹雪が放たれる。紙の雨が風とともに街路へと降りそそいでいく。

街路は終わらぬ祝祭の景色となっていた。歩道を進む人々がアブソリエル万歳と声をあげる。街角では男たちが肩を組んで、アブソリエル国歌を音楽ではなく叫びとしていた。街角に立つ兵士と装甲《そうこう》車の上の指揮官も歌っていた。唱和の輪は町中に広がっている。

通りのあちこちで車が停《と》まって、大渋滞《じゅうたい》となっている。車の屋根へと青年が上る。見ていると、青年がアブソリエル国旗を結びつけた旗竿を振りまわしていた。

男たちは歓喜の声をあげる。老婆《ろうば》は涙ぐんでいた。夫は妻を抱えて、また泣いていた。子供たちも事態が分からないなりに通りを走りまわっている。歴史的な敵国に対して戦勝に次ぐ戦勝をし、悲願である帝国復活と皇帝即位となった。後公国《ごこうこく》の国民の喜びが爆発しているのだ。

俺たちの車の窓にも、白い紙吹雪が貼《は》りついていた。ダルガッツが操作し、車の前面硝子《ガラス》を雨避けが作動。棹《さお》が不機嫌な動きで紙吹雪を窓から除去する。

周囲が喜びに湧《わ》けば湧くほど、俺たちにとっては危険だ。敵だと見なされたら、アブソリエル国民のほとんどが俺たちに襲いかかってくるだろう。

大通りは渋滞《じゅうたい》で無理だと、ダルガッツが車体を左折させる。裏通りに入り、別の道へと進んでいく。

大きな通りに何度か出たが、完全に交通が止まっている場所が多い。ヤコービーに通信をつなぐ。アブソリエルの現在進行形の道路状況を示してもらい、通行できる道路へとダルガッツが車を走らせる。

車内は無言。車はようやく公王《こうおう》宮近くの坂に到達する。各門へとつながる幹線道路だけは、アブソリエル兵が交通整理をしていた。俺たちの車の左右や前後に、高級車の長い車体が並びはじめていた。参列者は国内外のお偉いさんだろうが、そろって長さ比べでもしているのかと思える。

高級車の列の速度が落ちていく。俺たちの車も徐行して進む。車道の左右には、柵に抑えられた大群衆が見える。人々は軍隊によって門と壁への接近を阻まれていた。

先の車が門へと進み、俺たちの車も追随していく。門の前には兵士たちが立っている。門は開かれているが、先には装甲《そうこう》車が側面を見せて横たわっていた。強引に突入していっても装甲車で阻まれ、砲塔《ほうとう》からの咒式《じゅしき》連打で蜂の巣にされる仕組みだ。

先の車が停《と》まる。続いて俺たちを乗せた車も停まっていった。制止したのは、兵士ではなく、煌《きら》びやかな青い儀礼服。おそらくあれが近衛兵《このえへい》だ。問題の公王親衛隊《しんえいたい》はどこに混じっているのか分からない。

左右から運転席へと近衛兵たちがやってきた。窓を開けてダルガッツは法院が発行した許可証と招待状を提示。問題はないようで近衛兵が離れる。第一関門を突破できたようだ。

外からの足音。そして後部座席の扉が開く。

近衛兵が枠を摑《つか》んで、車内に入ってきた。兜《かぶと》の下には賓客《ひんきゃく》への気遣いの微笑《ほほえ》みがあった。

「式典参加者を確認させていただいてよろしいでしょうか」

近衛兵の問いかけに、近くの席に座るソダンがうなずく。

「こちらは咒式士最高諮問《しもん》法院、エリダナ支部のシビエッツリ法務官です」

ソダンの紹介に、席に座ったままのシビエッツリが鷹揚《おうよう》にうなずく。近衛兵も即座に敬礼を返す。目には敬意があるが、同時に攻性《こうせい》咒式士に共通する法院への怯《おび》えが垣間《かいま》見えた。

俺たちは気安く接しているが、咒式士最高諮問法院の支部長、そして法務官という立場はかなりの重鎮である。後《ご》アブソリエル帝国《ていこく》といえども軽々しく扱えない。シビエッツリも大物に見えるように演技してくれている。

「同じく中級査問官のソダンです」ソダンが続ける。「あとは運転手と、事前に書類提出した六人の護衛です」

「伺《うかが》っております」近衛兵《このえへい》が言って、俺とギギナを見た。「法院の武装査問官の方々だそうですが、色とりどりですな」

俺とデリューヒンにモレディナはいいが、ギギナとニャルンは少々目立つのだ。

「他の支部から来ました」俺は愛想良く言っておく。「今回の式典のために、親の力を使って」

そこで言葉を止めておく。シビエッツリが苦笑いの演技をした。法院内部に派閥があることは近衛兵も知っている。相手に、法院の有力者の子弟が縁故を使って来ているなら、詮索すると厄介な派閥争いに巻きこまれる、と想像させる。

「そちらのドラッケン族とヤニャ人の方々は」

さすがにアブソリエルの近衛兵で、疑問点を放置しない。車内に一瞬で緊張が満ちる。

「護衛ですが、まだなにか?」

シビエッツリが怖い声を出した瞬間、近衛兵が再びの敬礼を取る。

「了解です。栄えある式典にお越しいただき、ありがたく存じます」

慌てて近衛兵が言って、車外へと下がる。丁寧《ていねい》に慎重に車の扉が閉められる。

一拍し、ダルガッツの運転によって車が進みだす。車内では安堵《あんど》の息が重なる。俺の咄嗟《とっさ》の言い訳と、シビエッツリの高圧的な演技でなんとかなった。シビエッツリも武装査問官という嘘《うそ》はつかず、護衛だとして後々の問題を防いでいる。第二関門もなんとか突破できた。

車の列に従って、俺たちを乗せた車も門を潜《くぐ》る。装甲《そうこう》車の手前にいる近衛兵の案内で、それぞれ左折右折をしていく。俺たちは右へと案内された。

車内から敷地が見えた。植木が並ぶ敷地に芝生が敷きつめられている。間にあるアスファルトの道路を進んでいく。近衛兵の誘導で先へと車が進む。

第四駐車場と書かれた看板が見えてきた。車が到着すると、金網に囲まれた広大な駐車場が広がる。内部には、黒塗りの高級車がすでに数百台も並んでいた。先には監視塔が立っており、近衛兵が周囲を睥睨《へいげい》している。監視塔に備え付けられた魔杖槍《まじょうそう》が狙撃咒式《じゅしき》を展開していた。

展開している咒式が〈鍛澱鎗弾槍《ウァーブ》〉だと分かると、背筋に悪寒《おかん》が走る。戦車砲弾を食らえば、車ごと死ぬ。

俺は目を戻す。地上の近衛兵の誘導で、指定された場所へと車が停止する。

車内には緊張が満ちる。俺が目線で合図をすると、モレディナが席から立つ。車内の床へと屈《かが》む。左手で床の一部を探り、摑《つか》む。床板が外されると、長方形の隠し溝が現れる。内部から取りだされた刃《やいば》と機関部を組みあわせていくと、不格好ながらも魔杖剣となる。

モレディナが魔杖剣を右手で抱える。引き金を絞《しぼ》って咒式を静音発動。排出された薬莢《やっきょう》を手袋に包まれた左手で摑む。刃の先の黄色い咒印組成式からは、小さな塊が現れる。親指の先ほどの鈍色《にびいろ》の球体が、車内の床へと転がる。式からは球体が次々と生みだされては床へと転がっていく。

モレディナが魔杖剣《まじょうけん》を振ると、床の球体たちが指揮に従うように転がって整列。球体は百ほどもある。各球体の表面に横線が入り、上下に広がる。現れたのは瞳《ひとみ》だった。球体の群れの瞳が左右上下に動く。電磁雷撃系第五階位〈百々目鬼転瞳《アル・ゴース》〉の咒式《じゅしき》によって生みだされたのは、百個の目と球体だった。

モレディナの左手の先で、立体映像が展開。俺にギギナ、車内の天井や窓といった百もの光景が見える。球体は電子制御によって自在に動き、見たものをモレディナへと転送してくるのだ。会場内外の様子をモレディナが把握し、俺たちへ逐次報告してくれることになる。

俺は傍《かたわ》らにある車の扉を少し開く。球体が床を流れていき、扉の間から外へと零《こぼ》れていく。百の球体がアスファルトに落ちて、即座に四方へと広がっていく。芝生や植木に球体が入り、見えなくなった。

俺は扉を閉める。車内の映像では敷地が見える。会場でも電波遮断はないと確認できた。

モレディナは体の不調によって車内で待機、ということにして公王宮《こうおう》の敷地の探査を行《おこな》う。ダルガッツは運転手、ドルトンが突入と脱出の機会を見極める別働隊の指揮官として待機。

俺は指先で背広の襟元《えりもと》を整える。車内の各員も背広を整える。

「行くぞ」

扉を開けて、俺は外へと出る。シビエッツリや咒式士たちも外へ出る。粛々《しゅくしゅく》と高級車の間を抜けていく。不審者と見なされれば監視塔から咒式狙撃を受けるため、緊張する。

狙撃されずに駐車場の出口へ到達できた。左右に近衛兵《このえへい》が立っていた。武装していないか、金属探知機で検査されていく。

門では市民たちに見えるため、賓客《ひんきゃく》を相手に検査はできず、駐車場出口ですると読んでいたとおりだ。アッテンビーヤがもたらした地図から、モレディナが咒式を使えるのはこの手前だと予想していた。俺たちの武装も車に積んだままだ。いざというときはダルガッツとドルトンが運んでくる手はずになっているが、必要な時期と、可能かどうかはまだ分からない。

近衛兵たちによる検査が終わって、俺たちは先へと進む。

公王宮の敷地では、緑の芝生の間に遊歩道と道路ができている。前方には建物がいくつも並んでいた。

左を見ると、建物の連なりの先に、白い壁が見える。壁の上には城郭や尖塔《せんとう》がそびえていた。公王宮がほんの数百メルトル先に建っているのだ。公王から後皇帝になろうとするイチェードはあそこにいるはずだ。そして。

俺は前へと目を戻し、歩んでいく。植木の間を抜けると、大きく広がる。

前方には青い絨毯《じゅうたん》が敷かれている。青い毛並みの上を来賓の人々が列を作って進んでいく。歩むのは燕尾服に背広の男に、ドレスに民族衣装の女たち。後《ご》アブソリエル帝国《ていこく》の建国と新皇帝登極《とうきょく》の祝いに招待され、また来訪した各国の貴賓客だ。

列の傍らでは光が瞬《またた》く。撮影をしているのは、各国の報道陣だ。各国首脳や貴族や芸能人や芸術家や有名人たちの一部は、歩きながらも報道陣からの撮影や問いに応えている。

俺たちは早足で向かい、列の最後尾に並ぶ。先の人々は笑いさざめきながら歩んでいく。当然ながら報道陣は要人や著名人に釘付けで、俺たちに注目しない。俺たちの背後にも人々が並び、上手《うま》くまぎれることができた。

報道陣の列に、見知った顔の女性が見えた。アーゼルが撮影機を構えていた。エリダナ二紙のどちらかの派遣記者として混じっているのだ。腕章を見るとエリシュオン紙のほうらしい。アーゼルは俺たちに気づいた目をしたが、撮影を続ける。

アーゼルの横にいる助手を見て、俺は苦い顔となる。記者の横にはリコリオがいたのだ。リコリオは俺を見て、気づかない演技をしてアーゼルの手伝いを続ける。おそらくアーゼルに現地助手として申請させたのだ。妙手をよく思いついたものだ。手数が増えることはいいが、勝手な行動はあとで叱る必要がある。

俺たちは行列に続いて進む。アーゼルとリコリオの前を通りすぎていく。二人には目線も向けないようにしている。二人も俺たちを見ないだろう。

人々の頭や紳士帽子、華やかに結いあげた淑女の髪が連なる先を見ていく。終点には白い建物が見えた。

列の先には、背広姿の近衛兵《このえへい》たちがいた。武器や咒式具《じゅしきぐ》の持ちこみをさらに調べるらしい。

人波の左右には巨大な人影が立つ。金属の装甲《そうこう》をまとった人工の巨人、甲殻《こうかく》咒兵たちが立っていた。左右五体ずつの巨人が、手に持った長槍《ちょうそう》を斜めに突きだしている。長槍が空中で交差され、穂先からは青い飾り旗が下がる。門の前の門となっていた。

　勇壮な光景を見て喜ぶ参列者に対し、俺やギギナ、仲間たちの顔には緊張感が強まる。アブソリエルに敵対すれば、十数メルトルもの甲殻咒兵たちが殺害に動く。十体もの兵器を相手にして生き残れる気がしない。

　俺たちも近衛兵の検査を受けて、甲殻咒兵の長槍の下を抜けていく。列の先には建造物の正面が見えてきた。

　建物の側面には白い柱が並ぶ。柱の間に巨像が立っていた。鎧《よろい》に剣で武装した男や古代の服を着た巨人たちは、アブソリエル帝国時代に活躍した英雄たちの似姿だ。巨像たちの足下では、当然のように青い儀礼服姿の近衛兵たちが並んでいた。

　左右は奥へ向かうと小さくなる。全体としては大きな輪で、ベイルス競技場のような建物だ。元軍人のデリューヒンも感心の目を向けていた。

「前もって聞いていたけど、ちょっと大きすぎるね」

「公王《こうおう》競技場は、帝国時代の闘技場を改装したものでしてね」シビエッリが説明した。「後《ご》アブソリエル公国《こうこく》における戴冠《たいかん》式や叙任式、軍事行進など各種式典を行《おこな》う場所となっています」

「帝国時代の闘技場をわざわざ補修し改装してでも使うのは、後継者であることを示すためか」

　俺が言うと、デリューヒンが納得といった横顔となる。後公国はいつでもどこでも帝国を使う。そして今、本当に後継帝国となろうとしている。歴史的な是非は俺たちには計りがたい。ただ〈宙界《ちゆうかい》の瞳《ひとみ》〉によって成立させようとするなら、阻止するしかない。

招待客に続いて歩むと、公王《こうおう》競技場が近づく。空気遠近法かと思ったが、建物全体に紗がかかって見える。

陽光に反応して、建物全体を包むようにわずかに光の六角形の連なりが見えた。光の上に影が落ちる。

光の枠線の上空を鳥が飛んでいた。競技場で休もうと、鳥が降下していく。いかん、と思ったが止める手段がない。

鳥が光の六角形の連なりに触れた。瞬間、羽が弾《はじ》けた。羽から羽毛、肉に血に骨、内臓までもが散る。鳥だった血肉が落下してまた別の六角形に触れ、さらに光とともに分解。大地に落下する前に完全消失した。

列に混じって歩きながら、俺はギギナを見た。ギギナも俺へうなずいてみせた。横に並ぶデリューヒンたちの顔にも緊張が足される。

以前見た光景の再現だったが、式典会場は咒式《じゆしき》干渉結界で覆《おお》われていた。

「ドルスコリィの結界だ」

シビエッツリが答えた。

「アブソリエル六大天の一人、ドルスコリィは結界で有名だが、どれくらいの腕なんだ?」俺なりに聞いてみる。「結界においては後公国《ごこうこく》どころか、大陸でも指折りと聞いたが」

「彼の結界は、物理攻撃なら核攻撃の直撃すら防ぎ、準戦略級咒式すら防ぐ強度を持つそうです」

ソダンの答えに、デリューヒンやニャルンが絶句していた。俺も表情に出さないが、内心で最悪だと思うしかなかった。ドルスコリィの展開する結界が式場を覆っているなら、外部からの攻撃は不可能だ。内外で断絶しており、同時に内部から咒式による脱出も不可能となっている。部下の攻性《こうせい》咒式士たちは首都各地にいるから、ドルスコリィ個人の結界だが、それほどの強度だ。

計画に初手《しょて》から暗雲がたちこめ、考えながら歩む。列に続いて進むと門が見えてきた。手前にある結界の表面に近づく。青絨毯《じゅうたん》の先では近衛兵《このえへい》が左右に立つ。

巨大な門の直前で待つ近衛兵に、シビエッツリが招待状を示す。確認を受けて座席表を渡された。

一息吐《つ》いて歩むシビエッツリに続いて、俺たちも続く。前方には咒式干渉結界の煌《きら》めきが見える。空気中の埃《ほこり》に反応して分解しているのだ。結界も貴賓客《きひんきゃく》相手に発動しないように、門の前だけは開けているはずだが、恐ろしい。

もし新皇帝が俺たちのことを知っていて招待し、干渉結界に絡めとり、近衛兵や親衛隊《しんえいたい》で制圧に来たら、そこで終わる。前に見える結果に開けられた穴も、罠《わな》かもしれない。

シビエッツリが進み、ソダンが続く。平然とギギナが抜けていった。ギギナが通れるならと俺は拍子抜けして進む。

下を潜《くぐ》るときに結界の咒力《じゅりょく》を感じず、俺の息が止まる。客に対して失礼にならないように咒力が完璧《かんぺき》に抑えられているのだ。これはもう通常の規模ではない。ドルスコリィによる完璧な結界だ。

畏怖《いふ》しながらも、俺はなんの問題もなく結界の穴を抜けた。安堵《あんど》の息が口から出る。結界が閉じて俺を殺すことはなかった。

俺の横を進むギギナが笑っている。

「相手が殺す気なら、結界前に敷地で仕掛けてくる、とでも言いたいのだろうが」

俺が指摘すると、ギギナは別の意味を含んだ笑みを浮かべていた。

「門に入る瞬間、電磁波やX線での検査を感じた」

「徹底しているな」

答えたが、ギギナの指摘は別の意味を持つ。結界が抜けられないなら、アッテンビーヤたちは招待客となって式典会場に入る可能性が出てきた。しかし駐車場と会場前での二重の検問で、各種武装を持ちこめない。アッテンビーヤたちの暗殺は何重にも不可能となっていた。

迷いを抱えながら歩むと、白亜の柱が支える大門がそびえる。巨人どころか〈古き巨人《エノルム》〉が通れる幅と高さの門を潜っていく。

入った瞬間に光と音の洪水。門の先は広間となっていた。天井には水晶のような照明が下がり、煌々とした光ですべてを照らす。床には青い絨毯《じゅうたん》が敷き詰められていた。典雅な空間では、招待客である紳士淑女が挨拶《あいさつ》を交わしている。壁際に並ぶ応接椅子《ソファ》に座るものたちも談笑していた。式典は社交場でもあるのだ。

俺たちはシビエッリを先頭に進んでいくが、宮廷雀《すずめ》たちの声が耳に入る。

「なぜこんな早くに式典をするのでしょう?」「今、日の出の勢いであるアブソリエル帝国につくべきですよ」「帝国と皇帝を宣言して士気を高めることが必要なのでしょう」「しかしどうやってイベベリアのガラテウ要塞《ようさい》を陥落させたのか」「正しくは後、アブソリエル帝国ですな」「皇帝陛下はそういうことを気にされるはず」「北方戦線は神聖イージェス教国が押しているそうですな」「ラペトデスが動きだしたときが、帝国と教国の運命を決めるでしょうな」

政治家や外交官や貴族、財界人や軍人や著名人であろうと、市井《しせい》の人々と同じようにアブソリエルについての憶測が交錯する。誰《だれ》も後《ご》アブソリエル帝国《ていこく》という国と、その急進と実態が分からず、確認に来ている。

知覚眼鏡《クルークブリレ》で時刻を確認すると、開場はとっくにされているが、式典開始まで時間がある。モレディナが探索する時間を少しでも稼ぐため、早入りをしたのだ。

広間の正面には緩やかな大階段があり、左右へと階段がある。広間の左右には廊下が伸びていく。

座席表を片手に進むシビエッツリが右の廊下へと向かう。俺たちもついていく。自動昇降機《エレベーター》と階段が見えた。自動昇降機の前には行列ができていた。たかが数階程度だからと階段を昇っていく。折り返しの階段を登りきる。出入り口から光が溢《あふ》れている。

外へ出ると、風が俺の頬《ほお》を撫《な》でていく。視界はすべて広大な空間となっていた。俺たちの立つ場所から、階段状の席が下へと連なっていた。あちこちに後《ご》アブソリエル公国《こうこく》旗がはためいている。

席には気の早い何千人かが来ており、話しあっている。通路を行く人々も式典について話しながら歩む。誰《だれ》も彼もが知りたがっているが、誰も答えを持たない。

「計画の是非を決める要素のひとつとして、どれくらいの招待客が来るのか」

歩みながらギギナが問うた。

「公王《こうおう》競技場は公的情報によると、最大で立ち見まで入れて四万人を収容できるそうだ」俺なりに考える。「だが、おそらく座席数限界までの客を招待しないだろう」

「昨日の今日で来られる賓客《ひんきゃく》は少ないでしょうね」

進みつつ、シビエッツリが答えた。

「アブソリエルの同盟国である神聖イージェス教国、そしてアブソリエル国内の政財界人に著名人に関係者に護衛。一日で来られる範囲の国家からの要人や護衛といったところでしょう。おそらくは一万人から二万人といった数ではないかと予想しています」

「二万人か」

たしかに後帝国と新皇帝であると宣言する式典なら、招待客が一万人はいないと空席ができて少々見栄えが悪い。しかし戦争中に数万人の出入りをさせるとなると、俺たちのようなものも絶対に紛れこむ。公王の油断か見栄か余裕か。こちらとしては利用させてもらう。

会場を見渡していくと、青い制服が出入り口に見えた。階段のあちこち、そして最前列には近衛兵《このえへい》が二列で並んでいた。兵士は要所を監視している。制服を着ていて分かりやすい近衛兵だけではなく、背広姿の近衛兵、さらには親衛隊《しんえいたい》を客に混ぜて潜ませているはずだ。

上を見ると、天井が開いていた。青空が見えるが、手前には薄く光る六角形の連なり。上空からの攻撃をもっとも警戒して、結界も最大出力で展開しているはずだ。

「警備人数はどれくらいになりそうだ？」

俺の問いに、シビエッツリが考えこむ。

「敷地の外壁で群衆を押しとどめるために、軍隊は二から三千人ほど」シビエッツリが推測を連ねていく。「公王宮敷地内には近衛兵と親衛隊のみ。他の警備もあって、会場には最大動員で四から五百人といったところでしょう」

シビエッツリの推測は俺の予想に重なる。内外ともに厳重警戒だ。歩んでいたシビエッツリが階段状の席の間で止まった。手で座席を示す。先ほどアブソリエルから指定された俺たちの席は、最後列だった。事前に席が知らされていない厳重さだったが、最後列なら離脱しやすい。

俺は知覚眼鏡《クルークブリレ》を起動させる。望遠すると先が見えてくる。最前列は階段状の席ではなく、近衛兵《このえへい》が並ぶ列の先にあった。式場の平地に最前列の席が作られていた。

近衛兵が守る最前列の席は一千程度。席の近くに国旗が掲げられ、席の背に各国の国旗が描かれている。各旗の近くに、背広の老人や男たちが何十人か早入りしていた。おそらく各国の首脳や大臣級が最前列に招待されているのだろう。誰《だれ》がどの国の関係者かは遠くて分からない。さすがに大物たちはまだ来ていない。

席の先には、また近衛兵が並んでいる。先にある舞台が皇帝登場の場というわけだ。

会場までと内部、客席と、俺の概算ではすでに数千人くらいは来ている。早く来たほうが探索時間も稼げるが、人数が少ないと目立つので、丁度良い時期だ。

もしアッテンビーヤとロマロト老が乱入してくるなら、俺たちも助力をして一気に〈宙界《ちゅうかい》の瞳《ひとみ》〉に関する難題を決着させたい。

ただし、絶対の機会でないかぎり慎重に。命はひとつなのだ。

「では会場を探って、それから入場といこう」

立体光学映像では報道が流れている。報道官が、イベベリア公国とネデンシア共和国の併合と、それらに続くアブソリエル帝国の建国の噂《うわさ》が流れていた。

報道官の左右には評論家たちが並ぶ。アブソリエル系は大賛成し、それ以外のものは暴挙だと主張。画面では怒鳴りあいの光景となっていた。

「アブソリエル状況は緊迫しているな」

机の上の映像を見ていた人影が、どこか他人事のように語った。

人影は車椅子《いす》に座していた。背広に毛皮の背外套《マント》。毛皮の襟《えり》巻きに手袋まで装備している。すべてが典雅な装飾が施《ほどこ》されていた。空調機によって暖められていても、気温はまだ寒いのだ。

龍皇国《りゅうおうこく》のバロメロオ・ルヴァ・レコンハイム公爵《こうしゃく》は、左手で魔杖竪琴を抱えていた。右手は弦を触ることなく、膝《ひざ》の上で留《とど》まっている。

黄金の髪の下、バロメロオの唇《くちびる》は溜息《ためいき》を吐《つ》き、右手を振るった。報道官が事実を繰り返しはじめる立体光学映像を切る。

「珍しくバロメロオ様が迷っているね」

「そりゃバロバロも悩みたくもなりますよね」

バロメロオの前には二人の人影が立つ。黄金の髪に青い目と、すべてが相似形である少女と少年。主人が毛皮を着込んでいても、二人は中世の貴族が着るような薄衣姿であった。

美しいというより無機質な二人の口元には、白い息が発生しない。額《ひたい》には、銀の認証印。二人ではなく、人の手によって作られた金属とシリコンの体に、人工知能を搭載された二体であった。

「エンデとグレデリは気楽でいい」

バロメロオが皮肉を言うと、双子《ふたご》の〈擬人《クンスツ》〉が微笑《ほほえ》む。他ならぬバロメロオ自身と人形師ゼペルトは、エンデとグレデリという限りなく生物に近い〈擬人《クンスツ》〉を作りあげていた。

「人工生命体に内心がないとは、いまだに誰《だれ》も証明できていませんよ」

麗《うるわ》しい少年の姿を持つエンデが答えた。

「もちろん私たちも内心がある、と思っている、と言うことはできますが、それは人間も同じことです」

天使のような少女姿のグレデリが双子の言葉を引き取った。

「私は〈擬人《クンスツ》〉や人間に、そして自分に心があるとも思っていないよ」

車椅子《いす》のバロメロオの右手が懐へ差し入れられる。

「だが、そう思っている、と見えるという現象に逆らう合理的な理由もない」

公爵《こうしゃく》の右腕が華麗な動作で戻る。白手袋に包まれた指先は、封筒を挟んでいた。

赤の蠟封《ろうふう》が開封され、内部の手紙が見えた。指先が閃《ひらめ》き、書状が開かれる。達筆の文字列をもう一度読んで、バロメロオが溜息《ためいき》を吐《つ》く。書状と封筒を懐へと丁寧《ていねい》に戻す。

「そしてクロプフェル師から、翼将《よくしょう》筆頭代理に就任せよと命令が来た」

苦い言葉がレコンハイム公爵の口から零《こぼ》れた。

「筆頭代理ご就任、おめでとうございます」

前に立つエンデとグレデリが唱和した。側近の人形たちの顔に悪戯《いたずら》っ子の表情が並ぶ。

「皮肉まで言える〈擬人《クンスツ》〉は困ったものだ」

バロメロオが白い息を吐く。水蒸気以上に重い質量の息だった。

「オキツグが死に、ヨーカーンが倒れた、などとは思わぬが、現状では私以外に適任がおらぬらしい」

公爵がさらに溜息を吐く。十二翼将は、モルディーン枢機卿長《すうきけいちょう》という頭脳の命令によって動く。頭脳が現在行方《ゆくえ》不明となっているなら、翼将筆頭が代理で全体指揮を執《と》る。

「筆頭であるオキツグ殿が所在不明で、大賢者ヨーカーンが動けないなら、序列に従ってバロメロオ様が率いるのは道理では？」

エンデが述べると、バロメロオは苦い顔となる。

「筆頭代理をやれる者は他にいるだろうが」

「翼将はそれぞれ魔人に妖人とされ、戦闘力において人類最強を争います。だが、全体指揮を執れる人間は少ないですよ」

グレデリが歌うように語った。

「数少ない適任者である聖者クロプフェル老は、皇都の守護と、モルディーン様不在で混乱するオージェス王家と翼将のまとめ役もこなし、多忙すぎます。喪服の寡婦ことカヴィラは黙して語らず、神出《しんしゅつ》鬼没《きぼつ》どころか常に所在不明でぶっきみ〜♪」グレデリとエンデが交互に言葉を紡《つむ》いでいく。「剛力無双《ごうりきむそう》のシザリオスおじさんに疫病を撒《ま》き散らすウフクスちゃんにいたっては、人を率いることに向いていない人間兵器。他はまだ若すぎますね♪」

人形たちによって、道理が並べられた。

「となると〜?」

エンデとグレデリが主君へと両手を向ける。

「私、バロメロオしか筆頭代理の適任者がいない、だろうな」バロメロオは現実を見るしかなかった。「私は美と遊びに生きていたい。軍隊指揮や政治など趣味ではないのだ」

バロメロオが自嘲《じちょう》すると、エンデとグレデリがうなずく。深くうなずく。二人の失礼な態度にも、公爵《こうしゃく》は気にしていない。

「そして総司令官とされた私に、クロプフェル師から最優先指令が来ていた。もうこの時点でクロプフェル師が翼将《よくしょう》筆頭代理であろうに」

皮肉な事態にバロメロオが苦笑し、車椅子《いす》が進む。主君の進路からエンデとグレデリが退《ど》いて、反転。前へと進む。〈擬人《クンスツ》〉たちは、恭《うやうや》しく先にある紗幕《カーテン》を左右に開いていく。眩《まぶ》しい陽光のなかへと、バロメロオが進むと、冷たい風が頰《ほお》を撫《な》でていく。

バロメロオを乗せた車椅子が止まる。左右に〈擬人《クンスツ》〉の双子《ふたご》が立つ。背後には今出てきた帷幕《いばく》が見える。周囲には魔杖剣《まじょうけん》が立てかけられた柵。呪弾《じゅだん》が詰まった箱が山積みとなっている。

バロメロオが口を開く。

「うんざりするが、やらねばなるまい」

　一人と二体がいるのは、小高い丘の上だった。

　丘からは冷たい平原が広がる。荒野を埋めつくすように人影が並ぶ。兜《かぶと》と甲冑《かっちゅう》に全身を包み、盾《たて》を左手に掲げ、右手の魔杖槍《そう》が天へと向けて屹立《きつりつ》している。

　丘のものを含めて、総兵数は丁度一万。兜の下に並ぶのは、すべてが見目麗《うるわ》しい少年少女たちの顔だった。少年少女兵たちの額《ひたい》には認証印。

　平原には一万の〈擬人《クンスツ》〉たちが整列していた。歩兵の間には騎兵も立つ。動く人形たちが跨《また》がるのは同じく人形の馬。兵団の後方には装甲《そうこう》車に戦車、甲殻《こうかく》咒兵が並ぶ。

　ツェベルン龍皇国《りゅうおうこく》でも、オージェス王家が誇る人形兵団だった。華奢《きゃしゃ》で美しい軍隊だが、他国には恐怖の存在となっている。一万の人形たちは、バロメロオの指揮によって全体が連携する。死や苦痛に怯《おび》えもせず、ひとつの意思によって統率された完全なる軍隊であった。

　平原の人形たちはお互いを見て、くすくすと笑っている。する必要がない欠伸《あくび》をしているものもいる。丘の上の司令官、そして操り手であるバロメロオが口を開く。

「あー、君たちの主人であるバロメロオである」

　指揮官にして奏者が声を出すと、人形たちは無機質な瞳《ひとみ》で指揮官を見上げていく。

「今更必要ないだろうが、現状とそれに対する私への責務を説明しておく」

　声は丘の上から平原へと響く。

「神聖イージェス教国が、貧相で不格好な軍隊で北方諸国へ南下。残念ながら芋臭い北の小国たちでは抗しきれず、次々と陥落している」

バロメロオが興味なさそうに語る。平原の〈擬人《クンスツ》〉たちも興味なさそうな態度であった。

「芋臭さが少しはましな、ビスカヤ連邦とペンクラート独立領、ピエゾ連邦共和国だけが気を吐いている。だが、ピエゾとペンクラートは民族分裂を果たしたばかり。そしてビスカヤは先に尊敬すべきフォスキン将軍を失い、苦戦している」

バロメロオなりに、フォスキン将軍にだけは敬意を払っていた。

「というわけで、神聖イージェスの南下を防ぐために、無骨な龍皇国《りゅうおうこく》軍本隊は国土北方防御のために広く展開中だ」

バロメロオが口頭で説明していく。

「鈍くさい龍皇国軍が削りあいをしている間に、オキツグが不在でも副官のオサフネが率いる武士団は要所のビスカヤ方面へ北上している」バロメロオの言葉が淡々と紡《つむ》がれる。「同時に別のアレトン共和国方面へと我々《われわれ》人形騎士団も北上する。そこで宗教バカどもの頭を叩《たた》いて潰《つぶ》し、足止めを行《おこな》う」

バロメロオの宣言がなされると、〈擬人《クンスツ》〉たちが口を開く。

「えー、やだー」「神聖イージェスってあの泥臭い連中だろ」「農奴兵や奴隷《どれい》兵と戦うなんて美しくない」「あいつら戦ってもつまんなーい」「もう飽きた～」「狂信バカと戦うなんて、他の龍皇国軍にやらせておけよ」「アレトンなんかもー滅びているようなものじゃん」「人間の争いなんて私ら〈擬人《クンスツ》〉に関係ないじゃん」「だるい、だるすぎる〜」

一万の〈擬人《クンスツ》〉たちがそれぞれに不満を漏《も》らす。人工知能はそれぞれの考えを持つように設計され、経験によってさらに分かれる。上司や作戦への不満すら言いだす始末だが、丘の上のバロメロオは満足そうだった。

「人工知能どもよ、自在に発展し、人すら乗り越えよ」

公爵《こうしゃく》は小さく笑っていた。左右に侍《はべ》るエンデとグレデリも、主人の態度に微笑《ほほえ》む。続いてバロメロオは表情を引き締める。右手を掲げて、左から右へと〈擬人《クンスツ》〉兵団を指し示す。

「おまえたちの不満は私の不満と同じくする」

声は演劇役者のように朗々と平原へと響く。

「だが、我らが戦うしかない理由は三つある」バロメロオは数えあげた。「ひとつには、龍皇国ですらつまらないのに、神聖イージェス教国のような糞《くそ》つまらない国が覇者となると、世界は今より糞つまらなくなる」

バロメロオが告げると〈擬人《クンスツ》〉たちが静まる。人工知能たちの顔には嫌悪感が滲《にじ》む。〈擬人《クンスツ》〉たちは退屈を嫌うのだ。

「二つには、神聖イージェス教国は国教であったイージェス教を変質させている。教えによれば、国内と侵攻した国家で偶像崇拝だと絵画や彫刻を焼き、軟弱であると宗教音楽以外の音楽を禁止している。性を描いた絵に映像に物語、婚前交渉も許さない。なにひとつとして美しくない」

バロメロオが続ける。〈擬人《クンスツ》〉たちの間には動揺が広がる。レコンハイム公爵《こうしゃく》が設計から参加した特別製の〈擬人〉たちは、美と愛と性をなによりも尊重する。つまり神聖イージェス教国の質実剛健、禁欲清貧とは信条が相反していた。

「三つ。これがもっとも重大だが、とにかくあいつらは気に食わない」

宣言したバロメロオの顔には微笑《ほほえ》みがあった。国運と多数の人々の人命がかかった戦争において、ありえない言葉と表情だった。

「閣下の言われるとおりです」

平原の戦列の間で、一体の〈擬人〉が声をあげる。

「人類や龍皇国《りゅうおうこく》なんてどうでもいいけど、バロメロオ様の言うとおり、つまらないし、美しくない。なにより気に食わない」

一体が言うと、他の〈擬人〉たちも声をあげはじめる。

「そうだよ。神聖イージェス教国が勝てば〈擬人《クンスツ》〉なんか真っ先に偶像として破壊対象になる」

「そしたら逃げればいいじゃない」「そこで誰《だれ》が僕たちの整備をしてくれるのさ」「〈擬人〉同士でやってもいいけど、なんか隠微さがなくてつまらないしね」「結論としてはやっぱあれだな」

〈擬人〉たちが前へと向きなおる。

「やりましょう！」

〈擬人〉の一体が声をあげる。

「美と愛と性の敵をぶっ殺しましょう！」

続いて右に立つ〈擬人〉が魔杖槍《まじょうそう》を掲げる。さらに前後左右で魔杖槍や盾《たて》が振りあげられる。

人形が描かれた戦旗が振られていく。

「美と愛と性の自由のために！」「芸術の敵たる北の蛮人どもに死を！」「美しく殺しましょう！」「早く早く！」「美と愛を理解しない中世国家には、北にお帰り願おう！」「人形騎士団の美しき戦いを！」「血と臓物と死にこそ、華がある！」「死を！」「いっぱいの死を！」

美しい〈擬人〉たちが世界一野放図な理由で戦意を高揚させ、怒号《どごう》をあげる。

丘の上で車椅子《いす》に座すバロメロオは満足そうにうなずく。

レコンハイム公爵は魔杖竪琴《たてごと》を左手に抱え、右手を這《は》わせる。白手袋の指先が弦を爪弾《つまび》く。

赤い数式が紡《つむ》がれ、噴出。平原に並ぶ〈擬人〉へと降りそそぐ。数式は先頭に立つ〈擬人《クンスツ》〉の少年の額《ひたい》に着弾。

雷光に打たれたように身震いする〈擬人〉の額から内部へ、数式が到達。後頭部から数式が放たれ、分裂。左右と後方の〈擬人〉の額に接触。

数式は扇状《おうぎ》に〈擬人〉兵団へと伝わっていく。赤い光の数式は次から次へと感染。上から見れば赤い光点が津波となって正方形の軍勢に広がっていく。光の伝染は最後列まで届いた。〈擬人《クンスツ》〉の少年少女の青や緑の目に、光点が灯《とも》る。

バロメロオは車椅子《いす》で丘を下り終えていた。左右にはエンデとグレデリが付き従う。前方には静まりかえった一万の兵団。一体として私語を発しもふざけもしない。

バロメロオは〈擬人〉による兵団を背後に背負って前を見据える。右手を掲げる。背後の兵団の間から、部隊ごとの数十もの戦旗が垂直に屹立《きつりつ》。斜めに掲げられる。差しだされた長さに一ミリの誤差もなく、角度に一度の違いもない。

最前列の少年たちが盾《たて》を掲げるが、まったく同じ位置で完全な防御。間から掲げられた魔《ま》杖槍《じょうそう》も完全な平行線。

「全軍前進」

バロメロオの右手が前を示し、車椅子が進む。エンデとグレデリが背後から車椅子に続く。追従する兵団が歩みだし、地響きが湧《わ》き起こる。人形を乗せた馬の足並みも進む。背後の装甲《そうこう》車に戦車、甲殻《こうかく》咒兵も車輪と足を進める。

〈擬人〉たちの足が右左右左と進められるが、足音に刹那《せつな》の誤差もない。雪原を進む陣形は最初の配置の正方形のままで、まったく変化しない。

一万もの兵団は、バロメロオの数法系第七階位〈光栄手傷傀操演舞《ネービ・ローテス》〉によって連結された。脳内における量子的共振を電磁力学的に閉じこめ、散逸の原因となる自由空間から隔離。量子的共振を繰り返しつなげ、意識を共有できるようになる。指揮官と兵士の思考が完全に同調した軍隊となって〈擬人《クンスツ》〉たちは進軍していく。

「これだけでは人形騎士団らしくない」

先頭を車椅子で進むバロメロオが右手を掲げる。続いて魔杖竪琴を抱えたまま、左手も掲げられる。両手は人差し指と親指が立てられていた。

瞬時に歩兵たちの最前列が盾を跳ねあげ、魔杖長槍を畳み、二つを背中に負う。背後から前へと回されたのは小太鼓。

バロメロオの手が回転し、下ろされる。兵団最前列の両手に握られた桴《ばち》が、打撃音を刻む。連続する音は津波の地響きとなって徐々に大きくなっていく。背後の戦列からは、重々しい大太鼓の音が重ねられる。喇叭《らっぱ》と大喇叭の金管楽器の音が加わる。銅鑼《どら》の音が衝撃となって空中を貫く。笛に弦の調べも響きわたる。

「人形たちよ、どこまでも優雅に敵を殺戮《さつりく》しにゆこうぞ」

バロメロオの手が振られる。兵団の奏《かな》でるラセントラの交響曲第三番第一楽章〈人形の行進〉が、雪原と空に響きわたっていた。

曲は彼らが進軍時に奏でる、勇壮かつ華麗なものだった。そして敵軍にとっては恐怖の前奏曲であった。

九章　荊の戴冠式

この世に百年続いた国家は数えきれない。五百年続いた国家も多い。千年続いた王朝ですらウコウト大陸と極東とオルギア大陸にと、三つもある。

しかし、紀元後から現在まで続いている国家はひとつもない。人の限界のひとつがある。

ワレン・フボイス「国家の命脈」神楽暦《かぐられき》一九八八年

首都アーデルニアの郊外の道路は閑散としていた。廃工場の谷間に、タイヤが軋《きし》む音が響く。土埃《つちぼこり》をたてて、舗装されない道を黒塗りの車が疾走する。六輪の長い車は猛烈な勢いで走っていく。曲がり角で長い車体を振って、六つのタイヤが悲鳴をあげる。

黒い車の運転環《ハンドル》を握る男は、兜《かぶと》に甲冑《かっちゅう》と完全武装していた。後部座席にも同じ姿の男たちが並ぶ。手には魔杖剣《まじょうけん》を握りしめての臨戦態勢だった。

兜の下の顔には緊張感が並んでいる。甲冑の肩や胸が削られ、地金が剝《む》き出しとなっていた。

後部座席の男たちの間には場違いな人物がいた。上品な緑の装いをした女性。黄金の髪の間にある額《ひたい》には略冠。緑の瞳《ひとみ》は不安と恐怖の色彩を帯びていた。

隣に座るのは少年だった。シャツにネクタイと上品な服。青い瞳には不安があったが、義姉《あね》の腰に手を回し、周囲から守ろうとしているかのようだった。

女性は後《ご》アブソリエル公国《こうこく》の王太子妃《ひ》たるペヴァルア。少年は公子イェドニスであった。二人は完全武装の咒式士《じゅしきし》たちの間で縮こまっている。ペヴァルアは不安のためか、膨《ふく》れた腹部を右手で撫《な》でていた。アブソリエルの未来の子がそこにいるはずなのだ。

武装した咒式士たちが背後を振り返っては戻る。車内は無言。

運転手が後ろ見の鏡で後方を確認する。曲がり角から、騒々しい音とともに車が飛びでてくる。

車の巨軀は、灰色の装甲板《そうこう》に覆《おお》われていた。太い八輪が唸《うな》りをあげて疾駆《しっく》する。装甲車の側面には後アブソリエル公国軍、親衛隊《しんえいたい》であることを示す青地に竜の紋章が刻まれている。

車内には親衛隊員が詰めこまれていた。甲冑《かっちゅう》に盾《たて》に魔杖剣《まじょうけん》を抱えた親衛隊が十一人。隊員の間に十二人目の男がいた。

兜《かぶと》の下には、イチェードの青い目があった。身重の妻と弟を誘拐した敵への憎悪と殺意が、燃えさかる業火《ごうか》となっていた。

左右と背後に並ぶ親衛隊員たちも同じ表情を並べる。主君にして親友であるイチェードの怒りを完全に共有していた。前親衛隊長のベイアドトの背信は、親衛隊員たちにも傷を刻んでいた。裏切り者を出したことで、親衛隊は命を懸けて忠誠を示そうとしていた。

イチェード王太子と親衛隊を乗せた車輌《しゃりょう》は、前を行く黒い車を猛追する。逃げる車の左右の窓が開き、四つの切っ先が出てきた。刃《やいば》には〈矛槍射《ベリン》〉や〈爆炸吼《アイニ》〉の咒式が展開。追走する装甲車からも魔杖剣が出されて〈斥盾《ジルド》〉による防壁を展開。

路上に生成された防壁が投槍《とうそう》で貫かれ、爆裂で砕かれる。爆煙の間から装甲車が抜ける。壁が破砕される間に装甲車は回避し、追走を続ける。左右の建物を越えて、遠い駆動音が聞こえてくる。サベリウが率いる別働隊が左右から迫っていた。

追走する装甲車の左窓からは、親衛隊の新鋭である狙撃手のラザッカが身を乗りだしていく。構えた魔杖槍には、すでに化学鋼成系第三階位〈遠狙射弾《バル・バト》〉の咒式が展開していた。

黒い車からの応射が来る。ラザッカの肩の装甲や兜を投槍が掠《かす》めるが、切っ先は動かない。

「命令だ。絶対に当てろ」

車中からは、親衛隊の副隊長であるカイギスの声が飛ぶ。

「外しません」魔杖槍を構えながら、ラザッカが答えた。「この命に代えても」

言い終えたラザッカの魔杖槍から、高速弾丸が発射される。前方車輌の右窓から上半身を出していた敵咒式士の胸に着弾。背中へと血と内臓が散る。死者の上半身が折れ、車内へと引きもどされる。

狙撃したラザッカの魔杖槍《まじょうそう》が素早く左へと動き、再び狙撃咒式《じゅしき》を発動。今度は、逃走車の反対側の窓から出た咒式士の右目に着弾。後頭部から脳漿《のうしょう》が撒《ま》き散らされる。絶命した死体が倒れ、右窓の縁《ふち》に引っかかる。

窓から死体を垂らしたままで黒い車が走る。他の窓からの射撃が来て、ラザッカも体を車内に戻す。再び窓から出て狙撃。双方の車から狙撃と砲撃咒式が応酬され、銃声と砲声が響いていく。

追跡する親衛隊《しんえいたい》は王太子妃《ひ》と公子を気にして、破壊力が大きい咒式を放てない。タイヤを狙っての狙撃が繰り返されるが、何度も曲がる複雑な地形では命中しない。

誘拐犯たちの車が十数回目の角を曲がり、装甲《そうこう》車も追随する。

黒い車が右折。角の出口で、左にある工場から路上に排気口が突きでていた。車は必死に回避する。しかし、窓から下がったままの狙撃死体が排気口に激突。衝撃を受けて車体が流れ、死体が落下。

追う装甲車は、前から転がってきた死体を踏む。甲冑《かっちゅう》と奥にある肉が砕ける音と衝撃が、車内の親衛隊員、そしてイチェードにも伝わる。王太子の表情は揺らがない。

車体が流れて遅れた車に、後続の装甲車が距離を詰める。黒い車の進路が左への曲がり角だけとなり、旋回。最小半径での回転だが、ラザッカの狙撃咒式が車の左後輪に着弾。車体が大きく流れるが、左折していく。六輪のうちひとつが破裂しても、逃走車は駆動しつづける。

追走する車からラザッカが三連射。黒い車の右前と右中央輪が破裂。車体が大きく流れていき、角の先で壁に激突。強制停止された車体から白煙があがる。

走行不能となった黒い車の窓や扉が開く。魔杖剣が出てきて、投槍咒式が連射される。装甲車も急旋回し、建物の角の陰で急停止。隊員たちが外へと飛び出る。咒式による防壁が角から路上へと連ねられていく。

防壁に砲弾が激突し、吹き飛ぶ。新しい防壁が連ねられると、爆裂咒式が炸裂《さくれつ》。防壁が耐えているうちに、イチェードと五人の隊員たちが展開していく。装甲車からは援護のための咒式狙撃が繰り返される。誘拐犯たちも回避のために物影に隠れ、また応射してくる。

イチェードたちは道の反対側に到着し、ビルの陰に隠れる。背後には隊員たちが並ぶ。遮蔽《しゃへい》を取った王太子は、防壁の間から角の先を見る。

黒い車が見え、窓や扉から誘拐犯の三人が王太子へと咒式射撃をしている。

駆動音。角の向こうから、灰色の装甲車が曲がってきた。二台の装甲車が横付けに急停止し、誘拐犯たちの車の進路を塞《ふさ》ぐ。咒式の防壁が展開し、黒い車からの砲撃が直撃。サベリウが率いる別働隊の隊員たちも、防壁を展開しながら広がっていく。

前後から黒い車が射撃を受ける。車輪はすべて破壊され、黒い車の運転席の樹脂製の窓に穴が穿《うが》たれていく。逃亡は不可能と脇《わき》の扉が開き、運転手が応射してくる。

別働隊も車内に王太子妃と公子イェドニスがいるため、それ以上の攻撃はできない。誘拐犯からの爆裂咒式《じゅしき》が防壁の間に炸裂《さくれつ》。さらなる防壁を展開して耐える。

後方にいるイチェードたちも、相手の咒式砲火に耐える。

「誘拐犯たちは、車体からすると運転手と助手席まで入れて八人か九人。二人は狙撃で倒して、残りは六か七人」

轟音《ごうおん》と爆音の間でイチェードが冷静に分析し、親衛隊員《しんえいたいいん》たちがうなずく。

「投降を呼びかけては？」新入りのラザッカが問うた。「すでに前後を挟んで逃げ場はありません。死刑だけは回避するとすれば交渉が」

「先に道へと落ちた死体の甲冑《かっちゅう》の肩と胸部分が削られていた。認識票を隠すということは、犯罪者ではなくどこかの国の手先だ」

王太子の発言で、他の親衛隊員たちの表情が変わる。爆裂咒式がビルの角に炸裂し、イチェードたちは奥に身を引く。爆煙の下から撃ち返し、黒い車の車輪を破砕。

「なん、のために、どこの国がそんなことを？」

ラザッカが思わず疑問を口にしていた。

親衛隊員たちの顔には、そろって疑念が渦巻く。後《ご》アブソリエル公国《こうこく》の王太子妃と公子の誘拐を国家が行《おこな》うなら、戦争を引き起こす行動となる。ありえなさすぎて、全員が理解不能となる。

「いかん」

イチェードが気づき、盾《たて》と魔杖剣《まじょうけん》を掲げる。隊員が制止しようとした手を払い、王太子はビルの陰と防壁の間から出る。投槍咒式《とうそう》が飛び交う角を進む。親衛隊員たちも盾を連ねてイチェードを追う。

投槍を盾で受けて、王太子は黒い車に接近。裂帛《れっぱく》の気合いとともに魔杖剣を振り下ろす。刃《やいば》は黒い屋根に切りつけ、火花をあげながら両断していき、車体の下まで抜ける。車の前後が切断面へと落下。

車内にいた男は、左肩から右脇腹《わきばら》まで両断されて即死していた。

分かたれた人体と車の奥には、ビルの壁面があった。壁には大穴が穿《うが》たれている。穴から見える暗い室内の奥の壁にも、さらなる穴が穿たれていた。

「敵にも別働隊があって、壁裏から脱出路を作っていたらしい」

イチェード王太子は穴へと飛びこむ。追随していた副隊長のカイギスが別動隊に裏へと廻れと指示を出し、王太子の背に続く。ラザッカに親衛隊員たちも穴へと雪崩《なだ》れこんでいく。

イチェードは室内を進む。

「なにがあろうとペヴァルアとイェドニス、そして生まれくる子の命だけは救う」イチェードの口から覚悟の言葉が漏《も》れる。「たとえ私が死のうとも、それだけは果たす！」

イチェード王太子の覚悟に、親衛隊員たちも呼応。決死の覚悟で進軍していく。

式典会場の通路を、俺とギギナたちが進む。

俺の手は携帯を忙《せわ》しく触り、情報を整理する。俺とギギナは地下に食品搬入口があるのを発見。ニャルンは式典会場の地下は三階までだと見つけた。さらに下の闘技場の水路はまだある

ことを報告してきた。

両方を合わせると、地下まで一気に地上から貫通させれば、脱出に使えそうだった。外のドルトンとダルガッツに知らせて、脱出路のひとつに加える。

歩いていると、前に扉が見えてきた。アブソリエルの近衛兵《このえへい》が、俺たちに気づいた。会場の扉を左右に開いていった。会釈をしながら間を抜けて、俺たちは再び会場へと入場していく。

足を踏み入れた途端、音と熱気が肌を打つ。

先ほどは数千人しか入っておらず静かなものだった。しかし、今や人、人、人が階段状の席を埋め尽くしている。座席には、膨大な数の紳士帽子に日傘《ひがさ》が並ぶ。通路も席へと向かう人々が行き交っている。公王《こうおう》競技場の席は埋まりつつあった。

座り、または歩く人々が式典開始を待って噂《うわさ》をし、予測をしている。大量の人々の声が重なり、一定の音が会場に響いていた。

「来場者を一か二万人と予測したが、これは超えているね」

デリューヒンが言って、俺は携帯の報道で確認する。

「公称では、二万二千四百三十五人が来場しているらしい」

俺の説明で、ピリカヤやデリューヒンが呆《あき》れ顔となって会場を見渡す。統計は俺たちのようなものを数えているのかは不明である。だが、重要人物と護衛だけで、よくもこれだけの数を招待したものだ。

急な発表で会場の準備は万全ではないが、後《ご》アブソリエル公国《こうこく》は、帝国となるために強行した。各国も超大国の誕生に参列しないと外交上の不利となり、さらには後帝国の仮想敵となることを避けるために、大急ぎでやってきている。

シビエッリを先頭に、最上段の通路を進む。席を見下ろしていく。人々の頭や帽子の先に、会場の底が見えた。近衛兵が守る先に並ぶ席が、アブソリエルにとってもっとも重要な諸国の要人がいる貴賓席だ。

歩きながら、知覚眼鏡《クルークブリレ》の望遠機能で見ていく。

貴賓席の最前列でひときわ目立つのは、紫地に黄金の光輪十字印の国旗だ。傍《かたわ》らに数十、いや百近い席が設《しつら》えられている。席には、神聖イージェス教国からの参列者が座っていた。

戦争中ゆえに神聖教皇や枢機将《すうきしょう》が来るはずがない。それでも大臣級が来ているはずだ。さらに拡大する。背広や僧衣の群れに混じって、僧衣に赤帽子が二人いた。

「他国で言う大臣である二十六枢機卿のうち、二人が来ているな」

デリューヒンも望遠で見て、確認する。俺はさらに知覚眼鏡《クルークブリレ》を拡大して、席の背にある小旗を見る。

「赤帽子は共通として、交差する鍵《かぎ》に赤十字の旗ということは教皇秘書長。そして赤帽子の左右に白鳥、盾《たて》には赤と白の盤面の旗ということは、トレボリ大司教にして枢機卿《すうきけい》だな」

「え」

ピリカヤが疑問の声を発した。

「いや、俺でもさすがに名前までは思い出せないというか、現在の役職者を知らない」

席へと向かいながら、俺は知覚眼鏡《クルークブリレ》で検索する。

「調べると、今の秘書長はアーンドゥドス枢機卿、トレボリ大司教はオージャヌス枢機卿だそうだ」調べて初めて名前が分かってくる。「後者も重要なトレボリ管区を預かるかなりの大物だが、前者は教皇の代理も務めるので、教国でも有数の重要人物だな。神聖イージェス教国は戦時下で可能な最高の礼を尽くしている」

「旗で分かるの？」

隣を歩むピリカヤが聞いてきた。

「俺の実家が子爵《ししゃく》家だったから、多少の紋章学を学ばされただけだ。それで有名どころの家の旗のいくつかは推測できる」

俺が言うと、ピリカヤが「貴族っぽいところ初めて見た、好き！」と来るが「まさかのときの吾輩《わがはい》参上」とニャルンが止めてくれた。

席の観察を続ける。枢機卿二人の他は文官と護衛だろうが、百人は大所帯だ。アブソリエルと神聖教国の関係性が分かる。

先には黄金龍と神剣の国旗が立つ。付近はツェベルン龍皇国《りゅうおうこく》の招待席だ。数十ある席には、黒背広の老人が一人で座っている。他には何人かの背広の老人が座していた。護衛も十人ほどが周囲を警戒している。

「龍皇国のあれは誰《だれ》になるわけ？」

デリューヒンも素直に疑問を発した。

「あれも誰かは分からない。ただ、侯爵《こうしゃく》家の人間だから、軍関係の要職の誰かだな」

「侯爵？」

俺が言うと、ニャルンの手から逃《のが》れてきたピリカヤが疑問を投げてきた。俺は老人の席にある小さな旗を右手で示す。

「紋章の盾の上に、小さな王冠があるだろう」

俺が言うと、ピリカヤがうなずく。デリューヒンたちも見つめている。

「あれが小冠といって貴族の階位を示す」俺は解説していく。「五枚の葉飾りという小冠からすると、侯爵の誰かだ。侯爵のだいたいは元々からして辺境領土を守る軍閥の長《おさ》だから、軍事系の要職に配置される」

おそらく外交上、失礼にならない程度の要職にある侯爵《こうしゃく》に事務方を添え、護衛をつけて送ってきたのだ。

「旗によって、どの国が誰《だれ》を送って、外交をなしているか分かるということですね」

ピリカヤが言って、俺はうなずく。

「龍皇国《りゅうおうこく》はアブソリエルまで敵に回す余裕がない。後帝国という暴挙への牽制《けんせい》はするが、刺激はしたくないといった態度だな」

俺は先を左手で示す。所員の視線が導かれる。

「あちらはもっと分かりやすい」

龍皇国旗の隣には、七つの星が連なるラペトデス七都《ななと》市《し》同盟旗が翻《ひるがえ》る。大陸最強国家は龍皇国より徹底していて、参列者が一人もいない。

「七都市同盟は白騎士を失い、魔術師が伏して混乱状態だ。さらに、神聖イージェスによる北方諸国への侵略に対抗しようとしている」

席から見える、ラペトデスの分かりやすい意志を説明する。

「だが、ナーデンはともかく、ゴーズなどの自由民主主義国家への侵略が見え、ラペトデスの国是《こくぜ》に反している。いずれ絶対に敵対する」

俺が言うと、ギギナの目が理解を示してきた。

「空席には、後帝国と皇帝など認めないという断固とした意志が見える。事実上の外交断絶で、開戦もありえるということだな」

ギギナも、この場の席の意味を理解しはじめている。

「では、あれはどうなる？」

デリューヒンが右手を掲げる。示す先にあるのは、東方二十三諸国家連合の旗だった。国旗の傍《そば》にある席に、浅黒い顔の男たちが座っていた。それぞれが豪奢《ごうしゃ》な民族衣装をまとっている。数えると十三人。護衛がついて、総勢で四十人くらいはいる。

「さすがに報道で見る、二十三部族の首長たちは出席していないようだな」俺は椅子《いす》の背に刺さる小旗を見ていく。「二十三部族のうち半数ちょいの旗に、月の紋章がついている。あれは部族長の全権代理を示す紋章だから、部族の後継者や代理人、連合会議の閣僚を寄越《よこ》している」

二十三諸国家連合は、平均より多少尊重を見せる態度といってもいい。

さらに先にあるブリンストル女王国は、当然ながら女王の出席はありえない。それでも二十人が来ている。席には小旗が並ぶ。ピリカヤが俺の解説待ちの顔をしていた。

「あれも紋章の小冠からすると、四枚の葉飾りに四つの宝玉、八枚の葉飾りに八個の宝玉。えと」一目では分からず数えていく。「十八の宝玉がある。それぞれブリンストルの侯爵に伯《はく》爵《しゃく》に子爵《ししゃく》が来ている」

俺は分析してみせる。

「首相や閣僚は来ていないが、貴族院でも実力者の副大臣か政務官などの要人を寄越しているのだろう」

ブリンストル女王国は家名で数えるので、連続した王朝とするかどうかは人によって分かれる。連続しているとするなら、国と王家はあと数十年で千年に達する。老獪《ろうかい》な立ち回りをしてくるに決まっているのだ。

「もう訳分からねー」

ピリカヤは、紋章の形式が各国で違うことに閉口していた。俺は笑っておく。

昔は紋章官という専門の職業があったくらいめんどくさいのだ。俺にしても兄貴に厳しく指導されて、数百ほどの各国名家の紋章を暗記させられて閉口したものだ。半分以上は忘れているが、役に立つ日が来ていた。

教えてくれた兄について思いを馳《は》せていると、所員たちが黙っている俺を見ていた。いかん、現実に戻ろう。

「女王国は、省庁の副大臣あたりを三人ほど送ってきているようだな」

俺なりに意図を分析していく。

「ブリンストル女王国としては、勢いづくアブソリエルは気に入らない。かといって大陸の西の帝国となり、中央から東の覇者になったときに敵対したくはない、というあたりさわりのない外交態度だな」

席の先を見る。かつて俺たちと手先が争ったバッハルバ大光国の席が見える。俺たちと争った手先が裏切り者だったため、向こうも俺たちを放置していてくれて助かる。

さすがに光帝や一族の出席はない。旗からすると、女王国より重みづけをしているらしく、副首相と閣僚一人を送ってきていた。アブソリエルが勝っている間は敵対しないが、負けたときは義理で出席させた、という含みを持たせた人選だ。

七大強国の他、多くの中小の国群も、それぞれ態度が分かれる。アブソリエルが勝つと見込んだ国々は、王や元首、または首相級が来ている。

「完全拒否は七都市同盟《ななとし》、アブソリエルの仮想敵国である周辺国家といくつかの国だけ。大陸諸国家の過半数は、程度の差はあっても、なんらかの要人を出席させて様子見といったところだな」

俺が総括すると、ピリカヤが全体を見回していく。理解すると、単なる席が違った光景になる。

後《ご》アブソリエル公国《こうこく》の進軍は、世界に後《ご》アブソリエル帝国《ていこく》の登場を予見させている。席によって分かるだけでも各国の思惑が渦巻いているのだ。

肝心のアブソリエル関係者の席を見る。シビエッツリから予想を聞いていた、政財界の要人が並んでいる。俺は違和感に気づく。

「アブソリエル関係者の席に欠けている人物がいるな」

ギギナが言って、たしかに俺もいるはずの人物の姿を見つけられない。

「ペヴァルア王太子妃《ひ》はかなり前に病死したらしいが、王弟イェドニスがいないな」

「公王《こうおう》、というか後皇帝はまだ出てこないにしても、王弟もそろそろ入場していないと間に合わないのでは？」

デリューヒンがシビエッリ法務官へと視線を向けた。

「王と王妃に王族は、多くの人と出会う場面では同席しません」シビエッリが淡々と語る。「王が暗殺される場に王弟が同席すれば、まとめて暗殺されて王族が途絶えます。だから同席することは少ないですね」

「ああ、そして」

歩みながら、俺は最後を言わない。公王にして後皇帝となろうとしているイチェードは、この場での暗殺がありえるとしているのだ。いよいよアッテンビーヤたちの分が悪い。

「そういえば、亡くなられたというペヴァルア王太子妃と王太子、王弟イェドニス殿下はどういう人物なので？」

自分で言って気づく。俺たちはイチェード公王を注視していて、他の王族や存在感のない王弟イェドニスについてほぼまったく考えていなかった。

俺の問いにシビエッリも盲点に気づいた顔となる。考えこみ、口を開く。

「王太子妃は、当時は融和路線となっていたナーデン王国から嫁いでこられた、大層お美しい方でした」シビエッリが記憶をたどっていく。「公務に出るのも最小限で、人柄はほとんど知られていません。かなり前に死去されていまして、たしか王弟殿下が子供時代でしたかな」

　本当に記憶がかすかなようで、シビエッリの印象も薄すぎた。

「イチェード公王の王太子時代の妻で、お子様とともに病気で亡くなられた、といった位置づけでしか我々《われわれ》の記憶にありません」

　シビエッリは無理に言葉を続けたように見える。

「王弟殿下は、たまに報道にも出るので分かりやすいですね。イチェード公王とは年が離れており、あなたたちの同年代か少し上ですね」

　法務官が答えた。俺とギギナよりは上だが、国を担う人物としてはまだまだ若い。

「人物としては穏和で堅実。学生時代から現在まで、無能ではないどころかはっきりと優秀です」シビエッリが思い出しながら語っていく。「ですが公務ではイチェード公王が優秀どころではない辣腕を示しているため、影が薄いですね」

　シビエッリの発言は俺も実感する。歴代公王でもっとも大胆な帝国建設をなしているイチェードは、若い頃は武人で健康問題が一度もないまま壮年期となっている。急死がなければ、イチェード時代があと三から四十年は続くだろう。弟であるイェドニスが堅実で温和で優秀となれば、アブソリエルの将来は安泰であろう。

「そして公王はイェドニス殿下を大事に思っています。後帝国建設も皇帝即位もイェドニス殿下のためかもしれません」

「それほど弟を大事に？」

俺が問うと、シビエッリがうなずく。

「公王《こうおう》家にも親族がいますが、他は公王直系の血がつながらない縁戚《えんせき》でしかありません。それぞれ閑職についていますが、今回の領土回復戦争においても中央に呼ばれていません」

シビエッリが答えた。

「能力的に使わないのか？」

俺の問いにシビエッリが首を左右に振る。

「公王は他者を信用していません。ですが、直系王族である王弟イェドニス殿下だけは信じていると思われます。公王宮を防衛するのは親衛隊《しんえいたい》ですが、その補助である直轄部隊の指揮官にしています。要するに、前線への視察すらさせずに都へと留《とど》めるための処置でしょう」

俺は返答せず考える。シビエッリの証言は、また別の意味をもたせる。アッテンビーヤたちがイチェード皇帝の暗殺や身柄拘束に成功しても、効果が疑わしくなる。イェドニス新皇帝を重臣たちが支えて帝国が進むなら、意味がない。継承者が戦争には向かないからといって、一度始まった大戦争を止めるとは限らない。

「公王の態度は分かった。ではイェドニス殿下本人は」

俺が言った瞬間、会場の照明が落ちていく。開場が近いと、俺たちは急いで席へと向かう。

ドルトンからの武具の搬入はまだ成功していないが、仕方ない。

俺は最後列の自席に座る。俺の隣にはギギナが座る。席順を考える時間がなかったことだけが残念だ。ギギナも俺の横で不愉快そうである。わーお気が合うね。

視界が暗転。会場の照明が完全に落とされた。会場には人々のざわめきが広がる。

広い会場を高い喇叭《らっぱ》の音が貫く。音は連なり、壮大な曲となる。アブソリエルに来て飽きるほど聞かされた、後《ご》アブソリエル公国《こうこく》の国歌だった。

会場の各地に光が灯《とも》る。照明は暗い会場を遊泳するように照らしていく。観客席を蛇行し、会場の底で合流。光は舞台に集中。

舞台の背景には、青地に白い竜の紋章。後アブソリエル公国の国旗が一面に広がっていた。

「儀式は簡素にしたい」

朗々とした男の声が会場に響きわたる。音楽は抑えられていき、主役の登場を待つ。

「後アブソリエル公国は、アブソリエル帝国の正統継承者である」

続く声とともに、旗の前、舞台下から床と演壇が浮上していく。

演壇の先に立つのは、壮年の男だった。軍服に豪奢《ごうしゃ》な背外套《マント》をまとっていた。黄金の髪の上に王冠が鎮座する。下にある青い氷の目が会場を見据えていた。

男はイチェード・アリオテ・アブソリエル。アブソリエル帝国皇帝から数えて第八十四代、後アブソリエル公国の現公王だ。

会場中の人間が公王に見入っていた。だが、俺とギギナたちは公王の両手を見る。

公王《こうおう》の手には指輪が多く塡《はま》っているが、遠すぎて判別できない。俺は知覚眼鏡《クルークブリレ》で視界を拡大して好機を待つ。ギギナも視覚強化で前を見据える。

照明のなかに立つイチェードが右手を軽く振って、止める。背景に広がる国旗の上に地図が展開していく。俺たちは地図より右手を凝視していた。

イチェードの右手には、三つの指輪が嵌《はま》っている。金剛石《ダイアモンド》に青玉、紅玉《こうぎょく》の高価そうな指輪というだけだ。白か黒の〈宙界《ちゅうかい》の瞳《ひとみ》〉が塡《は》められていないと確認できた。左手は演壇の縁《ふち》の裏となって見えない。出てくるのを待つしかない。

イチェードの背後で、立体的な地図が展開しきった。現れたのは、おなじみのウコウト大陸の地図だった。

掲げた右手の先で、公王が人差し指を振るう。地図に変化が起こり、大陸西部にある後《ご》アブソリエル公国《こうこく》が青色で強調される。

「現在、我《わ》が後公国《ごこうこく》は帝国崩壊後に分裂、または後公国から独立して混迷している西方諸国を再統一しようとしている」

イチェードの声とともに、地図のアブソリエルから青い矢印が伸びていく。あっという間にイベベリアとネデンシアの二カ国を併合。一大領土を示していた。

各国来賓は苦々しい顔をしているだろう。一方で観客席からは歓呼の声があがる。かつてのアブソリエル帝国を望むものは国内だけに限らない。独裁に支配されていたネデンシア共和国や失敗していたイベベリア公国の人々のように、併合を喜ぶものもいる。

「三国をまとめた今、かつての帝国には及ばないとしても、暫定的に後アブソリエル公国は」

イチェードが間を取る。

「ここに後《ご》アブソリエル帝国《ていこく》の建国を宣言する」

右手を下ろして、イチェードは堂々と語った。多民族や多国家をまとめる国家こそが帝国の定義なら、二国を併合して最低限を満たしている。

「公王だった私は公王位の上に、初代の後アブソリエル帝国皇帝を名乗りたい」

イチェード、そして新皇帝が宣言した。

途端に、抑えられていた音楽が高らかに鳴り響く。会場にいる多くのアブソリエルの近衛兵《このえへい》や臣下たちが、万雷の拍手を送る。アブソリエルの人々は感極まった表情となっている。

遅れて、外国からの賓客《ひんきゃく》たちも誘われるように拍手を行《おこな》う。二つが入り混じって、大きな拍手の渦となる。まるで数万の鳩《はと》が羽ばたく音のようだった。

賓客たちの多くと同じく、内心でまったく賛成していないにしても、俺は拍手をしておく。法務官や査問官も拍手している。ギギナも興味がなさすぎる横顔で拍手をしている。今、周囲から浮くことはできない。来客たちの何割かは、俺たちと同じ心理で拍手をしているのだろう。

照明が広がり、会場が明るさを取りもどす。音楽が引いていき、拍手も静まっていく。俺もお義理での拍手の手を止めた。

皇帝が再び右手を掲げる。荒波を凪《なぎ》が打ち消していくように、舞台から最前列、そして階段状の席へと静まり返っていく。二階席の客も沈黙していき、俺たちも音を立てないようにする。

二万人を越える観衆の口は堅く閉じられ、式典の場に硬質の静寂が満ちる。全員の目は、舞台上のイチェード、新皇帝の姿に釘付けとなっている。

認めたくはないが、イチェードには皇帝といってもいい威厳が備わっている。老齢で病床に伏すツェベルンの龍皇や、連結双生児ゆえほぼ動けないバッハルバの光帝とは違う。今新たに勃興《ぼっこう》しようとする新国家の、偉大なる指導者に見えてしまう。

元々若きころから戦場を駆けた勇猛な武人が、経験と知識を磨いて政治家として洗練された。失われた大帝国を構想し、復興を実現させようとするなら、現代の英雄とも言える。

だが、そう見せて、見えるように演出されているだけだ。言動や姿に幻惑されないように、後皇帝の体側に下げられている左手を見る。右手のように三つある指輪を確認する。

俺は息を吐く。後皇帝の左手の指輪は、どれも〈宙界《ちゅうかい》の瞳《ひとみ》〉ではない。しかし〈踊る夜〉ではなく、後皇帝が所有者である可能性はまだ除外できない。〈宙界の瞳〉の上から別の宝石を被《かぶ》せて偽装しているかもしれない。一時外した〈宙界の瞳〉が戻ることは確定させるため避けたいはずだ。

奪取作戦を決行するには、所有者と場所が確定しなければ動けない。

注視していると、壇上のイチェードが口を開く。

「後帝国の成立には問題が山積みとなっている。他国に、そして国内、宮廷内ですら侵略戦争であると反対するものがいる」

イチェードが語ると、会場にはどよめきが生まれる。普通、このような式典ではひたすら後帝国と後皇帝の栄誉を称えるものなのだが、新皇帝自身が否定した。

式典は、儀式的な披露《ひろう》目の場ではなかった。イチェードはウコウト大陸諸国家、そして世界へ主張し、論を問う場としている。

「征服戦争は邪悪である、という言葉に私も賛成する。私自身も、ただ五百年も前に滅びた帝国の復権をなしたい、皇帝になりたい、といった目的で此度の戦争と建国をなしたわけではない」

イチェードの言葉は意外な響きを帯びていた。

俺は隣のギギナを見る。ギギナも俺を横目で確認していた。イチェードの戦争と帝国建設の目的とはなにか。実はこの世界の誰《だれ》も推し量れていなかったのだ。再び俺は前へと目を向ける。

壇上のイチェード皇帝は堂々としていた。

「現在の人類は歴史上で何度目かの、そして最大の危機に瀕《ひん》している」

皇帝は右から左へと会場を見渡す。各国の要人たちは押し黙っている。報道陣も黙っていた。ただただ二万を超える人々の目と撮影機の目がイチェードを見つめていた。そして皇帝の宣言を、一言も聞き逃《のが》さないようにしている。残念ながら俺たちも同じだ。

「人類には貧困に飢餓に疫病に無知、環境汚染に資源紛争、各種犯罪に反政府組織の破壊活動に戦争と問題は多い。だが、これは個人に社会、国家やその連合がそれぞれ対応すべき問題だ」

イチェードの言葉は会場へと響き渡っていく。

「世界全体での差し迫った危機は〈異貌《いぼう》のものども〉である」

イチェードの言葉が会場に響く。観客たちの間にはどよめきが生まれる。

「先にあった、限定的とはいえ〈龍〉、ゲ・ウヌラクノギアの解放は皆も知っているはずです」

皇帝が出した名前で、二万人もの招待客の顔には、恐怖と畏怖《いふ》、嫌悪と敵意が生まれる。

権益や因縁で争う各国も〈龍〉の恐ろしさは理解している。神話で伝承で寝物語で、そして記録で、子供のときから全人類が脳裏に恐ろしさを刷り込まれている。最新の調査で人類史への影響も分かってきていた。この世に出てきた〈龍〉でも、とくにゲ・ウヌラクノギアは、この星の生態系と歴史を曲げるほどの大絶滅と大災害を引き起こしてきた。

どれほど鈍感なものでも、あの〈龍〉の力が、大陸の諸国家と生態系の均衡を崩したことを理解している。

俺は会場を見渡す。座席に座る人々の顔には、心からの恐怖とそして疑念があった。各国や人々はイチェードの示した危機を理解するが、推測が違ってくる。

たとえば〈龍〉の完全解放はありえるのか。放置しておいても、限定復活で終わるかもしれないし、自然に消えるかもしれない。誰《だれ》かが片付けてくれるかもしれない。

未知数の事態すぎて、この世の誰も断言できない。となると、明確に存在するいつもの問題に対処するほうが先になる。第二第三と諸々の問題が連なり、解決が後回しになってしまう。〈宙界《ちゅうかい》の瞳《ひとみ》〉に関わってきた俺たちは、最悪を想定して動いている。だが、本当に最悪の事態がなんなのかは分かっていない。

「危機はそれだけではない」

イチェードが発言する。

「〈禍つ式《アルコーン》〉に〈古き巨人《エノルム》〉も、各自の王と帝《みかど》を呼びだそうとしている」

皇帝の言葉で、会場には息を呑《の》みこむもの、悲鳴を喉《のど》の奥で鳴らすものも出てきた。俺たちも情報は摑《つか》んでいる。〈龍〉が動くなら世界が終わる。竜族と長年の宿敵である〈禍つ式《アルコーン》〉と〈古き巨人〉が座して見ているわけがないのだ。

〈龍〉だけでも人類は終わる。だが〈禍つ式〉に〈古き巨人〉の王たちまで復活するとなれば、この星の生命体の危機と言える。

「〈龍〉の完全解放が起こるかは未知数でしょう。ですが、他の二種族も動いているなら、これは明確な人類の危機だと断言できる」

後皇帝の言葉に各国の要人たちが、ようやく理解の色を示しはじめた。単体ならまだ無視できるが、三つが動くなら実現可能性は高い。携帯などで外に連絡しはじめる要人もいた。

俺たちは〈宙界の瞳〉の段階で右往左往していたが、イチェードは一気に世界の問題としてきた。

「この未曾有《みぞう》の危機に、各国が個別で立ち向かっても意味がありません。一手でも間違えれば、そこで終わるのです。今こそ人類が連帯して対処すべきである」

イチェードが提案した。

「ならば帝国と皇帝はその危機への重大な障害である！」

勇敢な声があがる。見ると、舞台前に招待された最重要賓客《ひんきゃく》のうち、一人の男が疑義を差しこんでいた。会場最前列近くの近衛兵《このえへい》が左右から制止に動く。盾《たて》と槍《やり》を連ねて、発言した男へと向かう。

「客人に対して不作法である。控えよ」

壇上のイチェードが右手を掲げて止める。近衛兵たちは、槍と盾、そして頭を下げて定位置へと戻っていく。

新皇帝は次に男へと手を掲げて先をうながす。

「どうぞご発言ください」

「新皇帝陛下の余裕であられるわけか」

男は席を立つ。礼服に身を包んでいるが、武人の風格を持つ男だった。

俺はどこかで見たような気がするが、思い出せない。ギギナやシビエッツリも同じような顔をしている。俺たちの周囲の人々が騒ぐ。

「あれはビスカヤ連邦の」「そうかヨズパリデ王子だ」「あの御仁か」「フォスキン将軍を継ぐ者だ」「次なる英雄王だ」「彼ならば皇帝にも匹敵できる」

人々の声で、俺はようやく男の正体を思い出す。

ビスカヤ連邦といえば、フォスキン将軍の故郷だ。フォスキン将軍は先に〈踊る夜〉たちと〈異貌《いぼう》のものども〉の接触に気づき、英雄大集結を画策していた。ビスカヤ連邦をまとめる王室は将軍とやや共同歩調といった程度だったが、ヨズパリデ王子は支持していた。フォスキン将軍の死後はヨズパリデ王子が遺志を明確に継承しているのだ。

俺たちも無関係ではない。フォスキン将軍の遺体と遺品である宝剣を連邦に返したとき、王室からの礼の言葉が届いていた。おそらくヨズパリデ王子の提案だ。

報道で見た姿と名前と、自分たちとの関係性がようやくつながった。

英雄の遺志を継ぐヨズパリデ王子は、前に一歩出る。周囲の人々が恐れて席を立って、横へと退《ど》く。

貴賓席のヨズパリデ王子と、壇上のイチェード皇帝の目線が斜めに結ばれる。火花が散るような王子の視線と、皇帝の冷たい氷の眼差《まなざ》しが出会う。

ヨズパリデ王子が右手を掲げて、前方で拳《こぶし》を握る。

「危機に対するための陛下の行動には道理がない。後《ご》アブソリエル公国《こうこく》による侵略戦争と、時代錯誤な帝国の再建など、各国の連帯を阻害する愚行であろう」

ヨズパリデ王子なら、今回のアブソリエルの再征服戦争は英雄の遺志を踏みにじる行為と主張できる。

人類や生命体の危機に動揺していた、会場の空気が静まっていく。王子の主張によって、参列者に疑問が広がっていく。

「ご指摘のとおりである」

炎の言葉を受けて、壇上のイチェードは氷壁のように肯定した。会場の人々の顔には、理解不能といった表情が広がっていく。俺にも意味が分からない。ギギナやシビエッリ、他の誰《だれ》にも理解できていない。

しかし、謎《なぞ》こそが皇帝が会話に引きこむ手筋だ。引きこまれないように、俺は両手で膝《ひざ》を握っておく。

「大前提として、大陸諸国が一致団結して、この危機に対峙《たいじ》すべきである」

イチェードの目は、座席の間に立つヨズパリデ王子を見据える。

「だが、どの国も危機に対処しようとしていない。各国が一応の連帯としている大陸国家連合会議もなんら対策を打ちださず、動かない。では諸国家はいつ連帯し、動くのであろうか？」

イチェードから雷撃の言葉が放たれた。席の間に立つヨズパリデ王子は答えられない。

会場の人々も止まっている。

「痛いところを突く」

俺は唸《うな》ってしまっていた。

人々は先に〈龍〉の部分的復活があり、今のイチェード皇帝の告発によって〈異貌《いぼう》のものども〉の王たちの復活、という大きな危機を事実だとは認識している。

現状は、独裁や狂信国家の侵略という分かりやすい危機ではない。危機の想定が、龍皇国《りゅうおうこく》と七《なな》都《と》市《し》同盟の軍事力を削《そ》ぐ程度から、中小国家の転覆。さらには人類の破滅、この星の終わりまで、と全員の想定が違っている。危機だと思っていても、国家としてはどこも動いていない。誰もが確率と被害規模を上手《うま》く見積もれないのだ。

唯一動いたモルディーンと七英雄の二人とミルメオンによる会談と罠《わな》ですら、規格外にすぎる〈龍〉の超破壊力によって打破されてしまった。

「いずれは被害が拡大して、大陸連合軍が結成されるだろうが」

俺が言うと、ギギナがうなずく。

「しかし、人類が被害から確実な危機だと認め、各国が一致団結する、という時期がもう手遅れなのだろうな」

〈龍〉と〈黒竜派〉は最後の一頭が残ればいいとするだろう。竜族主流派の〈賢龍派《ヴァイゼン》〉が止めてくれるかというと、人類との不干渉条約があるため動く可能性は低い。〈古き巨人《エノルム》〉は地上を他の生物には有毒な生存環境に変える。〈禍つ式《アルコーン》〉にいたっては、この世を高位次元によって地獄へと変換してしまうだろう。

三つのうち、どの危機かが明確になったときには人類が終わる。確実を期す、政治や通常の手続きでは遅すぎるのだ。

壇上のイチェードが右手を掲げていった。

「危機に際して人類を強引にでもまとめる必要がある。唯一の答えが、私が提示した後《ご》アブソリエル帝国《ていこく》である」

世界を摑《つか》むかのように五指が曲げられる。

「後《ご》アブソリエル公国《こうこく》を割ってできたネデンシア共和国は、総統による独裁国家。イベベリア公国は、要塞《ようさい》を頼りに引きこもって民衆を弾圧していた。双方ともに、世界の危機に際して無力どころか障害になるだろう」

後皇帝の分析が響きわたる。

「ナーデンにマルドルにゴーズにゼインと旧アブソリエル帝国由来の国家も、自分たちの国以上のことを考えられず、右往左往しているだけである」

皇帝が挙げたアブソリエル系の国家は、当然のように式典へ誰《だれ》も出席させていない。

「これら斜陽のアブソリエル帝国系国家群を、危機に際して立ちあがらせることはできない」

イチェードの言葉が会場に行きわたっていく。反論の声はどこからもあがらない。

現実として、ナーデンなどの元アブソリエル帝国系でも西方は、互いに足を引っ張りあっている。後アブソリエル公国の侵略にすら、未《いま》だに足並みをそろえられていない。事実として人類の危機に際してまったくの無力どころか、足を引っ張ってくるだろう。

「これら危機感のない、連帯できない国を統合するには、ただひとつ。後アブソリエル帝国という装置しかない」

イチェードの言葉には覚悟が満ちていた。

「どれほど誹《そし》られようが、後アブソリエル帝国のみが世界の危機に対抗できる一手です」

後皇帝イチェードが言いきった。ヨズパリデ王子は反論できない。

会場にも納得の表情が出てきている。後帝国への反感があったものたちの目にも、理解の色が浮かんでいく。急速に納得の表情が広がっていく。

後皇帝の言うことには一理ある。

三種の人類絶滅の刻限までに、失敗し破綻《はたん》している国家群を糾合《きゅうごう》して対抗させる、唯一の大義にして方法は、アブソリエル帝国への回帰という理想しかない。だからイチェード皇帝も旧アブソリエル系国家以外には進軍せず、する気もないと示した。

人類の危機に際して、皇帝は壮大な解決策を示し、また実行しているのだ。席に座っている俺も気圧《けお》されている。

会場が皇帝の論理に圧倒されるなか、ヨズパリデ王子は一人立っている。皇帝の暴風の前に立つ、一本の枯れ木のようだった。

「だが、それは各国の主権を侵している」ヨズパリデ王子が主張する。「なにより人民を殺害している」

「各国、主権などと言っている場合ではない。統合に際する犠牲は痛ましいことだが、人類全体の危機の前である」

イチェードはヨズパリデ王子の論理を粉砕した。

「それはあなたも、この会場にいる人々も」

イチェードは目線を上げていく。会場に設置された、報道の撮影装置を見据えていた。

「さらには外の各国、世界の人々も、これしか手がないと分かったはずです」

イチェードはヨズパリデ王子や会場、そして報道の先にいる世界各地にいる反対者へと言ってのけた。

皇帝は危機を人類滅亡だと想定している。ならば、ありとあらゆる手段が肯定されるのだ。

俺としても、人類の危機だと想定している。だがそれでも。

「三大脅威のひとつに対して、我々《われわれ》は長い研究と準備によって解決の道筋を見つけている」

イチェードが淡々と言った。

「残る二つにも対処可能だと信じる」

イチェードが語った。会場にはさらに期待の色が広がっていく。

壇上でイチェードが息を吸う。

「世界に約束しよう。後《ご》アブソリエル帝国《ていこく》は人類を救うために死力を尽くして戦う。その後でなら、いくらでも私と帝国を責めてくれたまえ」

後皇帝が裂帛《れっぱく》の言葉を放った。

一瞬の静寂。そして会場の最前列から歓呼の声と拍手が起こった。歓声と拍手は会場の底から上へと広がっていく。会場の各地から万雷の拍手が沸きあがる。お義理でやっていた最初の拍手とは違っていた。

近衛兵《このえへい》たちは「後皇帝万歳、後帝国万歳！」と歓呼の声をあげる。兵士たちの目から頬《ほお》へと、滂沱《ぼうだ》の涙が流れていた。帝国と自分たちこそが人類の守護者であると示され、感極まっていたのだ。

観客席でも、気高《けだか》い後皇帝と後帝国軍の大義に涙ぐんでいるものもいた。

デリューヒンやピリカヤが振り返る。不安そうな顔にある目には揺れが見えた。仲間たちも、皇帝の言葉に内心が揺れているのだ。後帝国という巨大な力が動いてくれるなら、俺たちが〈宙界《ちゅうかい》の瞳《ひとみ》〉を探し、対処する必然性が消える。一般人としての生活に戻るべきではないか。

イチェード皇帝の言葉は正しく美しく、英雄的で感動的だ。説得されるものもいるし、俺も納得してしまっている部分がある。

しかし、俺の意志は皇帝イチェードの言葉を拒否していた。

「あれは信用ならぬ」

右の席のギギナが断言した。

「ギギナは感覚で言っているだろうが、俺は論理で信じない」

周囲に聞こえず、仲間だけに聞こえるように俺は囁《ささや》いた。

「すでに俺たちは見た。俺たちはカチュカの傷、家族の死を見た」

俺がジオルグに導かれ、ギギナやクエロやストラトス、そして新たな仲間たちとともに駆けぬけた日々と死闘、ジヴーニャとのささやかな幸せが、後皇帝の美しさへの疑念を抱かせていた。

「だけど、どうもあっちが正しいような気がしてきたんだよね」

デリューヒンが問うてきた。女傑であってすら、自分たちの目的が揺らいでいるのだ。他の者たちも近い状態だ。これは俺の言葉が弱かったせいだ。

俺は前へと視線を戻す。万雷の拍手と歓呼の声が続くなか、舞台上でイチェードは立っていた。俺は後皇帝を見据える。

「断言できる。イチェードは信用ならない」俺は力を込めて言いなおした。「登場から後皇帝は視線を動かさず、堂々と語っていた。視線の移動をせず、額《ひたい》や眉《まゆ》、肩の動きの制御をし、演壇の背後に立つことで足を隠している。心理を悟られる動作を排除しきっていた」

俺は自分と仲間に言い聞かせていく。

「それは内心を悟らせないようにわざわざ演技しているだけのことでは？」ピリカヤが問うてきた。「王族や皇族の一部がやることでしょうし？」

ピリカヤの問いに俺はうなずく。モルディーンなどもやってきた技術だ。

「しかし、今ここで演技をする意味はひとつ。後皇帝の崇高な全宣言は、内心とは違うということだ。その一点で信用ならない」

俺の言葉で、デリューヒンたちの表情から揺れが消えた。前へと向きなおる。全員が疑念の目で後皇帝を見つめる。

俺たちは疑惑を抱いているが、会場のほとんどは後皇帝の宣言が正当である雰囲気に支配されていた。

数少ない反対論者であったヨズパリデ王子は、息を吐いた。踵《きびす》を返し、通路を歩いて去っていく。護衛四人とともに、二階席下の通路へと消えていった。他に数百人の反対者が同じく席を立って、通路へと去っていく。

数百人の少数の反対があっても、他の大部分の二万人が皇帝の意見に賛同し、拍手を続けている。舞台上のイチェードがうなずき、拍手が静まっていく。会場は皇帝の宣言を待つ姿勢となっていた。

「人類の危機に対するため、改めて後《ご》アブソリエル帝国《ていこく》の設立と後皇帝を宣言する」

壇上のイチェードが言葉を放つ。

「二国を併呑《へいどん》した後帝国の次なる目標は」

「我々《われわれ》は否定する！」

轟《とどろ》くような二つの声が降ってきた。

否定の声に、壇上の後皇帝と会場の二万の観衆、俺たちの目線が上がる。

床から七〇メルトルの先、公王《こうおう》競技場の天井を見る。天井には強化硝子《ガラス》が広がり、青空が透けて見えた。

天蓋《てんがい》の先の空で青い光。大気中の塵《ちり》と反応した場所で、薄青色の六角形が連なって見える。超強力な量子干渉結界が屋根全体を覆《おお》っているのだ。後皇帝側についた結界師ドルスコリィの呪式《じゅしき》だ。

「あそこだ！」

観客席にいた近衛兵《このえへい》の一人が叫び、魔杖槍《まじょうそう》を掲げる。穂先に導かれて、人々の視線が誘導されていく。

上にある結界の先、青空には二つの影が見えた。逆光を背負った長身と小柄な影だった。

「来たか」

後皇帝イチェードの声が響くが、俺は上空の光景から目を離せない。

陽光が角度を変え、空中に立つ人影の靴《くつ》底から先が見えてきた。紺色の背広に包んだ長身の男は、アッテンビーヤ・リヴェ・アブソリだった。アブソリエル帝国貴族の末裔《まつえい》であり、アブソリエル公王家よりアブソリエルという民族と文化に忠実な男である。

横には黒い背広の老人が屈《かが》んでいた。灰色の長い髪。知覚眼鏡《クルークブリレ》の奥に座す、眠そうな目。俺は資料であの老人の姿と顔を知っている。

老人はロマロト・ベンス・シャナハンだ。アブソリエルによる再征服戦争の反対派の筆頭であり、後帝国の咒式士たちを率いていた宿老である。

アブソリエル六大天にして、後帝国反対派の二人が空中にそろっていた。

「我々《われわれ》は後《ご》アブソリエル帝国《ていこく》と後皇帝を否定する」

再び宣言したアッテンビーヤとロマロトが急降下してくる。結界へと一直線で降りていく。いくら二人が超咒式士であっても、ドルスコリィの結界は強力にすぎる。高位攻性《こうせい》咒式士の身に備わる咒力で、渡り鳥のように全身分解はされない。それでも無理に通れば、重傷から致命傷となるはずだ。

降下するアッテンビーヤの靴底が、結界に触れた。瞬間、青い火花が散る。

青い稲妻の嵐のなか、アッテンビーヤの靴裏が結界を抜ける。続いて背広に包まれた足、手に胸に首、そして頭まで抜けていった。続いてロマロトも急降下して結界に触れる。同じく火花とともに全身が抜ける。

青い火花をまとって、アッテンビーヤは降下を続けていく。火花はすぐに消え、男は客席と舞台の間の空間に浮遊する。横にはロマロトが降りてきて、同じく滞空する。アッテンビーヤは足下から大量の空気を噴射していた。下にいた貴賓席の出席者たちが、烈風《れっぷう》に追いたてられるように逃げていく。

悲鳴と怒号《どごう》が会場に響きわたる。混乱は一階から二階席へと広がる。階段状の座席から座席、通路を駆けあがっていく。二万人が、中段や最上段の出口を目指して逃げていく。紳士淑女がお互いに押しのけあい、大混乱となっていた。

襲撃者と後皇帝に近い、貴賓席の人々も大混乱に陥っていた。護衛が各国の要人を囲んで、少しでも危険から離そうと後退していく。互いの護衛兵が激突を敵意とみなして小競り合いとなる。報道陣も逃げて、一帯が大混雑となる。会場の観客席から近衛兵《このえへい》が後皇帝に向かおうとするが、激流を進めない。

会場の二階席の最後方で、ギギナと俺も席を立っていた。横にある斜面の通路は大混雑で通行不能。

会場の大混乱にも、俺は目を離さない。両者は壇上のイチェード後皇帝を斜めに見下ろす形となる。兵たちが壇上と、舞台の下で展開していた。後皇帝の前に高低二段の盾《たて》の列を並べて城塞《じょうさい》となる。間から魔杖槍《まじょうそう》が突きだされ、穂先が並ぶ。全隊が完全防備の姿勢となった。練度が高すぎるので、おそらくあれが近衛兵に混じる親衛隊《しんえいたい》だ。

俺たちは逃げまどう人々の流れに逆らって、階段状の席を下っていく。ギギナとデリューヒンという重量級が進路の邪魔《じゃま》となる人々を退《ど》け、ひたすら下る。

アッテンビーヤとロマロト老が結界を抜けられた理屈はまったく分からない。ドルスコリィの結界を無事で抜けるなど、人間業ではない。分からないが、事態は動いた。ならば俺たちも流動する事態に乗じて動くべきだ。

しかし、魔杖剣や屠竜刀《とりゅうとう》などの武装がまだ届いていない。ダルガッツとドルトンがなんとかして早く送ってくれと祈りながら、とにかく距離を詰めるため、階段を下る。

群衆の荒波の最後を抜けて、俺たちは二階席の最下段に到達。柵を摑《つか》んで前方を見据える。会場の近衛兵の多くが貴賓席へと降りていた。全員が侵入者へ向かっての陣形を展開していく。

一階にはまだ数人の報道陣が残っていた。二台の撮影機が回っていて、集音器を構えている。異常事態にも報道中継を続けるのは、気合いが入りすぎている。だが帝国建国と皇帝の即位式典への反逆者の進入は、報道すべき事態なのだ。命を捨ててでも伝える、という記者と撮影者だけが残っている。

残ったのはアブソリエル放送局と、そしてエリダナの報道を背負ってきたアーゼルだった。アンヘリオの報道を続けたほどの火の玉記者は、対決の場でも引かないのだ。

アーゼルの横にはやはり小柄な影の助手、リコリオがいた。公王《こうおう》と反逆者が政治的正当性を主張するなら、報道陣に手を出さない。安全のはず、である。

貴賓席からは賓客《ひんきゃく》たちが退避し静寂となる。二階にはまだまだ人々がいて避難が続き喧噪が届く。

静かな貴賓席の中央に、空中のアッテンビーヤが下りていった。座席の背に右足をつき、続いて左足をつけて着地。男の左にある椅子《いす》にロマロト老が腰を下ろして着席する。

貴賓席の二人を、数百人の近衛兵《このえへい》が遠巻きに囲む。槍《やり》の穂先は惑わず、盾《たて》の列は整然と並ぶ。主君の命令なくば、敵を前にしても動かない。壇上のイチェードは親衛隊《しんえいたい》が囲んで微動だにしない。

隣のギギナが感心の横顔となっていた。

「さすがにアブソリエル精鋭中の精鋭、近衛兵と親衛隊だ。あの練度が我《わ》が事務所に欲しいところだ」

ギギナの評に俺も同感する。防御の親衛隊は命を捨ててでも主君を守る。包囲網を作る近衛兵は決死の覚悟で敵に向かう。これほどの死兵は民間では作れない。

「兵たちよ、道を空けよ」

舞台上の後皇帝が右手を軽く振った。兵は動かない。

「汝《なんじ》らの忠義には感謝する。だが」イチェードの声には労りの響きがあった。「彼らはあのディモディナスの丘からの、もっとも古き戦友だ。汝らの先輩といってもよい。だから対決の前に話すことがある」

心からの懐古の声だった。ようやく舞台上の兵が左右に開いていった。イチェードを危険に晒《さら》す命令であっても、親衛隊にとって主君の命令は絶対なのだ。

後皇帝とアッテンビーヤたちの間に視線が通る。

「どうやって結界を破った、とでも聞きたいのでしょうな」

椅子の上で足を組んで、ロマロト老が退屈そうに言った。俺も気になっていた点だ。ドルスコリィの量子干渉結界は、人間に破れる気がしないのだ。

「答えは簡単だ」

イチェード皇帝が息を吐いた。

異音がして、全員が貴賓席の後方を見る。床が破裂。空中に床や絨毯《じゅうたん》の破片、座席が吹きあがった。破裂の波頭は左から右へと斜めの貴賓席を横切っていく。

波頭の先端が止まる。空中に巻きあげられた破片が落下していく。近衛兵たちが盾を構え、魔杖槍《まじょうそう》の穂先に組成式を灯《とも》す。

破片の雨が降りおわった。間には灰色の甲冑《かっちゅう》を着た男が立つ。中肉中背《ちゅうにくちゅうぜい》で、右手に魔杖戦鎚《せんつい》を携《たずさ》えていた。俺は男を当然のように資料で見ていた。

ドルスコリィ・オルスム・エニンザード。アブソリエル六大天の一角の勇姿だった。

会場を守護するドルスコリィの登場に、近衛兵の顔には希望の色が湧《わ》く。希代の結界師の力は、反逆者二人に対する大きな力となるのだ。

ドルスコリィはアッテンビーヤとロマロトに向けた戦鎚を回転。足が動き、反転。舞台と後皇帝へと体を向ける。戦鎚の先は、壇上のイチェードへと向けられていた。

ドルスコリィの傍《そば》では、アッテンビーヤが椅子《いす》の上に立ち、先ではロマロト老が座ったままだった。

「なんだその寸劇は」

ドルスコリィを見もせず、アッテンビーヤが言った。兜《かぶと》の下で、ドルスコリィの表情は変わらない。

「そうしなければならぬと思ってな」

「堅物のドルスコリィにも笑いの心があったか」

椅子からロマロトが評してみせた。軽口を叩《たた》く六大天のうち三人が並べば、事態は一目瞭然。

ドルスコリィは後皇帝側から反後皇帝側についたのだ。

数百人の近衛兵《このえへい》に囲まれているが、三人に動揺はない。俺は動こうとするギギナを止める。事態に介入するのはまだ早い。

「恐れ多くも後皇帝陛下は、なぜ、とは聞かないのですかな」

悲しみをこめて、ドルスコリィが問うた。イチェードの青い目に動揺は見えない。

「ドルスコリィは、アブソリエル公王《こうおう》家に忠誠を誓った攻性呪式士《こうせいじゅしきし》だ。アッテンビーヤのようにアブソリエルに忠実なものより、公王家に近い。そのような忠義の士が、金や名誉や権力で裏切るはずがない」

壇上の後皇帝が推測を連ねる。

「私がそなたら当代の六大天と戦場をともにしたのは、あの丘の戦いからだ。そこからドルスコリィは私に付き従ってきた」

イチェードは推測してみせた。

「ならば二十年以上前からこの日に備えての密約があり、その後に内心を隠して私に仕えていたことになる」

「そのとおりです。私は背信などいたしておりませぬ」

ドルスコリィが言うと、アッテンビーヤがうなずく。代理として口を開く。

「六大天でもサンサースを除く五人、私とロマロト老は先代公王であるイェルシニアス陛下の命で密かに集められました。そこで、公王家が暴走した時のために動けと密命を受けていました」

アッテンビーヤが言葉を引き継いだ。

「六大天の二人が死ぬと、先代公王陛下は、次の六大天は若手でもカリュガスとドルスコリィが候補だと明察されました。先王陛下は単純なカリュガスではなく、ドルスコリィにこそアブソリエルを憂う心があるとし、密命を授けました」

アッテンビーヤが丁寧《ていねい》に指摘する。

「密命を授かってから、ディモディィナスの丘の戦いが起こったのです」

アッテンビーヤが寂《さび》しそうに語った。イチェードも寂寥《せきりょう》感を目に宿していた。イチェードが戦友たちを得た戦いは、すでに先代公王《こうおう》が信用を仕込む場だったのだ。

「そこでアブソリエルに忠義を尽くす私とロマロト老が公王家と距離を取り、ドルスコリィが賛成することで、後者をあなたに重用させることに成功したという訳です」

「父上らしい深謀《しんぼう》だ」

イチェード皇帝の青い目には驚きはない。

俺としては、先代公王イェルシニアス四世の遠大すぎる策に驚いていた。なにより先王は、息子のイチェードについてかなり前から懸念を抱いていたのだ。おそらくは自分が最初の発作で倒れ、実権をイチェードに譲っていくしかないとなった時期だ。

前公王が先手を打っていたなら、その後に六大天に出会ったイチェードに気づけるわけがない。先王の予想はある程度的中していたが、その予想を超える早さと大きさの事態となって、六大天が動いた。

「ですから会場を外から守る量子干渉結界は、外敵から守る防壁ではありません。あなたを閉じこめる檻《おり》で、そして棺《ひつぎ》です」

ドルスコリィが語ると、近衛兵《このえへい》たちの間には動揺。見ると、客席から会場の外へ出た観客たちが廊下で詰まっている。ドルスコリィの結界によって、誰《だれ》も競技場から出られないのだ。

外の近衛兵と軍隊が、通信で異変を聞いて動いているはずだ。しかし、アブソリエル随一の結界師であるドルスコリィの結界は強力にすぎる。軍隊所属の高位数法系咒式士《じゅしきし》を数百人ほど投入して全力解除させても、十数分はかかる。その間にすべての決着がつく。

アッテンビーヤの右手が動き、左腰から魔杖剣《まじょうけん》を抜く。切っ先はイチェードを指し示していた。

「先代公王陛下の密命として、イチェード公王陛下、あなたには後帝国再建を諦《あきら》めてもらいたい。ただちに再征服戦争を停止し、二カ国の占領から手を引いていただきたい」

対するイチェードは息を軽く吐いた。

「できぬ。私と人々による帝国復興、後帝国建国は国是《こくぜ》である。そして一国を超えた、人類存続のための唯一の手である」

皇帝は拒否した。貴賓席のアッテンビーヤたちを囲む近衛兵の輪が縮まっていく。盾《たて》の脇《わき》からは、魔杖槍《そう》が林立する。穂先の群れに必殺の咒式が紡《つむ》がれていた。六大天の三人がいくら強くても、数百人の高位咒式士を相手にして勝てるのか。

二階席最前列にいる俺は横のギギナを見る。相棒の横顔には厳しい表情。戦況は読めないということだ。

「それは崇高な理想ですが」

アッテンビーヤの目には、青い悲しみがあった。

「崇高だと理解するならば、今からでも我《わ》が手を取ってくれないか」

イチェードが右手を掲げた。

「アブソリエル帝国の再建は、私と後公国《ごこうこく》とで万全の準備を以《もっ》てしても、なお史上最大の難事である。汝《なんじ》ら六大天はアブソリエルの至宝であり、その助力が欲しい」

イチェードの手には渇望が見えた。

「戦友であるアッテンビーヤ、ロマロト老、ドルスコリィなら信じられる。先王への忠義より、大義と私との友情を取ってほしい。かつてのように私を助けてくれないか」

イチェードの呼びかけに、アッテンビーヤの目に揺れが見えた。ロマロト老が目を閉じる。ドルスコリィが唇《くちびる》を噛《か》みしめる。彼らの内心はイチェードの大計画に賛同している。戦友として命を助け、助けられたことも多々あると聞いている。反対するのがむしろ不思議なのだ。

「戦友であるが、我《われ》らは忠を通す」

自らの思いを断ち切るように、アッテンビーヤが宣言した。

「まず、あなたには、先代公王《こうおう》イェルシニアス四世陛下を暗殺したという疑惑がある」

アッテンビーヤの告発に、数百人の近衛兵《このえへい》の盾《たて》や魔杖槍《まじょうそう》が揺れる。近衛兵たちの槍《やり》は反逆者から逸《そ》らされない。しかし、時折だが瞳《ひとみ》は舞台の上の皇帝イチェードへと向けられる。

近衛兵たちは後《ご》アブソリエル公国《こうこく》、そしてアブソリエル公王家に仕えるが、イチェード個人への忠誠心を持つものが多くなっている。だが、先代公王を殺害したなら、イチェードこそアブソリエルへの反逆者となる。

アッテンビーヤたちも安全策を持ってこの場に来ている。事実なら、近衛兵たちが後皇帝の敵に回る。イチェードの弁明が失敗すれば勝機が出てくる。

「私が父であるイェルシニアスを殺す理由がない」

イチェードはあっさり答えた。

「父君の崩御は自然な病死である。そして国家の実権は、二十年も前から徐々に私の手に移っていた。わざわざ殺害して即位を早めても意味がない」

報道陣や近衛兵たちに言い聞かせるように、皇帝の言葉が響きわたる。

アッテンビーヤたちの告発は、事実かもしれない。だがイチェードの言葉にも説得力がある。確証がない以上、近衛兵とアブソリエルを揺さぶる。

「父王は賢明で温和であり、アブソリエルの先を憂えていた。さらには私を見通しておられた」

イチェードの目は過去を見ていた。

「だが、アブソリエルと人類の危機に際して、もし父王がなにもしない態度のままであったなら」

イチェードの口調は徐々に強くなっていった。目は現在へと戻っていき、皇帝は右手を掲げた。

「私は父王を弑《しい》してでも、アブソリエルと人類を救ったであろう」

拳《こぶし》が傍《かたわ》らの演台に叩《たた》きつけられ、雷霆《らいてい》の言葉が放たれた。イチェードの青い目には炎が宿っていた。近衛兵は前のめりになる。元から主君は絶対であるが、今の言葉によって心の底から支えると決めたのだ。親衛隊《しんえいたい》は最初から揺らぎもしない。護衛たちは完全な死兵になった。

「そうか、そうであろうな」

アッテンビーヤは座席の上に立ったままだった。右手で左腰の魔杖剣《まじょうけん》の柄《つか》に触れる。

「だから言っただろう。あやつは揺らがぬと」

ロマロト老は足を組んで座した姿勢から立ちあがっていく。座席の破片の間に立つドルスコリィは担いでいた魔杖戦鎚《せんつい》を下ろし、両手で構える。

「我々《われわれ》は前公王《こうおう》陛下より、異変が起これば王太子を正せと託された。弑逆《しいぎゃく》をしてでも大義を通すとイチェード陛下が言ったなら、我々は異変だと認定する」

アッテンビーヤが言って魔杖剣を抜く。

「互いの大義は両立せず。ならば」

ロマロト老が引き取り、魔杖剣を旋回させ、止める。ドルスコリィは魔杖戦鎚を構える。

「いたしかたあるまい。だが」

壇上の後皇帝が答えた瞬間、貴賓席のアッテンビーヤたちの周囲に、閃光《せんこう》が明滅。全方向にいる近衛兵《このえへい》の魔杖槍《そう》から〈光条灼弩閃《レラージエ》〉が展開。光熱線がアッテンビーヤたち六大天に襲来。百もの光の刃《やいば》が乱舞し、一階の貴賓席や床を高熱で切り裂いていく。布や椅子《いす》は即座に炎上。

イチェードの気を引く言葉に被《かぶ》せての、近衛兵による咒式《じゅしき》の一斉掃射だった。俺もよく使う手だが、戦場の先頭に立つ武人だったイチェードと精鋭の近衛兵たちだからこそできる、完璧《かんぺき》な連携からの奇襲だった。

熱線の乱舞と炎上で、報道陣も限界に達して逃げだしていく。撮影機を構えるアーゼルをリコリオが引っ張って退避させる。二階席の俺はまだ動かない。ギギナも止まっていた。

貴賓席中央、アッテンビーヤたちを包む炎の間に、青白い半球が見える。近衛兵たちは咒式を止めない。熱線咒式は、半球の表面で弾《はじ》かれ、分解されていく。一条の光すら、結界を貫通できない。

表面で火花が散る結界の内部で、三人の反逆者が立つ。結界を展開しているドルスコリィが怪訝《けげん》な顔をしている。

「汝《なんじ》らが解除できない結界内部で、私がさらに結界を展開できないと思うなら、六大天を舐《な》めすぎであろう」

結界師の言葉で、近衛兵の隊長が〈鍛澱鎗弾槍《ウアープ》〉の咒式を発動。戦車砲弾が結界に着弾。鈍《にぶ》い音と青い量子をまき散らしながら、歪《ゆが》んだ砲弾が斜めに逸《そ》れていく。会場の壁に着弾し、破砕。砲弾も分解されて消失。

外の大結界も異常な堅固さだが、同時にこれほどの結界が自らへと展開できるなら、ドルスコリィは防御において鉄壁。アブソリエル最高の結界師である評判は事実であった。

ドルスコリィがいるかぎり遠距離咒式は無意味と、近衛兵たちが槍《やり》を連ねて前に出る。接近戦に備えた後列は抜剣して続く。ロマロトとアッテンビーヤが結界から出て迎撃に向かう。

ギギナが二階席の柵に右手をかける。動いた相棒を、俺は手で押さえる。

「我々《われわれ》の目的は皇帝誘拐でも打倒でもない。〈宙界《ちゅうかい》の瞳《ひとみ》〉の奪取のみだ」

俺の制止でギギナも止まる。デリューヒンたちとともに、好機を伺う姿勢に戻る。所有者と場所が確認できないかぎり、動くべきではない。

前方階下では、近衛兵《このえへい》による包囲の輪が収縮していく。

左にいるロマロト老と近衛兵右翼の距離が接近。兵士たちは槍《やり》を連ねて、流水のように突撃していく。

「ひとたび反逆者となったなら、まずは派手に行こうか」

ロマロト老が魔杖剣《まじょうけん》を旋回。前方、貴賓席の床へと切っ先を突き刺す。機関部から咒弾《じゅだん》が連続排出。刺さった刃《やいば》から床へと赤い咒印組成式が広がり、展開。輝く組成式から銀の濁流が上昇していく。

鈍《にぶ》く輝く銀の鱗《うろこ》の連なりが覆《おお》われた、長い首の上昇。先端には、蜥蜴《とかげ》か鰐《わに》のような横顔。頭頂部には王冠のような角の群れが並ぶ。

長い口に銀の牙《きば》の列。側面には金属の輝きを宿す瞳。長い銀の竜の首から頭部が床から生えていた。口の両端《りょうはし》、牙の間からは銀色の滴《しずく》が零《こぼ》れる。銀の滴《したた》りが貴賓席にある椅子《いす》に落下。背もたれと座面が炎上。滴る銀は座面を貫通し、床材を燃やしていた。滴は融解するほどの高温になった金属なのだ。

竜が出てこようと、左右から近衛兵たちが突撃。銀の竜は召喚されていく最中。ならば術者であるロマロトを倒して召喚を防ぐことが最善手だと見たのだ。

ロマロトに向けて、左右から魔杖槍《そう》が放たれ、消失。消えたのではなく、右の近衛兵二人が跳ねた。続いて左の近衛兵三人が急上昇していく。

右の二人を挟むのは牙の列。銀の鱗を並べる巨竜《きよりゆう》の首が駆けあがっていく。左の三人も同じく竜の大顎に咥《くわ》えられて垂直上昇していった。

上空で右の竜が口を閉じる。絶叫とともに近衛兵たちの胴体が両断。大量の血とともに、上半身と下半身が別々に落下していく。

左の竜も大顎を閉じ、首を振る。千切《ちぎ》れた三人分の体や手足が飛ぶ。肉片が近衛兵の盾《たて》の列に直撃。勇猛な近衛兵であっても、仲間の腸《はらわた》や死に顔を受けて硬直してしまった。目線だけが上がっていく。

ロマロト老の前の組成式から出た銀の竜の首の左右に、新たな首が並ぶ。床に描かれた組成式が連結。

三つの首に続き、召喚式から銀鱗《ぎんりん》が噴出。巨象を遙かに超える、太い右前肢《まえあし》が伸びる。刃《やいば》のような五つの爪《つめ》が会場の床に落ちる。地響きとともに床板を割り、下のコンクリに亀裂《きれつ》が広がる。

左前肢が続き、同じく床を砕く。両の前肢が床に立てられただけで、床が粉砕されていった。

前肢《まえあし》を支えにして、床の式から巨体が引きだされていく。

現れたのは、横倒しとなったビルほどもある胴体。長い三つの首は同じ胴体から生えていた。太く長い尾が床の組成式から抜けた。続く二本の尾が波打ち、触れた席と床まで砕かれていった。

出現したのは、三つ首に三本の尾を持つ、銀の竜だった。竜の右前肢が一歩進み、床を砕く。

左の竜の首が口を開く。

「まさかこの我《われ》が人族ごときと契約しようとは」

左の竜の首が人語を発した。

「ならば」

右の首が答える。

「我の怒りの代価を、眼前のものたちに支払ってもらおうぞ」

唸《うな》り声とともに、中央の首が大きく口を開く。左右の首も口を開いた。

三つの首が同時に遠吠《ほ》えを放つ。音の波濤《はとう》が大気を震わせる。二階席にいる俺も、手摺《てすり》を摑《つか》んで大音量に耐える。近衛兵《このえへい》たちは、竜の正体が分かったらしく、動きが止まっていた。

「可能なのか」叫び声が続くなかで、俺は思わず声を発してしまった。「アブソリエルの地で、金属色の〈長命竜《アルター》〉で、なおかつ三頭銀竜といえば」

隣のギギナも唇《くちびる》を嚙《か》みしめていた。

「ウングイユしかいないな」

ギギナが言ってしまった。ウングイユは少なくとも千三百歳を越える〈長命竜《アルター》〉であり、他国人である俺が知るほどの悪名を馳《は》せている。

三頭銀竜は去年から活動を停止し、沈黙していた。休眠期か去ったのか不明だったが、実際はロマロト老に倒され、支配下に入っていたのだ。竜の咆吼《ほうこう》を受けて、盾《たて》と槍《やり》を連ねた近衛兵たちも思わず下がっていた。アブソリエル人にとって歴史上の敵なのだ。

連なる三つの怒号《どごう》を止めて、三頭銀竜が前進。四肢《しし》によって座席ごと床を踏み割っていく。動くだけで会場が破砕されていった。あれの正面に立つことなどできない。

三つの首が後ろに引かれ、前へと振られる。三つの破城槌《はじょうつい》となった首が落下。三カ所で床を破砕。破片の間、近衛兵たちは盾で受けることなく、左右に散っていく。息吹《いぶき》を食らわないための対竜戦術の基本だ。左右へ展開する近衛兵を追って、ウングイユの三つの首が動く。

右の首が地を這《は》うようにして疾走。一人の近衛兵の前で顎《あご》が開かれた。瞬時に顎が閉じられ、近衛兵が消えた。流れていく竜の口の左右から、赤と銀の塊が零《こぼ》れていく。全身甲冑《かっちゅう》ごと圧縮され、切断された兵士の断片だった。

竜の左の首が上から落下し、兵士の一人を頭から呑《の》みこむ。竜の首が上昇。口の左右から、またも切断された血と肉が落下。人の装甲《そうこう》も防御も無意味とする、圧倒的な攻撃力だった。

左右に展開した近衛兵たちが、魔杖槍《まじょうそう》を斜め上に向けて構える。三方の穂先から咒式《じゅしき》の熱線が放たれる。竜の三つの首や頭部に直撃。赤や青の火花を散らす。熱光線が命中しても、鱗《うろこ》の表面で光が散らされる。鉄さえ溶解させる〈光条灼弩閃《レラージエ》〉の呪式《じゅしき》が、鱗で止められているのだ。とんでもない耐熱性だった。

一人の近衛兵《このえへい》が魔杖槍《まじょうそう》を旋回。柄《つか》の石突きを大地につける。穂先を中央の竜へと向けていた。〈鍛澱鎗弾槍《ウアーブ》〉の呪式が描かれる。組成式からタングステンカーバイド砲弾が発射。音速を超える戦車砲弾が竜の額《ひたい》に着弾し、鈍《にぶ》い音。白煙の間に、衝撃で竜の頭部が後方へ流れる。頭部の後退はすぐに止まる。竜の瞳《ひとみ》には沸騰《ふっとう》する金属の激怒《げきど》。戦車砲弾が直撃しても、わずかに額の鱗が欠けただけだった。

左右の首も下がり、同じく瞳に怒りの色を浮かべる。砲弾を受けた痛みを、三つの首が共有しているのだ。

「火花が小賢《こざか》しい」

中央の首が高く掲げられ、口を大きく開く。牙《きば》の列の前に展開した呪式で俺の背筋に悪寒《おかん》。近衛兵たちの呪式射撃も止まってしまっていた。

恐怖の根源は中央の首だった。竜は口の内部で〈重霊子殻獄瞋焰覇《バー・イー・モーン》〉の呪式を展開していたのだ。

「これが炎というものだ」

ウングイユの声とともに、一瞬で核融合呪式が発動。位相空間から膨大な熱量だけが転移。

会場上空にあるウングイユの口から、床へと向けて眩《まばゆ》い光が放射。知覚眼鏡《クルークブリレ》の遮光《しやこう》機能で目が灼《や》かれることを防ぐ。

斜めとなった極大の光の柱は、近衛兵が掲げる盾《たて》や咒式防壁の列に激突。個人の盾や防壁咒式を一瞬にして溶解、蒸発。背後にいた近衛兵の列も白光に呑《の》まれる。

膨大な光と熱はそのまま床へと衝突。床板を焼失させ、構造材を熱で貫通していく。周囲が炎上。高熱によって大気が膨張。

俺やギギナがいる二階席まで、莫大な輻射熱《ふくしやねつ》が押しよせる。手を掲げて熱風を防ぐが、前髪が激しく舞い踊る。

ウングイユが放つ核融合の光が細くなっていく。巨大な柱が棒となり、糸となり、そして消えた。渦巻く輻射熱が収まっていった。

熱風に巻きあげられていた、俺の前髪が落ちる。知覚眼鏡《クルークブリレ》の遮光機能も停止していく。

床の火炎の間、咒式の着弾点には巨大な穴が開いていた。構造材が溶解し、底へと零《こぼ》れていく。間にいたはずの近衛兵十数人の姿はない。〈重霊子殻獄瞋焰覇《バー・イー・モーン》〉の咒式の超々高熱を受けて、盾や装甲《そうこう》ごと人体が消失したのだ。

核融合咒式を防げるのは、〈長命竜《アルター》〉などの超結界か、ありえないほどの巨大質量。あとはクエロ級の超咒式士の超電磁防御くらいだ。近衛兵たちに防ぐ手段はない。

ウングイユという絶対の死を前にしても、近衛兵たちは止まらない。包囲網を再構築していく。なぜなら彼らの背後、舞台の上には後皇帝イチェードがいるのだ。ドルスコリィの結界があるかぎり、後皇帝は退避できない。近衛兵《このえへい》が逃げれば後皇帝が死ぬ。近衛兵には三人の超咒《じゅ》式士《しきし》を倒し、イチェードを脱出させる以外の選択などない。

「勇気は是《ぜ》」

「だが無謀《むぼう》である」

上空からの重なる声。唱和したウングイユの左右の口には、咒印組成式が灯《とも》されていた。俺の背筋をさらなる悪寒《おかん》が貫く。

会場上空で二重の〈重霊子殻獄瞋焔覇《パー・イー・モーン》〉が発動。ウングイユの左右に広がる近衛兵たちへと白光が放たれる。竜の両翼に展開した近衛兵たちが跳ねて逃げる。逃げ遅れた兵士が盾《たて》を掲げるが、眩《まばゆ》い光が塗りつぶす。

二条の光は左右の床まで貫通。爆風のような熱風を巻き起こす。二つの嵐が相互作用して乱気流が渦巻く。

ウングイユの左右の首は、核融合咒式を停止していなかった。二つの首が振られ、光も追随していく。床を炎上させ破砕していく二条の光は、別方向へと逃げた近衛兵たちの着地場所へと殺到。跳ねる兵士を光が塗りつぶし、防壁咒式ごと近衛兵を消す。

竜の双頭が縦横無尽《じゅうおうむじん》に動き、炎も乱舞する。飛行咒式で飛翔《ひしょう》する兵士を光が掻《か》き消す。走る近衛兵たちに光の柱が追いつき、消し去りながら駈けぬける。〈斥盾《ジルド》〉による防壁咒式が幾重にも重ねられるも、光と衝撃波が苦もなく貫通。

右の竜が側面から背後へ逃げる近衛兵を追う。追随する核融合咒式が逃げる近衛兵を焼き、後方へと抜ける。

光の進路は、俺たちがいる二階席だった。俺とギギナは右へ、デリューヒンとピリカヤにニャルンは左へと大きく跳ねる。俺は座席を踏んで全力跳躍。空中で一瞬振り返る。

会場を断ち割った光が観客席に激突。超々高熱と衝撃波が座席ごと二階から上へと両断していく。

俺は前に顔を戻して、着地。さらに跳ねる。輻射熱《ふくしゃねつ》が足から全身を叩《たた》いていく。座席の上に着地して、転がっていった。

安全を確保してから振り返る。観客席は真っ二つとなり、断面から炎上していた。火炎の先にはデリューヒンとピリカヤ、ニャルンたちが見えた。全員無事のようだ。しかし顔には驚愕《きょうがく》と呆然《ぼうぜん》の表情が並ぶ。俺も同じ表情となっているだろう。

仲間の背景では無人の座席が続く。遠景では左の首からの核融合咒式が観客席を破砕。同じく炎を噴きあげていた。

俺は顔を曲げて階下の貴賓席へと目を戻す。デリューヒンやピリカヤたちの驚きも当然だ。〈重霊子殻獄瞋焰覇《パー・イー・モーン》〉の二重展開など、常識外れの咒力容量と演算力だった。

三つの頭を振りながら、ウングイユは前進。右前肢《まえあし》を横へと振る。近衛兵の盾の列が吹き飛ぶ。千切《ちぎ》られた人体が飛んでいき、奥の壁に激突。赤い飛沫《しぶき》を散らせる。

三頭銀竜の胴体に火花と鈍《にぶ》い音が連なる。近衛兵《このえへい》の砲弾咒式《じゅしき》が命中していく。単発では効果が薄くても、重ねればいつかは打ち抜ける。事実として鱗《うろこ》に亀裂《きれつ》が入っていく。あと十数発で貫通する。

「鬱陶《うっとう》しい」

中央の首が言いはなち、三頭竜が回転。召喚主であるロマロト老はその場に座る。老人の灰色の髪の上を颶風《ぐふう》が薙《な》いでいく。竜の尾が振られたのだ。

避けきれなかった近衛兵は、巨竜《きょりゅう》の尾という高速大質量打撃を受けて吹き飛ぶ。何人かは飛翔《ひしょう》して避ける、が、別の尾が激突。さらに高く飛翔咒式で飛んでいたものも同様に吹き飛ぶ。

三頭竜の三本の尾が高さを変えて、しかも時間差で旋回していたのだ。会場の緩やかな傾斜と座席が、下段の尾によって粉砕されて削られていく。

三段攻撃によって吹き飛ばされた近衛兵が、壁や遠くの貴賓席に激突。俺とギギナのいる場所にも飛んできたので避ける。

近衛兵は席を破砕し、床に激突。見たくはないが見る。兜《かぶと》や盾《たて》や甲冑《かっちゅう》がまるで意味をなさず、鋼《はがね》と肉の合挽肉《あいびきにく》となっていた。血が噴出し、広がっていく。

〈長命竜《アルター》〉の尾による攻撃は〈古き巨人《エノルム》〉の全力打撃に匹敵する。事実上、地上最大最強の物理打撃だ。極大打撃を三連弾として放たれたなら、誰《だれ》も生存できない。

ウングイユは危険にすぎる。通常の〈長命竜《アルター》〉の三倍の火力に、三倍の打撃力。対人戦にも馴《な》れている。後《ご》アブソリエル公国《こうこく》圏に猛威を奮った強さは疑いようもない。

近衛兵たちが散開して咒式と剣技で立ち向かっているが、次々に屠《ほふ》られていく。

ウングイユは圧倒的な力と恐怖の象徴だ。しかしなにより恐ろしいものへと、俺は視線を動かす。

まだ残っている座席に、最初から動かずに老人が座していた。魔杖剣《まじようけん》を床に立てて、柄頭《つか》に右手を載せている。灰色の髪を左手で撫《な》でて整え、戦場を見渡していた。

ウングイユほどの邪竜《じやりゆう》を、個人で従えているロマロト老こそが恐ろしいのだ。

爆音。

音が発生した方向へ、俺とギギナの視線が向けられる。爆裂咒式が会場中央へと集中。

爆煙の間から人影が出てくる。アッテンビーヤは無傷。背広の肩にかかる埃《ほこり》を左手で払う。

近衛兵たちの前衛が間合いを詰める。

「向かってくるなら、忠義の士であろうと容赦せぬ」

アッテンビーヤが魔杖剣を掲げる。右から兵士が紫電《しでん》をまとう槍《やり》を突きだす。魔杖剣が受け、穂先から柄へと滑っていく。終点で刃《やいば》を跳ねあげる。非情の剣が近衛兵の左脇《わき》から右肩まで両断。

左からの投槍咒式《とうそう》が迫るも、アッテンビーヤの刃が銀の半円を描いて弾《はじ》く。回転の終わりから切っ先が跳ねて、兵士の額《ひたい》を貫く。弾《はじ》かれた槍《やり》が遠くで落下音を響かせる。

刃《やいば》を戻すと同時に、右から迫る刃を左手甲が叩《たた》き落とす。跳ねあがった右膝《ひざ》が、兵士の胸板へ叩きこまれる。体を追って下がった顎《あご》が、上昇。左膝によって顎が打ちぬかれ、顔の下半分が圧縮された兵士が背後へと倒れる。

アッテンビーヤが足を床へと戻す。同時に、左右と背後から兵士が殺到。中央に立つ男の魔《ま》杖剣《じょうけん》が旋回。背後からの槍を刀身で受けて、火花が散る。

魔杖槍《そう》から噴出する火炎咒式《じゅしき》を、アッテンビーヤが旋回して回避。終点で放たれた刃が兵士の首を切断。

刃を戻したアッテンビーヤへ、巨漢の兵士が魔杖槍を突きだす。半身になって回避し、突きが放たれる。刃は巨漢の胸板を貫き、背後へと抜ける。剣士が刃を抜こうとして止まる。兵士は刃を両手で摑《つか》み、自らに固定。

「アッテンビーヤとまともにやりあっても勝てない！」巨漢は刃をさらに深く自分へと刺す。

「俺ごとやれえええっ！」

巨漢の覚悟の声に、一瞬の迷いもなく近衛兵《このえへい》たちが殺到。兜《かぶと》の下に並ぶ顔には、友の覚悟と犠牲を無駄にはしまいという、決死の覚悟。対するアッテンビーヤの横顔には、哀れみがあった。

剣を固定され、前後左右から近衛兵の同時攻撃。訓練された軍隊の完全連携は、回避不能。

対するアッテンビーヤの周囲に銀円。

貫いた巨漢の胴体と刃を止める指や手ごと切断。迫ってきた五人の近衛兵の槍に盾《たて》、首や頭部、手や腕、胸板が両断されていた。

血と内臓、数十に分割された人体が大地へと落下。死んだ近衛兵たちの顔には、そろって無念の表情と理解不能な自らの死への驚きがあった。

アッテンビーヤが一回転して停止。振りぬいた魔杖剣が、元の位置で止まる。再び不動の切っ先と構えになっていた。

追撃のために詰めていた近衛兵たちも突撃を急停止。流れるように左右へと展開。アッテンビーヤを包囲していく。

アッテンビーヤの咒式が刃の間合いを伸ばしていたように見えた。しかし、一刀で近衛兵たちは何重にも切断されている。ありえない手筋だった。

「だが、それでは終わる」

俺の隣でギギナが言った。俺も同意する。

どれだけアッテンビーヤが強力な剣士だろうと、相手となる近衛兵はまだ百人以上いる。先ほどのように十数人の犠牲を覚悟で突撃していけば、いつかは倒せる。

「全滅させねば、後皇帝にはたどりつけぬか」

アッテンビーヤの青い瞳《ひとみ》には悲痛さが宿っていた。アブソリエルを思うがゆえに、六大天と近衛兵《このえへい》は対峙《たいじ》しているのだ。

近衛兵の咒式《じゅしき》射撃が再開。火炎や雷撃、投槍《とうそう》に爆裂がアッテンビーヤに襲いかかる。大爆発と破壊。

白い爆煙を抜けて、反逆者は右へ逃《のが》れていた。咒式の猛射が追随してくる。アッテンビーヤは稲妻のように方向を激しく変えて疾走し、跳躍。咒式を回避していく。避けきれないものは魔杖剣《まじょうけん》を旋回させて防ぐ。信じられないほどの回避と防御能力だった。

着地、即疾走していくアッテンビーヤは魔杖剣を大上段に構える。切っ先から刀身に青い咒印組成式を連ねていく。長大にすぎる式だった。

走りながら、アッテンビーヤは式を宿す刃《やいば》を右肩越しに背後へと下げていた。奇妙な構えだった。近衛兵たちは盾《たて》と魔杖槍を連ね、間断なく咒式射撃をしてアッテンビーヤを追う。

射撃で標的の進路を塞《ふさ》いで、接近戦に入ろうとしていた。対するアッテンビーヤが急停止。包囲陣が狭まっていく。中心の男は苦渋《くじゅう》の決断をなす顔となった。

「死した後、存分に恨め」

背後に引いていた魔杖剣の機関部で、咒弾が消費される。後方へ引かれた刃が前へと悠然《ゆうぜん》と戻される。軌跡に並ぶのは、黄褐色《おうかっしょく》を帯びた透明な光の群れ。後方から頭上へと展開するのは、それぞれ違った輝く刃と柄《つか》。

数十もの剣に短剣、槍《やり》に矛《ほこ》、矢に鎌《かま》、斧《おの》に斧槍が空中に浮遊している。

術者が描く魔杖剣の円弧の軌跡に沿って、数十の切っ先が連ねられていた。刃と柄や穂先は紫電《しでん》をまとっている。電磁誘導で浮遊しているのだ。

アッテンビーヤの魔杖剣が確認するかのように緩く振られる。刃に連動して数十もの武具が流れていく。

「いかんっ」

叫びとともに、近衛兵の前衛が瞬時に後退。続くものたちも咒式を展開。床から防壁を展開し、盾を連ねる。

「道を穿《うが》つ」

アッテンビーヤが横薙《よこな》ぎの一閃《いっせん》を放つ。数十もの剣や槍や斧が軌跡に従って射出。鋼《はがね》の壁や盾に剣の群れが着弾していく。刃や穂先が防壁を破砕し、盾を貫く。

数えれば五十もの刃が、三十人ほどの近衛兵の急所を貫いていた。目や口や胸や腹部を串刺しにされた近衛兵たちの死に顔には、呆然《ぼうぜん》とした表情が並ぶ。

俺には理解できた。隣のギギナも唇《くちびる》を噛《か》みしめる。かつて〈古き巨人《エノルム》〉のウガウク・クは巨大武具を、そしてザッハドの使徒だったカジフチが膨大な鉄砂を誘導して破砕した。対してアッテンビーヤは刃で刺し穿ち、切断する。

アッテンビーヤの咒式で生成されたのは、六方晶系の結晶構造を持つ炭素同位体。自然界では、共有結合した炭素、石墨《せきぼく》や黒鉛《こくえん》などを含む隕石《いんせき》がある。そういった隕石が地球に衝突したときの膨大な熱と圧力によって、六方晶金剛石《ロンズデーライト》が誕生する。

アッテンビーヤは六方晶金剛石による武具の群れを操る。理論上は金剛石の一・五倍の硬度を持つ刃《やいば》が高速で打ちだされたなら、近衛兵《このえへい》の防壁や装備など簡単に貫通する。個人装備や瞬間展開する咒式《じゆしき》では防げない。

アッテンビーヤが振りきった魔杖剣《まじようけん》を戻す。指揮者に従う音符のように、数十人に突き刺さった刃の群れが上昇。近衛兵の頭部や胸を切り裂き、鮮血と内臓による逆さの滝となる。

仲間の死にも、後列の近衛兵たちは下がらない。雷撃や投槍《とうそう》を放っていく。アッテンビーヤが魔杖剣を振るう。五十の剣の群れは、飛燕の群れとなって斜め右上に上昇。咒式砲火を避け、また切り裂いていく。

遠景にいるアッテンビーヤは、掲げた魔杖剣を指揮者のように反転。下ろす動きに従って、五十の刃が斜めに落下。後列にいた近衛兵の上に、武具の流星群が降りそそいでいく。

近衛兵たちも上空へと咒式を連射して迎撃。剣や短剣は複雑に軌道を変え、斧《おの》は回転し、雷撃や投槍や熱線を回避。五十の刃は五十の動きで落下していく。

中央に立つ、分隊長が掲げる盾《たて》に回転する斧が着弾。盾を貫通して兜《かぶと》から鼻、そして顎《あご》先まで断ち割る。刃の両脇《わき》から、桃色の脳漿《のうしよう》と赤い血が噴出。

続いて、分隊長の左右や後列の近衛兵に凶器の豪雨が着弾。刺され穿《うが》たれ、切断され両断され、剪断され、近衛兵が血と肉の破片に変えられていく。刃の群れが上昇して血肉の雨が降っていく。

仲間の死をものともせず、後続の近衛兵が進軍。血の雨の間に、アッテンビーヤが間合いを詰めていた。

「私の技を見て、なお突撃してくる覚悟は見事」

アッテンビーヤの左手が腰の後ろに回され、戻る。魔杖短剣が前で構えられる軌跡に、また数十もの黄褐色《おうかっしょく》の煌《きら》めき。六方晶金剛石の刃が連なっていった。

「しかし、私が二刀流であることを知るものは全員死んでいる」

絶望の光景と宣告に、近衛兵たちは完全停止していた。

「舞え」

左の魔杖短剣に導かれて、純粋六方晶金剛石の刃が射出されていく。黄褐色の水平の嵐が吹き荒れる。刃は近衛兵の盾や防壁や甲冑《かっちゅう》を貫通。兵士たちの肉体を切り裂き、貫く。血と内臓の尾を曳《ひ》いて上昇。

アッテンビーヤが魔杖剣を引く動きに導かれ、刃の群れが落下。生き残ったものたちを串刺しにする。数えると、四十九の串刺し刑と墓標となっていた。

近衛兵の隊列が崩れたところへ、双剣を握ったアッテンビーヤが突入。右手の水平の一撃で腕を失っていた長身の近衛兵の首を飛ばす。左の短剣が旋回。脇から来た近衛兵の剣を受け止め、捻《ひね》る。相手の体勢が下へと崩れたところへ魔杖短剣が跳ねあがる。近衛兵の右腕を下から切断。

アッテンビーヤの左手を光が追っていく。六方晶金剛石《ロンズデーライト》の槍《やり》が敵の右眼窩《がんか》、斧《おの》が喉《のど》を叩《たた》き割り、短剣が胸板に刺さる。さらに続く、十数もの刃《やいば》の群れが正面左右から迫る近衛兵《このえへい》に射出。切り刻まれた戦列が血霧となって弾《はじ》ける。

アッテンビーヤが左手を捻《ひね》ると、近衛兵たちを貫く刃も回転。装甲《そうこう》と血と肉が、空中で赤となって渦巻く。

アッテンビーヤが左手を引くと、刃の群れが戻る。四十九もの武具が左に並んでいく。右手も引かれると、鮮血をまとった五十の煌《きら》めく刃が戻る。

アッテンビーヤの両翼、合わせて九十九本の宝石の刃が並ぶ。さながら超剣士たちによる一軍の光景だった。

「〈九十九煌金剛劒《アス・モデウ》〉の呪式《じゆしき》に敵なし」

宣言してみせたアッテンビーヤへと、近衛兵の群れからの呪式が襲来。九十九の槍や剣、斧に短剣などが旋回。術者の左右で柄《つか》を中心に、刃を外に向けた二つの環《わ》、円盤となって並ぶ。刃の円盤が回転を開始。視認できないほどの高速回転は、投槍《とうそう》、砲弾を切り刻んで無効化。範囲の大きな爆裂や火炎呪式すら、二つの環によって散乱させられていく。

「私の結界の意味がないな」

背後にいるドルスコリィが笑った。笑顔には、呪式の雨が降りそそいでいるが、青い六角形の連なりが火炎や砲弾や光線を分解し、青い量子へと変換していく。結界によって、背後を取ろうとする近衛兵と咒式を遮断。同時に観客と近衛兵と皇帝を閉じこめるほど、超強力かつ広範囲結界を維持している。

アッテンビーヤが刃による防御を終えると、六方晶金剛石の刃が射出されていく。連ねる刃が近衛兵を刺し穿《うが》ち、切り刻み両断していった。他の咒式士も武具を群れや形として扱うことは可能だ。だが、アッテンビーヤは九十九の刃を別々に達人の剣技で動かせる。破壊力は等しいが、回避はより不可能となっている。

再びの咆哮《ほうこう》。〈長命竜《アルター》〉ウングイユの三つの首が吼《ほ》え、右前肢《まえあし》を右から左へと振る。打撃を受けて、十数人の近衛兵が吹き飛ぶ。甲冑《かっちゅう》ごと胴体や手足が千切《ちぎ》れて飛ばされていく。竜の剛腕は、人間に耐えられるものではなかった。

暴風となった三頭竜の背には、いつの間にか座席が設置され、ロマロト老が座っていた。魔《ま》杖剣《じょうけん》を竜の背に刺して、制御棹《さお》としていた。

竜の上体が流れたところへ、近衛兵の後続が進軍。兵士の上空から、アッテンビーヤによる刃の豪雨が降りそそぐ。数十人の近衛兵に着弾。装甲を貫き鮮血が跳ねる。

アッテンビーヤが魔杖剣を振ると、人体に刺さった九十九もの刃が旋回。近衛兵たちの手や足、血と内臓の雨が吹き飛んでいく。

盾《たて》の列が、同胞の肉片や血を遮断する。深紅《しんく》の豪雨が止《や》むと、近衛兵の最精鋭である十数人が盾《たて》を開き、魔杖《まじょう》槍《そう》を突きだす。近衛兵《このえへい》の何人かは、ロマロトとアッテンビーヤの攻撃で手足を失っている。恒常咒式《じゅしき》で即死に耐え、治癒《ちゆ》咒式で出血を塞《ふさ》いでなんとか立っていた。兜《かぶと》の下にある顔には、そろって不退転の意志。

血染めの盾による城塞《じょうさい》の背後には、舞台と演壇、親衛隊《しんえいたい》の列が並ぶ。防壁の間に後皇帝イチェードが立っている。

後皇帝の命は風前《ふうぜん》の灯火《ともしび》であった。ドルスコリィが外部戦力と遮断して戦場を限定。さらにロマロトにアッテンビーヤという六大天たちの力は、この場において絶対的優位。近衛兵はこのまま全滅し、親衛隊ごと皇帝は倒される。後《ご》アブソリエル帝国《ていこく》は成立初日に滅亡する。

だが、俺は動けない。ギギナも同じく動きを止めている。アッテンビーヤたちも、舞台の前で静止していた。

壇上のイチェードは動かない。皇帝の青い瞳《ひとみ》は、深山《しんざん》の湖のようにさざ波ひとつなかった。恐怖や怒り、戦意すらない。自分の死にも興味がないという瞳だった。

俺や六大天は、何百何千といった人の死に関わり、見てきた攻性《こうせい》咒式士だからこそ、イチェードが理解できない。勇猛さでも諦《あきら》めでもなく、自らの死を前にして平静な人物の内心が推測できない。

「理解不能だが」アッテンビーヤが疑問を押し殺す。「後皇帝が抵抗しないなら、このまま終わらせる」

アッテンビーヤが床を蹴《け》って飛翔《ひしょう》。空中で咒式が発動。一瞬で九十九の黄褐色《おうかつしょく》に煌《きら》めく刃《やいば》が展開。射出。

近衛兵たちが咒式射撃で迎撃。回避して降ってくる刃を盾で受けて倒れていく。壇上の親衛隊も盾と防壁、足りなければ自らの体で刃を防ぐ。

必死の防衛も、死の刃の散弾が抜けていく。上空で反転し、刃の豪雨がイチェードに降りそそぐ。後皇帝の青い眼は揺らがない。抵抗も回避もしない。

光が殺到し、爆煙と破片。六方晶金剛石《ロンズデーライト》の刃が演壇を破砕。舞台の床板に突き立つ。背後の地図と国旗ごと壁に穴を穿《うが》っていく。

刃を放ち終わったアッテンビーヤが、貴賓席の最前列にある席に着地。ロマロトが乗ったウングイユ、ドルスコリィも進軍を停止。演壇に立ちこめる爆煙が晴れていく。

壇上に立つイチェードは無傷。後皇帝へと向かう数十もの刃は、舞台の手前、爆煙が渦巻く空中で停止していた。下では床の二カ所が陥没《かんぼつ》して、亀裂《きれつ》が広がっていた。

刃の先、破砕された演壇との間に、人影が立っていた。刃と人影の間、舞台の上の板の二か所が大きく砕けていた。

「まだイチェード陛下に死なれては困るのでな」

老人の声が響いた。

「六大天を止めさせてもらおう」

十章　黒き産声

人々が「この世に悪が存在することについての神の責任問題」を問うと、弁護士は「心神喪失による神の無罪を主張します」と答えた。

陪審員による判決はまだ出ていない。


ヤハギン・レヴィ・アクテイゥナス「神の推定有罪」皇暦《こうれき》四一四年

屋内に薄闇《うすやみ》が満ちていた。窓からのわずかな光だけが、一階内部に点々と射しこむ。薄闇とかぼそい光の間に、打ち捨てられた工作機械が並ぶ。旋盤や切削盤、放電加工機や研削盤に無為の埃《ほこり》が降り積もる。

思い出に沈黙する機械の間を、人影の群れが進む。盾《たて》を連ねて、魔《ま》杖《じょう》剣《けん》と魔杖槍《そう》を掲げた甲冑《かっちゅう》姿が高速進軍していく。

機器の間を蛇行してイチェード王太子と親衛隊《しんえいたい》が進む。足音すら立てない。兜《かぶと》の下に並ぶ各自の顔には決死の表情があった。

誘拐された王太子妃《ひ》ペヴァルアと胎内の未来の王太子、そして公子イェドニスを救うために、全員がイチェードの内心と同調していた。憤怒と憎悪と殺意が膨《ふく》れあがり、なお冷静である。親衛隊《しんえいたい》は幼少時から育成されるか、精兵からさらに選抜に選抜を重ねたものしかなれない。全員が非常時に鋼《はがね》の心で動けるようにと訓練されている。

隊の前方に光が見えた。先の壁に穴が開き、外から光が入って床と機械を照らしている。

イチェードが武具ごと右手を掲げ、素早い手信号を示す。全隊が壁の穴の手前で止まり陣形を作る。先頭の重量級隊員の間を抜け、探査兵のヤスパイトが前に出る。魔杖剣《まじょうけん》から探査咒《じゅ》式《しき》を静音展開していく。

探査結果を待つ間、イチェードが穴から外を観察する。穴の先は四方を廃工場やビルに囲まれた空き地となっていた。大地には廃車や崩れた木箱、錆《さ》びた資材の山が点在する。遮蔽物《しゃへい》の先、正面奥にあるビルの壁には穴が見えた。

「熱、音、電磁波ともに探知不能。相手が遮蔽咒式を展開していますね」

魔杖剣を引いたヤスパイトの報告に、イチェードが苦い顔となる。

「誘拐犯は工場を抜け、広場を横切り、向こうの穴の先に向かった」イチェードが言葉を一時停止し、続けていく。「と見せたい可能性もある」

「危険ですな」

副隊長のカイギスが魔杖剣を握りこむ。イチェードがうなずく。

「前者なら敵は国境を越えるための時間稼ぎ、後者なら誘拐自体が最初から私を狙っていたことになる」

イチェードの推測で、副隊長のカイギスや親衛隊が黙りこむ。イチェード王太子は世間的にも武断派として有名で、本人もそう演じている。身重の妻と弟が誘拐された場所に近ければ、自分で親衛隊を率いて奪還を目指すと予測される。そこまで想定しての誘拐なら、後《ご》アブソリエル公国《こうこく》における公王《こうおう》家の正当後継者を一掃しようとする罠《わな》の可能性が出てくる。

「ここは殿下だけでも下がっていただくしかないです」

カイギスが口の間から言いにくい言葉を押しだす。

「愛する妻子と弟を救う戦いに参加しなければ」イチェードが左右に首を振る。「私は、このイチェードはイチェードでなくなる」

カイギスと親衛隊が沈黙する。イチェードの勇気と献身は、すべて愛する妻子と弟のためであった。命を懸けており、今も自ら部隊を率いて急行している。

「それに部隊での最大戦力は私だ。私の咒式戦闘能力を除けば、人質の奪還成功率が大きく下がる」

イチェードは食い下がるが、カイギスは迷いつづける。王太子は一歩だけ前に出る。

「もちろん最前線には立たず、後からついていくならばどうだ」

王太子の立案に、副隊長のカイギスが苦い顔となる。事実としてイチェードはいつも前線に立ってきた。技術において優れながらも、四代にわたって低調だった後《ご》アブソリエル公国《こうこく》軍の復興と武威《ぶい》は、イチェードの勇気と覇気に依存している。軍人たちどころか、国民が支持するのも、病に伏している現公王《こうおう》ではなく王太子イチェードだった。

副隊長がうなずき、王太子と前に進む。親衛隊員《しんえいたいいん》たちも続き、穴の左右で止まる。

イチェードがビルの壁の穴から出ようとして、左右から隊員が止める。いつもの行事のため、左右の巨漢の隊員とイチェードが苦笑いをする。いつものように重量級のヴォルガオとマスゴイが大盾《おおだて》と魔《ま》杖《じよう》槍《そう》を構え、穴から出ていく。

続いて熟練のベラストに探査係のヤスパイト、ホーディーが出て前線を固める。中衛として新人狙撃手のラザッカ、親衛隊一の剣士であるフォイトが続く。

前衛が出そろって、ようやくカイギスは王太子イチェードが穴から出ることを認める。イチェードが部隊最強であっても、中央後方が妥協点の限界なのだ。エネセゲとイヴァーンが続いて最後尾を固める。終点には別働隊からの四人が待機し、背後からの奇襲を防ぐ。

左右にあるビルの谷間と廃工場の裏口から、別働隊の隊員たちも出てくる。率いる親衛隊長サベリウの姿も見えた。背後と左右の屋上には六人の狙撃手が下へ向けて魔杖槍を向け、観測手も並ぶ。総勢三十八名の部隊が、ビルの谷間に展開していく。三方向から盾と魔杖剣や魔杖槍を構え、目と耳、探査咒式《じゆしき》で誘拐犯を捜しながら進む。

　廃工場とビルの間にある空き地には、錆《さ》びた輸送車や乗用車が点在している。窓が割れ、車輪が取り外され、四肢《しし》が折れた巨獣たちの墓地にも見えた。

　他には資材が積まれ、上に青い樹脂幕がかけられている。出番がなかった資材のほとんどは朽《く》ちて、赤錆《さび》を浮かせていた。奥にいる誘拐犯たちが遮蔽《しゃへい》を取りやすく、攻めていくイチェードたちにとっては危険な地形だった。

　最前列で重量級のヴォルガオとマスゴイが大盾を掲げて進む。長身のカイギスも数法結界を展開し、防御を固めて前進する。イチェードは後方中央に位置しながら指揮を執《と》る。

　一団は資材や放置車輛《しゃりょう》で遮蔽を取りながら進む。別動の二隊も、広場の建物の間から出てくる。正面を進むイチェードの本隊への奇襲をさせないために、左右から進軍していく。

　閃光《せんこう》。爆裂咒式が正面の部隊に炸裂《さくれつ》。爆風と爆煙の間で、イチェードが展開した量子干渉結界が点滅。爆風が渦巻き、青い量子散乱を起こして減殺されていく。左右に抜けた爆風と鉄片も、前衛の隊員たちが掲げる大盾と結界で遮断。親衛隊はまったくの無傷だった。

　前方のビルからは、兜《かぶと》に甲冑《かっちゅう》、盾に魔杖槍と魔杖剣の群れが出現。二十名ほどの咒式士たちが爆裂や火炎、投槍や雷撃咒式を放ちながら左右に展開していく。

　後方からも爆音。背後に置いていた親衛隊が倒れる。背後の工場の屋根から降りてきた咒式士たちが、左右に広がっていく。イチェードたちは全方向から襲撃されていた。

　周囲のビルの屋上や廃工場の窓からは、先制咒式を放ってきた六から七人の狙撃手が見えた。

反対側のビル屋上に到着した親衛隊《しんえいたい》の狙撃手たちが即応。狙撃によって襲撃者二人の頭部と胸板を貫く。砲弾呪式《じゅしき》を叩《たた》きこみ、窓ごと室内の一人を吹き飛ばす。

誘拐犯の狙撃手からの応射が来て、親衛隊の狙撃手が雷撃で感電。倒れる下で観測手が魔《ま》杖槍《じょうそう》を握り、応射して弾幕を張る。他の狙撃手も連射し、相手の頭を抑えにかかる。

広場の上空で、銃弾に砲弾と呪式の砲火が行き交う。地上では、中央のイチェード隊が盾《たて》を連ねた円陣を組んでいた。左右の分隊が展開。遮蔽物《しゃへいぶつ》を利用した外周防御を構築する。

「敵は誘拐犯ではなく、イチェード王太子殿下の暗殺に来ているようですな！」

呪式砲火の下でカイギスが叫ぶ。陣の中央でイチェードが掲げる盾で爆裂呪式が炸裂《さくれつ》。量子干渉結界と盾で爆裂が掻《か》き消え、逸《そ》らされていく。

「ならば王太子妃《ひ》と公子はまだ無事であろう。私が逃げないための餌《えさ》にできるからな」

爆風が渦巻く盾の下で、イチェードが笑っている。砲火に耐えながら呪式を応射していた隊員たちが、驚きの顔となる。

「だが、あの戦場はこんなものではなかった」

イチェードが笑いながら数列の剣を放つ。赤光による〇と一の連なりが伸びていき、右へと曲がる。遮蔽物の裏にいた敵を串刺しに、また切っ先が跳ねていく。さらに先にいた敵の首が上空へと舞う。

「泥濘《でいねい》と仲間の死体を踏み越えて、要塞《ようさい》からの砲撃の下を潜《くぐ》って進んだあのディモディナスの丘に比べれば、こんなものはお遊戯だ」

　爆音を背景に出てきた王太子の笑いに、古参のカイギスが思わず笑う。マスゴイやベラスト、ヤスパイトにホーディーたちも笑ってしまった。外周で守りと応射を繰り返す別働隊の面々でも、古参の分隊長級が笑っていた。

「たしかにあの丘と要塞の戦いに比べればな」「あの砲撃は大地が揺れましたからな」「なに笑っているんですか、あれ地獄でしたからね」「おまえも笑っているじゃねえか」「いい負け戦だった」「アッテンビーヤやロマロト老は元気かな」「ああ、俺たちは戦った。全力だった」

　笑う古参の隊員たちに、まだ入隊して数年のエネセゲとイヴァーンが悔しそうな顔となる。新人でも、狙撃手のラザッカがなぜか微笑《ほほえ》んでいた。

　イチェードが手首を返し、数列の刃《やいば》を引きもどす。

「敵にこんなお遊びではなく、本当の戦場を教えてやろうではないか」

　王太子が言って、魔杖剣を旋回させながら周囲を見回す。

「まずは」

　イチェードの振るう切っ先には、赤い光で組成式が紡《つむ》がれていた。旋回を繰り返すごとに赤い残光が描かれる。それを見ただけで、周囲の親衛隊の顔には勇気が生まれる。

　イチェードが敵の中核を見極めていく。ついに正面を見定める。

「正面を火力で破砕！」

イチェードの刃《やいば》が振り下ろされて咒式《じゅしき》が発動。数法式法系第五階位〈禍渦肉濁流波《ヴァアレ・フォルン》〉の咒式によって、赤い数式の間で空間が歪《ゆが》む。

歪みから現れたのは、高次元からの〈禍つ式《アルコーン》〉の群れ。具現化した桃色や赤や黒い肉の渦には、眼球や牙《きば》が無秩序に並ぶ。肉の渦が水平の濁流となって広場を横断。輸送車の側面に激突し、波のように散り、車体を覆《おお》っていく。肉の渦は装甲《そうこう》に牙を立てて、咀嚼《そしゃく》し、呑《の》んでいく。車の背後にいた誘拐犯は、逃げきれずに肉の渦へと呑みこまれていく。後方へと逃げたものも濁流の追撃を受け、肉の渦の波間に消える。

右に逃げた誘拐犯は、咒式の集中砲火を受け、爆裂し、槍《やり》に貫かれ、火炎に焼かれる。左から逃げた誘拐犯は盾《たて》によって咒式砲火を受け止めて、即死を避ける。

左右の敵へと、親衛隊《しんえいたい》が刃を掲げて突入していく。敵の盾を戦鎚《せんつい》で砕き、下の兜《かぶと》ごと頭部を粉砕。紫電《しでん》をまとった槍が敵の装甲を貫き、感電死させる。高速振動する魔杖剣《まじょうけん》が装甲ごと相手の首を飛ばす。イチェードも魔杖剣と数列の刃を振りかざし、敵を切り刻む。

誘拐犯の中核部隊を壊滅させたイチェードの部隊は、左右に展開。包囲する敵兵へと襲いかかる。中央で防御に徹していた別動隊も瞬時に連動。イチェードの部隊との挟撃《きょうげき》をしていく。屋上の狙撃兵たちも砲火を連ねる。

包囲していた誘拐犯たちは、逆に親衛隊によって包囲される形となっていた。イチェードと親衛隊は刃と咒式を連ねて、敵を撃破していく。

乱戦の間で、イチェードの目は愛する身重の妻と弟を捜す。左のビルの一階の窓に動く人影が見えた。咒式士四人がペヴァルアとイェドニスを抱えて、左へと逃げていく姿だった。王太子暗殺計画は完全崩壊したと見て、指揮官たちは王太子妃《ひ》と公子の略取に切り替えたのだ。

イチェードは盾を掲げて魔杖剣を構える。身を低くして左へと走る。魔杖剣を突きだし、切っ先から伸びた数列の刃がビルの壁に着弾。縦横無尽《じゅうおうむじん》に動いて、コンクリと鉄筋を切り裂く。盾で破片を砕いて、イチェードが室内に突入。

進行方向の壁が吹き飛び、突如として現れたイチェードに、誘拐犯たちが急停止。即座に反応して咒式の投槍《とうそう》を放とうとした、男の額《ひたい》に数列の刃が着弾。赤い刃が上に跳ねて、脳ごと頭部を両断。

二人が即応して前に出る。右からの男が投槍咒式を放つ。イチェードは左手の盾を一閃《いっせん》して弾《はじ》く。弾かれた投槍は横の壁に刺さる。戦場を駈け抜けた王太子の剛腕は、常識外れの防御を見せた。

咒式援護を受けて、左の男が間合いを詰めてきた。裂帛《れっぱく》の突きをイチェードが左手の盾で受けながし、間合いを詰める。怒りの刃は相手の左脇《わき》から右肩へと抜ける。

倒れた戦士の背後にいた男が魔杖剣で咒式を展開していく。切っ先から〈緋竜七咆《ハボリユム》〉によるナパーム火炎が発動。通路の床から天井までを火炎が埋めつくす。

イチェードを焼くはずの火炎が弾ける。火炎を貫いた盾の背後に手足を畳んで、王太子が飛翔《ひしょう》していた。空中から刃《やいば》が振るわれ、男の右肘《ひじ》と左手首を切断。倒れていく男を超えて、火の粉をまとったイチェードが着地。

右腕と左手首から先を失った男が立ちあがろうとするが、イチェードの左足が顎《あご》を蹴《け》る。脳《のう》震盪《しんとう》で男は失神し、倒れる。

「事情を吐かせるための一人は確保した」

炎上する背景を背負って、イチェードが周囲を見る。外の砲火も静まってきた。外でも二人か三人は確保しているだろう。相互に証言させれば、黒幕が誰《だれ》か、どこの国の仕業《しわざ》かが分かるとイチェードは結論づけた。

王太子の目が前に戻る。青い目には、背景以上の怒りの炎が燃えさかっている。

「あとはおまえだけだ。妻と弟を無事で返せば、死刑ですませてやる」

イチェードの眼差《まなざ》しに、誘拐犯の最後の一人である指揮官が射竦《すく》められる。眼前に立つイチェードは常に戦場の最前線に立ってきた。当然のようにあらゆる敵に首を狙われ、なお生き残ってきた戦士なのだ。

イチェードは祖先の偉業を引き継ぐだけの王族ではなく、自ら王朝を打ち立てる始祖の気風を持つ。そんな男を敵に回すなど、やってはならないことだったのだ。

指揮官は王太子妃《ひ》を左手で抱え、公子を背後に回す。

「近寄れば、この二人をっ」

「できるかぎり多く王族を殺すつもりならもうしている。つまりおまえは私だけを殺したいのだろう」

イチェードは意に介せず疾走。即座に猛牛の突進となる。誘拐犯は王太子妃に向けていた刃を反転。イチェードの突きを受ける。力と技が宿った一撃に、指揮官の刃が跳ねあげられる。続く一撃を戻した刃で受けるが、またも弾《はじ》かれる。

イチェードの連撃は続く。指揮官は力と技倆《ぎりょう》の差で押され、後退していく。人質を抱えていては戦えないと、王太子妃を背後へと突き飛ばす。

詰めていく王太子と、迎撃に出る指揮官の相対距離が縮まっていく。双方の刃に咒印《じゅいん》組成式が描かれる。刃が放たれ、ビルの内部に光が炸裂《さくれつ》する。

ビルの穴や通路の先から、親衛隊《しんえいたい》の面々が室内に踏みこむ。親衛隊長のサベリウが息を呑《の》む。副隊長のカイギスが魔杖剣《まじょうけん》を握りこむ。ラザッカは呆然《ぼうぜん》としていた。

指揮官の熱線咒式はイチェードの左肩を貫いていた。対してイチェードの数列の刃は、指揮官の右腕を貫通。

敵は王族誘拐と王太子暗殺を狙う刺客《しかく》であり、腕利きも腕利きだったのだ。

「やるではないか」イチェードも感心の声を発した。「私に一騎打ちで手傷を負わせた相手など、他にはベイ」

イチェードはそこで言葉を止めた。その男は親友で、もうこの世にいないのだ。

王太子の言葉が止まっても、指揮官の顔に余裕はない。人質を背負っての優位があっても利き腕をやられたなら、もう終わりなのだ。

一瞬の停滞から両者が動く。イチェードは前に動き、刺さった刃《やいば》からの致命傷を避ける。同時に数列の刃は下がった指揮官の腕から胸板を両断。

指揮官は上半身と下半身に分かたれ、血と内臓を撒《ま》き散らして落下。後方に下がった指揮官と、前に進んだイチェードの差が生死を分けた。覚悟の差だった。

イチェードが息を吐き、窓から敷地を見つめる。郊外の廃工場街は戦場の跡地となっていた。壁には咒式《じゅしき》狙撃による弾痕が並ぶ。大穴は砲撃咒式によって穿《うが》たれたものだ。火炎があちこちで燃え、死体が転がる。

死体は兜《かぶと》ごと頭が吹き飛んでいた。眼窩《がんか》から視神経の糸を引いて零《こぼ》れる眼球。切断された手足。折れた魔杖剣《まじょうけん》。砕けた盾《たて》。ほとんどは誘拐犯の死体だった。どこの国の手先であるかはまだ分からない。親衛隊《しんえいたい》の死体も何体か見える。

イチェードは唇《くちびる》を噛《か》みしめる。集まってきた親衛隊員たちへと目を向ける。全員が負傷し、血染めの姿となっていた。

「報告せよ」

イチェードの許可が出て、親衛隊長のサベリウがうなずく。

「外は完全制圧が完了」仲間の死を堪《こら》えて、サベリウが答える。「親衛隊で動けるものは、ここで王太子の護衛。残りは残敵がいないか、四方を警戒中です」

過不足ない報告に、イチェードが重々しくうなずく。サベリウは沈痛な面持《おもも》ちとなっている。カイギスはうつむき、他の面々も悲痛な表情となっていた。ラザッカは周囲を警戒している。

イチェードも理解している。集まった直下部隊でも、マスゴイとホーディーとイヴァーンの姿が欠けていた。後《ご》アブソリエル公国《こうこく》の後継者とその妻子と弟を守るため、そして主君と戦友のために彼らは死んだのだ。

本人たちも分かって散っていったが、イチェードの胸には刺すような痛みがあった。難しい人質奪還作戦ゆえに犠牲が出ることは予想していた。犠牲を覚悟していても、親衛隊は全員がイチェードの手足に等しい。隊員が倒れるたびに、イチェードの胸には物理的に激痛が起こるのだ。

「殿下、我《われ》らより奥方と弟殿下を」

サベリウは隊長として悲しみを堪えて言った。イチェードは目を閉じる。息を吸って吐く。親衛隊指揮官としての笑顔を作る。そして横を向く。戦友の死があっても、妻と弟を安心させるために微笑《ほほえ》んでみせたのだ。

通路の隅で、王太子妃《ひ》ペヴァルアは右手で公子イェドニスを抱えて立っていた。王太子妃の左手は腹を撫《な》でていた。胎内の子も無事のように見えた。

犠牲の末であっても、二人と子が無事ということに、イチェードと親衛隊員たちの心に安堵《あんど》があった。ラザッカも、窓とその先にある青空を背負った王太子と妻と弟の再会の場面に涙ぐむ。三人の姿は光をまとっているように見えた。

ああ、良かった。正しい道を歩めば、みんな幸せになるのだ。良い指導者と良き仲間が良き努力を重ねていけば、間違いなど起こるはずがないのだ。

ラザッカは尊い姿に光を見た。違う。王太子の先、建物の狭間から見える遠いビルの屋上に光。ラザッカは視覚を拡大。ビルの屋上では、狙撃手が膝《ひざ》撃ちの姿勢。狙撃用魔杖槍《まじょうそう》が構えられていた。切っ先にはすでに咒印《じゅいん》組成式が紡《つむ》がれていた。

敵は誘拐と暗殺で二段構えをし、さらに遠距離狙撃の三段構えをしていた、と察した瞬間、ラザッカは前に飛びだした。

◆

アッテンビーヤの刃《やいば》の群れの先で、中世風の衣装は、渦巻きと幾何学模様で埋めつくされていた。蛇腹のような襞襟《ひだえり》が首を囲んでいる。白髪頭の左右から後方へと巻き髪。

青灰色の双眸《そうぼう》には、紀元前からの悪意が宿る。右手には小鎚《こづち》が握られていた。左手には柄《つか》から機関部、刀身へと荊《いばら》が絡む禍々《まがまが》しい魔杖剣があった。

俺は、俺たちはこいつを知っている。ルゲニア共和国ではほぼ無視されたが、恐ろしさを身に染《し》みて分かっている。

「ワーリャスフっ！」

俺が叫ぶより先に、アッテンビーヤにロマロト老、ドルスコリィたちが叫んでいた。

「暗躍の時期は過ぎたとはいえ、名が知れわたったものだ」舞台上でワーリャスフが笑う。「それでよい」

ワーリャスフの正体は、ようやく最近になって分かってきた。元々は神楽暦《かぐられき》の紀元、救いの御子《みこ》の時代に聖使徒マルブディアとして記録されている。事実ならば二千年は生きていることになる、人類史の怪物だ。連帯なき〈踊る夜〉でも一応の指導者として〈宙界《ちゅうかい》の瞳《ひとみ》〉を求めている。俺たちも〈踊る夜〉の一角を倒したので、完全に敵対していた。

三方から叫び声があがる。最後まで残っていた報道陣が貴賓席を逆流し、外を目指して走りだす。反逆の六大天の三人と新皇帝の対決は、まだ政争である。だが、〈踊る夜〉は違う。今からここは最後の激戦地となると理解して、報道陣も逃げだしたのだ。

一階の出入り口に報道陣が殺到していくが、ワーリャスフはなにもしない。人類史の怪物であっても、アッテンビーヤたち相手に軽々しく動けないのだ。

見ると貴賓席の陰に人影が残っている。撮影機を構えたアーゼルと助手に扮したリコリオだ。アーゼルの胆力には驚くしかない。そしてリコリオもなぜか責任感を持って残っている。危険だが、俺たちが一階へ下りる時期はまだだ。

「なぜ、おまえのような異常者がここにいる」

破壊された会場で、ロマロト老が疑問の声を発した。

「二千四百五十五回目」

ワーリャスフが溜息《ためいき》とともに言った。

「なんだその数字は」

ロマロト老が疑問を発した。

「五千四百五十六回目」

ワーリャスフはまたも謎《なぞ》の数字を読みあげる。ロマロト老が再び問おうとすると、アッテンビーヤが魔杖剣《まじょうけん》を掲げて止めた。無数の刃《やいば》の咒式《じゅしき》はワーリャスフへと切っ先を向け、振動しながらも空中で止まっている。

「〈踊る夜〉が後《ご》アブソリエル帝国《ていこく》につく、という噂《うわさ》はあったが、どういうことだ」

咒式を発動させたまま、アッテンビーヤが問うた。

「多少ややこしい事情だが、要約すると」

悩ましそうにワーリャスフも答える。

「汝《なんじ》らをちょいと殺しておこう」

ワーリャスフが掲げた右手から五メルトル先では、アッテンビーヤによる刃の群れが止まりつづけている。剣や斧《おの》の群れが振動している。電磁的推進力が進もうとするが、なんらかの力が阻止している。

大気中の揺らぎに囲まれ、刃の群れが強制停止させられていた。徐々に刃を囲む空間に色がついていく。滲《にじ》むように黄色が広がり、輝きを帯びていく。

舞台の上には黄金色の肌が出現していく。太い手足に指が見えてきた。丸めた背中には同じく黄金の翼が畳まれている。舞台前の二つの穴は、黄金色の巨大な足が踏みしめてできたものだったのだ。

眩《まばゆ》く輝く光輪の下には鶏冠《とさか》があった。側面に二重丸の瞳《ひとみ》、口は嘴《くちばし》。鶏の頭があった。二〇メルトルを超える鶏頭《けいとう》の巨人が体を屈《かが》めていた。全身に六方晶金剛石《ロンズデーライト》の刃が刺さり、青い血が流れる。全体として聖典に記述される天使のようにも見えるが、天使ではない。天使があのような邪悪な存在であるわけがないと、俺は知っていた。

「ルゲニア共和国で見た、伯爵《はくしゃく》級の〈大禍つ式《アイオーン》〉か」

「ソゴ・ラーラ、消せ」

ワーリャスフが言うと、ソゴ・ラーラと呼ばれた鶏頭の邪天使が嘴を上下に開く。鳴き声というか音波が発せられる。後方に歯車が出現。即座に回転。歯車の動きとともに、全身に刺さる刃の輪郭が崩れる。黄褐《おうかっしょく》色の粉末となって吹きながされていく。

「となると」

俺とギギナは視線を横へと振る。地響きとともに、ロマロトが乗る邪竜ウングイユが前進。

四肢《しし》の間で客席ごと床が粉砕。近衛兵《このえへい》たちの死体を粉砕して進軍してくる。三つの首にある口の間では咒印《じゅいん》組成式。融解した金属が発生し、蒸気をあげる。

舞台上からのワーリャスフの声に被《かぶ》さるように、轟音《ごうおん》をともなって爆煙が発生。

「モゴ・ムーム、そちらの厄介な三頭竜と術者を抑えよ」

白煙の間に、三頭竜ウングイユが巨体を現す。竜の前には黄金の巨人が出現していた。頭部の左右からは角。偶蹄目《ぐうていもく》の長い顔からの鼻先。側面にある目には狂気が宿る。

牛頭《ぎゅうとう》の偽天使は、太い腕の先にある両手でウングイユの左右の首を摑《つか》む。巨竜《きょりゅう》の背に乗るロマロトが魔杖剣《まじょうけん》を構え、制御を手放すまいとする。

鶏頭《けいとう》のソゴ・ラーラが来たなら、対となる牛頭の〈大禍つ式《アイオーン》〉もやってくると思ったとおりだ。

モゴ・ムームと呼ばれた牛頭の邪天使は剛腕を振るい、落とす。握った竜の双頭を床へと叩《たた》きつける。融解した金属が竜の顎《あご》の間から噴出。床を炎上させる。

首二つが床へと引かれると、巨竜の体勢が前のめりとなる。竜の背に乗るロマロトも倒れないように、左手で鱗《うろこ》を摑む。右手で式を強化すると、ウングイユの中央の首が後方に引かれる。眼には怒り。

「この痴《し》れ者が！」

叫ぶとともに竜の首が跳ねる。竜の猛襲にモゴ・ムームが首を傾ける。臼歯《きゅうし》が並ぶ大口を開いて迎撃。牛頭の口が巨竜の首へと横向きに噛《か》みつく。竜の鱗が破砕され、赤い鮮血が噴出する。

苦悶《くもん》の声とともにウングイユの首が火炎を吐き、牛頭の天使の左肩が炎上。牛頭の天使の眼には憤怒と苦痛。噛みついた口の間からは怒号《どごう》があがる。

巨大な牛頭天使と三頭銀竜が揉《も》みあいながら、会場の壁へと激突。破片と爆煙の間で牛頭天使の拳《こぶし》が繰りだされるが、左の首が手首に噛みつく。邪天使の左足が、右の首を床へと踏みつける。竜の口からは炎が零《こぼ》れる。

轟音に中央に視線を戻す。舞台前から鶏頭の邪天使が膝《ひざ》を伸ばして上昇していき、右足を上げる。後退するアッテンビーヤへと、鶏頭の天使が右足を降ろす。足が床を踏み砕く。続いて左足が下りて床を破砕。〈古き巨人《エノルム》〉なみの巨体を振るうだけで、アッテンビーヤは退避していく。

「それぞれ敵を制圧せよ」

舞台の上に立つワーリャスフが小鎚《こづち》を振って、命令を放つ。

会場に立つソゴ・ラーラが嘴《くちばし》を開く。顔の前で咒式が描かれる。黄金の歯車のような咒印組成式が展開し、緩く回転しはじめる。

俺の脳内に最大限の危険信号が発せられ、思わず二階席の手摺《てすり》から離れる。隣のギギナも前のめりとなっていた体を引く。他の仲間たちも思わず下がっていた。

鶏頭《けいとう》の天使が展開するのは、超定理系〈神威不帰塩柱劫罰《ゴドーム・ソモーラ》〉の咒式《じゅしき》。放たれる光に触れて、条件が合致したなら、問答無用で対象を塩に変える呪詛《じゅそ》咒式だ。ルゲニアの地で数万人を塩に変換しての大虐殺を引き起こしている。アッテンビーヤの刃《やいば》もあの咒式で分解されたのだ。

「その咒式は聞いている」

声が響くと、鶏頭の天使の嘴《くちばし》と歯車に、〇と一の赤い光の式が絡みつく。数列の鎖《くさり》が引かれると、ソゴ・ラーラの体が前へと傾く。右足、左足と続いて床に突きたて、なんとか転倒を防ぐ。同時に嘴の前の組成式が、量子散乱を起こして儚《はかな》く消えた。

「発動させぬ」

赤光による数列の先を握るのは、太い両腕の先にある左右の手。一階席に立つドルスコリィが、数列の縛鎖《ばくさ》で鶏頭の天使の体勢を崩した。一瞬の隙《すき》をついた綱引きだが、巨人を倒したドルスコリィは繊細《せんさい》な数法咒式と剛腕を併せ持つ。

鶏頭のソゴ・ラーラは激怒《げきど》の雄叫《おたけ》びを発する。低い姿勢から床を踏み破って進み、巨大な右腕を振り下ろす。

剛腕は空中で六角形の連なりに激突。青い火花を散らす。だが、邪天使の一撃は空中の結界の表面で止まっていた。ドルスコリィの量子干渉結界は〈大禍つ式《アイオーン》〉の打撃すら防ぐのだ。

鶏頭の天使は、拘束された嘴の間から怨嗟《えんさ》の声をあげる。怒りのままに右腕を引く。戻った腕では、指先から手首まで糸が解《ほど》けるように分解されていた。ソゴ・ラーラの二重丸の瞳《ひとみ》が、先に立つドルスコリィを見据えていた。おそらく驚いているのだ。〈禍つ式《アルコーン》〉は生きて動く咒式であるため、量子干渉結界に触れると、他の咒式と同じように体が分解される。理屈としては成立するが〈大禍つ式《アイオーン》〉のしかも伯爵《はくしやく》級を分解する演算力と咒力は、眼前で見るまで信じられない。

ソゴ・ラーラが前進しながら右腕を振るうと、手首から掌《てのひら》、五本の指といった欠損部が再構成されていく。〈大禍つ式〉の超回復、いや再生能力だ。

再び天使の右腕が振り下ろされる。ドルスコリィの結界が瞬時に展開。拳《こぶし》と結界の激突で、青い火花が散る。続く左の手刀も結界の表面で弾《はじ》かれる。ソゴ・ラーラが両手を引く。青い量子散乱が起こり、手首から先が消失していた。

ドルスコリィの量子干渉結界は〈大禍つ式〉に対して防御と攻撃となっている。相性において圧倒的優位となるのだ。

二階席の俺は視線を動かす。牛頭と鶏頭の邪天使は、ワーリャスフの最大の手のひとつだ。ルゲニア政権を転覆させた両者を、ドルスコリィとロマロト老が押さえている。

「今しかやれない」

我《われ》知らず、俺の口は応援めいた言葉を発していた。〈宙界の瞳《ちゆうかい》〉の所在はまだ分からないが、断じて〈踊る夜〉が正しく善であるわけがないのだ。

会場をアッテンビーヤが前進していく。左右の双剣を広げると、再び九十九の煌《きら》めく刃が展開していく。一人軍隊が全開となっていた。アッテンビーヤの青い眼には超新星の炎が揺らめく。

「歴史の闇《やみ》に消えるべき〈踊る夜〉が、アブソリエルと関わるなど言語道断である」

誇り高きアッテンビーヤは、後《ご》アブソリエル帝国《ていこく》と悪鬼との協力関係に激怒《げきど》していた。

「まだ本契約前であるがね」

壇上でワーリャスフが答え、背後にいるイチェードを左手で示す。

「後皇帝陛下には、是非新たなる帝国を推進してもらいたい」

「魔人どもが帝国になんの用がある。いや」

小さく首を振って否定し、アッテンビーヤは前進していく。双眸《そうぼう》は一直線にワーリャスフを見据えていた。

「汝《なんじ》を倒してから後皇帝に聞こう」

直進からアッテンビーヤが飛翔《ひしょう》。空中で右腕を振るう。五十の刃《やいば》が豪雨となって射出。ワーリャスフは左へと滑るように動き、刃の群れが舞台を破砕。

破片の背後にイチェードが見える。後皇帝は動かない。

破壊された舞台の別の場所が破裂。五十の刃が床下を潜《くぐ》ってから噴出。空中で切っ先や穂先の向きを反転。斜めの豪雨となって降りそそぐ。ワーリャスフが身軽に側転していき、追いかけるように刃が舞台上に突きたっていく。予測回避地点に刃の群れが集中豪雨となり、爆発。

　ワーリャスフが終点で跳ねて前方宙返りをしていた。空中で左手を振って魔杖剣《まじょうけん》と爆裂咒式《じゅしき》で四十九の刃の群れを弾《はじ》いていく。

　煌《きら》めく刃の群れが床や舞台へと突き立っていく。間にワーリャスフが軽々と着地。二千年を生きた魔人の体術は怪物じみている。だが、相手は怪物中の怪物だとして、着地点にアッテンビーヤが詰めていた。

　剣士が腰だめに構えていた右の剣が繰りだされる。ワーリャスフが左手の剣で弾いて受け流す。火花を貫いて返礼の右の小鎚《こづち》を繰りだす。アッテンビーヤが左の刃で打撃を受け、鋭い金属音と火花が散る。戻ってきた双剣が　左右から魔人へと迫る死の颶風《ぐふう》となる。

　刃の間を、ワーリャスフが前に縦回転。交差する刃上から、左の踵落《かかと》とし。重い打撃音とともに、アッテンビーヤの右腕が受ける。続いて右踵落としが振ってくるも、左腕で防いで骨が軋《きし》む。

　重い打撃の連弾を防いで、アッテンビーヤの腰が沈む。違う。螺旋《らせん》状に屈《かが》んで、旋回。終点から左の刃、続いて右の刃が放たれる。ワーリャスフは左手の剣を振り下ろし、双剣を受け止め、金属音と火花が散る。

　アッテンビーヤの連撃は止まらず、空中の老人へと右回し蹴《げ》りが放たれる。

「しつこいのう」

　魔人は両腕を交差させて、重い蹴りを受け止める。受けたワーリャスフは衝撃を利用して後方へと飛翔《ひしょう》。アッテンビーヤの左蹴《ひだりげ》りが追撃。空中の老人の顔面に激突、する寸前に後方宙返り。赤が散る。

後方回転していった老人が着地。左手の剣を前に、右手の小鎚《こづち》を引いて構える。武具の間で老人は毒の笑みを見せる。唇《くちびる》から顎《あご》へと赤く血に染まっている。

アッテンビーヤは蹴りを放った左足を戻し、双剣を構えて停止。魔人の踵《かかと》落としを受けた右腕の服に亀裂《きれつ》。割れて落下。現れた右腕の肌は灰色となり、石化を始めている。同じく左腕は袖《そで》が溶けて、皮膚《ひふ》や肉が赤や紫に爛《ただ》れている。追撃を放った左足の先の革靴《かわぐつ》が破られ、指が消失して断面から出血していた。

「手は警戒し、足までは想定範囲。だが口にまで呪式《じゅしき》を発動させるとは」

一瞬で三カ所を負傷したアッテンビーヤが苦々しげに吐き捨てた。ワーリャスフは顔を振って、吐き捨てる。床には血の反転を描いて物体が転がる。鮮血の終点で、靴と足の指が三本転がる。

戻ったワーリャスフの顔で、口には半月の笑み。歯は牙《きば》となり、鮮血にまみれている。

「もうちょいで足首まで行けたが、さすがに六大天か」

アッテンビーヤが指摘したように、ワーリャスフは化学錬成系第四階位〈石骸触腫掌《サルマク》〉を左足に、生体強化系第四階位〈溶髑解蝕牙《オティス》〉の呪式を右足に発動していた。かつてアムプーラが成立させた、状態異常呪式の併用だ。

おまけに口では生体強化系第二階位〈餓狼咬《マルコシ》〉まで発動。相手の追撃を誘って、狼《おおかみ》の咀《そ》嚼《しゃく》力と牙で機動力を奪いにいったのだ。

「侮《あなど》っていたつもりはないが、二千年を生きぬいた怪物は想像の上の上を行くな」

アッテンビーヤが両腕を振って、双剣を旋回。石化し、毒に侵された手足の部位を切除。血が噴出。治癒《ちゆ》咒式を発動して欠損部位の出血を停止。泡立つ肉が傷口を埋めていく。状態異常咒式でも、二つの咒式は対象者の咒式を喰《く》って成長するため、切除と治療《ちりょう》では完治しない。今動ければいいという応急処置にすぎない。

俺やギギナから見ても、ワーリャスフは異常にすぎる。

老人の姿や使用咒式からして後衛系だと推定していた。しかし実際の魔人は咒式で肉体を強化し、石化や毒や嚙《か》みつきの咒式を乗せている。強化しただけではなく、忍者なみの超体術に、熟達の剣士のような剣術まで体現している。二千年の知識と技術が山積みとなっているのだろうが、危険にすぎる。

地響きと怒号《どごう》。背景ではロマロトが乗る三頭竜ウングイユが三つの首を自在に振るう。牛頭の邪天使モゴ・ムームが拳《こぶし》を振るい、会場の柱や壁を破砕する。ドルスコリィは結界でソゴ・ラーラの体を削り、また結界を破壊されてと一進一退。

生き残りの近衛兵《このえへい》たちは、負傷者を抱えて治療咒式を展開しながら後退していく。超咒式士同士に〈長命竜《アルター》〉と〈大禍つ式《アイオーン》〉の戦いは桁《けた》が違いすぎて参戦できないのだ。

舞台と後皇帝の前に親衛隊《しんえいたい》が集結し、防壁を築く。大陸中に悪名を轟《とどろ》かせる〈踊る夜〉の一角、ワーリャスフだけが新皇帝と後帝国を救える存在となっていた。

俺とギギナと仲間たちは二階席でまだ止まっている。〈踊る夜〉とは敵対しているが、本質的な原因は〈宙界《ちゆうかい》の瞳《ひとみ》〉を巡っての争いだ。誰《だれ》が所有者でどこにある。

「時間がないぞ！」

ドルスコリィからの声が飛ぶ。鶏頭《けいとう》の邪天使の左拳《こぶし》が振り下ろされる。結界師が左手を振って、さらなる量子干渉結界を展開。巨大な拳を受けて結界に青い火花が散る。ドルスコリィの膝《ひざ》が下がるが、また戻って結界ごと押し返す。

ドルスコリィが超咒式士《じゆしきし》であっても、内では〈大禍つ式《アイオーン》〉と戦い、外からはアブソリエル軍の総力を挙げての解析と分解がされている。二方面の結界で外部からの干渉を押しとどめられる時間は限られている。

再生しては落ちてくる右拳の振り下ろしを、再びドルスコリィが結界で防ぐ。拳が結界で削られて凄《すさ》まじい青い火花を散らす。苦鳴《くめい》とともに〈大禍つ式《アイオーン》〉が削られた腕を戻す。ドルスコリィも結界を維持できずに一端解除。

追撃の蹴《け》りを再展開した結界で受ける。完全に衝撃を減殺できず、結界ごとドルスコリィが吹き飛ぶ。貴賓席の間に着地して再度の結界を展開。

鶏頭の邪天使も手足を再生させて前進。左腕の薙《な》ぎ払いを、ドルスコリィの結界が受け止めて青い火花が散る。双方の命の削りあいとなっていたが、人間であるドルスコリィの限界が先に来る。

「結界の限界はあと三十、いや二十分！」

青い火花の下で、結界師が叫ぶ。

「充分だ」

一言で返し、アッテンビーヤが疾走を開始。ワーリャスフは構えて待つ。〈踊る夜〉はイチェード皇帝を結界の時間制限まで守りきれば勝利なのだ。六大天の三人は強引に進むしかない。

剣士が加速して姿が消える。間合いを一瞬で詰めて、魔杖剣《まじょうけん》が上から下への半月を描く。目の覚める閃光《せんこう》のような初撃を、ワーリャスフが後退して躱《かわ》した。魔人の白髭《しらひげ》が散り、わずかに血が跳ねる。

当然のように、振りきったアッテンビーヤの剣の軌跡に従って光点。六方晶金剛石《ロンズデーライト》の刃《やいば》が整然と並ぶ。即座に五十連射出。

ワーリャスフが左手の魔杖剣を振りかざす。五十の刃による機関銃の連射のような怒濤《どとう》の攻撃を弾《はじ》いていき、火花と轟音《ごうおん》が連なる。

五十の刃は弾かれていくが、即座に方向を戻して襲来。ワーリャスフの刃も対応するが、押されていく。アッテンビーヤは左の魔杖短剣を振って、四十九の刃を放つ。

視界を埋めつくす九十九の刃は、物理的に回避不可能。ワーリャスフも量子干渉結界を展開。

アッテンビーヤが駆使する九十九の刃《やいば》は、全方向からの全力射撃の豪雨となっていた。ワーリャスフの刃と結界が、火花と金属音の悲鳴をあげる。両手では手数が足りない。結界は全方向を守れるが、貫通力の強い刃は防げず、逸《そ》らすしかない。結界ごと古《いにしえ》の魔人が押されていく。

必殺の呪式《じゅしき》を追ってアッテンビーヤが突撃。刃の豪雨の間から刺突《しとつ》を放つ。結界を抜けてきた刃を、ワーリャスフも右手の小鎚《こづち》で迎撃。

破れた結界を挟んで、両者が一瞬の硬直。ワーリャスフの右肩が斬撃《ざんげき》によって裂け、血を噴出させていた。

アッテンビーヤは振り上げた刃を脇《わき》に引き、刺突の連打を放つ。ワーリャスフは両手の武具を振って、刃を必死に弾《はじ》いていく。機関銃のような刃の連打は、魔人の服を刻んでいく。

続いて、結界の表面に刃の暴風雨が激突。衝撃を受け止めきれずにワーリャスフが後方へと跳ね、一気に横へと逃げる。

魔人の目が見開かれる。観客席にいる俺も思わず息を呑《の》む。

空中に連なる輝く刃の上に、アッテンビーヤの姿があった。剣や斧《おの》や短剣や槍《やり》を足で踏んで、剣士が空中を疾走していた。最後の刃を蹴《け》ってアッテンビーヤが空中から襲来。上空からの一撃を、ワーリャスフの魔《ま》杖《じょう》剣《けん》が受ける。老人の膝《ひざ》が撓《たわ》んで衝撃を逃がすも、床に放射状の亀《き》裂《れつ》が広がる。

上空のアッテンビーヤの周囲から、煌《きら》めく刃が集中豪雨となって降ってくる。

膝を伸ばしながらワーリャスフが旋回。アッテンビーヤの刃に受け流し、結界を展開しながら跳躍。六方晶金剛石《ロンズデーライト》の刃が結界に激突し、削り、粉砕。

「二千年の生においては、儂《わし》を傷つけるものもいた」ワーリャスフの眼には、怒りよりも感心があった。「しかし、英雄や勇者、豪傑に剣聖とその時代における最強者たちしか、儂に触れることはできなかった」

ワーリャスフの眼差《まなざ》しは相手への敬意で見据えていた。

「まさか、現代において翼将《よくしょう》と七英雄以外で、儂に手傷を負わせられる人間がいるとは」

二千年を生きた老人は、アッテンビーヤをこの時代の最強者の一角だと認定していた。

俺も同意する。ギギナも同じだろう。ワーリャスフに二千年の戦闘経験があるなら、アッテンビーヤは帝国の世から続くアブソリエル正統剣術の現代における後継者なのだ。

純粋な咒式勝負なら、六大天を三人同時に相手してもワーリャスフは押さえこめる。だからこそ、アッテンビーヤは強大な咒式を攻撃だけではなく、煙幕や足場や移動手段と、相手に優越する剣術と体術で押している。

ワーリャスフの周囲でいくつもの光点が灯《とも》る。慌てて小鎚を振るい、自らに向かう黄金の光を払う。黄金の光が左右に散っていく。払われた読めない光の文字が床に落下。転がり、角が削れていき、消えた。

「ええい、本当に心がないものたちだの」

ワーリャスフが苦々しい声を発した。見れば、禍々《まがまが》しい光の根源は会場一階から放たれていた。発生地点は、巨竜《きょりゅう》や結界師と戦う巨体の邪天使たちからだった。牛頭と鶏頭《けいとう》の〈大禍つ式《アイオーン》〉たちが、口惜しそうに鼻息と鳴き声を漏《も》らす。怪物どもは、小鎚《こづち》の制御が一瞬切れただけで、ワーリャスフを呪詛呪式《じゅそじゅしき》で殺害にかかったのだ。

余所見《よそみ》をした鶏頭の天使が前のめりに倒れ、止まれない。床に激突。巨体によって、会場の席ごと床が破砕されていく。鶏冠《とさか》の上にある光輪が、床板を焦がす。ソゴ・ラーラの首や腕に巻きついた、〇と一の赤い数列によって、引き倒されたのだ。

巨体の天使は、床の間にある嘴《くちばし》の間から苦鳴《くめい》を発する。巨木のような腕を伸ばす。手で床を摑《つか》み、立ちあがろうとする。だが、赤い数列は首や腕から胸板、足へと蛇《へび》のように絡みついて、ソゴ・ラーラを立ちあがらせない。

ドルスコリィは外の大結界と同時に、多数の咒式を同時展開している。人間にしては咒力量が大きすぎる。

「ほれ見ろ、儂《わし》に逆らった瞬間にやられただろうが」

ワーリャスフが鶏頭の天使の反乱を嘆《なげ》く。

咆吼《ほうこう》が轟《とどろ》き、俺は反対側へと顔を振る。

会場の中央では、ウングイユの三つの竜の頭部が吼《ほ》えていた。左の首が、牛頭の巨人の右肩に嚙《か》みつき、右の首が左脇腹《わきばら》に嚙みつく。中央の首が牛頭の左顔面を大顎《あご》に挟んでいた。

〈大禍つ式《アイオーン》〉の傷口からは、青い血が噴出し、床を斑《まだら》に染めていく。

三つの首が上昇しながら回転。嚙みつかれたまま、モゴ・ムームの巨体が旋回しながら上昇。ウングイユも後肢《あし》で立ちあがっていく。二体の質量を支える後肢が床を踏み割る。

回転しながら上昇させられたモゴ・ムームが、会場の高い天井に激突。破砕。鉄骨や硝子《ガラス》や天井板の破片が落下。

〈大禍つ式《アイオーン》〉にとって、嚙みつきからの天井への叩《たた》きつけなどは軽傷。反撃に移ろうと腕を掲げた瞬間、光芒《こうぼう》。嚙みついたまま、ウングイユの三つの顎の内部で咒式が紡《つむ》がれていた。

「密着での〈重霊子殻獄瞋焰覇《バー・イー・モーン》〉の三重発動だと!?」

俺が叫ぶと同時に眩《まばゆ》い閃光《せんこう》。核融合咒式が展開。牛頭の天使の三カ所へと超々高熱と衝撃波が発動。熱気が会場に吹き荒れ、破片や椅子《いす》を吹き飛ばしていく。

嵐が収まると、天井へと伸びたウングイユの三本の首が振られる。モゴ・ムームの巨体が飛んでいき、ってこっちに来た。

俺とギギナが横へと大きく跳ねる。先ほど焼き切られた客席の断面に、モゴ・ムームが激突。爆発と重低音。破片が跳ねあがり、落ちる。

白煙の間に、二階観客席に埋もれるモゴ・ムームの姿が見えてきた。〈大禍つ式〉の左顔面が消失。わずかに残った右目も高熱で白濁。断面からは青白い脳漿《のうしょう》が零《こぼ》れる。右肩から右腕も消えていた。左脇腹から腰まで大穴が穿《うが》たれる。断面は炭化し、亀裂《きれつ》の間から沸騰《ふっとう》した青黒い血が零《こぼ》れる。

瀕死《ひんし》の状態でも、まだ〈大禍つ式《アイオーン》〉は生きていて、残る左腕と右足が痙攣《けいれん》する。左足が客席を摑《つか》み、上半身を起こしていく。

「竜は甘くない」

ギギナが俺の襟《えり》を摑み、さらに後方へと跳ねた。前方では三連の縦の円弧。

俺たちが着地すると同時に、銀月の先端がモゴ・ムームに激突。衝撃が倒れた〈大禍つ式〉ごと観客席に伝わってくる。二階席は衝突地点で分割され、坂となっていく。俺は席の背を摑み、ギギナは手摺《てすり》を握り、滑落を耐える。

音とともに爆煙のなかへと〈大禍つ式〉が埋葬されていく。白煙の間からは、地上最大の鞭《むち》が上昇していく。三頭竜の三本の尾だった。

亀裂《きれつ》の間からは苦鳴《くめい》すらあがらない。断面から見える〈大禍つ式〉は惨状。すでに瀕死だった頭部から股間までが砕け、一階どころか地下へと落ちていく。

モゴ・ムームへの核融合咒式《じゅしき》の三重攻撃で、すでに行動不能だったが、三連となった尾の追撃で脳まで破壊されている。容赦がなさすぎる。

一方で〈大禍つ式〉は脳の大部分を破壊しないと倒せない。ウングイユは〈大禍つ式〉との戦いも熟知した、歴戦の竜なのだ。

椅子《いす》に摑まる俺は驚愕《きょうがく》で動けない。ギギナも喉《のど》の奥で唸《うな》って、力量を認めていた。ワーリャスフが使役した二体の〈大禍つ式〉は伯爵《はくしゃく》級。神話時代にふたつの街を滅ぼし、ルゲニアでも一撃で数万人を殺害した、死の天使だ。

ドルスコリィとロマロト老は、神話時代からの死の天使どもを拘束するか退けていた。アブソリエル六大天はその名にふわさしい、現代最高峰の咒式士の一人だ。

傾斜から目を前に戻す。

ウングイユは三つの首を掲げていく。背にはロマロト老が騎乗し、魔杖剣《まじょうけん》を掲げる。反対側からは、ドルスコリィが魔杖戦鎚《せんつい》に咒式を紡《つむ》ぎながら前進していく。〈大禍つ式〉の完全死亡ではなく行動不能で充分としたのだ。ルゲニアの前例からすると、牛頭鶏頭《けいとう》の邪天使たちは痛みに弱いので正着の一手だ。

ロマロトとウングイユ、ドルスコリィが進む先には、アッテンビーヤとワーリャスフ。背後の舞台で親衛隊《しんえいたい》が盾《たて》を連ねる。間にはイチェード後皇帝の姿があった。

両者が対峙《たいじ》する戦場に、奇妙な静寂ができていた。

ワーリャスフの額《ひたい》から、一筋の血が零れる。襞襟《ひだえり》が破れた箇所からも出血していた。

ワーリャスフの顔からは、余裕が消し飛んでいた。

「ちょっとこれは」

「いかん、非常にいかんな」

俺から見ても、六大天の三者の戦力はワーリャスフに優越している。決定打はまだ出ていないが、いずれ押しきって倒せる。窮地となったワーリャスフの目が一瞬後方へと向けられ、前へと戻す。イチェード皇帝を助けるどころか、逃亡の一手も考えてはじめていた。

「残念ながらおまえを逃がす気はない」

双剣に呪式《じゅしき》を宿して、アッテンビーヤが言った。

「〈世界の敵の三十人〉でも〈踊る夜〉は、現在もっとも危険な存在だ。世界の敵、などといった大仰な名前が真実になりかけている」

魔杖剣《まじょうけん》と魔杖短剣を構え、アッテンビーヤは腰を落とす。

「ならばアブソリエルの攻性《こうせい》呪式士として、ここでおまえを滅ぼすのが責務である」

アッテンビーヤの言葉で、ドルスコリィはやや後方に引く。地響きとともに三頭竜ウングイユとロマロトが前に出る。ドルスコリィの大結界こそが、ワーリャスフの逃亡を防ぐ。攻撃に優れるアッテンビーヤとロマロト老で二千年の魔人を倒すという、必殺陣形となっていた。優位であろうと、時間制限に焦らず、確実な勝利を目指していた。

「だがの、絶体絶命の危機など、二千年も生きていれば何度も何度もあった」

ワーリャスフの焦りの表情が一瞬にして、平静となっていた。

「まず、大結界を破る方法は三つある」

老人の言葉に、後方にいたドルスコリィの眉《まゆ》が跳ねあがる。

「ひとつ。どれだけ強力な呪式結界だろうと、この世界の物理法則に従う」

「それがなんだと言」

反論しようとしたドルスコリィが止まる。アッテンビーヤに三頭竜の上のロマロト老も止まっていた。

俺とギギナも止まっていた。静寂になったことで、初めて外の音が聞こえてくる。式典の場からは出られても公王《こうおう》競技場から出られない、数万の観客の悲鳴や怒号《どごう》。会場を包む大結界を破ろうとする、外のアブソリエル軍の作業や指令の音が遠く聞こえた。

雑多な騒音の間に、別の声と音が混じっている。耳を澄ませば、なにかが高速で飛行する音。その音を追う音。そして「なんだあれは」「こちらに向かっている」という軍人や民衆たちの声だ。続いて咒式砲火の轟音《ごうおん》。

爆音の間を抜けて飛来音が接近してくる。近い。これは前にも聞いたことがある音だった。

「上である」

もっとも聴覚に優れるニャルンの声で、全員の顔と目が上げられる。会場上空を覆《おお》う青い六角形の連なりの先に、飛来物が見えた。人影と青い色の球体、というか曲線のなにかが、咒式砲火の間を抜けて、高速落下してくる。

結界の手前で、人影が横に急速回避。追尾しきれなかった飛来物が結界に激突。青い火花を散らす、ことはなかった。大結界の格子が歪《ゆが》み、そして反転する。

突破不可能な大結界に、大穴が穿《うが》たれた。

「大結界を破った、だと⁉」

天井を見上げたドルスコリィが苦鳴《くめい》のような声をあげる。

青の六角形が連なる大結界に開いた穴を、青い飛来物が抜けてきた。ドルスコリィが瞬時に呪式《じゅしき》を再展開。青い格子が紡《つむ》がれて大結界の穴が閉じられるが、飛来物は式場を斜めに落下していく。俺の脳裏には過去の光景が去来する。

「これ、前にもあったぞ」

「最悪の再現だ」

俺は苦々しい声をあげ、ギギナも喉《のど》の奥で唸《うな》る。二人ともに続く事態が薄々と読めていた。分かっているが答えにしたくない。

飛来物は空中を落下しつづける。前に出ようとしていたアッテンビーヤや巨竜《きょりゅう》が後退。前方の床へと瑠璃《るり》色の物体が着弾。なんの抵抗もなく床や近衛兵《このえへい》の装備や死体、構造材が裏返り、破裂する。

俺とギギナの視線は、落ちてきた物体に向けられる。

床の大穴で不気味に胎動するのは、瑠璃色の壺《つぼ》。外と内部がつながる五次元呪式だ。次元が曲げられるため、触れた物体の硬度を完全無視して裏返らせる。絶対の大結界であろうと、三次元にある構造体であるなら裏返ってしまう。

「〈瑠璃変転喰陰乃壺《バアル・モート》〉の咒式の使い手は、この世でただ一人だ」

二階席の俺の口からは、恐怖をこめた予測が出る。ギギナも奥歯をかみしめて戦闘態勢に入っている。

瑠璃色の壺の先で、人影が立ちあがっていく。両腕を垂らした無造作な姿勢。長身かつ筋肉質の全身を包帯が包む。巻ききれない包帯の端《はし》がなびいて、数十もの戦旗や弔旗《ちょうき》に見える。左足首に枷《かせ》が塡《はま》り、鎖《くさり》が続く。鉄鎖の先には重々しい鉄球が転がっていた。

顔に巻かれた包帯の間から、紅《あか》い瞳《ひとみ》が見える。口には鋭利な歯が並んで、半月の笑みを象《かたど》っている。

「アザルリか」

悪寒《おかん》と嫌悪と恐怖とともに、俺は魔人の名前を口にした。

「はいはい、みんなに大人気、アザルリこと俺様ちゃんですよ〜」

二階席の俺のつぶやきに、アザルリはふざけた返答をした。赤の瞳が周囲を見回す。ワーリャスフに六大天、そして俺たちを見た。

「って、ハオルんときにいたやつらがほとんどじゃねえか」

アザルリが俺たちを見ていった。一瞥《いちべつ》されただけで、傾斜にいる俺の背が凍る。ギギナはより深く腰を落とす。激昂《げっこう》寸前のデリューヒンを、ニャルンとピリカヤが止めている。

俺たちは強敵や難敵と戦ってきた。だが、もっとも不愉快かつ嫌な敵は、アザルリに決まっている。五次元壺《つぼ》という超咒式《じゅしき》は物理無効。手筋を読んできて対応力が高く、なにより狂気が厄介だった。

デリューヒンにとっては、軍からついてきた最後の部下であるアラバウとミゴースを殺した、絶対の敵だ。俺は急いで二階席の対岸に目を向ける。デリューヒンに今はまだ動くな、と強く示す。

「初見のお客さんは、アブソリエル六大天のうち三人か」

アザルリの目が三人の反逆者を見た。アザルリであっても、六大天ほど高名な咒式士は認識しているらしい。アザルリの眼差《まなざ》しは大破壊が連なる戦場を見ていく。

「んで、マルブディアの爺《じじい》までいるのか」

赤の瞳《ひとみ》はワーリャスフへと固定。

「イェフダルか」

ワーリャスフは不愉快そうな表情となっていた。

互いに呼んでいる名前は、今とは違う。イーゴン異禄からすると、聖典で語られる救いの御《み》子《こ》の十二聖使徒のマルブディアがワーリャスフだ。十三人目の背信のイェフダルがアザルリとなる。

両者は二千年以上も手を組んだり敵対したりをしているらしい。しかしアザルリの紅《あか》い目はワーリャスフから離れた。

「今の問題はてめえだ」

アザルリは憎々しげに吐き捨てた。

「俺様ちゃんを公道十二号線からここまでずっと誘導して、五次元咒式を放たせ、結界を破らせた。なんともまぁ手が込んだ一手だ」

俺たちもアザルリの視線を追う。

ワーリャスフの前にうずくまる人影があった。曲げていた膝《ひざ》を伸ばしていく。立ちあがる動作で黒い長外套《コート》の裾《すそ》が揺れる。炎のような長い髪が背後へと流れたが、そこまで。位置的に三頭竜ウングイユの巨体と尾が邪魔《じゃま》して、顔が見えない。

袖《そで》から出た右手は魔杖剣《まじょうけん》を握る。左手にも魔杖剣があった。双剣の切っ先で咒式が紡《つむ》がれていた。

「ウーディースよ、もうちっと早く到着すれば、もっと良かったのだがな」

男の背へと、ワーリャスフが安堵《あんど》の声を投げかけた。ウーディースは軽く顎《あご》を引いてうなずく。

偶然、アザルリが近くにいてドルスコリィの大結界破りに誘導した、訳はない。ワーリャスフはドルスコリィの反乱を予想し、ウーディースを呼びこむためにアザルリを会場まで誘導させたのだ。公道十二号線の大事故が、今つながった。

俺は位置を変えて、初見である敵の顔を見ようとする。間合いを測って緩やかに動くウングイユの巨体で、相手が見えない。

「ウーディース・ダルセーノか」

ギギナからも全身が見えないが、苦い確認がなされた。俺も名前だけは知っている。ウーディースといえば〈世界の敵の三十人〉のうち何人かが組んだ〈踊る夜〉の一角。アイビス極光社を率いてウォインカ島での大虐殺を起こし、ワーリャスフとともに〈踊る夜〉を主導している。

俺やギギナより年上程度で、二千年の魔人と対等に向かいあい、また〈踊る夜〉の魔人や妖人たちを率いている。どういう人生を歩めばそうなるのか分からないが、明確な敵だ。

前方では、ワーリャスフとウーディースがイチェード皇帝の前に立つ壁となる。対してアッテンビーヤにロマロト老、ドルスコリィは戸惑っている。

三対一でならワーリャスフに勝てるが、ウーディースの力がワーリャスフに近いか同格なら、分が悪い。

反逆者たちの眼差《まなざ》しはアザルリに向けられていた。包帯男は前屈《かが》みで両手を垂らし、無造作な姿勢となっていた。

アザルリは思考と言動が不可解な存在で、一時期は〈踊る夜〉に属していたとされる。現在は離反しているが、もしここで〈踊る夜〉に戻るなら、アッテンビーヤたちに勝ち目はない。

そして俺たちも生きては帰れない。

「どちらだ」

粘つく舌を動かすように、アッテンビーヤが問うた。

「裏返しの魔人アザルリ、おまえはどちらにつく」

惨劇の式典での奇妙な沈黙。アザルリの顔で口の両端《りょうはし》が上がっていき、犬歯《けんし》が剝《む》きだしの野獣の笑みとなる。

「それは決まっている」

アザルリの両手が掲げられていく。包帯に包まれた左右の指先には、咒印《じゅいん》組成式が灯《とも》る。式に導かれた瑠璃《るり》色の五次元壺《つぼ》が、左右に展開していく。両腕が動き、二つの壺はアッテンビーヤたちに向けて並べられた。反逆の六大天たちも、武具をアザルリに向ける。ウングイユも三つ首の口を開き、死の息吹《いぶき》の体勢を取る。

「俺様ちゃんは〈踊る夜〉でも、とくにワーリャスフが大嫌い〜」

アザルリの両手が反転。手首が捻《ひね》られ、双子《ふたご》の瑠璃色の壺が射出。ワーリャスフとウーディースに向けて螺旋《らせん》軌道を描いて殺到。

ウーディースが左へ、ワーリャスフが右へと逃《のが》れる。五次元咒式が床に着弾。床の構造材ごと裏返し、粉砕。防御不可の攻撃は回避しかできない。

放ったアザルリが、一瞬でワーリャスフへの距離を詰めていた。

「ワーリャスフ、てめえはそろそろ死んでおけ」

「御子《みこ》の教えと夜を踊らせる使命から、お主は道を違えた」

アザルリの左の直拳をワーリャスフの魔杖剣《まじょうけん》が受ける。重低音が響き、火花が散る。続く左蹴《ひだりげ》りを小鎚《こづち》が防御。左足に連動して、鉄鎖でつながれていた鉄球が追撃。ワーリャスフが大きく後方に背を反らして、円軌道の攻撃を回避。体勢を戻さず、両手で後方の大地につく。撓《たわ》んだ肘《ひじ》を伸ばしてそのまま後方へと跳躍。空中のワーリャスフにアザルリの右直蹴りの追撃。刃《やいば》を当てて、重い一撃を逸《そ》らす。

着地と同時にワーリャスフの魔杖剣からは〈電乖闘葬雷珠《マーコキアズ》〉が三連射。至近距離からの咒式《じゅしき》に、アザルリは横移動で回避。プラズマ弾が追尾して床に大穴を穿《うが》っていく。対するアザルリが五次元壺《つぼ》を放つ。ワーリャスフが避けていく。

五次元咒式は会場の床や壁、貴賓席を裏返しにして破砕していった。ワーリャスフもプラズマ弾を放ち、双方の射撃戦は会場を破壊していく。軌道を変えられた光弾が二階席に来襲。俺は横へと飛んで回避。二階席の手摺《てすり》りと床がプラズマで粉砕された。

瑠璃《るり》色の五次元咒式も荒れ狂い、床と壁と貴賓席を破砕しながら進んでいく。天井に達した五次元咒式は結界を裏返し、粉砕した。

轟音《ごうおん》。床を踏みしめたウングイユの三つの首から〈緋裂瘋咆竜息《エー・イーム》〉の咒式が噴射。アセチレンガスによる広範囲の火炎が、会場を横切る。空間を埋めつくすほどの業火《ごうか》。再び熱波が押しよせ、俺たちは退避していく。

火炎の間に、ウーディースが疾走していく姿が見えた。

相手に向かってアッテンビーヤ、そして後方からドルスコリィが詰めていく。アザルリがワーリャスフを抑えるなら、アッテンビーヤたちはウーディース制圧へと向かう。

「ガユスさんっ！」

横から声。視線を動かすと、天井の大穴から下がる縄が見えた。縄を伝ってドルトンとモレディナが降りてくる姿があった。

アザルリが結界に開けた大穴が広がり、天井からドルトンたちが進入する余地ができていた。

二人は木箱を抱えて降りてきて、二階席の間に着地。

俺とギギナは傾いた観客席を横断していく。デリューヒンにニャルン、ピリカヤと合流して
壁際に到達。一階にいたリコリオも二階席へとやってきた。アーゼルも二階に上っていた。

俺たちが進む終点では、ドルトンたちが木箱を開いて待つ。

「装備ですっ」

モレディナが魔杖剣、続いて魔杖短剣を投げてくる。俺は武具を受けとって、二丁の弾倉を確認。初弾を装塡《そうてん》して戻す。デリューヒンたちも武具を握っていく。

最後にドルトンが両手で重そうに投げた屠竜刀《とりゅうとう》を、ギギナが片手で受け取る。旋回させて、鞘《さや》を背中に装着。右手で受けた柄《つか》を背中から出た刃に連結。手と刃が前に戻される。長大な

屠竜刀《とりゅうとう》が全容を現す。

ギギナを中心に、左にはリコリオとピリカヤが並ぶ。右にはデリューヒンにニャルンが構えて待機。ドルトンとモレディナは後方の観客席で退路を確保。アーゼルは傾いた二階席に陣取り、撮影を再開していた。あいつすげえな。

「行くぞ」

ギギナが進み、二階席の欄干を飛び越える。俺たちも続いて欄干を乗り越え、一階へと降りる。鶴翼《かくよく》の突撃陣形を取って、白煙と爆煙へと進む。破壊された貴賓席の間を進軍していく。破片の間には、近衛兵《このえへい》の死体が散乱していた。手足が吹き飛び、千切《ちぎ》られ、無念の顔をしていた。頭部がない死体も多い。

近衛兵は悪の権化でも尖兵でもない。アブソリエルのために戦っただけだ。アッテンビーヤたちもアブソリエルのために、彼らを倒すしかない。この場には理不尽と不条理しかない。死者から目を離し、俺は顔を上げる。轟音《ごうおん》と爆音が響く。白煙を抜けると、新たな爆風。火炎が床を走っていく。

舞台前では、瑠璃《るり》色の軌跡が描かれる。アザルリが両手を振り下ろし、無数の五次元壺《つぼ》が放たれた。七つの青い軌跡はそれぞれが別々で縦横無尽《じゅうおうむじん》に動く。

床や席を削って進む瑠璃色の嵐の先にはワーリャスフが立つ。左右の目で、瞳孔《どうこう》が縦横無尽に動く。五次元壺が跳ねて、老人を四方と上空から全包囲。一気に収縮。

ワーリャスフが横へと跳躍。体を傾けながらも、瑠璃色の間を抜けていく。五次元壺は着弾点の床を裏返し、さらに裏返し、最後に粉砕。

ワーリャスフは横へと着地し、回転していき、踵《かかと》で床を削って停止。左顔面と、右脇腹《わきばら》、右脛《すね》が裏返されて消失していた。断面は泡立ち、再生しはじめていた。即死さえ避ければよいと最小限の負傷で抜けたのだろうが、異常なまでの割り切りだ。

ワーリャスフの左腕の魔杖剣《まじょうけん》が振られて、黄色い組成式が連なっていく。〈光条灼弩閃《レラージェ》〉の咒式《じゅしき》による、熱光線が八連射。アザルリは両手を掲げ二つの壺を展開。八条の光が壺の内部に入り、反射角から出てきて、会場へ放たれる。高熱が床板を炎上させ、構造材を融解させていく。五次元咒式は反則にすぎる。

ワーリャスフは発射地点から移動し、距離を取る。優位なアザルリが追尾していく。老人が小鎚《こづち》を投げて、アザルリが頭を下げて回避。包帯の輪郭が揺らぐと同時に閃光《せんこう》。

アザルリが凄《すさ》まじい落雷に曝されて感電していた。魔人の上空には、ワーリャスフが投げた小鎚が旋回。八つの電極が周囲に展開。直下に向けて雷を降らせているのだ。

電磁雷撃系第六階位〈丑虎八鼓雷迅嵐《ベル・クーナス》〉の咒式は、自然現象にあるような落雷を起こす。ただし一瞬で終わる落雷とは違い、一億から三億ボルトで数万から十数万アンペアという高電圧かつ大電流を放射しつづける。アザルリがかつて五次元咒式で逸《そ》らした咒式だが、今回は死角からの直撃となった。

「おまえええええ、これは洒落《しゃれ》にならんぞぉおおおっ⁉」

アザルリが叫ぶと同時に、雷撃の滝を瑠璃《るり》色の閃光《せんこう》が駆けあがる。八つの電極に八つの壺《つぼ》が着弾。雷撃を反転させて、周囲へと散らす。

俺たちの前へと一部の雷撃が着弾。床が破砕される。危険すぎるため、大急ぎで回避していく。

前方からは黒煙とともに、アザルリが雷撃から逃《のが》れる。全身の包帯の隙間《すきま》から黒煙がたなびく。よく見れば、黒煙の間には包帯が焦げて流れていく。端《はし》は床へと刺さっていた。一部は解《ほど》かれて糸となっていたが、焼けおちていく。

雷撃呪式《じゅしき》の再度展開は無意味と、ワーリャスフが右手を引く。鋼線が引かれ、結びつけられた小鎚《こづち》も戻っていく。柄《え》を終点の五指が握る。魔人の体を削っていた重傷も復活している。

対するアザルリも雷撃からの負傷を最小限に抑えて、すでに治療《ちりょう》完了。

両者は互いに笑っている。

見ている俺も止めていた息を吐く。

「あれらは怪物だな」

ギギナが言うように、アザルリは態度とは裏腹に緻密だ。アザルリの全身を包む包帯は、前に使った化学錬成系第六階位〈六方晶絃繭絲《ヴェル・ベイヤー》〉の呪式だ。六方晶系炭素の表面を円筒状にし、ナノメルトル単位の糸として編み、刃《やいば》の包帯となっている。

アザルリは最初の壺の連打と同時に包帯の一部を解き、糸を周囲の空間に放って警戒網としていた。ワーリャスフの小鎚が飛んできた瞬間、今度は包帯を避雷針とし、大部分の雷撃を床へと受けながしたのだ。外見から粗暴なだけだと思いこむと、即死させられる。俺たちもアザルリの柔軟な対応力に苦しめられた。

「相変わらず、五次元咒式は反則じゃろう。ズルなので禁止じゃ禁止」

額《ひたい》に青筋を浮かばせるほどの怒りとともに、ワーリャスフが吐き捨てた。

「爺《じじい》こそ、その咒式は他人のものだろうが。盗用はズルなので禁止にしろ」

アザルリが口から黒煙と言葉を吐いた。

両者は二千年を生きているため、互いの手を知り尽くしている。俺の見立てでは、ワーリャスフが咒力と咒式の幅において優れ、遠距離を制する。対して、近・中距離では、体術と絶対破壊咒式を持つアザルリのほうが優位となる。

必然的に間合いを取ろうとワーリャスフが下がり、アザルリが追っていく。雷撃や光熱線が連射され、破壊を連ねる。瑠璃色の壺がすべてを裏返して破砕していく。

周囲に放たれる爆風や熱線や雷撃の余波を、俺は背を屈《かが》めて避ける。ギギナが屠竜刀《とりゅうとう》を掲げ、デリューヒンが大盾《おおだて》を構えて、左からの破壊を防ぐ防壁となる。

アザルリがワーリャスフを抑えてくれるなら放置すべきだ。かつて仲間を殺害した仇敵《きゅうてき》であることを強引に押さえつけて、俺は前進する。ギギナや仲間たちも爆風が吹き荒れる戦場を進む。

右ではまた大爆発が起こる。破片の雨をデリューヒンが大盾《おおだて》を掲げて防ぐ。もっとも辛《つら》いはずだが、抑えてくれている。白煙の間をギギナが進み、俺も続く。

煙を抜けると疾風《はやて》。黄褐色《おうかっしょく》の刃《やいば》が、魚群のように右から左へと流れていく。次に左から右へと別の刃の群れの嵐が吹き荒れる。

前方にある椅子《いす》の背を蹴《け》って、ウーディースが疾走していく。敵へと刃の嵐が殺到。床や座席が穿《うが》たれ、切断され、両断され、爆発。散った破片や立ちこめる白煙を、逆方向からの刃の魚群が切り裂き穿ち、両断していく。アッテンビーヤの六方晶金剛石《ロンズデーライト》の刃は、あらゆる物体の存在を許さない。

破壊の限りを尽くした刃の群れが戻っていく。剣に斧《おの》、槍《やり》に短剣といった武具による二陣の嵐が激突、せずに互いの間を抜けていく。

刃が交差していった間には、双剣を掲げたアッテンビーヤが立つ。男の右の魔杖剣《まじょうけん》が振られて、左から右へと刃の群れが舞いあがる。左手の魔杖短剣が振られると、右からの刃の集団が左へと流れていく。

九十九の刃の群れは、指揮者の左右から後方で停止。煌《きら》めく刃の大艦隊の偉容となった。刃の一部は鮮血に濡《ぬ》れていた。

前方の大破壊の跡地では、ウーディースが双剣を構えて立つ。乱れた赤い長髪が垂れて、表情は見えない。腕や肩、足に脇腹《わきばら》と全身の負傷で流血していた。

アッテンビーヤは悠然《ゆうぜん》と双剣を構える。六大天の咒式《じゅしき》は強すぎる。本人を入れれば、金剛石の刃を持った、百人の剣技の達人を相手にするようなものだ。そしてアッテンビーヤが倒れないかぎり、九十九の剣士はいくらでも再生される。

「こちらが摑《つか》んだ情報では、フォスキン将軍は、ハイパルキュによる騙《だま》し討ちと複製体の大量投入で倒されたそうだな」

アッテンビーヤが問いかける。

「さらにはウォインカ島の英雄大集結において死亡した、剣豪オオノと老賢人ルーストスの遺体も発見されている」

アッテンビーヤが語る。

「検視結果から、最初にオオノは腹部を刺され、ルーストスはなんらかの熱咒式で左手と左足先を切断された」アッテンビーヤの目には興味の色が浮かんでいた。「最終的には超高熱の刃によって、それぞれ斜めと縦に両断されて倒されたと判明している。似たような傷口の死体も十数体ほど見つかった」

アッテンビーヤの言葉の背景で、ワーリャスフとアザルリの咒式の乱射の音が響く。

「つまり正面から、二人と十数人の英雄たちが打ち倒されたということだ」

アッテンビーヤの眼差《まなざ》しが、荒い息を吐くウーディースにそそがれている。

「消去法で、おまえが二人を倒したと見ている」

アッテンビーヤが語る。ウーディースは答えない。乱れた長い前髪の間で、引きむすばれた口が見える。

俺とギギナもアッテンビーヤと同じ予測となっていた。〈踊る夜〉の構成員は、まず先に俺たちがなんとか倒したハイパルキュ。ルゲニア共和国で見たワーリャスフ、是空《ぜくう》、アズーリン。ネデンシア人民共和国でミルメオンが倒したゴゴール、そして助力して退いたイルソミナス。残るソトレリツォは召喚と氷雪系咒式《じゅしき》の使い手として有名だ。

彼らの全容はまだ見えないが、起こした事件からだいたいの使用咒式の見当はつく。両雄の殺害犯は、消去法で使用咒式が不明であるウーディースの可能性が高い。

負傷したウーディースが無言で両手を掲げる。二本の刃《やいば》は下向きとなり、幽鬼のような構えとなる。自分で確かめてみろ、ということらしい。

是非もなし、とアッテンビーヤが右手の魔杖剣《まじょうけん》を振るう。

驟雨《しゅうう》となって、六方晶金剛石《ロンズデーライト》の刃が殺到。ウーディースは両手の魔杖剣を旋回させて、嵐を防ぐ。幽鬼は剣を旋回させながら上下左右に跳ねて回転し、刃を避けていく。

刃の群れから逃《のが》れて、ウーディースが疾走。左肩や腰の右、右脛《すね》に黄褐色《おうかっしょく》の刃が刺さっていた。ウーディースが旋回して刃を払う。抜けた刃が再び反転して襲来。ウーディースの双剣が上下に開かれ、刃を弾《はじ》く。

ギギナが前に出るが、俺はまたも右手を伸ばして止める。相棒は不満の横顔を見せる。

「まだアブソリエルとの敵対を恐れているのか」ギギナの声には不満がある。「今こそワーリャスフとウーディースを排除して、後皇帝と後帝国から切り離せばいいのではないか」

ギギナの問いに、俺は答えない。死闘が繰り広げられているが、舞台でいまだに黙って立つイチェード後皇帝を見る。残る親衛隊《しんえいたい》と近衛兵《このえへい》たちも戦意を失わず、後皇帝を守っている。

「ギギナの言うことは分かる。だが、まだだ」

俺はまだギギナや、デリューヒンたちを止めている。ギギナは強敵との因縁に決着をつけたがっている。分かるが、止めるしかない。

「ウーディースの手がまだ分からない」俺なりに推測する。「六大天の三人が押しきればよし。何度でも言うが、俺たちの目的は勝利ではなく〈宙界《ちゅうかい》の瞳《ひとみ》〉の奪取だ」

俺が言うと、ギギナは不快そうな横顔となる。深く腰を落として上半身を前へと倒し、突撃体勢となる。デリューヒンにピリカヤにニャルンも同様の姿勢を取る。リコリオは傍《かたわ》らで射撃姿勢。

俺たちは、すでに命知らずの街角の攻性《こうせい》咒式士ではない。ジオルグによって、勝機を見極め、手に負えないなら撤退する冷静さを教えられ、エリダナ七門にまでなった。戦いはあくまで仕事なのだ。死ぬことも仕事とはいえ、意味のある死を選びとるべきだ。

俺には社会や国家など分からない。しかし、今は指揮官として自分と家族と仲間の命がかかっている。今更ながらジオルグやクエロが担っていた責任の重さが分かる。

前方では風切り音。上からアッテンビーヤの刃《やいば》の群れが黄褐色《おうかっしょく》の大瀑布となって落下。ウーディースへと六方晶金剛石《ロンズデーライト》の刃が着弾。床を貫き、爆煙が巻き起こる。

噴煙のような爆煙を水平に貫き、人影が抜けでる。粉塵《ふんじん》をたなびかせたウーディースが双剣を引いて走る。負傷が増えて右肩に左脇腹《わきばら》、左脛《すね》からは出血。即死は避けたが、九十九の刃を完全回避できるわけがないのだ。

逃げるウーディースの左手が旋回し、魔杖剣《まじょうけん》から咒式《じゅしき》が展開。〈斥盾《ジルド》〉の防壁が大地から五重展開し、追撃してきた刃が激突。六方晶金剛石の刃は合金製の防壁すらあっさりと貫通していく。だが、五度も防壁を抜けて破砕したことで、刃の軌道が変化させられた。強引に作った逃げ道をウーディースが抜けていく。

ウーディースが踵《かかと》で床を削って急停止からの反転。反撃のために双剣を掲げると、俺たちの上を颶風《ぐふう》が過ぎ去る。

ウーディースが横旋回。落下してきた柱が床を粉砕。ウングイユの右前肢《まえあし》が振り下ろされたのだ。破片の間を男が回避していき、刃を床に突きたてて強引に急停止。下げた炎の髪の上を、颶風をまとった追撃の左前肢が抜けていく。

途中で左前肢の指が広げられ、長い爪《つめ》にウーディースの右肩が引っかけられる。血の尾を曳《ひ》いて、人影が竜の左前肢とともに流れていく。

　終点で爪から外れて、吹き飛んでいく。放物線どころか、直線で飛ばされて会場の壁に激突。重い音。男を中心とした蜘蛛《くも》の巣のような亀裂《きれつ》が壁に広がる。

　衝撃でウーディースの口から血が吐かれる。追尾してきたウングイユの尾が着弾。亀裂ごと会場の壁を破砕。外の回廊まで粉砕していった。

　一瞬早く逃げていたウーディースが、横転しながら〈電乖闘葬雷珠《マーコキアズ》〉を三連射。ひとつが逸《そ》れ、他の二つが壁に埋まる三頭竜の尾に着弾。眩《まばゆ》いプラズマの超高温が鱗《うろこ》を削り、血と肉を蒸発させる。

　ウングイユの三つの首が苦鳴《くめい》の三重奏を発し、尾を引いていく。人間が即死どころか消失するほどのプラズマが直撃しても、防御力と質量が巨大すぎ、痛いだけで済んでしまうのだ。尾が支えていた壁が崩れ、ウーディースが退避のために前転。

　反対側では、刃の群れが引いていく。アッテンビーヤが右肩を押さえて、苦鳴を発していた。プラズマ弾はウングイユの尾だけでなく刃の防壁の間を抜け、術者に命中していたのだ。

　ウングイユが引いて、アッテンビーヤの追撃が止まると、ウーディースを圧倒しつづけて押し勝つ目が消える。

「やるならここだっ！」

　俺の号令で、ギギナとニャルンが疾走。続いて俺とピリカヤが走る。鈍足《どんそく》のデリューヒンが後続となり、リコリオは狙撃姿勢で待機。

走りながらも俺は魔杖剣《まじょうけん》を突きだす。ギギナたち前衛を越えて、ウーディースへと俺の〈爆炸吼《アイニ》〉が炸裂《さくれつ》。吹きすさぶ爆風の間に〈斥盾《ジルド》〉の防壁が見えた。俺の咒式《じゅしき》の発動が先読みされている。

だが、爆裂による爆煙は煙幕。白煙を、先行するギギナとニャルンが貫く。爆風の間を疾走するウーディースに肉薄。

ギギナの屠竜刀《とりゅうとう》が横薙《よこな》ぎの一閃《いっせん》。ウーディースが刃《やいば》の下を潜《くぐ》る。逃げた先には、ニャルンが四足獣の姿勢で疾駆《しっく》。右手の刺突剣《しとつけん》を引いて、ウーディースへと迫る。ギギナが大振りの一撃で敵に防御をさせずに逃げ道を限定し、ニャルンが待ち受ける。即席の連携だが、回避は不可能。

低空からのニャルンの突きを、ウーディースの左手の魔杖剣が受ける。火花が散って、鋭利な刃が外に逸《そ》らされていく。追随してニャルンの体も相手の左側へと流れていく。ウーディースはギギナとニャルンの連携に対応し、逃げに徹したのだ。

交錯から後方へと抜けたニャルンが急停止し、反転。ギギナも刃ごと回転。追撃のために旋回した屠竜刀が軌道を変え、盾《たて》となる。刃の側面で、ウーディースが背後も見ずに放った〈爆炸吼《アイニ》〉が炸裂。爆風に対して屠竜刀を盾にしたギギナが耐え、ニャルンが身を伏せる。爆風が抜けていく。

ウーディースへと向かう、俺の左脇《わき》を抜ける風。前方のウーディースが、右肩の前で掲げる魔杖剣の表面で火花。高速飛翔《ひしょう》体が、刃から跳ねて飛んでいった。

走っていた俺は急停止。後詰めのピリカヤも止まった。背後からはリコリオの驚きの声。爆裂咒式からギギナとニャルンの連携、さらに俺が体で射線を隠してリコリオの狙撃へつなげる四連撃、が完全に防がれた。

「こいつは洒落《しゃれ》にならない」

俺は〈矛槍射《ベリン》〉を放ちながら、後退に移る。投槍《とうそう》が刃で弾《はじ》かれていった。ウーディースは会ったばかりの俺たちを一目見て、装備や動きから、連携の組み立てを見切ったのだ。とんでもない読みの深さだ。

ウーディースは左の魔杖剣で後方へと牽制《けんせい》の爆裂咒式を放ち、右の刃で俺へと〈矛槍射《ベリン》〉を応射してくる。俺は〈斥盾《ジルド》〉の壁を立てる。瞬時に発生した鋼《はがね》の壁へと十数本の槍《やり》が突きたち、次の数本で破砕。

防壁が砕ける前に、俺は左へと逃《のが》れる。入れ替わりにデリューヒンが前進。咒式によって完全装甲《そうこう》された甲冑《かっちゅう》に、大盾と薙刀《なぎなた》を構えた重戦車が突進していく。

デリューヒンが掲げる大盾にウーディースの〈爆炸吼《アイニ》〉が炸裂。爆風を剛力で抑えこみ、歩みは止まらない。続くウーディースの咒式は来ない。後方からのニャルンの飛翔突きを、男は左手の魔杖剣で受け止め、旋回。床に叩《たた》きつけられる寸前で、ニャルンが回転。着地から即座に横へと跳ね、追撃の蹴《け》りを避けていく。

銃撃音。後方のリコリオの再度の狙撃を、ウーディースは横へと動いて回避していた。追撃の最中にも、リコリオの射線を意識していやがる。

デリューヒンがウーディースとの間合いを詰めていた。剛腕で魔杖薙刀《まじょうなぎなた》を振るう。足を払う超音速の柳刃を、男が飛び越える。

空中では、跳躍していたニャルンが刺突剣《しとつけん》を振りかざす。相手が前に回避すると読んでの完《かん》璧《ぺき》な迎撃。だが、空中でのウーディースの左手の魔杖剣はすでに咒式《じゅしき》を紡《つむ》いでいた。空中で〈斥盾《ジルド》〉が発動。鋼《はがね》の壁をニャルンの刃《やいば》が貫通。縦横に動いて破砕。

ウーディースは一瞬の時間稼ぎで、デリューヒンの大盾《おおだて》に魔杖剣を握った右手を置き、前方回転。舌打ちをして、女軍人が右から左へと振りきった薙刀を逆旋回。背後に着地するウーディースの胴体へ閃光《せんこう》の一撃。

ウーディースは背後も見ずに、左の魔杖剣で強打を受ける。凄《すさ》まじい火花と轟音《ごうおん》。刃で衝撃を受けながしていくと同時に、男も回転。右手の魔杖剣が返礼の中段斬《ぎ》りとなる。今度はデリューヒンが刃を避けるために後退。

ウーディースの魔杖剣は中段斬りを途中で止めて、戦車砲弾咒式を放っていた。轟音。砲弾が命中した大盾が中央へと歪《ゆが》み、そして貫通。咄嗟《とっさ》に大盾を投げ捨てたデリューヒンが後方へと転がっていく。左肩からの出血が見えた。顔には驚愕《きょうがく》。

間合いを詰めていた俺は〈爆炸吼《アイニ》〉を発動。爆裂によってウーディースが引いて、デリューヒンへの追撃を諦《あきら》める。

　爆裂咒式の応射が来て、俺は〈斥盾《ジルド》〉の裏で耐える。爆煙の間から、前に立つギギナが見えた。目線で、強引にでもこの場でウーディースを片付けるべきだと示す。ドラッケン族の剣舞《けんまい》士《し》は顎《あご》を引いて同意。ギギナも相手の極大の危険性が分かっていた。

　俺が隠れていた〈斥盾《ジルド》〉の壁に投槍《とうそう》咒式が刺さる。すぐに破砕されて崩壊。回避のために横転していった俺が止まる。流れた左右の刃を旋回させ〈爆炸吼《アイニ》〉を二重展開。

　ウーディースが〈遮熱断障檻《フォエニク》〉の防壁を展開し、爆風を遮断。直後に防壁へと斜めの線。屠《と》竜刀《りゅうとう》の長大な刃が駈けぬけていく。ギギナが屠竜刀を引っさげて走ると、切断された防壁の上半分が落下し、倒れていった。

　ギギナの先では、ウーディースが後退していく。爆裂咒式の陽動と背後からの奇襲も、ウーディースは対処しやがる。

　しかし、ついにギギナが刃の間合いに入った。屠竜刀が繰りだされ、ウーディースの刃が受ける。両者の間で無数の流星群となって刃が放たれる。金属音と火花が散る。刃の連打によってウーディースは防戦一方となっていく。

　接近しての超乱打戦に持ちこめば、巨大咒式の連射はできない。密着戦では剣技だけで攻める一動作のギギナに遅れを取るため、剣技のみで対応しないと即死する。俺からの援護もできないほど両者が接近しているが、それでいい。なにもさせないままにギギナが押しきることが最適解だ。

ギギナの裂帛《れっぱく》の気合いとともに、一刀が突きだされる。彗星《すいせい》の一撃の切っ先で火花。ウーディースが両手の刃《やいば》を交差させて屠竜刀《とりゅうとう》を止めたのだ。

刃を絡めたままギギナが前進、ウーディースも前に出る。双方が力での鍔迫《つばぜ》り合いとなり、火花が散る。ギギナの体格より、ウーディースは頭半分ほど低い。俺と同じくらいの身長だが、一回りほど全身の筋肉が多いため、ギギナにも押し負けない。

ギギナの屠竜刀に緑の組成式。生体強化系第五階位〈鋼剛鬼力膂法《バー・エルク》〉の咒式《じゅしき》が発動。甲殻甲冑《こうかくかっちゅう》を押しあげるほど、剣舞士《けんまいし》の全身の筋肉が増大。

ギギナの剛力が刃を押していき、ウーディースが仰《の》け反《ぞ》る。赤い炎の髪が巻きあげられ、ギギナと対面した。

横から見ている俺からも、ギギナの銀の瞳《ひとみ》が見開かれた様子が見えた。俺ですらあまり見たことがない、剣舞士の驚愕《きょうがく》の目だった。刃での力押しが止まり、ギギナの唇《くちびる》が開かれる。

「貴様、どういうことだ」

ギギナの口からは、驚きと疑問の言葉が放たれた。

瞬間、ウーディースが右手の魔杖剣《まじょうけん》を引いて、肩に担ぐ。刀身が火花を散らしながら、重い屠竜刀を受けながす。左手の魔杖剣が翻《ひるがえ》り〈矛槍射《ベリン》〉を発動。数十もの鋼《はがね》の槍《やり》の射出を、ギギナが下がりながら屠竜刀を盾《たて》にして防御。投槍《とうそう》が弾《はじ》かれたところへ爆裂咒式が炸裂《さくれつ》。爆風のなかをギギナが後方宙返り。下の空間を〈電乖闊葬雷珠《マーコキアズ》〉のプラズマ弾が飛翔《ひしょう》していく。ギギナが着地し、体勢が崩れる。左足首から先が消失し、断面は炭化していた。追撃のプラズマに触れて、消し飛んでいたのだ。いかん、機動力が半減したギギナが死ぬ。疾走するウーディースへとリコリオの狙撃咒式。銃弾は当然のように刃の一閃《いっせん》で弾かれる。一瞬の時間稼ぎが成功し、四方の仲間たちが後退していく。

俺の周囲で最終防衛線を構築。隣ではギギナが屠竜刀を構えていた。

「ギギナ、なぜ引いた」

「なぜ、だと」

ギギナが俺の問いに疑問を返してきた。

「あれはなんだ」

ギギナの声の強さに、思わず横目で確認していく。

「あれはまるで」

ギギナがこれほどの疑問を持つことは珍しいが、注意をウーディースから外すわけにはいかない。嵐の間で赤髪が乱れ、男の顔を覆《おお》う。口元には笑みが見える。双剣が掲げられていく。刃が交差して止まる。

「待て、あれは」

俺はようやくギギナが言った異常を理解した。俺の視線は、構えられたウーディースの右手に釘付けとなっていた。

男の右手中指にあるのは、青と赤が混じる氷炎の宝玉を抱えた指輪。形からすると〈宙界《ちゅうかい》の瞳《ひとみ》〉だった。〈踊る夜〉は〈宙界の瞳〉のうちルゲニア共和国からの橙《だいだい》色を、〈龍〉は白騎士からの紫色を奪取している。ウーディースは別の三つ目を所有していた。だが、俺たちが想定していたアブソリエルの遺跡からの白色の宝玉ではない。

「あの指輪はなんだ?」

「違う、そこではない。あの男は」

俺の問いとギギナの答えを断ち切るように、横からは吠《ほ》え声。見ると、右の三頭竜ウングイユが尾の負傷を再生していくところだった。

竜は巨体を引いて、ワーリャスフからのプラズマ弾の咒式《じゅしき》を回避。雷光の先の空中では、アザルリが五次元壺《つぼ》を展開。反射された光弾が会場の壁に着弾し、構造材を破砕し、蒸発させる。咒式を乱射しながら、二人の魔人が空中を流れていく。

ウングイユの両前肢《まえあし》が床を突き破り、固定された。長い三本の首が掲げられていく。三つの口が開かれ、再び三重の核融合咒式を紡《つむ》いでいた。

先では重傷だったアッテンビーヤもドルスコリィの治療《ちりょう》を受けて、復活。両手を広げて九十九の剣を再展開。

俺とギギナはその場から跳ねる。着地して前を向いたまま後退していく。デリューヒンやニャルン、ピリカヤたちもこちらへ向かって疾走。途中で合流したリコリオとともに貴賓席の坂まで下がっていく。六大天たちは一気に勝負をつける気なのだ。

対するウーディースは掲げる双剣の切っ先に、咒式を展開していた。膨大な組成式。終点は右手中指にある〈宙界の瞳〉に連結している。

眩《まばゆ》い光が発生。ウーディースの姿が逆光のなかの影となる。背後に光が煌《きら》めいていた。

男の背後からの光は二つに分かれ、それぞれ左右の斜め上へと伸びていく。まるで光の両翼。式典会場が、白い光に照らされていく。光とともに熱波が広がり、俺の頬《ほお》を打つ。光翼は膨大な熱量を持つ。

数十もの咒式を放っていたワーリャスフが止まる。アザルリも停止。周囲を回る瑠璃《るり》色の壺も止まっていった。

「なに、かは分から、ないが」

言っている俺の舌が粘つき、背筋には悪寒《おかん》。何度も俺を救ってきた、最悪の事態への予感だ。

「とにかく後退しろっ！」

俺とギギナ、部下たちは前を向いたまま、大急ぎで後退していく。

アッテンビーヤも危機と見て、強引に九十九の刃《やいば》を全力射出。ロマロトも魔杖剣《まじょうけん》を振って、ウングイユに三重核融合咒式を発動させる。

光の翼を背負ったウーディースが左腕を振るう。魔杖剣の切っ先に導かれるように、左の光翼がはためき、消失。

奇妙な静寂。そして遅れて熱波が広がり、俺の前髪や服の裾《すそ》を巻きあげた。

なにが起こったか分からず、俺は視線を振る。アッテンビーヤは左右の魔杖剣《まじょうけん》を振りきった姿勢で固まっていた。

俺は双剣の先を見る。あるはずの軌道から、九十九の刃《やいば》のすべてが消失していた。撃ち落とされたのではなく消失だった。六方晶金剛石《ロンズデーライト》の破片すら見あたらない。

先に立つ三頭竜に異変があった。掲げられたウングイユの右頭部からの火炎が、分断されて消えていった。

ギギナを見ると、一点を見ていた。剣舞士《けんまいし》の視線を俺も追っていくと、光の翼が再び見えた。

ウーディースの左手に従って、前方斜め上に向かって直線の光が伸びきっていた。

先端は式典会場の天井を貫き、ドルスコリィの結界で阻まれ、消失。光は質量がないため、俺の視認限界速度を超えて振られたのだ。

光の翼が駈けぬけていった天井には、斜めの線が描かれている。断面は高熱によって炭化し、融解していた。光の刃の軌道を目でたどっていく。

軌道は三頭竜の右頭部を通り、ウーディースの左の刃と背中の始点へつながっていた。

俺は間に存在している、ウングイユの右頭部を見た。太古の恐竜のような頭部にある右耳孔の位置から額《ひたい》を通り、左側頭部へと線が描かれていた。線からは薄っすらと蒸気があがる。口の前に展開していた組成式にも同様の線が描かれていた。

　線に沿って、組成式がずれていき、散乱。同時に切断線から赤黒い血が溢《あふ》れた。ウングイユの右頭部が滑り落ちていく。沸騰《ふっとう》した脳漿《のうしょう》と血を撒《ま》き散らしながら床へと落ちて、砕ける。右頭部の断面はほぼ炭化していた。続いて、頭部を支えていた右の首が床へと倒れて、跳ね、落ちた。

　ウングイユの残る二つの首が痛みに叫ぶ。

　俺とギギナは止まっていた。仲間たちも動けない。ウングイユの鱗《うろこ》は超高度で、体組織は超強靭。近衛兵《このえへい》の各種咒式《じゅしき》の集中砲火ですら、ほとんど傷つけられなかった。

　ウングイユの頭部のひとつを一撃で落とすという、光の翼の原理が分からない。

「よくも弟を」「兄者を」

　ウングイユの残る二つの頭部が叫ぶ。ウーディースは三つの首の同時切断を狙ったはずだ。右の首が落とされた瞬間、中央と左の首は回避したのだ。

　竜の残る二つの首が撓《たわ》められる。双頭の口の前に咒式が灯《とも》っていた。見ただけで分かる〈重霊子殻獄瞋焔覇《バー・イー・モーン》〉の咒式の二重発動。

「いかん、下がれっ」

　刃を消されたアッテンビーヤが、叫びながら後方へと下がる。俺もギギナや仲間をさらに退避させていく。ウーディースの謎《なぞ》咒式も危険だが、二重の核融合咒式ともなれば、周囲を火炎地獄にする。直撃すれば即死。輻射熱《ふくしやねつ》でも危険すぎる。

「死ぬがよい」

通告とともに、二重の核融合咒式《じゆしき》が発動。衝撃波と超々高熱の光が放射、する前に止まった。ウーディースが双剣に光の翼を従えながら進み、消えた。たとえでもなんでもなく、消えた。理解不能にすぎる事態だった。

ウングイユも敵の姿を見失ったが、強引に咒式を発動。核融合の爆炎が床に着弾。衝撃波と数万度の高熱は床を破砕し、融解させ、貫通していく。熱波が吹き荒れ、周囲の瓦礫《がれき》や死者たちを吹き飛ばしていく。

離れた場所にいる俺たちも防壁や盾《たて》で熱波を防ぐ。ギギナは屠竜刀《とりゆうとう》を盾にして耐える。輻射熱が吹きよせ、すぐに弱まる。

先には防壁が広がっていた。壁は刃《やいば》が連なり、広がってできていた。終点では、先にいるアッテンビーヤが九十九の刃の防壁を維持していた。ロマロト老とドルスコリィを守ると同時に、俺たちの前にも広げて守っていた。ただのアブソリエルの守護者ではなく、あまねく人々を守ろうとする男たちだったのだ。

防壁の陰からでも、俺は破壊の風景から目を離さない。火の粉によって可視化された熱波が渦巻く。爆煙が晴れていく。熱波が耐えられるものとなり、アッテンビーヤが防壁を解除した。ギギナが屠竜刀を下ろす。俺も防壁の陰から出て、魔杖剣《まじようけん》を前へと向ける。

火炎地獄の前に、紅蓮《ぐれん》の逆光を背負う黒い人影があった。

再びウーディースが出現した。前屈《かが》みとなり、両肩が上下するほどの荒い息となっている。光の翼と先ほどの姿を消した咒式で、激しく消耗しているのだ。腕から手の皮膚《ひふ》には火膨《ぶく》れが浮かび、糜爛した皮膚が垂れ下がっていた。直撃せずとも輻射熱を受けて負傷していた。

ウーディースは姿を一瞬、一秒ほど消すことで直撃を避けたのだ。どういう原理かは分からない。だが、熱波に身を焼かれても、ウーディースの右手は振りきられていた。魔杖剣に導かれた右からの光の翼も伸びきっていた。

その場にいた全員の目が、再び現れた光の翼の先を追う。軌道は会場高くにあったウングイユの左の首に当たり抜けていた。竜は彫像のように動かない。

頭部のすぐ下の首に黒い線が描かれ、落下。中央の首は口の左から右の額《ひたい》までの線に沿って、頭蓋《ずがい》が滑っていく。

光の翼の切っ先は、さらに先へと抜けていた。貴賓席を切り裂き、観客席を両断し、会場の天井にまで届いていた。

光の翼が一瞬にして収縮。ウーディースが後方に引いた魔杖剣へと戻る。術者も右膝《ひざ》をつく。

同時にウングイユの左の首から上、中央の口から上の頭部が落ちていき、床に激突。首と頭部が跳ねて、落ちた。続いてすべての首を失った竜の右前肢《まえあし》が、重量を支えきれず曲がる。左前脚も崩れ、巨体が前へと傾いていく。重低音を響かせて竜の巨体が倒れた。会場に白煙が巻き起こり、広がっていく。最後に三本の尾も落ちて、重々しく絶命を知らせた。

俺たちまで地響きが伝わった。渦巻く粉塵《ふんじん》で視界が遮《さえぎ》られる。

白煙を払うと、視界が開ける。首や頭部を切断された巨大の死骸《しがい》が前のめりに倒れて、床を破砕していた。傍《かたわ》らには、三つの頭部が落ちている。死せる竜たちの目は、自分になにが起こったのか分からずに見開かれていた。

竜の傍らには、ロマロト老が立つ。後退したアッテンビーヤも並ぶ。両者の目はウングイユの切断された三つの頭部と、巨体を見据えていた。

「お主、今のはどういう咒式《じゅしき》だ」

老咒式士が疑問を口にしていた。

俺も信じられない。三頭銀竜ウングイユは〈長命竜《アルター》〉でも千三百歳を超える強大な邪竜《じゃりゅう》であるが、ウーディースは二撃で倒したのだ。

光の翼も異常だが、合わせ技の一瞬、一秒ほどだけウーディースが消えた咒式は訳が分からない。いつの間にか光の刃《やいば》が放たれ、終わっていたことになる。高速移動ではない。発動の間だけ時間が止まった、いや、そんな訳がない。時間停止をして本人だけが動ける原理などありえない。

「これはいかんな」

アッテンビーヤは九十九の刃を展開していた。

「相手の咒式の正体が推測すらできないなど、初めてだ」

ロマロト老も再び魔杖剣《まじょうけん》を構え、ドルスコリィも魔杖戦鎚《せんつい》を掲げていた。

ギギナも立ちあがって屠竜刀《とりゅうとう》を旋回。長槍形態《ちょうそう》として後方に引く。反対側ではデリューヒンが大盾《おおだて》を掲げ、魔杖薙刀《なぎなた》を構える。ピリカヤが右手を背後に引いて、左手の魔杖剣を突きだす。ニャルンは四足獣の姿勢を取って、突撃体勢。リコリオも右膝《ひざ》をついて、柄《つか》を頬《ほお》付けして膝撃ちの姿勢を取る。狙撃用魔杖槍の切っ先は、ウーディースの額《ひたい》に向けられていた。

「分からないが、退く訳にはいかない」

アッテンビーヤたちはまだ闘志を失っていない。俺にギギナに、仲間たちがいる。アザルリはワーリャスフを抑えつづけている。勝ち目は見えないが、なくても押しきるしかない。

舞台にはまだ後皇帝がいて、全員がドルスコリィの結界から出られない。近衛兵《このえへい》と親衛隊《しんえいたい》の防壁の間に、イチェードが見えた。俺は皇帝の左手をついに見た。

後皇帝イチェードの中指には白い輝き。〈宙界《ちゅうかい》の瞳《ひとみ》〉があった。

「ようやく確定だ。あれを奪うぞ」

俺は前へと進む。同意してギギナも足を踏みだす。

「ひとつ問いたい」

前方から片膝をついたウーディースが、荒い息とともに言った。俺とギギナの足も止まる。

俺は初めてウーディースの声を聞いた。違和感がある。違和感というより生理的嫌悪感だ。

「おまえたちは、オキツグやファスト、ミルメオンより強いか？」

ウーディースの問いに、全員が止まってしまう。嫌悪感を放置して、問いが俺の頭を占める。この場において奇妙にすぎる問いなのだ。こちらの最大戦力である、ロマロトとドルスコリィが視線を交わす。

「それはありえない。彼ら三人は別格だ」

迷いながらも、アッテンビーヤが答えた。

俺は構わずウーディースに魔杖剣《まじようけん》を向ける。初手《しよて》の〈爆炸吼《アイニ》〉からの展開を考える。俺より厳しく、真っ先に相手を倒しに行くはずのギギナは、腰を落とした姿勢で止まっていた。突撃をうながすべきだが、相手が列挙した名前はギギナにとって気になりすぎる名であった。

俺は戦いにこだわりがない、ピリカヤとリコリオに目線で合図しておく。

爆音。アザルリの五次元壺《つぼ》が床を破砕。破片の間をワーリャスフが後方へと飛び、着地。背後には、式典の舞台がある。上では残存する近衛兵《このえへい》が武具と槍《やり》とで防壁を作っていた。防壁の奥にイチェードが立っていた。

「イチェード後皇帝陛下、今一度問います。我《われ》らと組まれますか？」

舞台下からワーリャスフが問うた。

破壊された壇を踏み越えて、イチェード皇帝が前に出る。近衛兵と親衛隊《しんえいたい》が盾《たて》で制止する。兵士たちも〈踊る夜〉を危険視しているのだ。

皇帝は部下たちの制止を両手で押し広げ、舞台の前面に立つ。目には相変わらず感情の揺らぎがない。死地にあってなお、ここまで揺らがない人間がいるのだろうか。

「良かろう」

後皇帝が許諾した。

「私がこの状況を打破しよう」

イチェードの言葉に、ワーリャスフがうなずく。老人の顔には余裕が出てきた。手前にいる、負傷したウーディースの肩が震えていた。恐怖ではなく、ウーディースは笑っているのだ。

赤い髪が振り乱され、ウーディースの顔が上がる。口だけが見えた。

「ならば我《われ》らの勝ちだ」

声とともに上から硬質の音が降ってきて、俺は上を見る。全員も見上げる。

天井の一部は破れ、会場を包むドルスコリィの大結界が薄青い六角形を連ねている。結界は破られていない。結界の先にある空に黒い点が見えた。黒点は四方に広がっていく。

空に亀裂《きれつ》が広がる。外からは会場を囲む兵士たちの驚きや恐怖の声が聞こえる。異常状態は外からも見えているのだ。

亀裂に沿って、空が裂けていく。裂け目は会場から見える青空の一面に広がっていく。まるで空が落ちてきそうな光景だった。

蒼穹《そうきゆう》が割れた。

空の破片が降って、大気に消えていった。どういう現象なのか分からない。俺も仲間も、アッテンビーヤもロマロト老もドルスコリィも、すべての人々はただただ見上げているしかできない。

裂けた空には虹《にじ》色の空間。裂け目の下弦に影が見えた。輝く光点の群れ。離れていても分かるほど、巨大な角に牙《きば》に鱗《うろこ》。巨体を強靱《きょうじん》な四肢《しし》が支え、長い尾が後方でうねる。

俺の目は見開かれる。ギギナが奥歯を噛《か》みしめる音が響く。デリューヒンやピリカヤの口からは、絶望の悲鳴が零《こぼ》れた。

裂け目に並ぶのは、様々な竜たちの群れだった。数えれば十三頭。体長からすると、五百歳級より上の個体ばかりだ。

十三頭のうち、三〇メルトルを超える巨体が一頭。よりにもよって〈長命竜《アルター》〉が混じっている。絶望の光景だ。

空の裂け目から竜たちが落下。先頭の一頭の前肢《まえあし》が、上空を覆《おお》う結界の表面に激突。大量の青い火花が散る。続いて巨体と、尻尾《しっぽ》が激突し火花を散らす。後続の竜たちも落下し、結界表面へと着弾して重低音を連ねていく。

強大な竜が十三頭も出現した。これだけの竜をイチェード、またはワーリャスフやウーディースが召喚した、とは思えない。

結界表面にいる〈長命竜《アルター》〉が〈反呪禍界絶陣《アーシ・モダイ》〉を発動。結界呪式《じゅしき》が足下の大結界へと展開。結界に結界を激突させての量子干渉が起こり、青と赤の激しい火花が散る。続く十三頭も結界呪式を発動。十三カ所の干渉は眩《まばゆ》い閃光《せんこう》を放つ。

ドルスコリィは魔杖戦鎚《せんつい》を掲げ、左手を添える。結界維持に咒力を重ね、演算力を上げる。即座にロマロト老が前に出て、無防備となった結界師を守る。もはやドルスコリィは一歩も動けないほど結界に注力することとなる。

〈長命竜《アルター》〉に十三頭の強大な竜たちが総掛かりでも、ドルスコリィの結界を一撃で破壊できない。ウーディースは激戦と超咒式の疲労でまだ動けず、アザルリが同格のワーリャスフを抑えている。アッテンビーヤとロマロト老、俺たちが自由に動ける。

上空から後皇帝に目を戻そうとして、止まる。結界の表面に立つ十三頭の竜たちが、足下の自分たちの式を連結した。量子干渉の桁《けた》が跳ねあがり、閃光を放つ。結界に突きたつ、十三の彗星《すいせい》となった。

「そうか」降りそそぐ光を受けながら、俺は理解した。「超結界を破る三つの方法の二つ目が、竜という超咒力と超演算能力を使っての強引な干渉か」

「だが、そんなことをすれば」

ドルスコリィが疑問の声を発すると同時に、十三頭の竜の頭部から青い量子干渉の火花が散る。

もっとも年若い五、六百歳級の竜の目と鼻と口から血が零《こぼ》れる。破裂。鱗《うろこ》と血と脳漿《のうしょう》が飛散。次にやや大きい竜の脳が吹き飛び、結界表面に血と肉が広がる。頭部を亡くした竜二頭が倒れる。

次々に竜たちの頭部が弾《はじ》け、結界の上に倒れていく。見上げる俺たちの頭上では、竜たちが絶命していき、血と脳漿が広がる。

「信じられない、ことだが」

ドルスコリィの声には、理解不能な事態への畏怖《いふ》が滲《にじ》んでいた。

「竜たちは命を捨てて、結界の無効化をしようとしているのか」

残った竜たちの四肢《しし》が結界を内側、下へと窪《くぼ》ませている。あきらかにドルスコリィの結界の強度が弱まってきている。ドルスコリィは咒力をさらに強めて演算能力を上げ、結界を支える。結界の組成式の強度が上がり、干渉に抵抗する。

上空では次々に竜たちが倒れる。最後の〈長命竜《アルター》〉が首を垂直に伸ばす。口からは、空の穴への痛切な叫びが鮮血とともに放たれる。目や鼻孔からも大量の血を噴出。竜の巨体が結界へと崩れていく。着弾地点から、青い光が周囲の結界へと走る。六角形の連なりの輪郭線に沿って、式が崩壊していく。

最後に〈長命竜《アルター》〉の頭部が結界に激突、せずに抜ける。脳が破裂した頭部に続いて、四肢《しし》に胴体に長い尾が上から落ちてくる。六角形の光の連なりが、破片となって散った。続いて先に脳が焼き切れて死んでいった、十二頭の竜たちの死骸《しがい》も落下してくる。

式典会場を覆《おお》っていた、ドルスコリィの大結界が完全崩壊していた。

俺たちはそれぞれに全力回避行動に移る。上から落下する竜たちの血と脳漿《のうしょう》を避けていく。続いて落ちてくる竜の巨体が貴賓席や床を粉砕。力を失った四肢や尾が跳ねて、被害を拡大させていく。

大質量の雨に、ピリカヤやリコリオが悲鳴をあげて逃げまわる。ギギナやデリューヒンといった重量級でも防御は無意味と、ひたすら回避していくしかなかった。

床に着弾した竜から跳ねる血で、全員が血染めの姿になっていく。

凄惨《せいさん》な光景のなかで、ワーリャスフが楽しそうに笑っている。結界が崩壊すれば、竜の行動を理解したアブソリエル軍が雪崩《なだ》れこんできて、反皇帝派は終わる。〈踊る夜〉の勝利なのだ。

「アブソリエルを頼んだぞ、アッテンビーヤ、ロマロト老！」

叫んだドルスコリィが両膝《ひざ》をついて魔杖戦鎚《せんつい》を掲げ、左手を添える。

「待てっ、ドルスコリィ、それは！」

アッテンビーヤが同志へと制止の声をあげるが、ドルスコリィは止まらない。魔杖戦鎚の機関部から大口径咒弾《じゅだん》が連続排出。青光が噴出し、六角形の連なりが頭上に展開。竜の血の跳ねを遮断。落ちてくる竜の巨体を受け止め、弾《はじ》く。

結界はドルスコリィから漏斗《ろうと》状に広がっていく。結界の紗幕《カーテン》は、近くにいたロマロト老とアッテンビーヤ、そして俺たちの上を越えていく。六角形の連なりは、ワーリャスフとアザルリ、ウーディース、さらには舞台上の皇帝と近衛兵《このえへい》たちの上にまで達した。壁際で曲がり、降りていく。

青白い半球状の結界が新たに展開していた。競技場全体を覆う前の大結界よりは小さいが、会場を覆う中結界だ。以前と変わらず、外部からの侵入を途絶させている。

中結界の中心地にドルスコリィが立つ。結界師は、魔杖戦鎚を両手で捧げ持った姿勢で固まっていた。目や鼻、耳と口からは鮮血が噴出し、上半身を斑《まだら》の赤に染めている。

見開かれた目に光はない。俺は歯を食いしばる。

ドルスコリィは、竜と同じく命を懸けての咒式発動を行《おこな》ったのだ。意識はほぼ吹き飛び、咒式発動と維持だけを行っているのだ。咒力が尽きたときがドルスコリィの死となる。あと数分だけ結界を維持するため、命を捨ててつないだのだ。

「ドルスコリィまでもが！」

アッテンビーヤが吼《ほ》えた。

「汝《なんじ》らのアブソリエルへの献身、戦友を止めたい遺志、無駄にはせぬ！」

アッテンビーヤが九十九の刃《やいば》を広げる。ロマロト老が魔《ま》杖《じょう》剣《けん》を構え、左右に上と複数の組成式を同時展開。赤い組成式の間には赤や青の光点が並ぶ。続いて、獣毛や鱗《うろこ》の手足、尾。角や爪《つめ》や牙《きば》が出る。全力かつ最高速度で〈異貌《いぼう》のものども〉を召喚しているのだ。

竜たちが命を懸けて戦況を覆《くつがえ》したが、ドルスコリィが命を使って引きもどした。ならば再び反逆者たちの優位になった。

「いや、待て。これはおかしい」

俺は口に出して疑問を整理していく。

「先のウーディースのオキツグやファスト、ミルメオンに勝てるかという問い」口からは思考が漏《も》れていく。「〈長命竜《アルター》〉やそれに続く高位竜たちが、ワーリャスフやウーディース、アブソリエルなど人のために命を捨てる訳がない」

脳内の言葉を口にして大急ぎでまとめていく。

「竜たちが一命を賭《と》す理由はなにか。そして竜たちが〈黒竜派〉で〈長命竜《アルター》〉の命が必要だったのだとすると」

俺は視界の端《はし》で確認。包帯の魔人は、すでに三頭竜の死骸《しがい》へと顔を向けていた。落ちてきた〈長命竜〉の一頭は、中結界の外に落ちていた。竜は満足そうな顔で倒れている。死骸は倒れたウングイユの三つ首の上に乗っていた。死せる竜の頭部、口からは組成式が零《こぼ》れていた。式の端は巨竜《きよりゆう》の三つの頭部に連結されていた。

三つ首の竜につながれた組成式の反対側は、床の亀裂《きれつ》にまぎれて伸びていた。目で追っていくと、赤い式は破片や瓦礫《がれき》の間を進んでいく。舞台の腰板を上り、檀上に到達した。

式の果てには後皇帝イチェードが立つ。赤い式は皇帝が掲げた左手へと続く。終点は中指に嵌《は》まる指輪、白い〈宙界の瞳《ちゅうかいのひとみ》〉へと連結していた。背後にあるイチェードの青い目が氷点下の無機質さを宿している。

瞬間、竜の計画が理解できた。結界を破るだけが目的ではない。最初から狙って死んでいったのだ。

「全員、急いで逃げっ！」

言いながら走りだした、はずの俺の足が止まった。止まってしまっていた。首の後ろに怖気《おぞけ》が走っている。

真っ先に行動するはずの、アザルリという二千年の魔人も動きを止めていた。目線はウーディースとワーリャスフではなく、上に向けられていた。生き残った近衛兵《このえへい》たちも見上げていく。

ロマロト老も勝機がある戦場を放棄し、空を見上げる。

逃げようとしていた俺の足が動かない。まだ見えていないのに、体が反応してしまっているのだ。隣のギギナも動けずにいた。デリューヒンやニャルン、ピリカヤにリコリオも止まっている。全員の視線が上がっていく。

俺も天井を見上げていく。見たくはないが、見るしかないのだ。

「あれは世界を黒一色に塗りつぶす。俺様ちゃんが殺すべき人類を殺して殺して、殺し尽くしてしまう」

先からアザルリの呆然《ぼうぜん》とした言葉が聞こえる。俺はアザルリを見ることもできない。この場の全員が、天井とその先の空から目線を外せない。見上げながらも俺は左手を動かす。汚泥のなかにいるように重いが、なんとか横へと向ける。手から腕で、左にいるリコリオとピリカヤの目線を遮《さえぎ》ろうとする。

「あれ、を見る、な」

遮っているかは分からない。俺の目も見上げたまま動かせないからだ。

青い空の間に、竜たちが出てきた大きな裂け目が残っていた。割れた空には、次元咒式《じゅしき》に特有である虹《にじ》色の闇《やみ》が見える。

裂け目の虹色が消えた。左からはリコリオの小さな悲鳴。ピリカヤが唾《つば》を飲みこむ音。ギギナも喉《のど》の奥で唸《うな》る。デリューヒンが奥歯を噛《か》みしめる音が聞こえた。ニャルンも荒い息を響かせる。

俺は恐怖に襲われていた。絶対の黒い死が見えてしまったのだ。

十一章　過去からの使者

人の世の終わりは、他ならぬ人自身の手によってやってくるだろう。
エンデレ・アウス・シャダラス「ラデズール紀行」神楽暦《かぐられき》十一年

射線と王太子イチェードの間へと、ラザッカが割りこむ。

狙撃咒式がラザッカの胸に着弾。血の花が咲き、銃弾が背中へと抜けた。鮮血が放射状に散る。銃弾は軌道が逸《そ》れて、イチェードの左脇《わき》の空間を抜け、廃ビルの壁に着弾した。

怒号《どごう》をあげてイチェードは反転。倒れていくラザッカを盾《たて》で引っかけて背後へと庇《かば》う。王太子の怒りの目は、窓の先にある空を見つめる。銃弾の角度から、相手の位置を探る。即座に工場やビルの間を通る射線を見つけ、三〇三メルトル先のビルの屋上だと断定。第二射を狙う狙撃手の姿を確認。

「おのれはっ！」

イチェードは魔杖剣《まじょうけん》を斜め上方へと突きあげる。数列の刃《やいば》が窓を抜ける。光の刃が空中を疾走。工場やビルの間を抜け、先にある建物の上空を抜けて、〇と一の数列が果てしなく伸びる。軌道の途中で火花。切っ先は、敵狙撃手による第二射の弾丸を粉砕し、さらに加速して伸びていく。

刃は三〇三メルトル先にあるビルの屋上に到達。第三射を諦《あきら》め、立ちあがって逃げようとした、狙撃手の胸を貫く。男の目には絶望。次の瞬間、数列の切っ先が縦横無尽《じゅうおうむじん》に動き、狙撃犯の上半身が分割。握っていた狙撃用魔杖槍《そう》の破片と肉片が落下した。

遠景で死にゆく男が口を開閉させた。イチェードは無表情に魔杖剣を動かす。刃からつながる数列が、狙撃犯の頭部を下から上へと両断。分割された肉片が血とともに落下。

狙撃手の死を確認し、イチェードが刃を引く。

「ラザッカはどうだ！」

横目で王太子が確認の問いを発し、妻と弟を庇《かば》いながら下がっていく。サベリウが右手で血染めのラザッカを抱きかかえ、左手の盾《たて》で防御しながら後退していく。狙撃犯が最後の一人だとは限らないと、全員が後退していった。

ビルの壁に退避したイチェードが視線を動かす。サベリウに抱えられたラザッカは、呼吸のたびに口から血を噴いている。心臓と肺《はい》が粉砕されていた。大量の出血は足下に広がっていく。

ラザッカの顔はイチェードが戦場で何度も見た、死にゆく兵士の顔だった。

「ラザッカ、死ぬな」

自らを庇って銃弾を受けた隊員の傍《かたわ》らに片膝《ひざ》をつき、王太子が語りかける。

「おまえたちはアブソリエルのために、いや」イチェードが呼びかける。「私に必要な友なのだ。だから死ぬな！」

死を拒否させるようなイチェードの声によって、死にゆくラザッカの目に光が戻る。ラザッカを抱えるサベリウも目を見開いていた。盾を構えて守るカイギスも聞いていた。治癒呪式《ちゆじゅしき》を発動するエネセゲや、周囲で盾の壁を作る他の親衛隊《しんえいたい》たちも傾聴していた。王太子の言葉は全員の心に響いた。

「命令だ、死ぬな！」

イチェードは叫びながら、自身も治癒呪式を発動。だが、ラザッカの胸の穴は、心臓を貫き、支えるサベリウの手まで見えている。衛生兵のエネセゲがさらに治癒呪式を発動して、傷を塞《ふさ》ぐ。心臓の代わりとなる呪式で強引に血流をつなぎ、生命を維持する。

「良かった」

イチェードに向けて、ラザッカの声が零《こぼ》れた。エネセゲは、ラザッカが声を発したのは奇跡で、命はあと十数秒だと目で示す。イチェードは部下の最期の言葉に全身で聞き入る。

「あのとき、救われた恩、を返せました」

吐血とともにラザッカが語った。イチェードはサベリウが抱きかかえる瀕死《ひんし》の男を見た。

「あのとき、とは?」

イチェードが自らの記憶をたどる。ラザッカは親衛隊員《しんえいたい》としては新入りで、まだ大きな戦いに同道したことがなく、今日が初戦だ。イチェードには命を助けた記憶もない。

「あなたに、していただい、たこと、をした、だけです」

ラザッカが息を吐く。イチェードはさらに古い記憶を探る。脳裏に光点が灯《とも》り、つながっていく。

「そうか、おまえ、ラザッカは」遠い昔、戦場で見た少年兵の顔を成長させていくと、眼前の青年となっていた。「ディモディナスの丘で私が助けた、あの少年兵か」

「覚えて、いて、いただいたとは、光栄、です」

ラザッカが答えた。

「あのとき、の殿下の腕一本の犠牲、に俺の、命では釣《つ》りあいません」話すごとに、ラザッカの口からは血が零《こぼ》れる。「だから、拾われた命、で殿下の、命をお救いする、ことができ、たなら、お得です」

ラザッカの言葉で、イチェードにも男の半生が見えた。

かつてのラザッカは単に数合わせで参加した、国境警備隊の少年兵士であった。イチェードに救われたときから、ラザッカは信じがたいほどの努力で軍の士官学校に入りなおし、親衛隊に入るための激烈な試験を抜けてきた。そしてなにも言わずに命の恩人に仕え、命を返す機会が来たから、そうしたのだ。

「どうか」

サベリウの腕のなかで、ラザッカが右手を挙げていく。腕から指先までが自らの血に染まっていた。目はすでに焦点が合っておらず、見えていない。

「どうか、王太子妃《ひ》様と次の王太子、公子様を、お、お救い、ください。そして」

ラザッカが息を吸うが、肺《はい》にほとんど入らない。

「良い国を！」血を吐くようなラザッカの叫びだった。「我《われ》らの犠牲の末に、必ず良い国が、できるのだ、と信じ、させてくださいっ！」

かつての少年兵の手を、魔杖剣《まじょうけん》を握ったイチェードの右手が受けとめる。

「必ず。安心して行け」

戦場の血染めの顔でイチェードがうなずく。ラザッカが穏やかに微笑《ほほえ》み、表情が静止した。目からは光が消えた。

王太子の右手を握っていたラザッカの手が離れた。音もなく地に落ちた。抱えていたサベリウが顔を左右に振り、ラザッカを床へと寝かせていく。イチェードが手を伸ばし、少年兵から自分を追いかけてきた男の両目を閉じさせてやる。

イチェードは立ちあがり、奥に向かう。途中で魔杖剣を鞘《さや》に戻し、盾《たて》を副隊長のカイギスに預ける。先の壁際に、王太子妃ペヴァルアが立っていた。恐怖のために青白い頬《ほお》となっていた。

前には義姉《あね》を守るように、イェドニスが立って両手を広げていた。

気高《けだか》き弟の前でイチェードが立ち止まる。

「イェドニス、よくペヴァルアを守ってくれた」

どこか気弱だと思っていた弟の勇壮な姿に、王太子は目を細めた。胸には熱いものがあった。我《わ》が子とイェドニスが並ぶ、アブソリエルの黄金期が見えていた。どのような危機や苦難も、我《われ》らなら乗り越えていけるのだ。

「未来の宰相よ。もう守らなくてもよい」

イチェードが横へと合図を送る。副隊長のカイギスがイェドニスの両脇《わき》に手を差し入れようとして、拒否される。後方から安堵《あんど》したかのように、ペヴァルアが右手で弟を抱きかかえる。

「違います、兄上っ」

イェドニスが言うが、イチェードは両手を広げ、妻と弟を抱きかかえる。

「お逃げくださいっ！」

イェドニスが下から叫ぶのと、イチェードの体に衝撃が加わるのは同時だった。右脇の下、装甲《そうこう》の隙間《すきま》に短剣が刺さる。急所のため、イチェードが思わず下がるが、刃《やいば》が刺さったまま追ってきて抜けない。

短剣の柄《つか》を握るのは、女性の右手。ペヴァルア妃《ひ》の手だった。

空の裂け目の虹《にじ》色に代わって、大きな赤い月が見えていた。

違う。月面に見えた透明の被膜は角膜。赤の瞳《ひとみ》に虹色の光彩がある。中央にある黒点は瞳孔《どうこう》ということになる。

規格外に巨大な赤い瞳が、俺たちが見上げる視界全面に広がる。目頭からすると右目だ。

あれほど巨大な目が、物理的にどうやって成立しているのか分からない。分からないが、部分から巨大にすぎて、全体が把握できない。目でこれほどの大きさなら、全長はどれほどになるのか。考えたら恐怖で正気を保てなくなる。考えるな考えるな考えるな。考えたら死ぬ。

瞳の下、空の裂け目の縁《ふち》に影。尖塔《せんとう》が出てきた。盾《たて》のような鱗《うろこ》が連なる塔が伸びていく。塔が折れ曲がり、ようやく指だと分かる。巨大にすぎて思考能力や距離感が働かない。続いて空の裂け目から四本の巨塔。五本の指と爪《つめ》を持つ右手が現れた。

手というか指先だけで、俺たちの上に、そして式典会場の上に大きな影を落とした。外からは悲鳴と怒号《どごう》。あまりに巨大な手は、式典会場を掴《つか》めるほどだった。

暗雲のような五指の先端が、会場上空にある結界の手前で止まる。ドルスコリィが再展開した結界は破れない。

「庇」

空間の裂け目の目から、轟《とどろ》く声が響く。聞く人々の肺腑《はいふ》を震わせる、異界からの囁《ささや》きだった。

隣で音。リコリオが腰を抜かし、ドルトンが膝《ひざ》をついたのだろうが確認できない。上空の目と指から目が離せない。離したら二度と目を上げられない。

最悪の悪夢にしか出ない存在で信じられないが、一例だけ実在している。

「げっ」

思わずデリューヒンが言って、語尾を呑《の》みこむ音が聞こえた。歴戦の軍人であった女傑であっても、言えない言葉があるのだ。

「あれ、あれは、あれは、ゲ、ゲ……」

腰を抜かしたリコリオが呆然《ぼうぜん》とした声を出す。続きを止めようと、目線を向けずに俺は手を出すが、リコリオが止まる様子はない。言うな、言ったら終わりだ。

「ゲ・ウヌラクノギアっ」

リコリオが言ってしまった。名前だけで、その場にいる全員に恐怖が明確となっていく。俺の脳裏にも人類史の恐怖がやってくる。

黒淄龍《こくし》ことゲ・ウヌラクノギアは、一万年を超えて生きる〈龍〉の名だ。〈異貌《いぼう》のものども〉の最強種族と激突し、人類史の奇跡でなんとか排除されていた。再びの奇跡は負の意味でここに顕現《けんげん》していた。

根源的な恐怖が腹の底から湧《わ》きあがり、俺たちを縛りつける。遺伝子と本能が、俺たち人類に頭上の存在こそ絶対の死だと叫んでいる。全身に重圧がかかり、一歩も動けない。

俺はなんとか動く指先で魔杖剣《まじょうけん》の引き金を絞《しぼ》る。化学錬成系第一階位〈醒奮《ヴァリネ》〉を発動させた。ノルアドレナリンにドーパミンで冷静さを取りもどそうとしたが、まったく効果がない。死すら救いに思えるほどの恐怖には意味がない。

リコリオの発言など問題ではない。〈龍〉を前にした時点で、俺たちは終わっているのだ。

「あれは大きすぎる生物で神ではないあれは大きすぎる生物で神ではない」俺は必死に言葉を紡《つむ》ぐ。「あれは大きすぎる生物で神ではないあれは大きすぎる生物で神ではない」

言葉にしているが、心は騙《だま》せても体を騙せない。人類史と遺伝子に刻まれた〈龍〉への恐怖が、再び全身を麻痺《まひ》させている。

「オキツグ、にファスト、ミルメオンはあれと戦えたのか」

ギギナが畏敬の念とともに、勇者たちの名前を並べた。俺にも、三者の勇気が信じられないほどのものだと分かった。地上最強最大生物にして、神としか思えないほどの〈龍〉に立ち向かうなど、考えられもしない。

「否《いな》」

宣告が放たれた。会場上空を覆《おお》う暗雲、竜の五指が動く。唸《うな》りを発して巨大な塔の爪《つめ》が落下してくる。

先にいるアッテンビーヤとロマロト老は止まっていなかった。〈龍〉への恐怖がありながらも、前に一歩を踏みだした。彼らもまた凄《すさ》まじい勇気だ。そして両者が走りだした。

ドルスコリィの量子干渉結界は物理攻撃で破ることはできない。戦術核兵器までなら防ぐとされている。ドルスコリィの命が尽きるあと数十秒は〈龍〉も手出しできないと、ロマロト老は後皇帝確保に動いたのだ。

たしかに〈龍〉の一撃であっても、白騎士の破壊不能とされる〈君主の鎧《よろい》〉を粉砕できなかった。しかし、脱着部分が衝撃で外れ、内部にいたファストが絶命している。ならばこの先のことも予測できる。

空中の裂け目から、会場上空に降りてくる〈龍〉の小指が消失。超音速の指先がドルスコリィの残した上空の結界に激突。轟音《ごうおん》が響いて、青い稲妻が数千もの大蛇《だいじゃ》となって散る。信じられないことに、量子干渉結界が破砕。青い閃光《せんこう》が破片となって散る。

会場では魔杖《まじょう》鎚《つい》を掲げたまま、ドルスコリィが前に倒れた。横倒しになった目や耳や鼻からも血が大量に零《こぼ》れていく。

前に出たアッテンビーヤとロマロト老が急停止し、硬直していた。俺たちどころか全人類にとっても前代未聞の光景だった。

呪式《じゅしき》も所詮《しょせん》は量子観測効果という物理の範囲内であることを、頭では理解している。ただし、人間基準では絶対に思える結界も、遥《はる》かに超える質量と物理力には破砕されるのだ。

結界を破った〈龍〉の小指の先が、公王《こうおう》競技場の屋根に激突。あっさりと破砕。破片となった鉄骨や硝子《ガラス》が、式典会場に降ってくる。

　前方のギギナから音が響く。

「全力で逃げよっ！」

　ギギナが血を吐くような叫びを発して、全員の硬直が解けた。俺は腰を抜かしたリコリオを右手で抱えて後退。ギギナも屠竜刀《とりゆうとう》を構えた姿勢で後方へと跳ねていく。ピリカヤも恐怖の顔で退避。デリューヒンも大盾《おおだて》を捨てて退却。ニャルンは後方へと四足で全力遁走《とんそう》。

　俺たちは背を向けて逃げることはできない。〈龍〉がいる空を見上げながら後退するしかない。傍《かたわ》らで下がっていくギギナの口からは、多めの血が流れていた。唇《くちびる》を嚙《か》み、痛みと流血で〈龍〉の呪縛を解いたのだ。怒号《どごう》がなければ全滅していた。

　斜め前では、アザルリが両手に〈瑠璃変転喰陰乃壺《バアル・モート》〉の咒式を発動。そして大きく後方へと跳ねた。攻撃のためではなく防御の咒式だった。魔人の赤い目にも畏怖《いふ》があった。

　ウーディースの先ほどの問いの意味がわかった。強いとか賢いとか勇気があるとか、人間の能力の高低上下など関係ない。聖地アルソークで白騎士ファストを葬《ほうむ》った〈龍〉には、人類の誰《だれ》も勝てないのだ。

　後退しつづける俺たちの前に、瓦礫《がれき》が落下。リコリオの悲鳴が響きつづけるが無視して後退。

　俺たちの左前へと、一際大きな天井の破片が落下してくる。巨大すぎて回避不能。直撃は避けても、飛散した破片が来る。どうあっても死。

壁が空中で粉砕。来た方向へと戻って破片を散らす。後には瑠璃《るり》色の壺《つぼ》が疾走し、跳ねるアザルリが続く。アザルリの退路であったため、五次元咒式《じゅしき》で裏返し、反射させたのだ。ここに来て少しの幸運があった。

裏返しの魔人は、瑠璃色の壺を上下左右に展開して後退していく。包帯の間にある赤い目にも、畏怖《いふ》が広がっていた。

「あれはどうにもならない！　俺様ちゃんからの忠告はとにかく逃げろ！」

俺とアザルリの間に、車ほどの巨岩が落下。鉄骨や硝子《ガラス》の破片が続々と落ちてくる。退路を変えて俺たちは逃げる。ギギナが弾《はじ》ける岩を屠竜刀《とりゅうとう》で弾く。退路にさらに柱が落下。視界が塞《ふさ》がり、包帯の魔人が見えなくなる。気にしている余裕はなく、ひたすら避けて逃げつづける。退路がない。会場の端《はし》で、俺たちの足が止まる。会場は爆煙の渦と破片の豪雨でほぼ視界が利かない。俺は斜め上へと視線を向ける。巨大な〈龍〉の指先は、結界と天井を破砕した時点で静止。粉塵《ふんじん》と瓦礫《がれき》は落ちていくが、指だけで上からの陽光を遮《さえぎ》っていた。

会場の奥、舞台の上には爆煙で白く汚れた盾《たて》が並ぶ。親衛隊《しんえいたい》と近衛兵《このえへい》は破壊の余波から、後皇帝を守りきっていた。盾がわずかに左右に開くと、軍服姿の男が立つ。新しき皇帝イチェードが立っている。左手には〈龍〉の一瞬の解放を可能にした白の〈宙界《ちゅうかい》の瞳《ひとみ》〉が輝く。

前にはワーリャスフが歩んでいき、止まる。老人は愉快そうだった。ウーディースが横から来て並ぶ。乱れた前髪で顔は見えないが、同じく口には半月の笑みがあった。

「後《ご》アブソリエル帝国《ていこく》が大躍進できた理由が分かった」

前を見据えながら、俺の口から苦い言葉が零《こぼ》れる。

「〈踊る夜〉がイチェードに〈宙界の瞳〉の使い方を教え、よりにもよって〈龍〉と取引しやがったのだ」

指摘した瞬間、仲間たちの口々から呪《のろ》いの言葉が漏《も》れる。

「呼びだしたゲ・ウヌラクノギアと〈黒竜派〉の助力があれば、ガラテウ城塞《じょうさい》を一撃で陥落させ、イベベリア公国の首都を落とすことも容易だった、ということになる」

〈龍〉の軍事利用という信じられない推測も、眼前で証明されてしまった。無謀《むぼう》なはずが成功しはじめている再征服戦争は、イチェードと〈踊る夜〉と〈龍〉との結びつきが起点だった。確実に勝利が可能だからこそ始まったのだ。

「世界の三つの危機のうち〈龍〉とは協調関係にあると示した」先ほどの後皇帝の発言の真意が分かってくる。「実際はどうであるにしろ、解決した実績と、そして恐るべき戦力の保持の両方を示している」

後皇帝イチェードの計画は、気宇壮大《きうそうだい》だった。しかし〈踊る夜〉の仲介があったとはいえ、イチェードが世界を竜族の手に戻そうとする〈龍〉とどうやって取引できたのか、想像できない。

これほどの大計画を成そうとするなら、そして英雄や暴君であるほど、激情がある。しかし、舞台の上に立つイチェードの目には、相変わらずなにも浮かんではいない。完全なる虚無の瞳《ひとみ》だった。どういうことなのか分からない。

イチェードが指輪の嵌《は》まる左手を掲げた。連動した音によって俺は目線を上げる。

会場の天蓋《てんがい》となった〈龍〉の小指だけが動いた。触れられた天井が崩壊。鉄骨や天井の破片が落下してきた。皇帝の指示で〈龍〉の指先が止まった。おそらく結界崩壊によって、招待客が安全に逃げる時間まで追撃をするなと止めていたのだ。

奇妙な静寂。

死の会場で、左右から人影が歩む。中央で二人が止まる。アッテンビーヤの広い背中とロマロト老の小さな背中だった。アッテンビーヤは周囲に九十九の刃《やいば》を展開し、双剣を構えていた。

ロマロト老は魔杖剣《まじょうけん》から召喚咒式《じゅしき》を並べていく。

「これはイチェードを止めるどころではないな」

アッテンビーヤは無感情に言葉を紡《つむ》いだ。

「ああ、止めるどころか、我《われ》らが生き延びる道も消えた」

ロマロト老が淡々と答えた。

「〈龍〉は本当に怖いな」

「ああ怖い」

二人の超咒式士が素直に認めていた。神にも思える〈龍〉の恐怖を、死を、人が乗り越えられるはずがないのだ。

「ならば仕方がないな」

「そう、仕方がない」

二人は微笑《ほほえ》んだ。勇者たちの微笑みだった。いけない。あの微笑みを浮かべた男たちは。

アッテンビーヤの目が俺たちを見た。静かな目だった。

「あとは頼む」

「やめろ、それはいけない。その微笑みは覚悟はいけないいっ」

俺は前へと手を伸ばし、進む。ギギナが左手で俺を止めた。前に立つアッテンビーヤは、答えずに笑みを強めた。駄々っ子を叱る兄や父の目だった。笑みの残像を残して男は前へと向きなおる。

「では、行くかの」

ロマロト老は展開して召喚咒式を発動させた。床に描かれた組成式から、岩や金属のような手や足が出る。床に手足をついて〈異貌《いぼう》のものども〉が姿を現していく。

赤い火竜《かりゅう》は片目に傷があり、長い尾を揺らす。地響きを立てて床を踏み割るのは、岩のような巨人。二十メルトル近い巨体だった。二体に続いて、頭部に刃を持ち、四足で這《は》う巨体。十数体もの尖角竜《せんかくりゅう》の群れが続く。空中へと放たれる弾丸の群れが、翼を広げる。飛竜の群れが滞空する。召喚咒式は止まらない。さらに〈異貌のものども〉が召喚され、周囲に広がっていく。

「エミュレルバルクの森の一部とこの場を、呪式《じゅしき》でつなげた」ロマロト老が不敵に微笑《ほほえ》んでみせた。「数百体は呼びだせるぞ」

老人はさらっと恐ろしいことを言ってみせた。三頭竜ウングイユは別格にしても、エミュレルバルクの森は〈異貌《いぼう》のものども〉でも凶悪なものたちが棲まう、人外の地。あの森の〈異貌のものども〉を呼びだすなら、一帯は地獄となる。

「これを使うときが来た」

アッテンビーヤは双剣から呪式を全力発動。

すでに九十九振りも展開していた刃《やいば》が、連なるように流れて増えていく。刃がアッテンビーヤの左右から背後で壁となっていた。おそらく数百、いや千近くもある。

「〈九十九煌金剛劔《アス・モデウ》〉の呪式からの」

剣士が双剣を振ると、左右と上から膨大な刃が前へと移動していく。刃の魚群が組みあわさり、積みあがる。

「〈真一彗星刀煌金剛劔《アッス・モデウス》〉の呪式だ」

黄褐色《おうかつしょく》に煌《きら》めく巨大質量が現れる。十階建てのビルほどもある、六方晶金剛石《ロンズデーライト》の幅広の刃だった。大きすぎる刃は発射を待って細かく振動している。

アッテンビーヤとロマロトは〈踊る夜〉相手に手加減していたのではない。おそらく皇帝イチェードになにか奥の手があると、切り札を取っておいたのだ。相手は〈龍〉という歴史上最大の奥の手を出してきたが、あれほどの切り札ならば通じる可能性がある。

「ではな」

アッテンビーヤは前へと一歩を踏みだす。俺は進路を見る。舞台上ではイチェードがうなずいていた。通信で退避が完了したとの報告を受けたらしく、掲げられていた左手が下ろされた。

同時に天井からの巨大な塔のような指が動く。巨大な指が会場内を圧する黒い円弧を描いて降りてくる。巨大な指先が超高速で俺たちへと向かってくる。

ロマロトと召喚された数百体もの〈異貌のものども〉による軍団が前進。アッテンビーヤが双剣を広げ、巨大な刃が射出される。動いたと思ったら、姿が消えて音が響く。一瞬にして音速から超音速を越えた。いくら敵が〈龍〉だろうと関係ない。あれほどの超高硬度、超質量、超高速の刃を放たれて無傷の存在などありえない。

次の瞬間、視界一面に黒い暴風が吹き荒れた。音ではなく衝撃波。瓦礫《がれき》と破片をともなった大乱流で、退避中の俺とリコリオ、ギギナたちが吹き飛ぶ。

天井床天井床壁床天井床と見て、落下。背中に衝撃。リコリオが頭を打たないように抱えながら転がっていく。

魔杖剣《まじょうけん》を床に突き立てる。床を切り裂いていき、ようやく俺の体が止まる。即座に〈斥盾《ジルド》〉を上に向けて展開。瓦礫が盾《たて》に連続で激突。衝撃が盾から体に伝わる。十数秒も着弾が続き、止まる。粉塵《ふんじん》と白煙が視界を覆《おお》う。

盾《たて》を投げ捨てて、リコリオを確認する。目を回しているが重傷はない。少女とともに俺も立ちあがっていくが、式典会場には白煙が渦巻き、視界が利かない。

「ガユスさん、大丈夫ですか!」

声は左からだった。後方にいたドルトンが前に来ていた。俺はうなずいて無事を示す。

続いて視界を埋めつくす瓦礫《がれき》から音。粉塵《ふんじん》で白く染まったニャルンが瓦礫の下から出てくる。反対側を見ると、同じく粉塵まみれのギギナやデリューヒンが見えた。無事らしい。結界が破砕されたなら、会場に安全地帯はない。ならば全員で固まっていたほうがいい。駐車場にいるモレディナは、すでに大混乱で逃げる関係者に紛れて退避しているはずだ。問題は危機の中心地にいる俺たちだ。

隣にいるギギナの横顔は煤《すす》と粉塵に染まっていた。目には大きな疑問の色があった。俺も不合理な状態に気づいた。

「なぜ〈龍〉の指先の一撃を受けていない?」疑問は巨大になっていく。「なぜ俺たちが生きている?」

直撃していないし、余波も弱かった。俺は視線を動かす。左を見ると天井から左の壁が大きく割かれて消失していた。右を見ると、会場の壁が崩壊。青空が見えたが、まだ軍隊は突入してこない。静まりかえっている。

視線を前に戻す。俺たちと舞台の間、式典会場には断崖が生まれていた。見えるのは、鋭利な刃《やいば》による切断面だった。

〈龍〉は一本の指先で式典会場を破壊したのだ。前にいるはずのアッテンビーヤたちの姿を探す。

白煙の間に、尾や翼、角や尾の断片が見えた。ロマロトが召喚した〈異貌《いぼう》のものども〉の破片だった。

周囲は惨状となっていた。おそらく尖角竜《せんかくりゅう》であろう、巨竜《きょりゅう》の上半身が消失して倒れている。火竜《かりゅう》の左半身が消えて、内臓が床に零《こぼ》れていた。岩のような巨人は足しか残っていない。他の中型や小型の個体は破片だけが残るか、丸ごと消滅していた。数百体いた〈異貌のものども〉が消えていた。

〈龍〉の指の一撃を受けた場所や全身がそのまま消失してしまったのだ。

中央には、革靴《かわぐつ》を履いた二本の小さな足が横倒しに転がっていた。ロマロト老の足だった。膝《ひざ》から上は消えていた。他の召喚された〈異貌のものども〉と同様に、粉微塵《みじん》に吹き飛んだのだ。

惨状の先、断崖の淵《ふち》に孤影があった。アッテンビーヤが立っていた。こちらから見えた左の横顔には寂寥《せきりょう》感があった。眠そうな表情にも見えた。周囲には刃の破片が散乱していた。

ロマロト老が召喚生物で壁を作り直撃を引き受けた。アッテンビーヤが刃を攻撃ではなく防壁とし、後方の俺たちへの余波を防いだのだ。

「なぜだ、なぜアッテンビー」

呼びかけようとした俺の声が止まる。アッテンビーヤの横顔で、鼻から先の右半分が唐突に消えていた。顔だけでなく、首、胸、腕、腰と右半身がほぼ消失していた。

男の血染めの顔に残る左目が俺を見た。悲しみを湛《たた》えた眼差《まなざ》しだった。

「我々《われわれ》、では、戦友を、イチェード、を止められなかった」

半分近く欠けた口が、血泡《ちあわ》とともに言葉を吐いた。俺は手を伸ばして言葉を止めようとし、ギギナが横から左手を掲げて制止した。俺は呼びかけも動きも止める。

俺たちは、彼の最後の言葉を聞かねばならないのだ。

「こ、れが呪《のろ》いだと、は分かってい、る。アブソリエルのことは、君た、ちに関係ない」アッテンビーヤは血染めの言葉を紡《つむ》ぎつづける。「だが、君たちに、この世を終わらせない、ために託すしかない」

烈士は左膝《ひざ》をつく。

「君たちを、生き延びさせ、た、私とロマロト老の勝ちだ」

語尾とともに、アッテンビーヤの右膝が落ちた。左半身だけとなった戦士が倒れた。断面からは、血と内臓が式典の瓦礫《がれき》の上に広がっていく。

半分だけの血染めの顔には微笑があった。〈龍〉という絶対の恐怖に対し、最小限の犠牲に留《とど》めるという、自分に可能なことを通しきった男の顔だった。

なぜアッテンビーヤたちが最後に俺たちを守ったのか。分かるようで分からない。

いや、理解できてきた。恐ろしい呪いが俺たちにかけられていた。

俺は奥歯を嚙《か》みしめる。腹に力を入れて覚悟を決める。

会場には影が落ちている。会場を横断した〈龍〉の右前肢《まえあし》の先、小指が陽光を大きく遮《さえぎ》っていた。

「そんな、ありえない」

リコリオやデリューヒンの呆然《ぼうぜん》とした声が響いた。上空にある爪《つめ》に黒い鱗《うろこ》に覆《おお》われた指は巨大な塔だった。アッテンビーヤの極大刃《やいば》の咒式《じゅしき》とロマロト老の〈異貌《いぼう》のものども〉の軍団を受けて、まったくの無傷。理屈が分からない。生物である以上、物理や咒式的限界はあるはずだ。しかし俺であっても〈龍〉の限界値が見えない。おおよその予測もできない。人間とは桁《けた》がいくつ違うのかすら推測できないのだ。

指は触れた天井を再び砕いて引かれた。屋根を抜けて、空へと引きもどされていく。巨大な指は空の虹《にじ》色の裂け目へと収まる。穴の縁《ふち》から奥へと消えていった。代わりに現れたのは巨大な眼球。

リコリオが喉《のど》の奥で悲鳴をあげた。傍若無人なピリカヤですら、身を竦《すく》ませていた。ギギナも屠竜刀《とりゅうとう》を掲げているが、動けない。デリューヒンは感電したかのように直立不動。ニャルンも低く身を伏せていた。勇士の尾は太くなり、恐怖を示していた。

〈龍〉が、ゲ・ウヌラクノギアが俺たちを見据えているだけで恐ろしい。いわば神の前に立つ罪人《つみびと》のような気になってしまう。事実として等価の事態だ。〈龍〉を巨大すぎる生物と見なすことは、誰《だれ》にもできない。

「退屈なり」

空の裂け目にある眼球から、雷鳴の言葉が舞い降りた。〈龍〉の一声だけで身が竦《すく》む。巨大な眼球が動く。瞳孔《どうこう》が細くなる。待て待て待て、確実に〈龍〉は俺を見ている。気づいて、体が瞬間硬直した。

これまで俺は人の恐ろしさに触れてきたつもりだが、質と量ともに違う。これは根源的な恐怖だ。

〈龍〉の目は、手袋に包まれた俺の右手を見つめていやがる。〈龍〉は俺の手袋の下にある、赤い〈宙界《ちゆうかい》の瞳《ひとみ》〉を見破ってきた。

「そこか」

暗黒の声が響くが、俺は動けないままだった。このままでは次の一撃で俺たちは死ぬ。皇帝は俺たちを敵とは見ていないだろうが〈龍〉は俺を狙う。ギギナは再び唇《くちびる》を噛《か》んで、動こうとしている。

なにができるなにができる。手先程度は動く。〈龍〉を追い返すにはどうしたらいいのか、違う。問題は部分開放条件だ。俺は魔杖剣《まじようけん》を反転させ、逆手に握る。動きにくいが、重力とともに刃《やいば》を左足の甲に落とす。靴《くつ》ごと足を貫通。激痛。しかし、まだ体は動かない。やりたくないが、足に刺さった刃を捻《ひね》る。

苦鳴《くめい》と脳天まで響く激痛とともに俺は右膝《ひざ》をつく。よし動けた。膝撃ちの姿勢で魔杖剣を掲げ、砲弾呪式《じゅしき》を紡《つむ》ぐ。切っ先の彼方《かなた》にある舞台上で、親衛隊《しんえいたい》と近衛兵《このえへい》が盾《たて》を連ねてイチェード皇帝を防御にかかる。

俺の狙いはイチェードではない。切っ先は斜め前、破壊しつくされた会場の床を狙う。〈鍛澱鎗弾槍《ウァーブ》〉によるタングステンカーバイド砲弾が発射。戦車砲弾は床に伸びている数式の上を越えていく。終点にある、死せる三頭竜ウングイユの頭部のひとつの傷口に着弾。鱗《うろこ》に覆《おお》われていない肉を貫き、内部の脳を破砕。頭蓋骨《ずがいこつ》に当たって止まる音が響く。

〈龍〉の部分開放をなすには〈宙界の瞳〉の咒力に〈長命竜《アルター》〉の演算能力と竜たちの命が必要だ。そのひとつを破壊したらどうなるか。ウングイユの頭部につながっていた〇と一の数式が破裂。すべてが〇に変換されて数列の崩壊が逆流。床の式が破裂していく。だが、崩壊が途中で止まる。式が再び展開し、三頭竜の別の頭部へと数列を伸ばす。

数式の舌先に銀の刃が突き立つ。赤い数式は激しくのたうち、小さく火花をあげて完全消失した。前方では再び動けるようになったギギナが左手を伸ばしていた。短剣を投擲《とうてき》して、式の再生を防いだのだ。

空から軋《きし》む音。ギギナが見上げ、俺も追う。

天にある空間の裂け目が笑ったように見えた。違う。空間が上下から縮まってきている。空間の裂け目が急激に閉じているのだ。奥にある目には不機嫌さが宿る。

目だけをまた下ろす。遠い壇上のイチェードが、左手の指輪を下ろしていた。俺たちの阻止にも、イチェードは再発動をしなかった。

再びの轟音《ごうおん》。空間が閉じていき、指先が戻っていく。空の裂け目の奥にある〈龍〉の瞳孔《どうこう》が狭まる。

〈龍〉の黒い爪《つめ》が戻されると、上下から空間が閉じた。裂け目は消え、線となり、消失。減圧によって空から会場の気流が乱れ、止まった。

あとには青空が広がる。

空虚なまでの青空だった。俺は激痛に耐えながら立ちあがる。ギギナも左手を下ろした。リコリオやピリカヤ、デリューヒンにニャルンたちも息を吐き、立ちあがる。

俺とギギナの妨害が成功したのではない。俺たちの妨害にイチェードが同調したことで〈龍〉の追撃からの全滅を避けられたのだ。

皇帝イチェードは〈龍〉を利用するが、それ以上はさせない。俺の指に嵌《は》まる〈宙界《ちゅうかい》の瞳《ひとみ》〉は分からずとも〈龍〉が積極的になにかをしようとしたので即時止めた、といったところだろう。イチェードは慎重で〈龍〉の手綱を決して手放さないのだ。

足の傷が痛すぎるので鎮痛と止血咒式《じゅしき》を発動。安堵《あんど》の息を吐きたいが、まだなにも終わっていない。

「さて、厄介な敵とそれを片付ける、もっと厄介な〈龍〉も消えた」

ワーリャスフの声で、俺たちは前へと集中。武具を向ける。

崩壊した会場に立つワーリャスフの顔にも、畏怖《いふ》と緊張の名残があった。〈龍〉という超存在は、二千年の魔人であっても制御できるものではないのだ。

「おまえたちは後《ご》アブソリエル帝国《ていこく》と敵対しているわけではないが、どうするかね」

老人が言うように、俺たちは六大天の襲撃に合わせて前に出ただけだ。アッテンビーヤたちを救おうとしたのも、人としての義務だと言えないこともない。アザルリにしても、ワーリャスフと過去の因縁で敵対している。アブソリエルの敵とは確定していない。

「だが、代金は支払ってもらわなくてはな。右手をもらおう」

ワーリャスフが小鎚《こづち》を持った右手を前に出す。

俺は老人の言葉で気づいた。ワーリャスフは俺が持つ赤の〈宙界の瞳〉に言及せず、指輪とも言わない。ただ右手を奪うとした。先のゲ・ウヌラクノギアも、俺の指輪について初めて知ったという態度だった。

つまりワーリャスフは後アブソリエル帝国と新しき皇帝と〈龍〉に、俺が持つ〈宙界の瞳〉の所在を知らせていない。〈踊る夜〉は、両陣営と一心同体ではない。協力関係ではあるが、あきらかに出しぬこうとしている。

　俺は横目で左にいるドルトンを確認する。青年が軽くうなずいた。デリューヒンの盾《たて》と防壁で隠しているが、すでに床には直径三メルトルほどもある地下への穴が穿《うが》たれている。退路は確保してあるのだ。

　一秒あれば穴に飛びこんで退却できる。

　だがしかし、一秒。この場で一秒の隙《すき》は絶望的に長い。

　親衛隊《しんえいたい》は、皇帝の安全が最優先で追撃してこない。近衛兵《このえへい》の残りはなんとか振りきれる。問題は、最大の障害である〈踊る夜〉の二人だ。ワーリャスフはアザルリが噛《か》みついて止めることもできる。しかしウーディースの光の翼は、一瞬で数十メルトルの範囲を薙《な》ぎはらえる。一人か二人は逃げられても、大多数が死ぬ。

　左右後方からの音。爆音と重低音。外のアブソリエル軍が、外壁を壊して式典会場に突入してきているのだ。結界の破壊があっても〈龍〉が出たばかりの会場へ、命の危険をいとわずやってくる。忠誠心の高さに感心するが、俺たちにとっては最悪だ。外にいた数千の軍隊が集結してきているのだ。しばらくは内部から逃げだす数万人の観客と押しあい、侵入できてない。それでもあと数分、いや数十秒でやってくる。

「これはどうしようもないな」俺は息を吐いた。「投降して」

「そうでもない」

　思わず言った言葉に俺は右に立つギギナを見る。白い横顔には不敵な表情があった。

「一刀を以《もっ》て、アブソリエル軍を打ち倒して抜ける。生き残ったものが後へとつなげ」

ギギナが断言した。不可能ではあるが、士気の低下が防げた。

「防御しつつ、生き残ったものがドルトンの作る退路から逃げろ」

俺の指示で、ドルトンを中心に、前にギギナが立ち、デリューヒンにニャルンにリコリオとピリカヤで円陣を組んでいく。戦時下でまともな裁判がされるとは思えない。逮捕がそのまま死につながるなら、一人でも生きて脱出させるしかない。

七色の光が左前から放たれる。

光源は、アザルリが掲げる両手の先だった。指の先、魔人の頭上には五次元の壺《つぼ》が十数個も展開していた。外と内部がつながる五次元の壺が連結していき、巨大な壺となっていく。脈動する表面には怨念《おんねん》の黒い眼窩《がんか》と口が浮かぶ。死者や髑髏《どくろ》のような顔が浮かんでは表面に埋もれ、また表れる。自らを喰《く》ってまた喰われて増殖していくようだった。禍々《まがまが》しい虹《にじ》色の光を放って、咒式《じゅしき》は成長していく。見ている間にも大きさを増していく。

見ただけで、俺の背に悪寒《おかん》が走る。他の面々も同じく、息を呑《の》む。

「あの咒式は」

デリューヒンが続く言葉を失う。

「ハオル事件、船島での終盤で見たものだ」

俺はなんとか続ける。あれは〈宙界《ちゅうかい》の瞳《ひとみ》〉の力で五次元咒式を重ねに重ね、六次元多様体という、もう発動するアザルリ本人ですら訳が分からないものを作りだす。

超定理系超階位〈邪瞳大六天曼荼羅《オシリス・イシス》〉の呪式《じゅしき》は、ルルガナ内海で発動すれば、周辺の沿岸部まで壊滅させると予想されていた。超がつく破壊呪式である。

「詰んだ盤面における、俺様ちゃんのたったひとつの冴《さ》えたやり方は」脈動する六次元多様体の下で、アザルリの笑みが虹色《にじ》に染まる。「この場で全員死ねば大解決」

アザルリの目が赤く輝き、唇《くちびる》は半月の笑みを浮かべる。〈邪瞳大六天曼荼羅《オシリス・イシス》〉の呪式がここで発動したら、会場どころか首都が吹き飛ぶ。何百万人もの住民に恐ろしいほどの死者が出る。死ぬことができたら幸福で、六次元多様体に取りこまれて死んでいるのに生きている状態が続くかもしれない。

呪式の恐怖に、アザルリの精神への恐怖が重なる。アザルリの言葉が脅しだと思いたい。だが、この場にいる全員を自分ごと殺害する可能性がないとは言いきれない。アザルリの狂気を計測しきれたものは、この二千年の間で誰《だれ》もいないのだ。

いや、二人いた。聖使徒イェフダルだった時代、御子《みこ》に従っていたときはまだ人間だった。そして二千年後にも、縛鎖《ばくさ》つきだったがそれでも狂気ではない時期があった。あの男なら分かるかもしれないが、現在は所在どころか生死不明だ。

俺は奥歯を嚙《か》みしめる。今いない人物を頼っても仕方ない。

残る近衛兵《このえへい》と親衛隊《しんえいたい》は皇帝を囲んで、舞台上を後退。ワーリャスフも呪式干渉結界を展開して下がっていく。ウーディースだけがその場に止《とど》まり、双剣を構える。

俺が横目で確認すると、穴の傍《かたわ》らにいるドルトンがうなずく。俺は手で退避の合図を出す。即座にリコリオを抱えてデリューヒンが跳ねた。穴へと飛びこんでいく。続いて残ると抵抗するピリカヤに体当たりをして、ニャルンも飛びこむ。

アザルリの咒式展開のおかげで、退避する時間ができた。だが、地下から逃げても、首都が吹き飛ぶほどのアザルリの咒式の効果範囲内なら意味がない。

俺は床に開いた穴の縁《ふち》に立つ。ギギナも立って、前を見据える。前方では、超咒式を展開するアザルリと双剣から両の光翼を展開するウーディースが対峙《たいじ》していた。

アザルリはほぼ無傷だが逃げ道をなくしている。対するウーディースは満身創痍《まんしんそうい》。アザルリが本当に超咒式を放つのか、ウーディースが光翼を放って止めるのか、双方が対峙したまま動けない。

ウーディースの顔が動く。乱れた赤髪の間から知覚眼鏡《クルークブリレ》と奥にある青い目、そして素直な鼻に半月の笑みを象《かたど》る口。元は不幸せそうな顔に、氷の冷静さと業火《ごうか》のような哄笑《こうしょう》が作られていた。

どこかで見たことがある顔だと気づいた。朝、洗面所で見た顔。つまり俺の顔だった。

しかし、俺本人がここにいて、あそこに別の俺がいるわけがない。ウーディースの顔に時間の補正をしていく。そして男は俺を見た。

「あれを見るな、聞くな」

ギギナが言って、屠竜刀《とりゅうとう》を掲げる。幅広の刃《やいば》が俺の視線を遮《さえぎ》るが、もう遅い。俺は見てしまった。刃の先で、ウーディースが右手を差しのべてくる。俺に似た口が開いていった。

「ガユスよ、我《われ》らに、私につけ」

ウーディースの声で分かった。理解したことで、俺の体が硬直する。〈踊る夜〉に〈龍〉に後《ご》アブソリエル帝国《ていこく》と皇帝にと恐怖してきたが、まだ新たな恐怖が襲ってきた。

「ありえない。おまえは」

俺の口は疑問と恐怖を吐きだした。

「かつてのように私についてくればいいのだ」

ウーディースの声は蠱惑《こわく》的な響きをもって、俺に問いかけてきた。穴の縁《ふち》に残るドルトンやピリカヤたちから、視線を感じる。俺とウーディースの間に面識があったなど、信じられないのだ。

そう、俺はウーディースを知っている。

「ガユス、この場はもう終わりだ」

ギギナが横から言っているが、体が動かない。〈龍〉とは別種だが、近い大きさの恐怖が俺の全身を縛っていた。

「ありえないありえない、ここにいるなんてありえない。ウーディースがそうだったなんてありえない」

俺は現実を否定するように首を左右に振る。ありえないが目を離せない。

四方からの爆音。壁を破って近衛兵《このえへい》と軍隊が突入してきた。逃げるしかないが動けない。

ウーディースの背後に、舞台上の後皇帝イチェードが見えた。皇帝の足下、左右には異物があった。青い孔雀《くじゃく》と灰色の亀が足下に侍《はべ》っていた。イチェードが飼っている動物がなぜ今ここにいるのか。亀は二つの頭部を掲げる。青い孔雀が扇《おうぎ》のように緑の裏地の羽を広げた。広がる目のような模様が目に入った。今はどうでもいい。

俺は再びウーディースへと目を向け、口を開く。言葉は出ない。決断もできない。過去の傷が裂けて、思い出の血が溢《あふ》れていた。

「あれがなんであるのか私には分からぬが」剣舞士《けんまいし》の声にも、強い疑問が渦巻いている「今の貴様に判断はできぬため、私が判断する」

胴体に衝撃。ギギナが左腕で俺を抱え、飛ぶ。穴が見えて、潜る。一気に落下し、すぐに地下に着地。俺の体に巻かれたギギナの腕から着地の衝撃が伝わる。

周囲はコンクリ壁に配管、棚。公王《こうおう》競技場の下にある通路だった。床には荷車や箱が散らばっている。上からの爆音や轟音《ごうおん》で給仕や作業員はとっくに逃げだしていた。気にしている場合ではない。

ギギナが進む。抱えられたままの俺も運ばれる。通路の先にさらに穴があった。先にいたニャルンがピリカヤを押しこみ、自分も飛びこんでいく。ヤニャ人の尾を追って、ギギナが俺を抱えたまま飛びこむ。

地下二階からの穴は長く、途中で三階を抜け、四階で闇《やみ》に包まれる。ギギナも俺を抱えたままの落下では負傷すると〈黒翼翅《アルファアス》〉による翼を広げ〈空輪龜《ゲメイラ》〉で足から圧縮空気を噴射。減速していく。真っ暗な地層が続く。下から轟々《ごうごう》という水の流れが聞こえる。ゆっくりとだが降下していく。

ギギナが掲げた屠竜刀《とりゅうとう》の先に光点が灯《とも》る。生体変化系の〈螢明《ネミノン》〉の咒式《じゅしき》による、ルシフェリン反応の光が灯る。下に流れる水面が見えてきた。降下は止まらない。

俺たちは着水。そのまま闇の水面下に潜る。水泡と上下感覚が分からなくなる闇。冬と初春の間の冷水が全身を包む。暗闇での水中は溺死《できし》の恐怖を呼び起こす。かつて廃都メトレーヤでもあったことだと、自分に言い聞かせる。

水面から出て、右が上だったと理解した。闇のなかで思わず息を大きく吸う。水路の濁流に俺たちは流されている。かなり早い流れだ。

光。ギギナの屠竜刀が水面から出て〈螢明《ネミノン》〉の光を灯していた。見ると、ギギナは翼の代わりに風船のような物体が背中から胸へと囲んでいた。生体変化系第二階位〈水浮流《ヴエパル》〉の咒式による、浮き袋だった。ギギナは体組織の比重が重く、咒式の助けがないと水に浮けないのだ。強引に馬力で泳ぐなら進めるが、水路では不可能だ。

近いので、俺も浮き袋に両手で摑《つか》まる。ギギナが不愉快そうな顔をしたが、理不尽。

ギギナと俺は水に流されながら周囲を見回す。左右は塗れた岸壁。天井は同じく濡《ぬ》れた岩肌。競技場の下にある、帝国時代の闘技場に物資を運ぶための水路だ。

視線を下ろすと、濁流の先には別の光点が見えた。俺は左手で水面を搔《か》いて加速。浮き袋に囲まれたギギナも進む。

光点に追いつくと、船があった。ドルトンが咒式で作った小舟に、ニャルン、そしてピリカヤ、リコリオにデリューヒンが乗っていた。

「全員無事か」

船の艫《ろ》を摑みながらギギナが確認すると、各自がうなずいていく。ギギナが咒式を解除しながら船に上がっていく。俺も続いて船に上る。ギギナは舳先《へさき》へ向かい、俺は最後尾のドルトンの隣に座る。水が船を濡らす。

艫に座すドルトンが魔杖槍《まじょうそう》を水面へと向ける。穂先に回転翼が生成され、旋回。そのまま水中に沈めると、船が早まる。一度速度に乗ると加速していく。

水中を搔き回す音が暗い水路に響き、船は高速で水上を駆けていく。上の地層からの重低音。水路の天井から砂埃《ぼこり》が降りそそぐ。

上からの音が、地下深くにいる俺たちにまで届いたのだ。

「〈邪瞳大六天曼荼羅《オシリス・イシス》〉が発動、したのか」

不安顔のデリューヒンが上を見上げる。濡《ぬ》れた岩の天井が続くだけで、音が絶えた。

「あの呪式《じゅしき》が発動したなら、地下深くにいても、我《われ》らは死んでいるであろう」

ニャルンが答えた。水が苦手とされるヤニャ人ゆえに、船の上で安堵《あんど》の横顔となっている。

「アザルリが超呪式を威嚇《いかく》として発動させなかったか、それとも〈踊る夜〉の二人が止めたのか。現状では分からない」

全員がひとまず安心する表情となる。だが、船上で膝《ひざ》を抱えるリコリオの顔だけは変わらない。

「あれを見てしまった」

恐怖に目を見開いたまま、リコリオが言った。

「〈龍〉は恐ろしすぎる」

リコリオの言葉に、船上の全員の言葉が止まる。ゲ・ウヌラクノギアは規格外にすぎた。

ギギナの顔が動いて、船の後部に座る俺を見た。

「こういったおしゃべりは、赤毛眼鏡《めがね》の独壇場だったはずだが」

ギギナの言葉で、全員が俺を見た。

「そういえば、ひとつ大きな疑問がある。私はウーディースと鍔迫《つばぜ》り合いをして、やつの顔を見た。ウーディースは貴様によく似ていた」ギギナの目は俺を真《ま》っ直《す》ぐに見据えていた。「あれはなんだ、前に言っていた双子《ふたご》の兄のガユシか？」

ギギナが問うてきた。

「この状況で冗談をよく言えるもんだね。それは」

デリューヒンが呆《あき》れ声を出し、俺を見て続きを止めた。いつもはふざけて俺に寄ってくるピリカヤですら控えている。それほど俺の表情はいつもと違っているのだろう。

俺は口を開き、ためらって閉じる。再び口を開く。

「冗談が言えない事態だ。ウーディースは」

流れのなかで、俺はようやく答えた。

「おそらく、俺の兄のユシスだ」

俺の答えに、船上の面々が押し黙る。地下水路を流れる、轟々《ごうごう》とした水音だけが響く。

「はあああああああ!?」

ピリカヤが沈黙を破った。再びの轟音《ごうおん》が上から降ってきて、全員の身が竦《すく》む。音が遠のくと、再び全員の顔に疑問。

「〈踊る夜〉の首魁《しゅかい》の一方が、ガユス先輩の兄、兄上様!?」

「嘘《うそ》でしょ！」

それぞれの口から疑問の声があがる。だが、俺は否定しない。

「あの顔を、あの氷の目を忘れるものか」

船上で、俺の口は苦い言葉を吐く。

「妹のアレシエルを死なせた、ユシスのあの目と顔を俺が見間違えるものか」

憎悪の言葉は水音にまぎれ、消えていった。ギギナは口を閉ざしたままである。

他の面々もアレシエル、そしてユシスとの詳しい関係は知らない。ギギナにしても、俺とアレシエル、そしてユシスの名前は知っているが、ギギナほどは知らない。

ジヴとクエロだけにはすべてを話している。いや、すべてではない。外面の事実だけは伝えたが、そのときに感じて俺のすべてを支配していた憎悪と殺意は伝えていない。伝えることなどできない。

再び上からの爆音が連続する。公王《こうおう》競技場でなにが起こっているのかは分からない。

ただ、俺たちへの追っ手が来ないなら、アザルリとウーディースことユシスとの激闘が続いているのだろう。

船上の俺や攻性呪式士《こうせいじゅしきし》たちの間には重い沈黙。〈龍〉に〈踊る夜〉たちに、アザルリの超咒式に、それぞれが恐怖していた。俺も仇敵《きゅうてき》となった次兄に会ってしまい、胸中で暗黒が渦巻く。

各自の思惑が別々となり、対話をさせなかった。

ドルトンが舵《かじ》を取り、船は速い水の流れに乗って進んでいく。舳先《へさき》のさらに前方に光が見えた。船足が速まり、暗渠《あんきょ》から光へと進みでる。

知覚眼鏡《クルークブリレ》が瞬時に明暗調整をし、目の明順応を待つ必要もなかった。

船は図面から立てた予定どおり、アレチェイ川に出ていた。緩い流れに乗って、船は下流へと向かう。俺は背後を見る。護岸壁の間に、出てきた穴が見える。上には首都の町並みが並ぶ。公王競技場の敷地からは出ているが、まだ数百メルトルほどの距離だ。

ドルトンによって船足が速まる。右に町並みが流れていった。町を行く人々も車も止まっている。ここからでも公王競技場の上に出た〈龍〉の目と、会場の破壊が見えただろうから、気になっているのだ。人々の一部はすでに逃げはじめている。

川面《かわも》の船上からは、岸辺との高低差で式典がどうなったのかは見えない。

町並みの間の川を船が下っていく。爆音が遠く響いた。町並みの屋根の先に、遠い黒煙が見えた。

船の進みとともに、見える建物が途切れる。大通りとなっていて、船からでも遠景が見通せた。先には緩やかな坂が続き、終点に丘が見える。周囲を囲む壁と植木。そして軍隊と戦車が見えた。俺は知覚眼鏡《クルークプリレ》の望遠機能を起動する。ギギナは視覚強化をし、各自が咒式を展開していく。

望遠すると丘が見える。さらに視界を拡大していくと、会場の壁は各所が破れ、戦車は砲弾を撃ちこんでいる。咒化兵士たちが魔杖剣《まじょうけん》と盾《たて》を連ねて突入していく。式典の参加者はすでに退避したからこその突撃が開始されている。当然、新しき皇帝イチェードと近衛兵《このえへい》も退避している。

軍隊の包囲網の中心には、先ほどまで俺たちがいた、公王競技場が鎮座していた。建物の屋根は吹き飛んでいた。

上には、巨大な収縮する虹《にじ》色の塊があった。表面には人面が何百何千と現れては消える。顔の群れによって全体が巨大な髑髏《どくろ》のように見えていた。

五次元咒式《じゅしき》である〈瑠璃変転喰陰乃壺《バアル・モート》〉が連結してできた〈邪瞳大六天曼荼羅《オシリス・イシス》〉による六次元多様体の異様な姿だった。

脈動する超咒式の前方で、競技場の天井が二カ所で破裂。二つの穴からは二条の光の線が放たれ、青空へと突きたつ。光の翼が神々しく輝く。アザルリとウーディースの戦いはまだ続いているのだ。

次の瞬間、二条の光の翼が前へと疾走。虹色の六次元咒式に着弾。七色を切り裂きながら下へと抜けていき、地面に到達。

巨大な虹色の髑髏は、三等分にされていた。前回は、オキツグの次元刀で切断されたが、光の翼も両断していた。おそらく咒式を紡《つむ》ぐアザルリにも着弾したのだ。

光の翼はアザルリの咒式ごと会場の屋根から壁をも切断していた。式典会場の壁は、瓦礫《がれき》となり、崩れていく。瓦礫が瓦礫と激突し、落下。膨大な白煙が会場へと広がる。轟音《ごうおん》が一瞬遅れて空へと響く。俺たちが下っている川の上にまで届いてくる。視界が白煙に覆《おお》われた。

式典会場の周囲の軍隊も白煙のなかへと飲みこまれる。白煙は丘を下り、公王宮《こうおう》の敷地へと広がる。

白煙の中心地では、切断された超咒式が左右に倒れていく。虹色の地獄が触れた白煙や瓦礫を取りこみ、そして消失させていく。咒式の断片が大地に激突。大地も消失させていく。

新たな破壊によって引き起こされた爆煙が会場と周囲の軍隊を呑《の》みこむ。煙と砂塵《さじん》の波は丘を走り、市街地へと溢《あふ》れていった。白煙の絨毯《じゅうたん》が街の道路に沿って、周囲に広がっていく。あちこちで交通事故が起きる音や、人々の悲鳴が起こる。公王競技場周辺の街は大混乱となっていた。

白煙の絨毯は長く伸びて、俺たちがいる川に降りてくる。船は白煙に包まれて川を下っていく。

公王宮と軍隊、周辺の市街地は大混乱となって収拾がつかない。公王と敵対したわけではないにしろ、俺たちが逃げるには都合がいい。

ドルトンが水面に下ろしていた槍《やり》を引きあげる。回転翼の咒式をさらに重ねて展開。穂先とともに新たな回転翼が下ろされる。白煙のなかで船足が速まる。

白煙の間に、予定していたように前方左にある水路の穴が見えた。船は左に曲がりながら、再び闇《やみ》のなかへと進んでいく。ギギナやドルトンの照明咒式が点灯していった。

それぞれの恐怖と不安を乗せて、我々《われわれ》は地下水路を逃《のが》れていく。

船上で俺は奥歯を噛《か》みしめている。傍《かたわ》らにいるギギナの横顔にも険しい表情があった。全員がかつて歴史に消えたはずの帝国の復活が見えてしまっていた。俺の兄であるユシスがウーディースとなっていた。なにより〈龍〉がいつまでも帝国におとなしく使われているだろうか。

「しかし、助かったことだけは良かったですね」

ドルトンが場を明るくしようと口を開いた。

「アッテンビーヤさんたちの犠牲でなんとか生存できました」

青年の気遣いはありがたいが、俺は言わねばならない。

「アッテンビーヤとロマロト老が、俺たちを救った理由は単純ではない」

重い息とともに、重金属のような言葉が零《こぼ》れた。船上の所員たちは驚き顔となっていた。ギギナは船の先でうなずいた。

「二人は〈龍〉の出現で、自分たちの死は避けられず、あの場ではイチェードを止められないと見た。死が避けられないなら、我々《われわれ》だけでも生かそうとした」ギギナが言った。「という自己犠牲は表面上のことだ」

ギギナの言葉の前半にうなずこうとした仲間たちが、後半で驚く。思わず視線を俺たちへと向けてきた。ギギナはたまに妙な鋭さを見せる。とくに戦いに関しての推測だけは的確だ。言いだした俺の推測とも一致している。

「彼らはアブソリエルを救うという願いを、俺たちへと託した。自分たちと俺たちの目標は違うと分かっていて、あえて願いを乗せてきた」

俺は二人の行動が見せた高い志と、そこからの策を見据えた。暗渠《あんきょ》を進みながら、俺は見上げる。照明に照らされた水路の天井が見える。アッテンビーヤとロマロト老の姿が見えるはずもないが、二人の遺志はよく見えていた。

「あれは呪《のろ》いだ。これから先、俺たちはアッテンビーヤたちのアブソリエル救済の願いを果たせる場面で、他の選択肢を採れなくなった」

俺が指摘すると、船中の所員たちの顔に納得の表情が並んでいく。そして事態の恐ろしさが理解できていった。

アッテンビーヤは〈龍〉の登場と使役により、アブソリエルだけの問題ではないと悟った。だからこそアッテンビーヤたちは、俺たちを救うことで呪いをかけた。アブソリエルと、そして世界を救えと託したのだ。俺たちには重すぎる呪いだった。

しかし、この世の誰《だれ》かが背負わなければならない呪いでもあった。

誰かが止めなければ〈龍〉によるアブソリエルと、人類、そして〈龍〉以外のこの星の終わりがやってくる。

GAGAGA
ガガガ文庫

されど罪人は竜と踊る㉒
去りゆきし君との帝国

浅井ラボ

発行　2022年12月25日　初版第1刷発行

発行人　鳥光 裕

編集人　星野博規

編集　湯浅生史

発行所　株式会社小学館
〒101-8001 東京都千代田区一ツ橋2-3-1
[編集]03-3230-9343　[販売]03-5281-3556

カバー印刷　株式会社美松堂

印刷・製本　図書印刷株式会社

Printed in Japan　ISBN978-4-09-453102-2